Messer Coniglio ho visto
WALTER DE LA MARE

Richard Adams

LA COLLINA
DEI CONIGLI

traduzione di PIER FRANCESCO PAOLINI

Biblioteca Universale Rizzoli

Proprietà letteraria riservata
© 1972 Rex Collings Ltd.
© 1975, 1977, 1987 RCS Rizzoli Libri S.p.A., Milano
© 1994 R.C.S. Libri & Grandi Opere S.p.A., Milano
© 1997 RCS Libri S.p.A., Milano

ISBN 88-17-11330-1

Titolo originale dell'opera:
WATERSHIP DOWN

prima edizione BUR: novembre 1977
prima edizione Superbur: dicembre 1987
diciannovesima edizione Superbur Narrativa: dicembre 2002

a
Juliet e Rosamond
ricordando
la strada per Stratford-on-Avon

NOTA DELL'AUTORE

Do atto con riconoscenza dell'ausilio ricevuto dai miei amici Reg Sones e Hal Summers che, letto il libro ancora manoscritto, mi hanno dato preziosi consigli. Desidero inoltre ringraziare la signora Margaret Apps e la signorina Miriam Hobbs che, anch'esse, mi hanno aiutato validamente in vari modi.

Per quanto riguarda le mie cognizioni sui conigli, sono in debito con il signor R.M. Lockley e con il suo notevolissimo libro *The Private Life of the Rabbit* (La vita privata del coniglio). Chi voglia conoscerne di più – circa le migrazioni dei giovani conigli, l'abitudine di masticar palline, gli effetti del sovraffollamento nelle conigliere, il fenomeno del riassorbimento degli embrioni, la capacità di alcuni grossi maschi di battersi contro gli ermellini, o riguardo ad altri aspetti della vita lapinica – non avrà che far ricorso a quest'opera fondamentale.

Nuthanger Farm (la Fattoria il Noceto) è un luogo reale, come tutte le altre località di cui nel libro si parla. Gli abitanti di questa fattoria – Lucy e i suoi genitori – sono invece inventati e non hanno alcuna somiglianza con persone esistenti, a me note, vive o defunte.

NOTA DEL TRADUTTORE

I conigli di questo straordinario romanzo parlano una loro lingua – il lapino – di cui il signor Adams è profondo conoscitore. Benché esistano vari dialetti lapinici, non si ha tuttavia motivo di ritenere che l'idioma conigliesco venga – nelle varie parti del mondo – in qualche modo influenzato dal *genius loci* di questa o quella lingua umana. Nondimeno, è logico supporre che l'Autore – nel trascrivere alcuni termini lapinici – sia stato influenzato dalle caratteristiche della propria lingua; pertanto il traduttore s'è ingegnato di risalire, per via d'ipotesi, alla voce originale: non certo allo scopo di italianare il lapino, ma solo per disinglesarlo. E ciò, sia per quanto riguarda la grafia (*Owsla* diventa *Ausla*) sia per quel che concerne certi suoni e fonemi (e allora *Thlayli* diventa *Sglaili, tharn* è reso con *tzarn*, e simili).

Qualche licenza il traduttore si è dovuto prendere sul piano anagrafico. Questi personaggi hanno, per la maggior parte, nomi propri derivati dalla flora locale (di preferenza umili, utili pianticelle commestibili). Ora, il lapino e l'inglese hanno, entrambi, una maggior quantità di vocaboli di genere epiceno, rispetto all'italiano. Quindi, nomi propri come Speedwell, Vervain e Ragwort vanno benissimo per conigli maschi: hanno un suono marziale addirittura. Ma gli esatti equivalenti italiani – Veronica, Verbena e Erba Cardellina – indurrebbero in inganno; e altrettanto – in senso inverso – dicasi per Trifoglio e Pagliaio, che mal sembrano attagliarsi a leggiadre coniglie quali sono Clover e Haystack (da noi ribattezzate Cedrina e Sagginella). Comunque nel cambiare alcuni nomi, abbiam cercato di non allontanarci troppo. Così Verbena diventa Verbasco per assonanza; e così il rude, smargiasso Toadflax – che non poteva esser Linaiola – è divenuto Barbasso, senza per questo cambiare famiglia: sempre le scrofulariacee.

PARTE PRIMA
Il viaggio

1. IL CARTELLO

χο. τί τοῦτ' ἔφρευξας, εἴ τι μὴ φρενῶν στύγος;
Κα. φόνον δόμοι πνέουσιν αἱματοσταγῆ.
χο. καὶ πῶς; τόδ' ὅς'ει θυμάτων ἐφεστίων.
Κα. ὅμοιος ἀτμὸς ὥσπερ ἐκ τάφου πρέπει.

ESCHILO, *Agamennon* [1]

Di primule non ce n'erano più. Dalla parte del bosco
– dove questo finiva, l'aperta campagna scendeva in pendio fino a un vecchio recinto, oltre il quale c'era un fossato rivestito di rovi – si vedevano ancora rare chiazze
di giallo ormai sbiadito, fra l'euforbia e le radici delle
querce. Di qua da quel recinto, la parte alta del campo
era crivellata di buchi: tane di conigli. In alcuni punti
l'erba era del tutto scomparsa e dovunque c'eran mucchietti di escrementi secchi, intorno ai quali non cresceva
altro che dell'erba cardellina. Un centinaio di metri più
sotto, in fondo alla pendice, scorreva il ruscello, non più
largo d'un metro, mezzo soffocato da ranuncoli, nasturzi
e ciuffi di vischio. Un trattaro, dopo aver attraversato
quel corso d'acqua su un rudimentale ponticello, s'inerpi-
cava su per l'opposto declivio fino a un cancello a cinque
sbarre e una siepe di spini. Oltre il cancello cominciava
un viottolo.
   Si era di maggio e il tramonto incendiava le nuvole.
Mancava mezz'ora al crepuscolo. Il fianco della collina era
punteggiato di conigli: alcuni brucavano l'erbetta risi-
cata presso le loro tane, altri s'erano spinti più lontano,
appiè del poggio, alla ricerca di qualche radicchiella, o
dente di leone, o magari qualche primaverina, sfuggita
ai loro compagni. Qua e là, qualcuno sedeva eretto so-

[1] CORO Perché gridi così, se non per qualche orrida visione?
CASSANDRA Manda un lezzo di morte la casa, e il sangue cola.
CORO Che mai! quest'odore proviene dall'altare del sacrificio.
CASSANDRA Un alito che sfiata dalla tomba, è quel che sento.
[*N.d.A.*]

11

pra un formicaio e si guardava intorno, orecchie drizzate e naso al vento. Ma un merlo, che cantava indisturbato sul limitare del bosco, dimostrava che non c'era nulla di allarmante, là, nell'altra direzione, lungo il ruscello, fin dove l'occhio giungeva, tutto era deserto e tranquillo. La pace regnava nella conigliera.

Presso la sommità d'una ripa, non lontano dal ciliegio selvatico dove il merlo cantava, si aprivano diversi cunicoli, semicelati fra i rovi. Nella penombra verde, presso l'imboccatura d'una di quelle tane, due conigli sedevano a fianco a fianco. Dopo un po', il più grosso dei due sgusciò fuori, scivolò giù pel greppo, al riparo degli sterpi, si calò nel fossato e risalì sul campo. Dopo un minuto l'altro lo seguì.

Il primo coniglio, arrestatosi in un punto soleggiato, prese a grattarsi un orecchio con rapidi movimenti dello zampetto posteriore. Benché ancora, giovincello, non avesse raggiunto il pieno peso, lui non aveva quell'aria da oppresso che hanno perlopiù i cosiddetti "periferici", cioè i conigli della plebe al di sotto d'un anno d'età, i quali – non avendo natali aristocratici né possedendo doti fisiche eccezionali – vengon tenuti sotto dagli anziani e campano alla meglio, spesso senza neanche un covo, ai margini della loro conigliera. Questo coniglietto aveva l'aria di uno che sa badare a se stesso: un'aria sagace e allegra, di chi è pieno di risorse. Dopo essersi guardato all'ingiro, stropicciandosi il naso con le zampe davanti, accertatosi che tutto era tranquillo, cominciò a brucare l'erba.

Il secondo coniglietto appariva assai meno a suo agio. Era piccolo, aveva grandi occhi spalancati, e il modo come alzava e girava di scatto la testa dava l'idea, non tanto di cautela, quanto d'un'incessante tensione nervosa. Le sue narici fremevano di continuo e, quando un calabrone gli sfrecciò ronzando accanto, per andarsi a posare su un fiore di cardo alle sue spalle, lui diede un balzo e fece una tale giravolta su se stesso che due conigli, intenti a rosicare nei pressi corsero a rifugiarsi nelle tane. L'uno dei due, però, un maschio dalle orecchie nere in punta, tornò subito al pascolo, appena l'ebbe riconosciuto.

E disse al suo compagno: « Non è niente, è Quintilio che un insetto lo spaventa. Vieni vieni, Ramolaccio. Cos'è che mi stavi dicendo? ».

« Quintilio? » disse l'altro coniglio. « Perché si chiama così? »

« Eran cinque fratelli e lui era il più piccolo di tutti. Ti stupisci come l'abbia sfangata fin adesso? Secondo me, è che l'uomo non lo vede e che la volpe non lo vuole. Però, lo ammetto, è uno che sa tenersi alla larga dai guai [2]. »

Il coniglio chiamato Quintilio s'accostò al suo compagno, traballando sulle lunghe zampe posteriori. E gli disse: « Senti, Moscardo, andiamo un po' più in là. Sai, c'è un nonsoché di strano, stasera, nell'aria qui intorno, ma non saprei che cosa, esattamente. Vogliamo andare giù al ruscello? ».

« D'accordo, » gli rispose Moscardo « e mi troverai una primula là. Se non ci riesci tu, non ci riesce nessuno. »

Lo precedette giù per il pendio, dove l'ombra s'allungava a dismisura sull'erba. Raggiunsero il ruscello e si diedero a cercare e piluccare, non lontani dal trattturo solcato da profonde carraie.

Non stette molto, Quintilio, a trovare quel che cercavano. Le primule gialle sono una leccornia, per i conigli, e di solito non ne rimangono molte, a maggio inoltrato, nei paraggi di una conigliera, anche piccola. Questa primula non era ancora fiorita e il suo ciuffo di foglie era seminascosto sotto l'erba alta. Stavano per papparsela, quand'ecco arrivare due conigli più grossi, di corsa, dal guado del bestiame non lontano.

« Primula? » disse uno. « Molto bene, ce la lasciate a noi. E su, spicciati » soggiunse, poiché Quintilio esitava. « M'hai sentito o no? »

---

[2] I conigli sanno contare fino a quattro. Qualsiasi numero superiore è *Hrair*: un bel po', o mille. Quindi dicono *U Hrair* (i mille) per indicare collettivamente tutti i nemici (ovvero *elil*) dei conigli: volpe, donnola, faina, gatto, gufo, uomo ecc. Probabilmente quando nacque Quintilio c'erano più di cinque coniglietti, nella figliata, e il suo nome Hrairù significa anche « millesimo », ovvero il più piccolo del mucchio. [*N.d.A.*]

« L'ha trovata Quintilio, sai, Barbasso » disse Moscardo.

« E noi ce la mangiamo » gli rispose Barbasso. « Le primule sono roba per l'*Ausla*,[3] non lo sai? Se non lo sai, te l'insegniamo noi. »

Quintilio se l'era già data a gambe. Moscardo lo raggiunse presso il ponticello.

« Sono stufo e arcistufo » gli disse. « Sempre la stessa solfa: "Questi sono i miei artigli, e così quella primula è mia". "Questi sono i miei denti, e così quella tana lì è mia." Ti dico una cosa, se mai entrerò nell'Ausla, li tratterò con un po' di riguardo, io, i periferici. »

« Eh già, tu puoi sperare di far parte dell'Ausla, un giorno » disse Quintilio. « Ti vai facendo robusto, e io invece resterò mingherlino. »

« Mica penserai che poi dopo t'abbandono, no? » disse Moscardo. « A dir la verità però, tante volte mi vien voglia di sloggiare da questa conigliera, e chi s'è visto s'è visto. Comunque, non ci pensiamo più e vediamo di goderci la serata. Senti un po', che ne diresti di andar di là dal ruscello? Ci son meno conigli, di là, e staremo un po' in pace. O pensi che non c'è da fidarsi? » soggiunse.

Dal modo come glielo chiese, si capiva che era convinto che Quintilio la sapesse più lunga di lui; e dal modo come questi gli rispose era chiaro che, fra loro, la cosa era scontata.

« No, possiamo fidarci » gli rispose. « Se avrò la sensazione d'un qualsiasi pericolo, t'avverto. Ma non è esattamente un pericolo, quel nonsoché che sento stasera nell'aria. È... non so, non so... qualcosa d'oppressivo,

---

[3] Quasi in ogni conigliera c'è un'*Ausla*, cioè un gruppo di conigli forti e svegli (di un anno compiuto o più) che attorniano il Capo Coniglio e la sua femmina, esercitando autorità. Vi sono vari tipi di Ausla. In una conigliera, l'Ausla può essere un'orda di guerrieri; in un'altra, può consistere di astuti esploratori o razziatori di orti e giardini. Talvolta, può entrare a farne parte anche un bravo narratore di favole, o sennò un indovino, o un coniglio d'intuito eccezionale. Nella conigliera di Sandleford, all'epoca dei fatti qui narrati, l'Ausla aveva carattere militare (anche se, come vedremo, meno militaresco di tanto altre). [*N.d.A.*]

come prima del temporale. Cosa sia non saprei dire. Mi preoccupa, però. Comunque, vengo di là con te. »

Oltrepassarono il ponticello. L'erba era folta e umida presso il torrente e così risalirono il pendio opposto, alla ricerca di terreno più secco. Parte della pendice era in ombra, poiché il sole stava tramontando di faccia a loro, e Moscardo, che cercava un posto caldo, soleggiato, la risalì fin quasi in prossimità del cancello. Qui giunto, si fermò, guardando fisso.

« Quintilio, cos'è quello? Guarda là! »

In quel punto, la terra era stata smossa di fresco, e fra l'erba ce n'eran due mucchietti. Un paio di pali robusti, redolenti di creosoto e di vernice, piantati nelle buche, torreggiavano sopra la siepe, alti quanto gli agrifogli. E la tabella a essi fissata stampava un'ombra lunga sul prato. Accanto a uno dei pali eran rimasti un martello e alcuni chiodi.

I due conigli si fecero più da presso, a saltelli, e andarono ad agguattarsi in un cespuglio di ortica, lì vicino. Arricciavano il naso all'odore di alcuni mozziconi di sigaretta, fra l'erba. D'un tratto, Quintilio cominciò a rabbrividire e rannicchiarsi su se stesso.

« Oh, Moscardo! È da qui che proviene! Ora lo so... Una cosa molto brutta! Qualcosa di terribile... E vicina, vicina. »

Piagnucolava, dalla gran paura.

« Che genere di cosa?... che vuoi dire? Poco fa mi dicevi che pericoli non ce ne sono. »

« Non lo so, che cos'è » rispose Quintilio, desolato. « Qui non c'è nessun pericolo, per ora. Ma si sta avvicinando... è in arrivo. Oh, Moscardo, guarda! il prato! È coperto di sangue! »

« Non dire stupidaggini, quello è il rosso del tramonto. Su, Quintilio, non parlare a quel modo, mi spaventi. »

Ma Quintilio seguitava a tremare e piangere, fra le ortiche, mentre Moscardo tentava di consolarlo e capire cosa l'avesse ridotto in quello stato, fuori di sé. Se era atterrito, perché allora non correva a nascondersi, come ogni coniglio sensato? Ma Quintilio non riusciva a spiegare il perché e la sua angoscia aumentava.

Alla fine Moscardo gli disse: « Senti, Quintilio, non puoi restare qui a piagnucolare. Tanto più che si fa buio. Sarà meglio tornare alla tana ».

« Tornare alla tana? » guaiolò Quintilio. « Arriverà fin là... non illuderti, ci arriverà e come! Ti dico che il prato è coperto di sangue. »

« Ora smettila » disse Moscardo, deciso. « E dai retta a me. Qualunque cosa sia, è bell'e ora di tornare a casa. »

Corse via, fino al ruscello e al guado delle mucche. Qui dovette fermarsi e aspettare Quintilio che – nonostante la calma che regnava in quel dolce crepuscolo primaverile – era quasi paralizzato dalla paura. Quando alla fine furono tornati al loro greppo, Quintilio si rifiutò di entrare nel cunicolo, e l'altro dovette spingervelo quasi a forza.

Il sole tramontò dietro il colle dirimpetto. Il vento rinfrescò, portando qualche sgrullo di pioggia, e in meno di un'oretta fece buio. Il cielo perse tutti i suoi colori e, lassù presso la siepe, il cartello cigolava lievemente al vento notturno, quasi per ricordare che non era scomparso, ingoiato dalle tenebre, ma che era sempre là dove l'avevano piantato e imbullettato; e, sebbene non ci fosse alcun passante a leggerne la scritta (a lettere nere, diritte e taglienti come lame sul fondo bianco) quella scritta diceva così:

QUESTA TENUTA, COMPRENDENTE TRE ETTARI DI ECCELLENTE TERRENO EDIFICABILE, IN POSIZIONE IDEALE, VERRÀ TRASFORMATA IN UN MODERNO CENTRO RESIDENZIALE DI CLASSE DALLA DITTA SUTCH AND MARTIN DI NEWBURY (BERKSHIRE).

2. IL CONIGLIO CAPO

Il fosco reggitore, onusto d'anni
e d'affanni, sì lento si movea,
simile a una notturna fitta nebbia,
che né stare né andarsene parea.

HENRI VAUGHAN (Sec. XVII), *Il mondo*.

Nel buio e nel calore della tana, Moscardo si svegliò di soprassalto e, affannato, si diede a scalciare. Sentiva che qualcuno l'attaccava, ma non percepiva odore di martora o donnola, né l'istinto gli diceva di scappare. Quando la mente gli si fu sgombrata, s'accorse che era solo, tranne per Quintilio. Ed era questi, appunto, che gli pesava addosso, lo pestava, zampettando, agitandosi, come uno che, preso dal panico, cerca d'arrampicarsi su per una rete metallica.

« Quintilio! Su, su, Quintilio, svegliati, sciocchino! Sono Moscardo. Mi farai male, se seguiti così. Su, sveglia! »

Se lo scrollò di dosso. Quintilio si dibatté, poi si svegliò.

« Oh Moscardo. Stavo facendo un sogno, ma che brutto! C'eri anche tu. Ci portava la corrente di un ruscello, anzi un fiume profondo. E poi mi sono accorto che stavamo seduti su una tavola... su un cartello, come quello che c'è lassù sul campo... tutto bianco e coperto di righe e segni neri. Eravamo in diversi conigli... maschi e femmine. Poi ho guardato meglio e, allora, ho visto che la zattera era fatta di ossi... ossi e fili di ferro. Mi sono messo a urlare, e allora tu: "In acqua! tutti a nuoto!" E poi dopo ti cercavo dappertutto, eri andato a finire in un buco, nella ripa. Però quando t'ho trovato tu m'hai detto: "Il Capo dei Conigli va da solo". E sei scomparso, giù per una galleria d'acqua. »

« Intanto, m'hai ammaccato un par di costole. Una galleria d'acqua, nientemeno! Che razza di sciocchezze!

Vogliamo rimetterci a dormire, adesso? »

« Moscardo... c'è un pericolo. La cosa brutta non è andata via. È qui... tutt'intorno a noi. Non dirmi di lasciar perdere e rimettermi a dormire. Dobbiamo andare via, prima che sia troppo tardi. »

« Andar via? di qui? vuoi dire, da questa conigliera? »

« Sì. Al più presto. E non importa dove. »

« Solo tu e io? »

« No, tutti quanti. »

« L'intera colonia? Non essere sciocco. Non vorranno venire. Diranno che sei uscito di senno. »

« Allora saranno qui, quando la cosa brutta arriverà. Ma tu, Moscardo, devi darmi asolto. Credimi: qualcosa di molto brutto ci sovrasta e bisogna partire, andar via. »

« Sarà meglio che andiamo dal Capo Coniglio, mi sa, così racconti tutto a lui. O sennò ci provo io. Ma non credo che l'idea gli andrà a genio. »

Precedendolo fuori dalla tana, Moscardo si avventò giù per la china, risalì fino alla cortina di rovi. Di credere a Quintilio non gli andava, di non credergli aveva paura.

Poiché era da poco passato *ni-Frits*, mezzogiorno cioè, i conigli erano tutti nelle tane, a dormire per lo più. Percorso un breve tratto sopraterra, Moscardo e Quintilio s'imbucarono in un'ampia galleria, che s'apriva in uno spiazzo sabbioso, e discesero per vari cunicoli, finché non si trovarono sotto il bosco, fra le radici di una grande quercia. A un certo punto vennero fermati da un coniglio massiccio e robusto, ch'era uno dell'Ausla. Costui aveva un folto e buffo cespuglio di peli, proprio in cima al testone, che gli dava un aspetto bislacco, quasi portasse una specie di berretto. Per questo si chiamava *Sglaili*, che alla lettera significa Pelintesta, o, come noi diremmo, Parruccone.

« Chi va là? Sei tu, Moscardo? » disse Parruccone, annusandolo, nella fitta penombra, fra le radici d'albero. « E che ci fai, quaggiù? A quest'ora di giorno? » A Quintilio, che s'era fermato un po' lontano, neppure badò.

« Dobbiamo parlare con il Coniglio Capo » rispose Moscardo. « È una cosa importante, Parruccone. Puoi aiutarci? »

« Non mi dirai che anche quello là?... »

«Sì, lui pure. C'è bisogno. Dammi retta, Parruccone. Mi conosci, non sono uno che parla a vanvera, no? Quando mai t'ho 'chiesto, prima d'ora, di conferire col Capo Coniglio? »

« Va bene, Moscardo, voglio accontentarti. Anche se, mi sa tanto, mi beccherò una bella strigliata. Gli dirò che sei mio amico e che sei un coniglio giudizioso. Veramente, ti dovrebbe già conoscere, ma, sai com'è, si sta facendo vecchio. Aspettami qui. »

Parruccone percorse un altro tratto di corridoio e si fermò sulla soglia di una tana spaziosa. Disse qualcosa e fu, evidentemente, invitato a entrare. Moscardo e Quintilio attesero in silenzio, ma Quintilio non smetteva di agitarsi per il grande nervosismo.

Il Coniglio Capo si chiamava *Trearà*, che significa Principe Sorbo. Per chissà qual motivo, lo chiamavano sempre Il Trearà: forse perché c'era un solo *treàr*, o sorbo selvatico, nei paraggi della conigliera, e da esso prendeva il suo nome, con l'aggiunta del titolo, *rà*. Aveva ottenuto questo rango non solo in virtù della sua forza, in gioventù, ma anche grazie al suo giudizio equilibrato e a un certo contegnoso distacco, laddove la più parte dei conigli sono invece impulsivi. Era famoso per il suo sangue freddo nei momenti di pericolo o di panico. Famosa la fermezza – alcuni aggiungono: spietata – con la quale, durante la terribile epidemia di mixomatosi, aveva fatto espellere ogni coniglio che desse i primi segni della malattia. Si era, allora, opposto risolutamente a ogni idea di migrazione in massa e, imponendo l'assoluto isolamento della colonia, l'aveva senza dubbio salvata dall'estinzione. Famosa, fra le sue imprese, quella contro una famelica faina, dalla quale si era fatto inseguire, a rischio della propria vita, fino alla stie dei fagiani, per esporla, esponendo anche se stesso, al fucile d'un custode. Ormai, come aveva detto Parruccone, si stava facendo vecchio, però il suo senno era ancora alquanto lucido. Quando Moscardo e Quintilio furono ammessi alla sua presenza, li salutò cortesemente. Un auslano come Barbasso avrebbe usato maniere strafottenti o minacciose. Il Trearà non ne aveva bisogno.

« Salve, Nocciolo. Sei Nocciolo, vero? »

« Sono Moscardo, io. »

« Ah sì, certo, Moscardo. Che gentile, da parte tua, venirmi a trovare. Conoscevo tua madre, molto bene. E il tuo amico... »

« È mio fratello, lui. »

« Appunto, tuo fratello » disse il Trearà, con appena un accenno di guai-a-te-se-mi-correggi-ancora nel tono della voce. « Accomodatevi, dico. Gradite della lattuga? »

La lattuga del Trearà veniva rubata dagli auslani in un orto lontano mezzo miglio, oltre i campi. I periferici non la vedevano mai, o quasi mai, la lattughina. Moscardo ne accettò una piccola foglia e, garbatamente, la rosicò. Quintilio non ne volle: stava là tutto affranto, battendo gli occhi e dando sussulti.

« E allora, cosa c'è? » domandò il Coniglio Capo. « In che modo posso esservi utile? »

« Ecco, signore, » cominciò Moscardo, esitante, « è per via di mio fratello... Quintilio, qui. Lui ogni tanto ha dei presentimenti, quando sta per arrivare qualche sciagura, e spesso ho constatato che non si inganna. Per esempio, l'autunno passato, lui aveva previsto l'inondazione. E, certe volte, scopre dove è nascosta una trappola. Adesso, lui sente che un brutto pericolo sovrasta questa conigliera. »

« Un brutto pericolo. Sì, capisco. Veramente sconvolgente » disse il Coniglio Capo, con un'aria tutt'altro che sconvolta. « Che razza di pericolo? si può sapere? » Guardò Quintilio.

« Non lo so » questi rispose. « M-ma è bru-brutto. Tanto bbbbrutto che... è molto brutto. » Faceva pena.

Il Trearà attese, cortesemente, qualche momento, poi disse: « E, allora, cosa dovremmo fare? si può sapere? ».

« Andar via » rispose, subito, Quintilio. « Andar via tutti. Tutti quanti. Al più presto. Trearà, signore, dobbiamo andar via tutti. »

Il Trearà attese ancora. Poi, in tono estremamente comprensivo, disse: « Per me, sarebbe la prima volta. Si tratta di un rimedio molto drastico, direi. Tu, che cosa ne pensi? ».

« Ecco, signore, » disse Moscardo « mio fratello non ci sta a pensare su, su questi presentimenti che gli vengono. Gli vengono e basta; non so se mi spiego. Voi siete la persona più indicata, secondo me, a decidere cosa bisogna fare. »

« Gentile, dir così, da parte tua. E spero che sia vero. Ma adesso, miei cari, riflettiamoci sopra un momentino. Siamo in maggio, dico bene? Tutti quanti i conigli hanno il loro bel daffare, e gran parte di loro se la spassano. Non ci sono *elil* in giro, stando a quel che mi risulta. Non ci sono morie, il tempo è buono. E tu vorresti che io, ora, dicessi alla colonia che, siccome il nostro giovane... hm... il giovane... insomma, tuo fratello, qui, ha un presentimento, tutti quanti dobbiamo filarcela, gambe in spalla, e andare chissà dove, incontro a chissà quali conseguenze, eh? Come pensi che accoglierebbero la proposta, di' su? A gran salti di gioia, eh? »

« Da voi, l'accetterebbero » disse Quintilio, d'un tratto.

« Gentile, dir così, da parte tua » disse il Trearà di nuovo. « Be', può anche darsi di sì, può darsi di sì. Ma io dovrei rifletterci su attentamente. Si tratta certo di un grave passo. E poi... »

« Ma non c'è tempo, Trearà, signore » sbottò Quintilio. « Io lo sento, questo pericolo, come fosse un lacciolo intorno al collo... come un cappio... Aiuto, Moscardo! » E si mise a zigare e rotolarsi, scalciando freneticamente, come un coniglio appunto preso in trappola. Moscardo lo inchiodò con le zampe davanti, finché non si fu un po' calmato.

« Mi dispiace molto, Capo » disse Moscardo. « Tante volte gli piglia così. Poi gli passa. »

« Che pena, poverino. Che peccato. Sarà meglio che torni a casa ora, a riposarsi. Sì, riconducilo a casa, sarà meglio. Bene bene, sono lieto che ti sia rivolto a me. Bravo, Nocciolo, bravo. Apprezzo molto la tua sollecitudine. Terrò conto di quello che m'hai detto e ci rifletterò

su attentamente, puoi starne certo. Un momento, Parruccone. Tu, trattienti. »

Mentre Moscardo e Quintilio, usciti dalla tana del Trearà, s'allontanavano, avviliti, lungo il cunicolo, udirono
la voce del Capo Coniglio assumere un tono vibrato di
rampogna, nei confronti di Parruccone, che ogni tanto
rispondeva « sissignore », « nossignore ».

Come aveva previsto, Parruccone stava subendo una
bellissima strigliata.

3. LA DECISIONE DI MOSCARDO

> Ma perché indugio qui?... Si di-
> rebbe che indugiamo come chi
> ha modo di godersi un periodo
> di tranquillità... O non aspetto
> solo d'esser un po' più vecchio?
>
> SENOFONTE, *Anabasi.*

« Ma, Moscardo, non t'aspettavi mica sul serio che il
Coniglio Capo avrebbe seguito il tuo consiglio? Cos'è
che t'aspettavi? »

Era di nuovo sera, e Moscardo e Quintilio stavano
pascolando, ai margini del bosco, con un paio d'amici.
Mirtillo – il coniglio con le orecchie nere in punta che,
la sera prima, era stato spaventato da Quintilio – dopo
aver ascoltato attentamente, da Moscardo, la descrizione
di quel cartello, aveva osservato che, secondo lui, gli
uomini si servivano di quelle robe lì a mo' di segnali
e di messaggi, così come i conigli lascian tracce nei
cunicoli e presso le siepi. Quindi l'altro coniglio, Dente
di Leone, aveva riportato il discorso sul Trearà e la
sua indifferenza ai timori di Quintilio.

« Non lo so, cosa m'aspettavo » disse Moscardo. « Non
avevo mai visto il Gran Coniglio da vicino. Però mi
sono detto: Be', se anche non ci ascolta, nessuno potrà
dire, dopo, che non l'abbiamo messo sull'avviso. »

« Allora, secondo te, c'è sul serio qualcosa di cui aver paura? »

« Sì, io ne sono certo. Sai, conosco Quintilio da quand'è nato. »

Mirtillo stava per rispondere, quand'ecco arrivare un altro coniglio, dalla parte del bosco, tra l'euforbia, con gran strepito, per buttarsi fra i rovi a capofitto e risalire sul ciglio del fosso. Era Parruccone.

« Salute, Parruccone » gli disse Moscardo. « Sei fuori servizio? »

« Fuori, sì, » quello rispose « e per restarci. »

« Cosa vuoi dire? »

« Che ho lasciato l'Ausla, ecco cosa. »

« Mica per colpa nostra? »

« Si può dire di sì. Il Trearà ci riesce molto bene, a rendersi sgradevole, quando lo si sveglia, a ni-Frits, per qualcosa che lui considera una sciocchezza. E sa come darti ai nervi, altroché se lo sa. Tanti altri conigli, al posto mio, avrebbero incassato in silenzio, per tenersi dalla parte del Capo, ma, che volete, io non son buono a stare a questo gioco. E così gli ho risposto per le rime, che dell'Ausla e dei suoi privilegi me n'importava fino a un certo punto, e che un coniglio forte se la cava, benissimo, se anche lascia la sua conigliera. Lui allora m'ha detto di non essere impulsivo e di pensarci su, ma io non resto. Rubar lattuga non è quello che intendo io per vita-pacchia, e neanche star di guardia a una tana. Ho certi nervi, che non vi dico. »

« Nessuno ruberà più lattuga, fra poco » disse Quintilio, calmo.

« Ah, ci sei anche tu, Quintilio? Ciao » disse Parruccone, che finora non aveva fatto caso a lui. « Ti venivo giusto a cercare. Ho ripensato a quello che dicevi al Gran Coniglio. Sii sincero, si tratta di una madornale panzana, tanto per renderti importante, oppure è proprio la verità? »

« È la verità » rispose Quintilio. « Vorrei che non lo fosse. »

« Allora, lasciate la conigliera? »

Restaron tutti stupiti per come Parruccone era venuto,

schietto e netto, al dunque. Dente di Leone borbottò: « Lasciar la conigliera, *Frits-i-rà!* ». E Mirtillo, tentennando le orecchie, guardava, con aria apprensiva, ora Parruccone ora Moscardo.

Fu quest'ultimo a rispondere. « Quintilio e io lasciamo la conigliera stanotte » disse, deciso. « Non lo so, esattamente, dove andremo, ma chiunque lo desideri può venire con noi. »

« D'accordo, » disse Parruccone « allora vengo anch'io. »

Moscardo non si sarebbe mai aspettato una così pronta adesione da parte di un auslano. Sì, gli balenò in mente, Parruccone sarebbe stato molto utile in situazioni precarie ma era anche uno con cui è difficile andar d'accordo. Non era il tipo da lasciarsi comandare – e neppure pregare – da un coniglio periferico. Non m'importa se è uno dell'Ausla, pensò Moscardo, non intendo lasciar a lui il comando della spedizione. Tuttavia rispose: « Bene. Siamo contenti che vieni anche tu ».

Girò lo sguardo sugli altri conigli, che fissavano chi lui chi Parruccone.

Parlò quindi Mirtillo. « Verrò anch'io. Mica perché m'hai persuaso del tutto, tu, Quintilio. Ma, comunque, ci sono già troppi maschi in questa colonia e c'è poco da star allegri, qui, se non sei uno dell'Ausla. Buffo, voi avete paura di restare, io sono atterrito dall'idea di andar altrove. Da una parte le volpi, da quell'altra le faine, e Quintilio nel mezzo, c'è di che star allegri! »

Strappò una foglia di pimpinella e si diede a brucarla lentamente, cercando di nascondere alla meglio la sua paura. L'istinto infatti lo metteva in guardia sui pericoli del mondo sconosciuto, oltre i confini della conigliera.

Moscardo disse: « Se Quintilio ha ragione, e gli crediamo, ciò significa che nessuno dovrebbe restare in questo posto. Quindi è nostro dovere, fra adesso e l'ora della partenza, persuadere quanti più compagni possiamo, a seguirci ».

« Ce n'è un paio, nell'Ausla, che val la pena di interpellare » disse Parruccone. « Se riesco a convincerli, li porterò con me all'appuntamento. Se verranno, non sarà per via di Quintilio, ma perché sono dei malcontenti, come me. Per lasciarsi convincere da lui, bisogna sentirlo con i propri orecchi. Me, m'ha convinto subito. È evidente che ha captato un qualche messaggio. E, a queste cose, io ci credo. Mi stupisce come mai non sia riuscito a convincere il Trearà. »

« Perché al Trearà non piace alcuna cosa cui non abbia pensato lui stesso » gli rispose Moscardo. « Ma non dobbiamo più badargli, ormai. Cerchiamo di trovare altri proseliti, e ci raduniamo qui, *fu-Inlé*. E poi si parte subito: non possiamo aspettare oltre. Il pericolo si fa sempre più vicino – qualunque esso sia – eppoi, al Trearà non andrà tanto a genio, se viene a sapere che cerchiamo seguaci fra gli auslani. E neanche andrà a genio al Capitano Pungitopo, dico bene, Parruccone? Di noi sbandati non glien'importa niente, se anche ce la sviviamo, ma non vorranno perdere degli auslani. Se fossi in te, ci andrei cauto, prima di esporre a qualcuno il nostro piano. »

4. LA PARTENZA

Ora, signore, il giovin Fortebraccio,
cui non difetta temerario ardore,
qua e là per le contrade di Norvegia
ha radunato un branco di banditi
pronti a tutto, per una qualche impresa
a gravi e oscuri fini.

SHAKESPEARE, *Amleto*

Fu-Inlé significa: "dopo il levar della luna". I conigli, s'intende, non hanno un'idea precisa del tempo, della puntualità. A tal riguardo essi somiglian molto ai primitivi, cui spesso necessitano parecchi giorni per radunarsi, a qualche scopo, e poi diversi altri prima di mettersi in moto. Fra costoro, prima che riescano ad agire insieme, occorre che si stabilisca una specie di flusso telepatico, fin al punto in cui tutti si rendano conto d'esser pronti a partire. Chiunque abbia osservato, ai primi freddi d'autunno, le rondini e i rondoni radunarsi sui fili del telefono, cinguettare, compier voletti, soli o a piccole squadriglie, verso i campi coperti di stoppie, poi tornare e formare delle file, via via più lunghe, sopra i viali che vanno ingiallendo – centinaia di singoli uccelli che si vanno congregando e amalgamando, con gioia crescente, in grandi frotte, e le varie frotte quindi, disordinatamente, s'uniscono a creare un unico, enorme e inquieto stormo, folto al centro e sbrindellato agli orli, che di continuo si rompe e riforma come le onde o le nuvole – fino al momento in cui la maggior parte (ma non tutti) capiscono che il momento è giunto: ecco che partono, ecco che è cominciata un'altra volta la grande migrazione verso sud, cui molti non sopravviveranno; chiunque abbia visto questo, ha visto all'opera quel flusso che scorre fra creature le quali si ritengono, in primo luogo, parti d'un gruppo (e solo in via secondaria, se pur affatto, singoli individui) e che da tale flusso vengon fuse insieme, ricevendone l'impulso ad agire, senza cosciente volontà o pensiero: ha visto all'opera l'angelo che spinse la Prima Crociata verso Antiochia e che spinge i *lemming* in mare aperto.

Veramente, la luna era sorta da oltre un'ora, e mancava ancora molto a mezzanotte, quando Moscardo e Quintilio sbucaron fuori dalla loro tana, dietro i rovai, e in silenzio scivolarono sul fondo del fossato. Con loro c'era un terzo coniglio, amico di Quintilio, a nome *Hlao,* Nicchio. (Hlao sta a indicare una qualsiasi minuscola concavità dove l'acqua o la rugiada si raccolgono, per esempio l'increspatura d'una foglia, la fossetta d'un dente-di-leone.) Nicchio era molto piccolo, e pauroso, sicché gli amici avevan avuto il loro daffare a persuaderlo. Alla fine aveva aderito, dopo molte esitazioni. Era tuttora pieno di dubbi, per le incognite d'oltre-conigliera, però aveva deciso di star sempre vicino a Moscardo, e fare quello che diceva lui: era il modo migliore per evitare guai.

I tre erano ancora in fondo al fosso, quando Moscardo udì muoversi qualcosa sulla proda. Guardò rapido su.

« Chi va là? Sei tu, Dente di Leone? »

« No, sono Smerlotto » rispose quello, sporgendosi dal ciglio. Saltò giù, atterrò pesantemente in mezzo a loro. « Ti ricordi di me, Moscardo? Stavamo di tana insieme, l'inverno scorso, al tempo della neve. »

Moscardo si ricordava di Smerlotto: un coniglio piuttosto tardo e stupido, e quei cinque o sei giorni trascorsi insieme a lui, sotto la neve, eran stati una noia da non dire. Però, si disse, non c'era tanto da far gli schizzinosi, a questo punto. Parruccone poteva anche riuscire ad aggregare un paio di auslani ma, per lo più, i loro compagni sarebbero stati conigli di scarto, periferici o reietti che non avevan nulla da rimpiangere. Così stava ragionando, quando comparve Dente di Leone.

« Prima partiamo e meglio è, mi sa » questi disse. « Non mi piace troppo, l'aria che tira. Dopo aver reclutato Smerlotto, m'accingevo a persuadere qualcun altro, quando mi sono accorto che Barbasso mi stava alle calcagna. "Vorrei sapere cosa stai combinando" mi fa. Gli ho risposto che stavo chiedendo se c'erano conigli che volevano lasciare la colonia, ma non credo che lui m'abbia creduto. Fatto sta che s'è fatto sospettoso e m'ha chiesto se non stessi, per caso, complottando qualcosa contro il Trearà. Insomma, s'è arrabbiato e, se devo dirti la verità, ho preferito piantar tutto e venir qui, con il solo Smerlotto, e chi s'è visto s'è visto. »

« Non ti biasimo » disse Moscardo. « Conoscendo Barbasso, anzi, mi stupisco che non t'abbia prima menato e poi interrogato. A ogni modo, aspettiamo un altro poco. Mirtillo sarà qui fra breve. »

Trascorse del tempo. In silenzio, rannicchiati in se stessi, guardavano le ombre che la luna stampava sull'erba allungarsi verso nord. Alla fine, quando Moscardo stava per andarlo a chiamare, ecco Mirtillo che sbuca dalla sua tana, seguito da non meno di tre conigli. Uno di questi era Ramolaccio. Moscardo, che lo conosceva bene, se ne rallegrò: era duro e gagliardo, uno che certo sarebbe entrato nell'Ausla, non appena raggiunto il pieno peso.

Forse però è impaziente, pensò Moscardo, o sennò

avrà avuto la peggio, in una zuffa, per qualche femmina, e non s'è rassegnato. Bene, fra lui e Parruccone, non ci troveremo troppo a mal partito, se ci sarà da combattere.

Gli altri due non li conosceva e i loro nomi, quando Mirtillo glieli disse – Lampo e Ghianda – non l'illuminarono. Ma non c'era da stupirsi, ché eran due derelitti: sei mesi, l'aria patita, timida e guardinga di chi è abituato a soprusi e vita grama. Guardavano Quintilio con curiosità. Da quel che aveva detto loro Mirtillo, si sarebbero quasi aspettati, da lui, poetici furori e vaticini di sventura. Invece, appariva più calmo degli altri, più normale. La certezza di partire gli aveva infuso tranquillità.

Trascorse, lento, dell'altro tempo. Mirtillo s'inerpicò sul greppo, s'addentrò fra le felci, poi tornò presso il margine del fosso, agitato, nervoso, pronto a scappare al menomo rumore. Moscardo e Quintilio restarono nel fosso, brucando svogliatamente un po' d'erbetta. Finalmente Moscardo udì quello che stava aspettando: un coniglio (o forse due?) in arrivo dal bosco.

Di lì a pochi minuti, Parruccone scivolava giù nel fosso. Con lui c'era un coniglio grande e grosso, d'un anno o poco più, l'aria sveglia. Lo conoscevano tutti, almeno di vista, nella colonia, perché aveva una pelliccia tutta grigia con chiazze quasi bianche, sulle quali adesso, mentre sedeva in silenzio, grattandosi, si rifletteva il chiardiluna. Era Argento, un nipote del Trearà, auslano da appena un mese.

Moscardo era contento, suo malgrado, che Parruccone avesse portato solo Argento: un tipo calmo, leale, che si sentiva ancora spaesato nell'Ausla. Quando, dianzi, Parruccone gli aveva detto che avrebbe cercato proseliti fra i suoi camerati, Moscardo era rimasto in bilico fra due sentimenti. Da un lato era chiaro che, andando incontro a incognite e pericoli, di validi combattenti c'era bisogno; e poi, se davvero un pericolo mortale sovrastava la conigliera, si doveva far buon viso a ogni compagno che s'unisse a loro. D'altro canto però, non valeva la pena di darsi da fare per reclutare dei conigli che si sarebbero comportati come Barbasso.

No, non voglio che, nella nuova dimora, dovunque sarà, pensava Moscardo, Nicchio e Quintilio subiscano soprusi e maltrattamenti, e siano indotti a preferire i rischi di un'altra fuga. Ma Parruccone sarà di questo avviso?

« Conosci Argento, no? » gli domandò l'auslano, interrompendo le sue meditazioni. « Non ne poteva più, perché certi colleghi, nell'Ausla, gli rendevano dura la vita, a furia di minchionarlo, sai, per la sua pelliccia, e di dirgli che aveva avuto il posto solo grazie al Trearà. Ho cercato di convincere qualcun altro a seguirci, ma, che vuoi, quelli dell'Ausla stanno bene come stanno. »

Si guardò intorno. « Dico, non è che siamo in molti, a quanto pare. Non sarà meglio rinunciare all'idea? »

Argento stava per dire qualcosa quando s'udì un trapestìo nel sottobosco e tre altri conigli comparvero sull'argine del fosso. Si muovevano decisi, non già con l'incertezza e la cautela di coloro che li avevan preceduti. Il più grosso apriva la marcia, gli altri due lo seguivano, come subalterni. Moscardo, intuendo che non erano dei loro, trasalì e si fece teso. Quintilio gli bisbigliò all'orecchio: « Oh Moscardo, sono venuti a... » ma s'interruppe. Parruccone si volse e li fissò, con il naso che gli fremeva rapidamente. I tre si diressero su di lui.

« Sei Sglaili? » disse il capo.

« Va' là, che mi conosci benissimo, » rispose Parruccone « come io conosco te, Pungitopo. Cos'è che vuoi? »

« Sei in arresto! »

« In arresto? Che vuoi dire? E perché mai? »

« Per condotta sediziosa e incitamento alla rivolta. Argento, anche tu sei in arresto: per non esserti presentato in servizio stasera, da Barbasso. Tutti e due, venite con me. »

Senza por tempo in mezzo, Parruccone gli saltò addosso, graffiando e calciando. Pungitopo si difese. I suoi seguaci si appressarono, pronti a cogliere il momento opportuno per buttarsi su Sglaili e immobilizzarlo. Ma ecco che, da in cima alla ripa, Ramolaccio si tuffa nella mischia, fa sbalzare lontano una delle guardie con un calcio delle zampe posteriori, poi si avventa sull'altra. Interviene anche Dente di Leone, scaraventandosi sul coniglio già atterrato. Le due guardie, appena riescono a disimpegnarsi, se la danno a gambe su per il greppo e, via, verso il bosco.

Pungitopo riuscì a divincolarsi dalla stretta di Parruccone e, accosciandosi sui quarti posteriori, agitava le zampe davanti e ringhiava, come fanno i conigli arrabbiati. Stava per parlare, quando Moscardo gli si parò davanti.

« Vattene, » gli disse, con fermezza, calmo, « altrimenti ti ammazziamo. »

« Ti rendi conto di cosa significa questo? » replicò Pungitopo. « Io sono il Capitano dell'Ausla. Lo sai, sì? »

« Vattene, » ripeté Moscardo « sennò sarai ucciso. »

« Ucciso sarai tu » digrignò Pungitopo. E, senza aggiungere altre parole, anche lui risalì il greppo e scomparve nel bosco.

Dente di Leone sanguinava da un fianco. Si leccò la ferita, per un po', quindi si rivolse a Moscardo.

« Fra poco torneranno, sai » gli disse. « Sono andati a chiamare rinforzi, e guai a noi. »

« Dobbiamo andarcene immediatamente » disse Quintilio.

« Sì, non c'è da perder tempo » disse Moscardo. « In marcia, fino al torrente. Ne seguiremo il greto... così non ci perdiamo di vista. »

« Se vuoi dar retta al mio consiglio... » cominciò Parruccone.

« Non potrei, se restiamo ancora qui » l'interruppe Moscardo.

E, con Quintilio al fianco, s'incamminò, seguito dagli altri, fuori dal fosso e giù per la pendice. E, in breve, il piccolo drappello di conigli si dileguò nella notte, fiocamente illuminata dalla luna.

5. NEL BOSCO

Questi giovani conigli.
migrare se voglion sopr..
Allo stato selvatico, liberi...
gano a volte per parecchie ..
glia... finché trovano un ambiente adatto.

R. M. LOCKLEY,
La vita privata del coniglio.

La luna era prossima al tramonto quando, lasciati i campi aperti, si inoltrarono nel bosco. Avevano già percorso
oltre mezzo miglio, sempre seguendo il corso del torrente, arrancando, rincorrendosi, cercando di non sbrancar-
si ma restare tutti insieme. A questo punto, calcolava
Moscardo, s'erano allontanati dalla conigliera più di qualsiasi altro coniglio che lui avesse conosciuto: tuttavia,
non sapeva se era abbastanza, per considerarsi al sicuro.
Ogni tanto drizzava le orecchie per sentire se fossero
inseguiti. Alla fine si scorsero le masse cupe degli alberi,
e fra esse il torrente scompariva.

I conigli preferiscono evitare le boscaglie fitte, dove
il terreno è ombroso, umido e senz'erba e dove essi si
senton minacciati di continuo. Neanche a Moscardo andavano a genio gli alberi. Tuttavia, pensò, Pungitopo ci
avrebbe pensato due volte, prima d'inseguirli nel folto.
Inoltre, era meglio seguitar a costeggiare il corso d'acqua, piuttosto che vagare per i campi, ora in questa ora
in quella direzione, a rischio di ritrovarsi, alla fine,
nei pressi della conigliera. Decise quindi di inoltrarsi
nel bosco, senza prima consultare Parruccone, sperando
che gli altri l'avrebbero seguito.

Se non incontriamo guai e il torrente ci conduce di
là dal bosco, ragionava, allora sì che saremo davvero al
sicuro da eventuali inseguitori, e potremo cercarci un
posto per riposare tranquilli. Mi sembrano tutti più o
meno in gamba, ancora, ma fra poco Quintilio e Nicchio
saranno esausti, da non poterne più.

Il bosco, fin dal primo momento in cui v'entrò, gli

31

pieno di rumori strani. C'era l'odore di foglie marce e muschio, e s'udiva dappertutto lo sciaguattio dell'acqua. Poco oltre, il torrente formava una cascatella il cui scroscio, sotto la volta alberata, echeggiava come dentro una caverna. Si sentivano uccelli starnazzare fra le frasche. La brezza notturna faceva stormire il fogliame. Ogni tanto un rametto secco si schiantava. E v'erano rumori più sinistri, crepitii senza nome, da lontano: rumori di qualcosa che si muove.

Per i conigli, tutto ciò che è ignoto è pericoloso. Al minimo allarme, trasaliscono, e il loro primo impulso è di darsi alla fuga. E di continuo qualcosa li faceva trasalire, in quel luogo, sicché in breve cominciarono a sentirsi affaticati. Cosa significavano quei rumori? E dove scappare, poi, in quell'intrico selvaggio?

I conigli serrarono i ranghi. La loro andatura si fece più lenta. Ben presto smarrirono il ruscello. Nelle radure, al chiardiluna, spiccavano corse, arrestandosi poi fra i cespugli, a orecchi dritti, occhi sbarrati. La luna era ormai bassa e la sua luce, dove filtrava obliqua fra i rami, appariva più densa, più vecchia, più gialla.

Da un mucchio di terriccio sotto un agrifoglio, Moscardo osservò uno stretto sentiero, fiancheggiato da felci e cespugli di saggina. Le felci ondeggiavano lievemente alla brezza ma, fin dove l'occhio si poteva spingere, non si vedeva nulla per quel viottolo, tranne delle ghiande sparse al suolo ai piedi d'una quercia. Cosa si celava però fra la vegetazione? E, là, oltre la svolta? E cosa poteva accadere a un coniglio che, lasciato il riparo dell'agrifoglio, si avventurasse per quel sentiero? Si rivolse a Dente di Leone che gli stava a fianco.

« Voi aspettate qui » gli disse. « Quando arrivo alla svolta, vi fo segno. Ma, se a me succedesse qualcosa, voialtri allontanatevi subito. »

Senza attendere risposta, corse allo scoperto e giù per il sentiero. In pochi secondi arrivò alla quercia. Qui si fermò un istante, si guardò intorno, quindi proseguì fino alla svolta. Più oltre, il viottolo era lo stesso: sgombro, al tenue chiarore, e in lieve pendio fino all'ombra profonda di un gruppo di lecci. Moscardo scalpitò e di lì a poco Dente di Leone lo raggiunse. Nonostante la paura e la tensione, constatò quanto fosse veloce: aveva percorso la distanza in un baleno.

« Complimenti » gli sussurrò Dente di Leone. « Tu ti esponi al pericolo per noi, eh? come El-ahrairà? »

Moscardo gli lanciò un'occhiata riconoscente, poiché aveva gradito l'elogio. Quello che Robin Hood è per gli inglesi e John Henry per i negri americani, El-ahrairà (Elil-Hrair-Rà, il Principe dai Mille Nemici) è pei conigli. E lo stesso Ulisse avrebbe qualcosa da imparare, da questo coniglio eroe, ch'è molto vecchio e non s'è mai trovato a corto di stratagemmi per ingannare i suoi nemici. Una volta – si racconta – stava tornando a casa e doveva attraversare a nuoto un fiume, dove c'era un grosso luccio famelico. El-ahrairà si diede a strigliarsi finché non ebbe raccolto tanto pelo da coprire un coniglio d'argilla, che poi spinse nell'acqua. Il luccio si avventò, l'addentò, s'allontanò pieno di disgusto. Trascorso un po' di tempo, El-ahrairà, recuperato il coniglio finto, tornò a spingerlo lontano dalla riva. In capo a un'ora, il luccio s'era bell'e stufato. Quando, per cinque volte, ebbe lasciato perdere la preda, El-ahrairà si tuffò a sua volta e attraversò il fiume a nuoto, indisturbato. Certi conigli dicono che è lui a governare il tempo, poiché il vento e la guazza e la rugiada sono amici dei conigli e strumenti, per loro, contro i loro nemici.

« Moscardo, bisogna che ci fermiamo qui » disse Parruccone, avanzandosi fra i compagni, rannicchiati e ansanti. « Lo so, non è un buon posto, ma Quintilio e quest'altra mezza cartuccia, qui, non ce la fanno più. Crolleranno, se non si riposano. »

La verità era che tutti erano stanchi. Molti conigli trascorrono tutta la vita nello stesso luogo e mai corrono per più d'un centinaio di metri alla volta. Benché in grado di vivere e dormire sopraterra per lunghi periodi, preferiscono tenersi nei paraggi di un rifugio, in cui imbucarsi. Hanno due andature naturali: l'una, a piccoli balzi leggiadri, quando bighellonano su un prato nelle sere tranquille d'estate; l'altra, è lo scatto di velocità che ognuno di noi ha avuto modo di osservare, qualche volta. È difficile immaginare un coniglio che percorra lunghi tragitti a passo uniforme: non son nati per marciare. È vero d'altra parte che i giovani conigli compion lunghe migrazioni e son capaci di viaggiare per diverse miglia: ma non tutt'in una volta, né vi s'adattano facilmente.

Quella sera, Moscardo e i suoi compagni avevano compiuto molte cose che non vengono naturali ai conigli, e per la prima volta. Si erano mossi in gruppo, o perlomeno avevano tentato: in realtà, più d'una volta s'erano distanziati l'uno dall'altro. Avevano inoltre cercato di tenere un'andatura costante, né a balzi né di volata, e ciò era stato duro. Una volta penetrati nel bosco, l'ansietà non li aveva mai abbandonati. Alcuni erano quasi *tzarn*: un coniglio è tzarn quando, esausto o atterrito, viene colto da una specie di paralisi e, allora, con gli occhi sbarrati, guarda come abbagliato il nemico – uomo o donnola – che avanza su di lui per farlo secco. Nicchio, agguattato sotto una felce, tremava tutto, le orecchie gli ricadevano ai lati del muso. Teneva uno zampino allungato, in una posa goffa e innaturale, e se lo leccava miserevolmente. Quintilio, benché non altrettanto avvilito, era esausto anche lui. Moscardo si rese conto che, finché non si fossero riposati, era meglio restar lì, dove si trovavano, piuttosto che avventurarsi all'aperto, senza lena per fuggire se incontravano un nemico. Al tempo stesso, a star lì a rimuginare, senza cibo né covo sotterra, c'era caso che l'angoscia e la paura gli rodessero il cuore a tal punto da indurli a scappare alla cieca, sparpagliarsi, o magari tentar di tornare alla conigliera.

Allora ebbe un'idea.

« E va bene, restiamo qui, a riposarci » disse. « Infrattiamoci sotto le felci. Dai, su, Dente di Leone, tu raccontaci una novella. Lo so che sei bravissimo. Nicchio qui non vede l'ora di sentirla. »

Dente di Leone guardò Nicchio e capì cosa l'altro intendesse. Soffocando le proprie paure – la paura di quel luogo desolato, dei gufi che s'udivano tornare ai loro nidi dopo la caccia notturna, degli acri odori d'animali selva-

tici che sembravan venire da poco lontano – cominciò
a raccontare.

6. COME EL-AHRAIRÀ FU BENEDETTO

Perché dovrebbe credermi crudele
O se stesso ingannato?
Vorrei che amasse ciò che c'era prima
Che il mondo fu creato.

w. b. yeats, *Una donna giovane e vecchia.*

« Tanto tanto tempo fa, Frits creò il mondo. Creò tutte
le stelle del firmamento, e anche il mondo è una stella.
Lui le creò spargendo per il cielo i suoi cacherelli, ecco
perché l'erba e le piante crescono così fitte a questo mondo. Frits fa scorrere i fiumi. I fiumi lo seguono mentre
lui viaggia pel cielo, durante il giorno, e quando Frits
lascia il cielo, loro tutta la notte lo cercano. Frits creò gli
animali della terra e gli uccelli dell'aria, però appena creati tutti quanti erano uguali. Il passero e il falcone erano
uguali, e tutt'e due mangiavano panìco e moscerini. E il
coniglio e la volpe erano amici, e mangiavano l'erba. E
c'era un bel po' d'erba, quella volta, perché il mondo era
nuovo e Frits splendeva in cielo tutto il giorno.
    « E fra gli animali viveva a quei tempi anche El-ahrai-
rà, e aveva molte mogli. Tante ne aveva, da non poterle
nemmen contare, e queste mogli avevan tanti piccoli che
neanche Frits in cielo ci riusciva a contarli e mangiavano
l'erba medica e la sulla, lattuga e radichella, e El-ahrairà
era il padre di tutti. » (Paruccone emise un brontolio di
gradimento.) « Ma dopo un po' di tempo, » seguitò Dente
di Leone « l'erba cominciò a scarseggiare e i conigli si
diedero a vagare di qua e di là, sempre brucando e mol-
tiplicandosi.
    « Allora Frits disse a El-ahrairà: "Prence Coniglio, se
tu non poni limiti al tuo popolo, troverò io la maniera".
Ma El-ahrairà non volle dargli retta e rispose a Frits in
cielo: "Il mio popolo è il più forte che c'è al mondo, per-

ché mangia di più e si riproduce più in fretta di qualsiasi altro popolo. E questo ti dimostra quanto ami Frits nostro Signore, ché, fra tutti gli animali, sono loro i più sensibili al calore e allo splendore che viene da lui. Quindi apprezzali, Signore, e non frapporre ostacoli alla loro bella vita".

« Frits avrebbe potuto, là per là, ammazzare El-ahrairà, ma non lo fece, e lo lasciò al mondo, perché aveva bisogno di lui per trastullarsi, scherzare e fare burle. Sicché decise di non ricorrere alla propria immensa potenza, per aver ragione di lui, bensì giocare d'astuzia. Allora indisse una grande assemblea e fece sapere che, in tale occasione, avrebbe fatto un regalo a ciascun animale e a ciascun uccello, per renderli diversi uno dall'altro. Così, tutte le creature si recarono a questa riunione. Però chi arrivò prima, e chi dopo, perché Frits fece in modo che avvenisse così. Quando arrivò il merlo, Frits gli donò il bel canto. Quando arrivò la mucca, le donò le corna aguzze e la forza che non teme altre creature. E poi a loro volta arrivarono la volpe, la faina, la martora, la lontra. E a ciascuna di loro Frits donò la ferocia e l'astuzia e la voglia di cacciare e di uccidere e mangiare i figlioli di El-ahrairà. E così se ne tornarono, costoro, pieni solo di sete di sangue.

« Nel frattempo El-ahrairà non faceva che ballare e far l'amore e vantarsi che avrebbe ricevuto, da Frits, all'assemblea, un dono senza uguale. Alla fine si mise in cammino per il luogo convenuto. Ma, strada facendo, si fermò per riposarsi su una brulla collinetta. E mentre se ne stava lì sdraiato, ecco che passa in volo, tutto nero, il Rondone, gridando a squarciagola: "Novità! Novità! Novità!". Allora El-ahrairà lo chiama e gli domanda: "Che novità ci sono?". "Mah," gli rispose il Rondone "non vorrei esser in te, El-ahrairà. Perché devi sapere che Frits ha donato alla volpe e alla faina cuori crudeli e zanne aguzze, e al gatto ha donato passi felpati e occhi che vedono al buio, e tutti quanti loro vanno in giro per uccidere e divorare i figlioli di El-ahrairà." E, detto così, volò via. E in quel momento El-ahrairà udì la voce di Frits che diceva: "Dov'è El-ahrairà? Ché tutti gli altri hanno già ricevuto i loro doni e se ne sono andati, e ora manca solo lui, lo sto cercando".

« Allora El-ahrairà capì che Frits era troppo più furbo di lui ed ebbe paura. Pensando che la volpe e la faina stessero per arrivare insieme a Frits, si mise a scavare una buca sul fianco della collina. Scava e scava, non ne aveva scavato più che tanto quando Frits arrivò e di El-ahrairà vide solo il didietro che sporgeva dalla buca. E la terra ripioveva lungo il fianco del colle, a gragnola, col procedere dell'opera di scavo. Frits allora domandò allo scavatore: "Amico mio, che, hai visto El-ahrairà? Lo sto cercando, per fargli un regalo". "No," rispose El-ahrairà, senza uscir fuori, "non l'ho visto. So però che si trova lontano da qui e, così, non è potuto venire al raduno." Allora Frits gli disse: "Vieni un po' fuori tu, da quella buca, e io ti benedico al posto suo". "Non posso," gli rispose El-ahrairà "ho da fare. La volpe e la faina saranno qui fra poco. Ma se vuoi benedirmi, benedicimi il didietro, visto che sporge fuori dalla buca." »

Tutti i conigli avevano già sentito questa storia: nelle lunghe notti d'inverno, quando il vento ululando si insinua fin dentro le tane e la brina ricopre i prati e l'acqua gelida riempie i fossi; oppure nelle belle sere estive, accovacciati sull'erba presso una siepe di biancospino, con l'aria che profuma del dolciastro dei fiori marcescenti. Ma Dente di Leone la raccontava così bene che perfino Nicchio, scordando stanchezza e pericoli, si esaltava all'idea dell'indistruttibilità dei conigli. Ciascuno di loro si immedesimava in El-ahrairà, che, nonostante la sua impudenza con Frits, era sempre riuscito a farla franca.

« Allora, » seguitò Dente di Leone. « Frits tornò amico di El-ahrairà, visto che era così ingegnoso e visto che non si dava per vinto, benché pensasse che la volpe e la faina stessero per arrivare. "E va bene," gli disse "benedirò dunque il tuo didietro che sbuca dalla buca. Didietro, sii la forza e sii il monito e la velocità, per salvare in sempiterno il tuo padrone. E così sia!" Detto ch'ebbe, a El-ahrairà spuntò una coda bianca che splendeva al pari d'una stella; e le zampe posteriori gli divennero lunghe e potenti; e lui si diede a percuoterle contro il fianco della collina, così forte, che perfino i maggiolini cadevan dagli steli. Uscito dalla buca, si mise a correre più veloce di qualsiasi altro essere vivente. E Frits gli gridò dietro: "Ascolta, El-ahrairà. Il tuo popolo non potrà dominare il mondo intero, perché io non lo permetto. Tutto il mondo sarà vostro nemico. E chi t'acchiapperà, t'ammazzerà, Principe dai Mille Nemici. Però prima dovranno pigliarti. Tu sei bravo a scavare e veloce nella corsa, principe, d'udito fine e tutti e sensi all'erta. Sii dunque astuto e inventa stratagemmi, e il tuo popolo mai verrà distrutto". Allora El-ahrairà capì che Frits, benché non si lasciasse canzonare, era pur sempre suo amico. E ogni sera, quando Frits, terminato il suo lavoro, indugia sereno e tranquillo all'orizzonte, nel cielo che si tinge di rosso, El-ahrairà e i suoi figli e i figli dei suoi figli, vengono fuori dalle loro tante e si mettono a giocare, a brucare, sotto i suoi occhi, perché sono suoi amici e lui ha promesso loro che non verranno mai distrutti. »

7. IL LENDRI E IL FIUME

> Quant au courage moral, il avait trouvé fort rare, disait-il, celui de deux heures après minuit: c'est-à-dire, le courage de l'improviste.
>
> NAPOLEONE BONAPARTE

Dente di Leone aveva appena terminato quando Ghianda, che era il più sottovento del piccolo gruppo, d'un tratto balzò su, drizzò le orecchie, le narici frementi. Quello strano acre odore di prima era adesso più vicino che mai e, di lì a poco, s'udì muovere nel folto. Poi, d'improvviso, sul lato opposto del sentiero, le felci si dischiusero e comparve un muso lungo, cagnesco, a striature bianche e nere. Sfiorava il suolo con la punta del naso, le mascelle eran dischiuse su una specie di ghigno. S'intravedevano le sue potenti zampe e un corpaccio nero, ispido. Gli occhi che li fissavano, eran pieni di astuzia selvaggia. Mosse lento la testa, prima qua, poi là, nei due sensi del viottolo, poi tornò a fissare su di loro quel suo sguardo terribile, feroce. Le mascelle si dischiusero maggiormente, rivelando i denti aguzzi, bianchi come le strisce sulla testa. Per un lungo momento stette immobile a scrutare i conigli e i conigli restavano immoti, a fissarlo a loro volta in silenzio. Poi Parruccone, ch'era il più vicino al sentiero, indietreggiò verso gli altri compagni.

« È un *lendri* » bisbigliò loro. « Può essere pericoloso oppure no, ma è meglio non fidarsi. Squagliamoci. »

I compagni lo seguirono e, percorso un felceto, sbucarono su un viottolo parallelo all'altro. Parruccone vi si buttò a correre. Dente di Leone lo seguì, lo superò. Insieme scomparvero fra i lecci. Moscardo e gli altri tennero loro dietro come meglio potevano. Nicchio arrancava in coda, zoppicando. La paura lo spingeva, nonostante il dolore alla zampa.

Moscardo, attraversato il lecceto, seguì ancora il viottolo, oltre una curva. Qui si fermò di schianto, si accosciò. Poco più avanti, Parruccone e Dente di Leone, sull'orlo di una ripa scoscesa, guardavano l'acqua che scorreva ai loro piedi. Si trattava in effetti di un piccolo fiume, a nome Enborne, largo tre o quattro metri e profondo, in quella stagione dell'anno, un'ottantina di centimetri. Ai conigli però pareva immenso, e mai s'erano sognati un fiume così grande. La luna era quasi tramontata e la notte era scura, ma si vedeva l'acqua scintillare tenuamente, e, sulla riva opposta, si discerneva un filare di castagni e di ontani. Più oltre, un piviere ripeté tre volte il suo verso, poi tacque.

A uno a uno, arrivarono anche gli altri, si portarono sull'orlo della ripa, e guardavano l'acqua senza fiatare. Tirava una gelida brezza e molti di loro eran scossi da brividi.

« Questa sì ch'è una bella sorpresa, Moscardo » disse Parruccone, alla fine. « O te l'aspettavi, tu, quando ci hai portati nel bosco? »

Moscardo si rese conto che Parruccone, forse, cercava rogna. Non era un codardo, questo no, ma era uno su cui poteva farsi assegnamento solo quando non sorgessero imprevisti, dilemmi. La perplessità, per lui, era peggiore del pericolo. E, quand'era perplesso, di solito andava in bestia. Il giorno avanti, turbato dalle previsioni di Quintilio, aveva perso la pazienza col Trearà e s'era dimesso dall'Ausla. In seguito, quando stavano tutti ancora in forse se lasciare o no la conigliera, il capitano Pungitopo era comparso al momento giusto per farlo montare in collera e rendere inevitabile la loro partenza. Adesso, alla vista di quel fiume, la sicurezza di Parruccone stava di nuovo svanendo. E, ammenoché Moscardo non riuscisse a riinfondergli fiducia, sarebbero state rogne. Pensò al Trearà e alla sua diplomatica scaltrezza.

« Non lo so, come ce la saremmo cavata senza di te, Parruccone, poco fa » gli disse. « Che razza d'animale era, quello? Ci avrebbe ammazzati? »

« Un lendri » gli rispose Parruccone. « Ne avevo sentito parlare, nell'Ausla. Non sono proprio pericolosi. Non raggiungono un coniglio in corsa e li senti, di solito, arrivare. Sono buffi: ho sentito perfino di conigli che ci vivono quasi a fianco a fianco, indisturbati. Però è meglio evitarli, a ogni buon conto. Fanno man bassa di conigli cuccioli e, se trovano un coniglio ferito, lo fanno fuori. Insomma, sono uno dei Mille, anche loro. Avrei dovuto riconoscerlo dall'odore, senonché non l'avevo mai sentito. »

« Aveva già ucciso prima d'incontrarci » disse Mirtillo, con un brivido. « Il sangue gli colava dalla bocca. »

« Un topo, forse, o pulcini di fagiano. Buon per noi che avesse già ucciso, altrimenti era più svelto. Per fortuna comunque abbiamo fatto la mossa giusta. E ce la siamo cavata bene » disse Parruccone.

Quintilio era giunto per ultimo, insieme a Nicchio. Anche loro guardavano perplessi il corso d'acqua.

« Cosa pensi, Quintilio, che si debba fare adesso? » gli domandò Moscardo.

Quintilio guardò giù, agitò gli orecchi.

« Bisogna attraversarlo » disse. « Ma non credo di farcela, a nuotare. Sono esausto, e Nicchio sta pure peggio di me. »

« Attraversarlo! » esclamò Parruccone. « Attraversarlo? E chi ne ha voglia? Cosa ci si va a fare dall'altra parte? Mai sentita una simile sciocchezza. »

Al pari di tutti gli animali selvatici, i conigli son capaci di nuotare, se costretti. Alcuni nuotano anzi regolarmente: se, per esempio, abitano ai margini d'un bosco e ogni giorno devono attraversare un ruscello per recarsi a pascolare. Ma per lo più, se possono, lo evitano. E, indubbiamente, un coniglio esausto non gliel'avrebbe fatta ad attraversare l'Enborne.

« A me non mi va di tuffarmi » disse Lampo.

« Perché non procediamo lungo l'argine? » fece Smerlotto.

Moscardo però era dell'idea che, se Quintilio suggeriva d'attraversare il fiume, sarebbe stato pericoloso non dargli retta. Ma come persuadere i compagni? Ed ecco che, mentre sta riflettendo sul da farsi, si sente d'un tratto illuminare l'animo. Cosa poteva essere? Un odore? Un rumore? Poi capì. Poco lungi, oltre il fiume, un'allodola s'era levata cinguettando. Era l'alba. Un merlo zufolò, lentamente, e un colombo selvatico gli fece eco. Ben presto si diffuse un chiarore crepuscolare. Ed essi videro che il fiume scorreva al confine del bosco e che, sull'altra sponda, cominciava l'aperta campagna.

8. LA TRAVERSATA

Il centurione... ordinò che coloro i quali sapevano nuotare si gettassero in acqua per primi, per raggiungere la riva. E che gli altri si aggrappassero ai relitti galleggianti della nave. E così avvenne che tutti raggiunsero la terra sani e salvi.

Gli atti degli Apostoli, cap. 27.

La sommità dell'argine distava tre buoni metri dal pelo dell'acqua. Da dove si trovavano, i conigli riuscivano a vedere un buon tratto di fiume, a monte e a valle. Sulla ripa scoscesa dovevano esserci nidi di balestrucci poiché, difatti, ne videro tre o quattro spiccare il volo da sotto i loro piedi e sfrecciare verso i campi. Di lì a poco un balestruccio ritornò, ed essi udirono i rondicchiotti pigolare, quando quello scomparve alla vista. La ripa si estendeva per un tratto non lungo, in entrambe le direzioni. Verso monte digradava in un sentiero erboso fra gli alberi e il bordo dell'acqua. Quel sentiero proseguiva fino a perdita d'occhio, e il fiume scorreva tranquillo, senza guado, né secche ghiaiose, né passerelle. Proprio sotto di loro, l'acqua formava una polla profonda e quasi stagnante. Anche alla loro destra la ripa digradava verso un folto di giovani ontani, fra i quali la corrente si sentiva mormorare sul fondo ghiaioso. S'intravedeva un filo spinato di traverso al fiume e arguirono, da ciò, che più oltre c'era un guado per le mucche, come quello nel ruscello presso la conigliera natia.

Moscardo osservò il sentiero a monte. « C'è dell'erba laggiù, » disse « andiamo a mangiare. »

Scesi giù ruzzoloni dalla ripa, si diedero a brucare presso l'acqua. Lungo la riva spuntavano ciuffi di quattrinella e di pulicaria, alla cui fioritura mancavano quasi due mesi. Unici fiori, alcuni colchici precoci e qualche cespuglietto di tignàmica. Di lì si vedeva che, infatti, sul dirupo si aprivano numerosi nidi di balestrucci. Ai piedi dello scoscendimento, un lembo di terra era cosparso dei rifiuti della colonia: guano, piume, fuscelli, qualche uovo rotto e un paio di nidiaci morti. Ora i balestrucci facevano in gran numero la spola fra i nidi e la campagna.

Moscardo, accostatosi a Quintilio, lo trasse pian piano in disparte, seguitando a brucare nel frattempo. Quando furono alquanto lontani, e seminascosti da un ciuffo di canne palustri, gli disse: « Sei sicuro che bisogna attraversare questo fiume. Quintilio? E se invece lo costeggiassimo, in un senso o nell'altro? ».

« No, bisogna attraversarlo, Moscardo, per raggiungere i campi di là, e poi proseguire oltre. Io lo so, quel che dobbiamo cercare: un luogo elevato e solitario, dal suolo secco, dove la vista spazia tutt'intorno e gli uomini non ci vengono quasi mai. Non vale la pena di fare anche un lungo viaggio? »

« Sì, la pena la vale senz'altro. Ma esiste, un luogo simile? »

« Non certo presso un fiume, questo lo sai da te. Ma, attraversato ogni corso d'acqua, si va in salita, no? Noi dobbiamo arrivare su in cima... In cima e allo scoperto! »

« Ma, Quintilio, può darsi che i compagni si rifiutino di andar tanto lontano. E non sei, tu stesso, troppo stanco per passare il fiume a nuoto? »

« Mi riposerò, Moscardo. Però Nicchio è mal messo. Credo anzi sia ferito. Forse ci toccherà restar qui una mezza giornata. »

« Ora sentiamo gli altri. Restare, non gli dispiacerà. E l'idea di passare il fiume che non gli sorride, ammenoché non li spinga lo spavento. »

Tornati presso gli altri, videro Parruccone che sbucava dai cespugli sul bordo del sentiero.

« Ero andato a cercarti, non vedendoti più » disse a Moscardo. « Siamo pronti a proseguire? »

« No, non ancora » gli rispose Moscardo, deciso. « Bisogna restar qui fino a ni-Frits. Una volta riposati, tutti quanti, passiamo a nuoto sull'altra sponda. »

Parruccone stava per replicare, ma Mirtillo lo prevenne.

« Parruccone, » gli disse « perché non vai tu, in avanscoperta, sulla riva opposta? Di là, dai un'occhiata. Può darsi che questo bosco non si estenda molto, da una parte o dall'altra. Allora, possiamo meglio giudicare in che direzione ci convenga procedere. »

« Oh, be', » disse Parruccone, piuttosto malvolentieri, « la proposta mi pare sensata. E va bene! passerò a nuoto quell'*embliri* [1] fiume, tutte le volte che vi pare a voi. Sempre lieto di farvi un favore. »

Senza un attimo d'esitazione, in due balzi raggiunse la riva, entrò in acqua e si mise a nuotare, nel punto

---

[1] Fetido, *Emblir* è l'odore della volpe. [*N.d.A.*]

dove questa era più calma. Lo guardarono approdare, presso un cespuglio di scrofularia, issarsi su addentandone un rametto, scrollarsi l'acqua dalla pelliccia, infrattarsi fra gli arbusti di ontano, poi, di lì a un minuto, sfrecciare sul campo.

« Meno male che c'è lui » disse Moscardo, ad Argento, e il pensiero gli corse al Trearà, con ironia. « È un tipo in gamba, e ci saprà dire quel che occorre sapere. Oh, ma ecco che già torna. »

Parruccone stava tornando indietro di volata, per il campo, ed era agitatissimo, come quando si era scontrato col capitano Pungitopo. Entrò in acqua quasi a capofitto e si diede a remigare a tutta forza, lasciandosi dietro una scia che s'allargava a ventaglio sull'acqua tranquilla. Non era ancora approdato sulla spiaggetta, e già parlava.

« Se fossi in te, Moscardo, non aspetterei fino a ni-Frits. Me n'andrei subito. Anzi, credo che sia gioco-forza. »

« Perché? » domandò Moscardo.

« C'è un grosso cane che si aggira nel bosco. »

Moscardo sussultò. « Cosa? Come lo sai? »

« Da di là, si vede tutta questa parte del bosco, che è in declivio e in certi punti non è tanto fitto. Ho visto il cane attraversare una radura. Dal collo gli pende un pezzo di catena, dunque dev'essere un cane da guardia che s'è sciolto. Può darsi che segua la pista del lendri. Ma a quest'ora il lendri sarà già sotterra. Cosa credi che succederà quando annuserà le nostre tracce? Noi l'abbiamo percorso in lungo e in largo, quel bosco. Dai, sbrighiamoci. »

Moscardo stava in forse. Di fronte a lui, bagnato fradicio, indomabile, Parruccone pareva il ritratto della risolutezza. Quintilio gli era accanto, silenzioso, scosso da tremiti. Mirtillo lo guardava ed era chiaro che da lui s'attendeva una decisione, non da Sglaili. Poi Moscardo guardò Nicchio, rannicchiato in una conca sabbiosa, più spaventato e derelitto di qualsiasi coniglio che avesse mai visto. In quella si udì, dalla parte del bosco, un intenso latrato, e una ghiandaia si mise a strillare.

Moscardo si sentiva la testa vuota. « Allora sarà meglio che vai tu » disse. « Tu e chi vuole venire con te. Io per me aspetterò finché Quintilio e Nicchio non si siano rimessi. »

« Ma che cretino! » esclamò Parruccone. « Vi farà fuori. E poi... »

« Non far chiasso » gli disse Moscardo. « Può sentirti. Tu cosa suggerisci, invece? »

« C'è poco da suggerire. Chi può nuotare, nuoti. Chi non ce la fa, resti qui e speri per il meglio. Può anche darsi che il cane non venga. »

« Non va bene, per me. Io ho convinto Nicchietto a venire, e tocca a me aiutarlo a cavarsela. »

« Ma Quintilio non l'hai convinto tu, eh? Anzi, è stato lui a convincere te. »

Moscardo non poté far a meno di notare, con riluttante ammirazione, che Parruccone non aveva perso la calma, e che non pareva aver fretta di porsi in salvo, anzi era il meno spaventato di tutti. Cercò Mirtillo con lo sguardo e vide che si era allontanato e si trovava all'altra estremità della spiaggetta, dove questa formava una lingua di ghiaia. Con le zampe affondate nel ghiaino bagnato, stava annusando qualcosa, largo e piatto, presso il bordo dell'acqua. Pareva un pezzo di legno.

« Mirtillo » lo chiamò. « Puoi venire qui un momento? »

Mirtillo si volse, districò le zampe, tornò indietro di corsa.

« Moscardo, » disse, in fretta, « là c'è un pezzo di legno, una volta... come quella che, alla nostra coniglierà, tappava quel pertugio, su, vicino al Sasso Verde... ce l'hai presente? Deve averla portata la corrente. Quindi galleggia. Potremmo farci salire Quintilio e Nicchio e spingerla in acqua. Per fargli attraversare il fiume. Mi sono spiegato? »

Moscardo non capiva cosa l'altro intendesse. Gli pareva che Mirtillo farneticasse e ciò accresceva il suo sbigottimento. Come se non bastassero la collera e l'impazienza di Parruccone, il terrore di Nicchio e i latrati del cane, ecco che adesso il più ingegnoso dei suoi compagni se ne usciva di senno! Si sentì prossimo alla disperazione.

« Frits-i-rà! Ma sì, ho capito! » esclamò una voce eccitata accanto a lui. Era Quintilio. « Presto, Moscardo, non perdiamo tempo. Vieni, e porta anche Nicchio. »

Fu Mirtillo a riscuotere lo stupefatto Nicchio e sospingerlo, zoppicante, fino alla lingua di ghiaia. La tavola, poco più grande d'una foglia di rabarbaro, stava mezza dentro e mezza fuori dell'acqua. Mirtillo vi fece salir su Nicchio, per le spicce. Nicchio vi s'accucciò, tutto tremante, poi anche Quintilio salì a bordo.

« Avanti, chi ci ha forza! » gridò Mirtillo. « Su, Parruccone, su, Argento! spingetela un po' in acqua! »

Nessuno gli obbediva. Stavano là, accosciati, a guardare perplessi. Mirtillo affondò il muso nel ghiaino sotto il bordo dell'asse, spingendo. La tavola s'inclinò. Nicchio guaì e Quintilio, abbassando la testa, cercò d'abbarbicarsi con gli unghioli. Poi la zattera si rimise in piano: era scesa in acqua e si stava allontanando dalla riva, con sopra i due conigli, immoti, rigidi. Lentamente ruotò su se stessa e i due si ritrovarono rivolti verso i loro compagni.

« Frits e Inlé! » esclamò Dente di Leone. « Stan seduti sull'acqua! Perché non vanno a fondo? »

« Stan seduti sul legno, e il legno galleggia, non lo vedi? » gli disse Mirtillo. « E adesso noi, a nuoto. Siamo pronti, Moscardo? »

Nel corso di quegli ultimi minuti, a Moscardo era sembrato di star perdendo la bussola. Prima, di fronte alla sprezzante impazienza di Parruccone, non aveva saputo rispondere altro, se non che era pronto a rischiare la vita per restare accanto a Nicchio e Quintilio. E adesso si sentiva frastornato, non capiva cos'era successo. Solo si rendeva conto che Mirtillo gli chiedeva di dar prova di autorità. La mente gli si schiarì.

« In acqua » disse. « Tutti quanti a nuoto. »

Li guardò tuffarsi. Dente di Leone nuotava veloce come correva, con altrettanta facilità. Anche Argento era un forte nuotatore. Gli altri annaspavano, disordinatamente. Quand'erano quasi arrivati di là, Moscardo si tuffò a sua volta. L'acqua fredda lo gelò fino alle ossa. Respirava affannosamente, andò sotto con la testa, con le zampe raspò sulla ghiaia del fondo. Si diede a pagaiare goffamente, torcendo il collo per tener la testa fuori, puntò verso il cespuglio di scrofularia. Mentre si tirava fuori, guardò i compagni acquattati fra gli arbusti, zuppi d'acqua.

« E Parruccone dov'è? » domandò.

« Dietro di te » gli rispose Mirtillo, battendo i denti.

Parruccone era ancora in acqua, e presso l'altra sponda. Stava spingendo la zattera, col muso, dando potenti colpi con le zampe posteriori. « Tenetevi fermi » lo si udiva dire, con voce ingozzata. Poi andò sotto. Ma un momento dopo era di nuovo a galla e appoggiò la testa sul bordo della zattera. Questa s'inclinò, lui calciava e annaspava, i compagni guardavano dalla riva opposta. Lentamente la zattera compì la traversata e approdò. Quintilio spinse Nicchio sui ciottoli del greto, Parruccone emerse accanto a loro, senza fiato, tutto un brivido.

« Me l'ha fatta venire Mirtillo, l'idea » disse. « Ma è fatica spingere, da in acqua. Spero non manchi molto, al levar del sole. Sono fradicio. Andiamo. »

Del cane, nessun segno. Superato di buon passo il folto d'arbusti, s'inerpicarono su verso il campo e fecero tappa presso la prima siepe divisoria. Per la maggior parte, non avevano compreso la scoperta della zattera, e subito se ne dimenticarono. Quintilio invece, appressatosi a Mirtillo, acquattato a ridosso della siepe di biancospino, gli disse:

« Ci hai salvati tu, Nicchio e me, non è vero? Non credo che Nicchio si sia reso esattamente conto di quello che è successo. Io sì, invece ».

« L'ammetto, è stata una buona idea » disse Mirtillo. « Non ce ne scordiamo. Ci potrà tornare utile, chissà, qualche altra volta. »

9. IL CORVO E IL CAMPO DI FAGIOLI

Tu lo tieni fermo, tu,
Io gli becco quei bei occhioni blu.

I due corvi (Ballata scozzese).

Bello il fiore del fagiolo,
dolce il sufolo del merlo...

ROBERT BROWNING, *De gustibus.*

Il sole si levò mentre stavano ancora in quella fratta.
Già diversi di loro dormivano, scomodamente rannicchiati fra i pruni, consapevoli del pericolo ma troppo
stanchi per far altro che sperare nella buona fortuna.
Moscardo, osservandoli, si sentiva di nuovo insicuro, come presso il fiumicello. Una siepe in aperta campagna
non è il posto più adatto per restarci tutto un giorno.
Ma dove potevano andare? Bisognava esplorare i dintorni. Spirava una brezza da sud. Moscardo si spostò lungo
la fratta, cercando un punto che gli offrisse un discreto
osservatorio, non troppo esposto. Gli odori provenienti
dall'altura gli potevano fornire qualche indicazione.

Arrivò a un ampio fosso, fangoso, pesticciato dal bestiame. Ne vide infatti alcuni capi, al pascolo, più su,
nel campo attiguo.

Cautamente, s'avventurò allo scoperto, s'acquattò dietro un ciuffo di cardi, cominciò a fiutare il vento. Ora,
che era sopravento rispetto all'odore del biancospino nella fratta e non predominava più il fetore del letame,
riusciva a percepire distintamente una fragranza di cui
gli erano giunti finora solo vaghi effluvi alle narici. Ora
il vento portava un solo odore, che era nuovo per lui:
fresco, dolce, molto intenso. Era salubre e scevro di
minaccia. Ma che cos'era? e perché così forte da escludere ogni altro odore, in aperta campagna, sulle ali del
vento del sud? Certo non proveniva da lontano. Moscardo si chiese se mandare un compagno in avanscoperta.
Dente di Leone sarebbe andato e tornato, veloce quasi
come una lepre. Ma poi, stimolato dal suo spirito d'av-

ventura, decise di andar lui stesso, e portare notizie ai
compagni, prima ancora che questi si fossero accorti della sua assenza. Parruccone, pensò, si roderà.

Corse su per la pendice, senza sforzo, verso le mucche. Al suo appressarsi, queste alzarono il muso e lo
fissarono, tutte insieme, per qualche momento, poi tornarono a brucare. Un grosso uccello nero starnazzava
e saltellava, a una certa distanza dalla mandria. Sembrava una grossa cornacchia ma, a differenza delle cornacchie, era tutto solo. Moscardo osservò che col becco,
grosso e verdastro, dava spunzonate al suolo, ma non
riuscì a capire a quale scopo. Infatti, non aveva mai
visto un corvo. E non capiva che quello stava seguendo
il percorso di una talpa, sperando di ucciderla a colpi di
becco, per poi estrarla dalla sua galleria poco profonda.
Se si fosse reso conto di ciò non l'avrebbe certamente
preso tanto alla leggera, quell'uccello, classificandolo come un « non-falco » – cioè un qualsiasi innocuo volatile,
dallo scricciolo al fagiano – per seguitare tranquillo a
risalire la china.

Quella strana fragranza era adesso più intensa: veniva
da oltre la cima dell'altura, e il suo potente effluvio era
inebriante: come l'odore dei fiori d'arancio, nei paesi
mediterranei, inebria il viaggiatore che lo sente per la
prima volta. Affascinato, Moscardo corse fino alla cresta
del colle. Qui correva un'alta siepe divisoria e, di là
da essa, si trovava un campo di fagioli, le cui piante
tutte in fiore ondeggiavano alla brezza.

Accosciato, Moscardo ristette a guardare quella ben
ordinata foresta di pianticelle glauche, con i loro pennacchi di fiori bianchi e neri. Non aveva mai visto niente
di simile. Conosceva il grano e l'orzo, sì, e una volta
aveva visto anche un campo di rape. Questo qui era
diverso, però, e aveva un aspetto invitante, salutare,
propizio in qualche modo. Vero, i conigli non potevano
mangiare quelle piante: lo sentiva all'olfatto. Ma potevano starsene al sicuro, fra esse, fin quanto lo gradissero,
e, lì in mezzo, potevano muoversi con facilità, senza
esser visti. Moscardo decise, là per là, di condurre i
suoi compagni in quel campo di fagioli e di restarvi, al

riparo, in riposo, fino a sera. Tornò indietro di corsa e trovò gli altri dove li aveva lasciati. Parruccone e Argento erano gli unici svegli, gli altri sonnecchiavano scomodamente.

« Tu non dormi, Argento? » gli domandò.

« È troppo pericoloso, Moscardo » quello gli rispose. « Ho sonno anch'io, come gli altri, sì, ma se dormiamo tutti, chi dà l'allarme se arriva qualcuno? »

Giusto. Ho trovato un posto, però, dove possiamo dormire tutti tranquillamente, finché ci pare. »

« Una tana? »

« No, non un covo. Un vasto campo di piante odorose che ci ripareranno, alla vista e all'odorato, finché non ci saremo rimessi in sesto. Vieni, vieni a sentirne l'odore. »

Si portarono entrambi dall'altra parte della fratta. Parruccone li raggiunse. « Tu le hai viste, quelle piante? » domandò, drizzando gli orecchi per cogliere il lontano stormire dei fagioli.

« Sì, sì. Sono proprio di là dalla cima. Presto, chiamiamo gli altri prima che arrivi qualche *hrududù* [1], a sparpagliarli in fuga. »

Argento, svegliati i compagni, si diede a incitarli. Quelli, pieni di sonno, barcollando, si incamminarono pel campo, poco convinti dalle sue ripetute assicurazioni che c'era da fare « solo poca strada. »

Salendo su per il pendio, i loro ranghi si sparsero. In testa Parruccone e Argento, seguiti a una certa distanza da Moscardo e Ramolaccio, quindi gli altri, ad andatura da diporto, soffermandosi a brucare o a mollar cacherelli sull'erba solatia. Argento era già quasi sulla cima, quando s'udì d'un tratto un alto strillo, da mezza costa: il verso acuto che un coniglio emette non già per chiamare soccorso o per spaventare un avversario, bensì perché è atterrito. Quintilio e Nicchio, zoppicanti in retroguardia, più deboli e visibilmente esausti, venivano attaccati dal corvo. Questi era arrivato a volo radente. Quindi s'era avventato per vibrare un gran

---

[1] Qualsiasi veicolo a motore. Qui si allude a un trattore.

colpo di becco a Quintilio, che l'aveva schivato appena in tempo. Ora stava balzando e saltellando sulle zolle erbose, e dardeggiava il terribile becco all'indirizzo dei due conigli. I corvi mirano agli occhi. Nicchio, intuendo ciò, aveva affondato il muso in un ciuffo di gramigna e stava cercando di rintanarsi meglio. Era lui che strillava.

Moscardo tornò indietro di carriera, giù pel pendio. Non sapeva che cosa avrebbe fatto e, se il corvo non gli avesse badato, lui sarebbe rimasto interdetto. Invece l'uccellaccio, vedendolo arrivare, si gettò su di lui. Moscardo l'evitò con una virata. Fermatosi, si volse indietro e vide Parruccone che sopraggiungeva di corsa a dar man forte. Il corvo si scagliò contro il nuovo venuto, e lo mancò. Moscardo udì il becco cozzare contro un sasso, fra l'erba, con lo schianto che dà un guscio di lumaca quando un tordo lo fracassa. Anche Argento accorreva. Il corvo si riprese e lo squadrò. Argento si fermò. L'uccellaccio pareva danzare, di fronte a lui, battendo le grandi ali nere, orribilmente. Stava per tirare una beccata quando Parruccone l'assalì da dietro, l'urto, lo fece barcollare di traverso, con un rauco gracchio di rabbia.

« Dai! assaltalo ancora alle spalle! » gridò Parruccone. « Sono codardi! Attaccano solo conigli spauriti! »

Ma già il corvo fuggiva, a volo radente, con lenti, pesanti battiti d'ala. Lo seguirono con lo sguardo finché non fu sparito, oltre l'ultima siepe, nel bosco, di là dal fiume.

Parruccone si appressò allora a Nicchio, borbottando fra sé una sboccata strofetta, in voga fra gli auslani:

> *Hoi, hoi u embliri Hrai!*
> *M'saion ulé hraka vair*[2].

« Andiamo, Hlao-rù, puoi tirar fuori la testa, adesso », disse. « Ce ne fanno vedere di tutti i colori, eh? »

Si avviò e Nicchio tentò di seguirlo. Moscardo ricordò, guardandolo arrancare zoppiconi su pel pendio, quello

---

[2] Ohi, ohi, i fetidi Mille [nemici]! li incontriamo anche quando ci fermiamo a far la cacca! [*N.d.A.*]

che gli aveva detto Quintilio e pensò che, sul serio, Nicchio doveva essere ferito. Infatti, quando posava a terra lo zampino sinistro davanti, subito lo ritraeva, e salticchiava sugli altri tre.

Gli darò un'occhiata appena siamo al coperto, pensò. Poverino, non può fare molta strada così conciato!

Giunto in cima alla salita, Ramolaccio fu il primo a entrare nel campo di fagioli. Moscardo, superata a sua volta la siepe di confine, si vide davanti un lungo, ombroso vialetto fra due filari di fagioli. La terra era soffice e friabile, qua e là spuntavan ciuffi di gramigne, quelle che crescono nei terreni coltivati: terzanella, fumaria, grisellina, senape selvatica, erbacce che trovano l'ambiente ideale nella verde penombra. Oscillando le piante alla brezza, il sole ammiccava fra le loro foglie e screziava il suolo bruno sottostante. Eppure in quell'inquieto chiaroscuro non c'era nulla d'allarmante, poiché tutta la piccola selva pareva prender parte a un gioco e l'unico suono era l'incessante, armonioso stormire delle fronde. Adocchiato Ramolaccio, Moscardo si addentrò appresso a lui verso il centro del campo.

Di lì a non molto, tutti i conigli erano riuniti in una specie di conca. All'intorno, fino a grande distanza, si susseguivano gli ordinati filari di fagioli. Non correvano il rischio di ostili sorprese, nessuno li poteva vedere, né fiutare: potevano star tranquilli come sotterra, lì. C'era anche qualcosa da mangiare, ciuffi di radicchiella qua e là, perfino qualche pallido soffione.

« Qui possiamo dormire tutto il giorno » disse Moscardo. « Ma sarà meglio che uno di noi vegli, a turno. Comincio io. E intanto, così, darò un'occhiata alla tua zampa, Hlao-rù. Credo che tu ci abbia qualcosa. »

Nicchio, sdraiato sul fianco sinistro, col respiro ancora affannoso, gli porse lo zampino davanti, palma in su. Moscardo scrutò attentamente fra i peli folti e ruvidi (il piede d'un coniglio non ha cuscinetti carnosi) e alla fine vide quello che era certo di trovarci: uno spino infilzato nella carne, di cui sporgeva solo il pedicello ovale. C'era un grumetto di sangue e la pelle era lacerata.

« Ti ci s'è infilzata una grossa spina, Hlao-rù » gli

disse. « Sfido che non riuscivi a correre. Bisogna levarla. »

Non era impresa facile. Il piede gli doleva e Nicchio lo ritraeva di scatto quando Moscardo vi accostava la lingua. Ma dopo lunghi sforzi pazienti, questi riuscì a scalzare lo stecco quel tanto che bastava per pigliarlo fra i denti. Estratta la spina, uscì del sangue. Era tanto grossa e lunga che Smerlotto svegliò Lampo perché la vedesse anche lui.

« Frits del cielo, Nicchio mio! » esclamò Lampo, annusando lo spino, in terra. « Se ne metti insieme un po', ci puoi scrivere un cartello, come quello che ha messo paura a Quintilio. Ehi! ma lo sai che, con quell'affare, ci potevi cavar un occhio al lendri, se soltanto l'avessi saputo. »

« Leccati, Hlao » gli consigliò Moscardo. « Lecca finché ti passa un po', e poi mettiti a dormire. »

10. LA STRADA E LA BRUGHIERA

> Timoroso rispose... che erano giunti a un arduo passo. Ma, diss'egli, più oltre procediamo, e più perigli incontreremo noi. Perciò è meglio invertire il cammino, e ritornare indietro.
>
> JOHN BUNYAN,
> *Il viaggio del pellegrino.*

Dopo un certo tempo, Moscardo svegliò Ramolaccio. Quindi, raspando, si fece alla meglio un covile e vi si sdraiò a dormire. I turni di guardia si succedettero per tutta la giornata. Come facciano i conigli a misurare il tempo è qualcosa di inconcepibile per gli esseri umani civilizzati, che hanno perso questo senso. Le creature che ignorano orologi e calendari sono invece sensibili a ogni sorta d'indizi, sul tempo cronologico e atmosferico. E son anche bravissimi a orientarsi, come dimostrano i loro viaggi migratori. Variazioni di calore e umidità nel suolo, l'angolatura dei raggi del sole, il moto dei baccelli al lieve vento e le sue pause, la direzione e l'intensità delle correnti d'aria rasoterra: di tutto ciò il coniglio di guardia teneva conto.

Il sole si avviava al tramonto quando Moscardo si svegliò e vide Ghianda che tendeva gli orecchi e dilatava le narici, nel profondo silenzio, fra due sassi biancheggianti. La luce era scemata, la brezza era caduta e i fagioli non stormivano più. Nicchio stava lungo sdraiato un po' più lontano. Uno scarabeo giallo-nero, che gli strisciava fra il pelo bianco della pancia, si fermò, agitò le brevi antenne curve, poi riprese a camminare. Moscardo ebbe un brutto pensiero. Sapeva che quegli scarabei vanno dai morti, dei quali si nutrono, sui quali depongono le uova. Scavano un po' il terreno sotto le carcasse di piccoli animali, come topiragno o uccelletti caduti dal nido, e vi depongono le uova, prima di ricoprirle di terriccio. Non sarà mica morto nel sonno, Nicchio? Moscardo si alzò di scatto. Ghianda ebbe un sussulto, lo guardò. Lo scarabeo fuggì via fra i ciottoli. Nicchio si riscosse, si svegliò.

« Come va la zampa? » gli domandò Moscardo.

Nicchio la posò in terra, poi vi s'appoggiò sopra.

« Va molto meglio » disse. « Credo di essere in grado di camminare come gli altri, adesso. Non mi lasceranno mica indietro, no? »

Moscardo strofinò il naso dietro l'orecchio di Nicchio. « Nessuno lascerà indietro nessuno » gli disse. « Se dovrai fermarti, mi fermerò io con te. Ma sta' attento alle spine, Hlao-rù, perché dobbiamo fare molta strada. »

Un momento dopo, tutti i conigli balzavano su presi dal panico. Un colpo di fucile aveva lacerato l'aria, poco lontano. Una pavoncella si levò in volo. L'eco dello sparo si ripercosse a onde, come un sasso che rotola in una scatola. Dal bosco oltre il fiume si udì un frullo d'ali, di colombi selvatici fra i rami. All'istante, i conigli scapparono in tutte le direzioni, fra i filari, guidati dall'istinto verso buche che però non c'erano.

Moscardo, giunto ai margini del campo, s'arrestò. Si

guardò intorno, ma non vide nessuno dei compagni. Attese, tremando, il prossimo sparo: invece, silenzio. Quindi avvertì, dalle vibrazioni del suolo, un passo d'uomo che s'allontanava, nella direzione da cui essi erano giunti quel mattino. In quella comparve Argento, avanzandosi fra le pianticelle.

Disse: « Avrà sparato al corvo, almeno spero ».

« Io spero che nessuno sia stato tanto sciocco da scappare via da questo campo » gli rispose Moscardo. « E adesso, che si sono sparpagliati, come li ritroviamo? »

« Inutile cercarli » disse Argento. « Sarà meglio tornare dov'eravamo. Gli altri verranno, prima o poi. »

Trascorse parecchio tempo, prima che tornassero tutti in quella conca al centro del campo. Mentre attendeva, Moscardo si rese conto più che mai quanto fosse pericolosa la loro situazione, senza tane, vaganti per un paese sconosciuto. Il lendri, il cane, il corvo, il cacciatore... erano stati fortunati, a sfuggir loro. Quanto sarebbe durata la fortuna? Sarebbero riusciti ad arrivare sull'altura di cui parlava Quintilio... che chissà dov'era?

Mi accontenterei d'un qualsiasi greppo asciutto, per me, pensava, basta che ci sia un po' d'erba, d'intorno, e non ci siano uomini col fucile. E prima ne troviamo uno, meglio è.

Smerlotto fu l'ultimo a tornare. Appena furono tutti presenti, Moscardo diede il segnale di partenza. Al confine del campo, si guardò intorno circospetto, poi sfrecciò verso la fratta. Si fermò a fiutare il vento: era rassicurante: portava solo l'odore della rugiada, della spagna e del letame. Guidò gli altri sul campo attiguo, ch'era tenuto a pascolo: e qui si misero a brucare tranquilli, come fossero a casa loro, seguitando però a camminare.

Erano giunti al centro del campo, quando Moscardo udì il rombo di un hrududù che s'avvicinava veloce, di là dalla siepe seguente. Era meno rumoroso del trattore che avevano visto tante volte, alla conigliera natia, dai margini del boschetto. Passò come un lampo di colori artificiali, mandando luccichii, più splendente d'un agrifoglio d'inverno. Sulla sua scia si diffuse un odore di benzina e gas di scarico. Moscardo storse il naso. Era perplesso. Non riusciva a capire come quel hrududù potesse correre tanto veloce fra i campi. Sarebbe tornato? Li avrebbe inseguiti, per i campi, più veloce di loro?

Stava lì, fermo, a riflettere sul da farsi, quando gli si accostò Parruccone.

« C'è una strada, di là da quella fratta » gli disse. « Per molti dei nostri, è una novità. »

« Una strada? » disse Moscardo, pensando al viottolo presso il tabellone. « Come lo sai? »

« Come farebbe, sennò, un hrududù ad andare tanto forte? E poi, non lo senti, l'odore? »

Si sentiva infatti odore di catrame.

« Non l'avevo mai sentito, prima d'ora · » disse Moscardo, con un tantino di stizza.

« Già, » disse Parruccone « tu non sei mai andato a rubare lattuga pel Trearà. Altrimenti, t'intenderesti di strade. Non hanno niente di speciale, in fondo, ma di notte meglio starne alla larga. Sono elil, di notte. »

« Insegnami tu, allora » disse Moscardo. « Io ti sto accanto, e gli altri ci verranno dietro. »

Sbucati dall'altra parte della fratta, Moscardo guardò stupito la strada asfaltata. Lì per lì gli fece l'effetto di un fiume: nera, liscia, diritta fra i suoi argini. Poi notò che era fatta di ghiaia e bitume, e vide un ragno che vi zampettava sopra.

« Ma non è una cosa naturale » disse, annusando i forti e strani odori, di catrame, di benzina. « Che cos'è? Come c'è venuta qui? »

« È roba d'uomo » disse Parruccone. « La fanno apposta, e ci corrono sopra i hrududù... più veloci di noi. E chi altri sennò potrebbero correre più svelto di noi? »

« Allora è pericolosa? Ci possono acchiappare? »

« No, no, questo è il buffo. Non ci badano neppure, a noi. Adesso ti faccio vedere. »

Gli altri conigli stavano sbucando dalla fratta, allora Parruccone saltò giù dal greppo e s'acquattò sul bordo dell'asfalto. Dalla curva venne il rombo d'un altro motore. Moscardo e Argento guardavano, tesi. L'auto comparve, un lampo bianco e verde, avanzò su Parruccone. Per un attimo riempì il mondo intero di fragore e paura.

Poi era scomparsa. E la pelliccia di Parruccone s'arruffava al vento ch'essa s'era lasciata sulla scia e che percuoteva la fratta. Parruccone risalì sul greppo, fra i conigli dagli occhi sgranati.

« Visto? Non ti fanno niente » disse. « Anzi, non credo che siano neanche esseri viventi. Ma confesso che non ci capisco un gran che. »

Come già al fiume, Mirtillo era andato avanti e, per suo conto, si era avventurato lungo la strada, annusando, perlustrando. Era già poco lontano dalla curva, quando lo videro dare un balzo e scappare sul greppo, per mettersi al riparo.

« Che succede? » disse Moscardo.

Mirtillo non rispose e allora lui e Parruccone lo raggiunsero, seguendo il bordo della fratta. Mirtillo apriva e chiudeva la bocca, leccandosi i labbri, come fa un gatto se qualcosa lo disgusta.

« Tu dici che non è pericolosa, Parruccone », disse, calmo. « A me invece pare proprio di sì. »

Al centro della strada si vedeva una massa, appiattita e sanguinolenta, di aculei bruni e pelame bianco, con piccoli piedi neri e un muso spiacciato. Vi ronzavano sopra le mosche e le punte aguzze del pietrisco spuntavano fra la poltiglia.

« Uno *yona* » disse Mirtillo. « Che non fa danno a nessuno, tranne agli scarafaggi e alle lumache. E chi se lo mangia, uno yona? »

« Dev'essere successo di notte » disse Parruccone.

« Sì, certo. Gli yonil vanno a caccia di notte. Se ne vedi uno di giorno, è perché è moribondo. »

« Lo so. Ma volevo spiegarvi, appunto, che di notte i hrududìl hanno luci anche più luminose di Frits. Così attirano gli animali e questi, abbagliati, non sanno più che fare, dove correre. Allora è facile che il hrududù ti schiacci. Questo è quanto ci insegnavano all'Ausla, perlomeno. Io non ho nessuna voglia di provarci. »

« Be', fra poco farà buio » disse Moscardo. « Sarà meglio attraversare senza indugi. Questa strada, da quel che ho capito, non ci serve. E prima ce la lasciamo alle spalle, meglio è. »

Al levar della luna, erano giunti nei pressi della chiesa di Newtown. Qui un ruscello scorreva fra i prati e il sagrato. Proseguendo nel loro cammino, risalita un'altura, arrivarono al Pascolo Demaniale di Newtown: un terreno pieno di torba, ginestre e betulle. Dopo i prati, quella era una zona infida e straniera. Nulla avevano di familiare i suoi alberi, le sue piante, e perfino il suolo. Esitarono, fra le eriche folte: non ci si vedeva da qui a lì. La pelliccia gli s'intrise di guazza. Il terreno era accidentato da crepacci e fosse in cui si raccoglievano neri ammassi di torba e dove l'acqua stagnava, e alla luna biancheggiavano pietre aguzze, certe grosse come un cranio di coniglio, certe come un uovo di piccione. In prossimità di ogni crepaccio i conigli si raggruppavano, aspettavano che Moscardo o Parruccone si spingessero di là in avanscoperta. Dovunque brulicavan scarafaggi, ragni, e sfrecciavano piccole lucertole, al loro avvicinarsi fra le eriche aspre, fibrose. Una volta Ramolaccio disturbò una biscia e fece un salto in aria, mentre quella gli frusciava fra le zampe per andar a infilarsi in un buco, ai piedi d'una betulla, e sparire.

Le piante erano tutte sconosciute, lì, per loro: strafusaria, erba dei pidocchi coi suoi grappoli di fiori viola, asfodeli da palude e le alte rosolide, insettivore, che levavano al cielo le loro bocche pelose, acchiappamosche, chiuse adesso per la notte. In quella selva tutto era silenzio. Essi procedevano sempre più a fatica e facevano soste sempre più lunghe presso le fosse torbose. Ma se l'erica era silente, la brezza portava da lontano varie voci della notte. Un gallo si mise a cantare. Un cane abbaiava e un uomo gli gridò qualcosa. Una civetta fece « cucumeo » e un altro animaletto – arvicola o toporagno – emise uno strido. Ogni rumore pareva foriero di qualche pericolo.

La luna era ormai prossima al tramonto. Avevan fatto sosta in un fossato e Moscardo, che si era un po' allontanato dagli altri, guardava un rialzo lì vicino, meditando di salirvi, nella speranza che offrisse un buon osservatorio, quando si sentì sfiorare e, volgendosi, vide Smerlotto, che gli s'era accostato con fare furtivo ed esitante. Moscardo lo squadrò, per un attimo si chiese: starà male? si sarà avvelenato?

« Hm... Moscardo » gli disse Smerlotto, senza però guardarlo in faccia. « Io... hm... cioè noi... hm... noi pensiamo... ci sembra insomma, non possiamo più andare avanti così. Ne abbiamo avuto abbastanza. »

S'interruppe. Moscardo vide che anche Ghianda e Lampo s'erano avvicinati, e aspettavano. Seguì una pausa.

« Va' avanti, Smerlotto » disse Lampo. « O parlo io? »

« Più che abbastanza, n'abbiamo avuto » disse Smerlotto, con un piglio d'importanza, alquanto sciocco.

« Pure io, » gli rispose Moscardo « e spero che finisca presto, e che troviamo un posto dove riposare. »

« Noi vogliamo fermarci » disse Lampo. « Secondo noi, è stata una stupidaggine arrivare fin qui. »

« Più andiamo avanti, peggio è » disse Ghianda. « Ma dove vogliamo arrivare? Quando la smetteremo, una buona volta, di correre? »

« Questo luogo vi preoccupa, lo so » disse Moscardo. « Non piace neanche a me. Ma mica durerà in eterno. »

Smerlotto, con aria furbastra, sfuggente, disse: « Non crediamo che tu sappia dove stiamo andando. Non sapevi della strada, non è vero? E non sai neanche cosa abbiamo di fronte. »

« Sentite » disse Moscardo. « Ditemi voi cosa volete fare, e io vi dirò cosa ne penso. »

« Vogliamo tornare indietro » disse Ghianda. « Secondo noi, Quintilio s'è sbagliato. »

« Come fate a rifare la strada che abbiamo percorso? » ribatté Moscardo. « E magari, se riuscite a tornare, vi uccidono, per aver ferito un ufficiale dell'Ausla. Siate ragionevoli, in nome di Frits in cielo! »

« Non siamo stati noi a ferire Pungitopo » disse lampo.

« Però voi eravate presenti, e vi aveva portati lì Mirtillo. Mica se ne sono scordati. E poi... »

Moscardo s'interruppe, vedendo arrivare Quintilio, seguito da Parruccone.

« Moscardo » disse Quintilio « puoi venire un momento con me su quel rialzo? È importante. »

« Quanto a voi, » disse Parruccone, guardando gli altri tre, con un fiero cipiglio sotto il ciuffo di peli che gli ricadeva dal capo, « voglio dirvi due parole, a voi altri. Perché non ti dai una ripulita, Smerlotto? Mi pari un topo che gli è rimasta la coda nella tagliola. E tu, Lampo... »

Moscardo non attese di sapere cosa sembrasse Lampo a Parruccone. Seguendo Quintilio, s'inerpicò, fra blocchi di torba e sporgenze, fin in cima al rialzo, coperto di pietrisco e rada erbaccia. Era il piccolo promontorio che Moscardo pensava di scalare quando Smerlotto gli s'era avvicinato. Si levava di qualche metro sopra la landa di eriche ed era esposto da tutti i lati. Si acquattarono, alla sommità. Alla loro destra la luna, gialla e fumicosa fra veli di nuvole, si librava sopra un boschetto di pinastri. Intorno a loro, s'estendeva quella terra desolata. Moscardo aspettava che parlasse Quintilio, ma questi non diceva nulla.

« Allora, cosa c'è? » domandò alfine Moscardo.

Quintilio non rispose, e l'altro lo guardava perplesso. Di giù sotto, si sentiva Parruccone appena appena.

« E quanto a te, Ghianda, con quella faccia di letame che ti ritrovi, quegli orecchi da cane che hai, se soltanto avessi il tempo di dirti... »

La luna, liberatasi dalle nuvole, illuminò più chiaramente lo scopeto. Né Quintilio né Moscardo si mossero. Quintilio guardava lontano, oltre il confine del terreno demaniale. Quattro miglia più a sud, all'orizzonte, si stagliava il profilo ondulato delle grandi colline. Sul punto più elevato, i faggi di Cottington's Clump si agitavano al vento che, lassù, tirava più robusto che in pianura fra le eriche.

« Guarda! » disse d'un tratto Quintilio. « Eccolo là, Moscardo, il posto che fa per noi. Colline alte e solitarie, dove il vento porta con sé rumori lontani e la terra è asciutta come paglia in un granaio. Là noi dovremo abitare. Là, bisogna che andiamo. »

Moscardo guardò quei colli che la distanza rendeva vaghi. No: l'idea di raggiungerli andava scartata. Non potevano farcela. Era già molto se riuscivano a valicare quella landa desolata di scope e arrivare a un campo tranquillo, a un progetto boschivo, come quelli cui eran avezzi. Per fortuna Quintilio non se n'era uscito con quelle assurdità di fronte agli altri. La situazione era già abbastanza tesa! Bisognava persuaderlo, adesso, a non farne parola con nessuno. E sperare che non avesse già accennato la cosa a Nicchietto.

« Non credo, Quintilio, che potremmo convincere gli altri ad arrivare fin lassù » gli disse. « Sono già troppo stanchi e spaventati. Bisogna invece trovare un posticino tranquillo al più presto. Meglio riuscire in un'impresa possibile, che fallire tentando l'impossibile. »

Quintilio non pareva averlo inteso. Era immerso nei propri pensieri. Quando parlò di nuovo, era come se parlasse fra sé a voce alta. « C'è una densa foschia fra noi e i colli. Non riesco a vedere fin là, ma fin là dobbiamo andare, attraverso quella nebbia. O comunque, addentrarci. »

« Una nebbia? » disse Moscardo. « Cosa intendi? »

« Andiamo incontro a misteriosi guai, » bisbigliò Quintilio « ma però non si tratta di elil. È piuttosto una sensazione di... di foschia. È come essere ingannati e smarrire la strada. »

Non v'era nebbia intorno a loro. La notte di maggio era chiara e fresca. Moscardo attese in silenzio e, dopo un po', Quintilio disse, lentamente, senza inflessione: « Ma dobbiamo andare avanti, finché non arriviamo alle colline ». La sua voce si fece anche più fievole, come d'uno che parli nel sonno. « Finché non raggiungiamo le colline. Il coniglio che salta quel fosso andrà incontro a grossi guai. Quella corsa... insensata. Quella corsa... un azzardo. Correre... non... » Fu scosso da un tremito violento, scalciò un paio di volte, poi tacque.

Nel fossato sottostante, Parruccone stava concludendo la sua romanzina. « E adesso, branco di pantegane pidocchiose, più ignoranti di tre talpe, più vigliacchi di tre zecche, levatevi di torno e non vi fate più vedere. Altrimenti... » La sua voce divenne di nuovo indistinta.

Moscardo guardò ancora una volta le colline all'orizzonte. Poi sospinse gentilmente Quintilio, che seguitava a borbottare agitandosi, e gli strofinò il muso su una spalla.

Quintilio soprassaltò. « Cosa stavo dicendo, Moscardo? Non riesco a ricordare. Volevo dirti che... »

« Non importa » gli disse Moscardo. « Ora scendiamo. È tempo di rimettersi in marcia. Se avrai ancora strane sensazioni, confidati con me, stammi vicino. Ci penserò io.»

11. ARDUO CAMMINO

> Allora Sir Beaumains... cavalcò per pianure e per vallate e per grandi paludi, più volte affondando in profondi acquitrini e nel fango, ché la strada gli era ignota e doveva avanzare per selve intricate... Ma alla fine sbucò per avventura in un bel verziere.
>
> MALORY, *La morte d'Arturo*.

Tornati che furono appiè del rialzo, Moscardo e Quintilio trovarono Mirtillo che li attendeva, agguattato fra la torba, mangiucchiando qualche stelo bruniccio di scialino.

« Oilà. Cos'è successo? » domandò Moscardo. « Dove sono gli altri? »

« Laggiù » rispose Mirtillo. « C'è stata una baruffa d'inferno. Parruccone ha detto a Smerlotto e Lampo che li faceva a pezzettini se non gli ubbidivano. Allora Smerlotto gli ha detto: "Ma chi è il Coniglio Capo?". Allora Parruccone l'ha preso a morsi. È una faccenda antipatica, direi. Insomma... chi è ch'è Capo Coniglio? Tu o Parruccone? »

« Non lo so, » gli rispose Moscardo « però certo Parruccone è il più forte. Di pigliare Smerlotto a morsi non ce n'era bisogno: tanto, tornare indietro non si può, neanche volendo. Era meglio farli ragionare, quei tre, con le buone. Invece Parruccone li ha presi con le cattive, e penseranno che devono proseguire solo perché lui li costringe. Io vorrei, invece, che proseguissero perché si rendono conto ch'é l'unica cosa da fare. Siamo in pochi, troppo pochi perché uno si metta a dar ordini e pigliare la gente a morsi. Frits fra la nebbia! Come se non avessimo già abbastanza rogne e pericoli! »

Raggiunsero gli altri. Parruccone e Argento stavano parlando con Ramolaccio sotto un cespuglio. Lì da presso, Nicchio e Dente di Leone fingevano di brucare fra la sterpaglia. Più lontano, Ghianda stava leccando con ostentata premura la gola morsicata di Smerlotto, mentre Lampo li stava a guardare.

« Sta' un po' fermo, se puoi, poverino » diceva Ghianda, con l'intento evidente di farsi sentire da tutti. « Lascia che ti pulisca il sangue. Fermo, su, buono! » Smerlotto, facendo smorfie esagerate, si ritraeva.

Quando arrivò Moscardo, tutti si volsero a guardarlo.

« Sentite » egli disse. « Lo so che c'è stata una baruffa, ma la cosa migliore è lasciar perdere. Siamo in un gran brutto posto, ma fra poco ne usciremo. »

« Tu ci credi, sul serio? » domandò Dente di Leone.

« Se mi seguite, subito, » rispose Moscardo, disperatamente, « saremo fuori di qui al levar del sole. »

Caso contrario, pensò, mi faranno a pezzetti. E buon pro gli faccia!

Si avviò, e gli altri lo seguirono. L'arduo viaggio riprese, fra mille spaventi e mille allarmi. Una volta un gufo bianco li sorvolò, così basso che Moscardo avvertì su di sé lo sguardo acuto di quegli occhi grifagni, da qui a lì. Ma, o non stava cacciando o dovette giudicarlo troppo grosso come preda, fatto sta che si dileguò per la brughiera. Moscardo attese, immoto, per un pezzo, ma il gufo non tornò. Un'altra volta, Dente di Leone annusò le orme di un ermellino. Tutti gli si appressarono, si diedero ad annusare il terreno intorno. Risultò che la traccia era vecchia, e così proseguirono. Fra la sterpaglia la loro andatura, dai ritmi incostanti e irregolari, era ancor più lenta che nel bosco. Di continuo qualcuno dava l'allarme battendo in terra con una zampa, di continuo un rumore sospetto, reale o immaginario, li arrestava, li faceva agghiacciare. Faceva così buio che non sempre Moscardo era sicuro d'esser lui alla testa del drappello, o non fosse piuttosto Parruccone ad aprire la marcia. Una volta, avendo udito un crepitio poco lontano, subito cessato, restò immobile per un certo tempo e, quando si rimise cautamente in cammino, trovò Argento acquattato dietro un cespo d'erba mazzolina, spaventato dai suoi passi. Regnava la confusione, arrancavano esausti, alla cieca. Era come un brutto sogno, quel viaggio notturno. Nicchio gli si teneva sempre accosto e Moscardo poteva perdere di vista gli altri – che svanivano e ricomparivano come relitti presi in un mulinello – ma Nicchio non lo lasciava un solo momento. Alla fine il suo bisogno di protezione divenne, per Moscardo, l'unica cosa che gli desse forza.

« Siamo quasi arrivati, Hlao-rù, manca poco » badava a dirgli, finché quella frase perse ogni significato, per divenire solo un ritornello. Non parlava né a Nicchio né a se stesso. Stava parlando nel sonno, o pressappoco.

Finalmente apparve il primo barlume dell'alba: come una tenue luce che si scorga, dopo una curva, in fondo a una galleria sconosciuta. Proprio allora uno zigolo giallo si mise a cantare. I pensieri di Moscardo erano della sorta di quelli che possono passare per la mente a un generale sconfitto. Dove saranno stati i suoi seguaci? Non tanto lontani, sperava. Ci saranno stati tutti? E dove li aveva condotti? Cosa fare adesso? E se fosse comparso un nemico, all'improvviso? Non sapeva rispondere a queste domande, né aveva la forza di riflettere. Alle sue spalle, Nicchio tremava, fradicio di guazza. Gli andò accanto, l'ammusò: come un generale che, non avendo altro da fare, si preoccupa del suo attendente, solo perché questi si trova lì.

La luce divenne più chiara e, di lì a poco, si scorse un sentiero di nudo pietrisco. Uscito di tra i cespugli, Moscardo si accucciò sopra un sasso, squassando la pelliccia bagnata. Adesso si vedevano distintamente le colline di Quintilio, azzurrine all'orizzonte, e, nell'aria piovorna, parevano più vicine. Si riusciva perfino a distinguere, sulle loro ripide pendici, macchie di ginestre e di stente conifere. Mentre stava così guardando, udì una voce da poco lontano.

« C'è l'ha fatta! Cosa vi avevo detto? »

Moscardo si volse e vide Mirtillo venir avanti pel sentiero di pietrisco. Si trascinava, esausto, ma era stato lui a gridare così. Appresso a lui sbucarono dall'erica Ghianda, Lampo e Ramolaccio. Tutti e quattro lo guardavano, adesso. Chissà perché? Poi si rese conto che non stavano guardando lui, ma qualcosa oltre lui. Si volse. Il sentiero pietroso scendeva verso alcuni filari di betulle e di nespoli. Oltre gli alberi, una fratta. Oltre ancora, un prato verde fra due boschetti cedui. Erano giunti al termine della brughiera.

« Oh Moscardo » disse Mirtillo, mentre veniva verso di lui, aggirando una pozzanghera fra il pietrisco. « Ero talmente stanco e confuso, che cominciavo a dubitare anch'io, che tu sapessi dove ci conducevi. Ti sentivo, fra le scope, che ripetevi: "Manca poco, manca poco", e pensavo che lo dicessi a vanvera, accidenti. Avrei dovuto darti più fiducia. Frit-i-rà, tu sei quello che si chiama un Gran Coniglio, altro che! »

« Bravo, Moscardo! » disse Ramolaccio. « Bravo! »

Moscardo non sapeva cosa rispondere. Li guardava in silenzio. Fu Ghianda a parlare.

« Avanti! » disse. « Facciamo a chi arriva prima, su quel campo. Io son buono ancora a correre. » E s'avviò giù per la china, ma assai poco veloce. Quando Moscardo batté in terra una zampa perché si fermasse, si fermò subito.

« Dove sono gli altri? » disse Moscardo. « Dente di Leone, Parruccone?... »

In quel momento Dente di Leone sbucava dallo scopeto, si accucciò sui sassi, guardando verso il campo. Fu seguito da Smerlotto, e poco dopo da Quintilio. Moscardo stava osservando la reazione di suo fratello alla vista del campo, quando Ramolaccio attirò la sua attenzione e, accennando in fondo alla discesa, gli disse:

« Guarda, Moscardo, che Argento e Parruccone sono già laggiù, e ci aspettano ».

La pelliccia grigiolina di Argento si distingueva bene

contro un cespuglio di ginestrone, ma non riuscì a veder Parruccone, finché questi non si mosse per corrergli incontro.

« Molto bene, Moscardo » gli disse. « Siamo tutti qua. Adesso conduciamoli nel campo. »

Di lì a qualche minuto erano sotto le betulle argentee, e, mentre il sole sorgeva – ricavando riflessi rossicci e verdastri dalle gocce che imperlavano le felci e le fronde – dopo aver superato la fratta e un fossatello, si buttarono fra l'erba alta del prato.

12. LO STRANIERO NEL CAMPO

Nulla v'ha che induca l'uomo a molto sospettare, quanto il poco conoscere.

FRANCESCO BACONE,
Del sospetto.

Ciononostante, anche in una conigliera affollata, vengon tollerati, come ospiti, dei giovani conigli alla ricerca di comodi covili asciutti... e se abbastanza potenti, costoro possono ottener di restare in pianta stabile.

R. M. LOCKLEY,
La vita privata del coniglio.

Veder la fine d'un periodo di ansie e paure! Veder finalmente allontanarsi la nube che incombeva su di noi, che c'intisichiva il cuore, che faceva della felicità null'altro che un ricordo! Questa è una gioia che, senz'altro, avrà sperimentato qualche volta ogni creatura vivente.

Ecco un ragazzo che attendeva di venir punito. Ma poi, inaspettatamente, s'accorge che la sua colpa è stata perdonata, o di essa non si sono accorti, e allora il mondo torna ad assumere colori vivaci, a esser pieno di delizie e promesse. Ecco un soldato che attendeva, col cuore oppresso, di soffrire e morire in battaglia. Ma d'un tratto la sorte è mutata. Arriva la notizia che la guerra è finita, e tutti esultano. Si torna a casa! I passerotti pieni di terrore stavano rannicchiati fra i maggesi, ché sul campo volava a larghe rote lo sparviero. Ma poi è scomparso, e quelli spiccano di nuovo il volo, a frotte festanti, per rissare e cinguettare e posarsi dove gli aggrada. L'aspro inverno stringeva il paese nella sua cruda morsa. Le lepri su in collina, istupidite e torpide dal freddo, erano rassegnate ad affondare sempre più nel gelido cuore della neve e del silenzio. Ma adesso – chi l'avrebbe sognato? – si sentono gli scricchi e sgocciolii del disgelo, si sente cantare una cinciallegra in cima a un olmo spoglio, e la terra manda odori. I leprotti si danno a saltare nel vento tiepido. Disperazione e avvilimento si disperdono come nebbia e il luogo solitario, desolato, dove stavano marcendo, si dischiude come una rosa e s'espande fino al cielo, alle colline.

I conigli, spossati com'erano, si diedero a brucare e crogiolarsi su quel prato solatìo, come venissero, non da tanto lontano, ma dal poggio appiè del boschetto lì vicino. La brughiera e le tenebre insidiose furon dimenticate, come se il sole, levandosi, le avesse cancellate anche dalla memoria. Parruccone e Smerlotto fecero a rincorrersi fra l'erba alta. Lampo saltò oltre un ruscello che intersecava il campo e Ghianda, tentando d'imitarlo, patapunf, cadde nell'acqua. Allora Argento lo canzonò, mentre quello risaliva grondante, poi l'aiutò a rotolare fra le foglie secche finché non fu asciutto. Quando il sole fu alto e le ombre si fecero corte e la rugiada era ormai evaporata, quasi tutti i conigli tornarono, ciondoloni, all'ombra rada della fratta, fra la salcerella sulla proda del fosso. Moscardo e Quintilio sedevano con Dente di Leone sotto un ciliegio in fiore. I petali bianchi cadevano volteggiando intorno a loro, screziando l'erba e le loro pellicce, mentre lassù fra i rami, un tordo cantava: « Ciliegiù, cerasù! Splendeldì, splendeldì, splendeldì! ».

« Questo è il posto che far per noi, eh, Moscardo? » diceva, pigramente, Dente di Leone. « Direi di cominciare a dar un'occhiata a quei greppi. Non che, per me, io abbia tanta fretta. Ma ho paura che fra poco pioverà. »

Pareva che Quintilio stesse per dire qualcosa, invece scosse gli orecchi e tornò a rosicchiare un piscialetto.

« Quello laggiù mi pare un greppo non c'è male, là sotto, dove finiscono gli alberi » rispose Moscardo. « Tu, Quintilio, che ne dici? Ci andiamo subito o aspettiamo un altro tantino? »

Quintilio esitò, poi rispose: « Come pare a te, Moscardo ».

« Non c'è mica bisogno di fare grandi scavi, no? direi » interloquì Parruccone. « Scavare è roba da femmine, mica da maschi. »

« Però, sarà meglio fare un paio di buchi, non ti pare? » disse Moscardo. « Tanto per ripararci, alla svelta, a buon bisogno. Andiamo là al boschetto, a dar un'occhiata. Ce la possiamo prendere con comodo, e scegliere bene il posto più adatto. Così non ci toccherà far il lavoro due volte. »

« Sì sì, che parli bene » disse Parruccone. « E mentre voi vi date da fare, io mi piglio Argento e Ramolaccio e andiamo a fare un giro per i campi, oltre di là, per avere un'idea della zona e accertarci che non ci siano insidie. »

I tre esploratori partirono, costeggiando il ruscello, mentre Moscardo guidava gli altri, dalla parte opposta, verso il margine del boschetto ceduo. Lentamente costeggiarono la balza, aprendosi un varco tra folti cespugli di garofani selvatici e violaciocche. Di tanto in tanto, uno di loro si dava a scavare, per prova, nel greppo ghiaioso, un altro s'avventurava per un tratto fra gli alberi e i cespugli a frugare fra il terriccio. Dopo essersi aggirati e aver cercato per un pezzo, raggiunsero un punto da cui si vedeva che il campo, ai loro piedi, s'allargava a ventaglio: le due fratte laterali si incurvavano verso l'esterno, allontanandosi dal ruscello. Notarono anche il tetto di una casa colonica, ma era alquanto lontana. Moscardo si fermò e tutti gli si raccolsero d'intorno.

« Secondo me, dove scaviamo scaviamo » egli disse.
« Il posto mi pare ugualmente buono. Non v'è traccia
di elil: né le orme, né l'odore, né lo sterco. Anzi, mi
sembrava addirittura strano. Ma sarà che la nostra conigliera natia attirava più elil di altri posti in genere.
Comunque, credo che qui ci troveremo bene. Adesso vi
dirò quello che, secondo me, conviene fare. Torniamo un
poco indietro, fra i due boschetti, e mettiamoci a raspare presso quella quercia, là: là, vicino a quel cespuglio di
centonchio. Lo so che la fattoria è lontana, ma più ce
ne teniamo alla larga e meglio è. E poi, con un bosco
dirimpetto, gli alberi serviranno a ripararci un po' dal
vento, d'inverno. »

« Splendido » disse Mirtillo. « Si va annuvolando, non
vedete? Prima del tramonto pioverà, ma saremo al coperto. Allora, incominciamo. Oh, guardate! C'è Sglaili
che sta ritornando, insieme agli altri due. Eccoli laggiù. »

I tre stavano costeggiando il ruscello e non avevano
ancora visto i compagni. Passarono sotto di loro, nel punto in cui il campo si restringeva fra i due boschetti.
Toccò mandare Ghianda a mezza costa, per attrarre la
loro attenzione. Allora si volsero e salirono su pel pendio.

« Qui d'intorno non c'è niente che ci possa dare noie,
a quanto pare » riferì Parruccone. « La fattoria è lontana e, nei campi fra mezzo, non c'è traccia di elil. C'è,
sì, un sentiero d'uomini – anzi, ce n'è diversi – e piuttosto
frequentati, anche, mi pare. L'odore è fresco e abbiam
trovato parecchi mozziconi di quei bastoncini bianchi
che essi tengono in bocca accesi. Ma direi che è meglio
così. Noi ci teniamo alla larga dagli uomini, e loro tengono lontani i nostri elil. »

« Perché, secondo te, vengono da queste parti, gli
uomini? » domandò Quintilio.

« Vacci a capire, con quelli! Perché fanno una cosa?
E chi lo sa! Può darsi che portino vacche o pecore al
pascolo, o sennò andranno al bosco a far legna. Cosa
importa? Per me, preferisco schivare un uomo, che una
donnola o una volpe. »

« Va bene » disse Moscardo. « Hai scoperto molte cose
e riportato buone notizie, Parruccone. Ci stavamo accin-

gendo a grattare la terra, su quel greppo là. Sarà meglio incominciare. Non starà molto a mettersi a piovere, se non mi sbaglio. »

Di rado scavano, i conigli maschi, quando sono soli. Spetta alla femmina, per natura, preparare il covile per la prole: e, allora, il suo maschio l'aiuta. Tuttavia anche i maschi solitari – se non trovano buchi già fatti, da utilizzare – certe volte si danno a scavare brevi gallerie, per rifugio, ma è un lavoro cui non si dedicano alacremente. Per tutta la mattina l'opera di scavo procedette a rilento, con molti intervalli. Il terreno, ai due lati della quercia, era brullo e sassoso, leggero. Due o tre volte ricominciarono daccapo, scegliendo un altro punto, ma per ni-Frits erano pronte, alla meglio, tre tane. Moscardo sorvegliava i lavori e prestava aiuto qua e là, esortando gli altri. Ogni tanto andava a dare un'occhiata che tutto fosse tranquillo, nel campo. Solo Quintilio si teneva in disparte. Non partecipava all'opera di scavo, ma sedeva sull'orlo d'un fosso o sennò camminava nervoso su e giù, si metteva a brucare, svogliato, poi dava un soprassalto, come avesse udito qualcosa nel boschetto. Dopo avergli rivolto la parola due tre volte, senza ottenere risposta, Moscardo pensò che era meglio lasciarlo in pace. E, quando di nuovo s'allontanò dagli altri, a Quintilio non badò neppure, intento in apparenza solo ai lavori in corso.

Poco dopo ni-Frits il cielo si coprì interamente. La luce s'incupì e si sentiva già l'odore della pioggia avvicinarsi da occidente. La cincia azzurra che da un pezzo oscillava su un pruno, cantando « Oi-là-là, vai a prendere un altro po' di muschio », smise di fare acrobazie e spiccò il volo verso il bosco. Moscardo si stava chiedendo se valesse la pena di scavare una galleria che congiungesse la tana di Parruccone e quella di Dente di Leone, quando udì un segnale d'allarme. Si volse. Era Quintilio che aveva battuto lo zampino in terra e ora stava scrutando oltre il campo.

Presso un cespuglio, poco sotto il limitare del bosco dirimpetto, sedeva un coniglio e li stava osservando. Aveva le orecchie dritte e, evidentemente, dedicava loro tutta l'attenzione dei suoi sensi: udito, vista e olfatto. Moscardo si impennò sulle zampe di dietro, quindi s'accucciò, ben in vista. L'altro coniglio rimase immobile. Senza togliergli gli occhi di dosso, Moscardo sentì alcuni suoi compagni avvicinarsi. Dopo un momento chiese:

« Mirtillo? »

« È nella galleria » gli rispose Nicchio.

« Va' a chiamarlo. »

Ancora quello strano coniglio non si era mosso. Il vento si levò e l'erba alta cominciò a ondeggiare nella vallicella in mezzo a loro. Alle sue spalle, udì Mirtillo dire:

« Mi volevi, Moscardo? »

« Vado là a parlare con quel coniglio, » disse Moscardo « e voglio che tu venga con me. »

« Posso venire anch'io? » domandò Nicchio.

« No, Hlao-rù. Non dobbiamo spaventarlo. Tre siamo troppi. »

« State attenti » disse Ramolaccio, mentre Moscardo e Mirtillo s'avviavano giù per la china. « Può darsi non sia solo. »

In certi punti il ruscello era stretto: non molto più largo di una galleria di coniglio. Lo varcarono d'un balzo e risalirono per la pendice opposta.

« Comportati come se fossimo a casa nostra » disse Moscardo. « Non credo sia una trappola, e comunque possiamo sempre darcela a gambe. »

Sempre immobile, l'altro coniglio li guardava avvicinare. Era un grosso esemplare, snello, di bell'aspetto. Il suo pelame era lustro, unghioli e denti in ottime condizioni. Con tutto ciò, non aveva un'aria aggressiva. Anzi, c'era un nonsoché di gentile, innaturale addirittura, nella sua curiosità, mentre aspettava che si avvicinassero. Si fermarono a una certa distanza, guardinghi.

« Non mi pare pericoloso » bisbigliò Mirtillo. « Vado avanti io, se vuoi. »

« Andiamo insieme » gli rispose Moscardo. Ma in quel mentre l'altro coniglio si mosse, venne avanti. Lui e Moscardo si sfiorarono coi nasi, fiutandosi a vicenda, interrogandosi in silenzio. Lo straniero aveva un odore insolito, ma non certo sgradevole. Dava anzi a Moscardo un'impressione di buon mangiare, ottima salute e una certa indolenza, come se provenisse da una terra molto ricca e prospera, dove l'altro non era mai stato. Aveva un'aria da aristocratico e – mentre si volgeva a scrutare Mirtillo con quei grandi occhi bruni – Moscardo non poté far a meno di sentirsi lercio e logoro come un vagabondo, alla testa di una mansnada di sbandati. Non avrebbe voluto parlare per primo, ma qualcosa nel silenzio dell'altro lo costrinse.

« Siam venuti da oltre la brughiera » disse.

L'altro non gli rispose nulla, ma il suo aspetto non era quello d'un nemico. Aveva bensì un nonsoché di malinconico che lasciava perplessi.

« Abiti qui? » domandò Moscardo, dopo una pausa.

« Sì » rispose l'altro coniglio. Poi soggiunse: « Vi abbiam visti arrivare ».

« Intendiamo abitare qui anche noi » dise Moscardo, deciso.

L'altro non si mostrò preoccupato. Dopo una pausa, disse: « Perché no? Era quello che ci immaginavamo. Ma non mi pare che siate abbastanza, per vivere da soli, comodamente, o mi sbaglio? ».

Moscardo si sentiva perplesso. Evidentemente, allo straniero non dava noia che intendessero stabilirsi lì. Quanto sarà stata grande, quella cogliera? E dove si trovava? Quanti conigli saran stati nascosti fra le frasche, a guardarli, in quello stesso momento? Li avrebbero assaliti? Dalle maniere dello straniero non si arguiva nulla. Appariva distaccato, annoiato magari, ma del tutto cordiale. La sua apatia, la sua mole e l'aspetto avvenente, ben curato, quell'aria stracca d'uno cui non importa niente degli altri, ma proprio niente... tutto ciò presentava a Moscardo un problema ben diverso da quanti gliene eran capitati in precedenza. Se c'era sotto qualcosa, non riusciva a figurarsi di che trucco si potesse trattare. Decise, allora, di essere, da parte sua, assolutamente franco e sincero.

« Siamo abbastanza per difenderci » disse. « Non vogliamo farci dei nemici, ma se dovessimo incontrare ostilità... »

L'altro l'interruppe, bonario. « Non ti scalmanare. Siete tutti i benvenuti. Se ora torni dai tuoi, vengo con te. S'intende, se non hai nulla in contrario. »

E si avviò per il pendio. Moscardo e Mirtillo scambiatisi un'occhiata, lo raggiunsero e gli si affiancarono. Si muoveva con scioltezza, senza fretta e, nell'attraversare il campo, si mostrò meno guardingo di loro. Moscardo era più che mai perplesso. Evidentemente, l'altro non aveva alcun timore che gli saltassero addosso e, hrair contro uno, l'uccidessero. Era pronto a incontrare da solo una folla di stranieri sospettosi. Impossibile, però, indovinare cosa avesse da guadagnare, a correr tale rischio. Forse — pensò Moscardo, con ironia — denti e unghioli non riescono a scalfire quel solido corpo, quel pelo smagliante.

Quando giunsero al fosso, tutti gli altri conigli s'erano radunati e li guardavano arrivare. Moscardo, fermatosi di fronte a loro, non sapeva cosa dire. Se lo straniero non fosse stato lì, avrebbe fatto loro un resoconto di quel che era avvenuto. Se lui e Mirtillo avessero trascinato lo straniero con sé a forza, ora l'avrebbe affidato in custodia a Parruccone o Argento. Ma che costui se ne stesse lì, tranquillo, al suo fianco, a guardare in silenzio i suoi seguaci, aspettando cortesemente che qualcun altro parlasse per primo, ebbene, era una situazione tale, che Moscardo non sapeva proprio come regolarsi. Fu Parruccone, spiccio come al solito, a rompere il silenzio e la tensione.

« Chi è costui, Moscardo? » disse. « Perché mai è venuto con te? »

« Non lo so » rispose Moscardo, cercando di mostrarsi franco e sentendosi fesso. « È venuto spontaneamente. »

« Allora sarà meglio domandarlo a lui » disse Parruccone, con qualcosa simile a un sogghigno. S'accostò allo straniero e l'annusò, come aveva fatto Moscardo. Anche lui fu colpito, evidentemente, da quell'odore di prosperità: difatti soprastette, come in forse. Poi, bruscamente, con piglio rude, disse: « Chi sei e che cosa vuoi? ».

« Mi chiamo Primula Gialla » quello rispose. « Non voglio niente. Sento che venite da lontano. »

« Può darsi » disse Parruccone. « Sappiamo anche difenderci, però. »

« Non lo metto in dubbio » disse Primula Gialla, girando lo sguardo su quei conigli inzaccherati e lerci, come chi sia troppo educato per fare commenti. « Ma può essere difficile difendersi dal maltempo. Sta per piovere e non mi pare che le vostre tane siano pronte. » Guardò Parruccone, come aspettando che fosse lui a fare un'altra domanda. Parruccone appariva confuso. Non si raccapezzava neanche lui, questo era chiaro. Seguì un silenzio, s'udiva solo il vento che si stava levando. Sopra le loro teste, i rami della quercia cominciavano a stormire, agitarsi. D'un tratto, si fece avanti Quintilio.

« Non riusciamo a capirti » egli disse. « Ammesso questo, sarà meglio chiarire le cose. Possiamo fidarci? Ci sono molti altri conigli in questo posto? Ecco le cose che vogliamo sapere. »

Primula Gialla non si sgomentò, neanche adesso, di fronte al nervosismo di Quintilio. Si passò uno zampino davanti lungo il dorso d'un orecchio, indi rispose:

« Direi che vi preoccupate più del necessario. Ma dal momento che desiderate una risposta, vi rispondo: sì, potete fidarvi, non abbiamo intenzione di cacciarvi via. C'è una colonia, qui, non tanto numerosa, però, quanto vorremmo. Perché dovremmo farvi del male? D'erba ce n'è abbastanza, non vi pare? ».

Nonostante quell'aria enigmatica, costui parlava con tanta ragionevolezza, che Moscardo provò un po' di vergogna.

« Abbiamo corso un'infinità di pericoli » disse. « Ogni novità ci sembra celare un'insidia. Del resto, voi potreste temere che siam venuti per portarvi via le femmine o a sloggiarvi dai vostri covili. »

Primula Gialla, dopo aver ascoltato attentamente, rispose: « A proposito di tane, c'è qualcosa che vi volevo dire. Questi vostri cunicoli non sono tanto profondi né tanto comodi, dico bene? Sebbene non siano esposti al vento che tira adesso, dovete sapere che non è questo il vento che soffia qui di solito. Questo viene dal sud e porta la pioggia. Qui di regola abbiamo la tramontana, che in quei buchi ci s'infila dritta dritta. Vi son molte tane libere, nella nostra conigliera e, se volete venirci, sarete i benvenuti. Ora, se mi scusate, non mi trattengo oltre. Odio la pioggia, io. La conigliera è là, girato l'angolo, dietro il bosco dirimpetto ».

Corse giù per la pendice, e oltre il ruscello. Lo guardarono risalire la china di fronte e scomparire fra le felci, nel sottobosco. Venne giù un primo sgrullo di pioggia, picchiando tra il fogliame della quercia e pungendo sulla pelle, rosea, nuda, all'interno degli orecchi.

« Gran bel coniglio » disse Ramolaccio. « Non ha l'aria d'aver tanti pensieri, a viver in 'sto posto. »

« Cosa dobbiamo fare, Moscardo, secondo te? » chiese Argento. « Sarà vero, quel che ha detto? Queste tane... sì, ci posson riparare dal maltempo, ma non più che tanto. E poiché in una non ci stiamo tutti, dovremo dividerci. »

« Andare, andremo insieme » disse Moscardo. « Nel frattempo, vorrei tener consiglio. Parruccone, Quintilio e Mirtillo, voi venite con me, Gli altri, si dividano come gli pare. »

Il cunicolo era breve, stretto e pieno di asperità. Due conigli affiancati non ci passavano. In quattro, ci stavano come piselli nel guscio. Per la prima volta, Moscardo rimpianse quel che avevano abbandonato. Le gallerie e le tane d'una vecchia conigliera divengono, con l'uso, comode e levigate, rassicuranti. Non vi sono né spigoli né spuntoni. Dappertutto v'è odore di coniglio: della grande indistruttibile stirpe conigliesca ch'è come una fiumana dalla quale l'individuo è trascinato, a suo agio, tranquillo, sano e salvo. Il lavoro pesante è già stato compiuto, da innumerevoli bis-trisnonne e dai loro consorti. Ogni difetto è stato eliminato e tutto ciò ch'è in uso è di provata utilità. La pioggia scola via facilmente e neanche il vento del più crudo inverno riesce a penetrare nei cunicoli più profondi. Nessuno dei conigli di Moscardo aveva mai preso parte a veri e propri lavori di scavo. L'opera compiuta quel mattino era una bazzecola, buona solo a offrire un rozzo riparo e scarso conforto.

Nulla rivela meglio del maltempo i difetti di una dimora, specie se piccola. Ci stai dentro rannicchiato e hai tutto l'agio di constatarne i disagi, sperimentarli. Parruccone, con l'alacre energia che gli era solita, si mise subito al lavoro. Moscardo, invece, andò ad accucciarsi, pensieroso, presso l'imboccatura della grotta, guardando i silenziosi inquieti scrosci di pioggia che velavano, turbinando, la vallicella fra i due boschetti. Lì vicino, davanti al suo naso, ogni filo d'erba, ogni fronda di felce era incurvata, stillante, rilucente. L'odore delle vecchie foglie secche della quercia riempiva l'aria. Si era fatto freddo. Sull'altro lato del campo, i fiori del ciliegio selvatico, sotto il quale eran stati accovacciati la mattina, pendevano infraditi. Lentamente il vento mutava direzione e ben presto, come aveva avvertito Primula Gialla, si dispose da ponente e la pioggia prese a sferzare contro l'ingresso della tana. Moscardo indietreggiò, raggiunse gli altri. Si udiva attutito ma distinto il picchiare della pioggia, all'esterno. Prati e boschi ne erano oppressi e soggiogati. La vita degli insetti tra l'erba e le fronde era ferma. Il tordo avrebbe dovuto cantare, ma di tordi Moscardo non ne udiva. Lui e i suo i compagni, coperti di fango, pieni di freddo, stavano rannicchiati in un budello ventoso, solitario, in una terra straniera. Non erano al riparo dal maltempo. Stavano lì ad aspettare, desolati, che il maltempo cessasse.

« Cosa ne pensi, tu, Mirtillo, di quel tipo? » domandò Moscardo. « Accetteresti il suo invito? »

« Be', » rispose Mirtillo « ecco come la penso io. Per capire se c'è da fidarsi non c'è altra maniera che provare. M'è sembrato cordiale, l'amico. Ma del resto, mettiamo che i conigli di qui abbiano paura e intendano ingannare i forestieri... mettiamo che·vogliano attirarli in un tranello e assalirli... cosa farebbero? manderebbero avanti uno con qualche scusa plausibile. No? Dunque, può darsi che ci vogliano ammazzare. D'altro canto, come ha detto l'amico, d'erba ce n'è in abbondanza, qui, e, quanto a sloggiarli o rubargli le femmine, ecco, se son tutti della stazza di costui, hanno poco da temere da un branco di noialtri. Ci hanno visti arrivare. Eravamo sfiancati. Era il momento migliore per darci addosso. No? O sennò, quand'eravamo separati, prima di metterci a scavare. Invece niente. Ne arguisco che non hanno intenzioni ostili. Una cosa soltanto non mi quadra. Cos'hanno da guadagnarci, se ci uniamo alla loro colonia? »

« Gli sciocchi attirano gli elil in quanto sono facile preda » disse Parruccone, forbendosi i baffi infangati, e soffiando fra i denti robusti. « E noi saremo degli sprovveduti, finché non avremo imparato a vivere qui. Forse è meglio che qualcuno c'insegni. Non lo so... ci rinuncio. Ma d'andar a vedere non ho mica paura. Se cercano di fare qualche scherzo, s'accorgeranno che anch'io ne conosco diversi. Sono pronto a correre dei rischi, per me, pur di dormire un po' più comodi che qui dentro. Non dormiamo da ieri pomeriggio. »

« E tu, Quintilio? »

« Secondo me, non dovremmo aver niente a che fare con quel coniglio e con la sua tribù. Dovremmo andar via da qui al più presto. Ma a che serve parlare? »

Infreddolito com'era, Moscardo aveva poca pazienza. Era solito far assegnamento su Quintilio ma lui, adesso, quando più c'era bisogno lo deludeva. Il ragionamento di Mirtillo non faceva un grinza e Parruccone aveva, perlomeno, fatto capire che non bisognava aver paura. Invece, Quintilio non sapeva dare altro contributo che sconcertanti, pusillanimi consigli. Certo, era un coniglio mingherlino, si disse Moscardo, e tutti quanti, dopo tante ansie e tanti affanni, erano esausti, stufi. In quel momento il terreno, in fondo alla galleria, cominciò a cedere e poi si aprì un varco e apparve il muso di Argento.

« Eccoci qua » disse questi, giulivo. « Abbiamo seguito le tue istruzioni, Moscardo. E Ramolaccio sta traforando dall'altra parte. Allora? che si fa? L'accettiamo l'invito di Come-si-chiama? Primula Rossa... no... Primula Gialla? Ci andiamo o no, nella sua conigliera? Certo non resteremo acquattati qui dentro come tanti fifoni che non hanno neanche il coraggio d'andar a vedere, eh? Che cosa penseranno di noi? »

« Ve lo dico io » disse Dente di Leone, alle sue spalle. « Se quello non ha detto il vero, capirà bene la nostra diffidenza. Se invece ha detto il vero, ci riterrà dei codardi, malfidati. Se intendiamo stabilirci qui, ci toccherà, prima o poi, venire a patti con quella gente. Gingillarci non serve, e ammettere che abbiamo paura d'andarli a trovare non mi garba. »

« Non lo so, quanti saranno, » disse Argento « ma noi siamo una bella masnada. Eppoi, non mi va di passare per vigliacco. Da quando in qua i conigli sono elil? E il vecchio Primula Gialla, lui, mica ha avuto paura di venire in mezzo a noi, dico bene? »

« D'accordo » disse Moscardo. « Anch'io la penso così. Volevo sapere se anche voi eravate della stessa idea. Preferite che si vada avanti, Parruccone e io, da soli, e si torni a riferire? »

« No » disse Argento. « Andiamo tutti. Non dobbiamo comportarci, la Frits mercé, come se avessimo paura. Che ne dici, Dente di Leone? »

«Io la penso come te. »

«Allora si va tutti » disse Moscardo. « Chiamate gli altri, e seguitemi. »

Uscì per primo e, con la pioggia che gli grondava sugli occhi e sotto la coda, nella luce declinante del tardo pomeriggio, attese che gli altri lo raggiungessero. Mirtillo, sempre all'erta e intelligente, guardò nei due sensi del fosso, prima di saltarlo. Parruccone, tutto contento che si passasse all'azione. Argento, saldo e fido. Dente di Leone, il novelliere della compagnia, tanto ardito e impaziente che, saltato il fosso, corse via per un bel tratto, prima di fermarsi e aspettare gli altri. Ramolaccio, forse il più sensato e tenace della brigata. Nicchio che subito cercò Moscardo con gli occhi e gli corse accanto. Ghianda, Smerlotto e Lampo, gregari non malvagi, purché non fossero spinti al di là dei loro limiti. Per ultimo Quintilio: riluttante e avvilito come un passero nel gelo. Mentre s'avviavano, s'aprì uno squarcio fra la nuvolaglia, a ponente, e ci fu un improvviso abbacinìo di luce acquosa, color oro pallido.

Oh, El-ahrairà!, invocò fra sé Moscardo, sono conigli, questi, cui andiamo incontro. Tu li conosci come conosci noi. Fa' che sia la cosa giusta, quella che stiamo facendo!

Ad alta voce disse: « Orsù, fatti coraggio, Quintilio.

Aspettiamo solo te, e più tempo passa più c'infradiciamo. »

Un calabrone, tutto zuppo, strisciava su un cardo: batté le elitre per qualche secondo, poi volò via, verso il campo. Moscardo lo seguì, lasciandosi dietro una traccia scura,. sull'erba inargentata.

13. OSPITALITÀ

Nel meriggio arrivarono a una terra
Dove eterno sembrava il meriggio
L'aria stessa era languida e pareva
Palpitar come chi è in preda a un brutto sogno.

TENNYSON, *I lotofagi.*

La svolta, al limite del bosco dirimpetto, era ad angolo acuto. Superato il costone, il fossato e gli alberi descrivevano una rientranza: quindi· il campo formava una baia con una balza tutt'intorno intorno. Adesso era evidente perché Primula Gialla si fosse inoltrato fra gli alberi. Aveva semplicemente preso una scorciatoia, per andare in linea retta dalle une alle altre tane, attraverso la stretta fascia alberata che sorgeva frammezzo. Ora Moscardo, doppiato il promontorio e soffermatosi per guardarsi intorno, poteva vedere il punto donde Primula Gialla doveva esser sbucato: una pista di conigli conduceva infatti dal felceto fino al campo, passando sotto un recinto. Sull'opposta ripa di quella insenatura si scorgevano distintamente i buchi dei conigli, che crivellavano il terreno scosceso e brullo. Era più esposta, quella conigliera, di quanto si potesse immaginare.

« Cielo sopra di noi! » esclamò Parruccone. « Lo sapranno cani e porci, per miglia d'intorno, che qui abitano dei conigli! E guardate le piste sull'erba, poi dopo! Niente niente, si metteranno a cantare, alla mattina, come i tordi? »

« Forse si sentono tanto sicuri, che non si dan la

briga di nascondersi » disse Mirtillo. « Del resto, anche la nostra conigliera era alquanto ben visibile. »

« Sì, ma non a questo punto. Ci potrebbe passare un hrududù, per certuni di quei buchi! »

« Io per me mi ci imbuco » disse Dente di Leone. « Sono bell'e fradicio, sapete. »

Al loro appressarsi, un grosso coniglio fece capolino dalla proda del fosso, lanciò loro un'occhiata, e scomparve in una tana. Di lì a poco, ne sbucarono due altri e li attesero. Erano anch'essi di corporatura snella e molto robusta.

« Un coniglio a nome Primula Gialla ci ha invitati a venir qui » disse Moscardo. « Ne sarete informati, non è vero? »

I due conigli simultaneamente eseguirono uno strano movimento di danza, con la testa e gli zampini anteriori. A parte l'annusata (come quella che s'erano scambiati Moscardo e Primula Gialla, incontrandosi) ai nuovi arrivati erano ignoti altri gesti rituali, tranne quelli che costituiscono le formalità del corteggiamento. Sicché si sentirono un tantino a disagio, disorientati. Cessata quella specie di danza, i due ristettero, aspettando evidentemente qualche cenno di contraccambio, ma non ne ottennero alcuno.

« Primula Gialla è nella tana grande » disse uno dei due alla fine. « Vogliate seguirci. »

« In quanti? » domandò Moscardo.

« Ma tutti, no? » rispose l'altro, stupito. « Mica vorrete restare qui fuori alla pioggia? »

Moscardo aveva pensato, invece, che soltanto in due o tre sarebbero stati ammessi alla presenza del Gran Coniglio – non già Primula Gialla, poiché questi era venuto da loro senza scorta – nella sua tana, dopo di che gli altri sarebbero stati ospitati chi qua chi là, in diverse tane. E l'idea di questa separazione l'aveva assai preoccupato. Ora si rendeva conto, con stupore, che doveva esserci, lì sotterra, un ambiente tanto vasto da contenerli tutti insieme. Era tanto curioso di vederlo, che non stette a impartire istruzioni, circa l'ordine in cui procedere. Tuttavia fece sì che Nicchio lo seguisse da presso. Questo gli riscalderà un po' il cuore, pensò, eppoi... se ci assalgono, tocca prima a quelli in testa, e meglio giocarci lui che qualcun altro. Quindi seguì le guide dentro uno dei cunicoli.

La galleria era ampia, liscia e asciutta. Era certo un'arteria principale, poiché da essa si dipartivano altri corridoi, in ogni direzione. Le due staffette procedevano veloci e Moscardo non aveva tempo di annusarsi d'intorno. D'un tratto s'arrestò. Erano giunti in un ambiente spazioso. I suoi baffi non percepivano terra innanzi a sé, né ce n'era accanto ai fianchi. Di fronte aveva una massa d'aria – la sentiva muoversi – e c'era parecchio spazio sopra la testa. Inoltre, c'eran molti conigli nei pressi. Non aveva previsto che potesse esserci, sotterra, un luogo ov'egli si trovasse esposto da tre lati. Indietreggiò, lesto, e si scontrò con Nicchio. Che scemo sono stato! pensò. Avrei dovuto metterci Argento, in seconda posizione. In quella si levò la voce di Primula Gialla. Moscardo sussultò, poiché veniva da lontano. Quella sala doveva essere immensa.

« Sei tu, Moscardo? » diceva Primula Gialla. « Sii il benvenuto, e così più i tuoi amici. Siamo lieti che siate venuti. »

Nessun essere umano, tranne i ciechi semmai, sarebbe in grado di captare tante cose in un luogo sconosciuto e buio pesto, ma per i conigli è diverso. Essi trascorrono metà della loro vita sottoterra, nella completa oscurità, o penombra, sicché il tatto, l'udito e l'odorato li servono anche meglio della vista. Ora Moscardo aveva l'esatta percezione del luogo ove si trovava. L'avrebbe senz'altro riconosciuto se, lasciatolo all'istante, vi fosse poi tornato fra sei mesi. Era, insomma, la tana più grande in cui fosse mai capitato: sabbiosa, tiepida e asciutta, col pavimento duro, nudo. Diverse radici d'albero correvano di traverso al soffitto e ne sostenevano l'ampia volta. V'era un gran numero di conigli, lì dentro – molti più di loro – e tutti avevano lo stesso odore opulento di Primula Gialla.

Questi si trovava all'altra estremità della sala e Moscardo capì che aspettava una risposta da lui. I suoi compagni stavano ancora arrivando, a uno a uno, dalla galleria d'ingresso, e c'era un gran trapestio. Si chiese che razza di formalità si aspettassero da lui. Potesse o no chiamarsi Gran Coniglio, non aveva mai fatto esperienza di simili cose. Il Trearà si sarebbe trovato, senz'altro, all'altezza della situazione. Lui però non voleva sembrare smarrito, né deludere i suoi seguaci. Meglio, allora, mostrarsi schietto e cordiale. In fin dei conti, c'era tempo, una volta sistematisi in quella conigliera, per mostrare a quegli stranieri che valevan quanto loro, senza rischiare di trovare rogne dandosi, all'inizio, troppe arie.

« Siamo molto contenti di trovarci al riparo dal maltempo » prese a dire. « Noi la pensiamo come tutti i conigli: più siamo, meglio stiamo. Quando poc'anzi sei venuto a invitarci, Primula Gialla, ci hai detto che la vostra conigliera non era tanto grande. Ma, a giudicare dai buchi che abbiam visto sulla ripa, direi invece che è proprio molto vasta e molto bella. »

Terminato che ebbe, sentì che era arrivato anche Parruccone: adesso erano tutti di nuovo insieme. I conigli stranieri gli parevano un poco sconcertati, da quel suo discorsetto, e aveva l'impressione di non aver toccato il tasto giusto, felicitandosi per il loro gran numero. Forse non erano poi tanto numerosi? C'era stata una moria? Non si sarebbe detto, dall'odore. Quelli erano i conigli più grossi e più sani che avesse mai incontrato. O forse quel silenzio, quell'imbarazzo, non eran dovuti a ciò che aveva detto? Può darsi che non avesse parlato bene – novizio com'era – e che essi non lo ritenessero alla loro altezza. Non importa, pensò. Dopo iersera, faccio pieno affidamento su noi stessi. Non ci troveremmo qui, se non fossimo in gamba. Costoro dovranno imparare a conoscerci. Non mi pare, comunque, che gli siamo antipatici.

Non vi furono altri discorsi. I conigli hanno le loro convenzioni e formalità, ma sono poche e spicce, in confronto alle nostre. Se Moscardo fosse stato un essere umano, avrebbe presentato a uno a uno i suoi compagni e di ciascuno di loro si sarebbe incaricato qualcuno degli ospiti. In quella grande tana, invece, le cose andarono diversamente. I conigli si mescolarono con estrema naturalezza. Non parlavano tanto per parlare, alla maniera artificiale degli esseri umani (e talvolta persino dei loro cani e gatti) ma ciò non significava che non comunicassero. Solo, non comunicavano parlando. In quella vasta tana, indigeni e forestieri cominciarono ad assuefarsi gli uni agli altri, secondo il loro costume: si annusavano a vicenda e osservavano come gli sconosciuti si muovessero, respirassero, raspassero, insomma quali fossero i loro ritmi e impulsi. Eran questi gli argomenti della loro conversazione, condotta senza ausilio di parole. In misura maggiore che in un simile consorzio umano, ogni coniglio – mentre badava al suo particolare intento – era altresì sensibile al clima generale. Di lì a non molto, tutti quanti si eran resi conto che l'assemblea non sarebbe degenerata in una rissa. Proprio come all'inizio di una battaglia sussiste un equilibrio fra le due parti, che man mano si altererà, a favore dell'una oppure dell'altra, fin al punto che lo scompenso è tale da non lasciar più dubbi circa l'esito del conflitto; così quell'adunanza di conigli, lì, nell'oscurità, dopo un incerto avvio, fra pause di silenzio, approcci, strofinamenti e ogni sorta di finte e sondaggi, gradualmente – come quando l'estate si approssima – si stiepidì, assumendo un'atmosfera di reciproca fiducia e simpatia, finché tutti si convinsero che non avevano nulla da temere. Nicchio, separato ora da Moscardo, si accucciò a suo bell'agio fra due grossi conigli che gli avrebbero potuto spezzare le reni in un attimo, mentre Ramolaccio e Primula Gialla s'azzuffavano per gioco, come due micetti, mordicchiandosi a vicenda, per poi separarsi e lisciarsi gli orecchi con improvvisa finta gravità, comicamente. Solo Quintilio sedeva solo, in disparte. Sembrava malato, o molto depresso, e gli altri per istinto lo evitavano.

La sensazione che un'intesa fosse stata tacitamente raggiunta venne a Moscardo sotto forma d'un ricordo: rivide la testa di Argento sbucare dal terriccio al congiungersi di due gallerie. E subito si sentì rilassato, provò un senso di tepore. Aveva attraversato tutto il salone e si trovava, adesso, in prossimità di due conigli, maschio e femmina, grossi entrambi come Primula Gialla. Quando i due s'avviarono per un cunicolo adiacente, Moscardo li seguì, saltellando, e tutti e tre s'allontanarono senza fretta dalla sala comune. Pervennero a una tana più piccola, situata a maggior profondità. Senz'altro era il covile della coppia, poiché essi vi si misero comodi, come appunto in casa propria, e lasciarono che anche Moscardo si accomodasse. Ma qualcosa era mutato, nel loro umore, dopo la convivialità dell'aula magna, e tutti e tre se ne stettero zitti zitti per un bel pezzo.

Alla fine Moscardo domandò: « È Primula Gialla il Coniglio Capo? »

L'altro rispose con una domanda: « Tu hai il titolo di Gran Coniglio? »

Moscardo non sapeva che cosa rispondere. Se avesse detto di sì, i nuovi amici gli avrebbero rivolto quell'appellativo anche in presenza d'altri, e chissà come l'avrebbero presa Parruccone e Argento. Al solito, volle essere sincero.

« Siamo pochi, pochissimi » disse. « Abbiamo lasciato la nostra conigliera in gran fretta, per sfuggire a brutte cose. La maggior parte però sono rimasti a casa, e fra loro anche il nostro Gran Coniglio. Io ho fatto del mio meglio per guidare i miei compagni, ma non so se a loro garba, di sentirmi chiamare Gran Coniglio. »

E intanto pensava: Adesso mi farà un sacco di domande. Perché siete venuti via da casa? Perché gli altri non vi hanno seguito? Di cosa avevate paura? e via dicendo. E io che gli rispondo?

Ma quando l'altro coniglio parlò fu chiaro che, o non glien'importava niente, di quel che Moscardo aveva detto, oppure aveva qualche altro motivo per non fare domande.

« Noi non abbiamo un Coniglio Capo, qui » disse. « L'idea di avvicinarvi è venuta per primo a Primula Gialla. Sicché lui vi ha avvicinato. »

« Ma chi comanda? chi decide sul da farsi? per quello che riguarda gli elil, i lavori di scavo, l'invio di esploratori, e così via? »

« Oh, non . ce n'è bisogno, qui da noi. Gli elil si

tengono alla larga da qui. S'è visto un *komba* l'inverno scorso, ma l'uomo che viene da di là dei campi, gli ha tirato lui col fucile. »

« Ma gli uomini non sparano ai kombil » disse Moscardo.

« Bah! lui l'ha ucciso, comunque, quel komba. E uccide pure i gufi. Di scavare, non abbiamo bisogno. Nessuno ha mai scavato, da quando sono al mondo io. C'è un bel po' di tane vuote, sai. Da una parte ci abitano dei topi, ma l'uomo li ammazza, anche quelli, quando può. Di mandar a esplorare neanche ci serve. Qui abbiamo cibo migliore che da qualsiasi altra parte. Tu e i tuoi compagni sarete felici di vivere qui. »

Ma lui, per lui, non pareva particolarmente felice e, di nuovo, Moscardo si sentì stranamente perplesso. « Quand'è che l'uomo... » cominciò, ma venne interrotto.

« Io mi chiamo Ribes, e questa è la mia compagna, Nildro-hain [1]. Ci sono ottime tane, sfitte, qui vicino. Te le mostrerò, casomai tu e i tuoi amici vogliate sistemarvici. La tana magna è splendida, non trovi? Non credo siano molte, le conigliere dove tutti i conigli possono tener adunanze sotto terra. Il soffitto è formato da radici e, s'intende, l'albero che c'è sopra impedisce alla pioggia di infiltrarsi. Non si sa come fa a vivere, quell'albero, eppure campa. »

Moscardo sospettava che tutto quel profluvio di discorsi avesse lo scopo di evitare le sue domande. Un po' si sentiva irritato, un po' confuso.

Non importa, pensò. Se diventiamo grossi come loro, ce la caveremo perfettamente. Si deve mangiar bene, da 'ste parti. La sua coniglia è una gran bella femmina, poi dopo. Magari ce ne sono altre compagne, nella colonia.

Ribes uscì dalla tana e Moscardo lo seguì, giù per un altro cunicolo, che portava a maggior profondità, sotto il bosco. Certo era una stupenda conigliera. Talvolta, nel passare accanto a un tunnel che risaliva verso l'esterno, si sentiva la pioggia scrosciare, insistente, nella

[1] Canto del merlo. [*N.d.A.*]

notte. Ma, benché ormai piovesse da ore, non v'era traccia di umidità, nei corridoi profondi né nelle varie tane che incontravano, e non faceva freddo. Gli scoli e l'aerazione erano ottimi. Qua e là si muovevano altri conigli. Una volta s'imbatterono in Ghianda, che stava compiendo un analogo giro. Soffermandosi, disse a Moscardo: « Molto cordiali, nevvero? Chi se lo sognava mai, un posto come questo! Merito tuo, Moscardo, e del tuo buon giudizio ». Ribes attese, educatamente, che finissero di parlare, e Moscardo era contento ch'egli udisse quel discorso.

Alla fine, dopo aver evitato dei pertugi da cui veniva, distinto, odor di topi, si soffermarono in una specie di fossa. Un ripido tunnel portava all'aperto. I corridoi delle conigliere sono di solito arcuati. Quello invece era diritto: sicché sopra di loro, attraverso l'orifizio, si scorgevano i rami dell'albero, contro il cielo notturno. Moscardo s'avvide che una parete di quella specie di fossa era convessa e fatta d'una sostanza dura. L'annusò, incerto.

« Non lo sai che cosa sono, quelli? » disse Ribes. « Sono mattoni. Le pietre che adoprano gli uomini per costruire le loro case, i granai. Qui una volta c'era un pozzo per l'acqua, ma è stato riempito, non l'adoprano più. Noi ci troviamo dalla parte esterna del pozzo. E quest'altra parete di terra, qui, è completamente piatta a causa d'una qualche roba-d'uomo che c'è dietro, fissata nel terreno, ma non lo so, che cosa. »

« C'è qualcosa però... delle robe conficcate in questo muro » disse Moscardo. « Ma sì, sassi! dei sassi conficcati nella parete di terra. Ma a che scopo? »

« Di', ti piace? » domandò Ribes.

Moscardo strologava su quei sassi. Eran piccole pietre dello stesso formato, confitte a intervalli regolari su quella superficie liscia. Non ci raccapezzava fuori niente.

« A cosa servono? » domandò ancora.

« Quello è El-ahrairà » rispose Ribes. « Un coniglio chiamato Laburno l'ha eseguito, diverso tempo fa. Ce n'è altri, qui da noi, ma questo è il migliore. Ammirevole, non trovi? »

Moscardo era più che mai smarrito. Non aveva mai visto un laburno, o avorno, o orno, o ornello, però era sconcertato da quel nome che, in lingua lapina[2], equivale a « albero velenoso ». Come poteva chiamarsi, un coniglio, Veleno? E come potevano, dei sassi, esser El-ahrairà? Nella sua confusione borbottò: « Non capisco mica ».

« È ciò che noi chiamiamo una Forma » spiegò Ribes. « Non ne avevi mai viste, prima d'ora? Quei sassi riproducono, sul muro, la forma di El-ahrairà. Lo vediamo mentre ruba la lattuga del Re. Hai capito? »

Moscardo si era sentito altrettanto sbigottito solo quando Mirtillo gli aveva parlato della zattera, presso il fiume Enborne. Ovviamente, quei sassi, quelle pietre, non potevano aver nulla a che fare con El-ahrairà. Tanto valeva gli venisse a dire che la sua coda era un oleandro! Annusò di nuovo, poi appoggiò una zampa alla parete.

« Piano, piano » disse Ribes. « Potresti danneggiarlo, e non sta bene. Non importa. Torneremo un'altra volta. »

« Ma dove sono?... » cominciò Moscardo, però Ribes di nuovo lo interruppe:

« Avrai fame, ormai. Io sì. Seguiterà a piovere tutta la notte, ne sono certo, ma possiamo mangiare sottoterra, qui da noi, lo sai? Quindi potrai sistemarti, per dormire, nel salone, o, se vuoi, nella mia tana. Per tornare, facciamo più presto. C'è un cunicolo diretto, o quasi. Veramente passa per... »

E seguitò a chiacchierare senza posa, per tutto il tragitto. Moscardo si rese conto che quelle frettolose interruzioni avvenivano ogni qual volta egli stesse per fare una domanda che contenesse la parola "dove". Decise di fare un'altra prova.

Ribes stava concludendo: « Siamo quasi arrivati alla gran tana, ma venendo da tutt'un'altra parte ».

Allora Moscardo: « Di' un po', dove?... »

Immediatamente Ribes svicolò per un corridoio laterale e si diede a chiamare: « Ranuncolo! Vieni anche tu,

---

[2] Dal francese *lapin* (coniglio). È parola coniata dall'Autore.

Ranuncolo, con noi, nella tana magna? ». Silenzio. « Strano, » disse Ribes, tornando sui suoi passi, « di solito a quest'ora è lì, Ranuncolo. Vengo spesso a chiamarlo, sai. »

Moscardo, rimasto indietro, compì una rapida perlustrazione. La soglia di quella tana era coperta da uno strato di terra, fresca, sgretolatasi dal tetto. C'erano, ben chiare, le orme di Ribes. Ma non altre. Neanche l'ombra di altre orme.

14. COME ALBERI A NOVEMBRE

> Le corti e gli accampamenti sono gli unici luoghi ove apprendere le cose del mondo. ... Assumi il tono della compagnia di cui fai parte.
>
> CONTE DI CHESTERFIELD,
> *Lettere al figlio.*

La gran tana era meno affollata di quando l'avevano lasciata. Incontrarono per prima Nildro-hain. Stava insieme a tre o quattro altre coniglie, chiacchierando tranquille e mangiando al tempo stesso. C'era infatti un odore di verdure. A quanto pare, c'era del cibo disponibile sottoterra, come per la lattuga del Trearà. Moscardo si soffermò a parlare con Nildro-hain. Ella gli chiese se fosse andato fino al pozzo, a vedere l'El-ahrairà di Laburno.

« Sì, sì » rispose Moscardo. « Una cosa, per me, molto strana. Preferisco ammirar voi e i vostri amici, che dei sassi su un muro. »

Mentre così diceva, s'avvide che Primula Gialla si era avvicinato e Ribes gli parlava sottovoce. Colse a volo le parole: « Mai vista una forma », poi udì Primula Gialla replicare: « Mah, non fa differenza, dal nostro punto di vista ».

Moscardo si sentì, d'un tratto, stanco e depresso. Notò Mirtillo, lì poco lontano, e gli si appressò.

« Vieni, andiamo fra l'erba » gli disse piano. « E conduci chi altri vuol venire. »

Primula Gialla allora si rivolse a lui dicendo: « Gradirai qualcosa da mangiare, adesso. Vieni, vieni a vedere cosa abbiamo, quaggiù ».

« Io e un paio d'amici, » rispose Moscardo « ora andiamo a *silflaia*[1]. »

« Oh, ma piove ancora troppo » disse Primula Gialla, come chi non ammetta repliche. « Potete mangiare qui. »

« Non vorrei litigare per questo, » disse Moscardo, risoluto, « ma noialtri abbiam bisogno di silflaia. Ci siamo abituati, la pioggia non ci sgomenta. »

Primula Gialla parve preso alla sprovvista. Poi si mise a ridere.

Il ridere è sconosciuto agli animali, anche se i cani e gli elefanti possono averne una vaga idea. Su Moscardo e Mirtillo il fenomeno produsse quindi un'enorme impressione. Lì per lì, Moscardo pensò che fosse il sintomo di chissà quale strana malattia. Invece Mirtillo ebbe un altro sospetto, tanto che indietreggiò, per paura d'un gesto aggressivo. Primula Gialla non disse nulla, anzi seguitava a ridere, in quel modo bizzaro. Moscardo e Mirtillo se la diedero a gambe, come fossero stati in presenza di un furetto. S'infilarono nel primo cunicolo. Qui, dopo un po', incontrarono Nicchio. Questi li lasciò passare – era piccolo abbastanza – poi fece dietrofront e li seguì.

La pioggia cadeva incessante. La notte era buia e, per essere di maggio, molto fredda. Tutti e tre si misero a brucare, fra l'erba, con l'acqua che gli scorreva a rivoli fra il pelame.

« Mamma mia, Moscardo, » disse Mirtillo « avevi proprio voglia di far silflaia? Qui è un macello! Io per me avrei preferito mangiare quella roba che hanno giù di sotto, qual che sia, e poi mettermi a dormire. Che t'è preso? »

[1] Pascolo, il pascolare all'aperto. [*N.d.A.*]

« Non lo so » rispose Moscardo. « Ho sentito, d'un tratto, che dovevo uscir fuori, all'aria aperta. E t'ho chiesto di farmi compagnia. Ora capisco cosa turba Quintilio. Ma però gli passerà, ne sono certo. Comunque c'è qualcosa, sì, di strano, in codesti conigli. Vuoi saperne una? conficcano sassi nel muro! »

« Fanno cosa? »

Moscardo gli spiegò. Mirtillo ne restò sbalordito al par di lui. « Io te ne dico un'altra » disse poi. « Parruccone mica si era sbagliato di tanto. Questi qui cantano, sai, proprio come uccelli. Sta' a sentire. Capito nella tana d'un certo Betònica. Sua moglie ha partorito da poco. Sta là, china sulla sua cucciolata e, ti dico, fa un verso che pare un pettirosso d'autunno. Per farli addormentare, mi spiega. T'assicuro, stavo lì come un allocco. »

« E tu cosa ne pensi di costoro, Hlao-rù? » domandò Moscardo.

« Sono molto carini e gentili, » rispose Nicchio « ma vi dirò che cosa m'ha colpito. Mi sembrano tutti terribilmente tristi. Non riesco a capire perché, dal momento che sono così belli e robusti e hanno questa magnifica conigliera. Ma mi fanno venire alla mente gli alberi di novembre. Sciocco da parte mia, lo so, Moscardo. Tu ci hai condotti qui e, senz'altro, questo è un ottimo posto sicuro e tranquillo. »

« No, non è affatto sciocco, ciò che dici. Non me ne ero accorto, ma hai perfettamente ragione. Hanno un'aria davvero malinconica. »

« Dopotutto, non sappiamo perché sono così pochi » disse Mirtillo. « Non bastano neanche a riempire la conigliera. Forse è per questo. Voglio dire, forse gli è capitata qualche disgrazia che li ha lasciati tutti così mesti. »

« Non lo sappiamo perché non ce lo dicono. Ma se dobbiamo restar qui, bisogna che impariamo ad andar d'accordo con loro. Mica possiamo dargliele: sono troppo grossi. E non vogliamo certo che ce le diano a noi. »

« Io non credo che sappiano battersi, Moscardo » disse Nicchio. « Benché siano così grossi, non mi sembrano affatto battaglieri. Non come Parruccone, come Argento. »

« Noti un sacco di cose, eh, Hlao-rù? » disse Moscardo. « Hai notato che la pioggia s'è infittita? D'erba ce n'ho abbastanza, nello stomaco, per ora. Torniamo giù di sotto, ma per un po' teniamoci sulle nostre. »

« Meglio ancora, mettiamoci a dormire » disse Mirtillo. « Dopo un giorno e una notte, io casco dal sonno. »

Tornarono di sotto, per un buco differente, e ben presto trovarono una tana vuota, asciutta, dove s'accovacciarono ammucchiati, e dormirono nel tepore dei loro corpi stanchi.

Quando si risvegliò, Moscardo avvertì subito ch'era mattina, che il sole era già sorto: lo sentì dall'odore. Ben distinto era il profumo dei fiori del melo. Quindi percepì quello, meno intenso, dei ranuncoli e delle fave. Ma, misto a questi, veniva un altro odore. Un odore inquietante ma, per un po', non riuscì a capire cosa fosse. Pericoloso, sì, e spiacevole era: un odore del tutto innaturale. Non veniva da tanto lontano. Ah, sì! odore di fumo. Qualcosa bruciava. Allora ricordò che Parruccone, di ritorno dalla sua ricognizione il giorno avanti, aveva parlato di quei mozziconi sul terreno. Ecco cos'era. Era passato un uomo nei paraggi. E per questo lui s'era svegliato all'improvviso.

Lì in quella tana, tiepida e buia, Moscardo provava un delizioso senso di sicurezza. Lui riusciva a fiutare l'uomo. L'uomo non poteva fiutar lui. Non poteva sentire altro odore, l'uomo, che quello del fumo, acre, da lui prodotto. Moscardo ripensò a quella figura, o forma, nella stanza accanto al pozzo, poi, nel dormiveglia, fra sogno e fantasia, immaginò che El-ahrairà gli diceva che era stato tutto un trucco, da parte sua, travestirsi da Laburno, o Veleno, e ficcare quei sassi nel muro, per distogliere l'attenzione di Ribes mentre lui se la spassava con Nildro-hain.

Nicchio si agitò e rigirò nel sonno, mormorando: « *Saian laia narne, marli?* (È buona, mamma, l'erba cardellina?) » e Moscardo, intenerito, perché certo sognava di quand'era piccino, si scostò per lasciargli più spazio. In quella, udì un coniglio che passava per una galleria poco lontana e lanciava richiami in tono nient'affatto naturale, battendo a ritmo i piedi in terra. Era un suono non tanto diverso dal canto d'un uccello. Quando fu più vicino, Moscardo distinse la parola:

« *Flaiarà! Flaiarà!* ».

Era la voce di Ribes. Nicchio e Mirtillo si svegliarono anch'essi: destati più dal pestìo che da quella voce, ch'era sottile e insolita, e non avrebbe sollecitato il loro istinto, sotto la cappa del sonno.

Moscardo sgusciò fuori dalla tana e, per il corridoio, s'imbatté subito in Ribes, che batteva a tutto spiano uno zampino posteriore sul piancito di terra.

« Mia madre mi diceva: "Se tu fossi un cavallo, cascherebbe giù il soffitto" » disse Moscardo. « Perché pesti così, qui sottoterra? »

« Per dar la sveglia a tutti » rispose Ribes. « Ha piovuto tutta notte. Di solito dormiamo fino a tardi, se fa brutto. Invece adesso s'è rimesso al bello. »

« Ma che bisogno c'è di dar la sveglia? »

« Ecco, è passato l'uomo poco fa. Ed è meglio non lasciarla stare tanto, la flaiarà. Sennò arrivano i topi e le cornacchie, prima di noi. Non ci va, di combattere coi sorci. Per voi invece sarà all'ordine del giorno, dato il vostro spirito d'avventura. »

« Non capisco mica. »

« Allora vieni con me. Passo prima a chiamare Nildro-hain. Non abbiamo dei cuccioli, al momento, quindi può venire anche lei, con noi. »

Altri conigli uscivan dalle tane e Ribes parlò ad alcuni di loro, ripetendo più volte che era contento di accompagnare i nuovi amici sul campo. Moscardo cominciava a trovarlo simpatico, quel Ribes. Il giorno avanti era troppo stanco e sbigottito, per poterlo giudicare. Ma adesso, dopo una buona dormita, s'accorgeva che Ribes era veramente un gran bravo coniglio. Faceva tenerezza, il suo affetto per la bella Nildro-hain. Eppoi era evidente come fosse di umore spesso gaio, come amasse divertirsi. Usciti all'aperto, nella bella mattina di maggio, lo vide saltare oltre il fosso e far balzi fra l'erba alta, allegro come uno scoiattolo. Non aveva più quell'aria mesta che tanto aveva impensierito Moscardo, la sera avanti. Moscardo, dal canto suo, si soffermò sull'imboccatura della tana, come aveva sempre fatto a casa sua dietro la cortina di rovi, ed esplorò la valle con lo sguardo.

Il sole era appena sorto dietro il bosco e gli alberi stampavano ombre lunghe sul prato. L'erba bagnata luccicava e un castagno, lì da presso, splendeva iridescente, ammiccando scintillii al lieve vento che gli agitava i rami. Il ruscello era rigonfio e agli orecchi di Moscardo il suo mormorio giungeva ben diverso dal giorno prima, più profondo, più fluido. Fra il boschetto e il ruscello, la pendice era punteggiata di nasturzi, di color lilla pallido, ciascuno per suo conto, eretto in cima a un esile gambo, sopra un ciuffo di foglie rigogliose. La brezza cadde e la piccola valle restò immota, carezzata da lunghi raggi obliqui e abbracciata dal bosco, su due lati. Sopra quella calma serena cadde, come piume sullo specchio d'un laghetto, il richiamo d'un cuculo.

« Vai tranquillo, Moscardo » disse Primula Gialla, alle sue spalle. « Lo so che sei abituato a guardar bene tutt'intorno, prima di uscire alla silflaia, qui invece andiamo dritti fuori. »

Moscardo non intendeva mutar costume né ricevere istruzioni da Primula Gialla. Nessuno tuttavia l'aveva spinto e non c'era motivo di guastarsi per delle sciocchezze. Saltò sull'altro ciglio del fossato, e qui di nuovo si guardò intorno. Diversi conigli già correvano pel campo verso una siepe lontana, screziata di bianco dai fiori di marruca. Vide Argento e Parruccone, e andò verso di loro, sgrullando le zampe davanti bagnate a ogni passo, come i gatti.

« Spero che i tuoi amici siano stati altrettanto gentili con te, Moscardo, come questi colleghi con noi » disse Parruccone. « Io e Argento ci sentiamo proprio a casa nostra. Se vuoi saperlo, secondo me siamo venuti a stare molto meglio. Metti pure che Quintilio s'è sbagliato, metti che non è successa nessuna disgrazia, là da noi, io dico che lostesso abbiam fatto benissimo ad andar via. Qui è tutta un'altra cosa. Vieni anche tu alla pacchia? »

« Ma che cos'è, 'sta pacchia, tu lo sai? » chiese Moscardo.

« Non te l'hanno detto? A quanto pare, c'è flaiarà a stufo, giù pei campi. Loro vanno a mangiarne ogni giorno. »

I conigli di solito, brucano l'erba, come tutti sanno. Ma trovano più appetitosi certi ortaggi, come lattuga o carote. Per essi fanno scorribande, e razzie negli orti, nei giardini. Questo cibo prelibato, lo chiamano *flaiarà*.

« Flaiarà? Non è un po' tardi, a quest'ora di mattina, per andare a far razzie in qualche orto? » domandò Moscardo, lanciando un'occhiata alla casa colonica, di cui si intravedeva il tetto fra gli alberi.

« No, no » rispose uno dei conigli indigeni, che l'aveva sentito. « La flaiarà la lasciano nel campo, qui accanto, vicino alla sorgente del ruscello. Noi andiamo là a mangiarla. Un po' ne mangiamo sul posto, un po' ne portiamo a casa. Oggi dovremo carreggiarne parecchia. Ieri sera, con tutta quella pioggia, non è uscito nessuno, e abbiamo dato quasi fondo alle provviste. »

Il ruscello scorreva oltre la siepe. Presso il varco, c'era un guado per buoi. Dopo la pioggia s'era formato un pantano e l'acqua stagnava in ogni forma di zoccolo. I conigli girarono al largo e passarono per un altro varco, più su, presso il tronco rinsecchito di un vecchio cotogno. Di là dalla fratta, tutt'intorno a una giuncaia, sorgeva uno steccato, alto la metà d'un uomo. All'interno di esso, fiorivano ranuncoli e il ruscello rampollava dalla sua fonte.

Sparsi qua e là per il pascolo circostante, Moscardo vide tanti affari oblunghi, di color rossiccio e arancione, alcuni con un ciuffo di foglie in cima, che spiccava fra il verde più scuro dell'erba. Emanavá un odore pungente da quei cosi, come fossero stati tagliati di fresco. Ne era attratto. Gli venne l'acquolina in bocca. Si soffermò per fare *hraka*. Primula Gialla, nel passargli accanto, gli lanciò quel suo sorriso innaturale. Ma Moscardo, tutto preso com'era, non gli badò. Ubbidendo alla forte attrattiva, corse fuori della fratta. Si avvicinò a uno di quegli affari, l'annusò, l'assaggiò. Carota, era.

Moscardo aveva mangiato varie radici in vita sua, ma una volta soltanto aveva assaggiato carote, cadute da un carretto nei pressi della vecchia conigliera. Queste qui erano vecchie, alcune già rosicchiate dai topi. Ma pei conigli eran lo stesso sopraffini, un lusso, una leccornia da far scordare ogni altra cosa. Moscardo si diede a mordere e rodere quelle saporitissime radici, sentendosi inondare di piacere. Saltellando qua e là, si diede a divorare un pezzo di carota dietro l'altro, mangiando anche le foglie insieme al resto. Nessuno l'interruppe. Ce n'era in abbondanza per tutti. Di tanto in tanto, istintivamente, levava il muso e fiutava il vento, ma era solo una cautela pro-forma. Se vengono gli elil, vengano pure. Mi batterò con loro, quanti sono, pensava. Tanto, scappare non potrei. Che paese! che conigliera! Sfido io, che sono tutti grossi come lepri e hanno un odore così principesco! « Salve Nicchio! Fa' una bella scorpacciata! Non tremerai più come un tapino sul greto di qualche fiume, d'ora in poi, vecchio mio! »

« Non sarà più capace di tremare, fra un par di settimane » disse Smerlotto, a bocca piena. « Ah, mi sento proprio bene, dopo questa mangiata. Ti seguirei dovunque, adesso, Moscardo. Non ero più io, l'altra sera, nella landa di scope. Sai, è tremendo quando non hai un buco in cui ficcarti. Spero che mi capirai. »

« Non ci si pensi più » rispose Moscardo. « Ma adesso sarà meglio domandare a Primula Gialla come si fa a trasportate 'sta roba nelle tane. »

Trovò Primula Gialla presso la sorgente. Aveva terminato di mangiare e si lavava il muso con le zampe davanti.

« Ce ne sono tutti i giorni di radici? » gli domandò Moscardo. « Dove?... » Ma s'interruppe subito e pensò: Vado imparando.

« Non sempre radici » rispose Primula Gialla. « Queste qui sono carote dell'anno passato, come ti sarai accorto. Sono avanzi, suppongo, che buttano via. Certi giorni radici, certi altri verdura, o vecchie mele. Insomma, dipende. Certi giorni poi niente addirittura, specie d'estate. Ma col tempo cattivo, d'inverno, quasi sempre troviamo qualcosa. Tuberi, cavoli, broccoli, perfino granturco a volte. Noi mangiamo pure quello, sai. »

«Il cibo non è un problema, allora. Dovrebbe essere pieno, questo posto, di conigli. Suppongo... »

« Se hai finito... » l'interruppe Primula Gialla. « Oh non c'è nessuna fretta. Prendila pure comoda. Quando sei sazio, puoi provare a trasportare qualche cosa. Le radici son la cosa più facile. La più facile, dopo la lattuga. Ecco: ne addenti una e la riporti alla conigliera, la depositi nella tana grande. Io ne porto due per volta, ma è questione di pratica. I conigli di solito, lo so, non trasportano il cibo. Ma imparerete anche voi. Torna comodo avere una dispensa. C'è sempre bisogno di provviste per i cuccioli, quando si fanno grandicelli. Eppoi, per quando piove. Vieni con me, t'aiuto, se ti riesce difficile, all'inizio. »

Ce ne volle, a Moscardo, per imparare a tener salda fra i denti una mezza carota e portarla, come un cane, fino alla conigliera. Gli toccò posarla giù diverse volte. Ma Primula Gialla l'incoraggiava e lui era deciso a far bella figura, come capo dei nuovi venuti. Presso l'imboccatura delle tane si soffermò, per vedere un po' come se la cavassero i suoi compagni. Tutti facevano del loro meglio ma era chiaramente un duro sforzo. Per i più piccoli, in specie Nicchio, era un compito quasi proibitivo.

« Su col morale, Nicchio » l'esortò Moscardo. « Pensa quanto ti darà gusto, stasera, mangiarle. Anche Quintilio starà facendo una faticaccia, sai. È piccoletto come te. »

« Non l'ho visto per niente » disse Nicchio. « Tu lo sai, dov'è? »

Ora che ci pensava, neanche Moscardo l'aveva visto. Si mise un po' in pensiero. Tornando indietro insieme a Primula Gialla, cercò di spiegare a quest'ultimo il bizzarro temperamento di Quintilio. « Spero non gli sia successo nulla » disse. « Voglio andare a cercarlo, alla fine di quest'altro viaggio. Hai idea di dove può essere? »

Attese che l'altro rispondesse, ma restò deluso. Dopo un po', Primula Gialla disse: « Guarda! vedi quelle cornacchie, là intorno alle carote? È da diversi giorni che ci danno noia. Bisogna provvedere a scacciarle, finché non avremo finito di far rifornimento. Però sono troppo grosse, per noi conigli. Con i passeri invece... »

« Cos'ha a che fare, questo, con Quintilio? » domandò Moscardo, brusco.

« Anzi, » disse Primula Gialla, mettendosi a correre, « ci vado io stesso, a scacciarle. »

Ma non s'avventò contro le cornacchie. Invece, afferrata tra i denti un'altra carota, s'avviò a ritornare. Seccato, Moscardo s'unì a Dente di Leone e Ramolaccio e se ne tornò con loro. Giunti presso le tane, scorsero Quintilio: stava acquattato sotto un ginepro, seminascosto fra le chiome basse, al margine del boschetto, a una certa distanza dalla conigliera. Deposta la carota, Moscardo corse da lui, s'inerpiò sulla balza, si accucciò accanto a lui sotto i rami rasoterra. Quintilio non fiatò, seguitava a fissare la campagna.

« Non vieni a imparare a far provviste, Quintilio? » gli domandò Moscardo alla fine. « Non è difficile, una volta preso il via. »

« Non voglio averci niente a che spartire » rispose Quintilio, a voce cupa. « Cani... sembrate cani che riportano un bastone. »

« Quintilio! Stai cercando di farmi arrabbiare? Ma non voglio andare in collera, per i tuoi stupidi paragoni. Solo, mi secca che stai a guardare mentre gli altri lavorano anche per te. »

« Sono io che dovrei arrabbiarmi » disse Quintilio. « Ma non ne sono capace, questo è il guaio. Eppoi, chi mi darebbe ascolto? Buona parte di loro mi credono matto. Tu invece sai che non lo sono, Moscardo, e fai male a non darmi retta. »

« Sicché questa conigliera non ti piace, neanche adesso? Ebbene, secondo me ti sbagli. Tutti possono sbagliare qualche volta. Perché non dovresti commettere errori anche tu, come tutti? Smerlotto aveva torto nella landa, e tu hai torto adesso. »

« Guardali là! son conigli, quelli, e zompettano come scoiattoli con in bocca una nocella. Come si fa, a trovarlo giusto? »

« Direi che hanno copiato un'ottima idea dagli scoiattoli, e questo li rende conigli migliori. »

« Pensi forse che l'uomo chiunque sia, sparga là quelle carote a piene mani, solo per buon cuore? Chissà invece cos'ha in mente! »

« Butta via degli avanzi, ecco tutto. Quante volte i conigli non hanno scialato, coi rifiuti degli uomini? Lattuga di scarto, bucce, rape mézze? Tutti ne approfittiamo, quando capita, lo sai. Non è roba avvelenata, Quintilio, te lo posso assicurare. E se quello volesse sparare ai conigli, be', ne avrebbe avuto modo stamattina. Invece non l'ha fatto. »

Quintilio pareva anche più mingherlino, così appiattito al suolo. « Sono uno sciocco, a discutere » disse, mestamente. « Moscardo... caro vecchio Moscardo, il fatto è che io *so* che c'è qualcosa di maligno e innaturale, in questo posto. Che cosa sia, non so, quindi non posso dirtelo. Però mi ci avvicino sempre più. Sai com'è, quando infili il muso fra le maglie d'una rete metallica, e cerchi d'arrivare a rosicchiare la corteccia d'un melo, ma non ce la fai per via di quel fil-di-ferro. Fil-di-ferro! ci sono vicino... ma ancora non capisco. Se me ne sto qui da solo, posso arrivarci. »

« Perché, Quintilio, non vuoi darmi retta? Vatti a fare una mangiata di radici e poi, via, sottoterra a dormire. Dopo ti sentirai meglio. »

« Te l'ho detto, non voglio aver niente a che spartire con costoro » disse Quintilio. « E piuttosto che entrare in quelle tane là, me ne ritornerei nella brughiera. Il soffitto di quel salone è fatto di ossa. »

« Macché! sono radici d'albero. Del resto, ci hai passato la notte, lì sotto. »

« No, io no » disse Quintilio.

« Come? E dov'eri allora? »

« Qui. »

« Tutta la notte? »

« Sì. Un ginepro offre un buon riparo, lo sai. »

Adesso Moscardo era davvero preoccupato. Se i terrori di Quintilio erano tali da indurlo a passare la notte all'aperto, sfidando le intemperie e gli elil predatori, allora, era chiaro che non sarebbe stato facile persuaderlo del contrario. Per un po' restò zitto, poi disse: « Roba da matti! Ti ripeto che, secondo me, faresti bene a fare come noi. Però adesso ti lascio in pace, e tornerò fra poco a sentire come stai. Bada di non mangiare bacche velenose! ».

Quintilio non rispose nulla, e Moscardo tornò al campo.

Non era certo la giornata adatta a cattivi presentimenti. Per ni-Frits s'era fatto tanto caldo che la parte più bassa del campo trasudava umidità. L'aria era piena di forti effluvi erbacei, come se fosse già giugno inoltrato. Il mentastro e la maggiorana, non ancora in fiore, mandavano profumo dalle foglie; qua e là fioriva qualche olmaria precoce. Il luì era tutta la mattina che si dava da fare, lassù in cima a una betulla, presso le loro tane provvisorie, dall'altra parte della valle. Dal profondo del boschetto, oltre il pozzo abbandonato, veniva il canto d'una capinera, meraviglioso. Nel primo pomeriggio, il caldo e la quiete erano al culmine. Una mandra di mucche scendeva pascolando la pendice, a cercar ombra. Solo pochi conigli eran rimasti sopraterra. Quasi tutti dormivano nelle tane. Quintilio sedeva ancora, tutto solo, sotto il ginepro.

A prima sera, Moscardo prese con sé Parruccone e insieme s'avventurarono nel bosco dietro la conigliera. Dapprima procedettero guardinghi, poi con sempre minor cautela, dato che non v'eran tracce d'animali più grossi d'un topo.

«Né orme, né odori, né niente » disse Parruccone. « È segno che Primula Gialla non ci ha raccontato bugie. Qui, elil non ce ne sono. Altro che quell'altro bosco, dove abbiamo attraversato il fiume! Ti confesso, Moscardo, che la paura mi gelava il sangue, quella sera, ma ero deciso a non darlo a vedere. »

« Io lostesso » rispose Moscardo. « Son d'accordo con

te, quanto a questo posto. Mi pare perfettamente tranquillo. Ora se... »

« Questo è strano, però » l'interruppe Parruccone. Si trovavano in un rovaio, al centro del quale s'apriva un cunicolo, una delle tante uscite della conigliera. La terra intorno era umida e molle, ricoperta da uno strato di foglie secche. E lì v'erano tracce di scompiglio. Le foglie marce erano state smosse, buttate all'aria: alcune erano rimaste infilzate ai rovi, e altre, a grumi compressi e zuppi, eran state scagliate lontano, nella radurina intorno. Un tratto di terra era stato raschiato e v'eran tracciati dei graffi, dei solchi, e c'era un buco, dai contorni regolari, largo quanto una carota. I due conigli si diedero a scrutare e fiutare, ma non ci raccapezzarono nulla.

« Il buffo è che non si sente nessun odore » disse Parruccone.

« No... Tranne che di coniglio, naturalmente, come da ogni parte. E d'uomo. Ma anche questo si sente da ogni parte. E può darsi che non ci abbia nulla a che fare. Ci dice solo che un uomo è passato per questo bosco e ha buttato un mozzicone di bastoncino bianco. Non è stato certo un uomo a grattare la terra così. »

« Bah! magari questi matti di conigli ballano al chiar di luna, o qualcosa del genere. »

« Non mi stupirebbe. Sarebbe senz'altro da loro. Domandiamolo a Primula Gialla. »

« È l'unica cretinata che hai detto finora. Di' un po', da quando siamo qui, ha mai risposto a una domanda, quello? »

« No... quasi mai. »

« Prova allora a domandargli dove balla al chiar di luna. Chiedigli: Primula Gialla, dov'è che... »

« L'hai notato anche tu, dunque? Non risponde mai se gli chiedi "dove" è qualcosa. E neanche Ribes. Può darsi che noialtri li rendiamo nervosi. Nicchio ha ragione, non sono combattivi. Allora può darsi che si circondino di mistero apposta, per far pari con noi. Meglio lasciar correre. Non bisogna turbarli. Col tempo, tutto s'appianerà. »

« Stasera pioverà di nuovo » disse Parruccone. « E presto pure. Andiamo sotto, e vediamo di farli parlare un po' più liberamente. »

« Mi sa che non ci resta che aspettare, quanto a questo. Quanto a metterci al riparo, d'accordo. Ma perbacco portiamo anche Quintilio. Mi fa stare in pensiero. Lo sapevi che ha passato la notte all'addiaccio? »

E, cammin facendo, riferì il suo colloquio di quella mattina con Quintilio. Lo trovarono là, sotto il solito ginepro. Seguì una scena alquanto tempestosa, Parruccone perse la pazienza, si fece rude. Più che persuaderlo, lo costrinsero a seguirli nella tana.

Il salone era affollato e, quando cominciò a piovere, altri conigli sopraggiunsero. Si muovevano tutti qua e là, chiacchierando allegramente. Le carote raccolte la mattina furono mangiate fra amici o portate alle mogli e figliolanze nelle varie tane. Quando tutti furono sazi, la tana magna rimase gremita. Faceva piacevolmente caldo, lì, tutti insieme. Pian piano le conversazioni languirono, si fece silenzio, ma nessuno aveva voglia di dormire. I conigli si sentono vivaci al calar della sera, e quando il maltempo li costringe sottoterra hanno lostesso voglia di compagnia. Moscardo notò che quasi tutti i suoi compagni s'erano fatti amici con i conigli autoctoni. Notò altresì che, come si spostava da un gruppo all'altro, tutti mostravano di conoscerlo e lo trattavano come il capo dei forestieri. Non riuscì a trovare Ribes, ma dopo un po' gli si avvicinò Primula Gialla.

« Sono contento che tu sia qui, Moscardo » gli disse. « Molti di noi vorrebbero ascoltare, adesso, qualche bel racconto. C'è qualcuno di voialtri che attacca? O sennò, se preferite, cominciamo noi. »

C'è un detto fra i conigli: Nella conigliera, più racconti che cunicoli. E un coniglio non può rifiutarsi di narrare una storia, più di quanto un irlandese possa rifiutare una scazzottata. I conigli forestieri si consultarono fra loro e poi Mirtillo annunciò: « Abbiamo chiesto a Moscardo di raccontarvi le nostre avventure: attraverso quali peripezie siamo giunti fra voi. »

Seguì un imbarazzato silenzio, rotto solo da bisbigli e

trapestii. Mirtillo, sbigottito, si rivolse a Moscardo e Parruccone.

« Che succede? » chiese loro sottovoce. « Che cosa c'è di male, in quello che ho detto? »

« Aspettiamo » disse Moscardo. « Ce lo diranno loro, se la cosa non gli garba. Hanno i loro usi e costumi, qui. »

Tuttavia il silenzio si prolungava, senza che nessuno si desse la briga di spiegare cosa trovavano sconveniente.

« Niente » disse alfine Mirtillo. « Dovrai dire qualcosa tu, Moscardo. No, un momento. Parlo io. » E a voce alta, disse: « Ripensandoci meglio, abbiamo qui fra noi un ottimo novelliere. Ora Dente di Leone vi racconterà una storia di El-ahrairà ». E, piano, soggiunse: « Così non possiamo sbagliare ».

« Quale racconto? » disse Dente di Leone.

Moscardo, ricordando le pietruzze infilzate nel muro, rispose: « *La lattuga del Re*. Gli piacerà, vedrai ».

Dente di Leone accettò subito l'imbeccata, e disse ad alta voce: « Vi racconterò la storia della *Lattuga del Re* ».

« L'ascolteremo molto volentieri » disse subito Primula Gialla.

« E buon pro vi farà » borbottò Parruccone.

Dente di Leone attaccò:

15. LA LATTUGA DEL RE

DON ALFONSO Eccovi il medico, signore belle.
FERNANDO e GUGLIELMO Despina in maschera, che triste pelle!

LORENZO DA PONTE, *Così fan tutte.*

« Si racconta che, tanto tempo fa, El-ahrairà e i suoi seguaci eran caduti in disgrazia. La fortuna li aveva abbandonati, i nemici li avevano cacciati via ed erano costretti ad abitare nelle grandi paludi di Kelfasin. Non mi domandate dove sono le paludi di Kelfasin, ché tanto non lo so. Ma, fra tutti i luoghi brutti e desolati della terra, quello era il più brutto e il più triste, a quell'epoca. Non c'era altro da mangiare che gramigna dura dura, e anche quella era mischiata a giunchi amari, ròmici e lampazzi. La terra era bagnata e non si poteva scavare: come facevi una buca, si riempiva d'acqua. Senonché tutti gli altri animali s'eran tanto stufati di El-ahrairà e delle sue birbonate che non lo lasciavano uscire da quella maledetta palude. Ogni giorno il Principe Arcobaleno aveva il dominio del cielo e il governo delle colline, e Frits aveva dato a lui l'incarico di mantenere l'ordine nel mondo, come meglio ritenesse opportuno.

« Un bel giorno, mentre il Principe Arcobaleno passava per la palude, El-ahrairà gli si avvicinò e gli disse: "Principe Arcobaleno, il mio popolo patisce il freddo e non si possono scavare tane per via dell'acqua. Il cibo è così scarso, monotono e scadente che tutti s'ammaleranno appena viene la brutta stagione. Perché dobbiamo restar qui, contro la nostra volontà? Non facciamo nessun danno".

« "El-ahrairà," gli rispose il Principe Arcobaleno "tutti gli animali lo sanno, che sei un ladro e un furfante. Le tue ruberie e furberie t'hanno condotto qui. E qui resterai finché non riuscirai a persuaderci che righerai diritto."

«"Allora mai, usciremo da questa paludaccia. Perché io ne avrei vergogna," rispose El-ahrairà "di dire al mio popolo di smetterla di far ricorso all'ingegno. Senti: ci lasci andare, se io attraverso a nuoto un lago pieno di lucci?"

« "No," gli rispose il Sire Arcobaleno "ché lo conosco già questo tuo trucco. E so come faresti."

« "Ci lasci andare, s'io riesco a rubare la lattuga nell'orto di Re Darzin?"

« Ora, Re Darzin regnava sulla più grande e più ricca di tutte le città d'animali che c'erano a quel tempo. I suoi soldati erano ferocissimi e il suo orto di lattuga era circondato da un fosso profondissimo e guardato da mille sentinelle, notte e giorno. Era poco lontano dalla reggia, al limite della città dove abitavan tutti i suoi seguaci. Sicché quando El-ahrairà parlò di rubare la lattuga di Re Darzin, il Principe Arcobaleno scoppiò a ridere. E gli disse:

« "Provaci pure, El-ahrairà. E se riuscirai, il tuo popolo potrà moltiplicarsi da ogni parte e nessuno sarà in grado di tenerlo lontano da un orto, da qui alla fine del mondo. Ma sai come andrà a finire, invece? Sarai ucciso dalle guardie, sarai. E il mondo sarà liberato da una furba canaglia, sarà".

« "Molto bene" disse El-ahrairà. "Staremo a vedere."

« Ora, poco lontano da lì c'era Yona, il porcospino, che cercava lumache e lumaconi nella palude. E aveva udito tutto quel colloquio. Allora si recò alla reggia e chiese di esser ricevuto da Re Darzin, per raccontargli tutto e ottenere una bella ricompensa.

« "Re Darzin," gli disse con la sua voce nasale, "c'è quel tristo furfante di El-ahrairà che ha giurato di rubarvi le lattughe dall'orto, e s'appresta a venir qui per giocarvi questo tiro."

« Re Darzin scese allora nell'orto e mandò a chiamare il capo delle guardie.

« "Vedi quella lattuga?" gli disse. "Neanche un cespo n'è stato rubato, da che quest'orto è orto. Molto presto sarà buona da mangiare, e intendo dare un gran banchetto per tutta la mia gente. Ma ho sentito che quel lazzarone di El-ahrairà ha intenzione di venir qui a rubarla. Raddoppia le guardie. E tutti i giardinieri e gli ortolani, che siano perquisiti ogni giorno. Non un cespo né una foglia devon essere colti, finché io e il mio gran ciambellano-assaggiatore non daremo il comando."

« Il capo guardia fece come gli era stato comandato. Quella notte El-ahrairà uscì dalle paludi di Kelfasin e di nascosto si recò presso il grande fossato. Con lui era il suo fido capitano dell'Ausla, Ravascuttolo. Agguàttati fra i cespugli guardavano le guardie raddoppiate, che marciavano su e giù. Quando spuntò il mattino, essi videro arrivare i giardinieri e gli ortolani e ognuno veniva controllato da tre guardie. Ce n'era uno nuovo, fra loro, ch'era venuto al posto di suo zio, ch'era malato, ma le guardie non lo lasciarono entrare perché non lo conoscevano di vista, e anzi a momenti lo buttavano dentro il fosso, prima di rispedirlo a casa. El-ahrairà e Ravascuttolo tornarono indietro, in preda a grande perplessità. E quel giorno, quando il Sire Arcobaleno passò per di là, gli disse: "E allora, Principe dai Mille Nemici, dove sono le lattughe?"

« "Me le faccio portare a domicilio" gli rispose El-ahrairà. "Sono troppe per caricarsele sulle spalle." Quindi lui e Ravascuttolo se n'andarono di nascosto in una delle poche tane senz'acqua, misero una sentinella di guardia, e lì dentro confabularono per un giorno e una notte.

« In cima alla collina ch'era presso la reggia di Darzin c'era un giardino, e lì andavano a giocare i suoi molti figlioli e i figlioli dei suoi dignitari, accompagnati dalle loro mamme e balie. Quel giardino non aveva un recinto. Era sorvegliato solo quando ci giocavano i piccoli: di notte era vuoto, incustodito, perché non c'era niente da rubare e nessuno cui dare la caccia. La notte successiva Ravascuttolo andò là e, seguendo le istruzioni di El-ahrairà, scavò una buca. Ci rimase rimpiattato tutta la notte e, la mattina dopo, quando i figliolini furono condotti nel giardino a giocare, lui si unì a loro. I figlioli erano tanti, tantissimi, e le madri e le balie non fecero caso a lui, ch'era della stessa taglia, pressappoco, di quei marmocchi, e non molto diverso da loro, nell'aspetto. Così Ravascuttolo divenne amico di alcuni di loro. Conosceva molti giochi e molti scherzi e ben presto si unì ai loro passatempi, come se fosse stato anche lui un marmocchio. Quando venne l'ora di tornare a casa, Ravascuttolo s'aggregò lui pure. Arrivati alla porta della città, le guardie videro Ravascuttolo insieme a un figlio del Re Darzin. Lo fermarono e gli chiesero chi era sua madre, ma il figlio del Re disse: "Lasciatelo perdere. È amico mio". Così Ravascuttolo entrò con gli altri.

« Appena fu dentro il palazzo reale, Ravascuttolo si dileguò e andò a nascondersi in una grotta buia. Lì rimase rimpiattato tutto il giorno. Ma la sera ne uscì fuori e si diresse verso le regali dispense, dove veniva preparato il cibo per il Re e i suoi cortigiani e le loro consorti. C'eran verdure e frutta, radici e tuberi e anche noci e bacche, poiché i sudditi di Re Darzin a quel tempo andavano da tutte le parti, per boschi e per campagne. Non c'erano guardie, nelle dispense, e Ravascuttolo si nascose là, nell'ombra. Quindi fece tutto quello che poteva per rendere cattive le vivande, tranne quelle che lui stesso avrebbe mangiate.

« Quella sera Re Darzin mandò a chiamare il primo assaggiatore e gli chiese se erano buone da mangiare le lattughe. Il primo assaggiatore gli rispose che alcune erano ottime e difatti già ne aveva fatte portare diverse nella regal dispensa.

« "Bene" disse il Re. "Ne mangeremo due o tre cespi, stasera."

« Ma l'indomani il Re e diversi cortigiani furono presi da mal di pancia. E anche nei giorni successivi tutto quello che mangiavano li faceva star male. Sì, perché Ravascuttolo, nascosto nelle dispense, seguitava a guastare il cibo, non appena lo portavano. Il Re mangiò altre lattughe, ma il mal di pancia non gli passava. Anzi gli peggiorava.

« Dopo cinque giorni, Ravascuttolo uscì dalla reggia, confondendosi di nuovo fra i marmocchi, e tornò da El-ahrairà. Quando questi apprese che il re stava male e che Ravascuttolo aveva fatto come lui gli aveva detto, cominciò a travestirsi. Si rase la coda e da Ravascuttolo si fece brucare il pelo e imbrattar tutto di fango e di more; quindi si ricoprì da capo a piedi di trecciole di lappa e sfilacci di baardana; e trovò perfino la maniera di alterare il suo odore. Alla fine neanche le sue mogli l'avrebbero riconosciuto. Allora disse a Ravascuttolo di seguirlo, da distante, e si recò alla reggia di Darzin. Ravascuttolo attese di fuori, in cima alla collina.

« El-ahrairà, alla reggia, chiese di vedere il capo delle guardie regie. "Portatemi dal Re" gli disse "Mi manda il Principe Arcobaleno. Quando ha saputo che il Re stava male, m'ha ordinato di venire, da una terra remota al di là di Kelfasin, e di accertare le cause della sua malattia. Fate presto! Non son uso aspettare."

« "Come faccio a sapere se è vero?" domandò il capoguardia.

« "Oh, per me fa lo stesso!" rispose El-ahrairà. "Che volete che sia, la malattia di un piccolo re, per il primo proto-medico primario della terra di là del fiume Frits? Me ne torno via, e al Principe Arcobaleno dirò che le guardie del Re sono cretine, e che m'hanno trattato come l'ultimo e l'infimo dei pezzenti."

« Si volse e fece per andarsene ma il capoguardia, spaventato, lo richiamò. El-ahrairà si degnò di lasciarsi persuadere e i soldati lo condussero al cospetto del Re.

« Dopo cinque giorni di mal mangiare e mal di pancia, il Re non era incline a mostrarsi sospettoso di qualcuno che diceva che il Sire Arcobaleno lo mandava, per guarirlo. Pregò dunque El-ahrairà di visitarlo e promise che avrebbe seguito le sue prescrizioni.

« El-ahrairà eseguì una visita minuziosissima. Guardò il Re dentro gli occhi e dentro le orecchie, gli esaminò i denti, le unghie e la cacca. Poi gli chiese cos'avesse mangiato. Quindi chiese di vedere le dispense e l'orto di lattuga. Quandò tornò, aveva un'aria grave. Disse: "Sovrana maestà, so che quello che sto per dirvi vi rattristerà, ma la causa della vostra malattia sono quelle lattughe cui tanto tenete".

« "Le lattughe?" gridò Re Darzin. "Impossibile! Vengono da sementi di prima scelta e sono sorvegliate giorno e notte."

« "Ahimè!" disse El-ahrairà. "Lo so bene. Ma, vedete, quella lattuga e stata resa infetta dal terribile Pidorocchiolubbolo, che vola a lente ruote decrescenti per il Gorgoro del Clungio, oh, un micidialissimo virus, ahimè sì, isolato dall'Avvago purpureo, che matura nelle verdi-grigie foreste dell'Ambra Calambra. Questo per dirlo in parole povere. Medicamente parlando, il discorso si farebbe più complesso, ma non vi tedierò."

« "Non riesco a crederci" disse il Re.

« "La maniera più semplice, è d'offrirvene la prova" disse El-ahrairà. "Ma non occorre far ammalare qualche vostro suddito. Dite alle guardie d'andar fuori a pigliar prigioniero il primo che capita."

« I soldati andaron fuori, e agguantarono il primo che incontrarono: vale a dire Ravascuttolo, che brucava sulla collina. Lo portarono dentro la reggia, al cospetto del Re.

«"Ah, un coniglio" disse El-ahrairà. "Che odioso animale! Ma tanto meglio. Schifosissimo coniglio, mangia quella lattuga!"

« Ravascuttolo obbedì e, di lì a poco, cominciò a gemere e dimenarsi. Dava calci convulsi e roteava gli occhi. Rosicchiava il pavimento e schiumava dalla bocca.

«"È molto malato" disse El-ahrairà. "Dev'esgliene capitata una particolarmente cattiva. O sennò, il che è più probabile, l'infezione è più che mai micidiale per i conigli. In ogni caso, meno male che non sia toccato a Vostra Maestà. Be', questo gaglioffo non ci serve più. Sbattetelo fuori!" Quindi soggiunse: "Consiglierei alla Maestà Vostra di non lasciare quelle lattughe dove sono, perchè germoglieranno e fioriranno e poi sementiranno. L'infezione si propagherà. Lo so che duole il cuore, ma dovete disfarvi di quella lattuga".

« In quel mentre arrivò il capoguardia. con Yona il porcospino.

« "Sovrana Maestà! questa bestia è giunta adesso dalle paludi di Kelfasin. Il popolo di El-ahrairà si prepara a muover guerra. Attaccheranno gli orti regi, dice, e ruberanno la regia lattuga. Darete l'ordine, Maestà, di muover loro incontro e sterminarli?"

« "Ah ah!" disse il Re. "Ho pensato di fargli uno scherzo migliore. Più che mai micidiale pei conigli, eh? Bene! bene! Che abbiano tutta la lattuga che desiderano. Anzi, ne porterete mille cespi alle paludi di Kelfasin e li lascerete là. Oh oh! che bello scherzo! Già mi pare di star meglio."

« "Ah, che micidiale astuzia!" disse El-ahrairà. "Non per nulla vostra Maestà è sovrano di un grande popolo. Vedo inoltre che già siete in via di guarigione. Vi son molte malattie che, una volta capite, guariscono subito. No, no, non accetterò alcun compenso. In ogni caso, non c'è nulla qui che sarebbe ritenuto di valore nella terra favolosa donde vengo, oltre l'aureo fiume Frits. Ho fatto ciò che il Principe Arcobaleno m'ha chiesto. È sufficiente ciò. Vogliate solo esser così gentile da dire alle vostre guardie di scortarmi fino ai piedi della collina."

« S'inchinò e lasciò la reggia.

« Più tardi, quella sera, mentre El-ahrairà sollecitava i suoi conigli a ringhiare più ferocemente che mai e correr su e giù per la palude di Kelfasin, arrivò il Principe Arcobaleno.

« "El-ahrairà!" esclamò. "Ho forse le traveggole?"

« "È possibile" rispose El-ahrairà. "Il terribile Pidorocchiolubbolo..."

« "Vi sono mille lattughe accatastate, presso il margine della palude. Chi ce l'ha messe?"

« "Ve l'ho detto, che ci sarebbero state recapitate a domicilio" disse El-ahrairà. "Mica avreste preteso che le portassimo a spalle, deboli e affamati come siamo, dagli orti regi fino a qui! Comunque adesso si riprenderà, il mio povero popolo, grazie alla cura che gli prescriverò. Sono un medico, io, e se non ve l'hanno ancora raccontata, Principe Arcobaleno, la sentirete presto, questa storia, da altre fonti. Ravascuttolo, che sia portata qui, quella lattuga."

« Allora il Principe Arcobaleno vide che El-ahrairà era stato di parola. Ora toccava a lui, mantenere la promessa. E così lasciò che i conigli uscissero dalle paludi di Kelfasin e si moltiplicassero dovunque. E da quel giorno in qua, non c'è potere al mondo che tenga un coniglio lontano da un orto: perché El-ahrairà gli suggerisce mille stratagemmi, uno più ingegnoso dell'altro. »

16. CINQUEFOGLIE

Disse: « Danza per me » poi disse: « Sei
Troppo bella perché ti sferzi il vento,
Perché il sole ti bruci ». E disse: « Sono
Un povero straccione, ma cortese
Con la mesta danzatrice e con i morti che ballano ».

SIDNEY KEYES, *Quattro pose di morte*.

« Bravissimo » disse Moscardo, quando Dente di Leone ebbe finito.

« È in gamba, eh? » disse Argento. « Siamo fortunati ad averlo con noi. Ti solleva il morale, a starlo ad ascoltare. »

« Li ha fatti restare a bocca aperta » disse piano Parruccone. « Ora vediamo se hanno un novelliere che gli stia al paro. »

Nessuno dubitava che Dente di Leone avesse fatto loro molto onore. Fin dall'inizio, molti dei nuovi arrivati si erano sentiti, chi più chi meno, inferiori a quegli stranieri ben fatti e ben pasciuti, a disagio di fronte alle loro maniere distaccate, alle loro forme sul muro, alla loro eleganza, alla loro evasività e, soprattutto, di fronte a quella loro malinconia, così poco conigliesca. Ora, il loro novelliere aveva dimostrato che non erano un branco di vagabondi e basta. Nessun sensato coniglio poteva lesinare ammirazione. Quindi si attendevano dei complimenti. Invece, non tardarono a rendersi conto che gli ospiti non eran rimasti affatto entusiasti.

« Molto carina » disse Primula Gialla. Parve cercar qualcosa altro da dire, invece ripeté: « Molto carina. Una novella insolita ».

« Come sarebbe, insolita? » borbottò Mirtillo, a Moscardo.

« Secondo me, queste fiabe tradizionali hanno ancora un loro fascino, » disse un altro dei conigli « specie se raccontate alla maniera antica. »

« Sì, » disse Ribes « ecco quel che ci vuole: convinzione. Bisogna crederci davvero, in El-ahrairà e nel Sire Arcobaleno, no? Il resto ne consegue. »

« Zitto, zitto, Parruccone » bisbigliò Moscardo, ché l'altro dava segni d'impazienza e indignazione. « Mica puoi obbligarli a trovar bello quello che non gli piace. Aspettiamo, vediamo loro cosa sanno fare. » A voce alta disse: « Le nostre novelle non sono cambiate, col passar delle generazioni. Neanche noi, del resto, siamo cambiati. La nostra vita è uguale a quella che conducevano i nostri padri, e i nonni dei nostri bisnonni. Qui le cose sono invece differenti. Ce ne rendiamo conto, e troviamo stimolanti i vostri nuovi concetti e costumi. Chissà, ci domandiamo, di cosa trattano le vostre favole ».

« Be', non è che raccontiamo vecchie favole, ecco » disse Primula Gialla. « Le nostre novelle, le nostre poesie, più che altro, trattano della nostra vita quotidiana. Sì, certo, quella Forma di Laburno che vi abbiamo mostrato... è roba vecchia ormai, e superata. El-ahrairà non ci dice più nulla, veramente. » E poi soggiunse, esitando: « Non che non sia graziosa, la novella che abbiamo ascoltato poco fa ».

« El-ahrairà è un maestro d'imbrogli, » disse Ramolaccio « ma i conigli avran sempre bisogno di arrangiarsi. »

« No! » esclamò una voce, da in fondo alla tana magna. « I conigli hanno bisogno di dignità! e, soprattutto, di rassegnazione al loro destino. »

Primula Gialla disse « Questi è Cinquefoglie, uno dei nostri migliori poeti, dell'ultima leva. Le sue idee hanno molto seguito. Vi va, d'ascoltarlo adesso? »

« Sì, sì » dissero molte voci. « Cinquefoglie! »

« Moscardo, » disse Quintilio, d'un tratto, « voglio farmi un'idea chiara di questo Cinquefoglie, ma non oso avvicinarmi da me solo. M'accompagni? »

« Ma che dici, Quintilio! Cosa c'è da aver paura? »

« Oh, che Frits m'aiuti! » disse Quintilio, tremando. « L'annuso già da qui, e mi atterrisce. »

« Via, Quintilio, non essere assurdo! Ha lo stesso, stessissimo odore degli altri. »

« Ha l'odore dell'orzo lasciato a marcire nel campo. Ha l'odore d'una talpa ferita che non ce la fa a tornare sottoterra. »

« Per me, ha l'odore di un coniglio grande e grosso, ben pasciuto di carote. Comunque, t'accompagno. »

Si aprirono un varco fra la calca fino all'altro lato del salone. Moscardo si stupì, quando s'accorse che Cinquefoglie era un giovinastro. Nella conigliera di Sandleford, donde venivano, a nessun coniglio di quell'età sarebbe stato chiesto di raccontare una novella, tranne magari che fra pochi amici. Aveva un'aria selvaggia e spiritata, i suoi orecchi erano scossi da un tremito continuo. Quando cominciò a declamare, pareva via via farsi più estraneo all'uditorio e girava la testa da una parte, come se ascoltasse qualche suono udibile a lui solo, proveniente dal cunicolo d'ingresso, alle sue spalle. E tuttavia la sua voce ritmata aveva un nonsoché d'affascinante, come i giochi di luce e di vento su un prato. In tutta la gran tana si era fatto silenzio assoluto.

« Soffia il vento, soffia e sibila fra l'erba.
Squassa i salici, splendono le foglie argentee.
Dove vai, vento? Lontano, lontano
Oltre le colline, verso i confini del mondo.
Portami con te, vento, lassù in alto nel cielo.
Voglio venire con te, e sarò il coniglio-del-vento,
Su in cielo. Il lievissimo cielo e il coniglio.

« Corre il torrente, rapido fra i sassi,
Fra la cedrina e i ranuncoli,
L'azzurro e l'oro della primavera.
Dove vai, torrente? Lontano, lontano
Oltre la brughiera, fuggendo tutta notte.
Portami con te, torrente, via, sotto le stelle.
Voglio venire con te, e sarò il coniglio-del-fiume,
Portato dalla corrente. L'acqua verde e il coniglio.

« In autunno le foglie, divelte dal vento,
Gialle e morte, stormiscono nel fosso,
S'impigliano e s'aggrappano alla fratta.
Dove andate, foglie? Lontano, lontano
Dentro la terra, con la pioggia e le bacche.
Portate anche me, foglie, nel vostro oscuro viaggio.
Voglio venir con voi, sarò il coniglio-delle-foglie,
Nei recessi della terra. La terra e il coniglio.

« Frits si corica nel cielo della sera.
Rosseggiano le nubi intorno a lui.
Sono qui, Frits Signore, corro fra l'erba alta.
Oh portami con te, che tramonti dietro il bosco,
Lontano, verso il cuore della luce, del silenzio.
Ché sono pronto a renderti il mio spirito, la vita,
Disco d'alto splendore. Il sole e il coniglio. »

Mentre ascoltava, Quintilio era apparso in preda a un misto di incredulità, estasi e orrore. Sembrava al tempo stesso accettare ogni parola e insieme esserne spaventato. Tratteneva il fiato, come stupito di riconoscere certi suoi semignoti pensieri. Finito il carme, stentò a tornare in sé. Digrignava i denti e si leccava i labbri, come Mirtillo alla vista del porcospino morto in mezzo alla strada.

Un coniglio spaventato da un nemico tante volte si rannicchia in se stesso e resta immobile, come affascinato o come se sperasse di non farsi, in tal modo, notare. Ma poi, ammenoché quella specie d'incantesimo non sia troppo potente, si riscuote e, d'un tratto, s'affida a quella ch'è la sua maggior risorsa: la fuga. Così, dopo la malia, reagì Quintilio. Di colpo balzò su, cominciò ad aprirsi un varco fra la ressa. Vari conigli, da lui urtati violentemente, gli si volsero contro adirati, ma lui non ci badava. Quando si scontrò contro due maschi corpulenti, non riuscendo a farsi largo in mezzo a loro, divenne isterico, si diede a cozzare e scalciare. Moscardo, che lo seguiva, durò fatica a evitare una rissa.

« Mio fratello è una specie di poeta anche lui, sapete » disse ai due, che rizzavano il pelo. « Certe cose gli fanno una forte impressione, e neanche lui sa perché. »

Uno dei due si lasciò convincere, ma il suo compagno disse: « Ma no! un altro poeta? Ascoltiamo anche lui, allora. Così almeno mi ripaga per il graffio che m'ha fatto. Veh! mi ha mezzo scorticato una spalla! »

Quintilio era già passato oltre, però, e si stava dirigendo verso l'uscita. Moscardo lo seguì. Era arrabbiato però, per il modo in cui quello si stava comportando, mentre lui si era dato tanta pena per stabilire rapporti d'amicizia; e così chiamò Parruccone e gli disse: « Vieni con me, e aiutami a farlo ragionare. Una rissa è l'ultima cosa che possiamo desiderare, adesso. » Riteneva che Quintilio meritasse una buona strigliata da Parruccone, ormai.

Insieme inseguirono Quintilio e lo raggiunsero allo sbocco della galleria. Prima però che potessero dirgli una parola, lui si volse di scatto e cominciò a parlare, come se rispondesse a una domanda.

« Ve ne siete accorti, allora? E volete sapere se anch'io me ne sono accorto? Certo che me ne sono accorto! Il peggio è, che non c'è nessun imbroglio. Dice la verità. E dal momento che dice la verità, secondo voi, non può essere follia. È questo, no, che stavate per dire? Non te ne faccio una colpa, Moscardo. Mi sentivo attratto anch'io verso di lui, come una nube va a unirsi a un'altra. Poi, all'ultimo momento, mi sono ribellato. Chissà perché! Non è stato di mia spontanea volontà, è stato un caso. Una piccola parte soltanto, di me, m'ha costretto a scappare. T'ho detto che il soffitto di quella sala era fatto di ossa? No! È come una gran nebbia di follia che copre tutto il cielo. E noi non saremo più in grado di essere guidati dalla luce di Frits. Oh, che ne sarà di noi? Una cosa può esser la verità e, insieme, essere una follia senza speranza, Moscardo. »

« Ma che vuol dire, tutto questo? » domandò Moscardo a Parruccone, perplesso.

« Allude a quel cretino di poeta orecchio-moscio » disse Parruccone. « Fin qui ci arrivo. Ma perché, secondo lui, noi dovremmo tenerci tanto, a lui e alle sue balordaggini, questo proprio non riesco a figurarmelo. Suvvia, Quintilio! puoi risparmiare il fiato. L'unica cosa che ci preme, adesso, è evitare una rissa. Quanto a Cinquefoglie, per conto mio, può andare cinque volte a farsi friggere! [1] »

Quintilio lo fissava con gli occhi sbarrati che, al pari di quelli d'una mosca, sembravano più grossi del suo capo. « Tu così credi » disse. « È questo che tu credi. Ma voi siete, tutti e due, chi per un verso chi per l'altro, immersi in quella fitta nebbia. Dov'è che... »

Moscardo l'interruppe, facendolo sussultare. « Quinti-

---

[1] Letteralmente, invece: « Quanto a Gramigna d'Argento [*Silverweed*: Cinquefoglie, o anche Fragolaria, Argentina, Potentilla] sai che ti dico? Io mi tengo Argento (*Silver*) e lui resti soltanto Gramigna [*Weed*] ».

lio, non lo nego, che m'hai fatto arrabbiare. Hai messo a repentaglio la nostra pace in questa conigliera... »

« A repentaglio? A rischio? Io? » esclamò Quintilio. « Ma se tutto questo posto... »

« Sta' zitto. Ero venuto per sgridarti, ma è evidente che sei tanto sconvolto che un castigo sarebbe inutile. Però adesso tu torni giù di sotto, insieme a noi, e ti metti a dormire, buono buono. Vieni! E non fiatare più, per il momento. »

Sotto un certo rispetto la vita dei conigli è meno complicata della nostra: essi non si vergognano di usare la forza. Siccome non aveva alternativa, Quintilio seguì gli altri due nella tana dove Moscardo aveva trascorso la notte precedente. Era vuota, vi s'accovacciarono e si misero a dormire.

17. IL LACCIO

Quando il prato viene via come un coperchio
Rivelando ciò che meglio stava ascoso,
　　Increscioso;
Guarda! Da dietro, senza far rumore, il bosco
S'è avvicinato e gli alberi han formato
　　Un cerchio fosco.
E il catenaccio scorre nei passanti,
　　Là fuori c'è il furgone dei traslochi, nero,
Ed ecco che, pieni di fretta e allarme, vengono
Le donne con gli occhiali scuri,
　　I chirurghi gobbi
　　E l'uomo dalle forbici.

W. H. AUDEN, *I testimoni*.

Faceva freddo, faceva freddo e il soffitto era formato da ossa. Il soffitto era fatto di rami fronzuti di ginepro intrecciati, rami nodosi, a graticcio, saldamente connessi, duri come la pietra e con bacche rosso-opache. « Vieni, su » diceva Primula Gialla. « Portiamo a casa queste bacche di ginepro, in bocca, poi le mangiamo nella tana grande. I tuoi amici devono imparare a fare come noi. » « No, no, Moscardo, no! » gridava Quintilio. Ma ecco Parruccone che s'attorciglia a quei rami, con la bocca piena di bacche. E gli dice: « Guarda qua! Io ci riesco. Corro da un'altra parte. Chiedimi dove, Moscardo, chiedimi un po' dove! ». Poi stavano correndo da un'altra parte, non verso la conigliera ma pei campi, al freddo, e Parruccone lasciò cadere le bacche... grumi rosso-sangue, cacherelli rossi duri come fildiferro. « Non serve » disse. « Inutile addentarle. Sono fredde. »

Moscardo si svegliò. Si trovava nella tana. Rabbrividì. Come mai non sentiva il tepore d'un altro corpo di coniglio accanto? Dov'era Quintilio? Si tirò su. Lì accanto, Parruccone si agitava nel sonno, cercando un po' di tepore, a ridosso di qualcuno che non c'era. La cuccia di Quintilio, sul pavimento arenoso, era ancora tiepida: ma Quintilio non c'era più.

« Quintilio! » chiamò Moscardo, nell'oscurità.

Ma subito capì che non vi sarebbe stata risposta. Scosse Parruccone, a nasate. « Parruccone! Quintilio se n'è andato! Su, sveglia! »

Parruccone si destò all'istante, e di tanta prontezza Moscardo si rallegrò.

« Cosa dici? Che è successo? »

« Quintilio se n'è andato. »

« E dov'è andato? »

« Fuori, senz'altro. In giro per le tane, certo no. Odia questa conigliera. »

« Che barba! E ci ha fatto pure pigliar freddo. Pensi che corra pericolo, vero? Vuoi andare a cercarlo? »

« Sì, devo. È sconvolto, disperato, ed è ancora buio. Possono esserci elil, in giro, benché dicano di no. »

Parruccone rifletté, fiutando forte.

« A momenti fa chiaro » disse poi. « Luce ce n'è abbastanza, per trovarlo. Sarà meglio che venga con te. Non ti dar pensiero, non può essere andato lontano. Ma per la lattuga del Re! appena l'acchiappiamo, mi sentirà, eccome! »

« Io lo tengo e tu lo riempi di calci, sempre che lo ritroviamo. Vieni, su. »

Risalirono insieme il cunicolo, e sull'imboccatura si

fermarono. « Giacché adesso nessuno ci spinge, » disse Parruccone « sarà meglio che diamo un'occhiata, prima d'uscire all'aperto, per accertarci che qui intorno non pulluli di faine e di gufi! »

In quell'attimo si udì dal bosco dirimpetto il richiamo di un barbagianni. D'istinto s'aguattarono, immobili, contando quattro battiti del cuore, finché un secondo richiamo seguì.

« Si sta allontanando » disse Moscardo.

« Quanti topi di campo dicono lo stesso, ogni notte! Quel richiamo, lo sai, tira a ingannare. »

« Sia come sia, » replicò Moscardo « devo andare alla ricerca di Quintilio. Avevi ragione, però.. È quasi giorno. »

« Andiamo a dare un'occhiata sotto quel ginepro, prima. »

Ma Quintilio là non c'era. La luce, diffondendosi a poco a poco, rivelava ormai la parte alta del campo, ma la fratta e il ruscello restavano ancora forme confuse nell'oscurità. Parruccone corse giù per la balza e descrisse, nel campo, un'ampia curva, attraverso l'erba bagnata. Si fermò, a un certo punto, e Moscardo lo raggiunse.

« Ecco qua la sua pista » disse il primo. « Fresca, pure. Dalla tana scende dritta verso il ruscello. Non dev'essere lontano. »

Quando l'erba è imperlata di pioggia, è facile distinguervi una pista. Essi seguirono quella traccia lineare fino alla siepe presso il campo delle carote e la sorgente del ruscello. Parruccone non s'era sbagliato. Appena attraversata la fratta, videro Quintilio. Stava pascolando. Frammenti di carota erano ancora sparsi presso la polla, ma lui non li degnava, brucando invece l'erba ai piedi del cotogno. Gli s'appressarono. Egli si volse.

Moscardo non disse nulla e si mise a brucare accanto a lui. Gli dispiaceva, adesso, di aver portato Parruccone con sé. Appena accortosi, al buio, della scomparsa di Quintilio, Moscardo aveva trovato lì per lì in Parruccone un conforto e un sostegno. Ma adesso, alla vista di Quintilio, così mingherlino, incapace di far male a una mosca e di celare i propri sentimenti, tutto tremante sull'erba bagnata, o di freddo o di paura, la sua collera era sbollita. Gli faceva solo pena. Ed era certo che, a parlargli per un poco a tu per tu, Quintilio si sarebbe alfine rasserenato. Ma forse era troppo tardi per convertire Parruccone alle buone maniere. Poteva solo sperare che non gli facesse troppo male.

Contrariamente ai suoi timori, però, Parruccone restava lì zitto anche lui. Evidentemente, s'aspettava che fosse Moscardo a parlare per primo e quindi era disorientato. Per un po' tutti e tre seguitarono a spostarsi qua e là sull'erba, mentre le ombre si facevano più nette e i colombi selvatici tubavano fra gli alberi lontani. Moscardo cominciava a pensare che tutto si sarebbe risolto per il meglio e che Parruccone aveva più sale in zucca di quant'egli non sospettasse, quando Quintilio, ergendosi sulle zampe posteriori, dopo essersi forbito il muso con quelle anteriori, lo guardò dritto in faccia per la prima volta.

« Me ne vado via » gli disse. « Mi sento molto triste. Ti vorrei augurare ogni bene, ma non c'è augurio che valga, in questo posto qui. E allora, ti dirò soltanto addio. »

« Ma dove andrai, Quintilio? »

« Via. Sulle colline, se ci arrivo. »

« Da te solo? Non ci riuscirai. Morirai per strada. »

« Non puoi farcela, amico » interloquì Parruccone. « Prima di ni-Frits sarai bell'e spacciato. »

« Tu, » disse Quintilio, calmo, « sei più vicino tu di me, alla morte. »

« Stai cercando di mettermi paura, eh, brutto ciuffo d'erba lazza parlante? » gridò Parruccone. « Non lo so che mi tenga... »

« Un momento, Parruccone » disse Moscardo. « Non pigliarlo con le cattive. »

« Ma se tu stesso... »

« Lo so. Ma adesso ho cambiato idea. Scusami, Parruccone. Volevo chiederti d'aiutarmi a farlo tornare alla conigliera. Ma adesso... be', ho sempre pensato che ci fosse un fondamento in ciò che diceva Quintilio. Da due giorni però mi rifiuto di dargli retta, e anche adesso ritengo che non sia del tutto in sé. Tuttavia non me la sento di costringerlo a tornare. Sono convinto che, per un motivo o l'altro, quella conigliera lo spaventa tanto, da farlo uscir di senno. Adesso l'accompagnerò per un tratto, e magari parliamo ancora. Non ti chiedo d'arrischiarti a venire anche tu. Eppoi bisogna avvertire gli altri, sennò chissà che cosa penseranno. Io sarò di ritorno per ni-Frits. Anzi, spero, tutti e due. »

Parruccone sgranava gli occhi. Poi si volse, furioso, a Quintilio: « Brutto piccolo schifoso scarafaggio! Non hai mai imparato a ubbidire agli ordini, eh? Vuoi dar retta soltanto a te stesso, eh? "Oh oh, ho una buffa sensazione allo zampino, ci dobbiamo metter tutti a testa in giù!" Noi abbiamo trovato una bella conigliera, ci siamo entrati senza neanche combattere, ma ecco che tu fai di tutto per guastarci la festa! E adesso metti a rischio della vita uno dei migliori conigli che abbiamo, solo per farti da bambinaia mentre vaghi qua e là come un topo di campagna ammattito. Ebbene, con me hai chiuso, te lo dico chiaro e tondo. E ora torno alla conigliera, per dire agli altri che ti lascino perdere, anche loro. E sta' tranquillo che hai chiuso con tutti, sul serio ».

Si volse, corse via, per il varco più vicino nella siepe. Di lì a un attimo, s'udì, dall'altra parte, un tremendo scompiglio. Tonfi, calci, strattoni. Un fuscello volò in aria. Poi un grumo di foglie fradicie, schizzato attraverso il varco nella fratta, venne a cadere ai piedi di Moscardo. I pruni si squassavano su e giù. Moscardo e Quintilio si guardarono, lottando entrambi contro l'impulso di darsi alla fuga. Che razza di nemico era all'opera, dall'altra parte di quella siepe? Non si udivano gridi – né soffiare di gatto, né zigare di coniglio – ma soltanto schianti di rametti e un fruscio lacerante fra l'erba.

Con uno sforzo del coraggio contro ogni istinto, Moscardo si diresse verso il varco, seguito da Quintilio. Una vista atroce gli si parò dinanzi. Le foglie morte erano volate ai quattro venti. Sulla terra, rimasta nuda, eran graffiati tanti lunghi solchi. Parruccone giaceva su un fianco, seguitando a dibattersi e scalciare con le zampe posteriori. Un lacciolo di filo di rame, contorto, luccicante al primo sole, gli serrava il collo e andava a terminare, teso, su un robusto piolo confitto per terra. Il cappio s'era stretto e affondava nel pelame, dietro gli orecchi. Una punta acuminata aveva lacerato la pelle sul collo, e dalla ferita sgorgavano stille di sangue, rosso-cupe come bacche di tasso, rotolando a una a una sulla spalla. Per un po' giacque ansante, stremato, sul fianco. Poi riprese a dibattersi, a tirare avanti e indietro, dando strattoni e rùzzoli, finché gli mancò il fiato e restò immobile.

Con angoscia disperata, Moscardo gli si avvicinò, oltre il varco, s'accucciò accanto a lui. Parruccone aveva gli occhi chiusi e le labbra contratte in un ghigno che gli scopriva i denti. Anche dal labbro inferiore, che si era morso, gli usciva sangue. Una schiuma gli copriva le mascelle e il petto.

« Sglaili! » chiamò Moscardo, battendo una zampa in terra. « Ascoltami, Sglaili. Sei caduto in una trappola. Una trappola! Cosa t'hanno insegnato, nell'Ausla? Dai... rifletti. Come possiamo aiutarti? »

Seguì un silenzio. Poi Parruccone cominciò di nuovo a tirar calci, ma debolmente. Gli orecchi gli ricaddero. Aprì gli occhi, rovesciando le pupille, sicché se ne vedeva solo il bianco, iniettato di sangue. Poi si udì la sua voce, lenta e roca, gorgogliante fra la schiuma sanguigna alla bocca.

« Ausla... non serve... mordere il laccio. Bisogna... scalzare... il piolo. »

Un convulso lo scosse, e strusciò col muso in terra, fino a ridurlo una maschera di mota e sangue. Poi di nuovo restò immobile.

« Corri, Quintilio, corri alla tana » disse Moscardo. Chiama gli altri... Mirtillo, Argento... Fa' presto! sennò morirà. »

Quintilio sfrecciò via come una lepre. Moscardo, rimasto solo, cercava di capire. Che cos'era il piolo? Come fare a scalzarlo? Si guardò intorno. Parruccone giaceva di traverso al filo metallico: questo usciva di sotto il suo ventre e pareva scomparire nella terra. Moscardo si affannava, non riuscendo a comprendere. Parruccone

120

aveva detto di scalzare. Scavare, cioè: questo lo capiva. Cominciò a frugare, raspando il suolo tenero lì accanto, finché non incontrò sotto gli unghioli qualcosa di duro e liscio. Perplesso, s'arrestò. In quel mentre Mirtillo era arrivato.

« Parruccone è riuscito a dir qualcosa, ma ora credo che non ce la fa più » gli disse. « Ha detto di scalzare il piolo. Cosa significa? Cosa abbiamo da fare? »

« Aspetta » disse Mirtillo. « Lasciami riflettere. E cerca di non perder la pazienza. »

Moscardo si volse a guardare verso il ruscello. Lontano, fra i due boschetti, vide il ciliegio selvatico sotto il quale si eran riposati, lui e Mirtillo e Quintilio, due giorni avanti, al levar del sole. Ricordò che Parruccone e Smerlotto facevano a rincorrersi fra l'erba, dimenticando la baruffa della notte passata, per la gioia della fine del viaggio. Di lì a poco vide sopraggiungere alcuni conigli, fra cui Smerlotto, Dente di Leone, Argento, Nicchio. Per primo arrivò Dente di Leone, si fermò presso il varco, sgranò gli occhi.

« Che c'è, Moscardo? Cos'è successo? Quintilio dice... »

« Parruccone è rimasto preso in un laccio. Zitto, lascialo stare. Di' anche agli altri di non accalcarsi d'intorno. Sentiremo Mirtillo. »

Dente di Leone s'allontanò. Di lì a poco arrivò Nicchio.

E Moscardo gli chiese: « Sta venendo Primula Gialla? Forse lui ci sa dire qualcosa ».

« Non è voluto venire » gli rispose Nicchio. « Anzi ha detto a Quintilio di star zitto, e non parlarne più. »

« Cosa? Cosa gli ha detto? » domandò Moscardo, incredulo. Ma in quel momento lo chiamò Mirtillo, e lui gli si appressò immediatamente.

« Ecco qua » disse Mirtillo. « Il fildiferro è fissato a un piolo e il piolo è confitto per terra: ecco, guarda. Noi dobbiamo scalzarlo, scavando. Dai... bisogna scavare tutt'intorno. »

Moscardo si mise a raspare. Le sue zampe davanti sollevavano la terra umida e molle, slittavano contro la superficie dura del piolo. Dopo un po' dovette smettere, ansante. Argento gli diede il cambio, poi toccò a Ramolaccio. Quel maligno piolo, liscio e fetente d'uomo, fu messo a nudo per un tratto lungo quanto un orecchio di coniglio, ma ancora non veniva via. Parruccone non si muoveva più. Giaceva di traverso al fildiferro, lacero e insanguinato, con gli occhi chiusi. Ramolaccio tirò fuori la testa dalla buca, si pulì il muso infangato.

« Il piolo è più fino, laggiù » disse. « Finisce a punta. Forse lo si può rodere. Ma non riesco ad attaccarci i denti. »

« Provi Nicchio » disse Mirtillo. « È più piccolo. »

Nicchio si tuffò nella buca. Si udì il legno scheggiarsi sotto i suoi denti: un rumore come di topo alle prese con un torsolo. Uscì fuori con il naso sanguinante.

« Le schegge pungono e non si respira, ma è bell'è fatta. »

« Sotto, Quintilio » comandò Moscardo.

Quintilio non rimase molto nella buca. Anche lui tornò su insanguinato.

« Spezzato in due. Ora è libero. »

Mirtillo si chinò su Parruccone, con il muso gli spinse la testa: questa ruotò sul collo, avanti e indietro.

« Parruccone, » gli disse Mirtillo, all'orecchio, « il piolo l'abbiamo tolto via. »

Non ci fu risposta. Parruccone giaceva esanime. Una grossa mosca andò a posarglisi su un orecchio. Mirtillo la scacciò, con un gesto rabbioso, e quella volò via, ronzando, nel sole.

« Credo che sia spirato » disse Mirtillo. « Non respira più, mi pare. »

Moscardo a sua volta accostò le narici a quelle di Parruccone, ma soffiava una leggera brezza e non riuscì a capire se respirasse o no. Le zampe erano inerti, il ventre floscio. Ripensò a quel che aveva udito, a proposito di trappole. Un coniglio robusto poteva fiaccarsi il collo, in un laccio come quello. O la punta acuminata gli aveva perforato la carotide?

« Parruccone, » bisbigliò « t'abbiamo tirato fuori. Sei libero. »

Parruccone non si riscosse. Allora Moscardo comprese che – se Parruccone era morto, e morto era senz'altro – lui doveva condurre via gli altri di lì, prima che il dolore per quella perdita togliesse loro coraggio e li demoralizzasse. Ciò sarebbe accaduto, se indugiavano. Eppoi, pensò, fra poco verrà l'uomo. Anzi forse stava già arrivando, col suo fucile, per portarsi via il povero Parruccone. Bisognava andar via. E bisognava che tutti – lui compreso – non pensassero più a quello che era successo, mai più.

« Il mio cuore è andato a unirsi ai Mille, perché il mio amico oggi ha smesso per sempre di correre » disse a Mirtillo, ripetendo un proverbio conigliesco.

« Proprio a Parruccone doveva capitare! » disse Mirtillo. « Come facciamo senza di lui? »

« Gli altri aspettano » disse Moscardo. « Dobbiamo restar vivi. Bisogna indurli a pensare ad altro. Aiutami, sennò non ce la faccio. »

Si volse e cercò con lo sguardo Quintilio, in mezzo al gruppo raccolto alle sue spalle. Ma non lo vide. Non osava domandare dove fosse, temendo che ciò apparisse come un segno di debolezza, bisogno di conforto.

« Nicchio! » sbottò. « Perché non ti pulisci il muso e non stagni il sangue? È un odore che attira gli elil. Lo sai, o non lo sai? »

« Sì, Moscardo. Scusa. Ma Parruccone... »

« E un'altra cosa » disse Moscardo, disperatamente. « Cos'è che mi dicevi, di Primula Gialla? Che a Quintilio gli ha ordinato di star zitto? »

« Sì, Moscardo. Dunque, Quintilio arriva nella tana e incomincia a raccontarci che il povero Parruccone... »

« Sì, va bene. E allora Primula Gialla? »

« Primula Gialla e Ribes e tutti gli altri facevan finta di non sentire. Roba da matti! Era una cosa ridicola, perché Quintilio si rivolgeva a tutti, chiamava tutti in aiuto. E poi Argento, mentre corriamo fuori, dice a Primula Gialla, gli fa: "Vieni anche tu, no?". Ma Primula Gialla, gli volta la schiena e zitto. Allora Quintilio gli s'avvicina e gli dice qualcosa sottovoce, al che Primula Gialla gli risponde, gli fa: "Le colline o la luna, per me fa lostesso, non m'importa dove andate. Basta che stai zitto! Smettila!'". E gli dà una zampata, che gli sgraffia un orecchio. »

« Io l'ammazzo! » ansimò una voce rauca, strozzata, alle loro spalle. Tutti diedero un balzo. Parruccone aveva rialzato la testa e s'appoggiava agli zampini anteriori. Il suo corpo era contorto e la parte posteriore di esso era ancora inchiodata al suolo. Teneva gli occhi aperti, ma il suo muso era una spaventosa maschera di sangue, schiuma, vomito e terra, sicché, più che un coniglio, pareva una figura demoniaca. Lì per lì, anziché provar sollievo e gioia a rivederlo vivo, furon presi da terrore. Si ritrassero, e nessuno fiatava.

« Io l'ammazzo » ripeté Parruccone, farfugliando, sputacchiando tra i baffi lerci e il pelo raggrumato. « Aiutatemi, accidenti a voi. Mi volete o no levare questo fetido laccio da intorno al collo? » Tentò di alzarsi, trascinando le zampe posteriori, ma ricadde e ruzzolò, tirandosi dietro fra l'erba il fildiferro col piolo attaccato.

« Lasciatelo stare! » gridò Moscardo, dato che adesso tutti s'affollavano intorno a lui per aiutarlo. « Lo volete soffocare? Lasciate che si riposi! Lasciatelo respirare! »

« Macché riposare! » boccheggiò Parruccone. « Sto benissimo. » Ma di nuovo ricadde e poi, a fatica, si raddrizzò sulle zampe davanti. « Son le zampe di dietro, che non mi danno retta. Quel Primula Gialla! io l'ammazzo! »

« Dobbiamo cacciarli via! » disse Argento. « Che razza di conigli sono quelli? Che Parruccone morisse, non gliene importava niente. Lo lasciavano morire, loro! L'avete udito tutti, Primula Gialla, no? Sono dei vigliacchi! Buttiamoli fuori... ammazziamoli! Prendiamo la conigliera e abitiamoci da soli! »

« Sì, sì! » tutti gridarono. « Andiamo all'assalto! Abbasso Primula Gialla! Abbasso Cinquefoglie! Uccidiamoli tutti! »

« *O embliri Frits!* » gridò una voce stridula, fra l'erba alta.

A quella imprecazione, il tumulto si chetò. Colpiti, si guardarono intorno. Chi aveva parlato? Silenzio. Poi, di tra due folti ciuffi di panìco, sbucò Quintilio: i suoi occhi sfavillavano d'ansia frenetica. Ringhiava e farfugliava, come una lepre-strega, e quelli più vicini si ritrassero impauriti. Neanche Moscardo riusciva a spiccicar parola. A poco a poco le parole di Quintilio si fecero intelligibili.

« Alla conigliera? Volete andare in quella conigliera? Stolti che siete! Quella tana è la tana della morte! È maladetta! E qui intorno pullula di elil! di trappole! dappertutto, ogni giorno. Questo spiega ogni cosa. Spiega tutto ciò che è avvenuto da quando siamo qui. »

Stava immobile e le sue parole parevano strisciare sopra l'erba, nell'aria solatia.

« Sta' a sentire, Dente di Leone. A te piacciono le novelle, no? Te ne racconto una io. Sì, una da far piangere El-ahrairà. C'era una volta una bella conigliera ai margini d'un bosco, prospiciente una distesa di verdi pascoli. Era grande, era piena di conigli. Poi un giorno arrivò la moria e la spopolò. Solo pochi conigli sopravvissero, come al solito. Quasi tutte le tane erano vuote. Allora il contadino ragionò: "Posso aiutarli a crescere di numero, quei conigli, e poi farne roba mia... delle loro carni, delle loro pellicce. Perché darmi la briga di metterli in gabbia? Possono benissimo restare dove si trovano". E cominciò a uccidere tutti gli elil: lendri, komba, faina, ermellino, gufo. Cominciò anche a spargere cibo per i conigli, ma non vicino alla conigliera: tanto per abituarli ad andare in giro, per i campi e nel boschetto. E poi cominciò a mettere le trappole. Non troppe: quante gliene bastassero, e comunque non tante da spaventarli al punto di farli migrare altrove, o decimarli. Essi allora divennero grandi e robusti, crepavan di salute, perché lui gli dava roba buona da mangiare, specie d'inverno, e gli assicurava una vita senza pericoli... tranne il nodo scorsoio presso il varco nella fratta e lungo il sentiero del bosco. Quindi essi vivevano come lui desiderava che vivessero. Ma ogni giorno qualcuno mancava all'appello. Sparito! Questi conigli divennero strani, sotto molti riguardi, e diversi dagli altri conigli. Sapevano benissimo cosa capitava a tanti loro compagni.

Ma facevano finta, anche con se stessi, che tutto andava nel migliore dei modi, perché il cibo era ottimo, perché erano protetti e non avevano nulla da temere, tranne una cosa. E la Cosa colpiva qua e là, a casaccio, ma soltanto qualcuno alla volta. Essi dimenticarono le maniere dei conigli selvatici. Dimenticarono El-ahrairà perché... che bisogno avevano dei suoi stratagemmi, della sua astuzia, dal momento che abitavano nella terra del nemico, e gli pagavano un tributo? Escogitarono altre forme artistiche, che pigliassero il posto delle vecchie novelle. Impararono a danzare, ritualmente. Impararono a cantare come uccelli, a formare figure sul muro. E benché tutto ciò non servisse proprio a niente, li aiutava a passare il tempo, li esaltava, dava loro l'illusione di esser grandi, magnifici, il fior fiore della Coniglità, più bravi delle gazze. Non avevano un Gran Coniglio – e a che gli serviva? – poiché un Coniglio Capo dev'essere l'El-ahrairà d'una colonia, e scamparla dai pericoli, dalla morte. E lì c'era soltanto un pericolo mortale. Ma quale Gran Coniglio poteva porvi riparo? Invece, Frits inviava loro strani cantanti, poeti, bellissimi e malati come galle di quercia, come bacche velenose. E poiché non potevano sopportare la verità, questi cantori, questi vati, che altrove avrebbero diffuso la saggezza, lì, oppressi dal terribile segreto di quella conigliera, vomitavano invece follia – una follia eloquente – predicando dignità e rassegnazione... insomma, tutto ciò che potesse far credere che in fondo i conigli l'amavano, quel laccio di lucente fildiferro. Però tutti obbedivano a una norma severa. Oh, severissima. Nessuno mai doveva chiedere ai compagni dove fosse questo o quel coniglio. Chiunque domandasse "dov'è" – tranne che in un poema o una canzone – andava fatto tacere. Se pronunciare la parola "dov'è" era proibito, proibitissimo – intollerabile era parlare di fildiferro, di laccio. Allora ti saltavano addosso, ti ammazzavano. »

Tacque. Nessuno si muoveva. Poi, nel silenzio, Parruccone si tirò in piedi, barcollando, mosse qualche passo verso Quintilio, vacillò, cadde di nuovo. Quintilio neanche gli badò, guardava gli altri, a uno a uno. Quindi riprese a parlare.

« Poi arrivammo noi, da di là della brughiera, nella notte. Conigli selvatici, cominciammo a scavarci una tana. I conigli del posto non si mostrarono subito. Dovevano pensarci su, decidere quale condotta fosse meglio tenere. Non ci misero molto: accoglierci fra loro e non dirci nulla. Capite o no? Il contadino mette un certo numero di trappole alla volta. Se un coniglio resta preso, è un pericolo in meno per gli altri. La loro morte è rinviata. Tu, Mirtillo, suggeristi che Moscardo raccontasse le nostre avventure e peripezie, ma loro non si mostrarono entusiasti, eh? Infatti, chi vuol ascoltare la storia di imprese coraggiose, quando si vergogna della propria condotta? Non si tollera la franchezza in qualcuno che si vuol ingannare. Volete che continui? Ve l'assicuro io, ogni dettaglio calza nell'insieme. Ci va giusto: come un'ape dentro una digitale. Ucciderli, dite? Installarci noi nella loro grande tana? Ma là dentro il soffitto è fatto di ossa, e ne pendono lacci lucenti! Andremmo incontro al dolore e alla morte. »

Quintilio si accasciò fra l'erba. Parruccone, trascinandosi dietro quell'orrendo piolo, gli si avvicinò, barcolloni, e strofinò il naso contro il suo.

« Sono ancora vivo, Quintilio » disse. « E così tutti gli altri, dei nostri. Tu hai scalzato un piolo ben più grosso di quello ch'io trascino. Dicci cosa dobbiam fare. »

« Andarcene... e subito » rispose Quintilio. « Ho già avvertito Primula Gialla, che ce ne saremmo andati. »

« E dove? » domandò Parruccone.

Ma rispose Moscardo:

« Alle colline. »

Verso sud, il terreno saliva in dolce declivio, oltre il ruscello. In cima al pendio c'era la pista d'un carretto e, oltre, un'alberata. Moscardo si avviò per la salita e gli altri lo seguirono.

« Se il piolo s'impiglia, Parruccone, » gli disse Argento « il laccio ti si stringe un'altra volta. »

« Adesso è lento, » disse Parruccone « tanto che me lo potrei sfilare, se non mi dolesse il collo. »

« Provaci, dai, sennò non vai lontano, così » disse Argento.

« Moscardo! » chiamò Lampo. « C'è un coniglio che viene da 'sta parte. Guarda! Viene dalla conigliera! »

« Solo uno? Che peccato! » disse Parruccone. « Sbrigalo tu, Argento. Te lo lascio. E fa' un bel lavoretto, giacché ci sei. »

Si fermarono, attesero, sparsi sul clivo. Quel coniglio correva in una strana maniera, a testa bassa. A un certo punto andò a sbattere contro un cardo, cadde di fianco e ruzzolò più volte. Rialzatosi, venne avanti incespicando.

« Sarà malato del morbo bianco, che rende ciechi? » domandò Ramolaccio. « Non vede dove va! »

« Frits ne scampi! » disse Mirtillo. « Fuggiamo, dai! »

« No, non potrebbe correre così, se avesse il morbo bianco » disse Moscardo. « Qualcosa ha, ma non è cieco. »

Dente di Leone lo riconobbe: « È Ribes! ».

Ribes varcò la siepe presso il cotogno, si guardò intorno, poi venne avanti. Tutta la sua urbanità, la sua padronanza di sé, erano sparite. Sgranava gli occhi, tremava tutto, e, grosso com'era, faceva anche più pena, a vederlo così afflitto. Si rattrappì fra l'erba, dinanzi a loro. Moscardo attese immobile, severo, con Argento al fianco.

« Moscardo, » disse Ribes « ve n'andate? »

Moscardo non rispose. Argento, brusco « A te che te ne importa? ».

« Portatemi con voi. » Nessuna risposta. Ripeté: « Portatemi con voi ».

« Non ci piace, la gente che c'inganna » disse Argento. « Torna pure dalla tua Nildro-hain. Lei non guarda certo tanto pel sottile. »

Ribes emise una specie di squittio strozzato, come fosse stato ferito. Guardò Moscardo, poi Argento, poi Quintilio. Alla fine, con un filo di voce, mestamente, disse:

« Il lacciolo ».

Argento stava per rispondere, ma parlò prima Moscardo.

« Puoi venire con noi » gli disse. « Non dir altro. Poveretto. »

Di lì a qualche minuto i conigli, oltrepassata la pista del carretto, scomparivano fra gli alberi. Una gazza, vedendo qualcosa che luccicava, in mezzo alla pendice deserta, spiccò il volo per guardare da vicino. Ma non era che un piolo smozzicato con, attaccato, un tratto di fildiferro contorto.

PARTE SECONDA

Sul Colle Watership

18. IL COLLE WATERSHIP

Ciò che oggi è dimostrato, un
tempo era soltanto immaginario.

WILLIAM BLAKE,
Nozze fra Cielo e Inferno.

Uno sciocco ogni tanto l'imbroc-
ca, per caso.

WILIAM COWPER, *Conversazione.*

Era la sera del giorno successivo. Il fianco volto a settentrione del Colle Watership [1], in ombra fin dal primo
mattino, riceveva adesso i raggi del sole declinante, a
un'ora dal tramonto. La collina era scoscesa e, per un
tratto d'un centinaio di metri, l'erta quasi verticale: una
specie di ripida scarpata, dalla sottile fascia alberata alla
base fino al crinale, dove il precipizio si appianava. La
luce del tramonto, densa e soffice, si posava come una
patina d'oro sulle zolle erbose, sulle ginestre e sui ginepri,
sui rari, stenti arbusti risecchiti dal vento. Vista dall'alto, quella luce sembrava accarezzare tutta la pendice, immota e sonnolenta. Ma, a trovarsi fra l'erba e i cespugli,
in quella folta foresta popolata di scarabei, di ragni e
toporagni, la luce si muoveva come un vento che dan-
zasse, che li incalzasse a zampettare, a tessere. I raggi
rossicci ammiccavano fra gli steli, ricavando minuti
scintillii da elitre e corazze, allungando le ombre di zampe filiformi, a dismisura, tramutando ogni palmo di suolo
brullo in una miriade di singoli granelli di terra. Gli
insetti ronzavano, stridevano, frusciavano nell'aria che
il tramonto intiepidiva. Più alto e più sereno, fra gli
alberi, si levava il verso del fringuello, del fanello, dello
storno. Le allodole volavano su in alto, cantando, nell'a-

---

[1] Le *downs* (per l'etimologia, cfr. *duna*) sono collinette, o altipiani ondulanti, spoglie in genere d'alberi e con vegetazione poco
densa, tipiche del paesaggio dell'Inghilterra meridionale. Il Colle
Watership, in particolare, è alto m 237. Altri colli della zona
intorno a Kingsclere, nello Hampshire, si chiamano: Hare Warren
Down, Great Litchfield Down, Cannon Heath Down.

ria profumata sopra il colle. Dalla vetta, l'apparente immobilità della distesa, era rotta qua e là da pennacchi di fumo e momentanei barbagli, luccichii. Appiè del colle si estendevano campi verdi di grano, prati dove pascolavano cavalli, fra le macchie di verde più cupo dei boschi. Anche i boschi, come la piccola giungla di sterpi, erano in tumulto, quella sera, ma dall'alto, remoti, parevano immoti: tutta la loro furia si stemprava, nella lontananza.

Giunti ai piedi di quella rupe, Moscardo e i suoi compagni stavano accucciati sotto i rami rasoterra di alcuni evònimi, o fusaggini o berette-da-prete che dir si voglia. Dalla mattina precedente avevano percorso quasi tre miglia. La fortuna li aveva assistiti, ché nessuno di loro s'era perso per strada. Avevano guadato due ruscelli e attraversato, pieni di paura, folti boschi a ponente di Ecchinswell. Avevan fatto tappa in un granaio, dove eran stati attaccati da pantegane e costretti a fuggire. Argento e Ramolaccio, con l'aiuto di Parruccone, avevano protetto la loro ritirata. Ramolaccio era stato morsicato a una zampa anteriore e la ferita, com'è tipico dei morsi dei topi, gli pungeva acutamente. Costeggiando un laghetto, s'erano soffermati a guardare un grosso, grigio trampoliere, che cacciava a gran beccate fra le erbe palustri, finché uno stormo di anatre selvatiche non li aveva spaventati, con il loro clamore. Avevan traversato un pascolo che, per più di mezzo miglio, non offriva il minimo riparo, aspettandosi da un momento all'altro di venir attaccati. Avevano ascoltato un fruscio innaturale, ai piedi d'un traliccio, dove s'eran soffermati, avendogli Quintilio garantito che non c'era alcun pericolo. Adesso se ne stavano acquattati sotto gli evònimi, stanchi morti e dubbiosi, annusando, guardando la terra semibrulla, strana, intorno a loro.

Dopo aver lasciato la conigliera delle trappole si eran fatti più guardinghi, più sagaci e tenaci: si intendevano meglio fra loro e lavoravano insieme. Non erano più scoppiate liti. La triste realtà, che avevano scoperto su quella conigliera, era stata un duro trauma. Ma aveva cementato la loro unione: ora si spalleggiavano a vicenda e l'uno contava sulle capacità dell'altro. Sapevano ormai che da questa compattezza dipendeva la vita di tutti, e non erano disposti a sciupare nulla di ciò che possedevano in comune. Quando avevano creduto che Parruccone fosse morto, tutti – nessuno escluso – nonostante gli sforzi di Moscardo – si erano scoraggiati e, al pari di Mirtillo, si eran chiesti: cosa ne sarà di noi? Senza Moscardo, senza Mirtillo, Ramolaccio e Nicchio, certo Parruccone sarebbe morto. E se non fosse stato così gagliardo non sarebbe neanche scampato: chi altri, fra loro, avrebbe superato una prova sì micidiale? Insomma, non v'era più da dubitare della forza di Parruccone, dell'intuito di Quintilio, dell'ingegno di Mirtillo, dell'autorità di Moscardo. Assaliti di sorpresa dai ratti, Argento e Ramolaccio, ubbidendo a Parruccone, avevan tenuto duro, mentre gli altri svegliati bruscamente avevan seguito, senza bisogno di tante spiegazioni, Moscardo fuori del granaio. Più avanti, Moscardo aveva detto che bisognava attraversare il pascolo, allo scoperto, e l'avevano attraversato, con Argento in testa e Dente di Leone in avanscoperta. Quando Quintilio aveva detto che l'albero-di-ferro era innocuo, gli avevano creduto.

Per Ribes era stata dura. La sofferenza lo rendeva ottuso, tardo e avventato, e la vergogna, per la sua parte d'inganno, lo tormentava. Inoltre l'indolenza e il ben mangiare l'avevano rammollito più di quanto osasse ammettere: però non si lagnava ed era chiaro come fosse risoluto a mostrarsi alla pari con gli altri. Nei boschi si era dimostrato utile, perché era abituato, più dei compagni, ai luoghi folti. « Diamogli tempo e, vedrai, si farà, si farà » disse Moscardo a Parruccone, durante la sosta al laghetto. E Parruccone: « Purché si sbrighi, quel damerino! ». Alla loro stregua, infatti, Ribes era troppo lindo e pinto, troppo raffinato. « Ma non intimidirlo, col tuo cipiglio, Parruccone, veh. Non servirebbe a nulla. » E Parruccone aveva accettato, seppure a bocca storta. Del resto, lui stesso si era fatto meno arrogante. La trappola l'aveva indebolito, spossato. Era stato lui a dar l'allarme, nel granaio, perché non riusciva a dormire, e, al primo trapestio, era balzato su. Non aveva lasciato che Argento e Ramolaccio combattessero soli, e tuttavia si era dovuto limitare a un ruolo di sostegno, in seconda linea. Per la prima volta in vita sua, Parruccone aveva agito con moderazione e prudenza.

Il sole era prossimo a tramontare dietro le nuvole che bordavano l'orizzonte, quando Moscardo uscì dal riparo dei rami rasoterra ed esplorò con lo sguardo il pendio, cosparso di formicai, e la ripida balza del colle, innanzi a lui. Quintilio e Ghianda lo seguirono, si misero a brucare della lupinella. Era una novità, ma subito gli piacque e ciò valse a sollevargli lo spirito. Moscardo si unì a loro, fra quelle pianticelle dalle foglie bislunghe, dai fiori a spiga, rossi e venati di porporino.

« Quintilio, » disse « fammi capire. Tu dici che dobbiamo arrivare sulla cima, per lontana che sia, e trovare rifugio lassù. Dico bene? »

« Sì, Moscardo. »

« Ma dev'essere in alto un bel po'. Da qui, manco si vede. E lassù sarà freddo. »

« Sotto terra, no. E il suolo è così tenero che non faremo fatica a scavarci un covo, una volta trovato il punto giusto. »

Moscardo rifletté. « Bisognerà rimetterci in cammino, e questo mi sgomenta. Siamo tutti sfiancati. Del resto, restar qui è pericoloso, senza un buco dove ficcarci. Non conosciamo la zona e rifugi non se ne vedono qui intorno. D'altro canto, inerpicarci fin lassù stasera, tutti quanti, è fuori discussione. Saremmo anche meno al sicuro. »

« Ci toccherà scavare, eh? » disse Ghianda. « Questo posto è scoperto, quasi quanto la brughiera, e quegli alberi non ci riparano certo, da nessun cacciatore a quattro zampe. »

« Se anche fossimo arrivati a un'altra ora, era lo stesso » disse Quintilio.

« Sto dicendo soltanto che bisogna provvedere a dei rifugi » disse Ghianda. « Non è posto, questo, da passarci la notte sopraterra. »

« Prima di andar su tutti, bisogna che qualcuno vada in avanscoperta, in cima al colle » disse Moscardo. « Ci andrò io, voi aspettate qui e sperate per il meglio. Intanto potete riposarvi e mangiare. »

« Non andarci solo » disse Quintilio, deciso.

Erano tutti disposti ad accompagnarlo, nonostante la stanchezza, ma Moscardo scelse Dente di Leone e Smerlotto, che parevano un po' meno spossati. Si misero in cammino, lentamente, su per l'erta, guardinghi, da un cespuglio all'altro, soffermandosi di continuo a fiutare e scrutare il vasto dosso erboso, che s'allargava a perdita di vista da ogni lato.

Un uomo cammina eretto. Per lui è arduo procedere in salita, poiché deve di continuo sospingere la sua massa verticale verso l'alto, senza poter mai prendere lo slancio. Il coniglio se la cava meglio. Le zampe anteriori sostengono il suo corpo orizzontale, e quelle di dietro, robuste, svolgono tutto il lavoro, imprimendo una spinta ascensionale alla massa non voluminosa del corpo. I conigli van veloci in salita. Anzi, è in discesa che si trovano in difficoltà, a causa della potente trazione posteriore: sicché, talvolta, vanno ruzzoloni, giù per una china. Daltro canto l'uomo, grazie alla sua statura, riesce a spaziare intorno con lo sguardo. In questo, la salita non differisce per lui dalla pianura: può vedere dove va, può scegliersi, da lassù in alto, una direzione. La fatica e l'ansietà dei conigli nel salire quell'erta erano, quindi, ben diverse da quelle che tu, lettore, proveresti se t'inerpicassi lassù. Il guaio principale non era per la loro stanchezza fisica. Quando Moscardo aveva detto che eran tutti sfiancati, alludeva soprattutto agli effetti, su loro, dell'insicurezza e dei continui spaventi.

Perenne infatti è la paura dei conigli, quando non si trovino in ambiente familiare o in prossimità di collaudati rifugi. Se la paura giunge al parossismo, li paralizza, e sembrano ìpnotizzati: son *tzarn*, per usare la loro parola. Da due giorni Moscardo e i suoi compagni vivevano in perpetuo allarme. Anzi, da quando avevano lasciato la conigliera natia, cinque giorni prima, avevano affrontato un pericolo dietro l'altro. Avevan tutti i nervi a fior di pelle, per un nonnulla soprassaltavano. Parruccone e Ramolaccio mandavano odor di sangue, e ciò accresceva la loro vulnerabilità. Ora i tre che risalivan il colle – Moscardo, Dente di Leone e Smerlotto – erano sgomentati da un terreno così esposto, così inconsueto e dal fatto che non riuscivano a vedere lontano innanzi a sé. Essi s'inerpicavano non sopra ma attraverso l'erba, indorata dal sole, fra il viavai degli insetti disturbati, contro luce. L'erba ondeggiava intorno a loro. Essi scrutavano il terreno, cautamente, intorno ai formicai e ai cespugli di cardi. Non riuscivano a calcolare quanto distasse la sommità. Superata una balza, s'accorgevano che ne cominciava un'altra. A Moscardo, quel luogo pareva propizio alla donnola. O sennò poteva darsi che il barbagianni sorvolasse la pendice, al crepuscolo, esplorando ogni anfratto coi suoi occhi spietati, pronto a scivolar d'ala e gettarsi su qualunque cosa si muovesse. Alcuni elil aspettano in agguato, altri, come il barbagianni, cercano la preda e arrivano silenziosi.

Seguitavano a salire, e intanto s'era levato il vento del sud e il tramonto arrossava il cielo fino allo zenit. Al pari di quasi tutti gli animali selvatici, Moscardo non era abituato a guardare la volta del cielo. Per lui il cielo era, più che altro, l'orizzonte, frastagliato di solito da alberi e fratte. Ora, con la testa volta in su, verso il crinale, oltre esso vedeva le nuvole rosseggianti veleggiare silenziose. Il loro movimento dava disturbo, a differenza di quello degli alberi, dell'erba. Quelle enormi masse si spostavano con moto costante, uniforme, senza rumore: non erano di questo mondo.

Oh Frits, pensò Moscardo volgendosi a guardare l'incendio del tramonto, vuoi che si vada a vivere fra le nuvole? Se hai detto la verità a Quintilio, aiutami ad aver fiducia in lui. In quell'attimo vide Dente di Leone, ch'era andato avanti, accovacciato sopra un formicaio, stagliarsi nettamente contro il cielo. Allarmato, spiccò una corsa.

« Dente di Leone, scendi giù! » gli disse. « Perché siedi là sopra? »

« Per vedere meglio » gli rispose l'altro, con gioiosa eccitazione. « Vieni anche tu. Da qui si vede tutto il mondo. »

Moscardo lo raggiunse. C'era lì accanto un altro formicaio, e lui imitò il suo compagno, stando eretto sulle zampe posteriori e girando lo sguardo intorno a sé. Erano ormai su terreno quasi pianeggiante. Anzi, l'ultimo tratto percorso era, già da parecchio, un leggero pendio: solo che lui, preoccupato com'era dai pericoli, non s'era accorto del mutamento. Insomma, erano arrivati sulla groppa della collina. Sporgendosi dall'erba, riuscivano a vedere lontano in ogni direzione. Tutt'intorno era deserto. Se qualcosa si fosse mosso, l'avrebbero visto immediatamente: e dove l'erba finiva, cominciava il cielo. Chiunque arrivasse, uomo o volpe, sarebbe stato ben visibile. Quintilio aveva ragione. Lassù si era al sicuro da sorprese. Nessuno poteva avvicinarsi di soppiatto.

Il vento gli arruffava la pelliccia e sferzava l'erba, che odorava di timo e di brunella. La solitudine dava un senso di libertà, di euforia. Il cielo era così vicino e il resto così distante, che ne furono inebriati e si misero a saltellare nel tramonto. « Oh Frits delle colline, » esclamò Dente di Leone « questa qui l'hai creata apposta per noi! »

« Lui l'avrà fatta, ma Quintilio ce l'ha indicata » disse Moscardo « Non vedo l'ora che arrivi quassù in cima. Quintilio-rà! »

« Ma Smerlotto dov'è? » domandò d'un tratto Dente di Leone.

Benché ancora fosse chiaro, Smerlotto non si vedeva da nessuna parte. Dopo essersi guardati in giro, corsero fino a un monticello poco lontano e di nuovo esplorarono i paraggi. Ma non videro altro che un topo che, uscito dal suo buco, frugacchiava fra l'erba.

« Sarà ridisceso » disse Dente di Leone.

« Sia come sia, » disse Moscardo « non possiamo seguitare a cercarlo. Gli altri stanno aspettando, e potrebbero esser in pericolo. Dobbiamo ridiscendere. »

« Che peccato, però, averlo perso, » disse Dente di Leone « proprio quando eravamo arrivati alle colline di Quintilio senza perdere nessuno. È un tale tonto, quello Smerlotto! Non avremmo dovuto portarlo con noi. Come avranno fatto a beccarlo, senza che ce n'accorgessimo? »

« No, sarà certo tornato indietro » disse Moscardo. « Gliene dirà due, Parruccone! Spero che non lo prenda di nuovo a morsi. Su, sbrighiamoci. »

« Intendi portarli su stasera? » domandò Dente di Leone.

« Non lo so » gli rispose Moscardo. « È un problema. Un rifugio bisogna pur trovarlo. »

Si diressero verso la balza ripida. La luce cominciava a scemare. Scelsero la direzione regolandosi su un gruppo di stenti arboscelli che avevano notato nel salire. Essi formavano una specie di arida oasi: caratteristica di quelle collinette. Una dozzina di arbusti, pruni e sambuchi, crescevano insieme presso un rialzo. Lì in mezzo la terra era brulla e il biancastro del gesso affiorante risaltava sotto i sambuchi dalle foglie glauche e i fiori color panna. Quando furon più vicini, videro Smerlotto seduto fra quegli alberelli, che si nettava il muso con le zampe.

« Ti cercavamo » disse Moscardo. « Dove diamine t'eri cacciato? »

« Scusa, Moscardo, » rispose, mite, Smerlotto, « stavo guardando 'sti buchi. Capace, che ci possono far comodo. »

Sulla piccola balza alle sue spalle si aprivano tre tane di coniglio. Altre due sul pianoro, fra le radici nodose. Orme non se ne vedevano, né escrementi. Le tane erano evidentemente deserte.

« Ci sei entrato? » domandò Moscardo.

« In quelle tre, sì, sì » rispose Smerlotto. « Sono strette e un bel po' rozze, ma fetore non ce n'è, né di morte né di malattia, insomma mi sembrano a posto. Ho pensato che possiamo approfittarne... pel momento, almeno. »

Nel crepuscolo, un rondone volò, stridendo, sopra le loro teste.

« Novità! novità! » esclamò Moscardo. E a Dente di Leone: « Va' a chiamarli, portali su ».

E così, era toccato a uno dei gregari, a un coniglio semplice e sempliciotto, fare quella provvidenziale scoperta. Sennò qualcuno ci avrebbe rimesso la pelle, ché —

sc avessero passato la notte allo scoperto, in cima oppure appiè della collina – certamente un nemico li avrebbe assaliti.

19. IL BUIO E LA PAURA

« Chi c'è di là?... chi?... nella stanza accanto?
  Una pallida figura
Con un qualche messaggio di sventura?
  Lo vedrò anch'io tra poco? »
« Sì, tale è il suo messaggio. E lo vedrai tra poco. »

THOMAS HARDY, *Chi c'è nella stanza accanto?*

Erano davvero rozze, quelle tane. « Buone solo per un branco di vagabondi [1] come noi » disse Parruccone. Ma chi è sfinito di stanchezza, chi va errando in paesi forestieri non è mica tanto schizzinoso, e alloggia dove capita. Quelle tane perlomeno erano asciutte, e c'era posto per dodici conigli. Due dei cunicoli – quelli ai piedi degli arbusti spinosi – conducevano dritti a tane scavate proprio sopra il sostrato di gesso. Quindi avevano un pavimento duro e ciò, ai conigli, i quali non foderano il giaciglio, non piace troppo, se non ci sono abituati. Invece, le gallerie scavate nel rialzo avevano la consueta arcuatura e, dopo aver toccato il gesso, risalivano a tane con piancito di terra battuta. Non erano collegate fra loro da corridoi interni, ma i nostri erano troppo stanchi per badarvi. Si sistemarono quattro per tana, al calduccio e al sicuro. Moscardo stette un po', prima d'addormentarsi. Leccò lo zampino ferito di Ramolaccio, ch'era rigido e indolenzito.

[1] Il termine usato da Parruccone è *hlessil* che vuol dire vagabondi, girovaghi, nomadi. Un *hlessi* è un coniglio senza tana, senza fissa dimora, che vive all'aperto. Quei maschi solitari o a piccoli gruppi che si danno al vagabondaggio posson anche andare errando per lunghi periodi, specie d'estate. Il coniglio maschio, di solito, non scava gallerie, però è in grado di scavarsi una tana provvisoria, se non trova nascondigli bell'è fatti. I lavori di scavo veri e propri sono eseguiti dalle femmine che allestiscono il covile per i figli. [N.d.A.]

Per fortuna, non v'era puzza d'infezione ma, a quanto ne sapeva lui sui topi, era opportuno che Ramolaccio, finché non fosse guarito, se ne stesse in riposo e lontano dallo sporco. Tre di noi son rimasti feriti, pensò, pigliando sonno. Tutto sommato, poteva andarci molto peggio.

La notte di giugno è breve, ma, quando spuntò l'alba, di lì a poche ore, nessuno dei conigli si riscosse. A giorno fatto dormivano ancora, indisturbati, in un silenzio più profondo del consueto. Oggigiorno, anche nei campi e nei boschi, la quiete è turbata da rumori, spesso intensi, talvolta intollerabili per alcuni animali. Pochi posti sono immuni dal fragore di auto, trattori, autocarri. I rumori di un centro abitato, la mattina, si odono a lunghissima distanza. Coloro che vogliono registrare il canto di qualche uccello, debbono alzarsi molto presto: prima delle sei. Dopo quest'ora, l'invasione dei rumori estranei si fa troppo costante, anche in luoghi remoti. Da cinquant'anni in qua, il silenzio di tante campagne è andato distrutto. Ma lassù, in cima al colle Watership, dei rumori diurni perveniva solo una tenue eco.

Il sole era già alto – ma non ancora alto quanto il colle – quando Moscardo si svegliò. Nella tana con lui c'erano, oltre Ramolaccio, Quintilio e Nicchio. Lui era il più vicino all'imboccatura, quindi poté sgusciar fuori senza svegliare gli altri. Dopo aver fatto hraka, si portò a piccoli balzi all'esterno del roveto, fra l'erba aperta. Sotto di lui, la campagna era ancora avvolta nella foschia mattutina, che cominciava appena a diradarsi. Qua e là, in lontananza, ne spuntavano vette di alberi e tetti di case intorno ai quali la foschia fluttuava, come onde che sgorgassero dalle pietre e si rompessero. Il cielo era senza nubi, d'un azzurro terso, che all'orizzonte volgeva al malvaceo. Il vento era cessato e già i ragni erano ridiscesi fra l'erba. Si annunciava un giorno molto caldo.

Moscardo girellò qua e là, alla maniera tipica di un coniglio al pascolo: cinque o sei balzi, fra l'erba; una pausa per guardarsi intorno, a orecchi dritti; poi per un po' a brucare; quindi un altro spostamento, come a caso. Per la prima volta, da tanti giorni, si sentiva rilassato e tranquillo. Bisognava, però, impratichirsi di quel nuovo ambiente.

Aveva ragione Quintilio, disse fra sé e sé. Questo è il posto che fa per noi. Ma dobbiamo ambientarci, e meno sbagli faremo, meglio sarà. Che ne sarà stato dei conigli che han scavato quelle tane? Avran smesso di correre o saranno migrati altrove? Se riuscissimo a trovarli, ci saprebbero insegnare un sacco di cose.

In quel mentre, un coniglio stava uscendo, esitante, dalla tana più lontana. Era Mirtillo. Anche lui fece hraka, si grattò, quindi a piccoli saltelli uscì nel sole e, dopo essersi ravviati gli orecchi, si mise a brucare. Moscardo gli si avvicinò, per pascolare insieme, e lo seguiva negli spostamenti, di pari passo, fra i ciuffi d'erba. Arrivarono a un cespuglio di polìgala – d'un azzurro simile a quello del cielo – con lunghi steli striscianti fra l'erba e ogni fiorellino che allargava i due petali superiori come alucce. Mirtillo l'annusò, ma le foglie erano dure e per nulla appetitose.

« Cos'è 'sta roba, la conosci, tu? » domandò.

« No, » rispose Moscardo « mai vista prima. »

« C'è un mucchio di cose che non sappiamo, eh, riguardo a questo posto » disse Mirtillo. « Piante nuove, odori nuovi. E avremo anche bisogno di idee nuove, mi sa. »

« Be', sei tu quello che ha le idee » disse Moscardo. « Io, per capire una cosa, aspetto che me la spieghi tu. »

« Però tu sei quello che va avanti e che affronta i pericoli per primo » disse Mirtillo. « L'han visto tutti. Adesso però siamo arrivati, no? Questo posto è sicuro, proprio come Quintilio ci diceva. Nessuno può arrivarci di soppiatto. Voglio dire, fintanto che stiamo all'erta,. e ci assiste la vista, l'odorato e l'udito. »

« Faremo buona guardia. »

« Ma non quando dormiamo. Eppoi, allo scuro noi non riusciamo a vederci. »

« Di notte, eh sì, fa scuro, e i conigli devono dormire. »

« All'aperto? »

« Be', possiamo sempre usare quelle tane, volendo, ma mica si può pretendere che dei maschi si mettano a scavare. Un buco alla meglio, sì, se lo traforano – come appunto abbiam fatto, dopo usciti dalla brughiera – ma non più che tanto. »

« Senti quello che stavo pensando » disse Mirtillo. « I conigli di Primula Gialla sanno fare un sacco di cose che per noialtri non sono naturali: come ficcare sassi nella terra, portarsi da mangiare nella tana e Frits sa che cos'altro ancora. »

« Se è per questo, anche la lattuga del Trearà, da noi, veniva trasportata sottoterra. »

« Esatto. Ma, insomma, quelli là hanno mutato tanti usi, che pei conigli sono naturali, pensando di far meglio. Mi capisci? E se loro hanno cambiato certi costumi, noi possiamo, volendo, far altrettanto. Dici: i maschi non scavano. E difatti, non si usa così. Ma ne sono capaci, se vogliono. Che ne diresti di disporre di ampie, comode tane, eh? Per dormirci tranquilli, e ripararci bene dal maltempo, eh? Sarebbe una bella sistemazione. Niente ce l'impedisce, tuttavia, tranne il fatto che i maschi non scavano. Sanno scavare, però non scavano. »

« Qual è allora la tua idea? » chiese Moscardo, mezzo interessato e mezzo controvoglia. « Vuoi che cerchiamo di trasformare quei buchi là in una vera conigliera? »

« No, quei buchi là non servono. È facile capire perché li hanno abbandonati. Appena sotto la crosta, s'incontra quella sostanza dura, biancastra, che nessuno riesce a perforare. Eppoi d'inverno deve farci un freddo cane. Però c'è un bosco, appena oltre la vetta della collina. L'ho intravisto, iersera, venendo. Che ne diresti d'andar su in cima, adesso, io e te soli, a dare un'occhiata? »

Salirono in vetta, di corsa. Un faggetto sorgeva poco oltre, sul fianco di sud-est, dall'altra parte di un tratturo erboso che correva lungo il crinale.

« Ci sono alberi molto grossi, là » disse Mirtillo. « Le radici avranno certo dissodato la terra fino a grande profondità. Se scaviamo le nostre gallerie, qui ci stiamo altrettanto comodi che nella vecchia conigliera. Ma se gli altri non vogliono scavare, o se dicono che non sono buoni... be', c'è poco da star allegri, in un luogo tanto esposto alle intemperie. È ben per questo che è tranquillo e sicuro, s'intende, ma, appena arriva la brutta stagione, la collina diverrà inospitale, ci toccherà andar via di certo. »

« Non m'è mai entrato in zucca, che un branco di maschi abbian bisogno di vere e proprie tane » disse Moscardo, dubbioso, mentre tornavano indietro. « Le tane servono ai nostri cuccioli, sì. Ma per noi è diverso. »

« Tutti noi siamo nati in una tana ch'era stata scavata prima ancora che nascessero le nostre madri » disse Mirtillo. « Alle tane ci siam quindi abituati, e nessuno di noi ha mai dato una zampa a scavarne. Se ne occorreva una nuova, chi ci pensava? Qualche femmina. Per me sono sicuro che, o cambiamo abitudini e sistema, o sennò qui non potremo restarci tanto a lungo. Da qualche altra parte, forse sì. Ma qui, no. »

« Ci vorrà molto lavoro. »

« Senti, parliamone con Parruccone e con gli altri. Gli esponiamo la cosa, e diranno la loro. »

Durante la silflaia, tuttavia, Moscardo accennò la faccenda al solo Quintilio. Più tardi, mentre i conigli, satolli, chi giocava fra l'erba e chi si crogiolava al sole, egli propose che si andasse tutti su al faggeto, « tanto per vedere un po' che razza di bosco è ». Parruccone e Argento dissero subito di sì, e alla fine aderirono tutti.

Era diverso, quello, dai boschetti che avevano lasciato: una fascia di alberi, lunga quattro o cinquecento metri ma non più larga d'una cinquantina; una sorta di frangivento, come infatti se n'incontrano spesso, su quei colli. Consisteva quasi interamente di faggi adulti. I grossi tronchi lisci torreggiavano nell'ombra del fogliame, i rami s'allargavano diritti, snelli, l'uno sopra l'altro, a palchi successivi, regolari, nel denso chiaroscuro. Fra gli alberi il terreno era scoperto, non offriva nascondigli di sorta. I conigli restarono perplessi. Non riuscivano a spiegarsi come mai quel bosco fosse così calmo e sgombro, sì che fra i tronchi si vedeva lontano. Il lieve, continuo stormire delle foglie di faggio era così diverso dai fruscii che si sentono in un boschetto di nòccioli, di quèrcioli o di betulle.

Si misero, incerti, a costeggiare quel bosco, finché giunsero all'angolo di nord-est. Qui c'era una balza, prospiciente un vasto pianoro erboso. Quintilio, assurdamente minuscolo accanto al corpulento Parruccone, si rivolse a Moscardo con fare giulivo.

« Secondo me, Mirtillo ha ragione » gli disse. « Dovremmo industriarci a scavare delle gallerie, qui. Io per me sono pronto a provare. »

Gli altri furono presi alla sprovvista. Ma ben presto Nicchio si unì a Moscardo, ai piedi del rialzo, poi altri si diedero a raspare. Il suolo era leggero, facile da scavarsi, e, benché s'interrompessero spesso per brucare o riposarsi al sole, prima di mezzogiorno Moscardo era già scomparso alla vista e traforava fra le radici.

Se non c'era sottobosco, perlomeno il lecceto offriva riparo dal cielo. E gli sparvieri, se ne resero presto conto, eran frequenti in quel luogo solitario. Quantunque gli sparvieri raramente predino animali più grossi d'un topo, talvolta attaccano anche giovani conigli. È per questo che ai conigli, anche adulti, non garba tanto, se uno sparviero si libra sopra di loro. Quando Ghianda, a un certo punto, ne scorse uno in arrivo da sud, diede l'allarme e scappò sotto gli alberi. Più tardi, quando avevano ripreso a scavare, ne avvistarono un altro – o sennò lo stesso di prima – che si librava a una certa distanza, alto sui campi che avevan traversato la mattina precedente. Moscardo piazzò Ramolaccio di sentinella. Il lavoro fu portato avanti, per tutto il giorno, più o meno a casaccio. Due altre volte, nel pomeriggio, venne dato l'allarme. A prima sera furon disturbati da un cavaliere che passò a piccolo trotto lungo la dorsale, presso l'estremità nord del bosco. Per il resto, non videro nulla più grosso di un colombo, da mane a sera.

Dopo che il cavaliere, piegando a sud presso la sommità della collina, era scomparso, Moscardo ritornò sul limitare del bosco e contemplò, rivolto a settentrione, i campi rilucenti, immoti, e la lunga teoria di tralicci, in fuga verso nord, verso e oltre Kingsclere. L'aria si era rinfrescata e il sole cominciava di nuovo a lambire il fianco settentrionale del colle.

« Ne abbiam fatto abbastanza, mi sa » disse. « Per oggi, almeno. A me andrebbe ora di scendere ai piedi del colle a cercare un po' d'erba più buona. Questa qui non c'è male, però è troppo secca. C'è qualcuno che viene con me? »

Parruccone, Dente di Leone e Lampo si fecero avanti, gli altri invece preferirono restare nei paraggi per poi ritirarsi col sole nelle tane. I quattro, scelta la direzione che offriva maggior riparo, s'avviarono. C'era da scendere un tre o quattrocento metri. Per via non fecero malincontri, e ben presto eccoli a pascolare presso il margine d'un campo di grano, tranquilli, nell'idillica calma serotina. Moscardo, per quanto stanco fosse, non trascurò di adocchiare un posto dove scappare in caso di allarme. Per fortuna lì da presso c'era un vecchio sterro, in parte franato, fittamente coperto di heracleum e ortiche, sì da essere quasi come un tunnel: e potevano raggiungerlo in un baleno.

« Ci buttiamo là, in caso di strizza » disse Parruccone, con la bocca piena di trifoglio, annusando il fiore caduto da una gaggìa. « Mamma mia, quante cose abbiamo imparate, da quando siam venuti via da casa! Più di quante ne avevamo imparate, là, tutta la vita. E scavare, poi! Ora ci manca solo d'imparare a volare. Avete notato quant'è diverso il terreno, qui, da quello delle nostre parti? Ha un odore differente, e pure una diversa consistenza. »

« A proposito, » disse Moscardo « ti volevo domandare una cosa. Hai presente la tana grande, nell'orrenda conigliera di Primula Gialla, no? Per me, quella è un'idea da copiare. Sarebbe magnifico avere, sotto terra, un posto dove riunirsi tutti quanti, per parlare, raccontare novelle, e così via. Che ne pensi? Si può fare? »

Parruccone rifletté. « Io so questo: se tu fai una tana troppo grande, il soffitto cede. Quindi, per una stanza come quella, ci vuole qualcosa che tenga su il tetto. Là, cosa c'era? »

« Le radici d'un albero. »

« Be', ce ne sono, dove scaviamo noi. Ma saranno del tipo adatto? »

« Possiamo domandare dei chiarimenti a Ribes, ma non credo che saprà dirci molto. Certo lui non era ancora nato, quando scavarono quel tanone. »

« E sarà ancora vivo, quando crollerà. Per me, quella conigliera là è tzarn, più tzarn d'una civetta sotto il sole. Ha fatto bene a venir via con noi. »

Era sceso il crepuscolo sui campi, ma gli ultimi raggi illuminavano ancora le spalle della collina. L'ombra frastagliata della siepe era scomparsa. C'era odore di guazza e di imminenti tenebre. Passò ronzando un maggiolino. I grilli s'erano azzittiti.

« Presto è l'ora dei gufi. Torniamo » disse Parruccone.

In quel momento, dal campo che s'andava oscurando, si udì un tonfo, uno scalpito. Poi, battere di nuovo. Poi intravidero un nonsoché di bianco, una coda. Allora si precipitarono verso la buca. Risultò più stretta del previsto. C'era appena spazio per rigirarsi.

« Che cos'è? » domandò Moscardo. « Cos'avete sentito? »

« C'è un animale, che vien oltre costeggiando la fratta » disse Lampo. « E fa un bel po' di rumore, anche. »

« L'hai visto tu? »

« No. E neanche l'ho fiutato. È sottovento. Ma sentire, l'ho sentito. »

« L'ho sentito anch'io » disse Dente di Leone. « Piuttosto grosso, direi... almeno quanto un coniglio... e m'è parso che si muovesse poco agilmente, ma cercando di restare nascosto. »

« Un komba? »

« No no. Un komba, l'odore lo senti, » disse Parruccone « sottovento o sopravento. Io direi piuttosto un gatto. Spero che non si tratti d'una donnola. *Hoi, hoi, u embliri Hrair!* Che seccatura. Sarà meglio starcene quatti quatti per un po'. Pronti a scappare, se però ci scopre. »

Attesero. Ben presto fece buio. Appena un tenue chiarore filtrava dall'intrico di vegetazione che faceva da tetto a quello scassato. Da una parte l'erba era così folta che non ci si vedeva attraverso, ma da quella donde erano entrati si scorgeva un lembo di cielo: un arco azzurro cupo. Trascorse del tempo. Comparve una stella, fra la verzura che li ricopriva. E sembrava palpitare, a un ritmo irregolare come quello del vento, appena appena. Moscardo stette a lungo a contemplarla, poi distolse lo sguardo.

« Be', possiamo anche farci una dormita, qui. La notte non è ·fredda. Qualunque cosa sia che abbiam sentito, è meglio non arrischiarci a uscire. »

« Ascolta » disse Dente di Leone. « Che cos'è? »

Per un poco Moscardo non riuscì a udire nulla. Poi percepì un suono lontano ma distinto: una specie di pianto o di lamento, tremulo e intermittente. Sebbene non sembrasse un grido di caccia, era così innaturale da riempirli di paura. Tesero le orecchie. Di lì a poco cessò.

« Ma chi, in nome di Frits, ha una voce così? » domandò Parruccone, squassando il ciuffo di peli fra gli orecchi.

« Un gatto? » fece Lampo, a occhi sgranati.

« Non è un gatto, quello » disse Parruccone, contraendo il labbro in una smorfia agra. « Macché gatto. Non lo sai che cos'è? Tua madre... » S'interruppe. Poi, a voce più bassa: « Non te l'ha raccontato, tua madre, del?... »

« No! » esclamò Dente di Leone. « No! Sarà un uccello... sarà un topo.. ferito... »

Parruccone si raddrizzò. Con il dorso inarcato, scosse la testa sul collo rigido.

« È il Coniglio Nero di Inlé » bisbigliò. « Che altro può essere... in un posto come questo? »

« Non parlare così! » disse Moscardo. Si sentiva tremare, dovette puntellarsi contro la parete dello sterro.

D'un tratto quella voce si udì nuovamente: più vicina. E stavolta non poteva esserci dubbio. Era una voce di coniglio, quella, benché mutata e quasi irriconoscibile. Sembrava venire dai freddi spazi del cielo scuro, tanto era lugubre e desolata. Dapprima, un lamento inarticolato. Poi udirono, distinte, inconfondibili, delle parole.

« *Zorn! Zorn!* [2] » gemeva, stridula, atroce, quella voce. « Tutti morti! *O Zorn!* »

---

[2] *Zorn* significa "finito" o "distrutto", alludendo a una terribile catastrofe. [*N.d.A.*]

Dente di Leone emise un mugolìo. Parruccone annaspava in terra.

« Zitti! » disse Moscardo. « E smettila di tirarmi terra addosso. Voglio sentire. »

In quell'attimo la voce gridò, distintamente: « Sglaili! Oh Sglaili! ».

Allora i quattro conigli si sentirono agghiacciare il sangue. S'irrigidirono. Poi Parruccone,,con gli occhi sbarrati, fece per dirigersi, barcollando, verso l'imboccatura del nascondiglio. « Bisogna andare » disse, così fievolmente che Moscardo l'udì appena. « Bisogna andare, quando ti chiama. »

Moscardo era tanto spaventato da non riuscir più a connettere. Come già quella volta in riva al fiume, tutto intorno gli divenne irreale, come in sogno. Chi chiamava Parruccone per nome? Come poteva, una creatura vivente, in quel luogo, conoscere Sglaìli? Ma lostesso capì che occorreva impedire a Parruccone di uscire allo scoperto, nello stato in cui era. Allora lo scavalcò, lo sospinse contro la parete dello sterro.

« Resta dove sei » gli disse, ansando. « Qualunque sorta di coniglio sia, vado a vedere io. » E, con le zampe che a malapena lo reggevano, si issò sull'orlo dello scassato.

Per un certo tempo non riuscì a veder nulla. Immutato era l'odore della rugiada, quello dei fior di sambuco. I fili d'erba gli vellicavano il muso. Si drizzò, si guardò in giro. Non v'era alcuno, nei pressi.

« Chi è là? » gridò.

Nessuna risposta. Ma, poi, quando stava per chiamare di nuovo, la voce misteriosa ripeté: « Zorn! O Zorn! ».

Veniva dalla siepe che bordava il campo. Moscardo si diresse a quella volta e, di lì a poco, scorse, sotto un cespuglio di cicuta, la forma di un coniglio accovacciato. 'Gli si avvicinò, e disse: « Chi sei? ». Ma non ottenne risposta. Esitava. Udì muovere alle sue spalle.

« Sono io, Moscardo » disse Dente di Leone, con voce strozzata.

Insieme, si spinsero più vicini. La figura, al loro appressarsi, non si mosse. Al barlume delle stelle, videro ch'era un coniglio come loro in carne e ossa: un coniglio ridotto al lumicino, strasciconi per terra, con le zampe come anchilosate, un coniglio dagli occhi spalancati che ruotavano qua e là senza nulla vedere. La paura non gli dava tregua, cercava di avanzare, ricadeva, si leccava l'orecchio lacerato e sanguinante che gli penzolava di traverso al muso. Ogni tanto gettava un lamento, quasi implorasse i Mille di saltargli addosso da ogni parte e sbranarlo, per porre così fine a una sofferenza troppo atroce da sopportare.

Era il Capitano Pungitopo, dell'Ausla di Sandleford.

20. UN NIDO D'API E UN TOPO

Il suo viso era quello di uno che ha compiuto un lunghissimo viaggio.
La saga di Gilgamesh.

In lode del falchetto in fiamme nel crepuscolo grifagno si canti, Quando le viperee grinfie balenano rapaci sotto l'ala ardente.

DYLAN THOMAS,
Sul colle di Sir John.

Alla conigliera di Sandleford, Pungitopo era considerato un coniglio importante. Il Trearà faceva molto conto su di lui e spesso gli aveva affidato mansioni difficili, da lui portate a termine con molto coraggio. Ai primi d'aprile, allorché una volpe era venuta ad acquartierarsi in un boschetto vicino, Pungitopo, insieme ad altri due tre volontari, l'aveva tenuta sotto costante sorveglianza per diversi giorni, riferendone tutti gli spostamenti, fin quando una sera non se n'era andata di là, all'improvviso come era venuta.

Sebbene fosse partita da lui l'iniziativa di arrestare

Parruccone, non aveva fama di vendicativo. Era, piuttosto, uno che non tollerava sciocchezze, che voleva che ognuno compisse il suo dovere, che non si sottraeva al proprio. Saldo, senza pretese, coscienzioso, privo della birberia di tanti conigli, era insomma il classico comandante in seconda. Sarebbe stato vano, cercar di persuaderlo a lasciar la conigliera con Moscardo e Quintilio. Trovarlo adesso ai piedi di quel colle, era perciò abbastanza sorprendente. Ma trovarlo in quello stato era addirittura roba da non credere.

Lì per lì, dopo aver riconosciuto il poveraccio che giaceva sotto la cicuta, Moscardo e Dente di Leone restaron stupefatti, come avessero visto uno scoiattolo sotterra o un torrente andare in salita. Non credevano ai loro sensi. La voce che gemeva nella notte non era dunque soprannaturale, ma la realtà era lostesso assai terrificante. Come poteva trovarsi lì, Capitan Pungitopo? E che cosa poteva aver ridotto un coniglio di tal fatta in quello stato?

Moscardo si riscosse. Qual che fosse la spiegazione, occorreva provvedere subito alle cose urgenti. Si trovavano in aperta campagna, di notte, senza un rifugio vicino tranne una buca col soffitto d'erba, con un coniglio che puzzava di sangue, che piangeva e gemeva e non pareva in grado di muoversi. Niente di più facile che una faina fosse già sulle sue tracce. Se volevano aiutarlo, meglio spicciarsi.

Disse a Dente di Leone: « Va' a chiamare Sglaili, portalo qui. Manda Lampo su dagli altri: che nessuno scenda a valle. Non potrebbero essere d'aiuto, e solo aumenterebbe il rischio ».

Dente di Leone s'era appena allontanato quando Moscardo udì qualcos'altro muoversi nella siepe. Non ebbe neanche il tempo di chiedersi cosa fosse, che subito comparve un altro coniglio e venne avanti zoppicando.

« Ci dovete aiutare, se potete » disse costui a Moscardo. « Ne abbiamo passate d'ogni colore e il Capitano è malconcio. C'è da imbucarsi sottoterra, qui? »

Moscardo riconobbe in lui uno dei conigli che erano

venuti ad arrestare Parruccone, ma non ne conosceva il nome.

« Perché ti nascondevi nella fratta, tu, mentre lui arrancava allo scoperto? » gli domandò.

« Sono scappato quando v'ho sentito venire » rispose l'altro coniglio. « Il Capitano, lui, non ce l'ha fatta. Pensavo foste elil, e a che cosa serviva restare? solo a farsi uccidere. Non sarei riuscito a battermi, neanche contro un topolino. »

« Mi conosci? » domandò Moscardo. Ma prima che quello potesse rispondere, riecco Dente di Leone, seguito da Parruccone. Questi guardò un momento Pungitopo, poi si accovacciò davanti a lui, strofinando i nasi.

« Pungitopo, sono Sglaili » disse. « Mi chiamavi. »

Pungitopo non rispose, seguitava a guardarlo fisso. Parruccone volse il capo. « Chi è venuto con lui? » disse. « Ah, sei tu, Campanella. In quanti siete? »

« Noi due soli » rispose Campànula. Stava per soggiungere altro, quando parlò Pungitopo.

« Sglaili... Così, t'abbiamo trovato. »

Si tirò su, a fatica, e li guardò, a uno a uno.

« Tu sei Moscardo, vero? E lui è... oh, non mi viene in mente, sono troppo malridotto. »

« Lui è Dente di Leone » disse Moscardo. « Senti. Lo vedo che sei stremato, ma non possiamo restare qui. Qui corriamo pericolo. Ce la fai, ad arrivare alle nostre tane? »

« Lo sapete, Capitano, » disse Campànula « che cosa disse il primo filo d'erba al secondo filo d'erba? »

Moscardo lo guardò brutto, ma Pungitopo l'incoraggiò: « Allora? ».

« Gli disse: "Guarda là! un coniglio! siamo fritti!". »

« Ma ti pare il momento?... » cominciò Moscardo.

« Lascialo fare » disse Pungitopo. « Non saremmo qui, a quest'ora, senza le ciance di questa cincia. Sì, posso camminare adesso. È lontano? »

« Non tanto lontano » rispose Moscardo. Ma pensava in cuor suo che Pungitopo non ce l'avrebbe fatta ad arrivarci.

Ci volle parecchio a risalire la collina. Moscardo ordinò che si procedesse in ordine sparso. Lui restò presso Pungitopo, con Campànula un po' arretrato e gli altri due alle ali. Pungitopo doveva fermarsi ogni tanto e Moscardo, pieno di paura, stentava a contenere la sua impazienza. Solo quando sorse la luna – e il suo chiarore si faceva via via più intenso, alle loro spalle – pregò Pungitopo di fare più in fretta. In quella vide Nicchio che gli veniva incontro.

« Ma dove vai? » disse, severo. « Ho detto a Lampo che nessuno doveva muoversi. »

« Non è colpa di Lampo » disse Nicchio. « Tu mi sei rimasto accanto, là al fiume, e io ho pensato di venire a cercarti. Comunque, siete belli e arrivati. È proprio il Capitano Pungitopo, che avete trovato? »

Parruccone e Dente di Leone si accostarono.

« Sta' a sentire » disse il primo. « Questi due hanno bisogno d'una bella dormita. Suggerisco che Nicchio, qui, e Dente di Leone li accompagnino in una tana vuota e restino con loro. Quanto a noialtri, meglio lasciarli in pace finché non si saranno riposati ben bene. »

« Sì, d'accordo » disse Moscardo. « Ora vieni con me. »

Di corsa raggiunsero gli arbusti di rovo. Tutti gli altri conigli erano usciti all'aperto, aspettavano, bisbigliando fra loro.

« Zitti » disse Parruccone, prima che alcuno fiatasse. « Sì, è Pungitopo. E con lui c'è Campanella, e nessun altro. Sono in pessimo arnese e vanno lasciati in pace. Questa tana resta a loro disposizione. Quanto a me, vado sottocoperta, e chi ha sale in zucca faccia altrettanto. »

Ma prima di scendere, si rivolse a Moscardo e gli disse: « Tu sei uscito fuori da quella buca, laggiù, al posto mio, dico bene, Moscardo? Non me lo scorderò. »

Moscardo portò con sé Ramolaccio, ricordando la sua zampa ferita. Li seguirono Argento e Lampo.

« Cosa sarà successo? » disse Argento. « Qualcosa di tremendo, senza meno. Pungitopo non avrebbe mai lasciato il Trearà, altrimenti. »

« Non lo so, » gli rispose Moscardo « e bisognerà aspettare fino a domani per saperlo. Può darsi che Pungitopo smetta di correre, ma Campànula la scampa di sicuro. Ora fammi dare un'occhiata alla tua zampa, Ramolaccio. »

La ferita era quasi guarita. Di lì a poco Moscardo si addormentò.

Il giorno dopo s'annunciò caldo e sereno come il precedente. Né Nicchio né Dente di Leone vennero alla silflaia del mattino. Senza dar loro tregua, Moscardo portò gli altri alla faggeta perché proseguissero i lavori di scavo. Interrogò Ribes circa la tana grande e apprese che il suo soffitto, oltre ad avere un traliccio di fibre a sostegno della volta, era sorretto da radici verticali che affondavano nel pavimento. Moscardo non ci aveva fatto caso.

« Non molte, ma importanti, ché sostengono buona parte del peso » spiegò Ribes. « Se non fosse per quelle radici, il soffitto cederebbe dopo un'abbondante pioggia. Nelle notti di temporale, si avvertiva il maggior peso della terra. Ma non c'era pericolo di crolli. »

Moscardo e Parruccone scesero sotterra con lui. Il vestibolo della nuova coniglièra era stato scavato fra le radici d'uno dei faggi. Ancora non era altro che una piccola caverna irregolare, con un solo ingresso. Si misero al lavoro per allargarla, e cominciarono a traforare un secondo corridoio che sarebbe sbucato all'interno del faggeto. Dopo un certo tempo Ribes smise di scavare e cominciò a muoversi fra le radici, fiutando, mordendo e raspando il suolo. Moscardo pensò che fosse stanco e facesse solo finta di lavorare, riposandosi invece. Ma alla fine Ribes tornò presso gli altri e disse che aveva dei suggerimenti da dare.

« Ecco, » spiegò « non c'è, qui sopra, un'espansione di radici simile a quella della tana magna. Quella era eccezionale e non credo se ne trovi l'uguale, qui. Ciononostante, possiamo far lostesso un buon lavoro con quello che offre il posto. »

« E *che cosa* offre? » domandò Mirtillo, sopraggiunto.

« Ecco, offre parecchie grosse radici a fittone, cioè che scendono giù dritte: più di quante ce n'erano là. La cosa migliore sarà allora scavare tutt'intorno a questi fittoni, e lasciarli al loro posto, senza roderli e scalzarli.

Ci servono, se vogliamo una grotta d'una certa ampiezza. »

« Quindi, la nostra sala sarà piena di queste grosse radici verticali? » chiese Moscardo, deluso.

« Sì, » rispose Ribes « ma andrà bene lostesso. Ci potremo muovere liberamente, in mezzo ai fittoni, né questi c'impediranno di sentire uno che parla, che racconta una novella. Anzi, terranno l'ambiente più caldo e ci aiuteranno a percepire i rumori esterni, il che può tornar utile di tanto in tanto. »

L'escavazione della grande sala (che fra loro chiameranno poi il Favo, o il Nido d'Api) si tradusse in un trionfo per Ribes. Moscardo s'accontentò di organizzare i turni di lavoro, lasciando che fosse Ribes a dire cosa dovevano fare. L'opera proseguì, i turni si succedevano e, durante le pause, i conigli mangiavano, giocavano o si sdraiavano al sole. Per tutta la giornata nulla venne a turbare il silenzio e la solitudine, né uomini né macchine né bestie, sicché in essi si rafforzava la riconoscenza per l'intuito di Quintilio. Nel tardo pomeriggio la gran tana aveva cominciato a prender forma. Sul lato nord, le radici del faggio formavano una specie di irregolare colonnato, al centro c'era un ampio vano e, sul lato sud, in mancanza di fittoni di sostegno, Ribes fece lasciare blocchi di terra intatti: quindi, quella parte del salone consisteva in tre o quattro vani contigui. Da ciascuno di essi si dipartivano corridoi, che conducevano ai vari covili.

Moscardo, soddisfatto adesso per la buona riuscita del lavoro, sedeva insieme ad Argento sull'imboccatura della galleria, quando s'udì un segnale d'allarme: « Falco! Falco! », e i conigli ch'eran fuori corsero a rifugiarsi. Moscardo, che lì stava al sicuro, restò in osservazione. Vedeva un ampio tratto erboso soleggiato, oltre la linea d'ombra delle piante. Comparve lo sparviero e si mise alla posta, con la coda bordata di nero piegata all'ingiù e battendo rapidamente le ali appuntite: scrutava la collina sottostante.

« Pensi che ci attaccherebbe? » domandò Moscardo,

mentre il rapace, sceso di quota, ripigliava posizione.

« Non è troppo piccolo, per noi? »

« Probabilmente hai ragione tu » rispose Argento. « Ciononostante, te la sentiresti di andar là e pascolare tranquillo? »

« Io per me li vorrei affrontare, certi elil » disse Parruccone, sopraggiunto alle loro spalle. « Da troppi, ci lasciamo spaventare. Da un uccello però ci si difende male, specie se arriva veloce. Benché piccolo, avrebbe la meglio di un coniglio anche grosso, se lo prende di sorpresa. »

« Un topo! lo vedete? » disse Argento. « Là, guardate. Povera bestiola. »

Guardarono. Il topolino stava allo scoperto su un tratto d'erba rasa. Evidentemente s'era allontanato troppo dal suo buco e adesso non sapeva cosa fare. L'ombra dello sparviero non era ancora passata su di lui, ma la scomparsa improvvisa dei conigli l'aveva messo sul chivalà, e ora stava rannicchiato al suolo, guardandosi intorno indeciso. Il rapace non l'aveva ancora visto, ma non poteva non scorgerlo, appena si muovesse.

« Gli resta poco da campare » disse Parruccone, senza cuore.

D'impulso, Moscardo saltò giù dalla balza e s'avventurò, per qualche metro, allo scoperto. I topi non parlano lapino ma esiste, tuttavia, una specie di lingua franca, molto semplice, essenziale, comune a tutti gli abitanti della macchia e del bosco. Di questa si servì Moscardo.

« Corri » gli disse. « Qui. Svelto. »

Il topo lo guardò ma non si mosse. Moscardo parlò di nuovo e allora il topo si buttò a correre verso di lui mentre lo sparviero compiva una virata per scendere di quota obliquamente. Moscardo rientrò nel buco. Si volse e vide che il topo lo seguiva. Questi era quasi giunto ai piedi del rialzo, quando inciampò su un ramoscello fronzuto. Il rametto si voltolò e una delle foglie colse un raggio di sole che filtrava fra gli alberi. Luccicò per un attimo. Immediatamente lo sparviero, abbassatosi ruotando, chiuse l'ali e si tuffò in picchiata.

Prima che Moscardo si ritraesse dall'imboccatura, il

topo gli era schizzato fra le zampe, per andare a incunearsi fra lui e la parete di terra. In quello stesso istante lo sparviero, tutto becco e artigli, colpiva la terra smossa davanti alla tana, con la violenza d'un proiettile. Annaspò selvaggiamente e, per un attimo, i tre conigli videro i suoi occhi, tondi e scuri, scrutare dritto nella galleria. Poi scomparve. La velocità e la violenza con cui il rapace era piombato al suolo, a una spanna da lui, aveva atterrito Moscardo che, ritraendosi precipitosamente, urtò contro Argento, sbilanciandolo. Si rialzarono in silenzio.

« Ti andrebbe, d'affrontare quello lì? » disse Argento, rivolto a Parruccone. « Avvertimi, in tal caso, che vengo a vederti. »

« Moscardo, » disse Parruccone « lo so che non sei uno stupido, ma che l'hai fatto a fare? Ti vuoi ergere forse a protettore delle talpe, dei topi e topiragni? »

Il topolino era rimasto là, rannicchiato poco oltre la bocca della tana. La sua sagoma si stagliava controluce. Guardava Moscardo.

Questi gli disse: « Forse falco non partito. Resta ancora. Vai via dopo ».

Parruccone stava per parlare di nuovo, quando comparve Dente di Leone, sulla soglia. Vide il topo, lo spinse gentilmente in disparte e scese lungo il cunicolo.

« Moscardo, » disse « son venuto a portarti notizie di Pungitopo. Sta molto meglio, adesso, però ha passato una gran brutta notte, e noi pure. Ogni volta che pareva sul punto di addormentarsi, aveva un soprassalto e si rimetteva a piangere. Temevamo che uscisse di senno. Nicchio lo consolava... è stato in gamba... e Campanella gli raccontava barzellette. Questo lo calmava un po'. Gli vuol bene, a Campanella. Sul fare del giorno, era esausto. E noi pure. Così abbiamo dormito tutta la giornata. Da quando s'è svegliato, sul tardi, Pungitopo mi pare più o meno in sé. Fatto sta ch'è uscito fuori alla silflaia. M'ha chiesto dove eravate, cosa facevate stasera, e io sono venuto a sentire. »

« Allora, gli va di parlare? » domandò Parruccone.

« Direi di sì. Anzi gli farà bene, a mio giudizio. E se

starà in compagnia, può darsi che non passerà un'altra notte insonne. »

« Ma dov'è che dormiamo stanotte? » domandò Argento.

Moscardo rifletté. Il Nido d'Api non era ancora finito, né dirozzato, ma sarebbe stato comunque più comodo delle tane sotto gli arbusti spinosi. Inoltre, se scomodo, sarebbero stati maggiormente spronati ad apportarvi migliorie. E, godersi subito i frutti del duro lavoro, avrebbe fatto piacere a tutti. Insomma, meglio lì che passare una terza notte nelle tane di gesso.

« Qui, direi » rispose. « Ma prima sentiremo gli altri. »

« Che ci fa qui, questo topo? » domandò Dente di Leone.

Moscardo glielo raccontò, e Dente di Leone non si mostrò meno perplesso di Parruccone.

« Ammetto che non sono stato tanto a pensarci su, quando sono uscito in suo aiuto » disse Moscardo. « Ora però m'è venuta un'idea, e vi spiegherò poi di che si tratta. Ma, prima cosa, bisogna che Parruccone e io andiamo a parlare con Pungitopo. Tu, Dente di Leone, adesso, per favore, riferisci agli altri quello che hai detto a noi, e senti cosa preferiscono fare stasera. »

Trovarono Pungitopo, con Campànula e Nicchio, presso il formicaio da cui Dente di Leone aveva avvistato per primo la cima del colle. Pungitopo stava annusando i petali di un fiore violastro che dondolava pian piano sul gambo, scrollato leggermente dal suo naso.

« Non mettetegli paura, Capitano, » gli disse Campànula « sennò vola via. E va a posarsi da un'altra parte. Guardate, ce n'è tanto, di spazio. »

« Oh, dai, smettila Campanella » gli rispose Pungitopo, di buon umore. « Abbiamo molte cose da imparare, su questo ambiente. La metà delle piante sono nuove, per me. Questa qui non è buona da mangiare, lo so. Però c'è pimpinella in abbondanza, e quella è sempre buona. » Una mosca si posò sul suo orecchio ferito, lui la scacciò, con una smorfia.

Moscardo fu lieto di constatare che Pungitopo era su di morale. Prese a dire che sperava si sentisse abbastanza bene da unirsi agli altri, ma Pungitopo tosto l'interruppe, per far delle domande.

« Siete in molti? »

« Hrair » rispose Parruccone.

« Tutti quelli che sono partiti con voi? »

« Tutti quanti » rispose Moscardo, con orgoglio.

« Nessuno ferito? »

« Oh, feriti, sì, diversi, in un modo o nell'altro. »

« Non abbiamo avuto un momento per annoiarci » disse Parruccone.

« Chi è quello là che arriva? Non lo conosco. »

Stava sopraggiungendo Ribes e, quando fu vicino, cominciò a fare quei curiosi gesti di danza, con la testa e gli zampini anteriori, come avevan visto fare la prima volta, sotto la pioggia, sul prato antistante la gran tana. Ribes s'interruppe subito, confuso, e per prevenire i rimbrotti di Parruccone, prese a parlare immediatamente.

« Moscardo-rà, » disse (Pungitopo si mostrò stupito ma non disse nulla) «tutti quanti preferiscono restare nella tana nuova, stanotte, e sperano che il Capitano Pungitopo sia in grado di raccontare cos'è successo e com'è arrivato fin qui. »

« Sì, certo, tutti siamo ansiosi di ascoltarti » disse Moscardo, a Pungitopo. Poi « Questi è Ribes. Si è unito a noi strada facendo, e siamo contenti di lui. Quanto al racconto, pensi di farcela? »

« Sì » rispose Pungitopo. « Ma v'avverto, farà gelare il sangue a chi l'ascolta. »

Lui stesso s'era fatto, così dicendo, tanto triste e cupo, che nessuno degli astanti replicò.

Di lì a poco i sei conigli s'incamminarono in silenzio su per il pendio. Giunti presso la faggeta, videro gli altri che brucavano o si godevano l'ultimo sole, sul versante occidentale. Pungitopo girò lo sguardo su di loro e si diresse da Argento, che brucava insieme a Quintilio in un appezzamento di trifoglio giallo.

« Sono contento di trovarti qui, Argento » gli disse. « Sento che avete avuto molte traversie. »

« Non è stato facile, no » disse Argento. « Moscardo

ha fatto miracoli e dobbiamo molto anche a Quintilio, qui. »

« Di te ho sentito parlare » disse Pungitopo, rivolto a Quintilio. « Tu sei quello che aveva previsto tutto. Hai parlato al Trearà, non è vero? »

« Trearà ha parlato a me » disse Quintilio.

« Se solo t'avesse dato retta! Mah, ormai non si può più cambiare, finché i pruni non daranno ghiande. Argento, c'è una cosa che voglio precisare e, a te, posso dirla più facilmente che a Moscardo o Parruccone. Io non intendo cercar rogna, qui... dar fastidio a Moscardo, voglio dire. Lui è il vostro Coniglio Capo, adesso, questo è chiaro. Io lo conosco appena, ma dev'essere in gamba, sennò a quest'ora sareste morti. E non è il momento di litigare, questo. Se c'è qualcuno qui che, tante volte, si chiedesse se ho l'intenzione di cambiare lo stato delle cose, tu digli pure che io non ce l'ho. »

« Sì, d'accordo » disse Argento.

Arrivò Parruccone. « Lo so, non è ancora l'ora dei gufi, » disse « ma sono tutti ansiosi di sentirti, Pungitopo, che propongo di rintanarci immediatamente. Ti va? »

« Rintanarci? » fece Pungitopo. « E come mi sentite, sottoterra? Io pensavo di parlare qui fuori. »

« Vieni a vedere » disse Parruccone.

Pungitopo e Campànula restarono a bocca aperta, nel Nido d'Api.

« Questa sì ch'è una novità » disse Pungitopo. « E che cosa lo tien su, il soffitto? »

« Mica serve che lo tenga su niente » celiò Campànula. « È già su, attaccato alla collina. »

« Un'idea che abbiam trovato strada facendo » disse Parruccone.

« Sperduta in un campo » celiò ancora Campànula. Poi: « D'accordo, Capitano, starò zitto e buono, mentre voi parlate ».

« Sarà meglio » gli rispose Pungitopo. « A nessuno, fra poco, gli andrà tanto, di scherzare. »

Quasi tutti i conigli eran presenti, adesso. Benché nel

Nido d'Api ci fosse spazio per tutti, non era ben areato e, nella notte di giugno, ci si soffocava.

« Ma possiamo ventilarlo sai » disse Ribes a Moscardo. « Là nella tana magna, s'aprivano appositi cunicoli d'estate e d'inverno si richiudevano. Domani, possiamo scavare uno sfiatatoio a ponente, e far entrare un po' di brezza. »

Moscardo stava per chiedere a Pungitopo di incominciare, quando arrivò Lampo dal cunicolo est. « Moscardo, » disse « il tuo... hm... il tuo ospite... il topo insomma, vuol parlarti. »

« Oh, me n'ero scordato. Dov'è? »

« In fondo al cunicolo. »

Moscardo lo raggiunse, presso l'imboccatura.

« Allora, vai? Tutto tranquillo? »

« Adesso, sì. Non aspetta gufo » rispose il topolino. « Ma io dice una roba, eh. Tu aiuta topo, eh. Altro giorno topo aiuta te, eh. Chiama topo, eh, topo arriva. »

« Frits in una pozza! » borbottò Parruccone, da in fondo alla galleria. « E così pure tutti i suoi fratelli. E formicolerà di topi, qui. Perché non gli chiedi di scavarci un par di tane, eh, Moscardo? »

Moscardo guardò il topo allontanarsi, fra l'erba alta. Quindi tornò nel Nido d'Api e s'accovacciò accanto a Pungitopo. Questi prese a raccontare.

21. LA CATASTROFE

Amate gli animali. Dio ha donato
loro i rudimenti del pensiero e la
gioia serena. Non turbatela, non
molestateli, non privateli della
loro felicità, non andate contro
la volontà di Dio.

DOSTOEVSKIJ,
I fratelli Karamazov.

Opere di giustizia consumate
Fra il tramonto e il levarsi del sole
Giacciono nella storia, come ossa spolpate.

W. H. AUDEN, *L'ascesa di F. 6.*

« La notte in cui voi lasciaste la conigliera, l'Ausla venne
sguinzagliata alle vostre calcagna. Quanto tempo sembra
che sia passato, da allora! Seguimmo le vostre tracce
fino al ruscello, ma a un certo punto il Trearà, informato
da staffette, decise che non valeva la pena di rischiare
delle vite per corrervi appresso. Se eravate fuggiti pazienza. Chiunque tornasse, arrestarlo. Così abbandonammo
le ricerche.

« Il giorno dopo non accadde nulla d'inconsueto. Si
parlò molto di Quintilio e dei conigli che l'avevano
seguito. Tutti sapevano che Quintilio aveva parlato d'una
brutta cosa che stava per piombarci addosso, e ne nac-
quero ogni sorta di dicerie. Molti eran del parere che
non c'era da farci caso, ma qualcuno pensava che Quintilio avesse previsto l'arrivo di uomini con fucili e furetti.
Quella era la cosa peggiore che potessero pensare. Quella
e la moria bianca.

« Salcio e io ne discutemmo col Trearà. E lui disse:
"Questi conigli che dicono di possedere una seconda vita... io ne ho conosciuti due tre in vita mia. Ma di solito
non è opportuno dargli retta. Molti di loro sono imbro-
glioni e basta. Un coniglio troppo debole per sperare di
mettersi in luce combattendo, certe volte ricorre ad altri
mezzi per darsi importanza. Atteggiarsi a profeta è uno

di questi mezzi. Il buffo è che, quando le sue profezie si dimostrano infondate, i suoi amici non ci fanno caso, quasi mai, e lui seguita imperterrito a far predizioni, una dietro l'altra. Purtuttavia, ci può essere un coniglio, ogni tanto, veramente dotato di spirito profetico, poiché questo potere esiste. Costui prevede un'inondazione, o fucili e furetti. Ebbene, un certo numero di conigli smetteranno di correre. Qual è l'alternativa? L'evacuazione di una conigliera non è cosa da poco. C'è chi si rifiuta di partire. Il Gran Coniglio parte alla testa di quelli che preferiscono andarsene. La sua autorità vien messa a dura prova, e se la perde non la riacquisterà tanto presto. Bene che vada, ci si riduce un branco di hlessil che vanno errando senza meta, magari con femmine e cuccioli aggregati. E allora, orde di elil. Il rimedio è peggiore del male. Quasi sempre è meglio, per la colonia nel suo insieme, se i conigli serrano i ranghi e fanno del loro meglio per superare le avversità, standosene rimpiattati". »

« Io, per me, » interloquì Quintilio « non c'ero stato tanto a pensar su. Il Trearà era il tipo, lui, da far tutti questi ragionamenti. Io avevo quei terribili incubi, e basta. Frits mio d'oro, spero di non provare più simili orrori! Non me li scorderò fin che campo. E neanche la notte che ho trascorso sotto il ginepro. Quanto male c'è al mondo. »

« È dagli uomini che viene » disse Pungitopo. « Tutti gli altri elil fanno quello che devono fare e Frits li spinge come spinge noi. Vivono su questa terra e hanno bisogno di nutrirsi. Gli uomini invece non sono contenti finché non hanno rovinato la terra e distrutto gli animali. Ma sarà meglio che seguiti il mio racconto.

« Il giorno dopo, nel pomeriggio, cominciò a piovere. »

Ramolaccio bisbigliò a Dente di Leone: « Noi avevamo scavato quelle tane provvisorie ».

« Tutti quanti erano sottoterra, a masticar palline o a dormire. Io ero uscito per fare hraka, e mi trovavo sul limitare del bosco, vicino al fosso, quando vidi alcuni uomini varcare il cancello in cima al pendio di rimpetto, là vicino a quel cartello. Saranno stati in tre o quattro.

Avevano le gambe lunghe e nere e bruciavano quei bastoncini bianchi in bocca. Non pareva che andassero da nessuna parte. Camminavano qua e là, lentamente, sotto la pioggia, guardando le siepi e il ruscello. Dopo un po' l'attraversarono e vennero verso la conigliera. Quando passavano vicino a un buco da conigli, uno di loro lo stuzzicava con un bastone, e tutti parlavano. Mi ricordo l'odore dei fiori di sambuco sotto la pioggia, e l'odore di quei bastoncini bianchi. Quando gli uomini si fecero più vicini, io m'infilai di nuovo sottoterra. Per un po' seguitai a sentirli camminare qua e là e parlare. E pensavo: Meno male, non hanno né fucili né furetti. Ma lostesso non stavo tranquillo. »

« Cosa ne pensava il Trearà? » domandò Argento.

« Non ne ho idea. Non glielo chiesi, e nessun altro ch'io sappia glielo chiese. Andai a dormire e quando mi svegliai non s'udiva, da su, nessun rumore. Era verso sera e uscii alla silflaia. La pioggia non era cessata ma mi misi a brucare lostesso. Non notai nulla di diverso, tranne che qua e là l'imboccatura d'un tunnel era stata frugata.

« La mattina dopo il cielo era sereno. Tutti uscimmo alla siflaia come al solito. Mi ricordo che Dulcamara disse al Trearà di star attento a non stancarsi troppo, ora che era in là con gli anni; e il Trearà gli rispose che gliel'avrebbe fatto veder lui, chi era in là con gli anni; e gli diede una botta e una spinta, che lo fece ruzzolare dal greppo. Ma per scherzo, capite, tanto per far vedere a Dulcamara che il Gran Coniglio era ancora in grado di tenergli testa. Io ero di corvé per la lattuga, quella mattina, così presi e partii, da solo. »

« Di solito si va a lattuga in tre » osservò Parruccone.

« Sì, lo so, ma per qualche motivo particolare avevo deciso di andar solo, quel giorno. Ah sì, mi ricordo: volevo vedere se c'era qualche carota primaticcia – mi pareva ormai tempo, per le prime – e quindi, se dovevo avventurarmi in una zona inesplorata dell'orto, meglio da solo. Rimasi fuori buona parte della mattina e non mancava molto a ni-Frits quando tornai, pel bosco. Scendevo lungo il Greppo Silenzioso... lo so, la maggior parte di noi preferiva passare per il Sasso Verde, io invece quasi sempre pigliavo per il Greppo Silenzioso. Ero arrivato nei pressi del recinto vecchio, quando notai un hrududù sul viottolo in cima al pendio dirimpetto. Era fermo al cancello, vicino al tabellone, e ne stavano scendendo parecchi uomini. C'era un ragazzo con loro, e aveva un fucile. Gli uomini portarono giù delle robe grandi e oblunghe – non so come descriverle – fatte più o meno della stessa materia d'un hrududù, e dovevano essere pesanti, perché ci volevano due uomini per portarne uno. Insomma, portarono quelle robe nel campo e i pochi conigli ch'erano all'aperto corsero a rimpiattarsi. Io no. Avevo visto quel fucile e pensavo che avrebbero usato due furetti, magari delle reti. Sicché restai dov'ero, a osservare. Appena capisco che intenzioni hanno veramente – mi dicevo – vado giù ad avvertire il Trearà.

« Altri discorsi altri bastoncini bianchi. Gli uomini non hanno mai fretta, vero? Poi uno di loro prese una pala e cominciò a tappare tutti i buchi delle tane che riusciva a trovare. Ogni buco che vedeva, pigliava su una palata di terra e ce la ficcava per tapparlo. Non mi raccapezzavo. I furetti servono a stanare i conigli, perché allora chiudevano le uscite? Forse, pensai, lasceranno aperta solo qualche galleria, per tenderci le reti. Ma lostesso non quadrava: se un coniglio inseguito da un furetto imbocca un cunicolo bloccato, il furetto lo raggiunge e l'ucccide. E non è neanche facile, poi, per l'uomo, recuperare il suo furetto. »

« Non insistere troppo sul macabro, Pungitopo » disse Moscardo, visto che Nicchio rabbrividiva al pensiero del tunnel bloccato e del furetto inseguitore.

« Troppo macabro? » replicò Pungitopo, amaramente. « Siamo appena all'inizio. Forse qualcuno preferisce andarsene? »

Nessuno però si mosse e, dopo un po', lui riprese il racconto.

« Poi un altro degli uomini afferrò degli aggeggi lunghi, sottili, pieghevoli. Non so i nomi di queste robe-d'uomo, ma parevano come liane, molto grosse. Queste liane le attaccarono, una per ciascuna, a quegli oggetti oblunghi. Si udì un sibilo e... lo so, questo vi riuscirà difficile da capire, ma l'aria divenne cattiva. Benché io mi trovassi lontano, annusai una zaffata della sostanza che usciva da quegli affari-a-liana e... non riuscivo più a vedere né a pensare. Mi pareva di cadere. Tentai di darmi alla fuga, ma non sapevo più manco dov'ero... m'accorsi solo che a momenti stavo andando giù pel greppo del bosco, verso gli uomini. Mi fermai giusto in tempo. Ero disorientato, sbigottito, non aveva più in mente l'idea di avvertire il Trearà. Restai là, accovacciato.

« Gli uomini ficcarono una liana dentro ogni buco che non avevano tappato con la terra e, per un po' non successe niente. Poi vidi Scalogno... vi ricordate di Scalogno? Lo vidi uscir fuori da un buco vicino alla fratta, uno di quelli di cui non s'erano accorti. Capii subito che aveva fiutato quella robaccia. Non capiva più niente. Lì per lì gli uomini non lo videro, poi uno lo indicò e il ragazzo gli sparò una fucilata. Credo proprio che non abbia sofferto molto, perché l'aria cattiva l'aveva istupidito. Ma vorrei non averlo visto. Dopodiché l'uomo tappò anche il buco da cui Scalogno era uscito fuori.

« A questo punto l'aria avvelenata s'era certo diffusa per tutte le tane e i corridoi sotterranei. M'immagino le scene, laggiù di sotto... »

« Non ve le potete immaginare » disse Campànula. Pungitopo restò zitto e, dopo una pausa, l'altro prese a raccontare a sua volta:

« Io c'ero laggiù. Prima ancora di fiutare quella roba, sentii un gran trambusto. Le femmine per prime cominciarono ad agitarsi, a cercar di uscire. Ma quelle che avevano i cuccioli, non intendevano lasciarli e attaccavano chiunque s'avvicinasse. Volevano combattere, capite... per proteggere i loro figli. Ben presto i cunicoli furon gremiti di conigli, che si graffiavano e calpestavano a vicenda. Risalivano i corridoi abituali, ma li trovavano bloccati. Alcuni riuscivano a far dietrofront, ma non a ridiscendere perché il passaggio era ingorgato. Poi i tunnel cominciarono a intasarsi anche in alcuni punti interni, a causa dei conigli morti. I superstiti li facevano a brani.

« Non saprò mai come io ce l'abbia fatta, a scampare. È

stato un caso su mille. Mi trovavo in una tana ch'era vicina a uno dei buchi che gli uomini usavano. Ci avevano ficcato facendo gran rumore, uno di quegli affari-a-liana, ma m'accorsi che non doveva funzionare bene. Appena fiutata la robaccia, corsi fuori dal covile, ma avevo ancora la mente abbastanza chiara. Risalii su pel cunicolo proprio mentre gli uomini ne stavano estraendo di nuovo la liana. La stavano guardando e parlavano, così non mi videro. Ero quasi sull'imboccatura. Mi girai, tornai indietro.

« Vi ricordate del Cunicolo Morto? Non credo che nessun coniglio ci fosse mai passato, almeno da quando ero nato io. Profondissimo, era, e non portava da nessuna parte, praticamente. Nessuno sa neanche chi l'avesse scavato. Certo Frits mi guidò, poiché andai dritto al Cunicolo Morto e cominciai a strisciarci dentro. Ogni tanto mi toccava scavare, addirittura. Ma si trattava di terriccio e breccia. V'erano sfiatatoi semintasati, ogni sorta di passaggi secondari dimenticati, inutilizzabili, e attraverso di essi giugevano atroci grida, invocazioni d'aiuto, strilli di cuccioli che chiamavano la madre, mentre gli auslani impartivano inutili ordini e i conigli imprecavano, s'azzuffavano fra loro. A un certo punto un coniglio venne giù da uno sfiatatoio, mi piovve quasi addosso, mi sfiorò con le unghie, come un riccio di castagna che cade dal ramo in autunno. Era Celidonia, ed era morto. Mi toccò farlo a brani, per poter passare – tanto era basso e stretto, il cunicolo – e passai oltre. Il malodore arrivava fino a me ma, data la profondità cui mi trovavo, attenuato.

« A un certo punto raggiunsi un altro coniglio. L'unico che abbia incontrato, per tutto il Cunicolo Morto, Era Anagallide, detto anche Mordigallina, e capii subito ch'era malconcio. Ansimava e sbruffava, però riusciva ancora a camminare. Mi chiese come stavo, ma io a mia volta gli domandai: "Dove s'esce da qui?". E lui: "Te lo fo vedere io, se tu m'aiuti". Sicché lo seguii e ogni volta che si fermava – seguitava a scordarsi dove fosse – io lo spingevo forte. Una volta lo morsicai, perfino. M'atterriva l'idea che potesse morire e bloccare il passaggio. Finalmente cominciammo a risalire, e fiutai l'aria fresca.

M'accorsi che avevamo percorso uno dei corridoi che sbucavano in mezzo al bosco. »

Riprese il racconto Pungitopo:

« Quegli uomini non avevano fatto un lavoro perfetto. O non sapevano di quegli sbocchi nel bosco, o non s'erano curati di tappare anche quelli. Quasi tutti i conigli che scapparono nel campo vennero abbattuti a fucilate. Soltanto due ne vidi farla franca. Uno era Naso-all'aria, l'altro non ricordo chi fosse. Il chiasso era spaventoso e anch'io sarei scappato, senonché aspettavo per vedere se arrivava il Trearà. Dopo un po' mi resi conto che c'eran altri conigli nel bosco. Fra gli altri, mi ricordo, Aghidipino, e Tignàmica, e Frassino. Li radunai, dissi loro di star rimpiattati.

« Dopo un bel pezzo, gli uomini avevano finito. Tirarono quelle specie di liane fuori dai buchi, e il ragazzo si mise a raccogliere i morti e infilzarli... »

Pungitopo si interruppe e strofinò il naso contro il fianco di Parruccone.

« Lasciamo stare questo dettaglio » disse Moscardo, con voce ferma. « Raccontaci come siete venuti via. »

« Ma prima, » ripigliò Pungitopo « abbiam visto arrivare un grosso hrududù. Non era quello che aveva trasportato gli uomini. Questo scese nel campo, dàl viottolo, faceva molto rumore ed era giallo... giallo come la senape dei campi. E davanti ci aveva un coso... un coso grosso che teneva fra le zampe, d'argento, rilucente... non so come descriverlo. E questo coso...come posso dirvi?... cominciò a sbranare il campo. Distruggeva la campagna. »

Di nuovo s'interruppe.

« Capitano, » disse Argento « senz'altro, voi avete visto cose indicibili. Ma questa... siete certo che intendete dir proprio così? »

« Quant'è vero che vi parlo » esclamò Pungitopo, tremando. « Affondava quella specie di mandibola nella terra e ne sollevava grandi mucchi, divorando così tutto il campo. Dove prima c'era l'erba, divenne come un guazzo del bestiame, non si vedeva più quello che c'era prima, in nessun punto, fra il bosco e il ruscello. Il hrududù spingeva avanti a sé terra e radici, zolle e cespugli e... e altre cose ancora, da sottoterra.

« Dopo un bel pezzo, m'allontanai di lì, presi pel bosco. M'era scappata via di mente l'idea di radunare altri conigli, ma comunque tre di loro si unirono a me: Campanella, qui, Mordigallina e il giovane Barbasso. Barbasso era l'unico auslano fra i superstiti, e gli chiesi del Trearà, ma non fu capace di dirmi niente di preciso. Così del Gran Coniglio non ho più saputo nulla. Spero abbia fatto una morte rapida.

« Mordigallina non era in sé, vaneggiava... e Campanella e io non ce la passavamo molto meglio. Chissà perché, non riuscivo a pensare altro che a Parruccone, io. Ricordavo che ero andato a arrestarlo – a ucciderlo, anzi – e avevo voglia di rivederlo, per dirgli che avevo sbagliato: questo era l'unico pensiero che mi fosse rimasto nella zucca. Tutti e quattro procedevamo a casaccio, vagando qua e là, in effetti descrivemmo una specie di semicerchio, fatto sta che ritrovammo il nostro ruscello, più in basso rispetto al punto di partenza. Lo costeggiammo, fino a un grosso bosco. E quella notte, mentre ancora eravamo nel bosco, Barbasso morì. Prima di morire, la mente gli si snebbiò e ricordo una cosa che disse. Campanella aveva detto che tutto era successo perché gli uomini ci odiano, per via delle razzie che facciamo negli orti, ma Barbasso gli rispose: "No, non è per questo che hanno distrutto la conigliera. Ma perché davamo impiccio. Ci hanno uccisi per i comodacci loro". Dopodiché s'addormentò. Più tardi, allarmati da non so qual rumore, facemmo per svegliarlo, ma ci accorgemmo che era morto.

« Lo lasciammo lì, e riprendemmo il cammino, finché non arrivammo al fiume. Non occorre che ve lo descriva, ché anche voi siete passati per di là. Si era fatta mattina, ormai. Pensavamo che foste nei paraggi, così ci mettemmo a costeggiarlo, controcorrente. Non tardammo a trovare il punto dove voi l'avevate attraversato. C'erano tracce in abbondanza, sulla rena e sotto una ripa scoscesa, e hraka di circa tre giorni prima. Le tracce non proseguivano, quindi era chiaro che avevate attraversato il fiume. Lo passai a nuoto e trovai altre tracce sull'altra sponda.

L'attraversarono anche gli altri due. Il fiume era rigonfio. Per voi, suppongo sarà stato più facile, prima della pioggia.

« Non mi piacquero i campi di là dal fiume. C'era un uomo col fucile che andava su e giù, dappertutto. Proseguimmo, attraversammo una strada e arrivammo in un posto molto brutto: tutto eriche e terra molle, nerastra. Non era certo una pacchia. Incontrammo di nuovo della hraka di tre giorni e, siccome non c'erano tane di conigli lì intorno, pensai che fosse una traccia del vostro passaggio. Campanella stava noncemale ma Anagallide doveva aver la febbre e io temevo, povero Mordigallina, che anche lui sarebbe morto.

« Poi avemmo un tantino di fortuna... o così ci parve, lì per lì. Quella sera, presso i confini della landa di scope, ci imbattemmo in un hlessi – un vecchio rude coniglio col muso pieno di graffi e cicatrici – e questi ci disse che c'era una conigliera, non molto lontana, e ci insegnò la strada. Superammo la brughiera, rivedemmo boschi e campi, ma eravamo troppo stanchi per metterci a cercare. Ci accovacciammo in un fosso, e io non ebbi cuore di dire all'uno o all'altro dei miei compagni di star di guardia. Tentai di restar sveglio io, ma non ci riuscii. »

« Quando è stato questo? » domandò Moscardo.

« Avant'ieri, » rispose Pungitopo « di mattina presto. Quando mi svegliai, mancava ancora un po' a ni-Frits. Tutto era tranquillo, non c'eran altri odori che di coniglio, però sentii subito che qualcosa non andava. Svegliai Campanella e stavo per svegliare anche Mordigallina quando m'accorsi che eravamo circondati da un branco di conigli. Erano grandi e grossi e avevano un odore strano. Era come... come... »

« Lo sappiamo, com'era » disse Quintilio.

« Sì, certo. Dunque, uno di loro ci fa: "Mi chiamo Primula Gialla. E voi chi siete? cosa ci fate qui?". Non mi piaceva mica, quel tono. Ma non vedevo che motivo potessero avere, per volerci male, e così gli risposi che ne avevamo viste di cotte e di crude e che venivamo da lontano e che eravamo alla ricerca di alcuni conigli nostri compaesani: Moscardo, Quintilio e Parruccone. Non avevo finito di dire questi nomi, che ecco, quello lì balza su e grida ai compagni: "Lo sapevo! Facciamoli a pezzi!". E ci saltano addosso. Uno m'azzanna per un orecchio e me lo lacera, prima che Campanella riesca a sbarazzarmi di lui. Ci difendemmo, lottando accanitamente. Tanta era stata la sorpresa che, a tutta prima, non potei fare molto. Ma il buffo era che, per quanto grossi, e per quanto gridassero che volevano scannarci, non sapevano mica combattere. Affatto. Non conoscevano neanche i rudimenti della lotta. Campànula ne sbatté a terra un paio grossi il doppio di lui, e io, per quanto sanguinante da un orecchio, non mi trovai mai in vero e proprio pericolo. Comunque, erano troppo numerosi per noi, e ci toccò scappare. C'eravamo allontanati già dal fosso, Campanella e io, quando ci accorgemmo che Mordigallina era rimasto là. Era malato, come v'ho detto, e non ce la fece a difendersi. E così, dopo tutto quel che aveva passato, il povero Anagallide fu ucciso dai suoi simili. Che ne dite di questo? »

« Dico ch'è una vergogna maledetta! » esclamò Ribes, prima che qualcun altro parlasse.

Pungitopo seguitò:

« Correvamo giù pei campi, costeggiando un ruscelletto inseguiti da alcuni di quei conigli, quand'ecco che pensai: Almeno a uno voglio proprio dargliele. Non m'andava di scappare via così, dopo quello che avevano fatto ad Anagallide. Vidi che quel Primula Gialla aveva distanziato i suoi compagni, allora mi lasciai raggiungere e poi, d'un tratto, gli saltai addosso. Lo stendo a terra, e stavo per scannarlo, quando lui si mette a zigare "Posso dirti dove sono andati i tuoi amici". E io: "Sbrigati, allora!" Gli ero montato sopra con le zampe di dietro. "Sono andati sulle colline" ansima lui. "Quei colli che si vedono laggiù, da quella parte. Sono partiti ieri, ieri mattina." Io faccio finta di non credergli e lui pensa che sto per ammazzarlo, ma non cambia versione, così io lo strapazzo e lo sgraffio, ma poi lo lascio andare. E via. La giornata era serena e queste colline si vedevano distintamente.

« Il periodo che seguì fu il peggiore di tutti, però. Non fosse stato per le chiacchiere e le facezie di Campanella, tutt'e due avremmo smesso di correre, senza meno. »

«Hraka da una parte, barzellette dall'altra » disse Campànula. « Io facevo ruzzolare per terra una facezia e tutt'e due gli si correva dietro. È così che abbiamo tirato avanti. »

« Non vi so dire molto, di quello che è successo dopo » seguitò Pungitopo. « L'orecchio mi faceva male da urlare e seguitavo a dirmi che se Mordigallina era morto, era per colpa mia. Se non mi fossi addormentato, lui non sarebbe morto. A un certo punto cercammo di riposare. Ma, appena chiudevo gli occhi, facevo sogni atroci, insopportabili. Ero fuori di senno, veramente. Solo un pensiero, avevo: ritrovare Parruccone e dirgli che aveva fatto bene a lasciare la conigliera.

« Alla fine raggiungemmo le colline, al cader della sera seguente. Ormai non c'importava più di nulla... seguitammo a trascinarci, allo scoperto, all'ora del gufo. Non lo so, cosa sperassi. Lo sapete com'è, quand'uno pensa che andrà tutto bene solo se lui arriva fino a un determinato punto, o fa una data cosa. Quando ci arriva s'accorge che non è poi così semplice. Mi sa che m'illudevo che Parruccone ci stesse aspettando. Le colline ci parevano enormi... più grandi d'ogni cosa che avessimo mai visto. Senza boschi, né rifugi... e niente conigli... e la notte che stava per calare. E poi ecco che ogni cosa va in pezzi. Mi pareva di vedere Scalogno, in carne e ossa, e di sentirlo piangere. E vedevo il Trearà e Barbasso e Mordigallina. Cercavo di parlargli. Chiamavo Parruccone ma sapevo che non m'avrebbe sentito, perché non c'era. Mi ricordo che uscii dalla fratta, allo scoperto, e speravo che qualche elil arrivasse e mi finisse. Ma quando tornai in me, vidi Parruccone. Lì per lì pensai ch'ero morto. Sarà stato reale oppure no? mi domandavo. Il resto lo sapete. Mi dispiace di avervi tanto spaventati. Ma se non ero io il... il Coniglio Nero, non c'è alcuna creatura vivente che gli sia mai andata più vicina di noi. »

Dopo un silenzio, soggiunse: « Potete figurarvelo, cosa significhi, per Campànula e per me, trovarci qui fra amici, in una tana. Non ero io quello che cercò di arrestarti, Parruccone. Era un altro coniglio, ed è stato tanto, tanto tempo fa ».

22. IL PROCESSO A EL-AHRAIRÀ

Una bugia, cos'è? Non altro, in fondo, che verità in maschera.

BYRON, *Don Giovanni.*

I conigli (dice R. M. Lockley) sono simili agli esseri umani sotto molti riguardi. Fra cui, senz'altro, la loro capacità di sopportare le disgrazie e lasciare che la corrente della vita li trascini avanti, oltre le secche del terrore e della disperazione. Essi hanno una certa qualità che non sarebbe esatto definire durezza di cuore o indifferenza. Si tratta, piuttosto, di una felice limitazione della fantasia e della sensazione intuitiva che la Vita è Adesso. Il primo scopo di una creatura selvatica è la sopravvivenza, e ciò la rende forte, come l'erba di cui si foraggia. Collettivamente, i conigli fondano la loro sicurezza sulla promessa fatta da Frits a El-ahrairà. Appena un giorno era trascorso da quando Pungitopo era arrivato, strisciando, in delirio, ai piedi del Colle Watership. E già era prossimo alla guarigione. E Campànula, sempre d'umor allegro, risentiva ancor meno di lui della terribile catastrofe cui era scampato. Moscardo e i suoi compagni si erano commossi acerbamente, durante la narrazione di quegli atroci fatti. Nicchio aveva pianto e tremato pietosamente alla morte di Scalogno. Ghianda e Lampo erano stati presi da convulso e pareva loro di soffocare, udendo del gas velenoso che uccideva sottoterra. Eppure, come per gli uomini primitivi, la stessa intensità della loro immedesimazione aveva un vero potere liberatorio. I loro sentimenti non erano né falsi né finti. Mentre i fatti venivano narrati, essi li ascoltavano senza quel distacco, quel riserbo, di cui dà prova una persona civile quando legge il giornale. A essi sembrava proprio di dibattersi nei cunicoli della tana avvelenata, di trovarsi nel fosso dove il povero Mordigallina veniva ucciso. Così essi rendevano omaggio ai morti. Finita la storia, le esigenze della loro vita, dura e aspra, tornarono a predominare nei loro cuori, a condizionare i loro nervi e appetiti. Avrebbero, oh sì, desiderato che quei morti non fossero morti. Ma bisognava pur tirare avanti: c'era erba da mangiare, c'eran gallerie da scavare, palline da masticare, htaka da evacuare, sonno da dormire. Ulisse naufrago e senza più compagni approda al lido esausto. Eppure dorme sodo accanto a Calipso e quando si sveglia pensa a Penelope.

Prima ancora che Pungitopo finisse il suo racconto, Moscardo si era messo ad annusargli l'orecchio ferito. Non aveva avuto tempo di esaminarlo, finora. E adesso s'accorgeva che le cause del collasso di Pungitopo non erano state solo la debolezza e il terrore. Aveva infatti una brutta ferita, peggiore di quella di Ramolaccio. Doveva aver perso molto sangue. Quell'orecchio era a brandelli e tutto insudiciato. Moscardo si seccò con Dente di Leone. Intanto diversi conigli, approfittando del plenilunio di giugno, stavan uscendo alla silflaia. Egli pregò Mirtillo di aspettare. E anche Argento, che stava per uscire con gli altri, si soffermò.

« Dente di Leone e gli altri due ti hanno tirato su il morale, sì, » disse Moscardo a Pungitopo « ma purtroppo hanno trascurato la tua ferita. Quella sporcizia è pericolosa. »

« Be', vedete... » cominciò Campànula, che era rimasto accanto a Pungitopo.

« Non uscirtene con un'altra battuta di spirito » l'ammonì Moscardo.

« No, no. Volevo dire soltanto che ci ho provato, a nettare l'orecchio al Capitano, ma gli duole soltanto a toccarlo. »

« È vero » disse Pungitopo. « La loro negligenza è colpa mia. Ma ora fa' come credi, Moscardo. Sto un po' meglio. »

Moscardo cominciò a ripulire la ferita. Il sangue si era raggrumato formando una crosta nera e occorreva pazienza. Dopo un po', tolte le incrostazioni, le lunghe ferite frastagliate ripresero a sanguinare. Argento gli diede il cambio. Pungitopo, a denti stretti dal dolore, mugolava e raspava. Argento cercò di distrarlo.

Chiese a Moscardo: « A proposito di quel topo, ci dicevi che hai un'idea. Perché non ce l'esponi, intanto, a noi? ».

« Ecco, si tratta di questo » disse Moscardo. « Nella nostra situazione, non dobbiamo trascurare nulla di ciò che può giovarci. Ci troviamo in una regione sconosciuta e abbiam bisogno di amici. Gli elil non ci possono certo dar aiuto, tutt'altro, ma ci sono altri animali che non sono elil: uccelli, topi, yonîl e così via. I conigli di solito non intrattengono rapporti con essi, però i loro nemici sono nostri nemici, per lo più. Secondo me, dobbiamo far di tutto per farci amiche queste creature. Può darsi che ne valga la pena. »

« Non posso dire che l'idea mi sorrida » disse Argento, pulendosi il muso schizzato di sangue. « Quegli animaletti sono più da disprezzare che da farci assegnamento, per me. In che possono giovarci? Mica possono scavare per noi, procurarci del cibo, combattere al nostro fianco. Lo diranno, sì sì, che ci sono grandi amici, fintanto che li aiutiamo: ma basta là. L'ho sentito anch'io quel sorcio: "Chiama topo, topo arriva". Ci puoi contare, altroché! se c'è da sbafare e da star al caldo. Ma non vorrai mica vedere la tana pullulare di sorci e di... di scarafaggi, no, tante volte? »

« Non è questo che intendevo » disse Moscardo. « Non dico che dobbiamo andar in giro a invitare sorcetti qui da noi. Non ci ringrazierebbero nemmeno, quanto a questo. Ma quel topo di stasera... noi gli abbiamo salvato la vita. »

« Tu gliel'hai salvata » disse Mirtillo.

« Insomma, gli è stata salvata la vita. Se ne ricorderà. »

« Ma in che modo potrà aiutarci? » chiese Campànula.

« Per cominciare, potrà dirci quel che sa su questi luoghi... »

« Quello che sanno i topi. Non quello che ai conigli occorre sapere. »

« Ammetto, be', che un topo potrà tornarci o non tornarci utile » disse Moscardo. « Ma un uccello sì, di sicuro, se riusciamo a far qualcosa per lui in cambio. Noi non sappiamo volare, mentre certi di loro conoscono la regione per un vasto raggio. E sanno un sacco di cose sul clima, anche. Insomma, dico questo. Se qualcuno trova un'animale o un uccello, che non sia nostro nemico, e che abbia bisogno d'aiuto, per amor del cielo non si lasci sfuggire l'occasione. Sarebbe come lasciar le carote a marcire per terra. »

« Tu che ne pensi? » chiese Argento a Mirtillo.

« L'idea mi pare buona, ma occasioni come quelle cui accenna Moscardo non si presentano mica tanto spesso. »

« È quel che dico anch'io » disse Pungitopo, facendo una smorfia mentre Argento riprendeva a leccare. « L'idea è buona in teoria, ma in pratica si riduce a ben poco. »

« Sono pronto a provare, comunque » disse Argento. « Sai che spasso, vedere Parruccone che racconta le favole a una talpa per farla addormentare. »

« El-ahrairà l'ha fatto, e ha funzionato » disse Campànula. « Ricordate? »

« No. Questa non la so » disse Moscardo. « Racconta. »

« Prima andiamo a silflaia » disse Pungitopo. « Il mio orecchio ne ha avuto quanto basta, per adesso. »

« Perlomeno adesso è pulito » disse Moscardo. « Ma temo che non tornerà più uguale all'altro. Ti resterà un orecchio sbrindellato. »

« Non importa. M'è andata sempre meglio che agli altri. »

La luna piena, alta ormai nel cielo a oriente, inondava l'altura solitaria del suo blando chiarore. Per noi, la luce del giorno non è tanto ciò che fuga le tenebre notturne, quanto la condizione naturale della terra e del cielo, sia nuvolo o sereno. Se pensiamo alle colline, pensiamo al loro aspetto diurno, così come pensiamo a un coniglio con la sua pelliccia addosso. Ci sarà chi si figura lo scheletro all'interno del cavallo, ma per lo più non avviene così: quindi di solito non ci figuriamo le colline senza luce diurna, benché la luce non sia parte integrante di esse, come la pelle è parte del cavallo. Noi diamo per scontata la luce del giorno, quindi non ci facciamo caso. Ma il chiardiluna è diverso. È incostante. La luna ha le sue fasi, cala e ritorna a crescere. Le nuvole l'oscurano più di quanto non oscurino il sole. L'acqua ci è necessaria, una cascata no. Costituisce un in-più, un bell'ornamento. Della luce diurna abbiam bisogno, quindi ne abbiamo un concetto utilitaristico, del lume di luna no. Quando c'è, non soddisfa una necessità. Esso trasforma le cose: si posa su una pendice e separa un filo d'erba dall'altro; d'un mucchio di foglie secche, fa qualcosa di misterioso; scintilla su un ramoscello bagnato, e la luce sembra latte. I suoi raggi si versano, candidi e netti, fra i tronchi degli alberi, e il loro chiarore si fa via via immateriale, per svanire nei recessi della boscaglia. Al chiardiluna, un campo d'avena, folto e arruffato come una criniera, sembra una baia solcata dalle onde, che s'accavallano correndo al lido. La macchia invece è così intricata che neanche il vento la muove, però sembra che sia il chiardiluna a conferirle quell'immobilità. Noi non diamo il chiardiluna per scontato. È come la neve, o come la guazza una mattina di luglio. Non rivela bensì cambia ciò che illumina, ciò che riveste. Quella luce, d'intensità tanto inferiore alla luce diurna, è qualcosa che si aggiunge al paesaggio, alla collina, per donarle un aspetto singolare, un nonsoché di meraviglioso, che dovremmo ammirare finché dura, perché fra breve sarà già svanito.

Quando i conigli uscirono dalla galleria che sbucava nel faggeto, una raffica di vento passò tra il fogliame, creando giochi di luce e ombra, variando il chiaroscuro sul terreno sottostante. Essi stettero in ascolto ma, oltre lo stormire delle foglie, non giungeva altro suono dall'aperto, tranne il monotono tremulo solfeggio di un grillo violinista, lontano, fra l'erba.

« Che luna! » disse Argento. « Godiamocela, finché c'è. »

Scendendo per la balza, incontrarono Lampo e Smerlotto che tornavano.

« Oh, Moscardo » quest'ultimo disse. « Abbiam parlato con un altro topo. Avevano saputo tutto dello sparviero, ed è stato molto affabile. Ci ha detto che c'è un posto, di là dal bosco, dove l'erba è speciale. La tagliano corta... qualcosa che ha a che fare coi cavalli. Lui ci ha detto. "Piaci erba bona? Là erba molto bona." Sicché ci siamo andati. È di prima qualità. »

Si trattava di un galoppatoio, largo una quarantina di metri, dove l'erba era stata tosata e misurava meno di quindici centimetri. Moscardo, tutto contento che i fatti avevan dato ragione al suo intuito, si mise a brucare trifogli. Per un po' tutti mangiarono in silenzio.

« Sei in gamba tu, Moscardo » disse Pungitopo alla fine. « Tu e il tuo sorcio. Certo, l'avremmo trovato anche da noi, questo posto, ma mica così subito. »

Moscardo gongolava di soddisfazione, ma disse soltanto: « Non ci toccherà scendere sempre a valle, così. » Poi soggiunse: « Tu però sai di sangue, Pungitopo, lo sai. E può essere rischioso, anche qui. Torniamo nel bosco. È una notte così bella che possiamo sedere a veglia davanti alle tane, a masticar palline, mentre Campànula ci racconta la sua novella. »

Trovarono Mirtillo e Ramolaccio, sul greppo. E quando tutti si furono raccolti, tranquilli, comodi, a orecchie calate, Campànula cominciò il suo racconto.

« Dente di Leone v'ha raccontato la storia della Lattuga del Re, là, da Primula Gialla. E quando me l'ha detto, io mi sono ricordato di quest'altra, anche prima che Moscardo ci spiegasse la sua idea. Questa è una storia che mi raccontava sempre mio nonno, e si tratta di fatti accaduti dopo che El-ahrairà era venuto via, con il suo popolo, dalle paludi di Kelfasin. Avevano preso dimora nei prati di Flinflò e qui si erano scavati le tane. Ma il Principe Arcobaleno non perdeva d'occhio El-ahrairà: voleva esser sicuro che non ne combinasse altre delle sue.

« Allora una sera, mentre El-ahrairà e Ravascuttolo si godevano il sole su un greppo, ecco che arriva il Principe Arcobaleno, e con lui c'era un coniglio sconosciuto.

« "Buona serata a te, El-ahrairà" disse il Sire Arcobaleno. "Qui si sta molto meglio eh, che non nelle paludi di Kelfasin. Vedo che le tue coniglie sono dietro a scavare gallerie, tutte quante. L'hanno fatta una tana per te?"

« "Sì" rispose El-ahrairà. "Questa tana, qui, è per me e per Ravascuttolo. Questo gréppo c'è subito piaciuto, appena l'abbiam visto."

« "Un gran bel greppo, sì" disse il Principe Arcobaleno. "Ma devo dirti, El-ahrairà, che ho ricevuto ordini severi da Frits nostro Signore, e non posso lasciarti condividere la tana con Ravascuttolo."

« "Non posso star di tana con Ravascuttolo? E perché mai?"

« "El-ahrairà, li conosciamo bene, i tuoi imbrogli" disse il Principe Arcobaleno. "E Ravascuttolo è quasi furbo come te. Insieme in una tana, sarebbe troppa grazia. Rubereste le nuvole dal cielo, voialtri due, mica scherzi. No. Ravascuttolo dovrà sistemarsi in un'altra tana, all'altro capo della conigliera. Adesso permettete che vi presenti Huffa. Questi è Huffa. Voglio che diventiate amici. E avrai cura di lui."

« "Da dove viene?" domandò El-ahrairà. "Non l'ho mai visto, prima d'ora."

« "Viene da un'altra terra," rispose il Principe Arcobaleno "ma non è diverso dagli altri conigli. L'aiuterai a sistemarsi qui. E intanto che s'impratichisce della zona, sarai felice – ne sono certo – di spartire con lui la tua tana."

« A El-ahrairà e a Ravascuttolo seccava moltissimo, che non potessero abitare insieme. Ma, per principio, El-ahrairà non dava mai a vederlo, quand'era contrario, eppoi Huffa gli faceva pena, ché certo doveva sentirsi solo e spaesato, lontano dalla sua gente. Così gli diede il benvenuto e promise d'aiutarlo a sistemarsi. Huffa era molto cordiale e ci teneva, evidentemente, ad andar d'accordo con tutti. Ravascuttolo si trasferì all'altro capo della conigliera.

« Dopo un po', tuttavia, El-ahrairà cominciò ad accorgersi che non gliene andava dritta una. Una sera, di primavera, condusse la sua tribù in un campo di granturco, per papparsi i germogli, e ci trovarono un uomo col fucile, che camminava su e giù sotto la luna. Per pura fortuna, se la cavarono indenni. Un'altra volta, El-ahrairà aveva scoperto un orto di cavoli e scavato un passaggio sotto il recinto: ma quando l'indomani mattina ci tornò, trovò il buco sbarrato da una rete. Allora cominciò a sospettare che i suoi piani giungessero all'orecchio di qualcuno che non avrebbe dovuto saper niente.

« Un bel giorno decise di cogliere Huffa in fallo, per essere sicuro che la colpa fosse sua. Gli mostrò quindi un viottolo fra i campi egli disse che portava a un granaio solitario, pieno zeppo di broccoli e rape. Poi gli disse che lui e Ravascuttolo intendevano andarci, l'indomani. Invece, non aveva questa intenzione. E a nessun altro disse nulla del viottolo e del granaio. Il giorno dopo, perlustrò quello stesso sentiero e ci trovò un lacciolo, nascosto in mezzo all'erba.

« Allora El-ahrairà si arrabbiò proprio sul serio, poiché qualcuno dei suoi avrebbe potuto esser preso in trappola e ucciso. Naturalmente non pensava che Huffa li mettesse lui stesso, i laccioli, e magari che neanche lo sapesse, che qualcuno avrebbe messo delle trappole. Ma evidentemente Huffa era in contatto con qualcuno che non si limitava a tendere lacci. Probabilmente, ragionò El-ahrairà, il Principe Arcobaleno passava le notizie ricevute da Huffa a qualche contadino o guardiacaccia, senza preoccuparsi delle conseguenze di ciò. La vita dei suoi conigli era dunque in pericolo per colpa di Huffa, e lasciamo stare le lattughe e i cavolfiori che così si perdevano.

« Dopodiché, El-ahrairà cercò di non far sapere nulla di nulla a Huffa. Ma era difficile che certe notizie non arrivassero ai suoi orecchi poiché, lo sapete, i conigli son bravissimi a mantener un segreto con gli altri animali, ma non fra loro, però. Nella vita di coniglièra niente resta segreto. Pensò di uccidere Huffa. Ma il Principe Arcobaleno gliel'avrebbe fatta pagare. Anzi, non si sentiva neanche tanto tranquillo a tener Huffa all'oscuro d'ogni cosa, poiché, se Huffa s'accorgeva che lui s'era accorto che era una spia, l'avrebbe detto al Sire Arcobaleno e il Sire Arcobaleno avrebbe studiato qualcosa di peggio.

« El-ahrairà ci pensò e ripensò su. Pensa e pensa, stava ancora là a pensare quando la sera dopo arrivò il Principe Arcobaleno, in visita alla conigliera.

« "Ti sei proprio ravveduto, in questi ultimi tempi, El-ahrairà" gli disse. "Di questo passo, la gente comincerà perfino a fidarsi di te. Passavo per di qua, e ho pensato di venirti a ringraziare, per la tua gentilezza nei confronti di Huffa. Qui si sente di casa, oramai."

« "Proprio così" disse El-ahrairà. "Filiamo in perfetto accordo. La nostra tana è una tana di gioia. Ma, come dico sempre ai miei, non bisogna fidarsi né di principi né..."

« "Ebbene, El-ahrairà," disse il Sire Arcobaleno, interrompendolo," sono certo che *di te* io mi posso fidare. E per dimostrartelo, ho deciso di piantare a carote un campicello che ho qui, dietro la collina. Il terreno è eccellente, e verran su bellissime. Dal momento che nessuno si sognerà d'andarmele a rubare. Anzi, puoi venire a vedere, se ti va, mentre le pianto."

« "Volentieri" rispose El-ahrairà.

« E così lui, Ravascuttolo, Huffa e altri conigli accompagnarono il Principe Arcobaleno al campicello dietro la collina. L'aiutarono a piantare i semi di carote, in lunghi filari. Il suolo era secco e leggero, l'ideale per carote, e El-ahrairà era infuriatissimo, perché il Principe Arcobaleno faceva tutto questo apposta per tormentarlo – lo sapeva – e per dimostrargli che, ormai, era certo di avergli tagliato gli unghioli.

« "Magnifico" disse il Principe Arcobaleno, finita la semina. "Sono certo che a nessuno verrà in mente di venirmi a rubare le carote. Se qualcuno però ci provasse – se solo si azzardasse, El-ahrairà – mi arrabbierei moltissimo. Se venisse Re Darzin a rubarle, per esempio, sono certo che Frits 'nostro Signore gli toglierebbe il regno per darlo a qualcun altro, al posto suo."

« El-ahrairà capì l'antifona: il Sire Arcobaleno intendeva dire che, se l'avesse sorpreso a rubargli le carote, o l'avrebbero ammazzato o sennò l'avrebbero bandito, mettendo un altro coniglio alla testa del suo popolo. E quest'altro coniglio sarebbe stato, probabilmente, Huffa. Ciò gli fece digrignare i denti. Tuttavia disse: "Sì, sì, certo. Molto giusto e adeguato".

« Il Principe Arcobaleno se ne andò.

« Eran passate due lune dalla semina quando, una sera, El-ahrairà e Ravascuttolo andarono a dar un'occhiata alle carote. Nessuno le aveva cimate e le pianticelle crescevano folte, verdissime. Le radici saran state poco più sottili d'uno zampetto davanti, giudicò El-ahrairà. E mentre stava là in contemplazione, sotto la luna, gli balenò un'idea. Tanto si era fatto cauto nei confronti di Huffa (te lo trovavi fra le zampe nei momenti più impensati) che, sulla via del ritorno, lui e Ravascuttolo s'appartarono in un buco che s'apriva in un greppo solitario. Lì El-ahrairà promise a Ravascuttolo che non solo avrebbe rubato le carote del Principe Arcobaleno ma non avrebbero più avuto Huffa sullo stomaco.

« Appena usciti da quel conciliabolo, Ravascuttolo andò alla fattoria a rubare del granturco da semina. El-ahrairà passò il resto della notte a far lumache: una faccenda alquanto antipatica.

« La sera dopo El-ahrairà uscì per tempo e, dopo un po', trovò Yona, il porcospino, che bighellonava lungo una fratta.

« "Yona," gli disse "t'andrebbe un bel mucchietto di lumache, belle grasse?"

« "M'andrebbe sì, ma mica è tanto facile, trovarle. Lo sapresti anche tu, se fossi un riccio."

« "Ebbene, guarda, qui ce ne sono diverse, puoi pigliartele tutte" disse El-ahrairà. "E te ne procurerò molte altre ancora, se farai come ti dico, senza fare domande. Sai cantare?"

« "Cantare, El-ahrairà? Ma nessun porcospino sa cantare."

« "D'accordo. Però tu devi provarci, se le vuoi quelle lumache. Ah, ecco là una vecchia cassetta, là nel fosso, buttata via da qualche contadino. Di bene in meglio. Ora, stammi a sentire..."

« E frattanto nel bosco, Ravascuttolo stava parlando con Brillocchio, il fagiano.

« "Brillocchio," gli diceva "sai nuotare?"

« "Io? Io la evito, l'acqua, se posso, Ravascuttolo" gli rispose Brillocchio. "Non mi va per niente a genio. Però, in caso di bisogno, penso che mi reggerei a galla, per un po'."

« "Splendido" disse Ravascuttolo. "Ora stammi a sentire. Ho una grossa provvista di granturco – e lo sai quant'è raro, di questa stagione – e sarà tutto tuo, se solo nuoterai un tantinello, nel laghetto al limitare del bosco. Vieni, vieni con me, che ti spiego tutto." E s'avviarono insieme pel bosco, diretti al laghetto.

« Quando El-ahrairà tornò alla tana, fu-Inlé, trovò Huffa che masticava palline. "Ah, Huffa, sei qui" gli disse. "Molto bene. Non mi posso fidare di nessuno. Di te però mi fido. E tu verrai con me. Io e te e nessun altro."

« "Dove? E a fare che cosa?" domandò Huffa.

« "Sono andato a vedere le carote del Sire Arcobaleno" rispose El-ahrairà. "E non resisto più. Sono le migliori che abbia mai visto. Sono deciso a rubarle. Se non tutte, un bel po'. Se portassimo però molti conigli a una razzia del genere, andremmo incontro a guai. La cosa arriverebbe, senza meno, agli orecchi del Principe. Ma se andiamo io e te soli, nessuno, saprà mai chi è stato."

« "Va bene, ci sto" disse Huffa. "Andiamoci domani sera". Infatti, voleva aver il tempo d'avvertire il Principe Arcobaleno.

« "No" disse El-ahrairà. "Si va adesso. Subito."

« Guardò Huffa, pensando: Adesso cercherà di dissuadermi, invece capì, dalla sua espressione, che Huffa intravedeva già la fine di El-ahrairà e la sua nomina a re dei conigli.

« E partirono insieme al chiardiluna.

« Avevano percorso un bel tratto di strada lungo la siepe quando videro una vecchia cassetta, nel fosso, e sopra questa cassetta c'era Yona il porcospino. Aveva tanti petali di rosa infilzati negli aculei e, agitando le zampette nere, produceva un rumore stranissimo, fra grugniti e squittii. Si fermarono a guardarlo.

« "Cosa diamine stai facendo, Yona?" gli domandò Huffa, stupito.

« "Canto alla luna" gli rispose Yona. "Tutti i porcospini cantano alla luna, per far uscire fuori le lumache. Che? non lo sapevi?

"Oh Luma-Luna, Luna mia Lumacchia
Da' al riccio tuo fedel un po' di pacchia!"

« "Che vociaccia spaventosa!" disse El-ahrairà, ed era vero. "Andiamo, andiamo, prima che richiami qui tutti gli elil!" E proseguirono oltre.

« Dopo un po' arrivarono al laghetto presso il bosco. E udirono gracchiare e starnazzare, e poi videro Brillocchio, il fagiano, che nuotava goffamente qua e là, con la lunga coda a strascico semimmersa nell'acqua.

« "Che è successo, Brillocchio?" chiese Huffa. "Ti hanno sparato?"

« "No, no" rispose Brillocchio. "Mi faccio sempre una nuotatina, io, quand'è luna piena. Mi fa crescere più lunga la coda, e poi, se non nuotassi, perderei il bel colore rosso e verde delle piume. Non mi dirai, Huffa, che non lo sapevi? Lo sanno tutti!"

« "In realtà, non gli garba che gli altri animali lo vedano" disse El-ahrairà. "Andiamo, andiamo."

« Poco oltre, arrivarono a un vecchio pozzo presso una grande quercia. Il pozzo era stato riempito da tempo, ma la bocca appariva molto profonda e nera al chiardiluna.

« "Riposiamoci un tantino" disse El-ahrairà.

« In quel mentre, un bizzarra creatura sgusciò fuori da un cespuglio. Somigliava vagamente a un coniglio, ma anche a lume di luna si vedeva che aveva la coda rossa e lunghi orecchi verdi. In bocca aveva un mozzicone dei bastoncini bianchi che gli uomini fanno bruciare. Era Ravascuttolo, ma neppure Huffa poteva riconoscerlo. Si era procurato della polvere antiparassitaria alla fattoria, per tingersi la coda. Si era legato intorno al capo dei tralci di brionia e il bastoncino bianco a momenti lo faceva vomitare.

« "Che Frits ci scampi!" esclamò El-ahrairà. "Chi è

mai costui? Speriamo che non sia uno dei Mille!" Saltò su, pronto a scappare, "Chi sei?" domandò, tremando.

« Ravascuttolo sputò il mozzicone.

« "Dunque!" disse con fiero cipiglio. "Dunque m'hai visto, El-ahrairà. Molti conigli nascono e muoiono, ma pochissimi mi vedono. Anzi quasi nessuno. Io sono uno dei conigli messaggeri di Frits nostro Signore, che di giorno vanno in giro in gran segreto e di notte ritornano alla sua reggia d'oro. Egli mi sta aspettando, adesso, dall'altra parte del mondo e devo andar da lui, alla svelta, passando per il cuore della terra. Addio, El-ahrairà!"

« E in così dire lo strano coniglio saltò oltre il muricciolo del pozzo e scomparve, inghiottito dalla tenebra.

« "Abbiam visto qualcosa di proibito" disse El-ahrairà con voce di sgomento. "Questo luogo è tremendo. Andiamo, andiamo."

« Corsero via e, dopo un po', arrivarono al campo di carote del Principe Arcobaleno. Quante ne rubassero, non so dirvelo. Ma, come voi sapete, El-ahrairà è un gran principe, e avrà usato dei sistemi sconosciuti a voi e me. Ma mio nonno diceva che, prima dell'alba, quel campo era bell'e spogliato. Nascoste le carote in un buco profondissimo nel greppo presso il bosco, El-ahrairà e Huffa ritornarono a casa. El-ahrairà chiamò alcuni suoi seguaci e, con loro, se ne restò sotterra tutto il giorno. Huffa invece nel pomeriggio uscì senza dire dove andava.

« Quella sera, mentre El-ahrairà e i suoi erano alla silflaia sotto un bel cielo rosso, arrivò il Principe Arcobaleno da di là dei campi. Lo seguivano due grossi cani neri.

« "El-ahrairà" gli disse. "Sei in arresto."

« "Per che cosa?" domandò El-ahrairà.

« "Lo sai bene per che cosa. Sono stufo dei tuoi imbrogli e della tua insolenza. Dove sono le carote?"

« "Se sono in arresto, mi si deve prima dire per qual motivo. Non è giusto, cominciare a farmi subito domande."

« "Suvvia, El-ahrairà!" disse il Sire Arcobaleno. "Stai

solo sciupando tempo. Dimmi subito dove sono le carote e io ti mando in esilio al Nord, ma non ti uccido."

« "Principe Arcobaleno, torno a chiedere per la terza volta: per qual motivo sono in arresto?"

« "E va bene," disse il Sire Arcobaleno "se è così che preferisci esser cucinato, El-ahrairà, avrai un regolare processo. Ti dichiaro in arresto per furto di carote. Sul serio, vuoi un processo? T'avverto, ho prove schiaccianti contro di te, e t'andrà molto male."

« A questo punto s'eran radunati tutti i seguaci di El-ahrairà, tenendosi a rispettosa distanza dai mastini. Solo Ravascuttolo non si vedeva. Egli aveva trascorso tutto il giorno a trasportar le carote in un altro nascondiglio, segretissimo, e ora si nascondeva lui stesso perché la coda non gli tornava ancora bianca.

« "Sì, desidero un processo," disse El-ahrairà "e vorrei esser giudicato da una giuria di animali. Non è giusto che voi, Principe Arcobaleno, facciate al tempo stesso da accusatore e da giudice."

« "E una giuria di animali avrai" disse il Sire Arcobaleno. "Una giuria di elil, El-ahrairà. Ché una giuria di conigli mai ti condannerebbe, nonostante le prove."

« Con somma sorpresa di tutti, El-ahrairà rispose immediatamente che una giuria di elil gli stava bene. E il Sire Arcobaleno gli rispose che l'avrebbe convocata per quella sera stessa. El-ahrairà rientrò nel suo buco e i due cani furon messi di guardia all'ingresso: a nessuno del suo popolo era consentito vederlo. Diversi tentarono. Invano.

« Per le fratte e le boscaglie si diffuse la notizia che El-ahrairà andava sotto processo, che era in gioco la sua vita e che il Principe Arcobaleno stava convocando una giuria di elil. Arrivarono animali da ogni parte. Fu-Inlé, il Principe Arcobaleno tornò, con gli elil della giuria: due tassi, due volpi, due ermellini, un gufo e un gatto. El-ahrairà fu condotto innanzi a loro, coi due mastini allato. Gli elil lo guardavano fisso e i loro occhi luccicavano alla luna. Si leccavano i labbri. I cani borbottavano che a loro era stato promesso di eseguire la sentenza. C'eran moltissimi animali – conigli e altri – ma tutti erano sicuri che per El-ahrairà non c'era nessuna speranza.

« "Incominciamo" disse il Principe Arcobaleno. "Non ci vorrà molto tempo. Dov'è Huffa?"

« Huffa si fece avanti, tutto inchini e salamelecchi, e raccontò agli elil che, la sera innanzi, mentre lui masticava tranquillo palline, gli s'era presentato El-ahrairà e, alternando lusinghe a minacce, l'aveva indotto ad andar con lui, a rubare le carote del Principe Arcobaleno. Huffa avrebbe voluto rifiutarsi, ma era troppo spaventato. Le carote eran state nascoste in un luogo segreto: gliel'avrebbe mostrato. Era stato costretto a prender parte alla ruberia, senonché il giorno dopo, appena possibile, era corso a raccontar ogni cosa al Sire Arcobaleno, di cui era fedele servitore.

« "Recupereremo poi la refurtiva " disse il Principe Arcobaleno. "Ora, El-ahrairà, hai nulla da dire a tua discolpa? Spicciati."

« "Vorrei fare alcune domande al teste" disse El-ahrairà.

« Gli elil convennero che era suo diritto.

« "Dunque, Huffa," cominciò El-ahrairà "ci vuoi dire qualcos'altro circa il viaggio che asserisci che avremmo compiuto insieme? Perché io, in verità, non me lo ricordo affatto, d'esser andato con te da qualche parte. Dici che uscimmo dalla tana e che ci incamminammo nella notte. Poi cosa avvenne?"

« "Com'è possibile, El-ahrairà, che tu te ne sia scordato?" disse Huffa. Costeggiammo il fossato e, a un certo punto, ricorderai, vedemmo un porcospino che stava sopra una cassetta e cantava alla luna."

« "Un porcospino che faceva *cosa*?" domandò uno dei tassi.

« "Cantava una canzone alla luna" disse Huffa, convinto. "Cantava, sapete, per far uscire fuori le lumache. Aveva petali di rosa infilzati agli aculei e agitava le zampine e..."

« "Piano, piano," disse El-ahrairà, gentilmente, "non vorrei che dicessi una cosa per l'altra. Poveretto," soggiunse rivolto alla giuria "è convinto di quello che dice. Non lo fa per cattiveria, ma però..."

« "Proprio così, invece!" gridò Huffa. "Cantava: 'Oh Luma-Luna, Luna mia Lumacchia, da' al riccio'..."

« " Le parole del canto del riccio non costituiscono una prova" disse El-ahrairà. "Veramente, mi domando dove siano le altre prove. Andiamo avanti. Dunque, abbiamo visto un porcospino ricoperto di rose che, sopra una cassetta, cantava. Poi cos'è successo?"

« "Poi," disse Huffa "siamo arrivati al laghetto, dove abbiamo visto un fagiano."

« "Un fagiano, eh?" disse una delle volpi. "Vorrei averlo visto io, vorrei. Cosa faceva?"

« "Nuotava intorno intorno..."

« "Era ferito, eh?"

« "No, no. Nuotano tutti così, per farsi venir più bella la coda. Mi stupisce che non lo sappiate."

« "Per che *cosa*?" disse la volpe.

« "Per farsi crescere la coda" disse Huffa, imbronciato. "Me l'ha detto lui stesso."

« "È da poco che voi sentite questi suoi discorsi" disse El-ahrairà agli elil. "Ce ne vuole, prima di farci il callo. Io, per me, ci abito insieme da due mesi buoni. Ho cercato di mostrarmi gentile e comprensivo, verso di lui, ma, a quanto pare, a mio marcio danno."

« Seguì un silenzio. Poi El-ahrairà, con fare paziente e paterno, si rivolse di nuovo al testimone.

« "La mia memoria non è troppo buona. Seguita, prego."

« "Insomma, El-ahrairà, reciti molto bene la commedia," disse Huffa "ma non venirmi a dire che hai dimenticato quel che è successo dopo. Un grosso, terribile coniglio con la coda rossa e gli orecchi verdi è sbucato da un cespuglio. Aveva in bocca un bastoncino bianco. E ha detto che andava alla reggia di Frits, all'altro capo del mondo, passando per il centro della terra."

« Stavolta nessuno degli elil fiatò neppure. Guardavano Huffa e scuotevano la testa.

« "Sono pazzi, tutti pazzi" bisbigliò uno degli ermellini. "Che bestiacce antipatiche. Un coniglio è capace di ogni sorta di fandonie, quand'è messo alle strette. Ma queste sono le più grosse che abbia udito in vita mia. Ce n'è ancora per molto? Io ci ho fame."

« Orbene, El-ahrairà sapeva che gli elil detestano tutti i conigli, ma sapeva anche che avrebbero maggiormente disprezzato, fra loro, quello che più si dimostrava sciocco. Ecco perché aveva accettato una giuria di elil. Una giuria di conigli avrebbe cercato di arrivare fino in fondo, di vederci chiaro nella storia di Huffa. Gli elil invece no. Essi odiavano e disprezzavano il testimone e non vedevan l'ora di andarsene per i fatti loro.

« "Riassumendo," disse El-ahrairà "noi abbiamo incontrato un porcospino, tutto adorno di rose, che cantava alla luna; poi un fagiano in ottima salute che nuotava a torno a torno nel laghetto; poi un coniglio con la coda rossa e le orecchie verdi, che è sparito dentro un pozzo profondissimo. Esatto?"

« "Esatto" confermò Huffa.

« "Quindi abbiamo rubato le carote?"

« "Sì."

« "Ed eran viola a pallini gialli?"

« "Che cosa, viola a pallini gialli?"

« "Le carote."

« "Ma no! lo sai benissimo, El-ahrairà, che erano del solito colore. Sono giù dentro un buco! Lo so io, dove sono nascoste!" Huffa era disperato.

« L'udienza fu sospesa e Huffa accompagnò il Principe Arcobaleno al nascondiglio. Non trovarono neppure una carota. Ritornarono.

« "Sono stato sotterra tutto il giorno, io," disse El-ahrairà "e posso provarlo. Avrei dovuto dormire, ma non è mica facile, quando il mio dotto amico... Ma lasciamo stare. Voglio dire soltanto che, se ero a casa, non potevo essere contemporaneamente in giro, a trasportar carote né niente. Ammesso che carote ve ne fossero" soggiunse. "Non ho altro da dire."

« "Principe Arcobaleno," disse il gatto "io li odio, i conigli. Ma proprio non vedo come potremmo dire ch'è stato provato che quel coniglio v'ha rubato le carote. Il testimone è evidentemente fuori di senno – o matto, per dir meglio – e l'imputato va rimesso in libertà." Tutti si dissero d'accordo.

« "E allora vattene, svelto" disse il Principe Arcobaleno a El-ahrairà. "Vatti a rimpiattare, prima che ti conci per le feste io stesso!" ·

« "Obbedisco, mio signore" disse El-ahrairà." Ma posso pregarvi di levarci di torno quel coniglio che avete inviato fra noi, ché ci procura un sacco di noie da quanto è stupido?"

« Così Huffa se n'andò via, insieme al Principe Arcobaleno, e il popolo di El-ahrairà fu lasciato in santa pace... a parte l'indigestione che fecero, per aver mangiato troppe carote. E ce ne volle, prima che la coda di Ravascuttolo tornasse di nuovo bianca, mi diceva mio nonno. »

23. KEHAAR

L'ala strascica, come vessillo
   nella disfatta,
non più solcherà il cielo, vivrà ancora
   qualche giorno di fame e di pena.
Egli è forte e il dolore è più duro
   con i forti, peggiore l'invalidità.
Nulla, tranne la morte redentrice,
   umilierà quel capo,
quell'intrepida prontezza, quegli occhi grifagni.

ROBINSON JEFFERS, *Falco ferito.*

Dice un detto degli uomini: « Non piove mai, diluvia »[1]. Il che non è esatto, ché spesso piove senza diluviare. Il proverbio dei conigli è più preciso. Essi dicono: « Una nuvola si sente troppo sola ». Ed è proprio vero perché, quando appare una nuvola in cielo, spesso altre ne arrivano e di lì a poco il tempo s'imbroncia. Sia come sia, si presentò ai nostri conigli, proprio il giorno dopo,

[1] L'adagio inglese *It never rains but it pours* veramente corrisponde, per il senso figurato, al nostro: Le disgrazie non vengono mai sole.

una seconda occasione per tradurre in pratica la teoria di Moscardo.

Era di primo mattino e i conigli stavano uscendo alla silflaia, nel grigio silenzio. L'aria era ancora fredda. C'era molta rugiada, non un alito di vento. Cinque o sei anatre selvatiche passarono alte in volo, in formazione a V, veloci, verso chissà quale meta lontana. Il battito delle loro ali si udì distintamente, poi svanì verso sud. Tornò il silenzio. Man mano che il crepuscolo si diradava, cresceva un senso di attesa e tensione, come quando la neve al disgelo sta per slittare giù da un tetto aguzzo. Poi tutto il creato, la collina e la pianura sottostante, l'aria e la terra, cedettero il passo al sole. Come un toro con un lieve ma irresistibile movimento, solleva la testa e si libera dalla presa di un uomo che, chino sul suo stallo, gli stringe distrattamente un corno, così il sole entrò in scena sul mondo, con tutta la sua possa, con estrema levità. Nulla interruppe né oscurò la sua levata. Senza un fremito, le foglie luccicavano e l'erba si fece corrusca sulla groppa del colle.

All'esterno del bosco di faggi, Parruccone e Argento si ravviarono gli orecchi, annusarono l'aria, si diressero a saltelli, seguendo le loro lunghe ombre, verso l'erba del galoppatoio. Spostandosi qua e là sulle zolle tosate – ora brucando, ora ergendosi a guardare intorno – s'avvicinarono a una piccola conca del terreno, non più lunga d'un metro al centro. Presso l'orlo, Parruccone, che precedeva Argento, s'arrestò, si mise quatto. Non riusciva a vedere, di lì, dentro quella cavità, tuttavia s'era accorto che c'era, lì dentro, un animale di discrete dimensioni. Attraverso i fili d'erba scorgeva un dorso biancastro. Chiunque fosse, quella creatura era grossa quasi quanto lui. Attese, senza quasi respirare, per diverso tempo. Quello là non si muoveva.

« Chi c'è che ha il dorso bianco? » chiese Parruccone al compagno, in un bisbiglio.

Argento rifletté. « Sarà un gatto? »

« Qui non ci sono gatti. »

« E tu come lo sai? »

In quell'istante udirono un sibilo, rauco, dalla cavità. Durò qualche attimo. Poi, di nuovo silenzio.

Parruccone e Argento avevano un'alta opinione di se stessi. Oltre Pungitopo, erano gli unici superstiti dell'Ausla di Sandleford. I compagni li ammiravano. Quello scontro con le pantegane nel granaio non era stato uno scherzo e aveva dimostrato il loro valore. Parruccone, generoso e onesto com'era, non s'era offeso per la prova di coraggio data da Moscardo la sera in cui lui era stato, invece, sopraffatto da un superstizioso terrore. Ma l'idea di tornare al Nido d'Api e riferire che aveva intravisto una creatura sconosciuta fra l'erba e l'aveva lasciata perdere, no, non poteva mandarla giù. Si volse a guardar Argento. Visto che anche lui era risoluto, non esitò oltre e si portò sull'orlo della conca, senza perdere d'occhio quel dorso bianchiccio. Argento lo seguì.

Non era un gatto. Un uccello, era: grosso, lungo una trentina di centimetri. Nessuno dei due aveva mai visto un uccello simile, prima. La parte bianca del dorso, intravista fra l'erba, era solo il collo e le spalle. Il resto della schiena era grigio chiaro, e così pure le ali, che terminavano in lunghe penne maestre dalla punta nera, conserte sulla coda. Aveva la testa d'un marrone scuro, quasi nero, che faceva un nettissimo contrasto con il bianco del collo, sì che pareva portasse un cappuccio. Gli si vedeva una zampa, rosso scura, e il piede palmato con tre potenti artigli. Il becco, leggermente arcuato sulla punta, era robuso e acuto. Si aprì, mentre guardavano, rivelando una gola rossiccia. L'uccello sibilò selvaggiamente, e diede una beccata, ma non si mosse.

« È ferito » disse Parruccone.

« Sì, ma non vedo dove » disse Argento. « Gli giro intorno... »

« Stai attento! Ti assassina! »

Accingendosi a girare intorno alla conca, Argento si era troppo avvicinato alla testa dell'uccello. Fece un balzo indietro, giusto in tempo per evitare un rapido, saettante colpo di becco.

« Se ti prendeva, ti mandavo zoppo » disse Parruccone.

Acquattati, guardavano l'uccello – intuivano che non

poteva levarsi – e questo, d'un tratto, emise grida rauche, a piena gola – « Yark! Yark! Yark! » – uno scroscio tremendo, assordante da vicino, che lacerò l'aria e si riverberò per tutto il colle. Parruccone e Argento scapparono via.

Sul margine del bosco si fermarono per riscuotere fiato e darsi un contegno più dignitoso. Moscardo li vide e mosse loro incontro. Non c'era da sbagliare, vedendo i loro occhi sgranati, le narici frementi.

« Elil? » chiese Moscardo.

« Mi venga un accidente se lo so » rispose Parruccone. « C'è un grosso uccello, là, che non ne ho visto mai uno compagno. »

« Grosso quanto? Quanto un fagiano? »

« Un po' meno, » ammise Parruccone « Ma più grosso d'un colombo selvatico, però. E un bel po' più feroce. »

« È stato lui a strillare? »

« Sì, e ti dirò che m'ha fatto dare un salto. Eravamo da qui a lì. Ma, per un motivo o l'altro, non può muoversi. »

« Moribondo? »

« Non direi. »

« Vado a dargli un'occhiata » disse Moscardo.

« È selvaggio. Fa' attenzione, mi raccomando. »

Parruccone e Argento tornarono indietro con Moscardo. Tutti e tre s'acquattarono, fuori tiro. L'uccello li guardava, disperato, scrutatore, ora l'uno ora l'altro. Parlò Moscardo, nel dialetto della macchia.

« Tu ferito? Niente volare? »

L'uccello blaterò qualcosa con voce aspra, stridula, ed essi capirono subito ch'era forestiero. Da dovunque venisse, veniva di molto lontano. Quell'accento era strano, gutturale, la parlata era distorta. Riuscirono solo a intendere qualche parola, qua e là.

« Fenuti mazzare – kah! kah! – foi fiene me mazzare – yark! yark! – confinti me finito – kaputt – me nix finito – kah! – sbrega foi, me... sbrega tutti... »

La testa bruna guizzava qua e là. Poi, inaspettatamente, l'uccello cominciò a conficcare il becco in terra. Essi s'accorsero che l'erba davanti a lui era tutta lacerata, il suolo crivellato. Per un po' seguitò a dar pugnalate, poi smise. Alzò la testa e li guardò di nuovo.

« Mi sa che muore di fame » disse Moscardo. « Diamogli da mangiare. Parruccone, va' a cercare dei vermi o qualcosa, su, da bravo. »

« Hm... com'hai detto, Moscardo? »

« Vermi! »

« Io? cercare vermi? »

« All'Ausla, non t'hanno insegnato?... Oh, va bene. Ci penso io » disse Moscardo. « Tu e Argento aspettate qui. »

Di lì a poco, tuttavia, Parruccone raggiunse Moscardo nel fosso e si mise anche lui a grattare, cercare. Di lombrichi non ce ne sono molti, sulle colline, eppoi da un pezzo non pioveva. Dopo un po' Parruccone soprastette.

« E se andassimo a scarabei? a onischi? a rughe? »

Trovarono alcuni stecchi marci e li portarono all'uccello. Moscardo gliene allungò uno, cautamente. « Insetti. »

L'uccello spaccò lo stecco in tre, con tre colpi di rostro e beccò i pochi insetti che c'erano dentro. Ben presto nella conca s'accumularono detriti, man mano che i conigli portavano all'uccello tutto ciò da cui esso potesse estrarre cibo. Parruccone trovò dello sterco di cavallo, lungo il trattuto, ne cavò fuori dei vermi e, vincendo il disgusto, li portò a uno a uno all'uccello. Quando Moscardo l'elogiò, lui borbottò qualcosa sotto i baffi: ch'era la prima volta che un coniglio faceva una roba del genere, e non l'andasse a raccontare ai merli. Alla fine, quand'essi eran da un pezzo stanchi morti, l'uccello parve satollo. Smise di mangiare è guardò Moscardo.

« Basta mangeria. » Una pausa. « Foi perché aiuta? »

Moscardo: « Tu ferito? ».

L'uccello giocò d'astuzia. « No ferito. Me combatte. Me forza. Sta poco tempo, poi fola fia. »

« Tu resti lì, tu finito » disse Moscardo. « Brutto posto. Arriva komba, arriva falcone. »

« Nix paura. Me molto combatte. »

« Quanto a questo non stento a crederlo » disse Parruccone, guardando ammirato il lungo becco e il robusto collo.

« Noi non vuole te finito » disse Moscardo. « Tu resti qui, tu finito. Noi aiuta te... può darsi. »

« Puzza fia! »

« Andiamo » disse Moscardo ai compagni. « Lasciamolo solo. » Si diresse a saltelli verso il bosco. « Che se la veda lui con gli sparvieri, per un poco. »

« Cos'hai in mente, Moscardo? » domandò Argento. « Quello è un bruto. Un selvaggio, è. Non puoi fartene un amico. »

« Forse hai ragione » disse Moscardo. « D'altro canto, a che ci serve una cinciallegra? un pettirosso, a che ci servirebbe? Non volano lontano. A noi serve un grande uccello. »

« Ma a che cosa? A che cosa può servirci? »

« Lo spiegherò più tardi, » disse Moscardo « presenti anche Mirtillo e Quintilio. Ora andiamo a rimpiattarci. Se a te non va di masticar palline, a me sì. »

Durante il pomeriggio, Moscardo organizzò altri lavori nella conigliera. Il Nido d'Api era bell'e finito (veramente i conigli, non essendo metodici, non sono mai proprio sicuri che una cosa sia finita oppure no) e i cunicoli e covili circostanti prendevano forma.

Verso sera, tornò a trovare l'uccello. Era sempre là, nella conca. Appariva indebolito e meno all'erta. Lanciò tuttavia una beccata all'indirizzo di Moscardo.

« Ancora qua? » disse questi. « Combattuto coi falchi? »

« No combatte » rispose l'uccello. « No combatte, solo garda, sempre garda. No bene. »

« Fame? »

L'uccello non rispose.

« Ascolta » disse Moscardo. « Conigli non mangia uccelli. Conigli mangia erba. Noi aiuta te. »

« Perché aiuta me? »

« Non importa. Noi mette te al sicuro. Grande buco. Porta mangeria. »

L'uccello rifletté. « Zampe bene, Ala no bene. Brutto. »

« Allora, cammina. »

« Tu me male, io te molto molto male. »

Moscardo s'avviò.

L'uccello disse: « Molto lontano? ».

« No, non lontano. »

« Allora fiene. »

Si tirò su, a fatica, barcollando sulle forti zampe rosso-sangue. Quindi aprì le ali, sollevandole in alto. Moscardo diede un balzo stupito dalla loro ampiezza. Ma lui subito le richiuse, con una smorfia di dolore.

« Ala nix bene. Io fiene. »

E seguì docilmente Moscardo, sull'erba, badando però a tenersi a rispettosa distanza. Il loro arrivo davanti alle tane provocò una certa sensazione. Moscardo tagliò corto, con un'asprezza perentoria che non gli era abituale.

« Su, su, datevi da fare » disse a Dente di Leone e Ramolaccio. « Questo uccello è ferito e noi gli offriremo un rifugio finché non starà meglio. Dite a Parruccone di mostrarvi come gli si procura il cibo. Mangia vermi e insetti. Portategli grilli, ragni... roba del genere. Smerlotto! Ghianda! Sì, e anche tu, Quintilio... Smettete di star lì a bocca aperta, come in estasi o che. Occorre una caverna, più larga che profonda, col piancito un po' al di sotto del livello della soglia. Prima di scuro! »

« È tutto il pomeriggio che scaviamo... »

« Lo so. Vi darò una zampa anch'io » disse Moscardo. « Intanto incominciate. Si fa notte a momenti. »

I conigli stupefatti ubbidirono, con qualche mugugno. L'autorità di Moscardo fu messa alla prova, ma tenne duro, con il sostegno di Parruccone. Questi, benché non capisse cosa Moscardo aveva in mente, era affascinato dalla forza e dal coraggio di quell'uccello, e aveva accettato l'idea di ospitarlo, anche senza strologare sui motivi. Diresse lui gli scavi, mentre Moscardo spiegava all'uccello – come meglio poteva – in che modo essi vivevano, come si proteggevano dai nemici e che tipo di rifugio potevano offrirgli. La quantità di cibo che i conigli potevan procurare non era molto ingente, ma una volta al riparo sotto gli alberi, l'uccello si sentì assai più al sicuro e, zoppicando qua e là, riuscì anche a catturare qualcosa per suo conto.

Per l'ora dei gufi, Parruccone e la sua squadra avevan scavato una specie di vestibolo all'interno di una galleria d'accesso alle tane. Ne rivestirono il pavimento con foglie e rametti. Scendevano le ombre della notte quando l'uccello vi si installò. Era ancora diffidente, ma il dolore doveva essere più forte del sospetto. Dal momento che non aveva saputo escogitare un piano migliore, doveva accontentarsi d'una tana di coniglio, per salvarsi la vita. Da fuori, essi vedevano la sua testa bruna all'erta nella penombra, gli occhi neri tuttora guardinghi. Non s'era ancora addormentato, quando i conigli, finita la silflaia serale, scesero nei covili.

Il gabbiano comune, o *ridibundus*, è un uccello socievole. Vive in vaste colonie e passa il giorno a cercar cibo, a chiacchierare e ridere e rissare. La solitudine e la reticenza gli sono innaturali. Alla stagione degli amori, questi uccelli migrano al sud e, se uno è ferito, gli altri l'abbandonano. La rustichezza e la diffidenza di quel gabbiano eran dovute, in primo luogo, al dolore fisico e poi al dispiacere di non aver compagni e non poter volare. La mattina seguente, tuttavia, l'istinto di far comunella e chiacchierare cominciava a ritornargli. Parruccone gli teneva compagnia. Non voleva saperne, che uscisse fuori a cercarsi da solo il cibo. Per ni-Frits i conigli eran riusciti a procurargli tanta « mangeria » da satollarlo, per un po' almeno, e così poteron mettersi a dormire, nella controra. Parruccone invece restò presso il gabbiano, senza far un segreto della sua ammirazione, a parlare e ascoltare per ore filate. Al pascolo serale, raggiunse Moscardo e Pungitopo presso il greppo dove Campànula aveva narrato la sua novella.

« Come sta, l'uccello? » gli domandò Moscardo.

« Molto meglio, mi sa » rispose Parruccone. «È molto resistente, sapete. Mamma mia, che vita, la sua! quante ne ha passate! È uno spasso, starlo a sentire. Io non mi stuferei mai. »

« Com'è stato ferito? »

« Un gatto l'ha assaltato, vicino a una cascina. Non l'aveva sentito arrivare. Gli ha lacerato il muscolo d'una ala ma, a quanto pare, anche lui gli ha lasciato un bel ricordo, a quel gatto. È riuscito ad arrivare fin quassù, non si sa come, poi è crollato. Pensate! tener testa a un gatto! Come siamo vigliacchi, noialtri! Perché un coniglio non dovrebbe tener testa a un gatto? Supponiamo solo che...»

Pungitopo l'interruppe. « Che razza d'uccello è? »

« Be', non l'ho esattamente capito » rispose Parruccone. « Ma lui dice — e ormai l'intendo bene — dice che viene da un posto dove ce n'è mille e mille come lui... più di quanti possiamo immaginarci. I loro stormi fanno bianca l'aria e, nella stagione degli amori, i loro nidi sono tanti quanto le foglie d'un bosco... così dice. »

« Ma dove abitano? Mai visto neanche uno, prima di lui. »

« Lui dice, » rispose Parruccone, guardando dritto Pungitopo, « dice che è molto lontano da qui, dove la terra finisce e non ce n'è più. »

« Be', s'intende che finisca a un certo punto. E cosa c'è, più oltre? »

« Acqua. »

« Un fiume, vuoi dire? »

« No, » rispose Parruccone « non un fiume. Lui dice che c'è una gran distesa d'acqua, che continua e continua. Tanto che non si vede l'altra sponda. Anzi non c'è. O meglio sì che c'è, ché lui c'è stato, sull'altra riva. Insomma non lo so. Devo ammettere che non ho capito ben bene tutto. »

« T'ha raccontato dunque che è volato fuori dal mondo e poi c'è ritornato? Non sarà vero! »

« Non lo so, » disse Parruccone « però sono certo che non racconta bugie. Insomma, c'è quest'acqua che si muove di continuo e che batte, si frange contro la terra. E quando lui non sente quel rumore, ce n'ha la nostalgia. Ecco, così si chiama, lui: Kehaar. È il rumore che fa l'acqua che si rompe. »

Gli altri, loro malgrado, ne furono impressionati.

« Allora come mai si trova qui? » domandò Moscardo.

« Infatti, non dovrebbe. A quest'ora dovrebbe essere, da un pezzo, in quel luogo di là dalla Gran Acqua, a far razza. A quanto pare, loro vengon via d'inverno, da là, perché fa troppo freddo, da quelle parti. Poi ci ritornano d'estate. Lui però si era ferito, a primavera. Niente di grave, solo che gli è toccato partire in ritardo. S'è riposato, per un po', presso una colonia di cornacchie, poi, appena rimesso, è ripartito. Lungo il tragitto, s'è fermato vicino a una cascina, e lì quel gattaccio l'ha assalito. »

« Allora, appena guarito riprenderà il viaggio? » disse Moscardo.

« Sì. »

« Dunque abbiamo sprecato il nostro tempo. »

« Perché, Moscardo? Cosa avevi in mente? »

« Va' a chiamare Mirtillo e Quintilio. E anche Argento. Poi vi spiegherò. »

La serenità della silflaia serale – allorché il sole all'occaso sfavillava più basso del colle, i cespugi d'erba gettavan ombre lunghe due volte loro e l'aria fresca odorava di timo e di rose canine – li riempiva di intima gioia, più di quanto non avvenisse, sul far della sera, nei prati di Sandleford. Questo non lo potevano sapere, ma quella collina era più solitaria che in passato, per centinaia d'anni. Non c'erano più greggi di pecore e gli abitanti di Kingsclere e Sydmonton non avevano più tante occasioni di passare per di là, per lavoro e neanche per diporto. Nei campi di Sandleford, i conigli eran usi veder uomini ogni giorno. Qui, dal loro arrivo, ne avevano visto uno soltanto, a cavallo. Girando lo sguardo sui compagni raccolti intorno a lui, Moscardo constatò che s'eran fatti tutti, perfino Pungitopo, più robusti, più agili, insomma in miglior arnese di quand'erano arrivati. Qualunque cosa avesse in serbo l'avvenire, perlomeno era certo che finora non li aveva delusi.

« Qui ce la passiamo bene, » cominciò « almeno mi pare. Non siamo più un branco di hlessil. Ma lostesso qualcosa mi rode la mente. Mi stupisce, anzi, che sia io il primo a farvi cenno. Insomma: o troviamo un rimedio, o questa conigliera è destinata a estinguersi, nonostante tutto ciò che abbiamo fatto. »

« Come sarebbe a dire? » domandò Parruccone.

« Ti ricordi di Nildro-hain, di'? »

« Sì. Ha smesso di correre. Povero Ribes. »

« Insomma: non abbiamo neanche una femmina, con noi. Niente femmine vuol dire niente cuccioli e, di qui a qualche anno, niente più conigliera. »

Può sembrare incredibile che quei conigli, finora, non avessero neanche pensato a una questione così vitale. Ma anche gli uomini hanno compiuto lo stesso errore più d'una volta, per non aver tenuto affatto conto della cosa, o per essersi affidati esclusivamente alla fortuna, alle sorti della guerra. I conigli vivono a poca distanza dalla morte, e quando la morte si fa più vicina del solito, il pensiero della sopravvivenza non lascia spazio ad alcunché d'altro. Ma adesso – sotto la carezza del sole declinante, su quel colle accogliente e solitario, con una bella tana alle sue spalle e l'erba che gli si trasformava in palline nella pancia – Moscardo sentiva la mancanza di una femmina. Gli altri tacevano. Le sue parole avevan fatto effetto.

Gli altri conigli brucavano o stavano sdraiati all'ultimo sole. Un'allodola salì, cinguettando, verso le alte regioni del cielo. Quindi ne ridiscese, lentamente, sempre cantando, per finire con una scivolata d'ala, raso terra, e una corsetta fra l'erba, come una cutrettola. Il sole sprofondò ancora. Alla fine Mirtillo disse: « Che si fa? Si riparte? ».

« Spero di no » disse Moscardo. « Ma dipende. Quel che vorrei è: procurarci delle femmine e portarle qui. »

« Da dove? »

« Da un'altra conigliera. »

« Ma ce ne sono, per queste colline? Come trovarle? Il vento non porta mai il menomo odore di coniglio. »

« Vi dico io, come. Quell'uccello, » disse Moscardo « andrà lui alla ricerca per noi. »

« Che magnifica idea, Moscardo-rà! » esclamò Mirtillo. « Sì, quell'uccello in un giorno solo può vedere più cose che noi in mille! Ma... come riusciremo a persuaderlo? Non appena guarito, mi sa tanto, volerà via, e chi s'è visto s'è visto. »

« Questo non possiamo saperlo » disse Moscardo. « Non ci resta che sperare per il meglio. E badare a nutrirlo. Ma tu, intanto, Parruccone, visto che te l'intendi così bene con lui, puoi cominciare a spiegargli quant'è importante per noi, questa faccenda. Lui non dovrà far altro che volare sopra queste colline e venirci a riferire quel che ha visto. »

« Lascia fare a me » disse Parruccone. « Me lo lavoro io. »

L'ansietà di Moscardo, e le ragioni di essa, furono ben presto note a tutti i conigli, e questi dal primo all'ultimo si resero conto di quello cui andavano incontro. In quel che Moscardo aveva detto non c'era nulla di sorprendente: egli era semplicemente – nella sua qualità di Capo Coniglio – colui attraverso il quale un sentimento latente in tutti era venuto alla superfice. Quel progetto di utilizzare il gabbiano li esaltava tutti quanti: era qualcosa che non sarebbe venuta in mente neppure a Mirtillo. I conigli sono, per natura, esploratori; ma servirsi d'un uccello, così selvatico per giunta, era inaudito. Si convinsero che Moscardo doveva esser bravo quanto El-ahrairà.

Nei giorni seguenti si diedero moltissimo da fare per nutrire Kehaar. Ghianda e Nicchio si vantavano d'essere i migliori acchiappinsetti della colonia, e portavano grilli e scarabei in gran numero. A lungo tuttavia il gabbiano tribolò la sete: era costretto a suggere un po' d'umore dagli steli d'erba. Per fortuna, durante la terza notte, si mise a piovere. Piovve per più d'un paio d'ore e sul viottolo si formarono delle pozzanghere. Seguì quindi un periodo di maltempo, come è consueto, in quella contea, lo Hampshire, nell'imminenza della fienagione. Forti venti da sud strapazzavano l'erba che, calcata, mandava riflessi d'argento opaco. I grandi rami dei faggi si agitavano poco ma con forte strepito. Ogni tanto il vento portava un piovasco. Quel tempo rendeva irrequieto Kehaar. Camminava qua e là senza posa, guardava le nuvole in volo, mangiava con avidità – quasi con stizza – tutto quello che gli portavano i furieri. La cerca s'era fatta più difficile, però, perché gli insetti si rimpiattavano, con la pioggia, e bisognava scovarli sotto l'erba alta.

Un pomeriggio Moscardo – che adesso stava di covile

con Quintilio, come ai vecchi tempi – fu svegliato da Parruccone: Kehaar voleva parlargli. Si recò subito nel suo alloggio, per cunicoli interni. Notò subito che, per effetto della muda, la testa dell'uccello stava diventando bianca. Restava solo una chiazza bruna allato di ciascun occhio. Moscardo lo salutò e fu stupito di sentirsi rispondere in lapino: poche parole e molti intoppi. Evidentemente si era preparato un breve discorsetto.

« Sighnor Moscardo, fostri conighli molto laforo. Io nix finito. Presto io bene. »

« Sono molto contento di sentire che sei quasi guarito » disse Moscardo.

Kehaar tornò al vernacolo della macchia: « Sighnor Parucone, lui molto in camba ».

« Sì, lo è. »

« Dici foi nix moghli. Finito moghli. Grosso kvaio nente moghli, nente matri. »

« Eh sì, proprio così. Non sappiamo cosa fare. Niente mogli da nessuna parte. »

« Scolta. Io grande pensata. Ora io bene. Ala jè meghlio. Fento finito, io fola. Fola per foi. Trofa molti moghli, dici foi dofe jè, jà? »

« Ma che splendida pensata, Kehaar! Che idea brillante! Sei proprio un uccello in gamba, tu. »

« Niente moghli per io. Finito moghli, kvesto anno, per io. Troppo tardi. Tutte moghli cià cofa, cià sopra nido. Cofa ofi. »

« Mi dispiace. »

« Antra folta moghle io. Ora io fola per foi. »

« E noi faremo tutto il possibile per aiutarti. »

Il giorno dopo il vento cadde e Kehaar compì un paio di brevi voletti. Ci vollero però altri tre giorni, prima che fosse pronto a decollare per il viaggio di ricerca. Era una magnifica mattina di giugno. Stava piluccando chiocciole nella terra umida, e ne schiacciava i gusci con il forte becco, quando di punto in bianco disse a Parruccone:

« Ora io fola per foi. »

Spalancò le ali: un'apertura di settanta centimetri, un'arcata sotto la quale Parruccone restò immobile, mentre le candide piume battevano l'aria sopra la sua testa, come per dargli un cerimonioso addio. A orecchie basse sotto la sventagliata, guardò Kehaar levarsi, pesantemente, verso il cielo. In volo il suo corpo, affusolato e leggiadro a terra, prese l'aspetto di un cilindro piuttosto tozzo. Il becco rossiccio si protendeva in mezzo gli occhi tondi, neri. Per qualche momento si librò, a saliscendi. Poi cominciò a cabrare, virò d'ala e scomparve verso nord, doppiato il dosso. Parruccone corse a portare ai compagni la notizia che Kehaar era partito.

Il gabbiano stette via diversi giorni: più a lungo di quanto i conigli non s'aspettassero. Moscardo si chiedeva se sarebbe tornato: Kehaar infatti, lo sapeva, al pari di loro, sentiva il desiderio d'una compagna; quindi non era escluso che, dopo tutto, fosse partito per raggiungere, di là dalla Gran Acqua, la rauca chiassosa brulicante colonia di suoi simili, della quale aveva parlato con tanta nostalgia. Cercava di tener per sé le sue angustie, ma un giorno domandò a Quintilio – a tu per tu – se pensava che Kehaar sarebbe tornato.

« Tornerà » disse Quintilio, senza esitare.

« E che notizie porterà? »

« Questo non posso saperlo » rispose Quintilio. Ma più tardi, mentre stavano sotterra, sonnecchiando, disse d'un tratto: « I doni di El-ahrairà. Stratagemmi; grandi rischi; beatitudine per la conigliera ».

Moscardo voleva saperne di più, l'interrogò, ma Quintilio non pareva neanche ricordarsi d'aver parlato, e non aggiunse altro.

Parruccone stava di vedetta tutto il giorno, spiando il ritorno di Kehaar. Era di malumore, suscettibile. Una volta, per avergli Campànula detto, celiando, che il ciuffo di peli gli andava in muda per simpatia con qualche amico assente, lui s'arrabbiò, ritrovò l'antico spirito sergentesco e prese a botte e insulti quel burlone, inseguendolo intorno al Nido d'Api, finché non intervenne Pungitopo a salvare il suo giullare da altre sventole.

Era di tardo pomeriggio – un leggero vento portava l'odore del fieno appena falciato dai campi intorno a Sydmonton – quando Parruccone annunciò il ritorno di

Kehaar. Reprimendo la propria euforia, Moscardo ordinò a tutti di stare alla larga, mentre lui andava, solo, a riceverlo. Ripensandoci, però, portò anche Parruccone e Quintilio con sé.

Trovarono Kehaar nel suo ridotto. L'alloggio era sporco e maleodorante, scacacciato. I conigli non fanno i loro bisogni nelle tane, e quell'abitudine uccellesca di sporcare il proprio covile aveva sempre disgustato Moscardo. Ora però, tanta era l'ansia di notizie, che perfino quel guano tornava loro gradito.

« Lieto di rivederti, Kehaar » disse. « Sei stanco? »

« Ala ancora stanca presto. Fola uno poco, riposa uno poco, tutto fa bene. »

« Hai fame? Vuoi che ti procuriamo qualche insetto? »

« Bene. Bene. Brafi amichi. Molti bruchi. » (Per Kehaar tutti gli insetti erano bruchi.)

Evidentemente, ci teneva alle loro premure e voleva godersi il piacere della buona accoglienza. Quantunque non avesse più bisogno di farsi portare il cibo a domicilio, riteneva che questo riguardo gli fosse dovuto. Parruccone chiamò a raccolta i suoi furieri e Kehaar li tenne tutti occupati fino al tramonto. Finalmente guardò Quintilio con aria sagace e gli disse:

« Eh, Sighnor Picoletto, tu sa cosa io porta, jà? »

« Non ne ho idea, invece » rispose Quintilio, piuttosto secco.

« Allora io dici. Kvesta grande collina, io sorfola: per di qua, per di là, sorfola tutta, dofe sole su, dofe sole ciù. Jè nente conighli. Jè nente, nix. »

Tacque. Moscardo guardò Quintilio con apprensione.

« Poi io fola più afanti, fino giù in fondo. Jè fattoria con grandi alperi intorno, su picolo monte. Foi sa? »

« No, non la conosciamo. Vai avanti. »

« Io inseghna. No lontano. Poco lontano. E kvi jè conighli, jà. Jè conighli chi fife in cassetta. Fife con vomi. Foi sa? »

« Vivono con gli uomini? Hai detto che abitano con gli uomini? »

« Jà jà, fife con vomi. In capanone. Conighli fife in cassette, sotto capanone. Vomi porta mangeria. Foi sa? »

« So che questo succede, sì » disse Moscardo. « Ne ho sentito parlare. Molto bene, Kehaar. Sei stato molto preciso. Ma questo non risolve niente, per noi. »

« Io pensa jè moghli. In grossa cassetta. Nix conighli liberi in campo, nix in bosco. Nix conighli intorno. Insomma io non fisto. »

« Che peccato. »

« Spetta. Io dici antro. Foi ascolta. Io poi fola, parte e fola, antra parte, ferso dofe sole sta medio jorno. Foi sa, kvesta parte jè Gran Akva. »

« Allora sei andato alla Gran Acqua? » domandò Parruccone.

« Na na, nix così lontano. Kvesta parte jè fiumo, foi sa? »

« No, non ci siamo mai spinti così lontano, a sud. »

« Jè fiumo » ripeté Kehaar. « E kvi jè citta di conighli. »

« Sull'altra sponda di quel fiume? »

« Na na. Cammina cammina, jè grandi campi, tutti grandi campi. Lungo fiaccio, poi arrifa a citta di conighli, grande, grande. E dopo jè strada di ferro, e dopo jè fiumo. »

« Strada di ferro? » domandò Quintilio.

« Jà jà, strada di ferro. Foi mai visto... strada di ferro? Vomi fapprica, jà. »

La parlata di Kehaar era così rozza, irta, imprecisa, quando non addirittura distorta, che i conigli non erano sicuri di aver compreso quello che intendeva dire. Le parole dialettali ch'egli usava per « ferro » e per « strada » erano abbastanza familiari ai gabbiani, non così invece ai conigli. Kehaar ci metteva poco a perder la pazienza ed essi – come già tante altre volte – si sentivano adesso in svantaggio, di fronte a lui che aveva conoscenza di un mondo assai più vasto del loro. Moscardo rifletté rapidamente. Due cose erano chiare. Kehaar aveva trovato una grossa conigliera, lontano di lì, verso sud: e, qualunque cosa fosse una strada di ferro, quella conigliera si trovava di qua da essa, e di qua dal fiume. Quindi, se aveva ben capito, sia la strada di ferro sia il fiume non rappresentavano ostacoli: potevano ignorarli.

« Kehaar, » disse « voglio essere sicuro. Noi possiamo arrivare alla città dei conigli senza preoccuparci della strada di ferro e del fiume? »

« Jà jà. Citta di conighli arrifa prima di strada di ferro. Jè grande campo, jè arpusti, jà. Molte moghli. »

« Quanto tempo ci vorrebbe per andare da qui a... alla città di quei conigli? »

« Pensa due ciorni. Jè lungo fiaccio. »

« Bravo Kehaar, bravissimo. Proprio quello che speravamo da te. Ora riposati. Ti daremo da mangiare finché vorrai. »

« Ora dorme. Domani molto bruchi, jà, jà. »

I conigli tornarono nel Nido d'Api. Moscardo riferì le notizie di Kehaar, e cominciò una lunga, disordinata, intermittente discussione. Quello era il loro modo di tener consiglio. Il fatto che ci fosse una conigliera a due tre giorni di cammino, verso sud, oscillava e luccicava nelle loro menti come ondula una monetina che cola lentamente a picco nell'acqua profonda, muovendosi qua e là, svanendo, riapparendo, ma sempre seguitando ad affondare, finché si poserà sul fondo. Moscardo lasciò che i discorsi si protraessero a volontà. Alla fine l'assemblea si sciolse, tutti andarono a dormire.

La mattina dopo ognuno tornò alle consuete occupazioni. Pascolavano e portavan da mangiare a Kehaar, giocavano, scavavano. Ma frattanto – proprio come una goccia d'acqua s'ingrossa pian piano finché precipita dal ramoscello – il loro intento si faceva chiaro e unanime. Il giorno successivo Moscardo si era fatto già un'idea precisa. Ne discusse con alcuni conigli che, al levar del sole, si trovavano presso di lui appié del greppo: tre o quattro, così, come per caso, fra cui Quintilio. Non occorreva convocare un'assemblea generale. La cosa era decisa. Quelli che non erano presenti, avrebbero accettato le sue parole pur senza averle udite.

« Questa conigliera che Kehaar ha trovato, » disse Moscardo « è molto grande, dice. »

« Quindi non possiamo pigliarla con la forza » disse Parruccone. « Io non sono dell'avviso di andar là e aggregarci a loro » disse Moscardo. « E voi? »

« Piantar tutto qui? » fece Dente di Leone. « Dopo tutti i lavori che abbiam fatto? Eppoi, là non saremmo mica ben accolti. No, sono certo che nessuno sia di questo avviso. »

« Quello che vogliamo è: procurarci delle femmine e condurle qui » disse Moscardo. « Riuscirà difficile, secondo voi? »

« Direi di no » rispose Pungitopo. « Le grandi conigliere sono spesso sovrappopolate e non c'è abbastanza da mangiare. Le femmine più giovani si fanno nervose e inquiete e, a causa di ciò, non partoriscono. Insomma, succede che i cuccioli incomincino a formarsi dentro di loro, ma poi, ecco, si squagliano. Si disfano in pancia. Lo sapevate questo? »

« Io no » disse Ribes.

« Perché non sei mai stato in una colonia troppo popolosa. Ma la nostra – dico, la conigliera del Trearà – un paio d'anni fa era sovraffollata e, allora, un sacco di femmine giovani cominciarono a riassorbire i loro cuccioli prima di figliarli. Il Trearà mi disse che, tanto tempo addietro, El-ahrairà aveva stretto un patto con Frits nostro Signore. Frits gli promise che non sarebbero nati conigli indesiderati. Se non esiste la prospettiva di una vita decente, per i nascituri, ebbene, alla coniglia è concesso di risucchiarli nel proprio corpo, non nati. »

« Sì, ricordo la storia di questo patto » disse Moscardo. « Quindi, tu ritieni che là vi siano femmine scontente? Questo lascia sperare. D'accordo, allora: invieremo una spedizione a questa conigliera e ci son buone probabilità di riuscire allo scopo senza combattere. Pensate che si debba andare tutti? »

« Secondo me, no » disse Mirtillo. « Due o tre giorni di viaggio, una quantità di pericoli, sia all'andata sia al ritorno. Meno rischioso per tre o quattro conigli, che per hrair. Tre o quattro possono marciare più alla svelta ed esser meno visibili. Eppoi il Capo Coniglio di là sarà più propenso ad ascoltare le richieste, civili, di un piccolo drappello di forestieri. »

« Giusto, senz'altro » disse Moscardo. « Invieremo quattro conigli: spiegheranno quelle che sono le nostre difficoltà, e chiederanno che gli si consenta di persuadere alcune femmine a seguirli. Non vedo perché un Coniglio Capo dovrebbe far obiezioni. Dunque..., chi mandiamo ambasciatori? »

« Tu, è meglio che non vada, Moscardo-rà » disse Dente di Leone. « C'è bisogno di te qui, e non vogliamo rischiare di perderti. Siamo tutti d'accordo, su questo punto. »

Moscardo sapeva già che non avrebbero ritenuto opportuno che guidasse lui quell'ambasceria. Sebbene dispiaciuto, riconobbe che avevano ragione. Là, all'altra conigliera, si sarebbero fatti una cattiva idea, d'un Gran Coniglio che va messaggero di se stesso. Inoltre, lui non era un oratore imponente. La mansione spettava a qualcun altro.

« D'accordo » disse. « Lo sapevo che non avreste mandato me. Inoltre, non sarei io il più adatto. Pungitopo invece sì. Lui sa muoversi in terreno scoperto e, una volta arrivato, saprà esprimersi a dovere. »

Nessuno trovò nulla da ridire. Pungitopo rappresentava la scelta migliore. Più difficile fu scegliere i compagni. Tutti erano pronti ad andare, ma la missione era troppo importante e occorreva tener conto di molte cose. Passarono in rassegna a uno a uno tutti i conigli, valutandone le singole qualità, per stabilire chi fosse più idoneo ad affrontare un lungo viaggio, arrivare in buon arnese, comportarsi bene in una conigliera forestiera. Parruccone, scartato perché avrebbe potuto mettersi a litigare con estranei, lì per lì ci restò male, ma poi si consolò al pensiero che avrebbe seguitato a tener compagnia a Kehaar. Pungitopo voleva portarsi dietro Campànula ma, come fece notare Mirtillo, una spiritosaggine presa in mala parte dal Capo Coniglio di là avrebbe potuto compromettere tutto. Alla fine scelsero Argento, Ramolaccio e Ribes. Quest'ultimo non disse nulla, ma si vedeva ch'era contentissimo. Si era dato molto da fare per dimostrare che non era un vigliacco, e adesso aveva la soddisfazione di vedere che i suoi nuovi compagni lo stimavano.

Partirono di primo mattino, quando l'aria era ancora

grigiolina. Kehaar sarebbe andato, in seguito, a controllare che fossero sulla strada giusta, e sarebbe tornato a riferire. Moscardo e Parruccone li accompagnarono fino al limite meridionale della faggeta e li guardarano incamminarsi. Sarebbero passati a ponente della lontana fattoria. Pungitopo era pieno di fiducia, e anche gli altri tre su di morale. Ben presto li perdettero di vista, allora Moscardo e Parruccone tornarono sui loro passi.

« Abbiamo fatto del nostro meglio » disse Moscardo. « Adesso dipende da loro e da El-ahrairà. Comunque, non restava altro da fare, no? »

« No, no di certo » rispose Parruccone. « Speriamo che tornino presto. Non vedo l'ora di avere una coniglia e una nidiata di coniglietti, nella mia tana. Una tribù di Parrucchini, ohè! Tremate gente! »

24. LA FATTORIA

Quando Robin se'n venne a Notingamme,
   In sul primo momento,
Ei pregoe Dio et la vergine Maria
   Di trarlo a salvamento.

Ver' lui venia un monaco gagliardo
   Che'l messe alle distrette,
Però che Robin li fue manifesto
   Non appena 'l veggette.

ANTICA BALLATA POPOLARE, *Robin Hood e il monaco*.

Moscardo sedeva in cima al greppo sul finir della notte di mezz'estate. L'oscurità non era durata più di cinque ore, e d'un pallore quasi crepuscolare, sì da tenerlo desto e irrequieto. Tutto stava andando bene. Kehaar aveva avvistato Pungitopo, nel pomeriggio, e corretto un tantino la sua rotta, verso ponente. Lo aveva lasciato al riparo di una folta fratta, sulla strada giusta. Era ormai certo che il viaggio non sarebbe durato più di due giorni. Parruccone e altri avevan già cominciato ad allargare i loro covili, per esser pronti, al ritorno di Pungitopo. Kehaar aveva avuto una violenta lite con uno sparviero, e si erano scambiati insulti da far arrossire un portolotto. Benché non fossero passati a vie di fatto, era chiaro che lo sparviero si sarebbe tenuto d'ora in poi a rispettosa distanza dalla faggeta. Mai le cose erano andate meglio di così, da quando erano partiti da Sandleford.

Moscardo si sentiva in uno stato d'animo di euforia e intraprendenza: come quella mattina che, dopo traversato l'Enborne, lui aveva trovato da solo quel campo di fagioli. Era pieno di fiducia e di spirito d'avventura. Ma che fare? Ci voleva qualcosa che valesse la pena di raccontare a Pungitopo e Argento, al loro ritorno. Qualcosa... oh, non certo per sminuire la loro impresa. Questo no. Ma tanto per dimostrare che il loro Capo Coniglio era all'altezza di ogni situazione. Saltellò giù dal greppo, trovò un cespo di pimpinella e, brucandola, seguitava a pensarci. Cosa poteva fare, per far colpo sui compagni? Allora pensò: Mettiamo che, al loro ritorno, trovassero già qui un paio di femmine? Allora ricordò quel che Kehaar aveva detto, della cassetta piena di conigli alla fattoria. Che razza di conigli saran stati? Chissà se uscivano mai da quella loro cassetta. Avran mai visto un coniglio selvatico? La fattoria non era lontana, aveva detto Kehaar, e si trovava su una piccola altura. Quindi, ci si poteva arrivare prima di giorno fatto, prima che gli uomini si alzassero. Se c'era un cane, certo sarà stato in catena. I gatti però no. Un coniglio corre più veloce di un gatto, ma deve vederlo arrivare e trovarsi all'aperto. Se il gatto lo coglie di sorpresa, addio. Poteva sperare di muoversi lungo le siepi senza attirare elil strada facendo, se proprio non era sfortunato.   .

Ma che cosa intendeva fare, esattamente? Perché andare alla fattoria? Finì di brucare la pimpinella e rispose a se stesso, sotto il lume delle stelle: Andrò a dare un'occhiata, ecco tutto. E se trovo quei conigli, cercherò di parlare con loro. E nient'altro. Non correrò dei rischi...

insomma, rischi veri e propri... almeno finché non saprò se ne vale o no la pena.

Andar solo? Meglio portarsi un compagno, per maggior sicurezza, Ma non più di uno. Per non attrarre l'attenzione. Chi chiamare? Parruccone? Dente di Leone? No, meglio qualcuno che ubbidisse prontamente e non avesse idee proprie. Pensò subito a Nicchio. Nicchio l'avrebbe seguito ciecamente, senza far domande. Certo, stava ancora dormendo, nella tana con Ghianda e Campànula, poco distante dal Nido d'Api.

Gli andò bene. Trovò Nicchio all'ingresso del covile, e già sveglio. Lo chiamò fuori senza disturbare gli altri due, lo guidò per un cunicolo che sbucava sul greppo. Nicchio si guardò intorno, incerto, sbigottito, aspettandosi qualche pericolo.

« Tutto a posto Hlao-rù » gli disse Moscardo. « Non c'è nulla da temere. Voglio che tu venga con me, a valle, e che m'aiuti a cercare una fattoria di cui ho sentito parlare. Andiamo solo a dar un'occhiata. »

« A curiosare in una fattoria, Moscardo-rà? E a che scopo? Non sarà pericoloso? Cani gatti e... »

« No, con me starai sicuro. Io e te soli... non ci voglio nessun altro. Ho un progetto segreto. Non devi dir niente agli altri... almeno per ora. Desidero che sia tu ad accompagnarmi, e non un altro qualsiasi. »

Ciò sortì l'effetto che Moscardo si riprometteva. Non c'era bisogno di altri incentívi, per Nicchio. Si avviarono pel tratturo d'erba e poi, oltre il pianoro, scesero giù lungo il dosso scosceso. Oltre la fascia alberata, giunsero nel campo dove avevan incontrato Pungitopo. Qui Moscardo si fermò, annusando e tendendo gli orecchi. Mancava poco all'alba, era l'ora in cui i gufi rientrano, ancora in caccia. Un coniglio adulto non ha molto da temere da un gufo, tuttavia non se ne fida troppo. Potevan esserci anche donnole o volpi, in giro, ma la notte era umida e calma, e Moscardo, nella sua euforia, era certo che avrebbero visto o fiutato in tempo qualsiasi predatore a quattro zampe.

La fattoria, dovunque fosse, doveva trovarsi di là dalla strada che correva lungo il limite opposto di quel campo.

Moscardo si diresse a quella volta, seguito da Nicchio. Tenendosi al riparo della fratta – lungo la quale Pungitopo e Campànula erano arrivati – e col tenue tintinnio dei cavi aerei sopra la testa, nell'oscurità, arrivarono in pochi minuti alla strada.

Vi sono momenti in cui si è certi che tutto andrà bene. Il giocatore sente che non fallirà di segnare il punto della vittoria, l'oratore e l'attore si sentono trascinati dal pubblico come da una corrente favorevole. Moscardo provava appunto una sensazione del genere. Tutt'intorno era quiete, nella notte estiva, al chiarore delle stelle che illanguidiva nell'imminenza dell'alba. Non c'era nulla da temere, e lui si sentiva pronto a curiosare non in una ma in mille cascine. Mentre stava acquattato, con Nicchio, presso il ciglio della strada, odorosa di bitume, vide un topo sbucare dalla fratta dirimpetto, attraversare la strada e sparire in un cespuglio di centonchio, poco lontano. Neppure si meravigliò, tanto era certo che sarebbe saltato fuori qualcuno a insegnargli la strada. Scese nel fosso e si avvicinò al topo.

« La fattoria, » gli disse « dov'è la fattoria? Ce n'è una qui vicino, su un'altura. Dov'è? »

Il topo lo guardava fisso e gli tremavano i baffi. Non aveva alcun motivo di mostrarsi affabile, ma c'era qualcosa nell'aspetto di Moscardo che l'indusse a dargli una risposta urbana.

« Passata strada, stradello salita. »

La luce aumentava di minuto in minuto. Moscardo attraversò la strada asfaltata senza attendere Nicchio, che poi lo raggiunse presso la siepe che bordava il viottolo. Di qui, dopo essersi soffermati un po' in ascolto, presero a risalire la china, verso nord.

Nuthanger, o il Noceto, è come una fattoria delle favole. Fra Ecchinswell e il Colle Watership, distante un mezzo miglio sia da questo sia da quello, sorge su un poggio, ampio, scosceso sul versante nord ma in dolce pendìo verso sud (come la collina stessa). Alcuni sentierucci ne risalgono i versanti per congiungersi oltre un'ampia cerchia d'olmi che ne cingono la piatta sommità. Il più lieve dei venticelli trae dalle chiome di quegli olmi un intenso stormire, tanto sono frondosi. Entro la cinta d'alberi sorge la cascina, con i suoi granai e annessi. Il casolare avrà duecent'anni o ne avrà anche di più, è una costruzione in mattoni, con la facciata di pietra rivolta a sud, verso il colle. Sul lato est sorge un granaio, sollevato da terra su zoccoli di pietra; dall'altra parte, la vaccheria.

Quando Moscardo e Nicchio giunsero in cima alla salita, la cascina e gli annessi erano ormai distintamente visibili. Gli uccelli cinguettavano all'intorno. Erano quelli che da tempo conoscevano. Un pettirosso, su un ramo basso, modulò una frasetta poi stette in ascolto: un altro gli rispose dall'altro lato della casa. Un fringuello eseguì la sua canzone, a smorzare, e, più lontano, su un olmo, un liù prese a ripetere il suo verso. Moscardo si fermò, poi si aderse, per meglio fiutare. Forti odori di paglia e di letame si mescolavano a quelli di foglie d'olmo, di cenere, di foraggio. Altri effluvi più lievi pervennero alle sue narici, a poco a poco, come gli ipertoni di una campana risuonano in un orecchio esercitato. Tabacco... un diffuso sentore di gatto... odor di cane, più vago... poi, d'un tratto, senz'ombra di dubbio, odore di coniglio. Guardò Nicchio e vide che anche lui l'aveva colto.

Mentre annusavano, tendevano anche gli orecchi. Ma, oltre i frulli degli uccellini e il ronzio delle mosche mattiniere, non udivano altro suono, sul sottofondo delle foglie che sussurravano senza posa. Se sotto il fianco scosceso del colle l'aria era ferma, qui invece la brezza da sud veniva magnificata dagli olmi, allo stormire delle loro innumeri foglie, così come l'effetto di sole in un orto è magnificato dalla rugiada. Quel rumore, che veniva dai rami più alti, disturbava Moscardo perché dava l'impressione di qualcosa in arrivo: un assalto di continuo, rinviato. Lui e Nicchio restarono immobili, tesi, ascoltando quello strepito veemente, eppure senza senso, sopra le loro teste.

Di gatti non ne videro, ma presso la casa c'era la cuccia di un cane. S'intravedeva il cane, dentro, addormentato: grosso, di pelo liscio, nero, con la testa fra le zampe. Moscardo non riusciva a vedere una catena;

ma poi notò una corda che usciva dal canile ed era assicurata a un gancio sul tetto. Perché una corda?, pensò. E poi: Ah sì, perché non faccia rumore se lui si agita di notte.

I due conigli s'avventurarono oltre. Dapprima si tennero al coperto e all'erta per i gatti: Ma, non vedendone, si fecero più arditi. Attraversavano spazi scoperti e perfino si soffermavano a brucare qualche getto di soffione fra le gramigne, qua e là. Guidato dall'odore, Moscardo si diresse verso un capannone dal tetto basso. La porta era socchiusa e lui l'oltrepassò senza fermarsi sulla soglia. Dirimpetto alla porta, sopra un rozzo pancone, era posta una gabbia e, attraverso lo sportello a reticolo, si vedevano i musi e gli orecchi di alcuni conigli lì rinchiusi. Uno di essi si accostò alla reticella, guardò fuori e lo vide.

Ai piedi del pancone, sulla destra, c'era una balla di fieno. Moscardo vi saltò sopra agilmente e, di lì, balzò sul pancone, ch'era di vecchie assi polverose, consunte coperte di pula. Poi si volse a Nicchio che aspettava presso la porta.

« Hlao-rù, » gli disse « qui c'è un'unica uscita. Tu bisogna che stai di guardia al gatto, sennò ci prende in trappola. Resta lì sulla soglia e, se vedi un gatto, fuori, avvertimi subito. »

« D'accordo Moscardo-rà » disse Nicchio. « Per adesso, tutto tranquillo. »

Moscardo si appressò alla gabbia. La parte anteriore di essa, a reticella, sporgeva oltre l'orlo del ripiano, sicché lui non poteva affacciarsi di là; però in una delle tavole laterali c'era il buco d'un nodo; attraverso di esso poteva sbirciare dentro. Vide un paio di narici rosee, frementi.

« Io mi chiamo Moscardo » disse. « Son venuto per parlare con voi. Mi capite? »

La risposta venne in perfetto lapino, seppure dallo strano accento.

« Sì sì, ti comprendiamo. Il mio nome è Bosso. Da dove vieni? »

« Dalle colline. I miei compagni e io viviamo liberi,

senza gli uomini. Pascoliamo dove ci pare, stiamo al sole, dormiamo sottoterra. Voi quanti siete? »

« Quattro. Due maschi, due femmine. »

« Uscite mai fuori? »

« Sì, qualche volta. Una bambina ci porta fuori, ci mette in un recinto, sull'erba. »

« Sono venuto a parlarvi della nostra colonia. Abbiamo bisogno di altri conigli. Vi proponiamo di scappare dalla fattoria e unirvi a noi. »

« C'è una grata, sul didietro di questa cassetta » disse Bosso. « Vieni, ché parliamo meglio. »

C'era una porticina, formata da un telaio e da una rete metallica, con due pezzi di cuoio. imbullettati a mo' di cardini e un rudimentale chiavistello bloccato con un fil di ferro attorcigliato. Quattro conigli stavan lì accovacciati, premendo i musi contro la reticella. Due di essi, Melauro e Cedrina, eran d'angora, neri, a pelo raso. Gli altri due, Bosso e la sua compagna, Sagginella, erano imalaiani bianchi e neri.

Moscardo cominciò a parlare della vita sulle colline, dei loro spassi, della libertà di cui godevano i conigli selvatici. Con la consueta sincerità, disse loro delle angustie in cui la sua colonia si trovava per mancanza di femmine, e che lui era in giro a cercarne. « Ma, » soggiunse « non vogliamo rubarvi le vostre. Tutti e quattro voi sarete i benvenuti fra noialtri, maschi e femmine ugualmente. C'è abbondanza per tutti, sulle colline. » Seguitò a parlare del pascolo serale, al tramonto, e dell'erba rugiadosa alla mattina presto.

I conigli in gabbia apparivano, insieme, sbigottiti e ammaliati. Cedrina, una femmina robusta e dall'aria sveglia, ascoltava rapita quei racconti e faceva domande sulla collina, sulla conigliera. Venne fuori che essi ritenevano la loro vita, in gabbia, monotona ma sicura. Avevan molto sentito parlare di elil ed erano convinti che i conigli in libertà avessero poche possibilità di scampo. Moscardo si rese conto che – quantunque fossero lieti della visita poiché portava un diversivo al tran-tran della loro esistenza – non erano capaci di prendere una decisione e mandarla a effetto. Insomma, non sapevano risolversi. Per lui e i suoi compagni, invece, era cosa naturale tradurre il pensiero in azione. Questi conigli non avevano mai dovuto agire per salvarsi la vita e neanche per procurarsi il cibo. Se voleva portarli su in collina, li avrebbe dovuti spronare. Stette zitto per un po', mangiucchiando della crusca, un avanzo di pastone. Quindi disse:

« Ora devo risalire in collina dai miei amici. Ma torneremo. Verremo qui, una notte, e allora, credete a me, apriremo la vostra gabbia, come niente, così quelli di voi che vogliono esser liberi, potranno seguirci. »

Bosso stava per rispondere, ma in quella Nicchio diede l'allarme: « C'è un gatto sull'aia! ».

« Non abbiam paura dei gatti, » disse Moscardo a Bosso « purché siamo all'aperto. »

Cercando di mostrarsi imperterrito, saltò giù dal pancone, usando la balla di fieno come gradino, quindi andò verso la porta. Nicchio stava sbirciando attraverso la fessura dei cardini. Era tutto spaurito.

« Ci ha fiutati, Moscardo, mi sa » disse. « Ho paura che sa dove siamo. »

« Allora non restiamo qui » disse calmo Moscardo. « Seguimi e, quando scatto a correre, scatta anche tu. »

Senza fermarsi a guardare per la fessura, girò intorno al battente socchiuso e si fermò sulla porta del capannone.

Il gatto, un soriano con il petto e le ghette bianche, si trovava sul lato opposto del piazzale e avanzava, lento e risoluto, lungo il fianco d'una catasta di legna. Quando Moscardo apparve sulla soglia, lo vide subito e si bloccò, l'occhio fisso, la coda nervosa. Moscardo avanzò oltre la soglia, di qualche balzo, e si fermò di nuovo. I primi raggi del sole cadevano obliqui sul piazzale e, nel silenzio, alcune mosche ronzavano sul mucchietto di letame. C'era odore di strame, di polvere, di biancospino.

« Olà, morto di fame! » gridò Moscardo al gatto. « Che, i topi si son fatti troppo furbi? »

Il gatto non rispose. Moscardo batteva gli occhi contro luce. Il gatto si appiattì in terra, spingendo avanti il capo fra le zampe. Senza distogliere un attimo lo sguardo dal gatto, Moscardo avvertì che Nicchio, alle sue spalle, tremava come una foglia.

« Non aver paura, Hlao-rù » gli bisbigliò. « Ti porto in salvo. Ma bisogna aspettare che si avventi prima lui. Sta' buono. »

Il gatto cominciò a dar sferzate con la coda. Si sollevò sui quarti posteriori, con crescente eccitazione, flessuosamente.

« Che, non sei buono a correre? » l'aizzò Moscardo. « Mi sa di no. Tu sei un leccapiatti, un... »

Il gatto si scagliò e, subito, i due conigli spiccarono un balzo, con le potenti zampe posteriori, e si diedero alla fuga. Il gatto arrivò velocissimo e, benché essi fossero scattati istantaneamente, per un pelo riuscirono a portarsi fuori dall'aia in tempo. Mentre correvano lungo il fianco del granaio, udirono il cane abbaiare, eccitato, correndo qua e là per quanto la fune glielo consentiva. Una voce d'uomo gli gridò qualcosa. Raggiunta la siepe, vi si infrattarono e si volsero indietro. Il gatto aveva desistito e si stava leccando uno zampino, con ostentata noncuranza.

« Non gli va di far la figura degli sciocchi » disse Moscardo, « Quello non ci darà più noia. Se non fosse partito alla carica così, probabilmente ci avrebbe inseguiti più a lungo, e magari chiamato un compagno. Non so perché, ma tu non riesci a scattare se non scatta lui per primo. Meno male che l'hai visto arrivare, Hlao-rù. »

« Se son stato d'aiuto, son contento. Ma cosa siam venuti a fare? e perché hai parlato con quei conigli in gabbia? »

« Te lo dirò più tardi. Ora andiamo nel campo, a mangiare. Poi torniamo a casa, pian piano, senza fretta. »

Se il tuo cuore è ben saldo, ti
condurrò a Cartagine.

GUSTAVE FLAUBERT, *Salammbô*.

Doveva far di testa sua, poiché
lui era il re. A nessuno compete-
va di dirgli: « È il momento
di fare l'offerta ».

MARI RENAULT,
Il re deve morire.

Fatto sta che Moscardo e Nicchio non furono di ritorno
al Nido d'Api che verso sera. Mentre stavano ancora pascolando, si era levato un ventaccio, s'era messo a piovere, così avevan trovato rifugio in un fosso, poi – quando
questo si riempì d'acqua piovana – presso certe tettoie
che sorgevano a mezza costa lungo il sentiero. Rimpiattati in un mucchio di paglia, dopo aver constatato che
pantegane non ce n'erano, si eran messi a dormire. Era
piovuto tutta la mattina e, al loro risveglio, a metà pomeriggio, piovigginava ancora. Moscardo pensò che non
c'era nessuna fretta, camminare sul bagnato era troppo
faticoso, eppoi nessun coniglio degno di rispetto avrebbe
rinunciato a foraggiarsi in un posto come quello. Bietole
e rape li tennero occupati per qualche tempo, e solo
all'imbrunire si rimisero in cammino. Se la presero
anche comoda, e arrivarono alla faggeta ch'era già quasi
buio, senza alcun inconveniente, tranne che avevan le
pellicce bagnate zuppe. Solo due o tre conigli eran fuori,
alla mesta silflaia, dato il tempaccio e l'umidità. Nessuno
fece cenno alla loro lunga assenza e Moscardo andò subito a rintanarsi, dopo aver raccomandato a Nicchio di
non dir nulla, per il momento, della loro avventura.
Trovò il covile vuoto, si coricò e prese subito sonno.

Al risveglio trovò Quintilio accanto a sé, al solito.
Mancava poco all'alba. Il piancito della tana era piacevolmente asciutto e, in quel dolce tepore, stava per
riaddormentarsi, quando Quintilio parlò.

« Ti sei infradiciato, ieri, Moscardo. »

« Embè? Visto che l'erba era bagnata! »

« Non ti sei inzuppato così alla silflaia. Ieri non ti s'è visto tutto il giorno. »

« Sono andato a pascolare giù a valle. »

« A mangiar rape e bietole, dirai. Eppoi i piedi ti sanno di cascina: sterco di polli e crusca fra gli unghioli. Ma c'è anche dell'altro... qualcosa di strano che non riesco a fiutare. Cos'è successo? »

« Sì, c'è stato un breve incontro con un gatto... ma perché darsi pensiero? »

Perché tieni nascosto qualcosa, Moscardo. Qualcosa di pericoloso. »

« Pungitopo è in pericolo, mica io. Perché devi preoccuparti per me? »

« Pungitopo? » fece Quintilio, sorpreso. « Ma Pungitopo e gli altri sono arrivati sani e salvi alla meta. Ce l'ha detto Kehaar. Come! non lo sapevi? »

Moscardo si sentì colto in flagrante. « Embè, adesso lo so » disse. « E mi fa molto piacere. »

« Allora, ecco quanto » disse Quintilio. « Sei andato in una fattoria, ieri, e sei sfuggito a un gatto. Ed eri tanto preso dalle tue imprese che, al ritorno, ti sei dimenticato di chiedere notizie di Pungitopo. »

« E va bene, Quintilio. Ti racconto tutto. Ho preso Nicchio con me e sono andato a quella fattoria di cui Kehaar ci aveva parlato, dove ci sono dei conigli in gabbia. Li ho trovati e ho parlato con loro. E ho in animo d'andare a liberarli, nottetempo, e portarli qui, a stare con noi. »

« E a che pro? »

« Due di loro sono femmine, capisci? »

« Ma se Pungitopo avrà successo, di femmine ne avremo in abbondanza. Eppoi, a quel che ne so, i conigli di gabbia non s'adattano alla vita selvatica. La verità è che tu, mio caro, sei uno sciocco smargiasso. »

« Uno sciocco? uno smargiasso? io? Non credo che la penseranno altrettanto, Parruccone e Mirtillo. Li sentiremo subito. »

« Vuoi rischiare la tua e l'altrui vita per un futile

scopo » disse Quintilio « Oh, sì, certo, gli altri staranno dalla tua! ti seguiranno! Tu sei il Capo Coniglio. Tu sei quello che decide, e loro ti danno fiducia. Riuscirai a persuaderli ma questo non dimostrerà nulla. Tre o quattro conigli morti dimostreranno, invece, che tu sei uno sciocco, ma sarà troppo tardi. »

« Oh, sta' zitto. Mi va di dormire. »

Alla silflaia, la mattina appresso, con Nicchio che gli teneva bordone, raccontò ai compagni della puntata alla fattoria. Come previsto, Parruccone fece balzi di gioia all'idea di un'incursione per liberare i conigli in gabbia.

« Non può andarci male » disse. « È un'ottima idea, Moscardo. Io non lo so, come aprire una gabbia, ma ci penserà Mirtillo. Solo mi secca che tu sia scappato davanti a un gatto. Un buon coniglio tien testa a qualsiasi gattaccio. Mia madre ha dato addosso a uno, 'na volta, e gli ha lasciato un segno per ricordo: un bello sbrego nella pelliccia! Lascia che me la veda io, coi gatti della fattoria. Io con uno o due dei nostri. »

Per convincere Mirtillo ci volle un po' di più. Ma anche lui, al pari di Parruccone e dello stesso Moscardo, era deluso, per non aver preso parte alla spedizione di Pungitopo, eppoi, quando gli altri gli dissero che contavano su di lui per aprire la gabbia, acconsentì a essere della partita.

« Chi portiamo con noi? » domandò « Il cane è legato, dici, e di gatti più di tre non ce ne saranno. Se andiamo in troppi, rischiamo che qualcuno si smarrisce per strada di notte, e ci tocca cercarlo. »

« Ebbene, ci portiamo soltanto Dente di Leone, Lampo e Smerlotto, gli altri restano a casa » disse Parruccone. « Pensi d'andare stasera, Moscardo-rà? »

« Prima è meglio è » questi rispose. « Va' a chiamare quei tre e digli di tenersi pronti. Peccato che, di notte, non possiamo portarci Kehaar. Lui si divertirebbe, a seguirci. »

Però furono costretti a rinviare, ché si rimise a piovere prima di sera. Il vento di nord-est portava l'agrodolce dei ligustri in fiore, dalle lontane siepi dei villini. Moscardo restò sul greppo fino all'imbrunire. Quando fu chiaro che ormai sarebbe piovuto tutta notte, tornò giù nel Nido d'Api, dove gli altri eran già radunati. Avevan persuaso anche Kehaar a cercar miglior riparo dal vento e dall'umidità, e a una delle novelle di Dente di Leone tenne dietro un racconto straordinario, che lasciò tutti sbalorditi: d'una volta che Frits era dovuto partire per un lungo viaggio e la terra era stata inondata dalla pioggia. Ma un uomo costruì una grande cassetta galleggiante, dove rinchiuse tutti gli animali e gli uccelli, finché non tornò Frits a liberarli.

« Non succederà mica lostesso stanotte, eh, Moscardo-rà? » domandò Nicchio, ascoltando la pioggia che picchiava sulle foglie dei faggi, là fuori. « Qui non c'è nessuna cassa galleggiante. »

« Ti salverà Kehaar. Ti porta in volo, lui, fino alla luna, Hlao-rù, » gli disse Campànula « e poi per atterrare atterrerai sulla testa di Parruccone. Ma c'è tempo di farci una dormita, prima. »

Prima di addormentarsi tuttavia Quintilio parlò ancora a Moscardo. E gli disse:

« Non c'è verso di dissuaderti da quell'incursione, vero? ».

« Senti » disse Moscardo. « Forse hai, al riguardo, un brutto presentimento? In tal caso, parla chiaro. Allora mi darò una regolata. »

« Non ho presentimenti, né buoni né cattivi, riguardo a quella fattoria » disse Quintilio. « Ma ciò non significa necessariamente che tutto andrà bene. I presentimenti mi vengono quando gli pare... mica sempre, mi vengono. Per esempio non ho previsto il lendri, né quel corvo. E neppure saprei dirti niente, se è per questo, circa l'esito della missione di Pungitopo. Potrà andar male, portà andar bene. Ma c'è qualcosa che mi spaventa per quanto riguarda te, Moscardo. Solo te, nessun altro. Ci sei tu, tutto solo, chiaro e netto, come un ramo secco contro il cielo. »

« Allora, se prevedi guai per me ma non per gli altri, lascerò che decidano loro, se io debba restar fuori da questa impresa. Ma è un grave cedimento, sai, Quintilio.

Anche se lo dici tu, qualcuno penserà che io ci ho fifa. »

« Insomma, Moscardo, io sono dell'idea che questo è un rischio inutile. Perché non aspettare che torni Pungitopo, prima? Ecco. »

« Che mi prenda un lacciolo! non capisci che non voglio aspettare il suo ritorno? Sta tutto qui! voglio che quando torna trovi già delle femmine da noi. Comunque, sta' a sentire, Quintilio. Voglio darti retta, e allora farò così: non andrò alla fattoria. Resterò fuori della fattoria vera e propria. Aspetterò alla fine del viottolo. E se questo non è venirti incontro, dimmi tu che cos'è! »

Quintilio non replicò e Moscardo si rimise a ragionare sull'ardua impresa. Difficile, fra l'altro, far superare ai conigli domestici il lungo e difficile tragitto fino in cima alla collina.

Il giorno dopo era sereno e asciutto, un fresco venticello eliminava ogni residuo d'umidità. Le nuvole correvano veloci, da sud, oltre il crinale, come il giorno del loro arrivo: però adesso erano più piccole e più alte, e alla fine formarono in cielo un disegno striato, che pareva la riva del mare alla bassa marea. Moscardo condusse Parruccone e Mirtillo sull'orlo dello strapiombo, donde s'intravedeva il Noceto, sul suo piccolo poggio. Indicò loro la strada d'approccio poi spiegò come arrivare alla gabbia dei conigli. Parruccone era su di giri. Il vento e l'imminenza dell'azione l'eccitavano. Fingendo di essere un gatto, invitava Dente di Leone, Smerlotto e Lampo ad attaccarlo, il più realisticamente possibile. Moscardo che, dopo il colloquio con Quintilio, si era un po' rannuvolato, ritrovò il suo buon umore, osservandoli combattere fra l'erba, anzi finì per pigliar parte anche lui all'esercitazione, prima come attaccante, poi come gatto, cercando di imitare la guardatura e le movenze flessuose di quel soriano tigrato.

« A questo punto, se non incontriamo un gatto, per me sarà una delusione » disse Dente di Leone, attendendo il suo turno di assalire un ramo caduto di faggio, graffiarlo due volte e scappar via. « Mi sento un animale pericolosissimo! »

« Kvarda, che pisoghna stai achtento, sighnor Den'

di Lione » disse Kehaar, che stava cacciando chiocciole fra l'erba lì da presso. « Sighnor Parucone fuole foi penzare che jè uno grande joco. Fuole dare foi coraccio. Ma catto no jè joco. Nix skerzo. Tu no fede, tu no sente, lui arrifa. Op, lui salta! »

« Ma noialtri non andiamo là a mangiare sai, Kehaar » disse Parruccone. « Qui sta la differenza. Sul chivalà staremo, ogni momento. »

« O perché non mangiarselo, il gatto? » disse Campànula. « O sennò, portatene uno qui. Incrociamo la razza, e vedrete che stirpe di conigli! »

Moscardo e Parruccone avevano deciso di compiere l'incursione subito dopo il calar delle tenebre. Quindi avrebbero percorso il tragitto fino a quelle tettoie isolate al tramonto, invece di rischiare la confusione di un viaggio notturno su un terreno che soltanto Moscardo conosceva. Alle tettoie, potevano farsi una mangiata di rape rosse, star lì quatti quatti fino a notte scura e compier l'ultimo tratto ben riposati. Quindi – ammesso che se la sbrigassero coi gatti – avrebbero avuto molto tempo per scassinare la gabbia. Invece, arrivando all'alba, sarebbero stati in lotta col tempo, per far prima che gli uomini entrassero in scena. Infine, nessuno si sarebbe accorto della scomparsa dei conigli domestici fino all'indomani.

« E non scordiamoci, » disse Moscardo « che a quei conigli ci vorrà un bel po' di tempo, per compiere il percorso fino alla collina. Dovremo essere pazienti con loro. Ed è meglio far la strada del ritorno di nottetempo, elil o non elil, anziché andar in giro di giorno. »

« Nella peggiore delle ipotesi, » disse Parruccone « piantiamo i conigli domestici e ce la diamo a gambe. Gli elil si buttano sui meno veloci. Lo so, è brutto, ma in caso di grave pericolo, si salvi chi può. Meglio che scampino i nostri. Speriamo comunque che questo non succeda. »

Al momento della partenza, Quintilio non era presente. Moscardo se ne rallegrò: ci mancava che quello, con i suoi malauguri, buttasse giù il morale a tutti! Nicchio, dal canto suo, era tutto dispiaciuto ché lo lasciavano a casa. Per consolarlo, Moscardo gli disse ch'era solo perché già aveva fatto la sua parte. Campànula e Ghianda li accompagnarono fino appiè del colle, li guardarono allontanarsi radendo la fratta.

Arrivarono alle tettoie dopo il tramonto, che già imbruniva. Né civette né gufi turbavano la pace vespertina, e tanto alto era il silenzio che s'udiva cantare un usignolo, lagnoso, intermittente, in un bosco lontano. Due topacci fra le rape digrignarono i denti, ma poi ci ripensarono e li lasciarono in pace. Saziatisi, si riposarono comodamente fra la paglia finché l'ultima luce del giorno, all'occaso, non si fu spenta.

I conigli non danno un nome alle stelle, ma a Moscardo era alquanto familiare quella che noi chiamiamo Capella, nella costellazione dell'Auriga: la guardò sorgere e splendere all'orizzonte, a nord-est, sulla destra della fattoria. Quando ebbe raggiunto un certo punto, ch'egli aveva fissato, accanto a un ramo secco, chiamò gli altri e li guidò su pel pendio, verso gli olmi. Presso la sommità, varcarono la siepe e si portarono sul viottolo.

Moscardo aveva già detto a Parruccone della promessa da lui fatta a Quintilio di tenersi lontano dai pericoli; e Parruccone, ch'era molto cambiato negli ultimi tempi, non aveva trovato da obiettare.

Anzi, gli aveva detto: « Se Quintilio così dice, fai bene a dargli retta. Allora, d'accordo. Tu aspetti fuori della fattoria, in un luogo sicuro, e noi andiamo a prelevare quei conigli, te li portiamo, e tu guidi il drappello sulla via del ritorno. »

Moscardo tuttavia non aveva precisato che l'idea di restare nelle retrovie era la sua, e che Quintilio si era mostrato acquiescente solo perché non era riuscito a persuaderlo a rinunciare all'incursione del tutto.

Acquattato sotto una frasca caduta, sul bordo del viottolo, Moscardo guardò gli altri procedere verso la cascina, con Parruccone in testa. Camminavano lenti, alla conigliesca: un saltello, un passetto, una sosta. La notte era buia e ben presto scomparvero alla vista, ma per un altro pezzo li udì muoversi lungo il granaio. Poi si rannicchiò, aspettando.

Se Parruccone sperava di menar le zampe, fu soddisfatto immediatamente. Appena arrivati all'angolo del granaio, s'imbatterono in un gatto. Non il soriano di Moscardo. Questa era una gatta, bianca e nera, una di quelle agili e snelle, che trottano e sculettano, che siedono al davanzale quando piove e stanno di vedetta in cima a una fascinaia nei pomeriggi di sole. Avanzava molleggiando e, appena vide i conigli, si fermò di botto.

Senza un attimo d'esitazione, Parruccone partì 'alla carica, come fosse il ramo di faggio delle esercitazioni. Più svelto anche di lui, Dente di Leone spiccò una volata, la graffiò, schizzò via. Quando quella si volse, Parruccone l'assalì dall'altra parte con tutto il suo peso. La gatta gli si rivoltò contro, a morsi e graffi, e Parruccone rotolò in terra. Gli altri l'udirono imprecare, proprio come un gatto, dibattendosi e cercando una presa. Poi affondò una zampa posteriore nel fianco della gatta e scalciò all'indietro, ripetute volte.

Chiunque abbia dimestichezza coi gatti sa che a essi non garba un assalitore risoluto. Un cane che cerchi di far il grazioso con un gatto può benissimo buscarsi un graffio, per tutta ricompensa. Ma fate che quello stesso cane si scagli all'attacco, pressoché nessun gatto l'attende a pié fermo. Quella gatta di campagna rimase stupita, all'irruenza di Parruccone. Era robusta, una buona pigliasorci, ma adesso si trovava di fronte un focoso combattente, pronto a tutto. Mentre si ritraeva, Lampo s'avventò a sua volta e la colpì sul muso. E fu l'ultimo scambio. La gatta, ferita, fuggì via e andò a nascondersi sotto il recinto della vaccheria.

Parruccone sanguinava da tre graffi, profondi e paralleli, all'interno di una zampa posteriore. Gli altri gli si appressarono, congratulandosi, ma lui tagliò corto. Guardò intorno al piazzale cercando di orientarsi.

« Andiamo » disse. « E spicciamoci, finché il cane sta cheto. Il capannone... la gabbia... da che parte si va? »

Fu Smerlotto a trovare il cortiletto. Per fortuna, la porta del capannone era socchiusa (un bel guaio, sennò) e tutti e cinque s'infilarono dentro in fila indiana. Al buio non potevano distinguere la gabbia, però udivano e fiutavano i conigli.

Parruccone disse, rapido: « Tu, Mirtillo, vieni con me, per aprire la gabbia. Voi tre state di guardia. Se arriva un altro gatto, ve la dovete spacciare voi ».

« Bene » disse Dente di Leone. « Lo spacciamo noi. »

Parruccone e Mirtillo trovarono la balla di paglia e salirono sul pancone. In quella Bosso disse, dalla gabbia:

« Chi è là? Sei tornato, Moscardo? »

« È Moscardo che ci manda » gli rispose Parruccone. « Siam venuti a liberarvi. Volete venire con noi? »

Seguì un silenzio, un tramestio fra il fieno, poi Cedrina rispose: « Sì, fateci uscire ».

A lume di naso, Mirtillo s'accostò allo sportello, s'aderse, tastò col muso il telaio, il chiavistello, i gangheri di cuoio. Gli ci volle un certo tempo per capire che questi ultimi erano abbastanza soffici, da potersi mordere, ma poi s'accorse ch'eran tanto aderenti al legno da non offrire presa ai denti. Diverse volte cercò di conficcarceli, alla fine desistette.

« Non credo che possiamo farcela, con questa porta » disse, avvilito. « Non c'e per caso un'altra uscita? »

Bosso si era rizzato sulle zampe di dietro e s'appoggiava con quelle davanti alla reticella. Sotto il suo peso la parte alta dello sportello veniva leggermente spinta in fuori, sicché uno dei cardini di cuoio cedeva un tantino là dove il chiodo esterno lo fissava allo stipite della gabbia. Quando Bosso ricadde sulle quattro zampe, Mirtillo vide che il ganghero s'era incurvato, sollevandosi appena dal legno.

« Prova adesso » disse a Parruccone.

Parruccone addentò il ganghero e tirò. Lo scalzò quasi impercettibilmente.

« Per Frits, ce la faremo » disse Mirtillo, e pareva il Duca di Wellington a Salamanca. « Ci occorre tempo, ecco tutto. »

Il cardine era fatto a regola d'arte e ci volle del bello e del buono, prima che cedesse, agli strattoni e ai morsi. Dente di Leone s'era innervosito e due volte lanciò un falso allarme. Parruccone, resosi conto che le sentinelle non ne potevan più di stare all'erta, senza far nulla, andò a dar il cambio a Dente di Leone e spedì Lampo a rimpiazzare Mirtillo. Quando alfine essi riuscirono a scalzare la lingua di cuoio dal chiodo, Parruccone tornò anche lui presso la gabbia. Ma non avevano ancora vinto. Allorché uno dei conigli all'interno si rizzava e puntava le zampe davanti contro la parte alta della rete, lo sportello faceva leggermente perno, sull'asse del chiavistello e del ganghero inferiore, però quest'ultimo non si scalzava. Soffiando d'impazienza fra i baffi, Parruccone richiamò Mirtillo e gli disse: « Che si fa? C'è bisógno d'un tocco di magia, come quando spingesti quel pezzo di legno sull'acqua del fiume ».

Mirtillo guardò la porta, mentre Bosso dall'interno si rimetteva a spingere. Il montante del telaio premeva contro il secondo pezzo di cuoio, ma questo non cedeva, non offriva presa ai denti.

« Proviamo a spingere da questa parte » disse Mirtillo. « Spingi tu, Parruccone, dall'esterno. Di' all'altro là di smettere. »

Quando Parrucone rizzatosi, spinse lo sportello verso l'interno, il telaio fece subito perno assai più di prima, poiché dalla parte esterna non c'era una cornice lungo la soglia. Il cardine di cuoio si contorse e Parruccone quasi perse l'equilibrio. Se non fosse stato per il chiavistello, che arrestò la rotazione, sarebbe addirittura tombolato all'interno della gabbia. Stupito, balzò indietro, ringhiando.

« Un tocco di magia, hai detto, no? » disse Mirtillo, soddisfatto. « Prova ancora. »

Non c'è stringa di cuoio, tenuta fissa da un solo chiodo a capocchia larga a ciascuna estremità, che possa resistere a lungo a una ripetuta torsione. Di lì a poco la capocchia del chiodo era quasi scomparsa dentro il cuoio, per effetto del logorio.

« Piano, adesso. Se cede d'un tratto fai un volo » disse Mirtillo. « Tirala via coi denti. »

Due minuti più tardi, lo sportello penzolava attaccato alla sola stanghetta. Cedrina spinse il battente, dalla parte dei cardini divelti, e uscì fuori, seguita da Bosso.

Quando varie creature – uomini o animali – hanno lavorato insieme per superare un ostacolo, alla riuscita segue spesso una pausa come di raccoglimento, per onorare l'avversario vinto dopo tanta accanita resistenza. Il grande albero cade, con un croscio, uno schianto di rami, un turbinio di foglie, abbattendosi al suolo; e i boscaioli restano impalati, silenziosi per un po'. Dopo parecchie ore, il banco di neve è stato spalato e il camion si accinge a riportare a casa, al caldo, gli spalatori; ma questi si attardano, ancora qualche minuto, appoggiandosi ai badili, annuendo senza sorridere agli automobilisti che passano, che fan cenni di ringraziamento. L'astuta porticina della gabbia non era più che un pezzo di reticella, attaccata a un telaio di legno, composto da quattro assicelle; e i conigli indugiavano sul pancone, annusandola, senza parlare. Dopo un poco anche gli altri due prigionieri, Melauro e Sagginella, uscirono, esitanti, e si guardarono intorno.

« Dov'è Moscardo-rà? » chiese Melauro.

« Non lontano » rispose Mirtillo. « Ci aspetta in cima al viottolo. »

« Cos'è il viottolo? »

« Il viottolo? » fece eco Mirtillo, stupito. « Ma... »

S'interruppe, rendendosi conto che quei conigli non sapevano nulla, non conoscevano neanche il cortile e l'aia: non avevan la minima idea dell'ambiente che li circondava. Stava riflettendo su questa circostanza, quando parlò Parruccone:

« Non possiamo attardarci. Seguitemi, su, tutti quanti. »

« Ma dove? » domandò Bosso.

« Ma, via di qui, s'intende » rispose Parruccone, spazientito.

Bosso si guardò intorno. « Non so... » cominciò a dire.

« Io sì, invece » l'interruppe Parruccone. « Venite appresso a noi. Non curatevi di altro. »

I conigli domestici si scambiarono sguardi sbigottiti. Era chiaro che avevano paura di quel grosso, irsuto conigliaccio, con quello strano cimiero di peli e l'odore di sangue fresco addosso. Non sapevano che fare né capivano cosa si pretendesse da loro. Si ricordavano di Moscardo; lo scassinamento della porta li aveva affascinati; la curiosità li aveva spinti a uscire. Per il resto, non avévano scopi né progetti, né i mezzi per formularne. Non capivano di cosa si trattasse esattamente, come un bimbo che abbia chiesto d'accompagnare degli alpinisti a una scalata.

A Mirtillo cascarono le zampe. Che farne, di costoro? Lasciati a se stessi, avrebbero saltellato qua e là nel capannone, finché i gatti li avrebbero assaliti. Raggiungere la collina da soli, sarebbe stata per loro un'impresa come volare sulla luna. Bisognava trovar la maniera di indurli a muoversi. Si spremette il cervello, poi, rivolto a Cedrina:

« Ci scommetto che non avete mai pascolato di notte. L'erba ha più buon sapore che di giorno. Andiamo tutti a farci una mangiata, d'accordo? ».

« Oh, sì, volentieri » rispose Cedrina. « Ma non sarà pericoloso? Noi abbiamo tanta paura dei gatti, sapete. Certe volte che entrano qui dentro, ci guardano con certi occhi, di là dalla rete, da farci venir la tremarella. »

Perlomeno, pensò Mirtillo, incominciano a ragionare. Ad alta voce disse: « C'è il nostro amico qui che tiene testa a qualsiasi gatto. Ne ha quasi ammazzato uno, po-co fa, venendo qui ».

« E non ha nessuna voglia di azzuffarsi con un altro, se può fare a meno » disse brusco Parruccone. « Quindi, se volete brucar erba al chiardiluna, andiamo dove Mo-scardo-rà ci aspetta, e svelti. »

Uscendo sul piazzale, alla testa del drappello, Parruc-cone distinse la forma d'un gatto, che gli guardava dal-la catasta di legna. Era quella che già le aveva buscate e, gattescamente, affascinata dai conigli, non era buona a lasciarli perdere, ma, al tempo stesso, non aveva nessuna voglia di un'altra zuffa. Mentre quelli attraversavano lo spiazzo, essa restò dov'era.

Procedevano tremendamente a rilento. Bosso e Cedrina s'eran resi conto che c'era una certa urgenza, quindi fa-cevan del loro meglio per affrettarsi; gli altri due invece, appena usciti all'aperto, si drizzarono, guardandosi intorno come deficienti, del tutto smarriti. Dopo un lungo indugio – e intanto la gatta, scesa dalla legnaia, si dirigeva furtiva verso il fianco del capannone – Mirtillo riuscì a sospingerli fino all'aia. Qui però, al trovarsi in uno spazio anche più aperto, furon paralizzati dal panico, come accade a rocciatori inesperti che si siano avventurati su una croda. Non riuscivano più a muoversi, stavan là a battere gli occhi e scrutar l'oscurità, senza udire né i comandi di Parruccone né le esortazioni di Mirtillo. A un tratto un secondo gatto – il soriano – sbucò di dietro l'angolo della cascina, venne avanti. Quando passò accanto alla cuccia, il cane – un labrador – si destò, si drizzò, mise fuori la testa, guardò qua, guardò là. Vide i conigli, s'avventò abbaiando, trattenuto però dalla corda.

« Spicciamoci! » disse Parruccone. « Non possiamo restar qui! Su, svelti, su, al viottolo, di corsa! »

Mirtillo, Lampo e Smerlotto partirono a razzo, seguiti da Bosso e Cedrina, verso l'oscurità dietro il granaio. Dente di Leone restò presso Sagginella, implorandola di muoversi, e da un istante all'altro gli pareva di sentirsi sul dorso gli artigli del gatto.

Parruccone gli si accostò e gli disse a bassa voce: « Scappa, se non vuoi essere accoppato! »

« Ma... »

« Ubbidisci! » tagliò corto Parruccone. Quei latrati eran terrificanti, e lui stesso era prossimo al panico. Dente di Leone esitò un altro istante. Poi, lasciata perdere Sagginella, scattò verso il viottolo, con Parruccone alle calcagna.

Trovarono gli altri radunati intorno a Moscardo, sotto il greppo. Bosso e Cedrina eran esausti, tremavano a verga a verga. Moscardo cercava di rassicurarli. S'interruppe quando comparve Parruccone. Il cane smise di abbaiare, si fece silenzio.

« Siamo tutti qua » disse Parruccone. « Vogliamo andare? »

« Ma i conigli della gabbia erano quattro » disse Moscardo. « Dove sono gli altri due? »

« Là, sull'aia » gli rispose Parruccone. « Non c'è stato più verso di smuoverli. Poi il cane s'è messo ad abbaiare. »

« L'ho sentito. Ma, quei due, sono in balia di se stessi? »

« E fra poco saranno in balia dei gatti, pure » disse Parruccone, incollerito.

« Perché li hai lasciati? »

« Te l'ho detto, non c'era verso di smuoverli. Era già brutta, prima che ci si mettesse anche il cane. »

« È legato, il cane? »

« Sì, ma mica pretenderai che un coniglio resti a pié fermo, con un cane arrabbiato da qui a lì? »

« No, certo, no » rispose Moscardo. « Tu sei stato in gambissima, Parruccone. Mi dicevano appunto, proprio adesso, che glien'hai suonate tante, a uno di quei gatti, da mandargli via la voglia di riprovarci. Senti, adesso. Pensi di farcela, insieme a Mirtillo, Lampo e Smerlotto, a condurre questi due conigli alle tane? Ti ci vorrà buona parte della notte. Non camminano svelti, e dovrai usar pazienza con loro. Tu, Dente di Leone, invece vieni con me. »

« Dove, Moscardo-rà? »

« A prendere gli altri due » disse Moscardo. « Tu sei il più veloce, e te la caverai, in ogni caso. Non perdiamo altro tempo, Parruccone, su, da bravo. Ci vediamo domani. »

Prima che Parruccone potesse replicare, Moscardo era scomparso sotto gli olmi. Dente di Leone indugiava, guardò Parruccone, irresoluto.

« Allora, tu fai come ha detto lui? » questi gli chiese.

« Perché, tu no? » ribatté Dente di Leone.

Parruccone si rese conto, all'istante, che, se diceva di no, ne sarebbe conseguita l'anarchia. Non poteva mica ricondurre tutti alla cascina, né poteva lasciarli soli. Imprecò sotto i baffi contro quell'embliri di Moscardo, diede una sberla a Smerlotto che s'era messo a brucare un pan-porcino, e, alla testa dei cinque, si avviò per il campo. Dente di Leone, invece, rincorse Moscardo verso la fattoria.

Arrivati al granaio, l'udì che parlava a Sagginella. Questa e Melauro non s'erano mossi da dove Parruccone li aveva lasciati. Il cane era tornato nella cuccia: ma era sveglio, e all'erta, lo si sentiva, pur senza volerlo. Cautamente, uscì dall'ombra e si appressò a Moscardo.

Questi gli disse: « Stavo appunto facendo due chiacchiere con Sagginella, qui. Le dicevo che non c'è molta strada, da fare. Va' da Melauro, là, e digli di venire con noi, anche lui ».

Il tono di voce era quasi allegro, ma aveva gli occhi dilatati e un lieve tremito alle zampe davanti. Anche Dente di Leone percepì allora qualcosa di strano nell'aria... una specie di luminosità... una curiosa vibrazione, da qualche parte, in lontananza. Cercò i gatti con lo sguardo e li vide, entrambi, agguattati poco distante, davanti alla cascina. Se eran riluttanti a farsi sotto, merito di Parruccone: però non mollavano. Mentre li stava così osservando, di là dall'aia, Dente di Leone ebbe un moto improvviso di orrore.

« I gatti! » bisbigliò. « Oh mio Frits! perché gli occhi gli luccican così? Verdi! Guarda! »

Moscardo si drizzò e, allora, Dente di Leone fece un balzo all'indietro, atterrito, ché gli occhi di Moscardo rilucevano di rosso, nell'oscurità. Intanto, la ronzante vibrazione si era fatta più forte, sì da sommergere lo stormire degli olmi alla brezza. Poi tutti e quattro i conigli rimasero come trafitti da una luce improvvisa, abbagliante, che piovve su di loro come un rovescio d'acqua. Ogni loro istinto venne ottuso da quel bagliore accecante. Il cane abbaiò di nuovo, poi tacque. Dente di Leone tentò di muoversi, ma non ci riuscì. Quel tremendo barbaglio gli squarciava il cervello.

L'auto, che era venuta su per il viottolo, dopo aver sterzato oltre il ciglio di esso sotto gli olmi, avanzò ancora qualche metro e si fermò.

« I conigli di Lucy ènno fuggiti, varda! »

« Ah, tocca ripigliarli. Lassa i fari accesi! [1] »

Udendo voci d'uomo, al di là di quella luce ferocis-

---

[1] Questi contadini parlano il dialetto dello Hampshire (oltre all'elisione dell'*h* aspirata, ne è caratteristico il dittongo *oi* per *ai*: *loights* anziché *lights, noice* invece di *nice* ecc.). La traduzione cerca di rendere questa rozza parlata in un italiano rustico ma privo di precise inflessioni regionali.

sima, Moscardo tornò in sé. Non riusciva a veder nulla, è vero, ma il suo fiuto e il suo udito erano intatti. Allora chiuse gli occhi e, immediatamente, si raccapezzò.

« Den' di Leone! Sagginella! chiudete gli occhi e correte » disse. E scattò. Di lì a un momento, sentì odore di licheni e umidità. Proveniva da uno degli zoccoli di pietra: si trovava sotto il granaio. Dente di Leone era presso di lui, Sagginella poco oltre. Fuori, s'udì il trapestio degli uomini sulle pietre dell'aia.

« Eccol là uno! Vagli da part'addietro! »

« Questo 'n fugge. »

« Su, 'guantalo! »

Moscardo si accostò a Sagginella. « Non possiamo far niente per Melauro » le disse. « Seguimi. »

Avanzando a saltelli sotto il granaio rialzato, tutti e tre si diressero verso gli olmi. Si lasciarono dietro le voci degli uomini. Sbucati fra l'erba presso il viottolo, trovarono l'oscurità, alle spalle dell'auto e dei fari, piena di gas di scarico: un puzzo ostile e soffocante, che aumentò la loro confusione. Sagginella s'acquattò di nuovo e non c'era verso di smuoverla.

« Sarà meglio piantarla qui, Moscardo » disse Dente di Leone. « Gli uomini non le faranno alcun male. Hanno ripreso Melauro e l'hanno riportato in gabbia. »

« Fosse un maschio, direi di sì » rispose Moscardo. « Ma è una femmina e ci serve. Siam venuti apposta! »

In quel mentre percepirono odore di bastoncini bianchi che bruciano, e udirono i passi degli uomini sull'aia. Seguì uno sbattere metallico, mentre frugavano nell'auto. Quel rumore riscosse Sagginella. Ella guardò Dente di Leone.

« Non ci voglio tornare, nella gabbia » disse.

« Sul serio? »

« Sì. Vengo con voi. »

Dente di Leone si diresse verso la fratta. Soltanto dopo averla oltrepassata, e raggiunto il fossato di là, s'accorse di trovarsi sul lato del viottolo opposto a quello donde erano venuti. Era uno strano fosso, quello lì. Comunque, niente paura: il fosso scendeva lungo il pendio, ed era quella la strada del ritorno. S'incamminò lentamente, seguito da Sagginella, aspettando che Moscardo li raggiungesse.

Moscardo era scattato a correre verso il viottolo qualche minuto dopo gli altri due. Alle sue spalle, udì gli uomini allontanarsi dal hrududù. Mentre lui superava il greppo, il raggio d'una torcia illuminò il viottolo e balenò nei suoi occhi rossi, sulla sua coda bianca, prima ch'egli scomparisse nella fratta.

« Là! 'n coniglio salvatico, varda! »

« Allora i nostri n'n ènno lontani. Son scappati su co' quello. 'Ndiamo a dà n'occhiata. »

Nel fosso, Moscardo superò Dente di Leone e Sagginella sotto un cespuglio di rovi.

« Svelta, svelta, ché gli uomini c'inseguono » disse alla coniglia.

« Non possiamo proseguire, Moscardo, » disse Dente di Leone « senza uscire dal fosso. È bloccato! »

Moscardo annusò. Oltre i rovi, il fosso era sbarrato da un mucchio di terra, erbacce, rifiuti. Bisognava per forza uscire allo scoperto. Già gli uomini erano oltre il greppo e la loro torcia guizzava su e giù lungo la fratta, e fra i rovi sopra le loro teste. Poi si udirono dei passi, a pochi metri, venir avanti.

Moscardo disse a Dente di Leone: « Ascolta. Ora io spicco una corsa, da questo fosso all'altro, tagliando per il campo. Mi vedranno e, senz'altro, punteranno la luce su di me. Intanto, tu e Sagginella, risalito l'argine, vi buttate a correre per il viottolo, fino alle tettoie delle rape. Là, restate nascosti finché non arrivo io. Siete pronti? ».

Non c'era tempo di discutere. Un momento dopo, Moscardo, passando quasi fra i piedi degli uomini, sfrecciava per il campo.

« Eccol là! »

« E puntagli la torcia! N'n te lo perdere! »

Dente di Leone e Sagginella, inerpicatisi oltre l'argine, si immisero sul viottolo. Moscardo, con il raggio della torcia alle spalle, aveva quasi raggiunto l'altro fosso quando sentì un colpo secco a una delle zampe posteriori e un dolore pungente, rovente sul fianco. Un attimo dopo, il rumore della fucilata. Mèntre capriolava in un cespuglio d'ortiche in fondo al fosso, ricordò vividamente l'odore dei fior di fagiolo al tramonto. Non sapeva che gli uomini avessero un fucile.

Strisciò fra le ortiche, trascinando la zampa ferita. Fra poco, gli uomini gli punteranno contro la luce e l'agguanteranno. Arrancò lungo la parete del fosso, sentiva il sangue colargli sul piede. D'un tratto percepì una zaffata d'aria sul muso, lateralmente, e un odore di roba marcia, e un rumore cupo. Si trovava presso lo sbocco d'una condotta di scarico, che andava a versarsi in quel fosso: una galleria fredda, umida, liscia, più stretta d'una tana, ma larga abbastanza per infilarcisi. A orecchie basse, strisciando con il ventre sul bagnato si rimpiattò lì dentro, spingendo un monticello di fanghiglia innanzi a sé, e restò quatto quatto, mentre udiva i passi avvicinarsi.

« Mica 'l so, John, si l'hai beccato o no. »

« L'ho centrato sì. Varda, c'è 'l sangue là. »

« Mbè, n'n significa gnente. Chissà indove è arrivato, a 'st'ora. Mi sa che l'emo perso. »

« Mi sa invece ch'è lì, nell'ortica. »

« Mbè, dacci 'n'occhiata. »

« No, n'n c'è. »

« Mbè, mica potemo andar su e giù tutta la notte, orco. Bisognava acchiappalli quand'eran nel fosso. Era meglio non sparare. Così l'emo spaventati. Ci ritorni domani a dà 'n'occhiata, si sta qui. »

Si fece silenzio, ma Moscardo restò ancora immobile nel freddo sussurroso di quel tunnel. Una gelida stanchezza scese su di lui, e scivolò in un sopore inerte, sognante, pieno di crampi e dolori. Dopo un po', un rivoletto di sangue cominciò a sgocciolare giù dall'orifizio della conduttura, nel fosso calpestato, deserto.

Parruccone, accovacciato accanto a Mirtillo fra la paglia, sotto la tettoia (che serviva da riparo per il bestiame) saltò su pronto a fuggire quando udì la fucilata, a circa duecento metri. Si dominò e, rivolto agli altri, disse:

« Non correte! Eppoi, dove fuggireste? Non ci son tane qui. »

« Più lontani dal fucile » gli rispose Mirtillo, con gli occhi sgranati.

« Un momento! » disse Parruccone, tendendo gli orecchi. « Corron giù pel viottolo. Li sentite? »

« Sento solo due conigli, » rispose Mirtillo, dopo un poco, « e uno dei due è esausto. »

Si scambiarono un'occhiata e attesero. Poi Parruccone si drizzò di nuovo.

« Restate qui » disse. « Vado io a prenderli . »

Raggiunse Dente di Leone che, sul bordo della stradetta, sospingeva Sagginella, ormai sfiancata.

« Venite oltre, presto! » disse Parruccone. « Ma, in nome di Frits, dov'è Moscardo? »

« Gli uomini gli hanno sparato » rispose Dente di Leone.

Poi, raggiunti gli altri fra la paglia, non aspettò che facessero domande.

Disse subito: « Hanno sparato a Moscardo ». Poi soggiunse: « Melauro, l'hanno aggiuntato e rimesso in gabbia. Quindi ci hanno inseguiti. Noi tre, a correre pel fosso. Ma il fosso era bloccato. Moscardo allora fa di testa sua, salta fuori per richiamare la loro attenzione, mentre noi ce la diamo a gambe dall'altra parte. Non sapevamo che avessero un fucile ».

« L'hanno ucciso? ne sei certo? » domandò Lampo.

« Non l'ho visto cader colpito, ma gli hanno tirato da molto vicino. »

« Sarà meglio aspettare » disse Parruccone.

Attesero un bel pezzo. Alla fine, Dente di Leone e Parruccone s'avviarono guardinghi su pel viottolo. Trovarono il fosso calpestato e striato di sangue, allora tornarono indietro a riferire agli altri.

Il viaggio di ritorno, coi tre conigli domestici zoppicanti e spompati, durò più di due ore. Tutti erano affranti, avviliti. Ai piedi della collina, Parruccone disse a Mirtillo, Lampo e Smerlotto di andar avanti da soli. I tre giunsero alla faggeta alle prime luci dell'alba. Un coniglio corse loro incontro, fra l'erba bagnata. Era Quintilio. Mirtillo si fermò con lui, mentre gli altri proseguivano in silenzio.

« Brutte notizie, Quintilio. Moscardo... »

« Lo so » disse Quintilio. « Adesso lo so. »

« Come lo sai? » chiese l'altro, stupito.

« Mentre voi camminavate fra l'erba, poco fa, » disse Quintilio, a voce molto bassa, « c'era un quarto coniglio, alle vostre spalle, zoppicante e coperto di sangue. Io sono corso a vedere chi fosse, e... c'eravate soltanto voi tre, a fianco a fianco. »

Tacque e guardò lontano, come cercasse il coniglio sanguinante ch'era svanito nella penombra. Poi, mentre Mirtillo seguitava a tacere, domandò: « Cosa è successo? »

Mirtillo glielo riferì. Quintilio ritornò alla conigliera e scese nella sua tana, vuota.

Quando Parruccone, più tardi, arrivò con i tre conigli domestici, convocò immediatamente tutti gli altri nel Nido d'Api. Ma Quintilio non si fece vedere.

Fu malinconico, il benvenuto ai forestieri. Neppure Campànula riuscì a trovare una battuta di spirito. Dente di Leone non riusciva a darsi pace, al pensiero che avrebbe potuto fermare Moscardo, in quel fosso. L'assemblea si sciolse nel più cupo silenzio, poi andarono mesti alla silflaia.

Più tardi, in mattinata, ritornarono Pungitopo e i suoi compagni. Solo Argento era illeso. Pungitopo zoppicava, Ramolaccio era ferito al muso, Ribes scosso da brividi di febbre. Non c'eran altri conigli con loro.

26. QUINTILIO AL DI LÀ

Nel suo viaggio spaventoso, lo sciamano – dopo aver vagato per oscure foreste e varcato alte catene di montagne – giunge presso una grande voragine. Ora comincia la parte più difficile dell'impresa. Dinanzi a lui si spalanca l'abisso del mondo infernale

UNO HARVA, citato da Joseph Campbell in *L'eroe dalle mille facce.*

Quintilio giaceva nel covile. Fuori, le colline erano immerse nella calura del meriggio. Da un pezzo la rugiada era evaporata dall'erba, e da metà mattina tacevano i fringuelli. Ora, lungo le distese erbose o brulle, l'aria ondulava. Sul sentiero che passava rasente la conigliera, fili di luce scintillavano come un miraggio d'acqua che scorresse fra l'erba più corta, più soffice. Da lontano, gli alberi della faggeta apparivano gremiti di ombre dense, profonde, impenetrabili dall'occhio abbacinato. L'unico rumore era il « cri cri » del grillo, l'unico odore quello tiepido del timo.

Nel suo covile, Quintilio dormiva, ma il suo sonno era inquieto, di continuo interrotto. Si agitava, raspava, mentre le ultime tracce di umidità si prosciugavano nella terra sopra di lui. A un certo punto, quando dal soffitto cadde giù un po' di terriccio, lui balzò su e fece per scappare. Tornato in sé, tornò a coricarsi. A ogni brusco risveglio, il dolore per la perdita di Moscardo tornava a trafiggerlo e rivedeva quel coniglio ferito, spettrale, scomparire nel crepuscolo dell'alba, sulla collina. Dov'era adesso quel coniglio? Dov'era andato? Lui cominciò a seguirlo, per sentieri intricati – nella sua mente – oltre il crinale rorido di guazza, giù, nella mattutina foschia dei campi sottostanti.

La nebbia lieve fluttuava intorno a Quintilio mentr'egli procedeva, fra cardi e ortiche. Ora non vedeva più il coniglio claudicante, avanti a lui. Era solo e spaurito, benché percepisse suoni e odori familiari: quelli della campagna dov'era nato. Appassita era l'erba dell'estate. Sopra il suo capo, rami spogli di frassino, rovi nerastri. Lui, attraverso il ruscello, stava risalendo il pendio verso il punto dove lui e Moscardo, quella volta, avevano visto il tabellone. Sarà stato ancora là, quel cartello? Guardò, timoroso: stracci di nebbia occultavano in parte la vista ma, quando giunse quasi in cima alla pendice, vide un uomo che trafficava con alcuni attrezzi: una vanga, una corda e altri utensili più piccoli, il cui uso ignorava. Il tabellone giaceva in terra: più piccolo di quanto ricordasse, inchiodato a un lungo paletto quadrato, che finiva in punta, per esser conficcato nel terreno. La superficie del cartello era bianca e coperta, come allora, di segni neri, netti, come stecchi. Quintilio s'avanzò ancora, esitante, e si fermò accanto a quell'uomo, il quale stava fissando una buca, stretta e profonda, scavata ai suoi piedi. L'uomo si volse e guardò Quintilio con l'affabilità che un orco potrebbe ostentare verso la sua vittima, quando si accinge – e ambedue lo sanno – a scannarla e mangiarsela, non appena gli andrà.

« Ah, giusto te. Vorrai sapere cos'è che faccio, eh? » domandò l'uomo.

« Cosa fate? » disse Quintilio, fissandolo e tremando di paura.

« Metto su 'sto cartello » disse l'uomo. « E adesso vorrai sapere perché, eh? »

« Sì » bisbigliò Quintilio.

« È pel vecchio Moscardo, è » disse l'uomo. « Sì, mettiamo un cartello, nel punto dove lui si trova, praticamente. Cosa dici che dice, eh? »

« Non lo so » disse Quintilio. « Come... come può un pezzo di legno dire qualcosa? »

« Dice, dice, altroché » rispose l'uomo. « Lo vedi? È che noi la sappiamo più lunga di voi. È per questo che, noi, vi facciamo la festa, quando ci pare. Ora da' un'occhiatina a 'sto cartello, e ne saprai più di quanto ne sai adesso. »

Nel livido fosco crepuscolo, Quintilio fissò il tabellone.

E quegli stecchi neri si misero a guizzare sulla superficie bianca. Sollevavano le testine a cuneo e ciarlavano fra loro come una nidiata di donnole appena nate. Le voci, irridenti e crudeli, giungevano attutite al suo orecchio, come ovattate. « In memoria di Moscardo-rà! In memoria di Moscardo-rà! In memoria di Moscardo-rà! ah ah ah! ah aha ah! »

« Bene bene, incominci a capire? » disse l'uomo. « L'impicchiamo. Vedi qui? l'appenderò a 'sto cartello, che sto appunto piantando nel terreno. Come s'appende, metti, una beccaccia, o, metti, un ermellino. Ah! così l'appenderemo. »

« No! » gridò Quintilio. « Non lo farete. »

« Tranne solo però che non ce l'ho » seguitò a dire l'uomo. « Ecco perché non posso ancora appenderlo. Perché è dentro a quel dannato buco, dov'è andato a ficcarsi, ecco perché. S'è infilato in quel dannato buco, quando io già ci avevo tutto pronto, e non riesco a tirarlo mica fuori. »

Quintilio si accostò ai piedi dell'uomo e sbirciò dentro la buca. Era un foro circolare, un cilindro di terracotta che scendeva verticalmente nel terreno. Chiamò: « Moscardo! Moscardo! ». In fondo, in fondo qualcosa si mosse. Stava per chiamare di nuovo, ma l'uomo si chinò e lo colpì fra gli orecchi.

Quintilio si dibatteva in una densa nuvola di terra, soffice, polverosa. Qualcuno gli diceva: « Calmati, su, Quintilio, calmati! ». Lui si drizzò. Aveva terriccio negli occhi, nelle orecchie, nelle narici. Non riusciva a fiutare. Si squassò e disse: « Chi è? »

« Sono Mirtillo. Ero venuto a vedere come stavi. Non è niente. È solo caduto un po' di soffitto. Ci son stati altri piccoli crolli, nelle tane, oggi: è per via del caldo. Stavi facendo un brutto sogno, vero? Oh, si vedeva. Ti dibattevi, chiamavi Moscardo. Poverino! che disgrazia! Ma bisogna farsi forza. Tocca a tutti, un giorno, smettere di correre, lo sai. E Frits conosce, dicono, tutti quanti i conigli, a uno a uno. »

« È già sera? » domandò Quintilio.

« No, non ancora. Ma ni-Frits è passato da un pezzo.

Pungitopo e gli altri tre son tornati, sai. Ribes è molto malato. E non hanno portato neanche una femmina. Ogni cosa è andata storta. Pungitopo sta ancora dormendo: era esausto. Stasera ci racconterà tutto. Quando gli abbiamo detto del povero Moscardo, lui... Ma, Quintilio, non mi stai a sentire. Eh lo so, preferisci che stia zitto. »

« Mirtillo, tu lo sai dov'è il posto, di'? Il posto dove Moscardo è stato colpito? »

« Sì, Parruccone e io siamo andati a vedere, in quel fosso. Ma non devi... »

« Ci verresti con me, adesso? »

« Tornare là? Oh no. È distante. E a che servirebbe? Un rischio inutile. Eppoi, con questo caldo! No, servirebbe solo ad affliggerti di più. »

« Moscardo non è morto » disse Quintilio.

« Invece sì. Gli uomini l'hanno portato via. Ho visto il sangue. »

« Sì, ma non hai visto Moscardo. Difatti non è morto. Mirtillo, devi fare quel che ti chiedo. »

« Mi chiedi troppo. »

« Allora dovrò andare da solo. Ma capisci? si tratta di salvare la vita a Moscardo. »

Alla fine Mirtillo cedette, sebbene riluttante, e s'avviarono giù per la pendice. Quintilio correva veloce, come se scappasse a nascondersi. Seguitava a dir a Mirtillo di far presto. I campi eran deserti, sotto la vampa. Ogni creatura più grossa d'un moscerino se ne stava al riparo dal caldo. Quando giunsero alle tettoie, Mirtillo cominciò a spiegargli dove lui e Parruccone erano andati, alla ricerca; ma Quintilio l'interruppe.

« Su pel pendio, questo lo so: ma mi devi mostrare quel fosso. »

Gli olmi erano immoti: non il menomo fruscio, tra le foglie. Nel fosso la vegetazione era folta: cicuta, pastinaca e lunghe trecce di brionia dai fiori verdini. Mirtillo lo condusse presso il cespuglio d'ortiche calpestate e Quintilio si diede a annusare lì intorno, a scrutare, nel silenzio. Mirtillo lo guardava, sconsolato. Una bava di vento passò per il campo e un merlo si mise a zufolare, da qualche parte, dietro gli olmi. Alla fine

Quintilio avanzò ancora sul fondo del fosso. Gli insetti gli ronzavano intorno agli orecchi e d'un tratto una piccola nuvola di mosche si levò in volo, da una pietra sporgente, disturbate. No... non era una pietra. Era liscia e regolare... la bocca d'un tubo di terracotta. L'orifizio d'una condotta di scolo, scura, con un grumo di sangue nerastro sull'orlo: sangue di coniglio.

« Il dannato buco! [1] » bisbigliò Quintilio. « Il dannato buco! »

Sbirciò dentro quella buia conduttura. Era bloccata. Tappata da un coniglio. Non c'era da sbagliarsi, all'odore. Un coniglio cui il cuore batteva ancora, debolmente. Le pulsazioni erano ingrandite dal tubo angusto.

« Moscardo » chiamò Quintilio.

Mirtillo accorse subito. « Che c'è, Quintilio? »

« C'è Moscardo, in quel buco, » disse Quintilio « ed è vivo. »

27. NON SE LO PUÒ IMMAGINARE
CHI NON C'È STATO

Veleggiò verso levante, veleggiò verso ponente
Finché arrivò in Turchia, terra leggiadra.
E fu qui che fu preso e messo in carcere:
Parlare non potea, né veder niente.

Lord Bateman
(Serie raccolta in Nuova Scozia da Mackenzie).

Nel Nido d'Api stava per cominciare l'assemblea, la seconda dopo la scomparsa di Moscardo. Via via che l'aria si faceva più fresca, i conigli si svegliavano e, un po' alla volta, affluivano nel salone dai vari covili. Tutti erano mesti, dubbiosi in cuor loro. Come il dolore d'una brutta ferita, così l'effetto di un profondo trauma impiega un certo tempo a farsi sentire. Quando un bambino

[1] *The bloody hole!* letteralmente: il buco sanguinoso, o insaguinato.

apprende, per la prima volta in vita sua, che una certa persona a lui cara è morta, pur senza dubitarne, stenta a rendersene conto, sicché in seguito potrà domandare – anche più d'una volta – dove sia quella persona, quando tornerà. Una volta che, in Nicchio, l'idea che Moscardo non sarebbe tornato mai più ebbe messo le radici – come un albero funesto – lo sbigottimento superava il dolore. E lo stesso accadeva ai suoi compagni. Quantunque non ci fosse alcun motivo per cui la vita, nella conigliera, non potesse seguitare come prima, tuttavia quei conigli eran convinti che la loro buona sorte fosse finita. Moscardo morto, la spedizione di Pungitopo fallita: cosa verrà dopo?

Pungitopo, smagrito, con la pelliccia piena di lappe e frammenti di bardana, stava parlando con i tre conigli di gabbia, per rassicurarli come meglio potesse. Nessuno ora poteva dire che Moscardo s'era giocato la vita per una stupida bravata. Quelle due femmine erano la loro unica conquista, l'unico bene della conigliera. Ma era evidente che nel nuovo ambiente si trovavano a disagio, e Pungitopo si chiedeva, suo malgrado, cosa potessero sperare da loro. Le coniglie, sconvolte o innervosite, tendono a esser sterili. E come potevano sentirsi a casa loro, quelle, in un posto dove tutti erano afflitti e mesti? C'era il caso che morissero, o che andassero errando lontano. Pungitopo cercava tuttavia di convincerle che sarebbero venuti tempi migliori; ma lui stesso, via via che parlava, ne era sempre meno convinto.

Parruccone aveva mandato Ghianda a chiamare i ritardatari. Ghianda tornò e disse che Ribes era troppo malato per venire all'assemblea, e che Mirtillo e Quintilio non c'erano, da nessuna parte.

« Quintilio, lo capisco. Poverello, » disse Parruccone « meglio che resti solo per un po'. »

« Ma non c'è, nella sua tana » ripeté Ghianda.

« Non importa » disse Parruccone. Poi, fra sé, ripensandoci: Mirtillo e Quintilio... non saranno mica andati via senza dir nulla a nessuno? In tal caso, che accadrà quando gli altri lo sapranno? Chiedere a Kehaar di andare alla ricerca finché c'era ancora luce? E una volta che Kehaar li avesse ritrovati? Non poteva costringerli a tornare. O, anche a poterli costringere, a che serviva, se non restavano volentieri? Intanto Pungitopo aveva cominciato a parlare, e tutti facevano silenzio.

« Lo so che siamo in un pasticcio, » prese a dire Pungitopo « e che fra poco dovremo prendere decisioni cruciali. Ma prima sarà bene che vi faccia un rapporto sulla nostra spedizione e vi dica come mai siamo tornati, Argento Ramolaccio Ribes e io, senza femmine. Non occorre che mi rammentiate come, all'inizio, l'impresa apparisse facile. E invece eccoci qua: un coniglio ammalato, uno ferito, e nessun risultato pratico. Vi chiederete come mai. »

« Nessuno t'incolpa, Pungitopo » disse Parruccone.

« Non lo so se abbia colpe oppure no » replicò Pungitopo. « Me lo direte voi, dopo aver ascoltato il mio rapporto.

« La mattina in cui partimmo, era bel tempo, l'ideale per hlessil, quindi non ci davamo fretta. Faceva fresco, mi ricordo, e avremmo avuto diverse ore prima della calura. C'è una fattoria, non lontana dall'altra estremità di questo bosco, e, quantunque a quell'ora gli uomini non fossero ancora alzati, preferii evitarla e mi tenni sull'altura, a tramontana. Ci aspettavamo di arrivare a un qualche scoscendimento, e invece non ce n'è, da quella parte, come qui a nord. L'altopiano prosegue interminabile, aperto, asciutto, solitario. Non che manchino ripari, per noi – granturco alto, siepi, greppi – ma boscaglie non ce n'è: solo vasti campi aperti, dal suolo secco, disseminati di sassi e macigni bianchi. Speravo di incontrare un territorio come quello cui siamo abituati – prati, macchie, boschi – invece niente. Comunque, trovammo un sentiero fiancheggiato da una bella folta fratta e decidemmo di seguire quello. Ce la pigliammo comoda, facendo frequenti soste, badando di evitare brutti incontri con elil. Quel terreno è adattissimo agli ermellini e alle volpi, e non c'era da stare tanto allegri, a incontrarne qualcuna. »

Argento interloquì: « Son sicuro che siamo passati vicino a una donnola. Ne ho sentito la puzza! Ma sapete com'è con gli elil: se non sono in caccia, spesso manco ti badano. Noi lasciavamo poche tracce, e sotterravamo la nostra hraka, come fossimo gatti ».

Pungitopo riprese: « Dunque, prima di ni-Frits, arrivammo a uno strano bosco, lungo e stretto, che tagliava il nostro sentiero. Buffi, certi boschi di pianura, vero? Quello là non era più folto di questo che abbiamo sopra la testa, ma s'allungava, di qua e di là, a perdita di vista, con gli alberi perfettamente allineati. Non mi piacciono le righe diritte: sono fatte dagli uomini. E, manco a dirlo, trovammo una strada presso quel bosco. Era vuota, deserta, ma lo stesso non m'andava di passarci, quindi attraversammo il bosco, per sbucare dalla parte opposta. Nei campi, al di là dell'alberata, ci vide Kehaar e ci disse di correggere la rotta. Ci informò che eravamo quasi a metà strada. Era tempo di cercare un posto dove trascorrere la notte. All'aperto, no di sicuro. Alla fine trovammo una specie di buca, e ci scavammo delle nicchie sul fondo di essa. Mangiammo bene e passammo una buona nottata.

« Non starò a raccontarvi ogni particolare del viaggio. La mattina dopo si mise a piovere, si levò un ventaccio freddo, così, dopo mangiato, restammo in quei covili provvisori. Dopo ni-Frits si rasserenò e riprendemmo il cammino. Non si camminava bene, per via del bagnato, ma, sul far della sera, secondo i miei calcoli, dovevamo esser prossimi alla meta. Mi guardavo intorno per orientarmi, quando vidi un leprotto e gli chiesi se sapeva di una grossa conigliera nei paraggi.

« E lui: "Efrafa? State andando a Efrafa?" [1].

« "Se è così che si chiama" dissi io.

« "La conoscete?"

« "No, risposi" ma là siamo diretti. Dov'è?"

« "Se volete il mio consiglio," fa il leprotto "scappate via, e alla svelta."

« Stavo rimunginando su quelle parole, quand'ecco che arrivano tre grossi conigli. Li vediamo apparire in cima al greppo... sì, come quella volta che io venni ad

[1] L'accento cade sulla prima sillaba: èfrafa. [N.d.A.]

arrestarti, Parruccone... e uno dei tre ci fa: "Posso vedere i vostri contrassegni?"

« "Contrassegni?" dico io. "Non capisco."

« "Voi non siete di Efrafa?"

« "No" rispondo. "Siamo diretti là. Siamo forestieri."

« "Venite con me."

« Mica ci ha chiesto se venivamo da lontano, se eravamo bagnati, né niente del genere.

« Seguimmo i tre conigli giù per il greppo e fu così che arrivammo a Efrafa, come la chiamano. E vi dirò che razza di posto è, così vedrete che razza di mocciosi, meschini forafratte siamo, qui.

« Efrafa è una immensa conigliera, molto più grande di quella da cui veniamo... quella del Trearà, dico. E l'unico timore di quei conigli è che l'uomo li scopra e li distrugga, infettandoli con il morbo bianco. I buchi delle tane sono tutti ben nascosti e l'Ausla comanda. Ogni coniglio deve stare ai suoi ordini. Nessuno è padrone della propria vita. In cambio hai la sicurezza... se val la pena d'averla, a un tale prezzo.

« Oltre all'Ausla, hanno quello che chiamano il Gran Consiglio, e ciascun consigliere ha una sua mansione precisa. Uno si incarica delle vettovaglie, un altro è responsabile per quello che riguarda i nascondigli, un altro ancora si occupa dell'allevamento... e così via. Quanto ai conigli comuni, soltanto un certo numero di essi possono trovarsi sopraterra al tempo stesso. Ogni coniglio viene contrassegnato con un marchio, da cucciolo. Li marchiano coi denti: o sotto il mento, o sulla natica, o su uno zampetto davanti. E quella cicatrice li distinguerà per il resto della loro vita. Non ti devono trovare sopraterra ammenoché non sia il periodo assegnato alla tua Marca. »

« Ma chi te l'impedisce? » domandò Parruccone.

« L'Ausla. Adesso viene il peggio. L'Ausla... Insomma, non se lo può immaginare chi non c'è stato. Il loro Capo è un coniglio a nome Vulneraria. Lo chiamano Generale Vulneraria. Vi dirò altro di costui, fra breve. Sotto di lui ci sono i Capitani – uno per ogni Marca – e ciascun Capitano ha i suoi subalterni e le sue guardie. C'è un Capitano che con la sua squadra sta di servizio, a ogni ora del giorno e della notte. Se nei paraggi si aggira un uomo – ciò non succede spesso – le sentinelle danno l'allarme prima che quello sia giunto tanto vicino da veder qualcosa. Lo stesso danno l'allarme per gli elil. Nessuno può far hraka dove capita: devono farla in apposite buche, poi viene sotterrata. Se le guardie incontrano sopraterra un coniglio che, lì per lì, non ravvisano, gli chiedono di mostrare il marchio. Non lo so cosa avviene, se costui è colto in fallo... ma riesco a immaginarlo, però. I conigli di Efrafa spesso passano giorni e giorni senza vedere la luce di Frits. Se la Marca cui appartengono va alla silflaia notturna, loro escono solo di notte, pioggia o sereno, freddo o caldo. Sono ormai abituati a giocare, conversare e anche accoppiarsi nelle tane sotterranee. Se una Marca non può uscire alla silflaia, per un motivo qualsiasi – mettiamo ci sia un uomo nelle vicinanze – ebbene, tanto peggio. Saltano il turno e se ne riparla l'indomani. »

« Ma, senz'altro, a vivere in quella maniera, avranno una mentalità tutta diversa, no? » domandò Dente di Leone.

« Proprio così » rispose Pungitopo. « Buona parte di loro non riescono a far altro che quello che gli dicono di fare. Non si sono mai allontanati da Efrafa, non hanno mai fiutato un nemico. L'unica aspirazione che hanno, è d'entrare nell'Ausla, per goderne i privilegi. E l'unica aspirazione degli auslani, è d'entrare nel Gran Consiglio. Qui hanno il meglio d'ogni cosa. Ma nell'Ausla si devon mantenere forti e duri. A turno prendon parte a una missione che chiamano di Pattuglia a Largo Raggio. Vanno per le campagne, tutt'intorno, vivendo all'aperto per parecchi giorni di fila. Un po' serve a scoprire nuove cose, un po' a curare il loro addestramento, renderli sempre più forti e astuti. Se incòntrano hlessil, li conducono a Efrafa. Se quelli si rifiutan di seguirli, li uccidono. Considerano i hlessil un pericolo, poiché possono attrarre l'attenzione degli uomini. Le Pattuglie a Largo Raggio fanno rapporto al Generale Vulneraria e il Consiglio decide cosa fare in merito a tutto ciò che venga ritenuto pericoloso. »

« Voi, allora, non v'avevano visto arrivare? » domandò Campànula.

« E come no! Poi l'abbiamo saputo. Eravamo stati da poco intercettati – da Capitan Garofano e dai suoi – quando arrivò una staffetta, da una Pattuglia a Largo Raggio, ad avvertire che tre o quattro conigli, provenienti da nord, si stavan dirigendo verso Efrafa, e a chiedere ordini. La staffetta tornò indietro con la notizia che noi si era già sotto controllo.

« Comunque, questo Capitan Garofano ci condusse in una tana che s'apriva nel fosso. L'imboccatura era formata da un pezzo di tubo di terracotta: se un uomo l'avesse tirato via, l'apertura si sarebbe tappata, e non avrebbe rivelato traccia del cunicolo all'interno. Lì, ci consegnò a un altro Capitano, ché lui doveva tornare alla sua mansione sopraterra, fino alla scadenza del turno. Ci accompagnarono in una grande tana e ci dissero di accomodarci.

« C'eran altri conigli in quella tana ed è ascoltando loro, e facendo domande, che ho appreso gran parte di ciò che ora vi sto dicendo. Ci mettemmo a parlare con alcune femmine e io feci amicizia con una a nome Kaisentlaia [2]. Le parlai del nostro problema e del motivo per cui eravamo venuti, e lei mi parlò di Efrafa. Quando ebbe finito, le dissi: "È terribile. É sempre stato così?". Mi rispose di no: sua madre le aveva detto che, in anni passati, la cognigliera si trovava altrove ed era molto più piccola; ma poi era venuto fuori il Generale Vulneraria e li aveva portati lì, a Efrafa, e quindi aveva organizzato quel sistema di nascondigli e camuffamenti, perfezionandolo via via, finché i conigli a Efrafa stavan sicuri come le stelle in cielo. "Perlopiù qui i conigli muoiono di vecchiaia, se non li ammazza l'Ausla vale a dire. Ma," soggiunse "il guaio è che adesso qui ci sono più conigli di quanti la cognigliera possa contenerne. Ogni nuovo scavo dev'esser prima autorizzato poi si esegue sotto la supervisione dell'Ausla, e i lavori pro-

---

[2] Kaisentlaia: Luccicare-Rugiada-Pelo, ovvero: Pelliccia che Luccica come rugiada. [N.d.A.]

cedono molto a rilento, con ogni sorta di cautela. Perché tutto deve restar ben celato, capite. Stiamo alla stretta, e non si esce abbastanza all'aria aperta. Eppoi, non so per qual ragione, ci sono più femmine che maschi. Molte di noi non possono figliare, a causa appunto del sovraffollamento, ma a nessuno è consentito di andar via. Solo pochi giorni fa, diverse di noi femmine ci siamo presentate al Gran Consiglio, per chiedere il permesso di migrare e dar inizio, altrove, a un'altra colonia. Lontano – gli dicemmo – lontanissimo da qui. Ma non hanno voluto saperne, per nessun motivo. Non può mica durare così... questo sistema si sta sfasciando. Ma guai, a parlarne, guai, se ti sentono."

« Comunque, pensai, questo lascia ben sperare. Non avranno da obiettare, alla nostra proposta. Chiediamo solo di condurre via qualche femmina, e nessun maschio. Ne hanno più di quante possono starci, e noi le porteremo molto, molto lontano da qui.

« Dopo un po' venne un altro Capitano e ci disse di seguirlo, alla riunione del Gran Consiglio.

« Il Consiglio si riunisce in una grossa tana, lunga e stretta: meno bella del nostro Nido d'Api, perché non ci sono radici d'albero a sostenerne la volta. Ci toccò aspettare fuori, in anticamera, mentre loro discutevano d'ogni sorta d'altre cose. Noi eravamo solo una delle tante questioni all'ordine del giorno: "Forestieri tratti in arresto". C'era un altro coniglio, in attesa, sotto stretta sorveglianza, da parte di agenti d'un corpo speciale: l'Auslafà, la polizia del Gran Consiglio. Non avevo mai visto nessuno così spaventato, in vita mia: mi pareva che stesse per impazzire, dalla paura. Chiesi a uno dell'Auslafà di che cosa si trattasse, e mi rispose che quel coniglio, Nerigno, aveva tentato di fuggire dalla conigliera. Quando lo portarono dentro, lo udimmo dapprima, poveretto, cercare di scolparsi, di spiegare, poi piangere e implorare pietà, poi urlare. E quando venne fuori aveva gli orecchi a brandelli. Assai peggio di questo mio! Lo attorniammo, l'annusavamo, inorriditi. Ma uno degli auslafani ci fa: "Quante storie! È fortunato d'essere ancora vivo". E mentre stavamo rimunginando su questo, ci avvertono che il Consiglio era pronto a darci udienza.

« Ci trovammo così a muso a muso con questo Generale Vulneraria. E che fosco individuo che è! Quanto a mole, è perfino più robusto di te, Parruccone. Grosso quasi quanto una lepre. E c'è qualcosa, nel suo aspetto, che ti mette paura. Senti che, per lui, combattere, ammazzare, versar sangue, è roba d'ogni giorno. Pensavo che avrebbero cominciato col chiederci chi eravamo e da dove venivamo, invece niente. Ci disse: "Vi illustrerò le norme vigenti in questo conigliera e le condizioni alle quali potrete abitare qui. Ascoltatemi bene, poiché il regolamento va rispettato e ogni infrazione viene punita".

« Allora io gli dissi che doveva esserci un malinteso. Noi eravam venuti ambasciatori, da un'altra conigliera, a chiedere l'amicizia e l'aiuto di Efrafa. Gli spiegai che non chiedavamo altro che il permesso di persuadere alcune femmine a seguirci.

« Il Generale Vulneraria mi disse subito che la cosa era fuori questione: neanche discuterne. Replicai pregando che ci ospitassero per qualche giorno, e avrei nel frattempo cercato di convincerli a cambiar parere.

« Mi rispose: "Oh sì, resterete, resterete. Ma non avrete altra occasione di far perdere tempo al Consiglio... perlomeno nei prossimi giorni".

« Obbiettai che mi sembrava molto drastico. La nostra era certo una richiesta ragionevole. Stavo per pregarli di tener conto di alcune altre circostanze, quando uno dei Consiglieri – un coniglio vecchissimo – disse: "Hai l'aria di credere che puoi star qui a discutere, con noi, e a far baratti. Invece siamo noi che ti diciamo quello che devi e che non devi fare".

« Replicai: non si scordassero che eravamo rappresentanti di un'altra conigliera, seppure più piccola della loro. Ci consideravamo loro ospiti. Ma appena l'ebbi detto, mi resi purtroppo conto che, invece, loro ci consideravano prigionieri: o pressappoco.

« Vorrei non aggiungere altro sulla conclusione di quell'udienza. Ribes cercò di venirmi in aiuto. Parlò con molta eloquenza della solidarietà fra gli animali, del loro innato senso dell'onore. "Gli animali non si comportano come gli uomini" disse. "Se devono battersi, si battono. Se devono uccidere, uccidono. Ma non usano la loro intelligenza per trovar la maniera di arrecar danni alle altre creature, di avvelenar loro la vita. Essi hanno dignità, hanno animalità."

« Ma tutto fu inutile. Alla fine ci azzittimmo e il Generale Vulneraria disse: "Il Consiglio non può concedervi dell'altro tempo, ormai, quindi sarà il Capitano della vostra Marca a ragguagliarvi sul regolamento. Farete parte del Fianco Destro, agli ordini del Capitano Buglossa. In seguito, ci rivedremo, e ci troverete perfettamente comprensivi e solleciti nei confronti di quei conigli che rigano diritto".

Così fummo aggregati alla Marca di Fianco Destro. A quanto pare il Capitano Buglossa aveva troppo da fare per occuparsi di noi e noi badammo bene di non capitargli a tiro, per paura che ordinasse di procedere là per là alla nostra marchiatura. Non tardai a capire, tuttavia, cosa intendesse Kaisentlaia quando mi diceva che il sistema non funzionava più bene. Le tane erano sovraffollate – in confronto alle nostre perlomeno – ed era facile passare inosservati. Perfino in seno a una stessa Marca, non tutti i conigli si conoscono fra di loro. Trovammo posto in un covile e ci mettemmo a dormire, ma, appena notte, ci svegliarono e ci spedirono alla silflaia. Speravo di aver modo di tagliare la corda al chiardiluna, macché! c'erano sentinelle dappertutto. Inoltre il Capitano aveva due staffette presso di sé, che accorrevano immediatamente in caso d'allarme.

« Finito di mangiare, fummo rimandati nelle tane. Quasi tutti i conigli erano docili, sottomessi. Li evitavamo perché, avendo in animo di fuggire, meno ci davamo a conoscere meglio era. Ma, per quanto mi stillassi il cervello, non riuscivo a formulare un piano.

« Il giorno dopo uscimmo a pascolare di nuovo prima di ni-Frits, quindi rieccoci al chiuso. Il tempo non passava mai. A un certo punto, sarà stato verso sera, mi unii a un gruppo di conigli che ascoltavano una novella. Era proprio *La lattuga del Re*, guarda un po'. Il coniglio che la raccontava non era bravo quanto Dente di Leone – neanche da paragonarlo – tuttavia stetti lo stesso a sentire, non avendo altro da fare. E quando quello arrivò al punto in cui El-ahrairà si traveste da dottore per entrare alla reggia, mi venne un'idea. La cosa era rischiosa, ma poteva anche andar bene, dato che gli efrafani, in genere, ubbidiscono senza fiatare. Avevo osservato il Capitano Buglossa e m'era sembrato un tipo abbastanza simpatico, coscienzioso, non troppo sicuro di sé, dispiaciuto tuttavia di non riuscire ad arrivare dappertutto.

« Quella sera, quando ci mandarono alla silflaia, era buio come la pece e pioveva: ma chi ci bada, a Efrafa, a bazzecole del genere? basta che si vada fuori! I conigli uscivano a ranghi serrati, noi ci mettemmo in coda. Il Capitano Buglossa stava in cima al greppo, con due sue sentinelle. Mi presentai a lui, ansante, come se avessi fatto una corsa.

«."Capitano Buglossa?"

« "Sì. Cosa c'è?" mi fa lui.

« "Vi vogliono al Gran Consiglio, immediatamente."

« "Come? Cosa vuoi dire? E perché mai?"

« "Ve lo diranno loro senza dubbio, appena vi vedranno" dissi io. "Non li farei attendere, se fossi in voi."

« "Tu chi sei? Non sei uno dei cursori del Consiglio. Io li conosco tutti. A che Marca appartieni?"

« "Non sono qui per subire un interrogatorio" dissi. "Devo tornare a dirgli che non volete venire?"

« Lui stava là dubbioso, allora io feci per fare dietrofront. Ma d'un tratto mi fa: "Molto bene," – aveva un'aria proprio spaurita, poveretto – "ma chi mi sostituisce durante l'assenza?".

« "Io" risposi. "Ordini del Generale Vulneraria. Ma sbrigatevi a tornare. Non mi va di star qui metà della notte a far le vostre veci."

« Partì a razzo. Mi rivolsi agli altri due e dissi: "Restate qui, e all'erta, pure. Io vado a fare il giro delle scolte".

« Insomma, tutti e quattro ce la squagliammo col favore delle tenebre. Ma, manco a dirlo, dopo un po' sbucarono due sentinelle, e tentarono di fermarci. Noi gli saltammo addosso. Pensavo che sarebbero scappati. Invece no, si batterono come disperati e uno di loro ferì Ramolaccio sul muso. Ma eravamo quattro contro due. Riuscimmo a disimpegnarci e, via,. di volata pel campo. Non avevamo idea da che parte si andasse, con quel buio é quella pioggia: fuggivamo e basta. Se l'inseguimento non fu tempestivo, certo, fu perché non c'era il povero vecchio Buglossa a dare gli ordini. Fatto sta che avevamo un discreto vantaggio. Ma ben presto sentimmo che eravamo inseguiti. E, purtroppo, guadagnavano terreno su di noi.

« L'Ausla efrafana non è uno scherzo, ve lo dico io. Sono individui scelti, robustissimi, e sanno muoversi su ogni terreno, con ogni tempo. Eppoi han tanta paura del Gran Consiglio, che non hanno paura di nient'altro. Non tardai a capire che eravamo nei guai. La pattuglia inseguitrice correva, nella notte piovosa, più veloce di noi. Ben presto ci furono alle costole. Stavo per dire ai miei compagni che non restava altro da fare che combattere, quando arrivammo a un grande, ripido greppo che pareva salir su quasi a perpendicolo: molto più scosceso della balza che forma, qui vicino, il nostro colle; eppoi il pendio era liscio, regolare, come se l'avessero fatto gli uomini.

« Non c'era tanto da starci a pensar su, e ci inerpicammo. Era rivestito di erbacce e cespugli. Quanto fosse lungo dalla base alla sommità, non so: ma sarà stato alto quanto un sorbo, forse un po' di più. Arrivati in cima, ci trovammo su una stesa di pietruzze, che sfuggivano sotto le. zampe, correndo. Era un macello. E fra le pietre c'erano incastrati grossi pezzi di legno, lisci, piatti, e, di traverso ai legni, due lunghe, lunghe sbarre di metallo, che facevano un rumore: una specie di leggero mormorio nella notte. Stavo pensando, fra me: Questa è senz'altro opera degli uomini, quando mi ruzzolai giù per l'altro versante. Non m'ero reso conto che la cima di quel greppo fosse tanto stretta e che dall'altra parte ci fosse un altro precipizio, uguale al primo. Insomma rotolai giù e andai a sbattere contro un cespuglio di sambuco, e lì mi fermai. »

Pungitopo fece una lunga pausa, per riordinare i suoi ricordi. Quindi riprese:

« Sarà molto difficile descrivervi quello che avvenne poi. Noi quattro c'eravamo, eppure non ci abbiamo capito un gran che. Ma quello che vi dico è la pura verità. Frits nostro Signore inviò uno dei suoi grandi Messaggeri per salvarci dall'Ausla efrafana. Tutti e quattro eravamo ruzzolati giù per quel greppo, chi qua chi là. Ramolaccio, mezz'accecato dal sangue che gli colava sugli occhi, era arrivato quasi fino in fondo. Io mi tirai su e guardai verso la cima. C'era appena abbastanza luce per vedere gli efrafani, se si profilavano. Ed ecco che... ecco che una cosa enorme... non so proprio come darvene un'idea... grande come mille hrududil... più grande ancora... sbuca fuori dalla notte. Era pieno di fuoco e di fumo e di luce e faceva un fracasso assordante, correndo sulle strisce di metallo, sì che tutta la terra tremava sotto di lui. Passò fra noi e gli efrafani come mille temporali, con tuoni e lampi. Vi assicuro, ero ormai al di là della paura. Non riuscivo a muovermi. Quel fragore, quei lampi... spaccavano la notte in due. Non lo so cosa sia avvenuto degli efrafani. Saran scappati via? o saran stati schiacciati? Poi d'un tratto era passato e lo udimmo scomparire, ratatan-ban, ratatan-ban, lontano lontano. Eravamo completamente soli.

« Per un pezzo non riuscii a muovermi. Alla fine mi alzai e ritrovai gli altri, a uno a uno, nell'oscurità. Nessuno di noi diceva una parola. Ai piedi del gran greppo scoprimmo una specie di galleria, che portava dalla parte opposta. Strisciammo dentro quel tunnel, e sbucammo sull'altro versante, donde eravamo saliti in cima. Poi camminammo a lungo per i campi, finché non fummo certi di trovarci ben lontani da Efrafa. Ci agguattammo in un fosso e là dormimmo, tutti e quattro, fino a giorno. Non era mica escluso che arrivasse qualcuno ad ammazzarci, eppure ci sentivamo sicuri. È una gran bella cosa, esser salvati da Frits nostro Signore: dal suo intervento. A quanti mai conigli sarà successo? Ma, vi dico, era ancor più spaventoso che venire inseguiti dagli efrafani. Nessuno di noi se ne potrà scordare: star acquattati su quel greppo, sotto la pioggia, mentre la creatura di fuoco passava sopra le nostre teste. Perché era intervenuta, al momento giusto, in nostro aiuto? Non lo sapremo mai.

« La mattina dopo, esplorai un po' i dintorni e non tardai a orizzontarmi. Sapete come si fa. La pioggia era cessata, e partimmo. Il viaggio di ritorno è stato duro. Eravamo stremati. Tutti, tranne Argento. Non so come avremmo fatto senza di lui. Seguitammo a camminare per un giorno e una notte senza mai riposarci. Non bramavamo altro che esser di nuovo a casa, al più presto possibile. Quando arrivai qui al bosco, stamattina, era come se camminassi in sogno. Il povero Ribes sta anche peggio di me. Non si è mai lamentato, ma ha bisogno di un lungo riposo. E io pure, mi sa. E Ramolaccio... è la seconda brutta ferita che subisce. Ma questo non è il peggio, non è vero? Abbiamo perduto Moscardo: la peggior sventura che potesse capitarci. Qualcuno di voi mi ha chiesto, dianzi, se voglio esser io il Capo Coniglio. Sono lieto della fiducia che mi dimostrate, ma sono troppo malridotto per assumermi questo compito, almeno per ora. Mi sento vuoto e secco come una loffa-di-lupo in autunno: mi pare che uno sbuffo di vento potrebbe farmi volar via tutto il pelo. »

28. AI PIEDI DELLA COLLINA

Oh stupendo era sentirsi
Solo eppure non solingo.
Dopo il buio e la paura
Giunger in vista delle patrie mura.

WALTER DE LA MARE, *Il pellegrino.*

« Non sei mica troppo stanco per andare a silflaia, eh, Pungitopo? » gli domandò Dente di Leone. « E all'ora giusta, per di più. La serata è magnifica, se il naso non m'inganna. Bisogna farsi animo, e non buttarci giù più del necessario, sai. »

« Prima di andare a silflaia, » disse Parruccone « lascia che ti dica, Pungitopo, che non credo che nessun altro sarebbe stato in grado di tornare, coi suoi compagni, da un posto come quello. »

« Frits ha voluto che tornassimo » disse Pungitopo. « E questa è la vera ragione per cui siamo qui. »

Mentre stava per infilarsi nel cunicolo che portava al bosco, gli si avvicinò Cedrina. E lui le disse: « Tu e i tuoi amici troverete strano che si vada all'aperto a mangiare erba. Ma vi ci abituerete. V'assicuro che Moscardo aveva ragione quando vi diceva che la vita è meglio qui che non in gabbia. Vieni con me, ti mostrerò un punto dove cresce dell'ottimo, tenerissimo trifoglio. Se Parruccone non se l'è già pappato tutto, durante la mia assenza ».

Pungitopo si era affezionato a Cedrina. Più robusta e meno timida di Bosso e Sagginella, lei faceva del suo meglio per adattarsi alla vita di conigliera. Di che ceppo fosse, lui non lo sapeva, però la trovava sana e resistente.

« Sottoterra mi piace » disse Cedrina, mentre uscivano al fresco. « Lì, al chiuso, è quasi come nella gabbia, tranne ch'è più buio. Il difficile per noi è recarci a mangiare all'aperto. Non siamo abituati a esser liberi di andar dove ci pare, e ci sentiamo smarriti. Voi sapete regolarvi, reagire rapidamente, noi no. Preferirei non allontanarmi tanto dalla tana, se non ti dispiace. »

Procedevano lentamente sull'erba indorata dal tramonto, brucando qua e là. Cedrina ora non pensava ad altro che a mangiare, ma Pungitopo si drizzava di continuo e annusava intorno a sé. Tutto era tranquillo. Poi notò che Parruccone, un po' più oltre, guardava fisso verso nord. Seguì il suo sguardo.

« Che c'è? » chiese.

« Arriva Mirtillo » rispose Parruccone, con sollievo.

Mirtillo procedeva a lenti balzi, su per l'erta. Era molto stanco ma, appena vide gli altri conigli, affrettò l'andatura.

« Dove sei stato? » gli domandò Parruccone. « E Quintilio dov'è? Non era con te? »

« Quintilio è con Moscardo » rispose Mirtillo. « Moscardo è vivo. È ferito – non so quanto grave – ma non morirà. »

I tre conigli lo guardarono, attoniti. Mirtillo attese, per godersi l'effetto.

« Moscardo è vivo? » disse Parruccone. « Ne sei certo? »

« Certissimo » rispose Mirtillo. « Si trova ai piedi della collina, in questo momento, in quel fossato dov'eri tu la notte che arrivarono Pungitopo e Campanella. »

« Non riesco a crederci » disse Pungitopo. « Se è vero, è la notizia più bella che abbia mai avuto in vita mia. Ma dici sul serio, Mirtillo? Cos'è successo? Racconta. »

« Quintilio l'ha trovato. Mi ha portato con lui, siamo arrivati quasi alla cascina. Poi s'è messo a cercare nel fosso e Moscardo era infilato dentro un canale di scolo. Era troppo debole, per aver perduto sangue, e non era capace di uscirne da solo. L'abbiam dovuto tirare fuori per la zampa di dietro illesa. Non poteva rigirarsi, capite. »

« Ma Quintilio come ha fatto a saperlo? »

« Come le sa, le cose, Quintilio? Domandatelo a lui. Insomma, tirammo Moscardo nel fosso e Quintilio l'esaminò: ha una brutta ferita alla zampa, però l'osso non è rotto, e ha il fianco lacerato. Gli abbiamo dato una pulita alla meglio, poi ci siamo incamminati, per riportarlo a casa. Ci abbiam messo tutta la sera. Ve lo figurate? in piena luce, assoluto silenzio, e un coniglio azzoppato che sa di sangue fresco? Per fortuna, non c'era in giro nemmeno un topo, grazie al caldo torrido. Ogni due passi ci toccava fermarci all'ombra d'un cespuglio e riposare. Io ero nervosissimo. Quintilio, invece: come una farfalla sopra un sasso. Si pettinava gli orecchi e mi ripeteva: "Non agitarti. Non c'è da aver paura. Pigliamocela comoda". A questo punto gli avrei creduto, m'avesse pure detto che potevamo andar a caccia di volpi. Ma, arrivati ai piedi della collina, Moscardo era completamente esausto, da non farcela più. Così, lui e Quintilio si sono rimpiattati in quella buca coperta d'erba, e io sono venuto su ad avvertirvi. »

Seguì un silenzio, per assimilare quella notizia. Alfine Parruccone disse: « Resteranno lì tutta notte? ».

« Mi sa di sì » rispose Mirtillo. « Moscardo non può farcela a salire quassù, finché non avrà ripreso un po' di forze. »

« Ora scendo » disse Parruccone. « Posso dare una zampa a render quella buca un po' più comoda, e a Quintilio un aiuto non nuoce di certo. »

« Mi sbrigherei, se fossi in te, allora » disse Mirtillo. « Il sole sta andando sotto. »

« Ah ah! » esclamò Parruccone. « Se incontro un ermellino, povero lui! Domani ve ne porto la carcassa. » E corse via, scomparve oltre il crinale.

« Andiamo a radunare gli altri » disse Pungitopo. « Vieni, Mirtillo, devi raccontar tutto dall'inizio. »

Percorrere i milleduecento metri dal Noceto alla base del colle, sotto il sole ardente, era costato a Moscardo più fatica e dolore di qualsiasi altra cosa in vita sua. Se Quintilio non l'avesse trovato, sarebbe morto in quella conduttura. Quando aveva percepito, nel suo cupo torpore, i richiami di Quintilio, era stato tentato a tutta prima di non rispondere neanche. Era tanto più facile, restar là, ormai giunto sull'altro versante della sofferenza. Poi, più tardi, nella verde penombra del fosso, mentre Quintilio gli esaminava le ferite e gli diceva che poteva farcela, a camminare, l'idea di rimettersi ancora in movimento gli era apparsa intollerabile. Il fianco lacerato gli pulsava e il dolore alla gamba gli ottundeva tutti i sensi. Gli girava la testa, non riusciva a fiutare e udire bene. Alla fine – resosi conto che Quintilio e Mirtillo avevano corso enormi rischi per salvargli la vita – fece un sforzo e si tirò in piedi e cominciò ad arrancare, a trascinarsi. La vista gli si offuscava, e doveva fermarsi ogni momento. Non fossero state le esortazioni di Quintilio, si sarebbe arreso. Arrivato alla strada, non riuscendo a inerpicarsi sul greppo, dovette rasentare il recinto e poi strisciare sotto un cancelletto. Molto più tardi, giunti presso la linea di tralicci, si ricordò di quella buca ricoperta di vegetazione ai piedi della collina, e s'impose di arrivare fin là. Arrivatoci, vi si accovacciò e subito sprofondò nel sonno, completamente esausto.

Quando Parruccone arrivò, poco prima di scuro, trovò Quintilio che mangiava, alla svelta, qualche filo d'erba. Non era il caso di disturbare Moscardo per scavare un covile, e così pernottarono accucciati accanto a lui in quell'angusta buca.

Al primo grigiore dell'alba, Parruccone ne uscì fuori e vide Kehaar, intento a cibarsi d'insetti, fra i sambuchi. Richiamò la sua attenzione, e Kehaar gli venne accanto con un unico battito d'ali e una lunga scivolata.

« Sighnor Parucone, trofato sighnor Moscardo, jà? »

« Sì, è là dentro in quella buca. »

« Nix morto, ah? »

« No, è ferito e molto debole. L'uomo della fattoria gli ha sparato col fucile, capisci? »

« Tu tirato sassi neri fôri, jà? »

« Cosa vuoi dire? »

« Jà, sempre fucile manda piccoli neri sassi. Tu mai fisto? »

« No, non m'intendo di fucili. »

« Tira fôri neri sassini, dopo meghlio. Lui sveghlio a-desso, jà? »

« Vado a vedere » disse Parruccone. Tornò alla buca e trovò Moscardo sveglio, che parlava con Quintilio. Gli disse che c'era Kehaar là fuori. Moscardo allora si inerpicò sull'orlo dello sterro.

« Tannato fucile » disse Kehaar. « Spara piccoli sassini chi fa male. Federe, jà? »

« Sì, da' un po' un'occhiata » disse Moscardo. « La zampa mi duole ancora molto. »

Si sdraiò e Kehaar faceva guizzare la testa qua e là come se cercasse lumache dentro la pelliccia di Moscardo. Scrutò attentamente il fianco lacerato.

« Nix kvi, sassi » disse. « Dentro poi fôri, no resta. Ora federe campa. Forse fa male, ma dolore prefe. »

Due pallini di piombo erano conficcati nel muscolo dell'anca. Kehaar li individuò mediante l'odorato e li estrasse, come avrebbe tirato fuori un ragno da una crepa. Moscardo diede appena qualche guizzo. Parruccone annusò i pallini, sull'erba.

« Altro sankve adesso, jà » disse Kehaar. « Tu pisoghna resta kvi, spetta uno due ciorni. Dopo in campa come prima. Conighli, su, tutti spetta sighnor Moscardo. Io fa su, io dici. » E volò via prima che potessero ribattere.

In effetti Moscardo rimase tre giorni ai piedi della collina. Seguitava a far caldo e lui, per lo più, se ne stava sdraiato sotto i sambuchi, dormicchiando, come un hlessi solitario, riacquistando le forze via via. Quintilio restò sempre presso di lui, gli nettava le ferite, lo guardava riprendersi. Spesso passavan ore senza che si dicessero nulla, sdraiati sull'erba ruvida, calda, a guardare le ombre allungarsi, finché alla fine il merlo della zona, drizzata la coda, non s'andava ad appollaiare. Non parlarono della fattoria, ma Moscardo lasciò capire che, d'ora in poi, avrebbe dato retta ai consigli di Quintilio.

« Come avremmo fatto, Hrair-rù, senza di te? » gli disse una sera. « Nessuno di noi sarebbe qui, a questa ora. »

« Sei sicuro che *siamo* qui, dunque? » domandò Quintilio.

« Non parlarmi per enigmi. Che vuoi dire? »

« Ecco... c'è un altro posto... c'è un altro paese... dove andiamo quando dormiamo... e altre volte ancora... e poi quando moriamo. El-ahrairà viene e va dall'uno all'altro di questi due luoghi, come gli pare e piace. Ma non ho mai capito bene come faccia. Certi conigli dicono che, là, tutto è più facile, in confronto coi rischi e pericoli di qua, a essi noti. Tuttavia, secondo me, ciò dimostra soltanto che non ne sanno molto. Anche il luogo di là è molto insicuro, e selvaggio. E dove siamo, veramente, noi... di qua? o di là? »

« I nostri corpi stanno di qua... questo è chiaro per me. Faresti bene ad andar a parlarne con quel tale... Cinquefoglie... lui ne sa certamente di più. »

« Ah, ti ricordi di Cinquefoglie? Fu mentre lui parlava, ch'ebbi quei presentimenti. Mi atterriva, però io riuscivo a capirlo meglio di chiunque altro. Lui sapeva di non appartenere a questo mondo. Poveretto, sarà morto a quest'ora. Certo, quelli dell'altro paese l'avevano in pugno. Non li rivelano mica per niente, i loro segreti. Ma guarda! ecco Mirtillo e Pungitopo. Sarà meglio persuaderci che siamo qui, almeno pel momento. »

Pungitopo era già venuto a trovare Moscardo, nei giorni scorsi, e a raccontargli della sua fuga da Efrafa. Quando aveva parlato della grande apparizione, che li aveva salvati nella notte, Quintilio, che ascoltava tutto orecchi, aveva solo chiesto: « Che rumore faceva? ». Più tardi, tornato via Pungitopo, aveva detto a Moscardo che il fenomeno aveva certo una spiegazione naturale. Quale, non lo sapeva. In Moscardo però la cosa non aveva suscitato molto interesse. Quello che lo turbava era il fallimento dell'impresa e il motivo di esso: non si era approdati a nulla solo per l'imprevista inimicizia dei conigli efrafani. Quella sera, dopo essersi messi a pascolare, Moscardo ritornò sull'argomento.

« Pungitopo, non abbiamo per nulla risolto il nostro problema, nevvero? Tu hai fatto miracoli, ma senza alcun risultato pratico, e l'incursione alla fattoria non è stata che una sciocca bravata... che ho pagato a caro prezzo, oltre tutto. Siamo al punto di partenza. »

« Dici ch'è stata solo una bravata, » replicò Pungitopo « ma ci siamo procurati due femmine, però. Le uniche due che abbiamo. »

« Ma servono a qualcosa? »

Le idee che vengon naturali ai maschi umani quando pensano alle femmine (fedeltà, protezione, amore romantico e così via) sono ignote ai conigli, s'intende, anche se questi si affezionano in modo esclusivo a una compagna anche più di frequente degli esseri umani. Tuttavia, non sono romantici. E veniva naturale, a Moscardo e Pungitopo, pensare alle due coniglie del Noceto esclusivamente come fattrici, per la conigliera. Era per questo che avevano rischiato la vita.

« Be', è difficile dirlo, per ora » rispose Pungitopo.

« Esse fanno del loro meglio per acclimatarsi da noi, specie Cedrina. Mi pare molto assennata. Ma sono completamente sprovvedute – e delicate, poi – sicché può darsi che non reggano, quando viene la brutta stagione. Può darsi che riescano a svernare, come può darsi di no. Ma questo non potevi prevederlo. »

« Con un po' di fortuna, potrebbero figliare tutt'e due, prima d'inverno » disse Moscardo. « Lo so, la stagione degli amori è passata ma... Ma tutto va così a rovescio, qui da noi, che non si può mai sapere. »

« Bene, ti dirò come la penso io » disse Pungitopo. « Per me, quelle due coniglie son troppo poca cosa, per esser l'unica nostra speranza contro la completa estinzione. Può darsi che non riescano a figliare per adesso, un po' perché siamo fuori stagione, un po' perché son troppo spaesate. E poi quando figlieranno, i loro cuccioli avranno troppo sangue domestico nelle vene. Ma cos'altro possiamo sperare? Bisogna fare del nostro meglio con quel che abbiamo a disposizione. »

« S'è accoppiato nessuno con loro, finora? » domandò Moscardo.

« No, né l'una né l'altra sono in vena. Ma, quando lo saranno, già m'immagino le zuffe. »

« Ecco un altro problema. Non possiamo tirare avanti, con soltanto quelle due. »

« Che altro possiam fare? »

« Io lo so, *che cosa* dobbiamo fare, » disse Moscardo « ma non vedo ancora *come*. Bisogna andare a prenderci delle femmine a Efrafa. »

« Come dire, che dobbiamo andarle a prendere sulla luna, Moscardo-rà. Temo di non averti fatto un quadro esatto, di Efrafa, mio caro. »

« Oh, sì, invece. E l'idea mi sgomenta. Ma non c'è altra maniera. »

« Non possiamo farcela. »

« Con la forza o coi discorsi, no, non possiamo farcela, d'accordo. Quindi bisognerà giocare d'astuzia. »

« Non c'è astuzia o stratagemma che tenga, credi a me, contro quella gente. Sono troppo più numerosi di noi, sono troppo ben organizzati, son bravissimi a combattere e a seguire un pista – non esagero – più bravi anche di noi. »

« La nostra astuzia, » disse Moscardo, rivolto a Mirtillo, che brucava in silenzio lì da presso, « la nostra astuzia dovrà prefiggersi tre scopi. Primo: permetterci di rapire delle coniglie a Efrafa. Secondo: consentirci di svignarcela, dato che non possiamo fare affidamento, per la fuga, su un altro miracolo. Terzo: una volta fuggiti di là, dovrà essere impossibile trovarci, per le loro Pattuglie a Largo Raggio. »

« Sì, d'accordo » disse Mirtillo, dubbioso. « Per la riuscita occorrono tutte queste cose. »

« E sarai tu, Mirtillo, ad architettare il nostro stratagemma. »

L'odore sfatto, dolciastro del corniolo riempiva l'aria. Nella luce del sole declinante, gli insetti ronzavano intorno ai racemi che svettavano, bianchi e densi, sopra l'erba. Un paio di scarabei bruno-arancione, disturbati dai conigli, volaron via da uno stelo, ancora accoppiati.

« Quelli s'accoppiano, noi no » disse Moscardo, guardandoli. « Occorre uno stratagemma, Mirtillo, una trovata che ci assicuri l'avvenire. »

« Come raggiungere il primo dei tre scopi, lo so » disse Mirtillo. « O almeno mi pare di saperlo. Però è pericoloso. Gli altri due... non vedo ancora come farcela. E vorrei parlarne con Quintilio. »

« Prima torniamo alle tane, Quintilio e io, meglio è » disse Moscardo. « La mia gamba è di nuovo a posto. Tuttavia sarà meglio lasciar perdere, per stasera. Pungitopo, vecchio mio, di' a tutti che Quintilio e io saremo di ritorno domattina. Mi preoccupa, che Argento e Parruccone possano mettersi, da un momento all'altro, a litigare per Cedrina. »

« Senti, Moscardo » disse Pungitopo. « Questa tua idea non mi piace affatto. Io ci sono stato, a Efrafra, e tu no. Commetti un grosso errore, che potrebbe costarci la vita. »

Fu Quintilio a rispondere: « Io invece non ho brutti presentimenti. Credo anzi che possiamo riuscire. Comunque, ha ragione Moscardo di dire che è l'unica speranza che abbiamo. Se ne discutessimo ancora? ».

« Non adesso » disse Moscardo. « È tempo d'appiat-

tarci, qui. Su, vieni. Ma voi due, se correte, acchiapperete
ancora un po' di sole, sulla cima. Buona notte. »

29. IL RITORNO E LA PARTENZA

Chi per questa battaglia non ha fegato,
Che parta pure: avrà un salvacondotto
E denaro pel viaggio nella borsa.
Non ci garba morire in compagnia
Di chi ha paura di morir con noi.

SHAKESPEARE, *Enrico V.*

L'indomani mattina tutti i conigli erano, già all'alba,
alla silflaia, in impaziente attesa di Moscardo. Varie volte,
nei giorni precedenti, Mirtillo aveva dovuto ripetere il
racconto del suo salvataggio nel canale di scolo. Qualcuno
aveva avanzato l'ipotesi che Kehaar avesse trovato Moscardo e avesse avvertito Quintilio in segreto. Ma Kehaar
lo smentì e poi, enigmaticamente, soggiunse che Quintilio
era uno che aveva viaggiato assai più lontano di lui.
Quanto a Moscardo, questi aveva acquistato, agli occhi
di tutti, un nonsoché di magico. Non era certo Dente
di Leone il tipo da mandar sprecata una buona storia,
quindi aveva dato il massimo risalto all'eroismo di Moscardo che era balzato fuori da quel fosso per distrarre
i contadini e salvare i suoi compagni. Nessuno lo accusava di temerarietà: quella sua spedizione alla fattoria
era valsa a procurare due femmine. E adesso, col suo
ritorno, tornava la fortuna.

Poco prima del levar del sole Nicchio e Lampo videro Quintilio avanzare fra l'erba rugiadosa, già presso la cima. Gli corsero incontro. Poco oltre arrancava Moscardo.
Era ancora claudicante e l'ascesa gli riusciva faticosa. Ma,
dopo un breve riposo e una mangiata, poté correre fino
alle tane veloce quasi come gli altri. I conigli gli s'affol-
larono intorno. Tutti lo volevano toccare. L'annusavano,
lo strapazzavano, lo facevan ruzzolare sull'erba, sì che
quasi pareva l'aggredissero. Gli esseri umani, in simili

occasioni, fanno un sacco di domande; i conigli invece esprimevano la loro gioia dimostrando a se stessi che quello era proprio Moscardo-rà in carne e ossa. Alla fine lui non ne poteva più, e pensava: Che faranno se non reagisco? Mi cacceranno via a zampate, magari. Non lo vogliono mica, un Capo Coniglio invalido. Questo è un collaudo, oltre che un benvenuto, sebbene non se ne rendano conto. E va bene, gli faccio vedere io, canaglie, prima che mi sopraffanno.

Si scrollò Ramolaccio e Lampo di dosso e corse verso il limite del bosco. C'erano Ribes e Bosso sul greppo, e lui si unì a loro, lavandosi e pettinandosi gli orecchi al primo sole.

« Meno male che ci sono dei conigli beneducati come te » disse a Bosso. « Guardali là, quel branco di sfuriati! a momenti m'accoppavano. Ebbene? come ti trovi qui? ti stai ambientando? »

« La vita qui è diversa, naturalmente, » rispose Bosso « ma a poco a poco imparo tante cose. Ribes mi aiuta molto. Stavamo appunto controllando quanti odori riesco a cogliere, nel vento. Bisogna far molta pratica. In una fattoria, gli odori sono molto forti, sai, e non vogliono dir molto, quando stai dentro una gabbia. A quel che mi risulta, voi vivete grazie al fiuto. »

« Non correr troppi rischi, in primo luogo » disse Moscardo. « Non allontanarti troppo dalle tane – non andar in giro solo – e così via. E tu, Ribes, come stai? va un po' meglio? »

« Abbastanza » rispose Ribes « purché stia riguardato, dorma molto e prenda molto sole, Moscardo-rà. Gli spaventi m'hanno fatto quasi perdere il senno: è questa la causa di tutto. Per giorni ho seguitato ad avere brividi e allucinazioni. Mi pareva di essere ancora a Efrafa. »

« È molto brutto, eh, là? »

« Piuttosto morirei, che tornare a Efrafa, o in quei paraggi là » rispose Ribes. « Non lo so, cosa fosse peggio: la noia o la paura. Eppure, » soggiunse dopo un po' « ci sono conigli, là, che sarebbero compagni a noi, se potessero vivere in modo naturale, come noialtri. Molti sarebbero lieti di lasciare quel posto, se potessero. »

Poi Moscardo parlò, a uno a uno, con quasi tutti gli altri conigli. Eran delusi per il fallimento della missione a Efrafa e indignati per il modo in cui i loro ambasciatori eran stati trattati. Parecchi pensavano, come Pungitopo, che le due femmine avrebbero potuto suscitare discordie.

« Ce ne vorrebbero di più » gli disse Parruccone. « Ci scanneremo a vicenda, e non vedo come impedirlo. »

Nel tardo pomeriggio, Moscardo convocò tutti nel Nido d'Api.

« Ho molto riflettuto » esordì. « Lo so, sarete delusi per non esser riusciti a sbarazzarvi di me, al Noceto, l'altro giorno, così ho deciso di spingermi più lontano, la prossima volta. »

« E dove? » domandò Campànula.

« A Efrafa, » rispose Moscardo « se qualcuno di voi verrà con me. E riporteremo tutte le femmine di cui la cogliera ha bisogno. »

Si udirono mormorii di stupore, poi Lampo domandò: « In che modo? ».

« Mirtillo e io abbiamo un piano » disse Moscardo. « Ma non intendo esporvelo, adesso, per un preciso motivo. Sarà un'impresa pericolosa. Se qualcuno viene preso, nel corso di essa, dagli efrafani, oh, sapranno ben farlo cantare. Ma chi non sa nulla non può tradire un segreto. Vi spiegherò tutto, al momento opportuno. »

« Ti occorreranno molti conigli, Moscardo-rà? » domandò Dente di Leone. « Anche in tutti, non saremmo mai abbastanza per combattere gli efrafani. »

« Spero che non si debba combattere affatto, » rispose Moscardo « sebbene questa eventualità sussista. Comunque, il viaggio di ritorno, con le femmine, sarà lungo e, se incontriamo una loro pattuglia, bisogna che siamo in numero sufficiente per tenergli testa. »

« Si dovrà proprio entrare in Efrafa? » chiese Nicchio timidamente.

« No » rispose Moscardo. « Quello che... »

Pungitopo l'interruppe: « Non avrei mai creduto, Moscardo, di dover parlare un giorno contro di te. Ma son costretto a ripetere che la cosa si tradurrà in un completo disastro. Lo so, tu fai affidamento sul fatto che il Generale Vulneraria non abbia nelle sue file nessuno bravo quanto Mirtillo e Quintilio. Qui hai ragione: non credo ce ne siano. Lo sapete, ho passato la vita, io, in missioni di pattuglia e ricognizione. Ebbene, nell'Ausla di Efrafa ci sono molti elementi migliori di me – lo ammetto – e v'inseguiranno, v'uccideranno, insieme alle coniglie. Gran Frits! tutti troviamo chi ci tiene testa, prima o poi. Lo so che il tuo scopo è quello di aiutarci, ma sii ragionevole, e abbandona questo progetto. Credimi, l'unica, con Efrafa, è starne il più possibile lontani. »

Ognuno prese a dire la sua, nel Nido d'Api. « Ha ragione lui! », « Ci faranno a pezzettini, e a me non va », « Quel coniglio con gli orecchi mutilati », « Sì, ma Moscardo sa quello che fa », « È troppo lontano », « Io non ci voglio andare. »

Moscardo attese paziente che si chetassero. Quindi disse: « Le cose stanno così. Possiamo restarcene qui e arrangiarci con quel che abbiamo; oppure sistemarci una volta per tutte. Certo, il rischio c'è: lo sappiamo cos'è capitato a Pungitopo e compagni. Ma non abbiamo forse affrontato un rischio dietro l'altro, da quando siam partiti? Cosa intendete fare? Restar qui e cavarvi gli occhi a vicenda per un paio di femmine, quando a Efrafa ce ne sono in abbondanza, e per di più dispostissime a seguirvi, tranne che voi avete paura d'andarle a prendere? »

Qualcuno gridò: « Cosa ne pensa Quintilio? ».

« Io ci vado di sicuro » questi rispose, calmo. « Moscardo ha perfettamente ragione e il suo intento è legittimo. Vi prometto una cosa, però. Se mai dovessi avere brutti presentimenti, al riguardo, non li terrò per me. »

« E io ne terrò conto, casomai » disse Moscardo.

Seguì un lungo silenzio. Poi parlò Parruccone.

« Se volete saperlo, io ci vado. E Kehaar verrà con noi, se questo v'interessa. »

Ci fu un brusio di stupore.

« Naturalmente, alcuni di noi dovranno restar qui » disse Moscardo. « Non possiamo pretendere che vengano i conigli di fattoria. Né che tornino là quelli, di noi, che ci sono già stati. »

« Io però vengo lostesso » disse Argento. « Odio tanto di cuore Vulneraria e il suo Consiglio che, se c'è da farli fessi, voglio essere anch'io della partita. Purché non si tratti di andar dentro il loro covo... questo no, non potrei farlo. Ma, dopo tutto, vi serve uno che conosce già la strada. »

« Io vengo » disse Nicchio. « Moscardo-rà m'ha salvato... voglio dire, sono certo che lui sa cosa... » Si confuse. « Sia come sia, io vado » ripeté, con voce rotta.

Si udì un traspestio nella galleria che portava al bosco e Moscardo gridò: « Chi va là? ».

« Sono io... Mirtillo. »

« Mirtillo! credevo fossi qui tutto 'sto tempo. Dov'eri invece? »

« Scusa se non sono venuto prima. Stavo parlando con Kehaar, per l'appunto, di quest'impresa. E lui m'ha dato ottimi suggerimenti per migliorare il piano. Vedrete, vedrete, che figura da scemo che farà il Generale Vulneraria! Da principio mi pareva irrealizzabile, ma adesso son convinto che riuscirà. »

Campànula si mise a recitare una strofetta:

> « Si va dove che l'erba è più verde
> E ci crescon carote e lattuga
> E un coniglio di libera stirpe
> Si conosce dai graffi sul muso. »

Quindi soggiunse: « Credo che mi toccherà venire, se non altro per soddisfare la mia curiosità. Apro e chiudo la bocca come un uccellino di nido ma nessuno m'imbecca, nessuno mi dice in che cosa consiste 'sto piano. Niente niente, Parruccone si travestirà da hrududù e farà salire a bordo le coniglie efrafane? ».

Moscardo lo guardò severamente.

Ma Campànula, seguitò imperterrito, a voce contraffatta: « Ve ne prego, Generale Vulneraria, signore, sono un piccolo innocuo hrududù e volevo soltanto portare queste belle signore a fare un giro... »

« Ora basta, Campànula. Sta' zitto. »

« Scusa, Moscardo-rà » disse Campànula, sorpreso. « Era solo per tirare un po' su tutti quanti, mica per cattiveria. Dopo tutto, ci spaventa l'idea di andar a Efrafa, e non puoi mica farcene una colpa. L'impresa è rischiosissima. »

« Allora state a sentire, » disse Moscardo « adesso l'assemblea si scioglie. Aspettiamo e lasciamo che la decisione maturi... come s'usa fra conigli. Nessuno sarà obbligato ad andare a Efrafa, se non vuole. Ma è chiaro che alcuni di noi vogliono andarci. Arrivederci. Vado a parlare un po' con Kehaar, anch'io. »

Trovò il gabbiano ai margini del bosco, intento a lacerare, col grosso becco, un pezzaccio di carne bruna, puzzolente, scagliosa, attaccata a un'osso che pareva una spiga. Moscardo storse il naso a quell'odore disgustoso, che riempiva l'aria e attraeva già legioni di formiche e moscerini.

« Ma che roba è mai quella, Kehaar? Ha un'odore spaventoso! »

« Nix conosce? Kvesto jè pesce, jà. Fiene da Crande Ákva. Molto puono. »

« Viene dalla Gran Acqua? (Puah!) È là che sei andato a prenderlo? »

« Na, na. Vomi pighliato. Lacciù a fattoria jè crande mucchio rifiuti, oghni sorta di ropa. Io cerca mangeria, trofa kveste, odore puono come Crande Akva, io pighlia, io porto fia con me. Io recorda Crande Akva. » E si rimise a dar di becco a quell'aringa già mezzo spolpata. Poi, con grande disgusto di Moscardo, la sollevò e la sbatté contro una radice di faggio, per farne volare frammenti.

Moscardo fece uno sforzo per dominarsi, e disse: « Parruccone mi dice che tu, Kehaar, sei disposto a venir con noi e aiutarci a rapire le mogli ».

« Jà jà, io fiene con foi. Sighnor Parucone, lui pisoghno per aiuto, kvando là, lui me parla, io nix conighlio. Jè puono, jà? »

« Sì, piuttosto. È la sola maniera. Sei un vero amico per noi, tu, Kehaar. »

« Jà jà, io aiuta foi per moghli. Ma jè kvesto, sighnor Moscardo. Io sempre soghna Crande Akva adesso... sempre, sempre. Io sente Crande Akva... fuol folare Crande Akva. Ecco. Kvando foi parte per moghli, io aiuta, come ciusto. Dopo, kvando foi con moghli, io saluta, fola fia, non returna. Ma returna altra folta, jà? Kvando otunno, kvando inferno, io returna, sta con foi, jà? »

« Sentiremo la tua mancanza, Kehaar. Ma quando sarai di ritorno, troverai una bella conigliera, qui, con un bel po' di mogli. E ti sentirai orgoglioso, di aver contribuito al nostro successo. »

« Jà, sì, fero. Ma, sighnor Moscardo, kvando parte? Io fuole aiutare, ma no fuole spetare per andare Crande Akva. Jè fatica restare, jè crande fatica. Kvello fuol fare, fai presto-presto, jà? »

Sbucò fuori Parruccone. S'arrestò, con una smorfia di disgusto.

« Frits fra le fronde! » disse. « Cos'è 'sto puzzo? L'hai ucciso tu, Kehaar, o è morto sotto un sasso? »

« Piace, sighnor Parucone, piace, eh? Preco, preco, faforisca! jà? »

Moscardo disse: « Parruccone vai a dire agli altri che si parte domattina all'alba. Pungitopo fungerà da Coniglio Capo, qui, fino al nostro ritorno, e con lui resteranno Ramolaccio, Ribes e i conigli d'allevamento. E chiunque altro non voglia venire con noi, sarà libero di restare ».

« Ora li mando su alla silflaia » disse Parruccone. « Non ti preoccupare. Appena sentono 'sto puzzo, vedrai, non ci penseranno su due volte. Verranno tutti dove vorrai tu. »

PARTE TERZA

Efrafa

30. UN NUOVO VIAGGIO

> Un'impresa che offre enormi van-
> taggi, ma nessuno che sappia
> di cosa si tratti.
>
> Prospetto della South Sea Bubble.
>
> Al cuore chiesi: « Come va? »
> e il cuore mi rispose: « A burro
> e alici », il mentitore.
>
> HILAIRE BELLOC, *Epigrammi.*

Mancava Ramolaccio e c'era in più Campànula, sennò i
i conigli che, l'indomani, si misero in viaggio, di buon'ora,
dall'estremità meridionale del faggeto, eran gli stessi che
avevano lasciato Sandleford con Moscardo, cinque settimane avanti. Moscardo non aveva detto altro, per persuaderli, ritenendo che era meglio lasciar che il sentimento si evolvesse da sé in suo favore. Che i suoi compagni
avessero paura, lo sapeva, perché aveva paura lui stesso.
Anzi era certo che il pensiero di Efrafa non li abbando-
nasse un solo momento, come non abbandonava lui.
Ma contro tale paura agiva il desiderio di procacciarsi
altre femmine. E a Efrafa ce n'erano in abbondanza.
Eppoi, agiva la loro innata birberia. Tutti i conigli,
indistintamente, sono furfanti, amano trasgredire e rubare; e nessuno di loro, o ben pochi, quando è il dunque son
disposti a confessare che han paura; ammenoché (come
Ramolaccio e Ribes in questo caso) non si sentano fisi-
camente all'altezza del compito, e temano che i nervi
vengan meno al momento cruciale. E poi, accennando
al suo piano segreto, Moscardo aveva stimolato la curiosità. Lui aveva infatti contato di allettarli con l'aiuto
di Quintilio mediante allusioni e promesse: né si era
sbagliato. I conigli si fidavano di lui e di Quintilio, che
li avevano salvati dalla rovina di Sandleford, condotti
sani e salvi oltre il fiume Enborne e la brughiera,
avevan liberato Parruccone dal lacciolo, fondata una
colonia in cima al colle, fatto di Kehaar un alleato e
procacciato due femmine contro ogni pronostico. Chissà
cos'altro sarebbero riusciti ancora a fare! Certo avevano

un loro disegno preciso. E dal momento che Parruccone e Mirtillo eran della partita, nessun altro voleva far la figuraccia di tenersene fuori. Moscardo aveva detto chiaro e tondo che, chi voleva restare, restasse pure: sottintendendo che, d'un fifone del genere, potevan farne benissimo a meno. Pungitopo, ch'era la lealtà fatta coniglio, non aveva detto più nulla che potesse scoraggiare all'impresa. Li accompagnò fino al limitare del bosco, cercando di apparire di buon umore. Solo tornò a raccomandare a Moscardo, in disparte, che non sottovalutasse i pericoli. « Mandate notizie per mezzo di Kehaar, appena vi trova, » disse « e tornate presto. »

Purtuttavia – mentre Argento li guidava verso sud, per l'altopiano, a ponente della fattoria – quasi tutti, ora che s'eran effettivamente imbarcati nell'avventura, provavano timori e apprensioni. Ne avevano sentite abbastanza, su Efrafa, da sgomentare il cuore più saldo. Eppoi, prima d'arrivare alla meta, c'eran due giorni di viaggio, per l'altipiano, allo scoperto. Potevano incontrare volpi e donnole, ermellini e faine: da cui avrebbero trovato scampo solo nella fuga. La loro andatura era lenta e strascicata, irregolare, andavan meno rapidi dello scelto drappello di Pungitopo. Eran continui allarmi, deviazioni, soste. A un certo punto Moscardo li divise in tre scaglioni, guidati da Argento, Parruccone e lui stesso. Ma seguitarono a procedere lenti, come rocciatori in cordata su per una ripida parete.

Per fortuna i ripari erano buoni. Giugno volgeva al termine, verso il pieno dell'estate. Siepi e bordi lussureggiavano, più folti che mai. I conigli trovavano rifugio in caverne d'erba, opache, appena marezzate di sole, fra la maggioranza in fiore e la cicuta aglina; si nascondevano dietro cespugli di borragine, dagli steli pelosi e i fiori rosso-blu; s'infilavano fra gli alti gambi del verbasco giallo. Talvolta percorrevano tratti scoperti, praticelli colorati come arazzi, trapunti di centauria, di brunella e tormentilla. Data l'ansia costante per gli elil e dato che procedevano col naso rasoterra, senza poter vedere lontano, la strada pareva anche più lunga.

Se avessero compiuto il loro viaggio in anni passati,

avrebbero trovato quei colli anche più aperti, senza colture, brucati dalle pecore; sicché si sarebbero maggiormente esposti. Ma le pecore erano scomparse ormai da tempo e i trattori avevano dissodato vaste distese, ora seminate a frumento e orzo. L'odore del granturco ancora verde li circondava. Numerosi erano i topi, e così pure gli sparvieri e i gheppi. Gli sparvieri gli davano noia, ma sapevano ormai che un coniglio adulto è preda troppo grossa per loro. A ogni modo, non subirono attacchi dal cielo.

Poco prima di ni-Frits, fecero tappa in un piccolo roveto. Faceva molto caldo, non soffiava un alito di brezza e l'odore dolciastro del fiordaliso, del millefoglio, del tanaceto riempiva l'aria. Moscardo e Quintilio si accosciarono accanto ad Argento. Questi volse lo sguardo sull'aperta distesa innanzi a loro.

« Ecco, Moscardo-rà, » disse « ecco là il bosco che a Pungitopo non piaceva. »

Due o trecento metri più avanti, dirimpetto a loro, una fascia alberata tagliava l'altopiano, allungandosi a perdita di vista in entrambe le direzioni. Erano giunti allo stradale di Portway che conduce da Andover – attraverso Sainte Mary Bourne, con le sue campagne e ruscelli e aiole di nasturzi, attraverso il bosco di Bradley, e poi oltre le colline – fino a Tadley e fino a Silchester, la Calleva Attrebatum dei romani. Dove lo stradale attraversa i colli, a esso corre parallela la cosiddetta Cintura di Cesare: una striscia boscosa molto stretta ma lunga più di tre miglia. In quel caldo meriggio, gli alberi della Cintura formavano un violento chiaroscuro: assolati all'esterno e densi d'ombre nel loro seno. Tutto era pace e silenzio, tranne per il frinire dei grilli e l'esile canto d'uno zigolo giallo sul roveto. Moscardo esplorò a lungo l'orizzonte, drizzando gli orecchi e increspando il naso, nell'aria immota.

« Non vedo niente di sospetto » disse alfine. « E tu, Quintilio? »

« No » questi rispose, « Pungitopo lo trovava un bosco strano, e lo è, ma non pare ci siano uomini, là.

Comunque sarà bene che qualcuno vada in avanscoperta. Vado io? »

Anche il terzo scaglione si era frattanto ricongiunto agli altri due, e i conigli stavano brucando o riposando, a orecchi bassi nella verde penombra del roveto.

« Dov'è Parruccone? » domandò Moscardo.

Per tutta la mattina Parruccone, contrariamente al suo solito, si era serbato taciturno, preoccupato, assente. Se il suo coraggio non fosse stato fuori discussione, l'avresti detto spaurito, nervoso. Durante una precedente sosta Campànula l'aveva visto confabulare con Moscardo, Quintilio e Mirtillo e – come poi dirà Nicchio – gli era proprio parso che gli altri lo stessero rassicurando. E l'aveva udito dire: « A combattere, sì, sempre pronto, ma mi sa che 'sta roba è pane per i denti di qualcun altro, più che per i miei ». E Moscardo: « No, tu sei l'unico che può riuscirci. E ricorda che questo non è uno scherzo, se l'incursione alla fattoria lo era. Dipende tutto da te ». Poi, accortosi che Campànula poteva udirlo: « Comunque, seguita a pensarci su e cerca di assuefarti all'idea. Ora in marcia ». E Parruccone, di malumore, era andato a radunare il suo scaglione.

Adesso, sbucò fuori da un viluppo di artemisie e cardi in fiore, e raggiunse Moscardo nel roveto.

« Cosa vuoi? » gli chiese brusco.

« Senti, *pfeffa-rà* (re dei gatti) dovresti andare a dar un'occhiata fra quegli alberi. E se trovi dei gatti, o degli uomini o che, scaccia li via, e poi vieni ad avvertire che è via-libera. D'accordo? »

Partito che fu Parruccone, Moscardo disse ad Argento: « Hai un'idea di quanto lontano si spingono le loro pattuglie? Siamo già entro il loro raggio? »

« Non lo so, però direi di sì. A quel che mi risulta, l'ampiezza del raggio dipende dalla pattuglia stessa. Se la guida un Capitano intraprendente, si può spingere molto, molto lontano. »

« Capisco. Ebbene, non ho nessuna voglia d'imbattermi in una pattuglia, se si può evitare. Se ne incontriamo una, tuttavia, nessuno dei suoi componenti deve tornare a Efrafa. Ecco uno dei motivi per cui siamo venuti in molti. Ma, per cercare di evitarle, risaliremo lungo questo bosco. C'è caso che neanche a loro vada a genio, come a Pungitopo. »

« Ma la nostra strada è un'altra » obiettò Argento.

« Noi non andiamo a Efrafa, ecco quanto » disse Moscardo. « Cercheremo un nascòndiglio nei paraggi, il più vicino e il più sicuro possibile. Hai qualche idea? »

« È un bell'azzardo, Moscardo-rà. Come avvicinarsi a Efrafa senza farsi accorgere? dove troviamo un nascondiglio? E le pattuglie... sono molto astuti, sai. Magari ci avvistano, senza farsi vedere da noi... e vanno a riferire. »

« Ah ecco Parruccone che torna » disse Moscardo. « Ebbene, tutto a posto? Ottimamente. Allora, inoltriamoci pel bosco e tagliamolo, di sbieco, per un tratto. Poi sbuchiamo sull'altro lato, di modo che Kehaar ci trovi, quando viene, nel pomeriggio. Non dobbiamo assolutamente mancarlo. »

Percorso un mezzo miglio a ponente, o anche meno, arrivarono a un macchione, contiguo al lato sud dell'alberata. Ancora più a ovest c'era una vallicella, poco profonda e asciutta, d'un quattrocento metri di diametro, rivestita di erbacce e di sterpi, assai folti, ingialliti. Lì li avvistò Kehaar, un pezzo prima del tramonto, volando verso occidente lungo la Cintura di Cesare. Scese e atterrò presso Moscardo, fra le ortiche e le lappole.

« Come va con Pungitopo? » gli domandò Moscardo.

« Lui triste » rispose il gabbiano. « Dici foi nix returna. » Poi soggiunse: « Madamicella Cetrina pronta per moghlie ».

« Ah, bene. E c'è qualcuno che ci pensa? »

« Jà jà, tutti grante lotta. »

« Oh, be', si risolverà da sé. »

« Cosa adesso tu fai, sighnor Moscardo? »

« Qui bisogna che cominci ad aiutarci tu, Kehaar. Ci serve un nascondiglio, il più vicino possibile alla grande coniglièra, dove però non ci possano scoprire. Dato che conosci bene la zona, forse tu ci saprai indicare un buon posto. »

« Kvando ficino fuole tu, sighnor Moscardo? »

« Pressappoco, quanto dista il Noceto dalle nostre tane, ecco. Non di più però, direi. »

« Allora passa fiumo e nasconte di là. Là no trofa, siguro. »

« Oltre il fiume? Passarlo anuoto? »

« Na na, nix conighli nota kvesto fiumo. Jè crande, jè fondo, akva curri. Ma jè ponto. Passa per ponto, poi altra parte puono nasconduto. Jè ficino kvanto dici. »

« Secondo te è la soluzione migliore? »

« Jè multi alperi, jè fiumo. Altri conighli nix trofa. »

« Tu che ne pensi? » disse Moscardo a Quintilio.

« Meglio di quanto sperassi, direi » rispose Quintilio. « E poi, secondo me, bisogna andarci subito e alla svelta, a costo d'ammazzarci di stanchezza. Finché siamo qui corriamo pericolo, ma una volta là potremo respirare. »

« Allora bisognerà marciare di notte. Se ce la facciamo. Altre volte ce l'abbiamo fatta. Però prima bisogna mangiare e riposarci. Partenza fu-Inlé. D'accordo? La luna ci sarà. »

Disse Mirtillo: « Ah, sono arrivato a detestarle, queste parole: "partenza" e "fu-Inlé" ».

Comunque, il pascolo serale fu tranquillo, l'aria era fresca, e tutti si sentivan ristorati. Al calar del sole, si radunarono al coperto, per riposare e masticar palline. Moscardo faceva del suo meglio per apparire allegro e fiducioso, ma sentiva che tutti erano nervosi e, dopo aver eluso un paio di domande circa il piano d'azione, si domandò in che modo poteva distrarli e farli rilassare finché non fosse l'ora di rimettersi in cammino. Ripensò alla notte, la prima dopo la fuga, trascorsa nel bosco presso l'Enborne. Perlomeno adesso non erano esausti: si eran fatti duri e resistenti come un branco di hlessil razziatori d'orti. Né c'era disparità fra loro: Quintilio e Nicchio eran freschi come Argento e Parruccone. Tuttavia, bisognava sollevare il loro spirito. Stava per parlare quando Ghianda lo prevenne.

E disse: « Dai, raccontaci una novella, Den' di Leone ».

« Sì, sì! » gridarono in diversi. « Dai, racconta! Una di quelle forti, già che ci sei. »

« E va bene » disse Dente di Leone. « Vi va quella di El-ahrairà e la Volpe nell'acqua? »

« Meglio quella della Tana nel cielo! » disse Smerlotto.

« No, quella no » disse Parruccone. Non si sentiva da un pezzo la sua voce, e tutti si volsero. Lui soggiunse: « Se devi raccontare una novella, ce n'è una soltanto che voglio sentire. Quella di El-ahrairà e il Coniglio Nero di Inlé ».

« Non è la più indicata » obiettò Moscardo.

Parruccone gli si voltò contro, digrignando. « Se s'ha da raccontare una novella, ho diritto anch'io di scelta. »

Moscardo non replicò e, dopo una pausa di assoluto silenzio, Dente di Leone, a voce alquanto sommessa, cominciò a raccontare.

31. EL-AHRAIRÀ E IL CONIGLIO NERO DI INLÉ

L'arcano della notte, la furia del maltempo,
L'agguato del nemico,
E la Grande Paura in visibile forma...
Il prode va lostesso.

ROBERT BROWNING, *Prospice.*

« Prima o poi, si viene a risapere tutto quanto, e le voci si diffondono fra gli animali. Ora, c'è chi dice che fu Huffa a rivelare a Re Darzin l'imbroglio della lattuga; e chi invece dà la colpa ai pettegolezzi di Yona. Fatto sta che il Re venne a sapere che l'avevan fatto fesso, quella volta che aveva ordinato di portare l'insalata alle paludi di Kelfasin. Lì per lì, voleva mandare i suoi soldati a muover guerra, ma poi ci ripensò. E dècise di attendere l'occasione propizia per meglio vendicarsi: El-ahrairà lo seppe e ammonì i suoi simili: stessero molto attenti, specie quando andavano in giro soli.

« Un pomeriggio – si era di febbraio – Ravascuttolo partì, alla testa d'un drappello, per andare a rovistare in un mondezzaio, nei pressi d'un giardino, lontanuccio.

Faceva freddo, c'era foschia e, al calar della sera, scese una fitta nebbia. Si smarrirono per strada, furono attaccati da un barbagianni e finirono per perdere l'orientamento. Ravascuttolo si trovò separato dagli altri e, dopo aver vagato qua e là, andò a finire in un accampamento delle guardie reali, nei pressi della reggia. Lo presero e lo portarono dal Re.

« Re Darzin colse subito l'opportunità di far dispetto a El-ahrairà. Fece rinchiudere Ravascuttolo in una prigione e, ogni giorno, lo portavano ai lavori forzati: a scavare gallerie, anche col gelo. El-ahrairà giurò di liberarlo. Allora si mise, insieme a due delle sue mogli, a scavare un cunicolo, dal bosco fino al greppo dove Ravascuttolo lavorava. Per quattro giorni avanzarono sotterra, fino a congiungersi con la galleria in cui Ravascuttolo doveva allestire un magazzino. Le guardie lo sorvegliavano da fuori, ma El-ahrairà lo raggiunse da dentro la terra, e insieme poi scapparono nel bosco, attraverso quel tunnel.

« Quando Re Darzin lo seppe, si arrabbiò tremendamente. Decise allora di muovere guerra a El-ahrairà per finirlo una volta per sempre. I suoi soldati partirono di nottetempo e andarono nei prati di Flinflò. Ma non riuscirono a entrare nelle tane dei conigli. Alcuni ci provarono, ma furono volti in fuga. Non eran abituati a combattere in luoghi angusti, al buio. Venivano attaccati a morsi e graffi finché dovevano scappare, rinculoni.

« Però non se n'andarono. Si sedettero là fuori e aspettarono. Quando i conigli tentavano di uscire alla silflaia, i nemici gli saltavano addosso. Re Darzin e i suoi soldati non potevan sorvegliare tutti i buchi – troppi, ce n'erano – però accorrevano subito non appena spuntava un muso di coniglio. E così quei disgraziati riuscivano a strappare sì e no due ciuffi d'erba – tanto per non crepar di fame – e poi dovevano correre a rintanarsi di nuovo. El-ahrairà tentò di giocare d'astuzia, fece ricorso a vari stratagemmi, ma non riuscì a liberarsi di Re Darzin e a scacciare il suo esercito. I conigli si facevano sempre più magri e tristi, e alcuni si ammalarono.

« El-ahrairà era proprio disperato e una sera – dopo aver rischiato la vita per portare qualche boccone d'erba a una coniglia e ai suoi cuccioli, il cui padre era stato ammazzato il giorno prima – si mise a invocare: "Frits, Signore! Sono pronto a tutto, pur di salvare il mio popolo. Sono disposto a venire a patti con la volpe o l'ermellino... sì, anche con il Coniglio Nero di Inlé!"».

« Non appena ebbe detto questo, El-ahrairà si rese conto, in cuor suo, che se c'era una creatura che avesse il potere, e forse anche il volere, di distruggere i suoi avversari, questa era il Coniglio Nero di Inlé. Poiché questi era un coniglio, ma mille volte più potente del Re Darzin. Tuttavia, a quel pensiero, El-ahrairà si mise a tremare e sudar freddo, e dovette rannicchiarsi nel cunicolo dove si trovava. Più tardi, tornato nella sua tana, si mise a riflettere.

« Come tutti sapete, il Nero Coniglio di Inlé è la paura e la tenebra eterna. Egli è un coniglio, sì, ma è anche l'incubo dal quale noi imploriamo Frits nostro Signore di salvarci, oggi e domani. Quando un lacciolo viene teso, presso un varco nella siepe, il Coniglio Nero sa dov'è confitto il piolo; e quando la donnola danza, il Coniglio Nero non è lontano. Voi tutti sapete come certi conigli si giocano la vita a cuor leggero per andar a rubare: ma la loro apparente stoltezza è opera del Coniglio Nero, perché è lui che fa sì che non odano il cane, non vedano lo schioppo. Il Coniglio Nero porta anche le malattie. Ed è lui che viene nella notte e chiama a nome un coniglio: e allora questi deve andar da lui, ancor che sia giovane e forte e in grado di salvarsi da qualsiasi altro pericolo. Va dal Coniglio Nero e non lascia di sé nessuna traccia. Alcuni dicono che il Coniglio Nero ci odia e brama la nostra distruzione. Ma la verità è – così almeno mi hanno insegnato – che anche lui serve Frits nostro Signore e svolge il compito affidatogli: perché ciò che deve avvenire avvenga. Noi veniamo a questo mondo e dobbiamo andarne via: ma la nostra dipartita non ha solo lo scopo di far un favore a questo o quel nemico. Se così fosse, tutti quanti verremmo distrutti in un giorno. Noi ce n'andiamo per volere del Nero Coniglio di Inlé, e soltanto per la sua volontà. Anche se questo può sembrarci aspro e duro, tuttavia, a suo modo, lui è il nostro protettore, poiché conosce la promessa fatta da Frits ai conigli ed è disposto a vendicare quel coniglio che sia stato distrutto senza il suo consenso. Chiunque abbia visto i trofei di un guardiacaccia, sa che cosa può fare il Coniglio Nero agli elil, che si credono invece chissachì.

« El-ahrairà trascorse la notte solo nella sua tana e i suoi pensieri erano terribili. Nessun coniglio aveva mai tentato di fare quello che lui aveva in mente. Ma più ci pensava – per quanto glielo consentissero la fame e la paura e quella specie di *trance* in cui cade un coniglio al cospetto della morte – più si convinceva che una probabilità di riuscita, per quanto piccola, c'era. Sarebbe andato a cercare il Coniglio Nero per offrirgli la sua vita in cambio della salvezza del suo popolo. Ma se, nell'offrire la sua vita, non fosse stato sincero, guai. Il Coniglio Nero poteva anche non accettare la sua vita, ma lui doveva offrirgliela convinto, deciso a rinunciarci. Poi, si poteva tentare qualcos'altro. A patto di non imbrogliare: non si bara con il Coniglio Nero. Per ottenere la salvezza del suo popolo, dunque, egli era pronto a morire. Quindi, non sarebbe tornato. Quindi, aveva bisogno di un compagno: uno che tornasse al suo posto e guidasse i conigli alla riscossa contro Re Darzin.

« Di prima mattina, El-ahrairà andò a trovare Ravascuttolo e rimasero a parlare fino a tardi. Quindi convocò l'Ausla e disse loro quel che aveva in animo.

« Quella sera, al crepuscolo, i conigli uscirono e attaccarono i soldati di Re Darzin. Combatterono eroicamente e molti caddero. Il nemico pensava che cercassero di rompere l'assedio e spiegò tutte le sue forze per ricacciarli nei loro buchi. Invece la battaglia era solo un diversivo per distrarre Re Darzin e il suo esercito. Al calar delle tenebre, El-ahrairà e Ravascuttolo sgusciarono via, approfittando della confusione, mentre l'Ausla ripiegava e i soldati di Re Darzin beffeggiavano i conigli dalle bocche delle tane. Il Re mandò un messaggio, per dire che era pronto a trattare le condizioni di resa con El-ahrairà.

« Questi invece, insieme a Ravascuttolo, era già partito per il suo oscuro viaggio. Quale strada seguisse, non so. Né lo sa nessun coniglio. Ma mi ricordo quello che diceva il vecchio Matricale, ogni volta che raccontava questa novella. "Non ci misero molto" diceva Matricale. "Anzi, non ci misero niente. No. Ci andarono attraverso un brutto sogno, arrancando e incespicando, in quel posto dov'erano diretti. E là, dove viaggiavano, il tempo non c'è, il sole e la luna non contano, l'inverno e l'estate anche meno. Ma non saprete mai" – e ci guardava, il vecchio Matricale, a uno a uno – "e neanch'io lo saprò mai, quanto distante andò El-ahrairà nel suo viaggio nelle tenebre. Vedi la cima d'una grossa pietra che spunta dal terreno. Quant'è distante il centro? Spacca la pietra. Allora lo saprai."

« Alla fine arrivarono su un'altura dove non cresceva l'erba. Seguitarono a inerpicarsi, fra scisti aguzzi, fra rocce grigie, grosse come pecore. La nebbia e una gelida pioggia turbinavano intorno a loro. Non si udiva altro suono che la sferza dell'acqua e, ogni tanto, il grido di qualche uccellaccio che volava sopra le loro teste. E l'eco rimandava queste voci, nelle gole dei monti, fra rupi di pietra nera più alte del più alto degli alberi. C'eran chiazze di neve qua e là, perché il sole non brillava mai a scioglierla. Il muschio era viscido e, se scalzavano un ciottolo, ruzzolava giù per il baratro alle loro spalle. Ma El-ahrairà conosceva la strada e andava avanti. Finché la nebbia divenne così fitta da non veder più nulla. Allora si tennero rasente alla parete rocciosa e questa, a poco a poco, s'incurvava in fuori fino a formare una specie di volta nera sopra le loro schiene. Arrivarono all'imboccatura di una grotta, simile a un'enorme tana di coniglio. Si gelava dal freddo, tutto era silenzio. El-ahrairà fece segno con la coda a Ravascuttolo di seguirlo. Stavano per entrare nella caverna quando videro, lì, proprio accanto a loro, il Nero Coniglio di Inlé, che mal si distingueva dalla roccia, nell'oscurità: immobile come un lichene e freddo al pari della pietra scura. »

Nicchio si era messo a tremare. « Moscardo, non mi piace questa storia » disse, sgranando gli occhi nel crepuscolo. « Lo so, non sono coraggioso... »

« Non sei il solo, Hlao-rù, ad aver paura » gli disse Quintilio. E difatti, benché lui fosse composto e quasi distaccato, altrettanto non poteva dirsi degli altri. Ma Nicchio non reggeva più. Allora Quintilio soggiunse: « Andiamo fuori, un po', a vedere i ragni che acchiappano le mosche, ti va? Eppoi, ho notato delle vecce, qui vicino. Vieni, vieni, vediamo se riesco a ritrovare il posto ». E, così dicendo, condusse via Nicchio. Moscardo si volse. per veder bene da che parte andassero, nella vallicella sterposa. Dente di Leone esitava, incerto se ripigliare il racconto o no.

« Va' avanti, » disse Parruccone « e non lasciar fuori niente. »

« Chissà quante cose saran invece lasciate fuori » (riprese Dente di Leone) « dal momento che nessuno può sapere cosa accadde in quel paese dove El-ahrairà si recò di sua spontanea volontà, e nessuno di noi c'è mai stato. Ma – così m'hanno detto – non appena ebbero scorto il Coniglio Nero, scapparono dentro quel tunnel... per forza, ché altrove non potevano scappare. Sì, scapparono, nonostante che fossero venuti apposta per incontrarlo. Non si comportarono quindi diversamente da tutti noi. E alla fine, dopo aver percorso, ruzzolando e incespicando, tutto quel tunnel, si trovarono in una vasta tana di pietra.

« Il Coniglio Nero l'aveva scavata nella roccia, con le unghie, dentro la montagna. E in quella tana c'era ad attenderli colui dal quale erano scappati. Anche altri, c'erano: ombre silenziose e senza odore. Anche il Coniglio Nero ha la sua Ausla, sapete. Non avrei nessuna voglia di incontrarli.

« Il Coniglio Nero parlò e la sua voce era come un'acqua che cade in una polla in luogo cupo.

« "El-ahrairà, perché sei venuto sin qui?"

« "Pel mio popolo, sono venuto" bisbigliò El-ahrairà.

« Il Coniglio Nero odorava di pulito, come ossi spolpati un anno fa, e nel buio i suoi occhi luccicavano, d'una fredda luce rossa.

« "Tu qui sei uno straniero, El-ahrairà, poiché sei vivo."

« "Mio signore, son venuto a donarti la mia vita. La mia vita pel mio popolo."

« Il Coniglio Nero raspò sul pavimento con gli unghioli.

« Poi disse: "Patti, baratti, contratti... Non passa giorno, El-ahrairà, che una coniglia non offra la propria vita per i cuccioli, o che un prode auslano non la offra per il suo Coniglio Capo. Talvolta la si accetta, tal altra volta no. Ma non si fanno baratti, qui. Poiché, qui, ciò che è, è ciò che deve essere".

« El-ahrairà non disse niente, ma pensava: Forse riesco a indurlo con l'astuzia ad accettare la mia vita. Lui è uno che mantiene le promesse, come il Principe Arcobaleno.

« Il Coniglio Nero disse: "Sei mio ospite, El-ahrairà. Resta pure nella mia tana finché vorrai. Puoi dormire qui. Puoi mangiare qui. E ben pochi, in verità, posson fare altrettanto". All'Ausla disse: "Che mangi pure".

« "Non ci va di mangiare, mio signore" disse El-ahrairà, poiché sapeva che se avesse mangiato il cibo del suo ospite i suoi intimi pensieri sarebbero divenuti palesi, e addio astuzie.

« "Allora, perlomeno, vi offriremo uno svago" disse il Coniglio Nero. "Devi sentirti come a casa tua, El-ahrairà. Vieni, giochiamo a sasso-spasso [1]."

« "Molto bene" disse El-ahrairà. "Se vinco io, mio signore, forse voi sarete tanto gentile da accettare la

---

[1] Sasso-spasso è un gioco molto in voga tra i conigli. Lo si gioca con pietruzze, pezzetti di stecco o simili. Le regole sono molto semplici, tipo « pari o dispari », Il giocatore che « getta » i sassetti, li copre con la zampina davanti. L'avversario dovrà indovinare ad esempio se sono uno o due, chiari o scuri, ruvidi o lisci, eccetera. [N.d.A.]

mia vita in cambio della salvezza del mio popolo."

« "D'accordo" disse il Coniglio Nero. "Se vinco io, però, tu dovrai darmi la coda e i baffi."

« Furono portati i sassetti e El-ahrairà si accinse, in quel tenebrore pieno di echi, a giocare contro il Nero Coniglio di Inlé. Come potete figurarvi, El-ahrairà era bravissimo a giocare a sasso-spasso. Più bravo di qualsiasi altro coniglio. Ma lì – in quell'orrendo luogo, con gli occhi del Coniglio Nero fissi su di lui e quell'Ausla silenziosa intorno – per quanto si concentrasse, non riusciva a connettere e, prima ancora di lanciare, era convinto che il Coniglio Nero conoscesse la sorte. Il Coniglio Nero non dava il minimo segno di fretta. Egli giocava come la neve cade – senza suono o mutamento – e alla fine El-ahrairà si perse d'animo, e capì che non poteva vincere.

« "Paga la posta all'Ausla, El-ahrairà," disse il Coniglio Nero "poi ti accompagneranno in una tana dove potrai dormire. Io tornerò domani e, se sarai ancora qui, ci vedremo. Ma sei libero di andartene quando vuoi."

« Allora gli auslani portarono via El-ahrairà e gli tagliarono la coda e gli strapparono i baffi. E quando tornò in sé, era solo in una tana, con Ravascuttolo. La tana, di pietra, si apriva sul fianco della montagna.

« "Oh maestro," gli disse Ravascuttolo "adesso che farai? Per amore di Frits, andiamo via. Ti guido io, nel buio."

« "No di certo" rispose El-ahrairà. Sperava ancora di ottenere ciò che voleva dal Coniglio Nero, in qualche modo, e sentiva che erano stati alloggiati in quella tana appunto perché fossero tentati ad andare via. "No di certo. M'arrangerò, pei baffi e la coda, con un po' d'erba quattrina o epilobio e con qualche sarmento di vitalba. Va' a cercarmene, ti prego, Ravascuttolo, e vedi di tornare prima di domani sera. Inoltre, farai bene a portarmi qualcosa da mangiare, se puoi."

« Ravascuttolo allora partì ed El-ahrairà rimase solo. Dormì pochissimo, un po' per il dolore e un po' per la paura che mai l'abbandonava; ma soprattutto perché si stillava il cervello per trovare la maniera di vincere d'astuzia. Il giorno dopo Ravascuttolo tornò, con dei pezzi di rapa. El-ahrairà li mangiò. Poi Ravascuttolo l'aiutò a mettersi coda e baffi posticci, fatti con fili di erba cardellina e seccumi di clematide. A sera, andò dal Coniglio Nero come niente fosse.

« "Ebbene, El-ahrairà," questi gli disse, e non arricciava il naso muovendolo su e giù alla maniera dei conigli, per fiutare, bensì fiutava alla maniera dei cani, dilatando le narici, "la mia tana non è certo molto comoda, per te, ma, a quanto pare, ti ci sei adattato."

« "Infatti, mio signore" rispose El-arhairà. "E sono lieto che mi permettiate di restare."

« "Non giocheremo a sasso-spasso, stasera" disse il Coniglio Nero. "Devi capire, El-ahrairà, che non ho nessun desiderio di farti soffrire. Non sono uno dei Mille, io. Ripeto, puoi restare o andar via, come ti aggrada. Ma, se intendi restare, gradirai forse ascoltare una novella. E raccontarne una tu, a tua volta."

« "Senz'altro, mio signore. E, se riesco a raccontare una novella degna della vostra, può darsi che ciò vi induca ad accettare la mia vita in cambio della salvezza del mio popolo."

« "D'accordo" rispose il Coniglio Nero. "Ma, in caso contrario, El-ahrairà, tu dovrai rinunciare ai tuoi orecchi." Attese, pensando certo che El-ahrairà avrebbe rifiutato la scommessa. Invece no.

« Allora il Coniglio Nero si mise a raccontare una storia, così paurosa, così tenebrosa, da gelare il sangue a Ravascuttolo e a El-ahrairà, poiché essi sapevano che ogni parola era vera. La testa gli girava. Gli pareva di fluttuare entro nubi di gelo che gli ottundevano i sensi. E il racconto del Coniglio Nero gli rodeva il cuore come un baco rosicchia la noce, fino a farlo avvizzire e svuotarlo. Quando alfine la terribile novella fu terminata, El-ahrairà tentò di parlare. Ma non riusciva a raccogliere le idee, balbettava, correva qua e là, al pari d'un topo quando il falco si butta in picchiata. Il Coniglio Nero aspettava in silenzio, senza dar alcun segno di impazienza. Quando fu chiaro che El-ahrairà non avrebbe narrato una novella, gli auslani lo portarono via e lo fecero cadere in un sonno profondo. Al risveglio, non aveva più gli orecchi. Accanto a lui c'era solo Ravascuttolo, che piangeva come un gattino.

« "Oh, maestro," gli disse "a che giovano tutte queste sofferenze? Per amore di Frits e dell'erba, lascia che ti riconduca a casa."

« "Sciocchezze" disse El-ahrairà. "Va' a pigliarmi due belle, grosse foglie di ròmice. Mi faranno da orecchi."

« "Ma appassiranno, maestro," disse Ravascuttolo "come io già appassisco."

« "Dureranno abbastanza," disse, tetro, El-ahrairà "per quello che ho da fare. Solo, devo trovare la maniera."

« Partito Ravascuttolo, El-ahrairà cercò di riflettere. Era chiaro che il Coniglio Nero non accettava la sua vita. E non sarebbe mai riuscito a vincere una scommessa contro di lui, anche questo era evidente: impossibile, come correre su una lastra di ghiaccio. Ma se il Coniglio Nero non l'odiava, perché allora gli infliggeva tante sofferenze? Per piegare il suo coraggio e indurlo a rinunciare. Ma perché allora non lo cacciava via, e basta? E perché attendeva, prima di castigarlo, che lui stesso proponesse una scommessa e la perdesse? Trovò d'un tratto la risposta. Quelle ombre non avevano il potere di cacciarlo via né di fargli del male, tranne che col suo consenso. Non intendevano aiutarlo, no. Volevano impossessarsi della sua volontà per poterla infrangere. Ma mettiamo che lui riuscisse a trovare, là da loro, qualcosa che avrebbe salvato il suo popolo, potevano forse impedirgli di portarselo via?

« Quando Ravascuttolo tornò, aiutò El-ahrairà a nascondere l'atroce mutilazione attaccando due foglie di ròmice al posto degli orecchi. Poi si misero a dormire. Ma El-ahrairà anche in sogno rivedeva i suoi conigli affamati che riponevano in lui tutte le loro speranze di cacciar via i soldati di Re Darzin. Alla fine si svegliò, freddo e aggranchito, e si mise a vagare pei cunicoli della tana di pietra, con le foglie di ròmice ciondoloni ai lati della testa, ché non poteva mica drizzarle e muoverle come veri orecchi. Arrivò a un punto dove vari corridoi si dipartivano, verso recessi anche più profondi, e lì trovò due spettrali auslani, intenti a qualche loro oscuro officio. Lo guardarono brutto, per mettergli paura, ma El-ahrairà ne era ormai immune, e sostenne le loro occhiatacce, chiedendosi cosa avessero in mente per indurlo alla propria rovina.

« "Torna indietro, El-ahrairà" disse alla fine uno dei due. "Non è posto per te, questo. Tu sei vivo e hai sofferto già abbastanza."

« "Non quanto il mio popolo" rispose El-ahrairà.

« "Di patimenti, ve ne sono a sufficienza per mille conigliere" disse l'ombra. "Non essere testardo, El-ahrairà.. In queste caverne stanno celate tutte le piaghe e le malattie che affliggono i conigli: la febbre e la rogna e il mal-di-budella. Qui dento, poi, in questo antro più piccolo, c'è la moria bianca, che acceca gli animali e li manda a crepare in mezzo ai campi, dove neppure gli elil toccheranno le loro putride carcasse. Nostro compito è badare che questi mali siano sempre pronti, a disposizione di Inlé-rà. Poiché ciò che è, è ciò che deve essere."

« El-ahrairà capì che non aveva tempo per riflettere. Allora fece finta di allontanarsi, ma d'un tratto si voltò, e si gettò a capofitto nella caverna più stretta, rapido come un fulmine. E lì si rannicchiò, mentre le ombre si agitavano e borbottavano davanti all'ingresso, dato che non avevano il potere di cacciarlo, se non mediante la paura. Dopo un po' se n'andarono, ed El-ahrairà rimase solo. Chissà – si chiedeva – se riuscirò ad arrivare in tempo, dai soldati di Re Darzin, senza l'uso degli orecchi e dei baffi.

« Alla fine – quando fu certo di esser rimasto nella grotta tanto a lungo da infettarsi – uscì fuori e si inoltrò per il cunicolo. Non sapeva quanto tempo avrebbe impiegato il morbo a manifestarsi, né quanto gli restava da vivere, ma era chiaro che doveva affrettarsi, e arrivare prima che i segni della malattia fossero, in lui, evidenti. Doveva ordinare a Ravascuttolo, senza però accostarglisi, di correre avanti, di andar ad avvertire i conigli e dir loro di tappare le tane e non uscirne per nessun motivo finché l'esercito di Re Darzin non fosse stato annientato.

« Inciampava da tutte le parti, nel buio, poiché aveva brividi di febbre e gli mancava l'aiuto degli orecchi e delle vibrisse. A un tratto udì una voce, calma, domandargli: "Dove vai, El-ahrairà?". Pur non avendolo sentito arrivare, capì che il Coniglio Nero era accanto a lui.

« "Torno a casa, mio signore" gli rispose. "Avete detto che potevo andarmene quando volessi."

« "Tu persegui un tuo scopo. E qual è?"

« "Sono stato nella caverna, mi sono infettato della moria bianca e adesso vado a salvare il mio popolo, annientando i suoi nemici."

« "Ma lo sai o non lo sai, El-ahrairà, come si propaga la moria bianca?"

« Un sospetto colpì allora El-ahrairà. Ma non disse nulla.

« "Essa viene portata dalle pulci che stanno negli orecchi dei conigli" disse il Coniglio Nero. "Le pulci passano dagli orecchi d'un coniglio malato a quelli dei suoi compagni. Ma tu, El-ahrairà, non hai orecchi, e le pulci non si attaccano alle foglie di ròmice. Tu non puoi né contrarre né trasmettere la moria bianca."

« Allora El-ahrairà sentì venir meno tutto il suo coraggio, tutta la sua energia. Cadde a terra. Tentò di rialzarsi, ma le zampe di dietro gli mancarono. Trapestò, poi restò inerte.

« "Questa è una tana fredda, El-ahrairà," gli disse infine il Coniglio Nero "e non è il posto adatto per i vivi, meno che mai per chi ha il cuore ardente e l'animo ardito. Tu per me sei una grossa seccatura. Torna a casa. Salverò io stesso il tuo popolo. Non aver l'impertinenza di domandarmi quando. Qui il tempo non esiste. Essi sono già salvi."

« In quel momento, mentre Re Darzin e i suoi soldati stavano ancora sbeffeggiando i conigli dalle bocche delle tane, confusione e terrore s'impossessarono di loro perché, nella penombra della sera, parve loro che i campi fossero pieni di enormi conigli, dagli occhi rossi, che saltavano fra i cardi. Allora se la diedero a gambe e si dileguarono nella notte. Ecco perché nessuno, fra i conigli, oggi è in grado di dire che animali mai fossero, quelli, e che aspetto avessero. Non se n'è più visto uno, da allora ai giorni nostri.

« Quando El-ahrairà poté alfine rialzarsi, il Coniglio Nero se n'era andato e Ravascuttolo stava venendo a cercarlo. Insieme uscirono, sulla montagna, e scesero verso il burrone, nella foschia. Non sapevano dove stessero andando, tranne che s'allontanavano dalla tana del Coniglio Nero. Ma fu chiaro di lì a poco che El-ahrairà era malato, in seguito alle ansie e ai patimenti. Ravascuttolo scavò una tana e lì restarono per diversi giorni.

« Una volta guarito El-ahrairà, si rimisero in cammino, ma non riuscivano a ritrovare la strada. Vagavano qua e là, erano smarriti e confusi, e dovevano chiedere asilo agli altri animali che incontravano. Alcune di queste vicissitudini, lo sapete, formano storie a sé stanti. Una volta abitarono con un lendri e gli andavano a procurare uova di fagiano nella selva. E una volta la scamparono a stento, in un campo di fieno, mentre il fieno veniva falciato. Per tutto questo tempo, Ravascuttolo si prese cura di El-ahrairà: gli procurava foglie fresche di ròmice, gli scacciava le mosche dalle piaghe, finché queste non si furono rimarginate.

« Alla fine cammina e cammina arrivarono alla conigliera. Era di sera e il tramonto indorava la pendice. I conigli erano tutti alla silflaia, chi brucava e chi giocava fra i formicai. I due si fermarono in cima al campo, annusando le ginestre e l'erba roberta nel vento.

« "Stanno bene, a quanto pare" disse El-ahrairà. "In ottima salute, questo è certo. Imbuchiamoci, va', zitti zitti. Sarà meglio parlare, prima, con qualche capitano dell'Ausla, senza far tanto scalpore."

« Avanzavano lungo la siepe ma stentavano a orientarsi, ché la conigliera si era molto ingrandita e c'erano più tane che in passato, sia sul greppo sia nel campo. Si fermarono a parlare con un gruppo di giovanetti, maschi e femmine, seduti sotto un sambuco in fiore.

« "Cerchiamo Senecione" disse loro Ravascuttolo. "Ci sapete indicare la sua tana?"

« "Mai sentito nominare," rispose uno dei conigli. "Sei sicuro che sia di questa conigliera?"

« "Magari sarà morto" disse Ravascuttolo. "Ma comunque dovreste averne sentito parlare, del Capitano Senecione. Era uno dei comandanti dell'Ausla, durante la guerra."

« "Quale guerra?" chiese un altro.

« "La guerra contro Re Darzin."

« "Senti, fammi il santo piacere, vecchiardo!" disse quel giovane coniglio. "Quella guerra... io non ero neanche nato!"

« "Ma certo conoscerete i Capitani dell'Ausla che vi presero parte, no?"

« "Ma chi se ne stropiccia? Manco morto, con quei là! Sono un branco di matusa. Non ci importa neanche di sapere che hanno fatto."

« "Hanno fatto la guerra" disse Ravascuttolo.

« "Quella farsa, vecchiardo?" disse il primo. "Acqua passata, ormai. Non ci riguarda."

« E una giovane coniglia: "Se questo Senecione ha combattuto contro il Re Come-si-chiama, affari suoi. Non sono affari nostri".

« "È stata una gran schifosa cosa" disse un'altra coniglietta. "Una vergogna, addirittura. Se nessuno le combattesse, non ci sarebbero mica, le guerre. No? Ma a questo non ci arrivano, gli anziani."

« "Mio padre c'era" disse il secondo coniglio. "Tante volte ne parla. Io, allora, me la svigno. Quando si mette a raccontare, non la finisce più. Che barba! Da non resistere, proprio. Povero vecchio strambo! invece di cercare di scordarsene! Ma mi sa che tante cose se l'inventa. E poi, ditemi un po', a che cosa è giovato?"

« A questo punto un terzo coniglio disse a El-ahrairà: "Se aspettate un momento, signore, vado io a cercarvi questo Capitano Senecione. Non lo conosco ma domanderò. Sapete, la conigliera è così grande!".

« "Grazie, molto gentile" rispose El-ahrairà. "Ma ormai mi sono un po' orientato e lo troverò da me."

« E s'allontanò lungo la siepe. Andò nel bosco e si sedette, solo, sotto un avellano, con lo sguardo perduto in lontananza. Mentre l'aria imbruniva s'accorse, d'un tratto, che Frits nostro Signore era presso di lui, fra le foglie.

« "Sei in collera, El-ahrairà?" gli chiese Frits.

« "No, mio Signore. Non sono arrabbiato. Ma ho appreso che non sono i patimenti l'unica cosa per cui s'hanno a compatire coloro che si amano. Un coniglio che non ha riconoscenza per il dono cui deve la propria sicurezza, è più povero di una lumaca, anche se si ritiene chissachì."

« "La saggezza la si trova, El-ahrairà, sul colle desolato dove nessuno va a pascolare, e sul greppo pietroso dove invano il coniglio si scava la tana. Ma a proposito di doni, ecco qua, ti ho portato alcune cosette. Un paio di orecchi, una coda e qualche vibrissa. Può darsi che gli orecchi li troverai un po' strani, dapprincipio. Sai, ci ho messo un tantino di chiardistelle. Oh, appena appena. Non abbastanza, di sicuro, per tradire un bravo ladro come te. Ah! ecco che arriva Ravascuttolo. Benissimo. Ho qualcosa anche per lui. Vogliamo...". »

« Moscardo! Moscardo-rà! » Era la voce di Nicchio, proveniene da dietro un grosso cespuglio di bardana al limite della piccola cerchia di ascoltatori. « C'è una volpe che viene da questa parte! »

32. LA STRADA FERRATA

> Esprit de rivalité et de mesintelligence qui préserva plus d'une fois l'armée anglaise d'une défaite.
>
> GENERALE JOURDAN,
> *Mémoires militaires.*

Molta gente è convinta che i conigli passino buona parte del loro tempo a scappare davanti alle volpi. È vero che essi temono la volpe e fuggono non appena ne sentono l'odore. Ma tantissimi conigli trascorrono la vita intera senza vederne neppure una. Anzi sono pochissimi, in effetti, quelli che cadon vittime d'un nemico che manda un odore così forte e che è meno veloce di loro nella corsa. Una volpe che tenti d'acchiappare un coniglio, gli si avvicinerà strisciando, da sottovento e al riparo, fra le piante del sottobosco, per esempio. Poi, se riesce a portarsi abbastanza vicina al punto ove i conigli fan silflaia, su un greppo o in un campo, se ne resta in agguato e attende il momento opportuno per una rapida azzannata. Si racconta che talvolta li prende con l'astuzia, come fa anche la donnola, rotolandosi e giocando allo scoperto, portandosi vicina a poco a poco, finché, zan! arraffa la preda. Comunque sia, è certo che nessuna volpe va a caccia di conigli avanzando allo scoperto per una vallicella al tramonto.

Né Moscardo né i suoi compagni avevano mai visto una volpe. Tuttavia sapevano che, su terreno aperto, essa non è pericolosa, purché avvistata in tempo. Moscardo si rese conto che aveva commesso una grossa imprudenza a non mettere nessuno di sentinella, mentre stavano tutti raccolti intorno a Dente di Leone. Quel po' di vento che c'era, soffiava da nord-est e la volpe, che veniva da ovest, avrebbe potuto piombargli addosso inavvertita. Questo rischio era stato scongiurato da Quintilio e Nicchio, andando a far due passi. E Moscardo intuì fugacemente che Quintilio, restio a muovergli appunti di fronte agli altri, aveva approfittato della paura di Nicchio per mettersi lui stesso di sentinella.

Moscardo rifletté rapidamente. Se la volpe non era troppo vicina, bastava scappare. C'era una boscaglia nei pressi, dove dileguarsi, restando più o meno uniti, per poi proseguire il cammino. Si spinse fra i cespugli di bardana.

« Quant'è vicina? » chiese. « E Quintilio dov'è? »

« Eccomi qui » gli rispose Quintilio. Stava acquattato sotto i pruni di una rosa canina, a pochi metri di là, e, quando Moscardo gli fu accanto, senza volgere la testa soggiunse: « Ed ecco là la volpe ».

Moscardo seguì il suo sguardo.

Il terreno sterposo scendeva in pendio sotto di loro e il lungo avvallamento era bordato, a nord, dalla Cintura di Cesare. L'ultimo sole lo lambiva, attraverso un varco fra gli alberi. La volpe era ancora a una certa distanza, sul fondo della vallicella. Benché fosse sottovento e quindi in grado di fiutarli, non aveva l'aria di curarsi di conigli in modo particolare. Procedeva a trotto costante su per la china, come un cane, con la' grossa coda a strascico, bianca in punta. Di pelame era fulva, con orecchie e zampe più scure. Quantunque non fosse in caccia, aveva un'aria astuta, predatoria, sì da mettere un brivido a chi la guardava. Quando scomparve alla vista dietro un folto di cardi, Moscardo e Quintilio tornarono presso gli altri.

« Venite » disse Moscardo. « Se non avete visto mai una volpe, non è questo il momento di soddisfare la vostra curiosità. Seguitemi e via. »

Stava per dirigersi verso il lato meridionale della valletta, quando un coniglio gli passò avanti, con uno spintone, e si buttò a correre allo scoperto. Moscardo s'arrestò, guardò stupito.

« Ma chi è quello? » domandò.

« Parruccone » gli rispose Quintilio, a occhi sgranati.

Insieme tornarono al rosaio selvatico e di nuovo s'affacciarono sulla vallicella. Parruccone, ben visibile, stava correndo in discesa, guardingo, dritto verso la volpe. Lo guardavano atterriti. Era ormai vicino, ma la volpe non gli badava ancora.

« Moscardo, » disse Argento, alle sue spalle, « vuoi che io... »

« No, nessuno si muova » rispose Moscardo, deciso. « Statevi cheti, tutti. »

Quando fu a una trentina di metri da lei, la volpe si accorse del coniglio in arrivo. Si soffermò un istante, poi riprese a trotterellare. Giuntole quasi accanto, Parruccone virò e si mise a risalire, zoppicando, la china che, a nord, portava agli alberi della Cintura. La volpe esitò ancora, poi l'inseguì.

« Ma che ci ha in mente? » mormorò Mirtillo.

« Tenta di stornarla » disse Quintilio.

« Ma che bisogno c'era? Ce la saremmo cavata lostesso. »

« Dannato imbecille! » esclamò Moscardo. « Mi fa una tale rabbia! »

La volpe aveva accelerato l'andatura e ora, non lontana da loro, pareva sul punto di raggiungere Parruccone. Il sole era tramontato e, nella luce che scemava, scorsero a malapena Parruccone infilarsi nel sottobosco. Vi scomparve, e la volpe lo seguì. Per qualche momento tutto fu silenzio. Poi, orribilmente distinto s'udì, di là dalla valletta deserta, lo strillo angoscioso d'un coniglio azzannato.

« Oh Frits e Inlé! » esclamò Mirtillo, dando uno scalpito. Nicchio fece per scappare. Moscardo non si mosse.

« Si va, Moscardo? » domandò Argento. « Non possiamo più aiutarlo, ormai. »

Non aveva finito di dire così, che Parruccone sbucò fuori dagli alberi, correndo velocissimo. Prima ancora che gli altri si rendessero ben conto che era vivo, lui aveva già riattraversato la valletta e piombava in mezzo a loro.

« Presto! andiamo via di qua! » disse, ansante.

« Ma... ma... non sei ferito? » domandò Campànula, esterrefatto.

« Macché! Mai meglio di così! Andiamo, su! »

« Aspetta un momento » disse Moscardo, in tono freddo, adirato. « Hai fatto del tuo meglio per farti ammazzare e ti sei comportato da sciocco. Ora sta' zitto e siediti! » Si volse e, benché ormai facesse troppo scuro per vedere lontano, esplorò con lo sguardo oltre la vallicella. Alle sue spalle, i conigli s'agitavano nervosi. Alcuni cominciavano ad avvertire come un senso di irrealtà. La lunga e faticosa giornata, quella valletta sterpigna, la terrificante novella, l'improvvisa apparizione della volpe, l'inesplicabile condotta di Parruccone... tutto ciò, accavallandosi nei loro animi, li rendeva ottusi, attoniti.

« Conducili via, Moscardo, » gli bisbigliò Quintilio « prima che tutti diventino tzarn. »

Subito Moscardo si volse e disse, allegro: «Bene, niente più volpe. Se n'è andata, e anche noi ce n'andiamo. State serrati, mi raccomando, ché se qualcuno si smarrisce nel buio, c'è caso che non lo ritroviamo più. E ricordate, se ci dovessimo imbattere in conigli sconosciuti, prima gli saltiamo addosso e dopo diamo il chi-va-là».

Rasentarono il lembo del bosco che toccava il bordo meridionale della valletta e poi, in fila indiana, attraversarono la strada deserta. Un po' alla volta si rinfrancarono. Si trovavano adesso in aperta campagna coltivata – si sentivano anzi gli odori e i rumori d'una fattoria, non lontana, a ponente – e il cammino era facile: ampli soffici pascoli, in lieve pendio e divisi, non da siepi, ma da argini, non tanto alti, larghi come un viottolo, e sui quali crescevano sambuchi, cornioli, evònimi. Era proprio terreno da conigli, rassicurante, dopo l'alberata così geometrica e quella valle coperta di sterpi e lappole. Ne percorsero un buon tratto – sostando di continuo per scrutarsi intorno e annusare, spiccando corse da un riparo all'altro – poi Moscardo, ormai rassicurato, concesse un riposo. Mise Lampo e Smerlotto di sentinella, quindi trasse Parruccone in disparte.

«Sono in collera con te» gli disse. «Tu sei quello di cui non possiamo assolutamente fare a meno e, proprio tu, vai a correre uno stupido rischio del genere. Non era necessario, e neanche sei stato tanto bravo. Che t'è preso?»

«Ho perso la testa, ecco» disse Parruccone. «Avevo i nervi tesi, a furia di pensare alla faccenda di Efrafa... i nervi a fior di pelle. E quando son così, devo fare qualcosa per forza... attaccar briga, correre un azzardo. Allora mi son detto: Se riesco a far fare a quella volpe la figura della scema, mi sentirò più calmo, meno preoccupato. E difatti ha funzionato. Ora mi sento molto meglio.»

«Giocare a El-ahrairà! Cretino, a momenti ti giocavi la vita per niente. T'avevamo bell'è dato per morto. Non ci provare più, mi raccomando. Lo sai, tutto dipende da te. Ma di' un po', cos'è successo sotto gli alberi? Perché hai strillato in quel modo? »

« Io no. È molto strano, quello ch'è successo. E pure preoccupante. Intendevo seminare la volpe fra gli alberi, e poi tornare. Bene, m'infilo nel sottobosco, smetto di far lo zoppo e comincio a correre veloce, quando, d'un tratto, mi trovo a muso a muso con una squadra di conigli: stranieri. Venivano verso di me, diretti evidentemente alla vallicella. Non ho avuto certo tempo di guardarli ben bene, però erano dei tipi robusti. "Attenti! scappate!" gli grido, lanciatissimo. Loro, invece, fanno per fermarmi. Uno mi grida: "Tu resta qui!" o qualcosa del genere, e mi sbarra la stada. Lo scaravento a terra. e via, di volata. Poi ho udito quel terribile strillo. Naturalmente, ho accelerato ancora l'andatura. Ho fatto il giro e son tornato indietro da voi. »

« Sicché il komba ha azzannato quell'altro coniglio? »

« Eh sì. L'ho guidato io su loro, quantunque non volendo. Però non ho visto quello che è successo, esattamente. »

« E degli altri, che cosa ne è stato? »

« Non ne ho idea. Saranno scappati, suppongo. »

« Capisco » disse Moscardo, pensoso. « Dopotutto, può darsi che sia meglio così. Ma bada, Parruccone, niente più alzate d'ingegno. La posta in gioco è troppo grossa. Farai bene a star vicino ad Argento o a me. Ti terremo su il morale noi. »

In quel momento, ecco Argento che arriva. E gli fa: « Senti, Moscardo, qui siamo troppo vicini a Efrafa. Me ne sono reso conto proprio adesso. Sarà meglio allontanarci al più presto, dunque ».

« Intendo girare intorno a Efrafa... molto alla larga. Lo sapresti trovare il cammino per quella strada di ferro, di cui Pungitopo ci ha parlato? »

« Credo di sì » rispose Argento. « Certo, non possiamo compiere un giro troppo largo, sennò arriviamo esausti. La via non la conosco, esattamente, ma so in che direzione si trova. »

« Ebbene, bisogna rischiare » disse Moscardo. « Cercheremo di arrivarci entro domattina presto, poi potremo riposare dall'altra parte. »

Quella notte non ebbero altre disavventure. Procedettero tranquilli lungo le siepi dei campi, alla fioca luce d'un quarto di luna. La semioscurità era piena di rumori, fruscii, movimenti. A un certo punto Ghianda fece alzare un piviere, che volò intorno a loro, lanciando striduli richiami, finché, superato un argine, non l'ebbero distanziato. Poco più oltre, udirono il verso gorgogliante di un caprimulgo: un suono tutt'altro che minaccioso, che li accompagnò per un lungo tratto, svanendo a poco a poco. Poi udirono una gracola muoversi fra l'erba alta d'una proda ed emettere il suo richiamo (somiglia al rumore che fa un dito scorrendo lungo i denti d'un pettine). Ma di elil non ne incontrarono e – pur tenendo gli occhi bene aperti, attenti, pel timore di pattuglie efrafane – non videro altro che topi, e qualche porcospino a caccia di lumache lungo i fossi.

Alla fine, mentre la prima allodola saliva in cielo verso la luce ancora alta lassù, Argento, con la pallida pelliccia quasi plumbea per la guazza, tornò presso Moscardo che s'era soffermato a incoraggiare Nicchio e Campànula. E rivolto a quest'ultimo disse:

« Su col morale, Campanella. Siamo belli e arrivati alla strada di ferro ».

« Mi tirerei su di morale, se riuscissi a tirarmi su sulle gambe. Beate le lumache, che non hanno zampe. Vorrei essere una lumaca. »

« E io sono un porcospino » disse Moscardo. « Quindi tirati su. »

« No che non lo sei » disse Campànula. « Non hai abbastanza pulci. E neanche le lumache hanno pulci, però. Viva la faccia del lumacone, che va a spasso fra i denti-di-leone... »

« Finché la merla non ne fa un boccone » gli ribatté Moscardo per le rime. Poi: « Bene, Argento, veniamo. Ma dov'è questa strada di ferro? Pungitòpo parlava di un altissimo greppo, rivestito d'erba. Non vedo niente di simile ».

« Così è più avanti, vicino a Efrafa. Qui, invece, corre lungo una specie di valletta. Non ne senti l'odore? »

Moscardo annusò. E subito fiutò, nell'aria umida, odori innaturali: metallo, fumo di carbone, petrolio. Procedettero e, in breve, si trovarono sull'orlo erboso e cespuglioso d'una trincea, in fondo alla quale passava la ferrovia. Tutto era tranquillo. Mentre stavano lì in cima al ciglione, sei o sette passeri si levarono in volo, rissando, e andarono a posarsi sulla linea, a beccare fra le traversine. Uno spettacolo rassicurante.

« Si attraversa, Moscardo? » chiese Mirtillo.

« Sì, subito » questi rispose. « Poi, con questa, fra Efrafa e noi, pascoliamo tranquilli. »

Allora scesero, esitanti, nella trincea, mezz'aspettandosi che, da un attimo all'altro, l'igneo e tuonante angelo di Frits apparisse nel grigiore dell'alba: ma nulla venne a rompere il silenzio. Di lì a poco stavan tutti brucando nel prato di là, troppo stanchi per pensare a nascondersi, dimentichi di tutto, intenti solo a ristorarsi.

Di sopra le cime dei larici, apparve Kehaar e atterrò in mezzo a loro, ripiegò le lunghe ali grigio-pallide.

« Sighnor Moscardo, nix restare kvi, jà? »

« Si è stanchi, Kehaar. Si ha bisogno di riposo. »

« Kvi nix bono restare. Arrifa conighli. »

« Sì, però non ancora. Possiamo... »

« Jà, jà, arrifa per foi trofa. Jè ficino. »

« Oh, maledizione a quelle dannate pattuglie! » esclamò Moscardo. Quindi: « Ehi, voialtri! Tutti quanti! In marcia per il bosco. Sì, anche tu, anche tu Lampo, se non vuoi che ti stacchino a morsi gli orecchi, a Efrafa. Su, muoviamoci! ».

Attraversato il pascolo, raggiunsero il bosco al confine di esso ed esausti si sdraiarono sulla nuda terra, sotto gli abeti. Moscardo e Quintilio si consultarono di nuovo con Kehaar.

« Non possiamo pretendere che arrivino più oltre, Kehaar » disse Moscardo. « Abbiam viaggiato tutta notte, sai. Qui dobbiamo fermarci a dormire. Hai proprio avvistato una pattuglia? »

« Jà, jà, arrifa lungo-lungo altro lato di strada di ferro. Ciusto in tempo foi fa fia. »

« E dunque ci hai salvati tu. Ora senti, Kehaar.. Potresti andare a vedere dove si trovano, adesso? Se si sono allontanati, darò ordine ai miei di mettersi a dormire. Non che n'abbiano bisogno, d'un ordine. Guardali là! »

Kehaar tornò con la notizia che la pattuglia efrafana aveva fatto dietro-front senza attraversare la strada di ferro. Quindi si offrì di montar lui stesso di guardia fino a sera e Moscardo, con enorme sollievo, disse subito ai conigli che potevano dormire. Due o tre già s'erano addormentati, coricati su un fianco sulla terra brulla. Moscardo si chiese se fosse il caso di svegliarli e mandarli in qualche posto più riparato, ma mentre ci stava pensando su, s'addormentò lui stesso.

La giornata si fece caldissima, e senza vento. Fra gli alberi i colombi selvatici tubavano, sonnacchiosi, e ogni tanto si udiva tartagliare un cuculo ritardatario. Nella campagna nulla si muoveva... tranne le code delle mucche che, radunate al rezzo, si sferzavano i fianchi senza posa.

33. IL GRANDE FIUME

> Non aveva mai visto un fiume, in vita sua: quell'agile animale sinuoso e corpulento... Era tutto un tremolio, tutto un barbaglio: riflessi e scintillii, fruscii e mulinelli, gorgogli, mormorii.
>
> KENNETH GRAHAME,
> *Il vento fra i salici.*

Quando Moscardo si destò, balzò subito su, perché l'aria d'intorno era piena d'acute grida: qualche creatura stava cacciando. Si guardò intorno, ma non colse nessun segno di allarme. Era verso sera. Vari conigli erano già svegli e alla pastura al margine del bosco. Si rese conto che quei gridi, per incalzanti e fieri che fossero, erano troppo esili, troppo striduli, per venire da qualche elil. E venivano da sopra la sua testa. Un pipistrello svolazzava fra i rami degli alberi, dentro e fuori, senza urtarvi mai. Ne sopraggiunse un altro. Moscardo s'avvide che ce n'erano molti, tutt'all'intorno, che cacciavano mosche e moscerini emettendo i loro acuti gridolini mentre volavano. Un orecchio umano li avrebbe a malapena percepiti, ma per i conigli l'aria era piena dei loro stridi. Oltre il bosco, la campagna era indorata dal sole declinante, ma sotto gli abeti l'aria era bruna e qui i pipistrelli volavano a nugoli. Misto a quello resinoso degli abeti si sentiva un altro odore, forte, agrodolce: un profumo di fiori, ma d'una specie a lui ignota. Proveniva da oltre il limite del bosco dove, appunto, crescevano cespugli di saponaria, lungo i margini del pascolo. Non tutte le piante erano in piena fioritura, e i loro boccioli rosati s'arricciavano a spirale entro i calici verde-pallidi, ma i numerosi fiori già dischiusi, a mazzetti, emanavano quell'intensa fragranza. I pipistrelli davano la caccia agli insetti che la saponaria attirava.

Moscardo fece hraka poi andò a pascolare nel campo. S'accorse, con disappunto, che la zampa di dietro gli dava noia. La credeva del tutto guarita ma, evidentemente, la marcia forzata negli altipiani era stata troppo dura per il muscolo lacerato dai pallini dello schioppo. Chissà se era molto lontano, il fiume di cui Kehaar aveva parlato. In tal caso, erano guai.

Sbucò Nicchio, di tra le saponarie, e gli mosse incontro dicendo: « Moscardo-rà, non ti senti bene? Quella zampa... la trascini ».

« No no, tutto in ordine, Hlao-rù. Senti, dov'è Kehaar? Devo parlargli. »

« Sta volando per vedere se c'è qualche pattuglia nei paraggi, Moscardo-rà. Parruccone s'è svegliato tempo fa e lui e Argento hanno detto a Kehaar di andare in ricognizione. Non hanno voluto disturbarti. »

Moscardo ne fu contrariato. Sarebbe stato meglio saper subito da che parte dirigersi, anziché attendere che Kehaar tornasse. Si doveva attraversare quel fiume, e bisognava far presto. La sua attesa si fece impaziente. E ben presto si sentì nervoso e teso, quale mai era stato in vita sua. I dubbi lo rodevano: e se l'impresa fosse troppo temeraria? Pungitopo non ne aveva certo sottovalutato i pericoli. Ed era stato per puro caso che Parruccone aveva guidato la volpe verso la pattuglia efrafana che seguiva le loro piste? E per un altro caso fortunato, con l'aiuto di Kehaar, eran sfuggiti all'intercettazione presso la strada di ferro. E se un'altra pattuglia li avesse avvistati, a loro insaputa, e già avesse segnalato la loro presenza? E se il Generale Vulneraria avesse avuto, anche lui, un suo Kehaar? Chissà! In quel momento un pipistrello stava forse parlando con lui! Come si poteva prevedere tutto? premunirsi contro tutto? L'erba gli pareva acida, il sole gelido. L'inquietudine lo divorava, mentre sedeva là, torvo, sotto gli abeti. Ora capiva meglio Parruccone e le sue smanie. Aspettare era uno strazio. Non vedeva l'ora di far qualcosa, qualsiasi cosa. Aveva già deciso di non attendere oltre ma di mettersi subito in marcia, quand'ecco arrivare in volo Kehaar. Veniva dalla parte della trincea ferroviaria. Atterrò goffamente, starnazzando, fra gli abeti, azzittendo i pipistrelli.

« Nix conighli, sighnor Moscardo. Io pensa lori non piaci passare strada di ferro. »

« Bene. E il fiume è lontano, Kehaar? »

« Na na. Ficino. In posco. »

« Magnifico. Ci arriviamo prima di scuro? »

« Jà jà, io mostra ponto. »

Avevano percorso poca strada, in mezzo al bosco, quando i conigli sentirono che il fiume era vicino. Il terreno si era fatto molle e umido. Si sentiva odor di giunchi e di scialino, odore d'acqua. Poi d'un tratto l'aspro grido di una folaga echeggiò fra gli alberi, seguito da un fitto batter d'ali e rumore di spruzzi, cui lo stesso stormire delle foglie parve rispondere. Più oltre, udirono il lieve scroscio di una cascatella. Un uomo che senta il brusio d'una folla in lontananza si può far un'idea della sua vastità. Similmente i conigli capirono che il fiume era più grande di quanti essi ne avessero mai visti: ampio, limpido, veloce. Sostando fra i sambuchi e le consòlide, si scambiarono occhiate, a cercar rassicurazione. Poi a piccoli balzi si spinsero oltre, su terreno più scoperto. Il fiume non si vedeva ancora ma nell'aria se ne coglieva il riverbero: un guizzare e un danzare della luce. Moscardo e Quintilio andarono avanti e si trovarono su uno stretto sentiero verde che divideva la boscaglia dalla ripa del fiume.

Quel sentiero era quasi soffice come un prato, privo d'arbusti e sterpi, ché veniva tenuto sgombro per i pescatori. Sul lato opposto di esso crescevano piante rivierasche in quantità, sicché era separato dal greto da una specie di fratta, formata da salicornie, grandi cameneri, pulicarie, scrofularie e agrimonie, qua e là già in fiore. Due o tre altri conigli sbucarono dal sottobosco. Sbirciando attraverso la vegetazione ripara, intravedevano la corrente. Certo quel fiume, terso e scintillante, era molto più grande e più veloce dell'Enborne. Benché non avvertissero la presenza di nemici, né di altri pericoli, si sentivano in dubbio e in apprensione, come chiunque giunga a un luogo che ispira timore reverenziale, dove uno si sente privo d'ogni importanza. Quando Marco Polo arrivò finalmente alla capitale del Catai, settecent'anni fa, avrà certo provato una stretta al cuore al pensiero che quella grandiosa e stupenda città, e il suo impero, esistevano da prima ch'egli nascesse, o da tanto tempo prima, senza che lui ne sapesse nulla. Che non avevano bisogno di niente da lui, da Venezia, dall'Europa. Che la città era piena di meraviglie a lui inaccessibili. Che la sua venuta non aveva alcunissima importanza. Noi sappiamo che Marco Polo provò queste cose, e analogamente sentirono molti viaggiatori giungendo in terre straniere, dove non sapevano che cosa li attendesse. Non v'è nulla che ti faccia sentire insignificante come arrivare in qualche luogo strano e meraviglioso dove nessuno fa neanche caso a te, che stai lì a bocca aperta.

I conigli erano attoniti, a disagio. Acquattati sull'erba fiutavano gli odori equorei, nella frescura del tramonto. Serrarono le file, e ciascuno sperava di non scorgere, nel compagno, la sua stessa ansietà. Un'enorme, rilucente libellula, verde smeraldo e nera, venne a librarsi, immobile e ronzante, presso la spalla di Nicchio, per poi scomparire, veloce come un lampo, fra le càrici. Nicchio diede un sobbalzo. In quella si udì un grido penetrante, modulato, e s'intravide, fra le piante, un uccello azzurro che volava sul pelo dell'acqua. Poi si udì, poco lontano, dietro una giuncaia, un tonfo in acqua, abbastanza forte: ma da quale creatura prodotto, chi lo sa.

Nicchio cercò Moscardo con lo sguardo. Vide Kehaar, poco lontano, posato in una secca, fra due ciuffi di epilobio. Stava dando beccate nel fango e ben presto ne estrasse una mignatta, lunga una decina di centimetri, e l'ingoiò intera. Più oltre, sullo stradello, Moscardo si stava ripulendo dalle lappe che gli s'erano attaccate alla pelliccia, mentre ascoltava Quintilio, ai piedi di un rododendro. Nicchio corse a raggiungerli.

« Non c'è niente che non va, in questo posto » stava dicendo Quintilio. « Non ci sono più pericoli che altrove. Ora Kehaar ci mostrerà dove passare sull'altra sponda. Prima che annotti, spero. »

« Non vorranno fermarsi qui » gli ribatté Moscardo. « Francamente, non possiamo acquartierarci in un posto come questo, per aspettare il ritorno di Parruccone. Non è adatto ai conigli. »

« Sì, che possiamo. Calmati. Si abitueranno, più in fretta che non creda. T'assicuro ch'è meglio di altri posti dove abbiamo dovuto sostare. Non tutte le cose ignote sono cattive. Vuoi che ti dia il cambio? che li guidi io? Diremo ch'è per via della tua zampa. »

« Bene » disse Moscardo. E a Nicchio: « Vai a chiamare gli altri, Hlao-rù ».

Quando Nicchio fu lontano, soggiunse: « Sono inquieto, Quintilio. Sto chiedendo loro troppo. Questo piano presenta troppi rischi ».

« Son più in gamba di quanto non credi » gli rispose Quintilio. « Se dovessi... »

Si udì il rauco richiamo di Kehaar. Uno scricciolo volò via spaventato.

« Sighnor Moscardo, cosa tu spetta? »

« Di saper dove andare » gli rispose Quintilio.

« Ponto ficino. Tu cammina, fede. »

Lì dove si trovavano il sentiero rasentava il sottobosco ma più oltre – più a valle, com'essi intuivano – il terreno mutava natura, per assumere quella di un parco. Da quella parte si diressero, Quintilio in testa.

Moscardo non sapeva che cosa fosse un ponte. Era un'altra delle parole di Kehaar a lui ignote, e non aveva avuto voglia di far domande. Nonostante la fiducia che nutriva per Kehaar e il rispetto per la sua vasta esperienza, il suo disagio non fece che aumentare quando s'inoltrarono nel parco, ch'era molto più scoperto. Quello era chiaramente un luogo frequentato dagli uomini, e pericoloso. Poco oltre c'era una strada asfaltata. La sua liscia, innaturale superficie spiccava contro l'erba circostante. Si fermò, esplorò con lo sguardo. Dopo un pezzo, accertatosi che non c'erano uomini in giro, si portò cautamente sul ciglio della strada.

Questa attraversava il fiume su un ponte lungo una decina di metri. Moscardo non ci trovò nulla di insolito. Non possedeva il concetto di ponte. Vedeva solo una ringhiera di qua, una di là, ai lati della strada. Similmente un indigeno africano che non abbia mai lasciato il suo villaggio non si stupisce particolarmente la prima volta che vede un aeroplano: esso è al di là del suo comprendonio. Ma la prima volta che vede un cavallo tirare un carretto è colpito, ammirato dell'ingegno di chi ha avuto quell'idea. Moscardo vide quindi senza alcuna sorpresa la strada varcare il fiume. Lo preoccupava però che in quel tratto non ci fosse erba dove nascondersi, ai due lati. I suoi conigli si sarebbero quindi trovati allo scoperto, senza poter scappare, se non lungo la strada stessa.

« Pensi sia il caso di arrischiarci, Quintilio? » domandò.

« Non vedo di che cosa ti preoccupi » gli rispose Quintilio. « Tu sei andato alla fattoria, sei entrato nel capannone dov'erano le gabbie dei conigli. Questo è assai meno pericoloso. Vieni, vieni. Non farti vedere titubante. »

Quintilio saltò sull'asfalto. Si guardò un attimo intorno poi s'avviò verso l'ingresso del ponte. Moscardo lo seguì lungo il ciglio della strada, tenendosi accosto al parapetto. Volgendosi, vide Nicchio a poca distanza da lui. In mezzo al ponte Quintilio, ch'era perfettamente calmo e padrone di sé, si soffermò, si drizzò. Gli altri due lo raggiunsero.

« Facciamo un po' di scena » disse Quintilio. « Mettiamoli in curiosità. Ci seguiranno, solo per vedere cosa abbiamo da guardare. »

Non c'era riparo ai bordi del ponte, avrebbero potuto scivolare nell'acqua che scorreva circa un metro sotto. Nello spazio fra il bordo e il parapetto si affacciarono, rivolti a monte, e, per la prima volta, videro bene il fiume. Se il ponte non aveva stupito Moscardo, il fiume lo stupì. Ricordò l'altro fiume, l'Enborne, con le sue lingue di ghiaia e le sue canne palustri. Questo, il fiume Test, ricco di trote e dalle sponde tosate, ben tenute, gli parve un corso d'acqua immenso. Era largo dieci metri, e fluiva via liscio e veloce, mandando barbagli al sole radente. L'immagine riflessa degli alberi sulla corrente uniforme era nitida, come nello specchio d'un lago. Non v'erano canne né altre piante palustri, a rompere il filo della corrente. Da presso, sulla sponda sinistra, dei ranuncoli, della specie ch'è detta piè corvino, strascicavano nell'acqua le loro foglie palmate. Più scuri, quasi neri, spiccavano i tappeti di muschio, a masse dense sul letto del fiume, immobili o appena ondulanti. Ondeggiavano invece le ampie distese di nasturzi, verde-pallidi, increspando l'acqua che li lambiva. L'acqua era molto limpida e il letto era formato da un ghiaione giallino, pulito. Al centro, era poco più profondo di un metro. I conigli discernevano qua e là una sostanza fine, come fumo – gesso e ghiaia triturata – che il fiume portava con sé come il vento trasporta la polvere. D'un tratto, di sotto al ponte, con un languido movimento della sua coda piatta, guizzò un grosso pesce, dello stesso colore della ghiaia. I conigli affacciati dal ponte distinsero bene le vivide macchie sui fianchi. Guardingo il pesce si tenne sospeso nella corrente, sotto di loro, ondulando di qua e di là. A Moscardo ricordò il gatto sull'aia. Poi diede un guizzo e si portò più avanti, sotto il pelo dell'acqua. Lo videro cacciar fuori il muso ottuso e aprire la bocca, foderata di bianco. Ritmicamente, senza fretta, risucchiò un insetto galleggiante, e poi sparì sott'acqua. Dei cerchi si allargarono, turbando per un po' la trasparenza e le immagini riflesse. Gradualmente la superficie tornò liscia e di nuovo poterono scorgere il pesce, sotto di loro, che agitava la coda per tenersi in bilico nella corrente.

« Un falco d'acqua! » esclamò Quintilio. « Sicché cacciano e mangiano anche laggiù! Non cascarci dentro, Hlaorù. Ricordati di El-ahrairà e del luccio. »

« Quello mi mangerebbe? » domandò Nicchio, sbigottito.

« Può darsi che ci siano altre creature che potrebbero mangiarti » rispose Moscardo. « Che ne sappiamo? Avanti, proseguiamo. Che si fa, se arriva un hrududù? »

« Si corre, » rispose Quintilio « così! » E di volata attraversò il ponte e andò a rimpiattarsi fra l'erba.

Dall'altra parte del fiume, c'era un bosco di grandi ippocastani con un folto sottobosco. Il terreno era acquitrinoso ma perlomeno c'eran molti ripari. Quintilio e Nicchio si diedero subito a scavare, mentre Moscardo si riposava la zampa offesa e masticava palline. Di lì a poco arrivarono Argento e Dente di Leone. Ma gli altri, più indecisi, eran rimasti sulla sponda destra. Poco prima che facesse buio, Quintilio riattraversò il ponte e andò a sollecitarli. Parruccone, con sorpresa di ognuno, si mostrò riluttante e fu l'ultimo a passare il ponte, dopo che Kehaar, di ritorno da un altro volo su Efrafa, gli ebbe chiesto se voleva che gli andasse a chiamare una volpe.

La notte che seguì parve a tutti precaria, disorganizzati com'erano. Moscardo, ben sapendo di trovarsi in terra d'uomini, s'aspettava da un momento all'altro un cane o un gatto. Ma quantunque udissero più d'una civetta, nessun elil li assalì e la mattina dopo eran di morale più alto.

Appena mangiato, Moscardo ordinò di esplorare i dintorni. Si constatò che il terreno presso il fiume era troppo umido per i conigli. Anzi, in certi punti era addirittura acquitrinoso. E qui crescevan schiance di palude, l'odorosa valeriana e la pendula ambretta. Argento riferì che, più su, nella boscaglia, il terreno cominciava a esser più secco. Moscardo pensò allora di trasferirsi e scavare nuovi alloggi ma, intanto, si era fatto così caldo, e umido, che ogni attività dovette essere sospesa. La lieve brezza era caduta. Il sole suscitava torpidi vapori dai cespuglietti palustri. L'odore del mentastro riempiva l'aria afosa. I conigli si sdraiarono all'ombra, qua e là. Per ni-Frits sonnecchiavano tutti nel sottobosco.

Quando, nel tardo pomeriggio, cominciò un po' a rinfrescare, Moscardo si svegliò di soprassalto e vide Kehaar lì da presso. Il gabbiano camminava impettito a passetti nervosi e ogni tanto dava beccate impazienti all'erba alta. Moscardo si tirò su.

« Che c'è Kehaar? Una pattuglia forse? »

« Na na. Dormi dormi tranqvillo como cufo. Forse io parte per Crande Akva. Foi trofa moghli presto, sighnor Moscardo, jà? Cosa spetta? »

« Hai ragione, Kehaar, bisogna metterci all'opera. Il guaio è che so da dove cominciare ma non come finirà. »

Moscardo andò a svegliare il primo coniglio che gli capitò – Campànula – e gli disse d'andar a chiamare Parruccone, Quintilio e Mirtillo. Quando questi sopraggiunsero, tutti e quattro si appressarono a Kehaar sul greto del fiume.

« Il problema è questo qua » disse Moscardo. « Come ho già detto, lo ricorderete, noi dobbiamo conseguire tre scopi distinti: portar via delle femmine da Efrafa, eludere i primi inseguitori e, quindi, dileguarci in modo che non ci trovino più. Il piano che tu, Mirtillo, hai escogitato è molto abile. Raggiungeremo senz'altro i primi due obiettivi. Ma il terzo? I conigli efrafani sono veloci e tenaci. Riusciranno a scovarci, prima o poi. Non credo che saremmo più veloci noi a scappare che loro a inseguirci. Specie se avremo con noi un branco di femmine che non si sono mai allontanate da Efrafa. Né potremmo affrontarli a corpo a corpo, per una battaglia decisiva: sono troppo in soprannumero. Oltre a questo, c'è 'sta zampa che torna a darmi noia. Che si fa? »

« Non lo so » rispose Mirtillo. « Ma è ovvio che dobbiamo dileguarci. A nuoto, lungo il fiume? Allora sì, che non lasceremmo tracce! »

« Il fiume è troppo rapido » disse Moscardo. « Ci trascinerebbe via. Ma anche se potessimo nuotarci, mica è detto che non ci seguirebbero. Questi efrafani, da quel che mi consta, non esiterebbero a tuffarsi, se sapessero che noi siamo fuggiti a nuoto. Insomma, con l'aiuto di Kehaar, possiamo eludere gli inseguitori in un primo momento, vale a dire mentre portiamo via le femmine. Ma poi s'accorgeranno da che parte siamo andati, seguiranno le nostre tracce e... No, bisogna assolutamente che ci dileguiamo, di modo che non trovino più la nostra pista. Scomparire! Ma come? »

« Non lo so » ripeté Mirtillo. « Vogliamo andare su pel fiume a dare un'occhiata? Magari troviamo un posto adatto a nascondiglio. Ce la fai a camminare? »

« Se non andiamo distante, sì » rispose Moscardo.

« Posso venire anch'io, Moscardo-rà? » domandò Campànula che era rimasto lì, un po' in disparte.

« Sì, va bene » gli rispose Moscardo, di buon umore, avviandosi claudicante lungo il greto.

Non tardarono a rendersi conto che la boscaglia, sulla sponda sinistra del fiume, era folta e deserta: assai più densa dei noceti e delle selve d'aquilegia nei dintorni di Sandleford. A più riprese udirono il tamburellare d'un picchio, il più timido fra gli uccelli. E forse, sì, potevano trovare un nascondiglio, in quella giungla. A un certo punto giunse ai loro orecchi lo scroscio della cascata, che già avevano udito il giorno avanti, all'arrivo. Di lì a poco arrivarono a un punto dove il fiume formava un'ansa: e videro dov'era la cascata, larga e bassa. Il salto misurava meno di mezzo metro: si trattava d'una di quelle cascate artificiali, consuete nei fiumi e torrenti gessosi, fatte apposta per attrarre le trote. E difatti ce n'erano diverse, a caccia di zanzare. Poco sopra la cascata, c'era una passerella di legno. Sul parapetto di essa andò a posarsi Kehaar dopo aver descritto un'ampia ruota.

« Questa è più riparata e solitaria del ponte che abbiam attraversato iersera » disse Mirtillo. « Potrà esserci utile, forse. Ehi, Kehaar! tu non l'avevi vista? »

« Na na, io no fisto kvesto prima. Ma però jè puono ponto. Passa nissuno. »

« Mi piacerebbe andar di là, Moscardo » disse Mirtillo.

« Be', rivolgiti a Quintilio. Lui è un grande attraversatore di ponti. Aprite voi la marcia. Io vi seguo, con Parruccone e Campanella. »

I cinque conigli s'inoltrarono, lenti, a saltelli, sulle assi. Il fragore della cascata gli riempiva i grandi orecchi sensibilissimi. Moscardo, malcerto sulle zampe, dovette fermarsi varie volte. Giunto alfine sull'altra sponda, vide che Mirtillo e Quintilio si erano già incamminati verso valle e ora stavano guardando un grosso affare che sporgeva dal greto. A tutta prima gli parve un tronco d'albero abbattuto ma poi, fattosi più vicino, s'avvide che non era tondo bensì piatto, quel legno, o quasi piatto, con i bordi rialzati: una qualche roba-d'uomo. Ricordò che una volta, presso un mucchio di rifiuti, aveva visto qualcosa di simile. (Quella volta si era trattato, in effetti, di una vecchia porta.) Roba inutile. Era quindi incline a lasciar perdere.

Un'estremità di quel legno posava sul greto ma, per il resto della sua lunghezza, stava in acqua. La corrente – che presso la sponda tosata e ripulita era tanto veloce quanto al centro – s'increspava gorgogliando, nel lambirlo. Mirtillo vi si era arrampicato ed era già saltato dentro, quando Moscardo arrivò. I suoi unghioli davano un suono cavo, contro il legno, sicché sotto doveva esserci acqua. Quindi quel coso – cosa fosse fosse – non s'estendeva fino al fondo, bensì restava a galla.

« Che vai trovando, Mirtillo? » chiese, piuttosto brusco.

« Qui c'è roba da mangiare » gli rispose Mirtillo. « Flaiarà. Non lo senti l'odore? »

Kehaar si era posato su quel « coso » e stava dando di becco a un nonsoché di bianchiccio. Mirtillo a sua volta si mise a rosicchiare della verdura. Dopo un po' anche Moscardo s'avventurò là sopra e s'accoccolò al sole, osservando le mosche volare e posarsi sul legno verniciato e fiutando gli strani odori fluviali che salivano dall'acqua.

« Cos'è questa roba-d'uomo, di', Kehaar? » domandò. « È pericolosa? »

« Na, non peric'lossa. Tu no conosc'? Tè parca. A Crande Akva tante tante parche. Vomi fapprica parca per passare akva. Calleccia. Non peric'lossa. »

E Kehaar seguitò a beccare delle molliche di pane stantio. Mirtillo, terminati i pochi avanzi d'insalata che aveva trovato, drizzatosi sui quarti posteriori, stava guardando oltre il bordo, molto basso, incantato a osservare una trota, color ciottolo, maculata di nero, che stava risalendo la cascata. Quella barca era in effetti una minuscola chiatta, che serviva ai cantonieri per potare le canne e mondare le ripe: poco più che una zattera, con un singolo banco trasversale, per remare. Anche vuota, sporgeva dall'acqua soltanto di pochi centimetri.

« Lo sai, » disse Quintilio dal greto « a vederti lì seduto mi fai tornare in mente quell'altro pezzo di legno sul quale io e Nicchio attraversammo il fiume, ti ricordi, quella volta che un cane girava pel bosco. »

« Io mi ricordo la fatica a spingervi » disse Parruccone. « E che acqua fredda! »

« Quel che non mi capacita, » disse Mirtillo « è come mai 'st'affare, 'sta barca, non va via. Ogni cosa nel fiume cammina... e veloce. Guardate. » E accennò a un travicello che navigava, portato dalla corrente a due miglia orarie. « E allora perché questa non cammina? »

Kehaar aveva maniere sprezzanti, con i « terragnoli », e talvolta le adoprava nei confronti di quei conigli che non gli andavano particolarmente a genio. Per Mirtillo non aveva troppa simpatia: lui preferiva i tipi schietti e semplici, come Parruccone, Argento e Ramolaccio.

« Corda, jè. Tu rosìca poi fede come parte parca fia, fila feloce, jà. »

« Oh, sì, vedo » disse Quintilio. « La corda gira intorno a quel coso di metallo dove siede Moscardo, e all'altra estremità è fissata qui sul greto. È come il gambo d'una grossa foglia. E se tu rosicchi il gambo, la foglia vola via. Così pure la barca se ne va. »

« Comunque, ora torniamo » disse Moscardo, piuttosto avvilito. « Non mi pare che abbiamo trovato quel che cercavamo. Senti, Kehaar, bisognerà aspettare ancora. Io vorrei trasferirci, entro stasera, in un luogo più asciutto, nel bosco, più lontano dal fiume. »

« Si torna? Che peccato! » disse Campànula. « E io che avevo deciso di diventare un coniglio d'acqua! »

« Un *che?* » domandò Parruccone.

« Un coniglio d'acqua » ripeté Campànula. « Non ci sono forse topi d'acqua? e gallinelle d'acqua? E Nicchio ha visto pure un falco d'acqua... almeno dice. E allora, perché no un coniglio d'acqua? Navigare allegramente... »

« Frits mio d'oro in cima a un monte! » esclamò d'un tratto Mirtillo. « Per i baffi di Ravascuttolo! Ho trovato! Ho trovato! Campanella, tu *sarai* un coniglio d'acqua! » E si mise a saltellare sul greto, tutto contento, dando botte a Quintilio con le zampe davanti. « Non capisci, Quintilio? Non vedi? Rosicchiamo la corda e via filiamo! E tanti saluti a casa, Generale Vulneraria! »

Quintilio rifletté a lungo. Poi: « Sì, capisco. Vuoi dire, sulla barca. Riconosco, Mirtillo, che sei proprio geniale. Mi ricordo che, dopo aver attraversato l'altro fiume, tu dicesti che quella trovata ci poteva servire di nuovo ».

« Un momento, un momentino » disse Moscardo. « Noi qui siamo normali conigli, Parruccone e io. Vi dispiace spiegare? »

E allora, là per là, coi moscerini che gli volavano intorno al capo, fra il ponticello d'assi e la cascata rumoreggiante, Mirtillo e Quintilio si misero a spiegare.

« Sarà meglio controllare quella corda, però » disse Mirtillo, quand'ebbero finito. « Non vorrei che fosse troppo grossa. »

Tornarono alla chiatta.

« No, non è troppo grossa » disse Moscardo. « E, tesa com'è, roderla sarà più facile. Ci si riesce senz'altro. »

« Jà, maghnifìco » disse Kehaar. « Ma pisoghna fai presto. Si no kvalche cosa campia... claro? Vomo arrifa, prende parca... claro? »

« Non c'è motivo di aspettare oltre » disse Moscardo. « Tu, Parruccone, puoi partire subito. E che El-ahrairà ti accompagni. Ricordati, sei il numero uno tu, adesso. Facci sapere tramite Kehaar quello che dobbiamo fare. Noi siamo qui, pronti a darti zampa forte. »

In seguito, tutti ricordarono la calma e la serenità di Parruccone. Non era certo uno che predicasse bene e razzolasse male, lui! Esitò appena un istante, poi guardò Moscardo dritto negli occhi. E disse:

« Non m'aspettavo di dover partire stasera stessa. Ma tanto meglio... Odio l'attesa, io. Ci vediamo ».

Toccò il naso con quello di Moscardo, si volse e s'infrattò nel sottobosco. Di lì a qualche minuto, guidato da Kehaar, correva lungo il pascolo a nord del fiume, puntando dritto verso la scarpata della linea ferroviaria e i campi che si estendevano al di là.

34. IL GENERALE VULNERARIA

> Simile a un obelisco verso il quale convergono le arterie principali di una città, la forte volontà di uno spirito orgoglioso s'eleva, imponente e imperiosa, al centro dell'arte della guerra.
>
> CLAUSEWITZ, *Della guerra.*

Scendeva la sera su Efrafa. Nella luce declinante, il Generale Vulneraria stava osservando la Marca di Mancina Posteriore alla silflaia lungo il bordo del pascolo che s'estendeva, vasto, fra la conigliera e la strada ferrata. Per lo più quei conigli brucavano nei pressi delle loro tane, che s'aprivano poco lontano dal campo, celate fra gli alberi e i cespugli che bordavano uno stradello solitario. Alcuni tuttavia si eran avventurati più in là, a brucare e giocare nell'ultimo sole. Più oltre ancora, stavano le sentinelle dell'Ausla, all'erta, per avvistare uomini o elil nonché per badare che nessuno s'allontanasse troppo: bisognava far svelti a rintanarsi in caso di allarme.

Il Capitano Cerfoglio, uno dei due ufficiali di quella Marca, era appena tornato da un giro delle scolte e stava parlando con alcune femmine, lì davanti alle tane, quando vide il Generale avvicinarsi. Lanciò un'occhiata in giro per accertarsi che tutto fosse in ordine poi, tranquillizzato, si diede a brucare della sulla, con la massima indifferenza che riuscì a ostentare.

Il Generale Vulneraria era un coniglio singolare. Era

nato tre anni prima – il più forte di cinque fratelli – nei pressi di una casa di campagna, a Cole Henley. Suo padre, uno spavaldo, spensierato individuo, trovava conveniente abitare nei paraggi di un orto, dove andava a foraggiarsi ogni mattina di buon'ora. Avrebbe pagato cara la sua temerarietà. Dopo avere, per due o tre settimane, trovato le lattughe sciupate e i cavolfiori mangiucchiati, l'ortolano un mattino si appostò col fucile e l'uccise, non appena spuntò tra le piantine di patate. Quella stessa mattina, l'uomo andò per stanare la coniglia e i suoi cuccioli. La madre di Vulneraria fece in tempo a scappare per un campo di cavoli cappucci, e i piccoli cercarono di seguirla. Soltanto Vulneraria ci riuscì a starle dietro. Sua madre sanguinava, ferita da un pallino dello schioppo. In pieno sole camminava rasente le siepi, e Vulneraria dietro, zoppicante.

Non andò molto che una donnola, sentito l'odore del sangue, le fu alle costole. Rattrappito fra l'erba il coniglietto assistette all'uccisione di sua madre. Non tentò neppure di scappare ma la donnola, ormai sazia, lo lasciò stare e s'allontanò fra i cespugli. Qualche ora dopo, un vecchio maestro di Overton, passeggiando pei campi, trovò il piccolo Vulneraria che piangeva accanto al corpo inerte della mamma. Il brav'uomo lo prese e lo portò a casa sua. Gli salvò così la vita. In cucina lo nutrì di latte, mediante un contagocce, finché non fu abbastanza grosso da mangiare crusca e ortaggi. Ma Vulneraria crebbe molto selvaggio e, all'occasione, sapeva mordere. In capo a un mese era diventato molto grosso e robusto, d'indole feroce. Per poco non uccise il micetto del maestro che, avendolo trovato libero per la cucina, aveva cercato di dargli noia. Una notte, di lì a una settimana, lacerò la reticella della sua gabbietta e scappò in aperta campagna.

Un qualsiasi coniglio, al suo posto, senza alcuna esperienza di vita selvatica, sarebbe subito caduto vittima di qualche elil: ma non Vulneraria. Dopo aver vagato per qualche giorno, arrivò in una piccola coniglièra e, a ringhi e graffi, costrinse quei conigli ad accettarlo. E ben presto ne divenne il Capo, dopo aver ucciso sia il vecchio Gran Coniglio sia un altro pretendente, a nome Agrostide. Nella lotta era terribile: combatteva per uccidere, incurante delle proprie ferite e senza dar tregua all'avversario finché non l'aveva sopraffatto. Quelli che non ardivano opporglisi, non tardarono a riconoscere che aveva la stoffa del comandante.

Vulneraria era pronto ad affrontare chiunque, tranne la volpe. Una sera attaccò e volse in fuga un cucciolo di pastore. Era insensibile al fascino dei mustelidi, e sperava di uccidere un giorno una donnola, se non un ermellino. Una volta esplorati i limiti della sua forza, si mise all'opera per soddisfare la sua brama di ulteriore potenza, nella sola maniera possibile: accrescendo la potenza dei conigli intorno a lui. Gli occorreva un regno più vasto. Gli uomini rappresentavano il pericolo maggiore, però poteva venir eluso con l'astuzia e la disciplina. Lasciata quella modesta dimora, condusse i suoi seguaci alla ricerca di un posto adatto al suo ambizioso scopo, dove l'esistenza stessa dei conigli potesse venir celata e il loro sterminio reso assai difficile.

Nacque così Efrafa, all'incrocio di due stradelli, l'uno dei quali (da est a ovest) era una specie di galleria, grazie agli alberi e ai cespugli che crescevano folti ai suoi bordi. Gl'immigrati, sotto la direzione di Vulneraria, si diedero a scavare le tane fra le radici delle piante, nel sottobosco e lungo i fossi. La conigliera prosperò ben presto. Vulneraria controllava tutto con zelo e rigore indefessi, conquistandosi la fedeltà dei suoi sudditi, che pure lo temevano. Quando le femmine smettevano di scavare, lo stesso Vulneraria portava avanti il lavoro, mentre quelle dormivano. Se un uomo era in arrivo, Vulneraria lo avvistava a mezzo miglio. Combatteva contro i ratti, le gazze, gli scoiattoli grigi, contro i corvi perfino. Quando le femmine figliavano, lui teneva d'occhio i cuccioli, poi sceglieva i più robusti per l'Ausla e li addestrava lui stesso. Non consentiva a nessuno di lasciare la colonia. Tre ribelli che, in quei primi tempi, tentaron di scappare, furono riacciuffati e costretti a tornare.

Via via che la colonia s'ingrandiva, Vulneraria migliorava i suoi sistemi di controllo e dominio. Una moltitudine di conigli alla pastura avrebbe facilmente attirato l'attenzione. Lui allora escogitò le Marche – ciascuna controllata da ufficiali e sentinelle – assegnando loro turni di pascolo a rotazione, di modo che a tutti toccasse un tanto al mese delle ore migliori per la silflaia: la mattina presto e al tramonto. Ogni segno di vita veniva il più possibile celato. L'Ausla godeva molti privilegi, per quel che concerneva il vitto, gli amori e la libertà di movimento. Ogni mancanza era punita con la degradazione. Pei conigli ordinari le pene erano assai più severe.

Quando non fu più possibile a Vulneraria badare a tutto personalmente, venne creato il Gran Consiglio. Alcuni suoi membri provenivano dall'Ausla, altri invece erano scelti grazie alla loro astuzia e fedeltà. Il vecchio Bucaneve era mezzo sordo, ma nessuno sapeva organizzare meglio di lui i servizi di sicurezza. Dietro suo consiglio, le tane e i cunicoli delle varie Marche non erano collegati fra di loro, per vie sotterranee, di modo che veleno o contagio si diffondessero, eventualmente, con minor rapidità. E così pure le cospirazioni. Non era permesso recarsi in visita da una Marca all'altra, senza speciale permesso. Fu, così pure, dietro consiglio di Bucaneve, che Vulneraria infine stabilì che la conigliera non dovesse ingrandirsi ulteriormente: sia per non accrescere il rischio di venir scoperti, sia per non indebolire il potere centrale. A ciò fu persuaso suo malgrado, poiché questa politica frustrava il suo desiderio di sempre maggior potenza. Occorrevano, a ciò, nuovi sbocchi. Quindi, una volta bloccata l'espansione della conigliera, vennero le Pattuglie a Largo Raggio.

All'inizio erano solo spedizioni di foraggiamento o razzia, guidate dallo stesso Vulneraria nella campagne circostanti. Egli sceglieva quattro o cinque auslani e li guidava in cerca di avventure. La prima volta ebbero la fortuna di incontrare e uccidere un gufo malconcio, che aveva mangiato un topo che aveva mangiato grano avvelenato. La successiva, s'imbatterono in due hlessil che costrinsero a stabilirsi e Efrafa. Vulneraria non era solo un despota: egli sapeva anche trascinare i conigli, istillare in loro spirito d'emulazione. Non andò molto che gli ufficiali chiedevan l'onore di guidare una pattuglia. Allora Vulneraria affidava loro compiti precisi: cercare hlessil in una data direzione, accertare se v'erano pantegane in un determinato granaio, per poi attaccarle in forze e sloggiarle di là. Solo dalle fattorie e dagli orti avevan l'ordine di tenersi alla larga. Una di queste pattuglie, al comando d'un certo Capitan Felce, scoprì una volta una piccola conigliera, due miglia a oriente, oltre la strada da Kingsclere a Overton, ai margini del boschetto di Nutley. Il Generale guidò una spedizione contro di essa e la distrusse: i prigionieri furon condotti a Efrafa, dove alcuni di loro assurgeranno al rango di auslani.

Col passare dei mesi, il pattugliamento a largo raggio divenne sistematico. In estate e in autunno c'erano di solito tre pattuglie in missione contemporaneamente. Ormai non si trovavan più altri conigli per una vasta zona circostante, e quelli che vi capitassero vagabondi venivan catturati. Le perdite erano alte, nelle Pattuglie, ché gli elil ormai sapevano di tali spedizioni. Occorreva molto coraggio e abilità a un capopattuglia per espletare il suo compito e riportare alla base tutti i suoi conigli, o almeno parte di essi. Ma gli auslani erano fieri dei pericoli che correvano. Inoltre, Vulneraria era solito uscire lui stesso a vedere come andasse la missione. Succedeva così che un capopattuglia, claudicante lungo una fratta a un miglio buono da Efrafa, si imbattesse nel Generale, accosciato come un lepre sotto un cespuglio di loglio, il quale gli chiedeva là per là un rapporto dettagliato, o come mai si trovasse fuori rotta. Le pattuglie eran palestra di astuzia nel seguire le tracce, di velocità nelle corse, di valore nei combattimenti. Quanto alla perdite – fino cinque o sei caduti, in un mese nero – anch'esse servivano agli scopi di Vulneraria, sfoltendo le file dell'Ausla e creando dei posti vacanti, sicché i giovani conigli che aspiravano a essi, gareggiavano fra loro in bravura. Sapere che i suoi conigli facevano a gara per rischiare la vita, a suoi ordini, riempiva Vulneria di soddisfazione. Del resto era convinto – e così pure il Gran

Consiglio e l'Ausla – di aver assicurato alla comunità pace e sicurezza a un prezzo, tutto sommato, modesto.

Tuttavia quella sera, mentre si dirigeva verso il Capitano Cerfoglio, il Generále si sentiva preoccupato per diversi motivi. Era sempre meno facile mantener costante l'entità numerica della colonia. Il sovraffollamento stava divenendo un serio problema, nonostante il fatto che molte coniglie riassorbissero i loro nascituri prima di darli alla luce. Era certo una cosa a fin di bene in se stessa, e tuttavia rendeva certe femmine irrequiete e poco docili. Non molto tempo addietro un loro gruppo si era presentato al Gran Consiglio per chieder di poter emigrare altrove. Pacifiche dapprima, avevano promesso di recarsi tanto lontano di lì quanto il Consiglio desiderasse. Ma, non appena fu chiaro che la loro istanza non sarebbe stata accolta a nessun patto, si eran fatte petulanti e poi addirittura aggressive, sicché il Consiglio era dovuto ricorrere a maniere energiche. I malumori perduravano ancora, per questa faccenda. In terzo luogo, l'Ausla aveva visto diminuire, ultimamente, il suo prestigio fra i conigli comuni.

Quattro conigli erranti – sedicenti ambasciatori da un'altra conigliera – erano stati presi e aggregati alla Marca di Fianco Destro. Egli intendeva, in seguito, appurare di dove provenissero. Ma quelli eran riusciti a giocargli un brutto tiro, infinocchiando il Capomarca, assalendo le sue sentinelle e dandosi alla fuga nella notte. Il Capitano Buglossa era stato, ovviamente, degradato e radiato dall'Ausla, ma la sua disgrazia – per meritato che fosse il castigo – non faceva che acuire le difficoltà del comando generale. La realtà era che a Efrafa scarseggiavano, pel momento, buoni ufficiali. Non era difficile reclutare auslani semplici – sentinelle e staffette – ma per gli ufficiali era un'altra questione: e ne aveva persi tre in meno di un mese. Perso poteva considerarsi anche Buglossa: non sarebbe mai più assurto a posizioni di comando. Il Capitano Senape – un coniglio valoroso e pieno di risorse – mentre guidava l'inseguimento dei fuggiaschi era stato travolto da un treno sulla strada ferrata (ulteriore prova, questa, se mai ce ne fosse bisogno, della cattiveria degli uomini). Peggio ancora: il Capitano Malvone – ufficiale di rara esperienza e indiscusso prestigio – era stato ucciso da una volpe. Strana faccenda. La sua pattuglia era sulle tracce di un drappello – abbastanza numeroso – di conigli provenienti dal nord e diretti a Efrafa. Li stavano seguendo ma non li avevano ancora avvistati, quando, d'un tratto, un coniglio sconosciuto era quasi piombato su di loro, presso i margini di un bosco. Essi avevano cercato di fermarlo ma, in quel momento, ecco arrivare dall'aperta valle una volpe, che evidentemente lo stava inseguendo da presso, e gettarsi fulminea su Malvone, e scannarlo. Date le circostanze, la pattuglia era riuscita a ripiegare in buon ordine e Gramigna, il comandante in seconda, se l'era cavata bene. Dello strano coniglio, nessuna traccia più. La morte di Malvone era stata una perdita secca. E ciò aveva sconvolto e demoralizzato l'Ausla, parecchio.

Altre pattuglie erano state subito inviate, ma si era riusciti a stabilire soltanto che quei conigli venuti dal nord avevan varcato la strada ferrata e s'eran dileguati verso sud. Era intollerabile, che fossero passati così vicini a Efrafa senza venir intercettati. Si potevano ancora catturare, tuttavia, se le ricerche fossero state guidate da un ufficiale molto inntraprendente. Sì, ne occorreva uno proprio in gamba – per esempio, Garofano – ché di rado le pattuglie attraversavano la strada ferrata e la zona presso il fiume era solo parzialmente *terra cognita*. Sarebbe andato lui stesso, ma, date le recenti noie disciplinari alla conigliera, non era opportuno che se ne assentasse. Neanche di Garofano poteva privarsi per il momento. No, per quanto ciò gli rincrescesse, bisognava lasciar perdere per adesso quei forestieri. La prima cosa da fare era rimpiazzare le perdite dell'Ausla: e scegliere dei conigli in grado di reprimere spietatamente ogni ulteriore manifestazione di dissenso. Insomma, occorreva procedere a una cernita, quindi addestrare bene i prescelti, e pel resto rinfoderar gli unghioli finché la situazione non fosse tornata normale.

Vulneria salutò il Capitano Cerfoglio ma restò ancora lì a rimuginare i suoi pensieri prima di volgergli la parola. Alla fine gli chiese: « Come sono le tue sentinelle, Cerfoglio? Ne conosco, io, qualcuna? »

« Sono in gamba, signore » gli rispose Cerfoglio. « E di certo conoscete Basilico. È stato di pattuglia con voi come staffetta. E forse anche conoscerete Maggiorana. »

« Sì, li conosco entrambi » disse Vulneraria. « Ma non hanno la stoffa da ufficiali. Dobbiamo rimpiazzare Senape e Malvone, ecco quanto. »

« Non è facile, signore » disse Cerfoglio. « Conigli così non crescono nei campi come l'erba. »

« Be', dovranno saltar fuori da qualche parte. Pensaci su e se hai qualche idea fammelo sapere. Adesso intendo fare il giro delle scolte. Accompagnami. »

Stavano per avviarsi, quand'ecco sopraggiungere un terzo coniglio: non altri che il Capitano Garofano. Suo compito precipuo era quello di perlustrare i confini di Efrafa, al mattino e alla sera, e riferire ogni novità: le impronte di un trattore nella mota, il guano d'un falcone pellegrino, lo spargimento di concimi chimici in un campo. Esperto esploratore qual era non gli sfuggiva nulla, o quasi, ed era uno dei pochi subalterni per i quali Vulneraria nutriva un genuino rispetto.

« Mi volevi? » gli domandò soffermandosi.

« Signore » gli rispose Garofano. Abbiamo intercettato un hlessi e l'abbiamo tratto in arresto. »

« Dov'era? »

« Laggiù, al sottopassaggio della strada ferrata. »

« Cosa stava facendo? »

« A sentir lui, signore, è venuto da molto lontano per cercar asilo a Efrafa. Ecco perché ho pensato che vi può interessare vederlo. »

« Vuole asilo a Efrafa? » domandò Vulneria; perplesso.

« Così dice, signore. »

« Può sbrigarlo il Consiglio, domani, no? »

« Come volete, signore, sì, certo. Ma quel tipo mi pare un po' fuori dell'ordinario, ecco. Un coniglio che, direi, può tornar utile. »

« Hmmm » borbottò Vulneraria, riflettendo. « E va

bene, d'accordo. Non ho molto tempo, però. Dove si trova? »

« Alla Crixa, signore. » (Garofano alludeva all'incrocio dei due stradelli, che distava una cinquantina di metri, fra gli alberi.) « Due della mia pattuglia lo sorvegliano. »

Accompagnato da Garofano, Vulneraria si diresse alla Crixa. Cerfoglio, che era di servizio alla sua Marca, restò là.

A quell'ora la Crixa era all'ombra, verde-cupa. Rossi raggi di sole ammiccavano tra le fronde stormenti. L'erba umida ai bordi dei sentieri era punteggiata dalle spighe violastre della bùgola. In fiore eran la sanìcola e l'àrnica gialla. Sotto un sambuco, sull'altro lato del sentiero, stavano in attesa due agenti dell'Auslafà, la polizia speciale, e con loro c'era un forestiero.

Vulneraria capì subito cosa intendesse dire Garofano. Lo straniero era un grosso coniglio, robusto e sveglio, dall'aria di uno temprato alle fatiche, alle intemperie e ai combattimenti. Aveva un curioso ciuffo di peli, come un cimiero, alla sommità del capo. Guardava Vulneria con un fare distaccato, scrutatore. Era un pezzo che il Generale non si sentiva guardato a quel modo.

« Chi sei? » gli domandò.

« Il mio nome è Sglaili » rispose lo straniero.

« Sgaili, *signore* » suggerì Garofano. Lo straniero però non si corresse.

« Una nostra pattuglia ti ha intercettato. Cosa stavi facendo? »

« Sono venuto a stabilirmi a Efrafa. »

« Perché? »

« Mi stupisce che me lo domandiate. È la vostra conigliera, no? Che c'è di strano, che uno chieda 'di venirci ad abitare? »

Vulneraria rimase interdetto. Non era uno sciocco e sapeva benissimo, suo malgrado, come fosse altamente improbabile che un coniglio sano di mente desiderasse di vivere in Efrafa. Tuttavia, non poteva mica dirlo.

« Cosa sai fare? »

« Son bravo a correre e a battermi, a discorrere non tanto. Sono stato ufficiale in un'Ausla. »

« Batterti, sai? Ti batteresti con lui? » e Vulneria accennò a Garofano.

« Certo, se lo volete. » Lo straniero si impennò e tirò una sventola, che Garofano schivò giusto in tempo con un balzo all'indietro.

« Non fare lo sciocco » disse Vulneraria. « Siediti. Dov'è ch'eri in un'Ausla? »

« Molto lontano. La conigliera è stata distrutta dagli uomini, ma io sono scappato. Ho vagabondato qua e là per lungo tempo. Non vi sorprenderà che abbia udito parlare di Efrafa. Ho fatto molta strada per arrivare qui e unirmi a voi. Pensavo che potreste utilizzarmi. »

« Sei solo? »

« Adesso sì. »

Vulneria rifletté di nuovo. Era alquanto probabile che quel coniglio fosse stato ufficiale in un'Ausla. Qualsiasi Ausla l'avrebbe accolto. Se diceva la verità, era stato molto in gamba a sfuggire alla catastrofe e poi a sopravvivere a un lungo viaggio per terreni aperti. E senz'altro era stato un lungo viaggio, ché non c'erano conigliere entro il raggio d'azione delle pattuglie efrafane.

« Bene » disse alla fine « oso dire che potremmo essere in grado di utilizzarti, qui, per usare la tua espressione. Garofano si occuperà di te stasera e, domattina, ti presenterai al Gran Consiglio. Nel frattempo, niente baruffe, intesi? Ti daremo altro da fare, sta' tranquillo. »

« Molto bene. »

La mattina dopo, al Gran Consiglio si discusse della grave situazione determinatasi in seguito alle recenti perdite. Vulneraria propose allora di assumere, in prova, il nuovo venuto come ufficiale subalterno della Marca di Mancina Posteriore, alle dirette dipendenze del Capitano Cerfoglio. Il Consiglio, dopo averlo veduto, si disse d'accordo. Per ni-Frits, Sglaili, ancora sanguinante per la marchiatura impressagli sulla natica sinistra, aveva già assunto le sue mansioni.

35. A TASTONI

Questo mondo, dove tanto resta
da fare e così poco se ne sa...

DOTTOR JOHNSON.

« ... E poi, prima che la mia Marca esca alla silflaia, » disse Cerfoglio « vado sempre a dar un'occhiata al tempo. Sì, il corriere che viene ad avvertirci che la Marca precedente sta rientrando, fa anche un rapportino sulle condizioni del tempo, però io vado sempre ad accertarmi di persona lostesso. Nelle notti di luna, disponiamo le sentinelle abbastanza vicine e noi stessi ci spostiamo di continuo, per essere sicuri che nessuno si allontani troppo. Ma se manca la luna o se piove, mandiamo su la Marca a piccoli scaglioni, e ogni scaglione ha una sentinella. Se il tempo è addirittura proibitivo, chiediamo al Generale il permesso per rinviare la silflaia. »

« Ma tentano spesso di scappar via? » domandò Parruccone. Per tutto il pomeriggio s'era aggirato per i cunicoli e le tane sovraffollate – con Cerfoglio e Gladiolo, l'altro subalterno di quella Marca – e mai in vita sua aveva visto conigli tanto mesti e avviliti. « Non mi sembrano mica turbolenti. »

« Per lo più non danno grane, esatto » disse Gladiolo. « Ma non si può mai sapere. Per esempio, avresti detto che non c'era in tutta Efrafa una Marca più docile di quella del Fianco Destro. Ebbene un giorno vi aggregano quattro hlessil, per ordine del Consiglio. Non so come, fatto sta che Buglossa si lascia infinocchiare da costoro, e i quattro se la svignano. Per Buglossa è la fine. E peggio è andata al povero Senape, ch'è morto sotto un treno. Insomma, quando succede qualcosa del genere, succede all'improvviso, come un lampo, senza premeditazione. Tante volte è una mattana, una frenesia. A un coniglio gli prende all'improvviso... E se non fai svelto a saltargli addosso, a fermarlo, in men che non si dica altri due tre gli vanno appresso. L'unica è non perderli d'occhio un momento, quando sono sopraterra. E riposarsi quando si può. Dopo tutto, è per questo che stiamo qui. Per questo e per andare di pattuglia. »

« Quanto poi a seppellire la hraka, » seguitò Cerfoglio «la severità non è mai troppa. Se il Generale trova un tantino di hraka così, per il campo, ti strappa la coda e te la fa mangiare. Eppure, cercan sempre di scansare la fatica. Voglion dar retta solo ai loro istinti, quelle piccole bestie antisociali. Non si rendono conto che il bene di tutto dipende dalla collaborazione di ognuno. Io mi regolo così: ordino a tre o quattro di loro di scavare un nuovo tràgolo, nel fosso, ogni giorno, per castigo. Tanto, qualcuno da punire lo trovi sempre, se ti ci metti di punta. La squadra di oggi riempie il tràgolo di ieri e ne scava uno nuovo. Ci sono dei cunicoli speciali che portano al fossato, e s'han da usare quelli, e non altri, per andare a far hraka. Teniamo apposta una sentinella della hraka, nel fosso, perché nessuno dopo si allontani. »

« Come li controllate al rientro della silflaia? » domandò Parruccone.

« Ecco, li conosciamo tutti di vista, » rispose Cerfoglio « e li guardiamo rientrare a uno a uno. Ci son solo due ingressi. Ci mettiamo uno qua e uno là. Ogni coniglio sa per quale buco s'ha da imbucare. E se uno ne manca, io me n'accorgo. Le sentinelle rientrano per ultime. Le chiamo io quando tutta la Marca è rientrata. E, una volta giù, non possono più uscire facilmente. C'è una guardia a ogni uscita. Se scavano, li sentiamo. Non si può scavare a Efrafa, senza il nulla osta del Consiglio. Il momento pericoloso è quando vien dato un allarme, antiuomo, antivolpe, e così via, allorché tutti si scappa alla rinfusa verso il buco più vicino. Finora, non è venuto in testa a nessuno di scappare dalla parte opposta. In tal caso passerebbe parecchio tempo prima che ci accorgiamo della fuga. Ma qual è quel coniglio che scappa in direzione degli elil? Questa è la principale salvaguardia. »

« Non avete tralasciato proprio niente » disse Parruccone. E fra sé e sé pensava che il suo compito era ancor più disperato del previsto. « Cercherò d'impratichirmi al più presto. E... quando si potrà andare di pattuglia? »

« Credo che il Generale vorrà portartici con sé, la prima volta » disse Gladiolo. « Così è stato pure per me. Non sarai più tanto arzillo, dopo un paio di giorni passati di pattuglia con lui: cadrai a pezzi. Tuttavia, devo ammettere, Sglaili, che sei di taglia robusta e, data la vita dura che hai fatto, supererai la prova molto bene. »

Ecco, in quella, arrivare un coniglio con una cicatrice attraverso la gola.

« Sta rientrando la Marca di Collo, signor Capitano » annunciò costui. « La sera è bellissima. Buon pascolo a voi. »

« Ah, ce l'hai fatta ad arrivare! » gli rispose Cerfoglio. « Vai a dire al Capitano Sulla che usciremo immediatamente. »

Poi, rivolto a una delle sue sentinelle, Cerfoglio gli ordinò di andar a chiamare tutti, di tana in tana.

Quindi disse: « Ora, Gladiolo, tu ti piazzi al tuo solito posto, all'uscita, e io al mio, con Sglaili. Mandiamo intanto quattro sentinelle sulla linea di confine, poi, quando tutta la Marca è uscita fuori, altre quattro, e due ne teniamo di riserva. Ci rivediamo, come di consueto, presso il grande macigno sul greppo. »

Parruccone seguì Cerfoglio lungo il cunicolo. Si sentiva già l'odore del luppolo e della lupinella. Quelle gallerie erano afose, piene di tanfo, certo perché non c'erano abbastanza corridoi d'aerazione. La prospettiva d'una silflaia serale era, anche in Efrafa, piacevole. Ripensò allo stormire dei faggi sopra il loro Nido d'Api, ch'era quanto mai lontano, e sospirò. Chissà come se la passerà Pungitopo, pensò, e chissà se mai più lo rivedrò. E pure Moscardo, s'è per questo. Be', nella peggiore delle ipotesi venderò cara la pelle, a questi disgraziati. Mi sento solo, però. Che brutto, non poterti confidare con nessuno!

Raggiunsero l'imboccatura della galleria e Cerfoglio uscì per dare un'occhiata intorno. Tornato, si piazzò in cima al cunicolo. Parruccone andò a metterglisi accanto. E notò allora, per la prima volta, nella parete dirimpetto, una specie di nicchia, di recesso. E c'eran dentro tre conigli. I due ai lati avevan l'aria truce degli agenti dell'Auslafà. Quello in mezzo era un coniglio di pelame scuro, quasi nero. Ma non era questa la cosa più notevole, in lui. Egli era orrendamente mutilato. I suoi orecchi erano a brandelli, frastagliati agli orli e percorsi da mal rimarginate cicatrici, croste, squarci di carne viva. Una palpebra gonfia gli calava di traverso sull'occhio. Nonostante l'aria fresca ed eccitante della sera di luglio, lui appariva completamente apatico, torpido. Teneva lo sguardo fisso a terra, battendo gli occhi di continuo. A un certo punto abbassò la testa e si strofinò il naso con gli zampini davanti, svogliatamente. Quindi si grattò il collo, poi tornò nella posa sbilenca e cascante di prima.

Parruccone, d'indole impulsiva e curioso com'era, gli andò più vicino.

« Chi sei? » gli domandò.

« Il mio nome è Negrino, signore » rispose il coniglio, senza alzare gli occhi, senza inflessione nella voce, come se già avesse risposto innumerevoli volte a quella domanda.

« Stai andando alla silflaia? » disse Parruccone. Senza dubbio, pensava, sarà un eroe di questa conigliera, ferito in combattimento, cui è stata assegnata una scorta d'onore.

« No, signore » rispose il coniglio

« E perché mai? È una magnifica serata. »

« Io non vado a silflaia a quest'ora, signore. »

« Allora perché sei qui? » domandò Parruccone con la sua abituale franchezza.

« Alla Marca che va alla silflaia serale... » cominciò il coniglio. « Per la Marca che ha... Quando vanno... Io... » S'impappinò, poi tacque.

Uno degli auslafani gli disse: « Su, avanti ».

« Sto qui perché tutta la Marca mi veda » disse il coniglio, a voce spenta. « Tutte le Marche devono vedere come sono stato punito, giustamente punito per il mio tradimento, avendo io tentato di lasciare la conigliera. Il Gran Consiglio è stato clemente... è stato clemente... il Consiglio... non ricordo! Non riesco a ricordare, signore, sul serio. » Si rivolse alla guardia che aveva parlato: « Non ricordo più niente ».

L'auslafano non disse nulla. Parruccone, dopo aver sgranato gli occhi attonito, tornò presso Cerfoglio.

Questi gli disse: « È obbligato a rispondere a chiun-

329

que gli faccia domande ma ormai è bell'e istupidito. Dura da mezzo mese. Ha cercato di scappar via. Garofano l'ha riacciuffato e al Consiglio gli hanno strappato gli orecchi. E poi lo mettono in mostra, così, all'ora della silflaia, perché serva d'esempio a tutti. Secondo me, però, non durerà tanto. Incontrerà un coniglio più nero di lui, una di queste sere ».

Parruccone ebbe un brivido, un po' per quel tono d'incallita indifferenza, un po' per certi suoi ricordi.

I marchiati cominciavano ad affluire verso l'uscita, e ciascuno di loro ne oscurava il vano per un attimo, prima di saltar fuori all'aperto. Era chiaro che Cerfoglio si faceva un vanto di conoscerli a nome, a uno a uno. A parecchi di loro rivolgeva la parola, ostentando di essere al corrente dei loro casi personali. Parve a Parruccone che le risposte che otteneva non fossero particolarmente cordiali, ma non sapeva se attribuire tale tiepidezza alla loro antipiatia verso Cerfoglio oppure alla mancanza di *verve* ch'era tratto comune di tutto il basso ceto efrafano.

Lui stava con quattr'occhi – come Mirtillo gli aveva consigliato – per cogliere eventuali segni di dissenso, disaffetto, ribellione. Ma quelle facce non esprimevano proprio nulla. Per ultime arrivarono tre o quattro femmine che chiacchieravano fra loro.

« Ebbene, Nelthilta, come trovi le nuove compagne? » domandò Cerfoglio alla prima, quando gli passò davanti.

La coniglia, di non più di tre mesi, graziosa, col musetto appuntito, si fermò e lo guardò.

« Attento a voi Capitano, di non fare la fine di Malvone » gli rispose, in tono impertinente. « Perché non ci mandate anche qualche femmina, eh, di pattuglia? »

Attese che Cerfoglio replicasse ma questi restò zitto. E non disse niente neppure alle altre, quando queste seguirono Nelthilta.

« Cosa intendeva dire? » domandò Parruccone.

« Sai, ci sono stati dei disordini » disse Cerfoglio. « Alcune coniglie di Mancina Anteriore hanno inscenato una chiassata al Gran Consiglio. Il Generale ha ordinato di dividerle, e un paio ne hanno mandate nella nostra Marca. Le ho tenute d'occhio. Non procurano grane, quelle due. Ma c'è questa Nelthilta che ci ha fatto amicizia e, a quanto pare, è diventata insolente. Hai sentito che risposte che dà. Ma non ci bado, sai. Anzi, è segno che sanno ch'è l'Ausla che comanda. Se le giovani coniglie si mostrassero quiete e rispettose, allora sì che mi darei pensiero. Mi chiederei: che cosa trameranno? A ogni modo, Sglaili, vorrei che tu gli stessi un po' appresso a quelle coniglie lì, in particolare, e vedessi di farle rigar dritto. »

« D'accordo » disse Parruccone. « A proposito, quali sono le norme, qui, per gli accoppiamenti? »

« Mah, se ti va una coniglia, te la prendi, ecco tutto » gli rispose Cerfoglio. « Qualsiasi femmina della tua Marca, vale a dire. Mica siamo ufficiali per niente, no? Le femmine hanno ordini precisi e nessuno dei maschi può farci niente. Siamo in tre: io, te e Gladiolo. Non è proprio il caso di litigarcele, eh? Ce ne sono in abbondanza, di coniglie. »

« Capisco » disse Parruccone. « Bene, ora vado a silflaia. Se non hai niente in contrario, andrò a fare un giro d'ispezione, tanto per ambientarmi e scambiar quattro parole con qualcuno. Ah! e Nerigno? »

« Lascialo perdere, non è affar nostro » rispose Cerfoglio. « Gli agenti dell'Auslafà lo terranno lì fino al rientro della Marca, poi lo porteranno via. »

Parruccone uscì sul campo, conscio delle occhiate diffidenti che i marchiati gli lanciavano. Si sentiva perplesso, in apprensione. Da che parte incominciare il suo compito rischioso? Cominciare doveva, in un modo o nell'altro, ché Kehaar aveva detto chiaro e tondo che non era disposto ad aspettare a lungo. Non gli restava altro che rischiare: fidarsi di qualcuno. Ma di chi? La conigliera era certo piena di spie. E magari soltanto Vulneraria lo sapeva, chi erano gli informatori. Forse in quello stesso momento lui veniva spiato.

Dovrò fidarmi del mio intuito, ecco, ragionò fra sé e sé. Farò un giretto, vediamo se riesco a farmi amico qualcuno. Ma una cosa è certa... se riesco a portar via delle femmine da qui, voglio portarmi appresso pure quel povero Nerigno. Frits fra la nebbia! Mi viene una tal rabbia, quando penso a come l'hanno trattato. Quel Vulneraria! la forca è poco, per lui!

Brucando e ragionando, si spostava qua e là lentamente pel prato, sotto il sole tramontante. Dopo un po' s'avvide di esser giunto presso una piccola conca, molto simile a quella dove lui e Argento avevano trovato Kehaar, sul colle Watership. E lì, in quella conca, stavano accoccolate le quattro coniglie di prima, volgendogli la schiena. Ormai quasi satolle, seguitavano a mangiucchiare senza più l'avidità di chi è digiuno, chiacchierando. Parruccone si avvicinò ancora. S'accorse che una delle tre s'accingeva a raccontare qualcosa e le altre a prestarle attenzione. Piacevano le novelle, a Parruccone, e gli sorrideva la prospettiva, ora, di udire qualche cosa di nuovo in quella conigliera forestiera. Si portò zitto zitto sull'orlo della conca, proprio mentre la coniglia attaccava a parlare.

Subito si rese conto che non era una novella. Eppure aveva udito qualcosa di simile, qualche altra volta, da qualche altra parte. L'espressione rapita, il ritmo della dizione... cosa gli ricordava? Rammentò alora il profumo delle carote... si rammentò di Cinquefoglie che ammaliava l'uditorio nella tana magna... Però questi versi, a differenza di quelli di Cinquefoglie, arrivavano fino al suo cuore.

Tanto tempo fa
Lo zigolo cantava, cantava in cima alla gaggìa.
Cantava ai cuccioli che una coniglia portava a giocare,
Nel vento cantava e i cuccioli ruzzavano sull'erba.
Il tempo trascorreva sereno sotto il sambuco in fiore.
Ma l'uccello volò via e il mio cuore adesso è scuro
E nessuno più non gioca in quel campo, più nessuno.

Tanto tempo fa
Le coccinelle si posavano sugli steli del loglio.
Ondeggiava l'erba al vento. Un coniglio e una coniglia
Correvano pel prato. Si scavarono una tana nel greppo,
Facevan quel che gli pareva là sotto gli avellani.

Ma le coccinelle sono morte al gelo e il mio cuore è
[scuro]
E io mai più mi sceglierò un altro compagno.

Scende la brina, la brina scende nel mio corpo.
Le mie narici, le mie orecchie intorpidiscono al gelo.
Verrà il rondone a primavera gridando: « Novità!
[Novità!]
Scavate nuove tane, coniglie, e fluisca in voi il latte
Per i cuccioli ». Io non l'udrò. Ritornano
Gli embrioni nel mio corpo illanguidito.
Attraverso il mio sonno
Corre una rete metallica per imprigionare il vento.
Io non sentirò mai più il vento soffiare.

La coniglia tacque e le sue tre compagne non dissero
niente. Ma il loro atteggiamento diceva che essa aveva
parlato per tutte. Passò in volo uno stormo di stornelli,
cinquettando e zufolando, e un cacherello cadde sull'erba
in mezzo al piccolo gruppo, ma nessuna si mosse o sobbalzò. Ciascuna di loro sembrava immersa negli stessi
pensieri malinconici: pensieri che, per quanto tristi, erano perlomeno lontani da Efrafa.

D'animo Parruccone era rude come di corpo, e affatto
privo di sentimentalismi ma, al pari di tutti coloro che
hanno patito pene e corso pericoli, sapeva riconoscere
la sofferenza e rispettarla. Era abituato a valutare d'acchi-
to gli altri conigli e giudicarli. Quelle femmine gli parvero prossime al limite della loro sopportazione. Un
animale selvatico che senta di non aver più alcun motivo di vivere, arriva infine a un punto in cui le sue
energie residue possono effettivamente orientarsi verso la
morte. Quello era lo stato d'animo che Parruccone aveva,
erroneamente, attribuito a Quintilio nella conigliera delle
trappole. Da allora la sua capacità di giudizio si era fatta
più matura. Ecco, adesso sentiva che la disperazione non
era lontana da quelle coniglie: e in base e quel che aveva
appreso su Efrafa, da Pungitopo e Cerfoglio, lo capiva,
il perché. Sapeva che gli effetti del sovraffollamento e
relative tensioni si manifestano prima nelle femmine. Esse

divengono sterili e aggressive. Ma siccome l'aggressività non approda a nulla, spesso quelle cominciano a scivolare verso l'unica altra via d'uscita. Egli si chiese a quale punto di quel triste sentiero esse fossero ormai arrivate.

Scese a piccoli balzi nella conca. Le coniglie, disturbate nei loro pensieri, lo guardarono di malagrazia e si ritrassero.

« Tu, lo so, sei Nelthilta » disse Parruccone alla graziosa coniglietta che aveva risposto male a Cerfoglio. Poi, rivolto a quella che le stava vicino: « Ma tu come ti chiami? »

Dopo una pausa, quella gli rispose, malvolentieri: « Thethuthinnèa[1], signore ».

« E tu? » chiese Parruccone a quella che aveva recitato i versi.

Costei gli rivolse uno sguardo tanto desolato, così gravido di accuse e di dolore, ch'egli dovette fare uno sforzo su se stesso per non rivelarle, là per là, che lui era un suo segreto amico e che odiava Efrafa e l'autorità di cui era esponente. Se la risposta di Nelthilta a Cerfoglio era stata carica d'odio, lo sguardo di costei parlava, invece, di indicibili torti e soprusi sofferti. E Parruccone, guardandola, ricordò quel che aveva raccontato Pungitopo dell'enorme hrududù giallo che aveva sventrato la terra sopra la conigliera devastata. Sono occhi che sembrano aver visto un simile spettacolo, pensò.

Poi la coniglia rispose: « Io mi chiamo Kaisentlaia, signore ».

« Kaisentlaia? » ripeté Parruccone, tradendo il suo stupore. « Allora sei tu che... » S'interruppe. Era pericoloso accennare al suo colloquio con Pungitopo. Era certamente lei, comunque, la coniglia che aveva parlato ai suoi colleghi dei guai di Efrafa e dello scontento delle femmine. Se ben ricordava il racconto di Pungitopo, costei aveva già fatto un qualche tentativo per emigrare altrove. Ma, pensò, incontrando di nuovo quegli occhi afflitti, in che cosa può essermi utile adesso?

« Possiamo andarcene, col vostro permesso, signore? »

---

[1] Thethuthinnèa: Stormire-di-foglie. [*N.d.A.*]

domandò Nelthilta. « Mal sopportiamo, capite, la compagnia dei signori ufficiali. È più forte di noi. »

« Oh... sì... certo... andate pure » rispose Parruccone, tutto confuso. E restò lì dov'era mentre quelle s'allontanavano.

Nelthilta, a voce alta, osservò: « Che grosso imbecille! » Si voltò quasi indietro. Sperava, evidentemente, di essere redarguita.

Oh be', pensò lui fra sé, eccone almeno una che ha ancora un po' di coraggio.

Dedicò quindi un po' di tempo a parlare con le sentinelle e apprendere com'erano organizzate. Il sistema era, purtroppo, assai efficiente. Ciascuna sentinella era in grado di raggiungere la successiva in pochi istanti. Un segnale convenuto (ne avevano diversi) serviva a chiamare gli ufficiali e le riserve. Se necessario, l'Auslafà interveniva prontamente, e così pure il Capitano Garofano, o qualche altro ufficiale che stesse di ronda alla periferia della conigliera. Poiché al pascolo c'era sempre una Marca soltanto alla volta, la confusione, in caso di allarme e fuggi-fuggi, era molto relativa. Una delle sentinelle, Basilico, gli raccontò del tentativo di fuga di Nerigno.

« Fingendo di brucare, s'allontana il più possibile e poi... uno scatto, e via di corsa. Riesce ad abbattere due sentinelle che tentano di sbarrargli la strada. Fatto questo più unico che raro. Corre, corre come un matto ma Garofano ha udito l'allarme e si precipita a intercettarlo, più avanti sul campo. Certo, se non avesse dato addosso alle sentinelle, la sentenza del Consiglio sarebbe stata più mite. »

« A te piace la vita, qui? » gli chiese Parruccone.

« Non c'è male, da che sono nell'Ausla, » rispose Basilico « e se riesco a farmi promuovere ufficiale, andrà anche meglio. Ho preso parte a due Pattuglie a Largo Raggio, finora. È il modo migliore per mettersi in luce. So seguire una pista e so battermi meglio di tanti. Ma per fare l'ufficiale ci vuol altro ancora. Bisogna essere in gamba in tutto e per tutto, vero? »

« Oh sì, certo » rispose Parruccone, convinto. Intuì che Basilico non sapesse che lui era un nuovo venuto a

Efrafa. A ogni modo, non tradiva né gelosia né risentimento. Parruccone cominciava a rendersi conto come, in quel posto, a nessuno si dessero tante informazioni; e poche cose si venissero a sapere per altre vie. Probabilmente Basilico pensava che lui, Parruccone, proveniva da un'altra Marca.

All'imbrunire, poco prima che finisse la silflaia, Capitan Garofano rientrò dai campi con una pattuglia di tre e Cerfoglio corse a incontrarlo sulla linea delle scolte. Parruccone li raggiunse e ascoltò il loro colloquio. Ne arguì che Garofano si era spinto fino alla strada ferrata ma non aveva notato nulla di insolito.

« Non andate mai oltre la strada di ferro? » domandò.

« Non molto spesso » rispose Garofano. « Terra umida, di là, sai. Non è zona per conigli. Ci sono stato diverse volte. Ma la ronda ordinaria si effettua nei paraggi. Il mio compito è osservare se ci sia alcunché d'insolito, per riferirlo al Consiglio, nonché d'intercettare eventuali conigli fuggiaschi. Come quel miserabile Nerigno... Non me lo scorderò, il morso che m'ha dato, prima che lo buttassi a terra. Nelle belle serate come questa, di solito mi spingo fino alla scarpata della ferrovia e la perlustro, da questa parte. Tante volte mi spingo, nell'altra direzione, fino al granaio. Dipende. A proposito, ha visto il Generale poco fa e mi sa tanto che intende portarti con lui di pattuglia, fra due tre giorni, non appena ti sarai ambientato e sarà scaduto il turno di silflaia alba-serale, per la tua Marca. »

« Perché aspettare tanto? » domandò Parruccone, con tutto l'entusiasmo che riuscì a fingere. « Perché non andar prima? »

« Ecco, quando una Marca è di silflaia alba-serale, ha bisogno di maggior sorveglianza. I conigli son molto più vivaci in queste ore, capisci, e occorre che tutta l'Ausla presti servizio d'ordine. Ma, quando questa o quella Marca fa silflaia a ni-Frits o fu-Inlé, allora si posson distaccare degli auslani per assegnarli a una Pattuglia a Largo Raggio. Ora vi lascio. Devo rientrare e far rapporto al Generale. »

Non appena la Marca fu rientrata e Nerigno ricondotto via dalla sua scorta, Parruccone s'accomiatò da Cerfoglio e Gladiolo e andò nella sua tana. Se gli alloggi sotterranei della plebe eran gremiti, gli auslani se la passavano assai meglio: le sentinelle avevano due camerate spaziose, e ciascun ufficiale una tana privata. Finalmente solo, Parruccone si mise a riflettere intorno al suo problema.

Le difficoltà erano enormi. Lui, da solo, con l'aiuto di Kehaar sarebbe potuto scappare, sì, quando gli pareva. Ma come portarsi dietro un branco di femmine... ammesso che qualcuna lo seguisse? Se si fosse azzardato a richiamare le sentinelle durante la silflaia, Cerfoglio se ne sarebbe accorto subito. L'unica era, allora, tentar la fuga durante il giorno: aspettare che Cèrfoglio dormisse, quindi ordinare a una guardia di lasciare il suo posto all'imbocco d'una galleria. Quest'idea non gli pareva malvagia. Ma poi pensò: Sì, ma Nerigno? Nerigno si trovava, durante il giorno, in qualche cella remota, sotto custodia. Forse pochissimi sapevano dove (chi mai era al corrente di qualcosa, a Efrafa?) e certo nessuno avrebbe parlato. Quindi, bisognava lasciar perdere Nerigno. Nessun piano realistico poteva includerlo.

Ma no! Mi venga un accidenti se lo lascio! borbottò Parruccone fra sé. Lo so, lo so, Mirtillo mi darebbe del fesso. Ma Mirtillo non è qui e io farò di testa mia. Però... se l'impresa fallisse proprio a causa di Nerigno? Oh, Frits in cima a un pagliaio! che razza d'impiccio!

Seguitò a riflettere finché s'accorse che i suoi pensieri compivano un giro vizioso. Dopo un po', prese sonno. Al risveglio, percepì che fuori splendeva la luna. Pensò allora che poteva cominciare da un altro verso: cercando innanzitutto di persuadere alcune femmine a seguirlo, e solo poi formulare un piano di fuga, magari con il loro aiuto. Uscì per il cunicolo, finché non inciampò in un giovane coniglio che dormiva, alla meglio, fuori d'una tana piena zeppa. Lo svegliò.

« Conosci Kaisentlaia? » gli domandò.

« Oh, sissignore, sì » quello rispose, con zelo addirittura patetico.

« Vai a dirle di venire nella mia tana. Lei e nessun altro. M'hai capito? »

« Signorsì. » E via.

Parruccone, tornando sui suoi passi, si domandò se la cosa potesse destare sospetti. No, probabilmente no. A quanto gli aveva detto Cerfoglio, non era affatto insolito che un ufficiale mandasse a chiamare una coniglia. In caso di domande, la scusa non mancava. S'accucciò e attese.

Nell'oscurità, un passo s'avanzò pel corridoio, s'arrestò presso l'ingresso della tana.

« Sei tu, Kaisentlaia? »

« Sì, sono io. »

« Desidero parlarti » disse Parruccone.

« Io sono ai vostri ordini, signore. Però vi siete sbagliato. »

« Invece no » rispose Parruccone. « Su, non aver paura. Vieni dentro, avvicinati a me. »

Kaisentlaia obbedì. Lui sentì che il cuore le batteva forte. Il suo corpo era teso. A occhi chiusi, raspava con gli unghioli sul piancito.

« Stammi bene a sentire, Kaisentlaia » le sussurrò Parruccone all'orecchio. « Ti ricorderai che, non molti giorni or sono, quattro conigli arrivarono a Efrafa di sera. Uno era di pelame grigio-pallido e uno aveva una cicatrice sullo zampino davanti, per un morso di topo. Tu hai parlato con il loro capo, a nome Pungitopo. Io so quello che t'ha detto. »

Essa girò la testa, spaventata. « Come lo sai? »

« Non importa. Ora stammi a sentire. »

E Parruccone le parlò di Moscardo e Quintilio, della conigliera devastata a Sandleford, del loro viaggio fino al Colle Watership. Kaisentlaia l'ascoltò senza muoversi, senza mai interromperlo.

« Quei conigli con cui parlasti quella sera, » disse poi Parruccone « che ti dissero che eran venuti a Efrafa per ottenere delle femmine... sai che fine hanno fatto? »

La risposta di Kaisentlaia fu appena un bisbiglio. « Ho inteso dire che scapparono la sera seguente. Che il Capitano Senape perì nell'inseguimento. »

« E furono inviate altre pattuglie sulle loro tracce, il giorno dopo? »

« Sentimmo dire che non c'erano ufficiali da sprecare, con Buglossa agli arresti e Senape morto. ».

« Ebbene, quei conigli son tornati a casa sani e salvi. Uno di loro, adesso, non è molto lontano da qui, insieme al nostro Capo e altri ancora. Sono astuti e decisi. Ora aspettano che io porti fuori delle femmine da Efrafa... quante posso persuaderne a venire. Manderò loro un messaggio domattina. »

« In che modo? »

« Per mezzo di un uccello... se tutto va bene. » Parruccone le disse di Kehaar. Kaisentlaia restò zitta per un pezzo: o riflettesse sulle sue parole o – spaurita e sfiduciata – non sapesse che dire, incredula. M'avrà preso per una spia? Penserà che voglio farla cadere in un trabocchetto? Forse non desidera altro che esser lasciata in pace. Alla fine le chiese:

« Mi credi? ».

« Sì, ti credo. »

« Non pensi che potrei essere una spia del Consiglio? »

« Non lo sei. Lo sento. »

« In che modo? »

« M'hai parlato di quel tuo amico... quello che aveva indovinato che quella conigliera era un posto cattivo. Non è il solo coniglio del genere, lui. Certe volte anche io ho dei presentimenti. Ora di rado, però, perché c'è il gelo nel mio cuore. »

« Allora stai con me? E persuaderai anche le tue amiche? Noi abbiamo bisogno di voi, Efrafa no. »

Di nuovo restò zitta. Parruccone udiva un lombrico muoversi nella terra, lì vicino, e attraverso il cunicolo veniva, da fuori, un lontano rumore di passi sull'erba. Attese, paziente. Era essenziale non sconvolgerla.

Alla fine essa parlò di nuovo, in un bisbiglio così lieve da confondersi quasi col respiro.

« Noi possiamo scappare da Efrafa. Il pericolo è grosso, ma però possiamo farcela. Ma poi? Non riesco a vedere più oltre. Confusione e paura quando cala la notte... e poi gli uomini, gli uomini.. con le loro robe-d'uomo... un cane... una corda che si spezza come un ramo secco... un coniglio che... no, non è possibile!... un coniglio che viaggia in hrududù! Oh, sono tutta istupidita. Sono favole, codeste, da raccontare ai cuccioli la sera. No, non riesco più a veder chiaro come un tempo. Ora è come le forme degli alberi dietro un torrente di pioggia. »

« Sai? devi proprio venire a conoscerlo, questo mio amico » le disse Parruccone. « È uno che parla come te. E io ho finito per dargli fiducia. Così ho fiducia in te. Se tu senti che possiamo farcela, va benissimo. Ma ti chiedo: puoi portare altre amiche con te? »

Dopo un altro silenzio, Kaisentlaia rispose: « Il mio cuore... il mio coraggio... non è più quello d'un tempo. Non me la sento di dirti di far assegnamento su di me ».

« Capisco. Ma cos'è che t'ha ridotto così? Non eri tu, la capo di quelle che andarono al Consiglio a reclamare? »

« Con me c'era Thethuthinnèa. E tante altre. Non so le altre che fine hanno fatto. Eravamo tutte della Marca di Dritta Anteriore. Ho ancora il vecchio marchio, sulla zampa destra davanti. Ma me n'hanno fatto uno nuovo. Nerigno... l'hai visto? »

« Sì, certo. »

« Lui era in quella Marca. Era nostro amico e ci incoraggiava. Solo un paio di sere dopo il nostro ricorso al Consiglio, lui tentò di scappare, ma fu riacciuffato. Hai visto come l'hanno ridotto. Questo fu la sera stessa in cui arrivarono qui i tuoi amici. Poi il Consiglio ci mandò a richiamare. Il Generale ci disse che – per scongiurare altri tentativi di fuga – il nostro gruppo sarebbe stato diviso: non più di due per Marca, di noialtre. Non so mica perché abbiano lasciato me e Thethuthinnèa assieme. Non ci saranno stati a pensar su. Efrafa è fatta così, sai. L'ordine era: due per ciascuna Marca. E bastava obbedire, senza preoccuparsi chi fossero le due. Ora ho sempre paura. Mi sento sorvegliata dal Consiglio. »

« Sì, ma adesso ci sono qui io » disse Parruccone.

« Al Consiglio sono furbi, astutissimi. »

« Buon per loro. Ma da noi ci sono alcuni conigli, credimi, più astuti di loro. Quanto l'Ausla di El-ahrairà, niente meno. Ma dimmi... Nelthilta era una di quelle che vennero con voi al Gran Consiglio? »

« No, no. Essa è nativa di questa Marca. Il coraggio non le manca, a quella, ma è giovane e sciocca. Le dà gusto far sapere a tutti ch'è amica di conigli che hanno fama di ribelli. Non si rende conto di quel che fa, né sa bene che cos'è il Gran Consiglio. È una specie di gioco per lei... insolentire gli ufficiali e così via. Un giorno o l'altro andrà troppo oltre e ci metterà nei pasticci. Non le si può confidare un segreto, assolutamente. »

« Quante femmine di questa Marca sarebbero disposte alla fuga? »

« Hrair. C'è un bel po' di malcontento, sai. Ma, Sglaili, non dobbiamo dir niente a nessuna fino a poco prima della fuga. Né a Nelthilta né alle altre. Nessuno sa mantenere un segreto, in una conigliera, e qui ci sono spie dappertutto. Tu e io dobbiamo fare un piano e non dire niente a nessuno, tranne che a Thethuthinnèa. Lei e io recluteremo altre coniglie, quanto basta, al momento opportuno. »

Parruccone si rese conto che aveva trovato, per caso, proprio ciò di cui aveva più bisogno: un'amica, robusta e assennata, che sapeva ragionare per suo conto e aiutarlo a sostenere il peso dell'impresa.

« Affido a te la scelta delle femmine » le disse. « Io creerò l'occasione di fuga, voi ne approfitterete. »

« Quando? »

« All'ora del tramonto, sarà meglio. E al più presto. Moscardo e gli altri ci verranno incontro per ingaggiar battaglia con qualsiasi pattuglia inseguitrice. E, quel che più conta, l'uccello combatterà per noi. Vulneraria non se l'aspetta di certo. »

Kaisentlaia restò zitta per un po'. Parruccone, ammirato, comprese che stava ripassando quel piano mentalmente, per vedere se avesse difetti.

Alla fine gli disse: « Ma contro quanti può combattere l'uccello? Può forse tenerli a bada tutti? Dato che si tratterà d'una fuga in grande stile, non illuderti, Sglaili, il Generale stesso si lancerà al nostro inseguimento, coi migliori conigli che ha. Mica possiamo scappare per sempre.

Seguiranno le nostre piste e, prima o poi, ci raggiungeranno ».

« Te l'ho detto che i nostri son più furbi del Consiglio. Non lo so se capiresti questa parte del piano, seppure te la spiegassi ben bene. Hai mai visto un fiume? »

« Che cos'è un fiume? »

« Ecco, lo vedi? Non posso spiegarti. Ma ti assicuro che non dovremo scappare tanto lontano. Ci dilegueremo sotto gli occhi dell'Ausla efrafana... se saranno là a guardare. Ti dirò, che mi pregusto già la scena. »

Lei non rispose. Egli proseguì: « Devi darmi fiducia, Kaisentlaia. Te lo giuro sul mio capo: svaniremo. Non ti dico bugie ».

« Se ti sbagliassi... fortunato chi fa una morte rapida. »

« Nessuno morirà. I miei amici hanno preparato uno stratagemma di cui lo stesso El-ahrairà sarebbe fiero. »

« Se dev'essere al tramonto, » disse Kaisentlaia « bisogna che sia domani o doman l'altro. Fra due giorni questa Marca perderà la silflaia serale. Lo sapevi? »

« Sì, ho sentito. Domani, allora. Perché aspettare oltre? Ma c'è un'altra cosa. Porteremo Nerigno con noi. »

« Nerigno? E in che modo? È guardato a vista. »

« Lo so. Questo fa aumentare il rischio, ma non voglio lasciarlo al suo destino, non posso. Ecco cosa intendo fare. Domani sera, quando la Marca esce a silflaia, tu e Thethuthinnèa terrete le compagne presso di voi – tutte quelle che avrete reclutato – pronte a scappare. Io darò istruzione all'uccello di attaccare le scolte non appena mi vedrà rientrare nella tana. Alle guardie di Nerigno penserò io. Quelle certo non s'aspetteranno una mossa del genere. Così, appena liberato Nerigno, vi raggiungo. A questo punto la confusione sarà completa e ne approfitteremo per darci alla fuga. L'uccello attaccherà chiunque tenti di inseguirci. Ricorda: punteremo dritti per il sottopassaggio della strada di ferro. I miei amici aspetteranno là. Non dovrete che seguirmi: io vi guiderò. »

« Capitan Garofano sarà di pattuglia. »

« Lo spero proprio, proprio, che ci sia. »

« Nerigno non sarà pronto a scappare. Sarà colto di sorpresa non meno delle sue guardie. »

« Sì, bisognerà avvertirlo. »

« Impossibile. Le guardie non lo lasciano un minuto, e a silflaia va da solo, sotto scorta. »

« Quanto tempo durerà la sua pena? »

« Dopo che sarà stato, a turno, in ogni Marca, lo uccideranno. Su questo non c'è dubbio. »

« Allora è detta: non possiamo abbandonarlo. »

« Tu sei molto coraggioso, Sglaili. Sei anche astuto? Da te dipendono le nostre vite, domani. »

« Ci trovi qualche difetto, nel mio piano? »

« No. Ma io sono una coniglia che non s'è mai mossa da Efrafa. Se accadesse qualcosa d'imprevisto? »

« Il rischio è rischio. Vuoi o non vuoi andartene di qui e venire a vivere con noi sulla collina? Pensaci! »

« Oh, Sglaili! E noialtre potremo far coppia con chi ci pare e scavarci una tana per noi e aver cuccioli vivi? »

« Sì. E andare alla silflaia quando vorrete e ascoltare e raccontare novelle nel Nido d'Api. Una bella vita, te lo garantisco. »

« Verrò! Sono pronta a correre qualsiasi rischio. »

« Che bel colpo di fortuna, averti incontrata » disse Parruccone. « Prima di questo nostro colloquio, non sapevo cosa fare, a che santo votarmi. »

« Ora torno alle tane inferiori, Sglaili. Qualcuno potrebbe meravigliarsi che hai mandato a chiamar me, quando non è il mio tempo, per l'amore. Diremo allora che ti sei sbagliato e ci sei rimasto male. Anche tu di' così, non scordarti. »

« Sta' tranquilla. Ora va'. E siate pronte per la silflaia di domani sera. Non ti deluderò. »

Quando fu andata via, Parruccone si sentì disperatamente stanco e solo. Cercava di dir a se stesso che i suoi amici non erano lontani e che li avrebbe rivisti di lì a meno di un giorno. Ma sapeva che fra lui e Moscardo c'era Efrafa. I suoi ragionamenti si frantumarono nelle fosche fantasie dell'angoscia. Cadde in un inquieto dormiveglia. Gli pareva che Garofano tramutato in gabbiano volasse sul fiume, strillando. Si svegliò spaventato. Si riaddormentò e vide Cerfoglio che conduceva a forza Nerigno verso un lacciolo di lucente fildiferro, fra l'erba.

E su tutti incombeva, grande quanto un cavallo, al corrente di tutto ciò che succedeva da un capo all'altro del mondo, la figura gigantesca di Vulneraria. Alla fine, logorato dalle proprie apprensioni, cadde in un sonno profondissimo, dove neppure le sue paure potevano seguirlo, e giacque immobile e muto nella tana solitaria.

36. IL TEMPORALE SI AVVICINA

> We was just goin' ter scarper
> When along comes Bill 'Arper,
> So we never done nuffin' at all[1].

> *Canzonetta da Music Hall.*

Parruccone tornò a galla a poco a poco, dall'abisso del sonno, come una bollicina di gas metano dal letto d'un ruscello calmo. C'era un altro coniglio accanto a lui, nella tana. Balzò su di soprassalto. « Chi è là? »

L'altro rispose: « Gladiolo. È ora di silflaia, Sglaili. Le allodole si sono già levate. Tu dormi come un masso ».

« Proprio sì. Be', sono pronto. » Stava per uscire nel corridoio, quando Gladiolo gli chiese:

« Chi è Quintilio? ».

S'arrestò di botto, si tese. « Com'hai detto? »

« T'ho chiesto chi è Quintilio. »

« Perché dovrei saperlo? »

« Sai, parlavi nel sonno. E ripetevi: ''Domandalo a Quintilio, domandalo a Quintilio''. Chi sarà? mi sono chiesto allora io. »

« Oh, sì sì. Un coniglio che ho conosciuto. Uno che faceva previsioni del tempo e così via. »

« Eh, ci vorrebbe adesso. Non fiuti un temporale? »

Parruccone annusò. Misto agli odori dell'erba e del be-

---

[1] « *Stavamo giusto per scappare / Quand'ecco che arriva Bill Harper / Così non se n'è fatto proprio niente.* » La canzonetta è in dialetto londinese (*cockney*) e il verbo *to scarper* deriva dall'italiano ''scappare''.

stiame gli arrivò alle narici quello, denso e tiepido, di pesanti nuvoloni, ancora lontanissimi. Ciò l'inquietò. Quasi tutti gli animali s'innervosiscono, nell'imminenza d'un temporale, ché quell'accumularsi di tensione li opprime e rompe il ritmo naturale della loro esistenza. Parruccone sarebbe stato incline a tornarsene a cuccia, ma, di certo, una bazzecola come tuoni e lampi non poteva modificare i rigorosi orari di una Marca efrafana.

Appunto. Cerfoglio stava già presso l'uscita, accosciato di fronte a Nerigno e scorta. Si volse a guardare i suoi subalterni che sopraggiungevano.

« Spicciati, Sglaili » disse. « Le sentinelle son già fuori. Ti dà noia, il temporale? »

« Sì, piuttosto » rispose Parruccone.

« Non scoppierà quest'oggi » disse Cerfoglio. « È ancora molto lontano. Gli darei tempo fino a domani sera. Comunque, non dar a vedere che ti sgomenta. Non sono ammesse deroghe o modifiche, tranne per ordine del Generale. »

« Mica riuscivo a svegliarlo » disse Gladiolo, con una punta di malignità. « È venuta una coniglia a trovarti, iersera, Sglaili, nevvero? »

« Ah sì? » disse Cerfoglio. « E chi? chi? »

« Kaisentlaia » rispose Parruccone.

« Oh, quella *marli tzarn*[2] » disse Cerfoglio. « Buffo, non mi pareva fosse il tempo suo. »

« Infatti » disse Parruccone. « M'ero sbagliato. Ma, ti ricordi, me l'hai chiesto tu, di fare del mio meglio per fare rigar dritto le irrequiete. E così, l'ho trattenuta lostesso, a parlare un po'. »

« Ottenuto niente? »

« È difficile dirlo. Ma le starò appresso. »

Mentre i marchiati uscivano, Parruccone studiò il modo migliore e più rapido per attaccare la scorta di Nerigno. Bisognava metterne uno fuori causa, immediatamente, poi buttarsi sull'altro, prima che avesse il tempo di

---

[2] *Marli*: femmina del coniglio. *Tzarn*: inebetita, pazza, ammaliata. [*N.d.A.*] (In questo particolare contesto la traduzione più approssimata potrebbe essere: la pulzella desolata.)

riaversi dalla sorpresa. Bisognava far sì che il corpo a corpo non avvenisse fra Nerigno e lo sbocco del cunicolo, ché Nerigno, anche lui preso alla sprovvista, avrebbe potuto darsela a gambe verso l'interno della tana. Se fuggire doveva, fuggisse verso l'esterno. Poteva anche darsi, con un po' di fortuna, che la seconda guardia scappasse sotterra senza combattere. Ma non ci si poteva contare, su questo. Gli auslafani efrafani non son tipi che scappano.

Uscì all'aperto e, intanto, si chiedeva se Kehaar l'avrebbe individuato. Gli accordi erano che Kehaar calasse non appena lo vedeva sopraterra il secondo giorno.

Non avrebbe dovuto preoccuparsi minimamente.

Kehaar stava volando su Efrafa da prima dell'aurora. Appena vide la Marca uscire, andò a posarsi sul campo, poco lontano, a metà strada fra il sottobosco e la linea delle scolte, e si mise a beccchettare fra l'erba. Lentamente Parruccone, brucando brucando, si diresse a quella volta, poi si mise a pascolare tranquillo, senza guardarlo. Dopo un po' sentì che il gabbiano s'era appressato, da dietro.

« Sighnor Parucone, sarà meghlio non tanto parlare, jà. Sighnor Moscardo dici cosa tu fai? cosa tu fuole? »

« Due cose voglio, Kehaar: per stasera al tramonto. Primo: i nostri devono trovarsi vicino al sottopassaggio della strada di ferro. Io per quello passerò, con le coniglie. Se siamo inseguiti, tu e Moscardo e gli altri dovete essere pronti a combattere. Quella barca, è sempre là? »

« Jà jà, vomi no prende fia. Io dici sighnor Moscardo kvello tu dici. »

« Bene. Ascolta, Kehaar, questa è la seconda cosa, ed è terribilmente importante. Vedi quei conigli, là, nel campo? Quelle sono le sentinelle. Al tramonto, c'incontriamo qui, io e te. Poi io correrò verso quegli alberi ed entrerò in un buco. Non appena mi vedi entrar dentro, tu attacca le sentinelle: atterriscile, falle scappare. Se non scappano, feriscile. Devono essere messe in fuga. Mi vedrai uscir fuori poco dopo e allora le coniglie cominceranno a correre, appresso a me, e punteremo dritti sul sottopassaggio. Ma potremmo essere assaliti durante il tragitto. Se questo si verifica, puoi buttarti di nuovo su di loro? »

« Jà jà, io fola contro, loro no ferma foi. »

« Magnifico. Ci siamo allora. Moscardo e gli altri... tutto a posto? »

« Benissimo. Loro dici che tu molto in campa, mannaccia. Sighnor Campanela dici porta una moghlie per oghnuno e due per lui. »

Parruccone stava pensando a una risposta adeguata quando vide Cerfoglio che correva alla sua volta. Immediatamente, senza dir altro a Kehaar, mosse qualche saltello in direzione del Capitano, e poi si mise a brucare tutto intento fra la lupinella. Kehaar volò basso sopra le loro teste e scomparve oltre gli alberi.

Cerfoglio guardò il gabbiano allontanarsi poi si rivolse a Parruccone. « Ma di', non hai paura di quegli uccelli? »

« Non particolarmente. »

« Certe volte attaccano i topi, lo sai, e anche i cuccioli di coniglio. Hai corso un certo rischio, a venir qui a pascolare. Perché tanta imprudenza? »

Per tutta risposta, Parruccone si drizzò e diede a Cerfoglio, per scherzo, una sventola: lo fece ruzzolare.

« Ecco perché » gli disse.

Cerfoglio si rialzò, con aria imbronciata. « E va bene, sei più grosso di me. Ma bisogna che impari, Sglaili, che non basta la prestanza per fare un ufficiale efrafano. E ciò non toglie che quegli uccelli possono esser pericolosi. Inoltre, non è la loro stagione, questa, e ciò è strano. Si dovrà far rapporto. »

« Perché mai? »

« Perché è una cosa insolita. Ogni cosa insolita va denunciata. Se non lo segnaliamo noi e qualcun altro lo segnala, ci facciamo la figura dei cretini. Sì, perché non potremo mica dire che non l'avevamo visto. L'hanno visto in parecchi, della Marca. Anzi, vado a riferire subito. La silflaia sta per terminare. Quindi, se non torno in tempo, ci pensate tu e Gladiolo a far rientrare i marchiati. »

Non appena Cerfoglio si fu allontanato, Parruccone andò a cercare Kaisentlaia. La trovò nella piccola conca, insieme a Thethuthinnèa. I conigli perlopiù non si curavano del temporale, che del resto era assai lontano ancora. Le due coniglie, invece, eran molto nervose, molto depresse. Parruccone disse loro come era rimasto d'accordo con Kehaar.

« Ma sul serio quell'uccello attaccherà le sentinelle? » domandò Thethuthinnèa. « Mai sentito. »

« Le attaccherà, sta' tranquilla. Radunate le compagne non appena comincia la silflaia, stasera. Quando io uscirò fuori con Nerigno, le sentinelle saranno già in fuga. »

« E noi, da che parte corriamo? » domandò Thethuthinnèa.

Parruccone le condusse sul campo, un pezzo in là, per mostrar loro il sottopassaggio nella scarpata della ferrovia, distante circa quattrocento metri.

« Per di là incontreremo Garofano, lo sai? » disse Thethuthinnèa.

« Mi risulta che ha durato fatica a fermare Nerigno » le rispose Parruccone. « Quindi non ce la potrà, contro me e l'uccello. Guardate, c'è Gladiolo che sta richiamando le sentinelle. Ora di rientrare. Calma, mi raccomando. Masticate le palline e cercate di dormire. Se non vi viene sonno, arrotate gli unghioli. Vi potranno servire. »

La Marca rientrò nelle tane e Nerigno fu condotto via. Parruccone, tornato nel suo covile, cercò di non pensare a ciò che l'attendeva quella sera. Dopo un po' si stufò di stare solo e andò a fare un giro per le tane inferiori. Prese parte a una partita di sasso-spasso. Ascoltò un paio di novelle, e una ne raccontò lui stesso. Andò a far hraka nel fosso. Poi gli venne voglia di recarsi a visitare un'altra Marca, e ne chiese il benestare a Cerfoglio. L'ottenne. Attraversata la Crixa, vide quelli della Marca di Fianco Sinistro che facevano silflaia a ni-Frits e si unì a loro, li seguì quando rientrarono. I loro ufficiali disponevano di una vasta tana comune e qui fece conoscenza con alcuni veterani, ricchi di esperienza, ascoltò con interesse i racconti delle loro avventure. A metà pomeriggio tornò alla sua Marca, rilassato e fiducioso. Si mise a dormire. Dormì finché una sentinella non venne a svegliarlo per la silflaia.

Risalì pel cunicolo. Nerigno era già nella sua nicchia, tutto accasciato. Seduto accanto a Cervigno, Parruccone controllò l'uscita dei marchiati. Kaisentlaia e Thethuthinnèa gli passarono davanti senza neanche guardarlo. Apparivano tese ma padrone di sé. Cerfoglio uscì dopo l'ultimo dei marchiati.

Parruccone gli diede tempo di allontanarsi un po', quindi, dopo aver lanciato un'ultima rapida occhiata a Nerigno, uscì all'aperto a sua volta. Il vivido tramonto l'abbagliò, si drizzò sulle zampe posteriori, si pettinò il cimiero da una banda, intanto che i suoi occhi s'assuefacevano alla luce. Di lì a qualche momento, vide Kehaar in volo sopra il campo.

Ci siamo, disse a se stesso. Avanti!

In quell'attimo udì una voce alle sue spalle.

« Sglaili, vorrei parlarti un momento. Vieni qui, sotto questi cespugli. »

Parruccone ricadde sulle zampe posteriori e si volse a guardare.

Era il Generale Vulneraria.

37. IL TEMPORALE SI ADDENSA

Buia nel buio scivola, ininterrottamente,
La barca alla deriva per l'infernal fiumana.
Ombra le ombre chiama da abisso a abisso orribile,
Precipite alla morte e antipodo del sogno.

HAL SUMMERS, *Hinterland*.

Youk'n hide de fier, but w'at you
gwine do wid de smoke?

JOEL CHANDLER HARRIS,
Proverbs of Uncle Remus [1].

Il primo impulso di Parruccone fu quello di battersi
con Vulneraria sul posto. Si rese però conto, immediatamente, che sarebbe stato inutile: tutti gli altri gli sarebbero saltati adosso. Non restava che ubbidire. Seguì
Vulneraria oltre i cespugli, sul ciglio ombroso dello stradello. Nonostante che il sole splendesse all'occaso, le
nubi incombevano sulla sera e fra gli alberi l'aria era
grigia, imbronciata. Il temporale si andava addensando.
Egli guardò Vulneraria e attese.

« Sei uscito dalle tane di Mancina Posteriore, tu, questo pomeriggio? » cominciò il Generale.

« Sì, signore » rispose Parruccone. Non gli andava
giù, di dovergli dir *signore*, ma in quanto ufficiale efrafano, non poteva far altrimenti. Non soggiunse tuttavia
che aveva chiesto il benestare a Cerfoglio. Finora non
lo si accusava di niente.

« E dove sei andato? »

Parruccone inghiottì la sua stizza. Senza dubbio Vulneraria sapeva benissimo dov'era stato.

« Sono andato alla Marca di Fianco Sinistro, signore.
Nelle loro tane. »

« Perché ci sei andato? »

---

[1] *You can hide the fire, but what are you going to do with the
smoke?*: Puoi nascondere il fuoco ma, col fumo, come farai? Dai
Proverbi dello Zio Remus. La trascrizione fonetica imita l'inglese
parlato dai negri d'America.

« Per passare il tempo e apprendere qualcosa ascoltando gli ufficiali. »

« Sei andato da qualche altra parte? »

« No, signore. »

« Hai incontrato un elemento dell'Ausla di Fianco Sinistro: un coniglio a nome Gramigna. »

« Può darsi. Ma non ho afferrato i loro nomi. »

« Avevi già visto, prima, quel coniglio? »

« No, signore. Come avrei potuto? »

Seguì una pausa.

« Potrei sapere di cosa si tratta, signore? » domandò Parruccone.

« Le domande le faccio io » disse Vulneria. « Gramigna invece ti aveva già visto, prima d'oggi. Ti ha riconosciuto da quel ciuffo. Dove pensi ti abbia visto? »

« Non ne ho idea. »

« Sei mai stato inseguito da una volpe? »

« Sì, signore, alcuni giorni fa, mentre mi dirigevo qui. »

« Tu la guidasti su altri conigli e la volpe ne uccise uno. Esatto? »

« Non intendevo guidarla su di loro. Non sapevo che erano là. »

« Di questo fatto non ci hai detto niente, come mai? »

« Non è mai capitato di parlarne. Non c'è niente di male a scappare davanti a una volpe. »

« Hai causato la morte di un ufficiale efrafano. »

« Accidentalmente. E può darsi che la volpe li assalisse lostesso, anche se io non c'ero. »

« Questo no » disse Vulneria. « Non era proprio il tipo, Malvone, da incappare in una volpe. Le volpi non sono un pericolo, pei conigli che sanno il fatto loro. »

« Mi dispiace che la volpe l'abbia ucciso, signore. È sato un brutto colpo di sfortuna. »

Vulneraria lo guardava fisso coi suoi grandi occhi pallidi.

« Un'altra cosa, Sglaili. Quella pattuglia era sulle tracce d'una banda di conigli: stranieri. Che cosa sai, di loro? »

« Ho visto anch'io le loro tracce. Altro dirvi non so. »

« Tu non eri insieme a loro? »

« Fossi stato con loro, signore, sarei venuto forse a Efrafa? »

« Le domande le faccio io, te l'ho già detto. Sapresti dire dove si sono diretti? »

« Non lo saprei proprio, signore. »

Vulneraria distolse lo sguardo e restò in silenzio per un po'. Aspettava, evidentemente, che Parruccone gli chiedesse se era tutto e se poteva andarsene. Ma lui decise di non dire niente.

« C'è poi un'altra cosa » disse alla fine Vulneraria. « A proposito di quell'uccello bianco, sul campo stamani. Non hai paura, tu, di quegli uccelli? »

« No, signore. Mai sentito che attaccano conigli. »

« Invece sì, Sglaili, si è sentito, se vuoi saperlo proprio. Ma, comunque, perché gli sei andato vicino? »

Parruccone rifletté rapidamente. « A dir la verità, signore, volevo far impressione al Capitano Cerfoglio. »

« È un motivo plausibile. Ma un'altra volta, se vuoi fare impressione a qualcuno, incomincia da me. Dopodomani andremo insieme di pattuglia, a largo raggio. La Pattuglia oltrepasserà la strada ferrata e cercherà le tracce di quei conigli... i conigli che Malvone avrebbe intercettati se tu non gli fossi piombato addosso. Verrai quindi con noi e ci farai vedere quanto vali. »

« Molto bene, signore. Volentieri. »

Seguì un altro silenzio. Questa volta Parruccone fece per andarsene. Ma una nuova domanda l'arrestò.

« Te l'ha detto, Kaisentlaia, perché mai è stata aggregata alla Marca di Mancina Posteriore? »

« Sì, signore. »

« Non credo che il fermento sia cessato, Sglaili. Tienila d'occhio. Se qualcosa ti confida, tanto meglio. Può darsi che si siano calmate, quelle femmine, come può darsi di no. Voglio saperlo. »

« Molto bene, signore » disse Parruccone.

« È tutto » disse Vulneraria. « Torna pure alla tua Marca. »

Parruccone fece ritorno sul campo. La silflaia era quasi al termine, il sole era tramontato, l'aria imbruniva. Pesanti nubi incupivano il crepuscolo. Kehaar non si vedeva da nessuna parte. Le sentinelle smontarono e i marchiati cominciarono a rientrare nelle tane. Seduto sull'erba, solo, attese che l'ultimo coniglio fosse scomparso. Di Kehaar, nessun segno. Lentamente si diresse verso l'imbocco della galleria. Qui urtò contro uno degli agenti di scorta, che bloccava l'uscita affinché Nerigno non tentasse di scappare mentre lo riportavano da basso.

« E levati dai piedi, sporca piccola mignatta con la coda » invelì Parruccone. Poi soggiunse, volgendosi, mentre scendeva alla sua tana: « E ora vammi a far rapporto ».

Mentre la luce svaniva nel cielo coperto, Moscardo scivolò ancora una volta sulla terra nuda, dura, del passaggio sotto la ferrovia, sbucò fuori sul versante nord, si drizzò, stette in ascolto. Poco dopo Quintilio lo raggiunse e insieme si spinsero per un tratto sul campo, verso Efrafa. L'aria era afosa e odorava di pioggia, di orzo maturo. Nessun rumore, nei pressi. Ma dalla marcita – situata alle spalle della ferrovia, lungo la sponda del fiume Test – si udiva il verso stridulo, incessante di una coppia di pivieri. Kehaar discese in volo dalla cima della scarpata.

« Sei sicuro che aveva detto stasera? » gli domandò Moscardo per la terza volta.

« Male male » disse Kehaar. « Loro forse lui preso. Lui finito, povero sighnor Parucone. Tu pensa? »

Moscardo non rispose.

« Non saprei » disse Quintilio. « Nubi temporalesche. Quel posto in cima al campo... è come il fondo di un fiume. Qualsiasi cosa potrebbe accadere, là. »

« Parruccone è là. Metti che sia morto. Metti che stiano cercando di fargli dire... »

« Moscardo » l'interruppe Quintilio. « Non puoi giovargli, Moscardo-rà, restando qui, al buio, a tormentarti. Probabilmente non è successo nulla d'irreparabile. Avrà dovuto rimandare, per qualche motivo. Una cosa è certa: ormai stasera non se ne fa niente. E qui i nostri corrono pericolo. Kehaar tornerà là, domani all'alba, e ci porterà notizie. »

« Hai ragione, lo so, » disse Moscardo « ma non so decidermi ad andar via. Metti che venga. Senti, io resto qui. Gli altri tornino, con Argento. »

« Non saresti di nessuna utilità, da solo, Moscardo, anche se la tua zampa fosse in ordine. Cerchi di brucare dell'erba che non c'è. Perché non aspetti che cresca? »

Riattraversarono il sottopassaggio. Argento sbucò dai cespugli per venirgli incontro. Udirono gli altri conigli agitarsi inquieti fra le ortiche.

« Dobbiamo rinunciarci, per stasera » disse Moscardo, ad Argento. « Bisogna tornare di là dal fiume, adesso, prima che faccia troppo buio. »

« Moscardo-rà, » gli disse Nicchio, quando gli passò accanto, « andrà... andrà tutto bene, vero? Parruccone verrà, domani, vero? »

« Certo, sì, certo, e noi saremo qui a dargli aiuto. E poi ti dico un'altra cosa, Hlao-rù. Se domani lui non torna, andrò io stesso a Efrafa. »

« E io verrò con te, Moscardo-rà » disse Nicchio.

Nella sua tana, Parruccone stava tutto rannicchiato contro Kaisentlaia. Tremava, ma non di freddo: le gallerie erano cariche d'afa oppressiva, era come star sotto un mucchio di foglie secche. Parruccone era prossimo al collasso nervoso. Dopo quel colloquio con Vulneraria, il suo animo era sempre più divenuto un groviglio di ansie e terrori, classici del cospiratore. Quante cose sapeva Vulneraria? cosa aveva scoperto? Certo aveva numerosi e fidati informatori. Sapeva che Moscardo e gli altri eran venuti da nord e avevano attraversato la strada di ferro. Sapeva della volpe. Sapeva che un gabbiano – il quale avrebbe dovuto trovarsi altrove a quell'epoca – s'aggirava intorno a Efrafa e che lui, Parruccone, gli era andato vicino a bella posta. Sapeva che s'era fatto amico di Kaisentlaia. Quanto avrebbe impiegato a connettere insieme tutte queste cose e trarne una deduzione?

O magari l'aveva già tratta e aspettava soltanto di arrestarlo al momento più opportuno?

Vulneraria aveva dalla sua tutti i vantaggi. Lui sedeva sicuro all'incrocio di tutti i sentieri, mentre Parruccone, la cui pretesa di tenergli testa era semplicemente ridicola, si aggirava, goffo e ignaro, nel sottobosco, tradendosi di più a ogni mossa. Non sapeva come rimettersi di nuovo in contatto con Kehaar. Ammesso che ci riuscisse, sarebbe poi stato in grado, Moscardo, di portare i conigli alla posta una seconda volta? Forse erano stati già scoperti da Garofano, durante la ronda. Parlare con Nerigno avrebbe destato sospetti. Avvicinarsi a Kehaar avrebbe destato sospetti. Per diverse falle – più di quante potesse tapparne – il suo segreto stava colando fuori.

Il peggio doveva venire.

« Sglaili, » gli sussurrò Kaisentlaia « pensi che tu e io e Thethuthinnèa potremmo scappare stanotte? Se tu accoppi la guardia all'ingresso, puo darsi che ce la facciamo ad arrivare al sicuro prima che una pattuglia c'insegua. »

« Perché? » chiese Parruccone. « Perché me lo proponi? »

« Ho paura. Abbiamo detto tutto alle altre, capisci, poco prima della silflaia. Erano pronte a scappare non appena l'uccello avesse attaccato le sentinelle. Ma poi non è successo nulla. Sono tutte al corrente del piano, ormai – Nelthilta e le altre – e non tarderà quindi a venire alla orecchie del Gran Consiglio. Certo, gli abbiamo raccomandato di tener il segreto, ché ne va della loro vita, e gli abbiamo detto che tu tenterai ancora. Le sorveglia Thethuthinnèa, adesso, cercherà di non chiudere occhio. Ma non si possono mantener segreti, a Efrafa. Può anche darsi che una delle compagne sia una spia. Frits sa con quanta cura le abbiamo scelte, ma... Insomma, potremmo essere tutte arrestate prima di domattina. »

Parruccone cercò di riflettere. Certamente poteva riuscire a scappare di lì con un paio di femmine intelligenti e risolute. Ma la guardia – ammenoché non l'avesse uccisa – avrebbe dato l'allarme e lui poteva anche non ritrovare, al buio, la strada per il fiume. Anche in tal caso, poteva darsi che gli efrafani l'inseguissero oltre il ponte di legno, piombando all'improvviso sui suoi compagni, immersi nel sonno. Anche ammesso che tutto andasse bene, si sarebbero in tal modo procurati solo un paio di femmine... solo perché, a lui, eran ceduti i nervi. Argento e gli altri non avrebbero tenuto conto delle sue angosce, ma soltanto del fatto che era scappato.

« No, non dobbiamo ancora arrenderci » le disse, più gentilmente che poteva. « È quest'attesa, questo temporale che ti mettono sossopra così. Ascolta. Ti prometto che domani, a quest'ora, sarai via da Efrafa per sempre, e le altre con te. Adesso dormi qui, per un poco, poi andrai a dar aiuto a Thethuthinnèa. Non smettere di pensare a quelle colline di cui ti ho parlato, e a tutto il resto. Ci arriveremo... i nostri guai non dureranno ancora a lungo. »

Mentre essa si addormentava accanto a lui, Parruccone seguitava a domandarsi come avrebbe potuto mantenere la promessa. E se fossero stati svegliati dalla polizia, nel cuore della notte? In tal caso, pensò, mi batterò finché non m'avranno ridotto a brandelli. Non faranno di me un secondo Nerigno.

Al risveglio, era solo nella tana. Per un attimo dubitò che Kaisentlaia fosse stata arrestata. Ma no: certo l'Auslafà non l'avrebbe portata via così, mentre lui le dormiva accanto. Sarà uscita pian piano per tornare da Thethuthinnèa senza svegliarlo.

Mancava poco all'alba, ma l'afa non era meno oppressiva. Risalì pel cunicolo d'uscita. C'era Maggiorana di guardia, e stava sbirciando verso l'interno, inquieto, ma al suo arrivo si ricompose.

« Vorrei che piovesse, signore » gli disse. « Che si sbrigasse a venir giù. Ma il temporale non scoppierà prima di sera, ho paura. »

« Peccato, per la Marca. Oggi è l'ultimo giorno d'albaserale per noi » gli rispose Parruccone. « Vai a svegliare il Capitano Cerfoglio. Prendo io il tuo posto, qui, finché la Marca non esce. »

Partito Maggiorana, Parruccone si sedette presso la imboccatura e fiutò l'aria greve. Il cielo pareva tanto basso da toccare le vette degli alberi, le nubi erano immote, uniformi, con un fosco bagliore rossiccio a levante. Né un'allodola si levava, né un tordo cantava. Il campo innanzi a lui era deserto. Una smania di correre lo prese. In un lampo poteva arrivare al sottopassaggio. Garofano e la sua pattuglia non eran certo di ronda, con un tempo simile. Ogni creatura vivente nei campi e nei boschetti stava muta, come premuta sotto una enorme morbida zampa. Nessun animale era disposto a muoversi, perché il giorno non era propizio e gli istinti erano ottusi, non ci si poteva fidare. Era tempo di starsene agguattati, in silenzio. Ma per un fuggiasco era l'ideale. Non poteva sperare in un'occasione migliore.

« Oh Signore dagli orecchi di chiardistella, inviami un segno! » disse Parruccone.

Udì movimento nel cunicolo alla sue spalle: erano quelli dell'Auslafà che portavano su il prigioniero. Nel crepuscolo temporalesco, Nerigno appariva più malaticcio e avvilito del solito. Il suo naso era secco, gli si vedeva il bianco degli occhi. Parruccone andò a cogliere, nel campo, una boccata di trifoglio e gliela portò.

« Sta' allegro » gli disse. « Prendi un po' di trifoglietto. »

« Ciò non è consentito, signore » disse uno degli agenti.

« Oh, lascialo godere, Bartsia » disse l'altro. « Non lo vede nessuno. È dura per tutti, con quest'ariaccia, figuriamoci pel prigioniero. »

Nerigno mangiò il trifoglio. Parruccone si piazzò al solito posto. Sopraggiunse Cerfoglio, per controllare l'uscita dei suoi marchiati.

I conigli erano lenti ed esitanti, e neanche Cerfoglio sfoggiava la consueta vivacità. Non rivolse la parola a nessuno. Lasciò passare in silenzio anche Kaisentlaia e Thethuthinnèa. Invece Nelthilta si fermò davanti a lui e lo guardò con fare impudente.

« Al riparo dal maltempo, eh, Capitano? » gli disse.

« Ma tenetevi saldo. Potreste avere una sorpresa, presto. Chissà! »

« Cosa vuoi dire? » chiese Cerfoglio, brusco.

« C'è caso che le coniglie mettan l'ale e volino via, » disse Nelthilta « e presto, pure. I segreti camminano più svelti d'una talpa sottoterra. »

Seguì le altre sul campo. Per un attimo parve che Cerfoglio stesse per richiamarla.

« Mi vuoi dar un'occhiata a 'sta zampa? » gli disse Parruccone. « La sinistra di dietro. Ci ho da avere uno spino. »

« Vieni qua fuori, allora » disse Cerfoglio. « Non che la luce sia tanto migliore... »

Ma, forse perché pensava ancora alle parole di Nelthilta, era distratto: e meno male, ché lì spine non ce n'erano.

« Ah, maledizione! » esclamò, alzando la testa. « Quel dannato uccello bianco, di nuovo. Cosa viene a fare qui? »

« Perché ti dai pensiero? » domandò Parruccone. « Non fa mica nessun danno. Va in cerca di lumache. »

« Qualsiasi cosa fuor dell'ordinario è una fonte eventuale di pericolo » replicò Cerfoglio, citando Vulneraria. « E tu tienti lontano da lui, oggi, Sglaili, intesi? È un ordine. »

« Oh, va bene » disse Parruccone. « Ma senz'altro lo saprai anche tu, come si fa a cacciarli via. No? Credevo lo sapessero tutti i conigli. »

Non essere ridicolo. Non vorrai mica suggerirmi di attaccare un uccello di quelle dimensioni? con un becco grosso quanto il mio zampetto? »

« No no. Alludevo a una specie di scongiuro, che mia madre m'ha insegnato. Sai? tipo quello che fa: "Coccinella, coccinella, vola vola a casa tua". Funziona sempre. E anche questo fa effetto. Almeno, con mia madre funzionava. »

« Ma va' là! La tiritera della coccinella funziona solo perché quella, arrivata in cima allo stelo, vola via. »

« E va bene, come pare a te » disse Parruccone. « Però sei tu, che ce l'hai con quell'uccello. E io t'offrivo il modo di sbarazzartene. Ne avevamo un sacco, di codesti scongiuri e incantesimi, nella mia conigliera di prima. Vorrei solo che ne avessimo uno per sbarazzarci degli uomini. »

« Be', come fa questo scongiuro? » disse Cerfoglio. « Devi dire: "Vola, uccello bianco, via! Non tornar fino a stasera". Naturalmente, devi usare il dialetto della fratta. Non poi pretendere che capisca il lapino. Su, proviamoci, comunque. Se non funziona, pazienza. Ma se invece funziona, la Marca penserà che sei stato tu a scacciarlo. Dov'è, adesso, dov'è? Non ci si vede quasi niente, con 'sta luce. Oh, eccolo là, guarda, dietro quei cardi. Ecco, mettiti a correre. Così. Ora salti di qua, ora salti di là, ecco, così, bravissimo... raspi coi piedi... splendido... drizzi le orecchie e poi vai avanti diritto finché... Ah! ci siamo. Allora dai: "Vola, uccello bianco, via! Non tornar fino a stasera". Ecco, vedi. Ha funzionato. Ha funzionato. Di' quello che ti pare, ma, per me, questi scongiuri, queste scaramanzie, hanno un certo qual potere. Sì, può darsi che sarebbe volato via lostesso. Ma ammetterai che se n'è proprio andato. »

« Probabilmente, per le nostre capriole » disse Cerfoglio, acerbo. « Dovevamo sembrare due matti. Cosa penserà di noi la Marca? Comunque, giacché siamo qui, andiamo a fare il giro delle scolte. »

« Io mi fermo a mangiare, se non ti dispiace » disse Parruccone. « Ieri sera ho quasi saltato il pasto, sai. »

La fortuna non aveva del tutto abbandonato Parruccone. Sulla tarda mattinata, inaspettatamente, ebbe modo di parlare con Nerigno da solo. Nelle tane si soffocava, tutti avevano il respiro difficile, il polso febbrile. Stava per andare da Cerfoglio a pregarlo perché chiedesse al Gran Consiglio di concedere alla Marca un permesso speciale per trascorrere parte del giorno all'aperto, fra i cespugli, quando sentì il bisogno di far hraka. Nessun coniglio fa hraka sottoterra: e, al pari degli scolaretti, cui non si nega il permesso di andare al gabinetto – purché le richieste non siano troppo frequenti – così i conigli efrafani se ne approfittavano per pigliare una boccata d'aria nel fosso, per concedersi un piccolo diversivo. Veramente, non avrebbero dovuto uscire più spesso del necessario, però alcuni dei sorveglianti eran più di manica larga di altri. Quando Parruccone giunse presso l'uscita sul fosso, trovò due o tre giovani maschi che bighellonavano nel cunicolo. Al solito, per sostenere la sua parte in modo convincente, assunse un fiero cipiglio e domandò:

« Cosa gironzolate qui, voialtri? ».

« Ci sono gli agenti di scorta al prigioniero, là sull'uscita, signore, e loro ci hanno rimandati indietro » rispose uno di quelli. « Non lasciano uscire nessuno, pel momento. »

« Neanche per far hraka? » disse Parruccone.

« Signornò. »

Indignato, Parruccone si precipitò sull'imboccatura della galleria. Qui, gli agenti di scorta a Nerigno stavan chiacchierando con la sentinella di servizio.

« Temo che non possiate uscire, pel momento, signore » gli disse Bartsia. « C'è il prigioniero, nel fosso. Ma non resterà molto. »

« E neanch'io » disse Parruccone. « Ti vuoi togliere di mezzo? » E, spinto da parte Bartsia, balzò nel fosso.

Il cielo si era fatto anche più plumbeo e basso. Nerigno stava accosciato poco lontano, sotto un ciuffo di cicuta aglina. Gli camminavano delle mosche sui brandelli d'orecchi, ma lui non pareva farci caso. Parruccone gli andò accanto.

« Ascolta, Nerigno » gli disse, svelto. « Questa è la verità, te lo giuro su Frits e sul Coniglio Nero. Io sono un nemico segreto di Efrafa. Nessuno lo sa, tranne te adesso e alcune femmine di questa Marca. Intendo scappare insieme a loro stasera, e porterò anche te. Non devi far niente, per ora. Al momento opportuno, ti avvertirò io. Tieni pronto e fatti animo. »

Senza attendere risposta, s'allontanò, come se avesse trovato un posto migliore. Ritornò alla tana prima di Nerigno, il quale evidentemente cercava di starsene lì fuori il più a lungo che gli fosse consentito dai custodi, che neanche loro avevan troppa fretta.

« Signore, » disse Bartsia a Parruccone, quando questi varcò l'ingresso, « è questa la terza volta che ignorate, signore, l'autorità conferitami. La Polizia del Consiglio non può venir trattata in questo modo. Temo che dovrò farvi rapporto, signore. »

Parruccone passò oltre senza rispondere.

Si chiese se era il caso di recarsi da Kaisentlaia, ma poi pensò che era più prudente starne lontano. Essa sapeva cosa doveva fare, e meno li vedevano insieme meglio era. La testa gli doleva, per l'afa, e aveva voglia di star solo, in pace. Tornò nel suo covile e si addormentò.

38. IL TEMPORALE SCOPPIA

> E soffi pure il vento, ormai si gònfino
> i flutti e balli il legno! La tempesta
> è in corso e tutto è affidato al caso!
>
> SHAKESPEARE, *Giulio Cesare.*

Superfluo sarebbe, da parte mia, far notare a Vostra Eccellenza che questo vuol dir guerra.

> C. F. ADAMS, *Dispaccio al Conte Russell (1863).*

Nel tardo pomeriggio il cielo si era fatto tutto oscuro. Non ci sarebbe stato un vero e proprio tramonto. Sul sentiero erboso presso il greto del fiume, Moscardo, in angustie, cercava di figurarsi cosa stesse accadendo a Efrafa.

« T'aveva detto di attaccare le sentinelle durante il pascolo, giusto? » disse a Kehaar. « E che lui avrebbe fatto scappare le coniglie approfittando della confusione, giusto? »

« Jà, ciusto, così dici, ma nix così sucesso. Poi stamattina dici: "fàttene fia, torna stasera". »

« Quindi, intende mettere in atto stasera lo stesso piano di fuga di iersera. Il punto è: quando usciranno al pascolo? Sta già facendo scuro. Tu che ne pensi, Argento? »

« Se li conosco bene, non modificheranno i loro orari »

rispose Argento. « Ma, se pensi che potremmo non esser là in tempo, perché non andare ad appostarci fin d'ora?»

« Perché la ronda passa di continuo. Più tempo stiamo all'appostamento, più cresce il rischio. Se una pattuglia ci scopre prima che Parruccone sia in arrivo, non sarà solo questione di cavarcela noialtri. Quelli si renderanno conto che siamo lì per qualche scopo, e daranno l'allarme. Parruccone a questo punto non avrebbe più speranze. »

« Ascolta, Moscardo-rà » disse Mirtillo. « Noi dobbiamo raggiungere la strada di ferro contemporaneamente a Parruccone, e non un momento prima. Potremmo però portarci adesso di là dal fiume e attendere fra i cespugli, presso la barca. Appena Kehaar avrà volto in fuga le sentinelle, verrà ad avvertirci. »

« Sì, d'accordo » disse Moscardo. « Ma appena ci avverte, dobbiamo correre ventre a terra, ed essere subito sul luogo convenuto. Parruccone avrà bisogno di noi, non meno che di Kehaar. »

« Quanto a te, non potrai correre ventre a terra fino al sottopassaggio, » disse Quintilio « con quella zampa. Sarà meglio che tu attenda sulla barca e, intanto, rodi a metà la corda. Argento ci guiderà, se ci sarà da ingaggiare battaglia. »

Moscardo esitava. « Sarà dura, ci saranno feriti. Io non posso restarmene in disparte. »

« Ha ragione Quintilio » disse Mirtillo. « Tu ci devi aspettare sulla barca, Moscardo. Non possiamo rischiare che ti catturino gli efrafani, se resti indietro. Inoltre, è importantissimo che la corda sia rosicchiata a metà: è un lavoro delicato. Se si spezza troppo presto, siamo a terra! »

Gli ci volle del bello e del buono, per persuadere Moscardo. Alla fine si convinse, ma di malavoglia.

« Se Parruccone non si fa vivo stasera, » disse « andrò io a cercarlo, dovunque si trovi. Lo sa Frits, cosa potrebbe esser già successo. »

Quando si misero in marcia per la sponda sinistra, il vento cominciò a soffiare a raffiche intermittenti, calde, facendo stormire le piante squassate. Avevano raggiunto la passerella, quando s'udì il rimbombo d'un tuono. In quella luce strana, intensa, le rame e le foglie parevano più grandi e i campi oltre il fiume vicinissimi. La calma fra una raffica e l'altra era oppressiva.

« Lo sai, Moscardo-rà, » disse Campànula « è buffo andar a femmine in una sera come questa, giuro. »

« E sarà anche più buffo fra poco » gli rispose Argento. « Ci saranno tuoni e lampi e la pioggia a rovesci. Per carità, tutti voialtri, non lasciatevi prendere dal panico, o a casa non si torna. » Sottovoce a Moscardo soggiunse: « Sarà brutta, molto brutta, la faccenda. Non mi piace mica tanto ».

Parruccone si svegliò, sentendosi chiamare concitatamente.

« Sglaili! Sglaili! Svegliati! Sglaili! »

Era Kaisentlaia.

« Cosa c'è? Che è successo? »

« Hanno arrestato Nelthilta. »

Parruccone balzò in piedi.

« Quanto tempo fa? Come è accaduto? »

« Proprio adesso. È venuto Maggiorana nel nostro covile e ha ordinato a Nelthilta di andar subito dal Capitano Cerfoglio. Li ho seguiti. Presso la tana di Cerfoglio c'erano, ad aspettarla, due auslafani. Uno degli agenti stava dicendo a Cerfoglio: ''Più presto che potete, Capitano, non fatevi aspettare''. Poi tutt'e due hanno accompagnato fuori Nelthilta. Saranno andati al Gran Consiglio, certo. Oh, Sglaili, adesso che si fa? Quella spiffera tutto... »

« Stammi a sentire » disse Parruccone. « Non c'è un minuto da perdere. Va' a chiamare Thethuthinnèa e le altre e portale qui in questa tana. Io non sarò qui, ma dovete aspettare zitte zitte il mio ritorno. Non starò molto. Svelta, va'! Tutto dipende da questo. »

Kaisentlaia era appena scomparsa nel cunicolo, quando Parruccone udì un altro coniglio arrivare dall'opposta direzione.

« Chi va là? » disse, volgendosi.

« Cerfoglio » l'altro rispose. « Meno male che sei

sveglio. Senti, Sglaili, si preparano un sacco di rogne. Nelthilta è stata tratta in arresto dal Consiglio. Me l'aspettavo, dopo il mio rapporto di stamani a Verbasco. Le caveranno fuori quel che sa, sta' tranquillo, qualunque cosa sia. Penso che il Generale sarà qui di persona, appena appurato di cosa si tratta. Ora senti, devo correre alla tana del Consiglio, immediatamente. Tu e Gladiolo provvedete al servizio di guardia. Non c'è silflaia stasera, e nessuno deve uscire per nessunissimo motivo. Alle uscite, raddoppiare i piantoni. Hai ben capito gli ordini? Di' su! »

« Sì. E Gladiolo l'hai già avvertito? »

« Non ho avuto tempo di cercarlo. Nel suo covile non c'era. Va' tu stesso ad avvertire le sentinelle. Manda qualcuno a trovare Gladiolo e qualcun altro a dire a Bartsia che non portino su Nerigno stasera. Quindi metti più guardie che puoi a tutte le uscite, compreso quella della hraka, intesi? A quanto pare, si tratta di un complotto di fuga. L'arresto di Nelthilta è avvenuto senza il minimo chiasso, ma la notizia si diffonderà nelle tane. Se necessario, usa sistemi energici. Intesi? Io vado. »

« Intesi » disse Parruccone. « Provvedo subito. »

Seguì Cerfoglio su pel cunicolo. Di guardia sull'uscita c'era Basilico. Questi si scostò per lasciar passare Cerfoglio. Parruccone si fece a sua volta sull'ingresso e guardò il cielo coperto.

« Te l'ha detto Cerfoglio? » fece, a Basilico. « La silfllaia è anticipata, stasera, per via di questo tempaccio. Gli ordini sono che si esce subito. »

Attese la risposta di Basilico. Se Cerfoglio gli aveva già detto che non c'era invece pascolo, bisognava accopparlo. Ma Basilico disse, dopo un po': « Avete già sentito tuoni? ».

« Su, spicciati » gli disse Parruccone. « Va' giù a dire che portino Nerigno, e torna subito. Dobbiamo far sortire la Marca immediatamente, prima che attacchi a piovere. »

Basilico partì, e Parruccone tornò nella sua tana. Kaisentlaia non aveva perso tempo. Tre o quattro coniglie stavano pigiate dentro il covile e lì d'accanto, in un corridoio laterale, c'era Thethuthinnèa con diverse altre. Tutte stavano zitte, piene di spavento. E una o due erano quasi paralizzate dal terrore.

« Non è proprio il momento di andare in tzarn, questo! » disse Parruccone. « Fate come vi dico io, ne va della vostra vita. State a sentire. Fra poco saranno qui Nerigno e la sua scorta. Probabilmente Basilico li seguirà. Voi dovrete trovare una scusa per bloccarlo, dargli chiacchiera. Poco dopo udrete un tafferuglio, poiché io attaccherò i poliziotti. Allora, immediatamente, mi raggiungerete e insieme usciremo sul campo. Non fermatevi per nessun motivo. »

In quel mentre udì il rumore, inconfondibile, che annunciava l'arrivo di Nerigno e custodi. Il passo strascicato del prigioniero era diverso da qualsiasi altro. Senza attendere risposta dalle femmine, Parruccone ritornò presso l'uscita del cunicolo. Ed ecco arrivare i tre in fila indiana, con Bartsia in testa.

« Ho paura che v'ho fatto venir su per niente » disse Paruccone. « M'hanno appena avvertito che la silflaia è stata disdetta per stasera. Date un po' un'occhiata fuori, capirete perché. »

Quando Bartsia si fece sulla soglia, Parruccone si inserì rapidamente fra lui e Nerigno.

« Eh sì sì, ci sarà un bel temporale, » disse Bartsia « ma non avrei pensato... »

« Dai, Nerigno! » gridò Parruccone e balzò su Bartsia da dietro.

Bartsia cadde giù a bocca in avanti dalla soglia, con Parruccone sopra. Non per nulla era un agente dell'Auslafà: si rivelò ottimo lottatore. Appena ruzzolati in terra, Bartsia volse la testa e affondò i denti nella spalla di Parruccone. Era addestrato a non mollar la presa, a nessun costo. Più d'una volta in passato quella tecnica gli aveva giovato. Ma, con un avversario della taglia e del coraggio di Parruccone, si rivelò uno sbaglio. Sarebbe stato meglio tenersi a una certa distanza e usare gli unghioli. Bartsia invece tenne duro coi denti come un cane mastino e Parruccone, ringhiando, portò avanti entrambe le zampe posteriori, affondò i piedi nel fianco di Bartsia e poi, senza badare al dolore alla spalla, si spinse in su. Sentì i denti serrati di Bartsia lacerargli la carne, strapparne un brandello, ma poi si trovò sopra l'avversario che, a terra, scalciava alla disperata. Parruccone saltò fuori tiro. Bartsia aveva certo un'anca fratturata. Si dibatté, ma non riuscì a rialzarsi.

« E ritieniti fortunato, » disse Parruccone, sanguinante, imprecando, « che non t'accoppo. »

Senza aspettar di vedere quello che Bartsia avrebbe fatto, si riimbucò nella galleria. Trovò Nerigno alle prese con l'altro poliziotto. E Kaisentlaia stava sopraggiungendo, alle loro spalle, seguita da Thethuthinnèa. Parruccone mollò alla guardia una tremenda sventola fra capo e collo, che lo sbatté per terra, nella nicchia. Si tirò su, ansante, e fissò Parruccone senza una parola.

« Non muoverti » questi gli disse. « Sennò è peggio per te. Nerigno, sei a posto? »

« Sì signore, » questi rispose « ma che si fa adesso? »

« Seguimi. Seguitemi tutti. Avanti! »

Li guidò fuori. Di Bartsia, nessun segno. Volgendosi, per accertarsi che gli altri lo seguissero, Parruccone intravide il muso sbigottito di Gladiolo che sbirciava dall'altra galleria.

« Ti vuole il Capitano Cerfoglio » gli gridò, mettendosi a correre per il campo.

Quando fu presso il cespuglio di cardo dove aveva parlato a Kehaar la mattina, si udì bubbolare il tuono, di là della valle, e caddero le prime gocce d'acqua, grosse e calde. Lungo l'orizzonte occidentale le nuvole più basse formavano un'unica massa violacea, contro la quale gli alberi lontani si stagliavano nettissimi. Gli orli superiori si levavano nella luce, come una catena di aspre montagne. Color rame, senza peso né moto, facevano pensare alla fragilità del vetro o del gelo. Certo, a un nuovo scoppio di tuono, avrebbero vibrato, tentennato e sarebbero andate in frantumi; e schegge minute, aguzze come ghiaccioli, sarebbero cadute scintillando, dopo tanto sconquasso. Parruccone correva, in quella luce ocra, spinto da una frenetica energia. Nella estrema tensione, non sentiva la ferita alla spalla. La tempesta stava dalla sua.

La tempesta avrebbe sconfitto Efrafa.

Si era già inoltrato per un bel pezzo nel vasto campo, e cercava d'avvistare il sottopassaggio, quando sentì i primi segnali d'allarme, dati percuotendo il terreno. Si arrestò, si guardò intorno. Non si erano sbandati. Le coniglie – quante che fossero – lo seguivano da presso, ma allargandosi a ventaglio. Infatti, i conigli in fuga tendono a distanziarsi l'uno dall'altro. Se, fra lì e la strada ferrata, c'era una pattuglia di ronda, non sarebbero potuti passare senza perdite, ammenoché non avessero serrato le file. Bisognava quindi radunarsi, a costo di perder tempo. Poi gli venne un altro pensiero. Se riuscivano a portarsi fuori di vista, avrebbero messo in difficoltà gli inseguitori: sotto la pioggia e con poca luce non è facile seguire una pista.

La pioggia era infittita, e il vento si stava levando. Verso ponente, una siepe tagliava il campo per lungo, andando verso la strada di ferro. Vide Nerigno poco lontano e gli corse accanto.

« Tutti sull'altro lato di quella siepe, tutti » gli disse. « Radunane più che puoi e conducile di là dalla fratta. »

Gli passò per la mente che Nerigno era all'oscuro di tutto: sapeva solo che si scappava. Non c'era tempo di dargli spiegazioni, però, su Moscardo e sul fiume e così via.

« Punta dritto su quel frassino, » gli disse « e raduna tutte le femmine che incontri. Passate sull'altro lato della siepe. Io vi raggiungo subito. »

In quel momento arrivavano di corsa Kaisentlaia e Thethuthinnèa, verso di loro, seguite da due o tre compagne. Erano frastornate, incerte.

« I segnali d'allarme, Sglaili! » ansimò Thethuthinnèa. « Arrivano! »

« Correte, allora! » disse Parruccone. « Statemi appresso, tutte! »

Correvan più veloci di quanto non avesse osato sperare. Si diressero verso il frassino, e altre s'aggregarono al drappello. Ora potevano sbaragliare una pattuglia, ammenoché non fosse molto numerosa. Passati sull'altro lato della fratta, presero a correre rasente a essa giù per il pendio, verso sud, con Parruccone in testa. Di fronte a lui c'era il sottopassaggio, nella scarpata erbosa. Ma chissà se Moscardo era là! E Kehaar, poi, dov'era?

« Bene, Nelthilta, e poi? cosa doveva succedere, dopo? » domandò il Generale Vulneraria. « Bada di dirci tutto, perché noi già sappiamo molte cose. » Poi, al capo dell'Auslafà: « Lasciala stare, Verbasco. Non può parlare, se seguiti a picchiarla, stupido ».

« Kaisentlaia diceva... oh! oh!... diceva che un grosso uccello avrebbe attaccato le sentinelle dell'Ausla, » ansimò Nelthilta « e che avremmo approfittato della confusione per scappare. E poi... »

« T'ha detto che un *uccello* avrebbe attaccato le sentinelle? » l'interruppe Vulneraria, perplesso. « Stai dicendo la verità? Che genere d'uccello? »

« Non... non lo so » balbettò Nelthilta. « Il nuovo ufficiale... Lei mi ha detto che lui aveva detto all'uccello... »

Vulneraria si rivolse a Cerfoglio: « e tu, cosa ne sai di questo uccello? »

« Io ho fatto rapporto, signore » disse Cerfoglio. « Non vi scorderete che io, signore, ho fatto rapporto in merito all'uccello e... »

Si udì un trapestio, fuori della tana del Consiglio, poi entrò Gladiolo trafelato.

« Quel nuovo ufficiale, signore! » gridò. « È fuggito! Si è portato dietro una quantità di femmine della Marca. Ha aggredito Bartsia e gli ha spezzato una zampa. Anche Nerigno si è dato alla fuga. Non abbiamo avuto modo di fermarli. Lo sa il cielo, in quanti sono! E Sglaili li guida, Sglaili! È tutto opera sua! »

« Sglaili! » gridò Vulneraria. « Embliri Frits, l'*acceco* non appena l'acciuffo. Cerfoglio, Verbasco, Gladiolo – sì, e anche voialtri due – venite con me. Da che parte s'è diretto? »

« Giù per la discesa, signore » rispose Gladiolo.

« Fa' strada, mostraci da che parte è andato » disse Vulneraria.

Uscendo dalla Crixa, gli ufficiali efrafani ebbero un moto di sgomento, di fronte a quel cielo cupo e alla pioggia che ormai scrosciava. Ma la vista del Generale era ancora più spaventosa. Soffermatisi solo per battere il segnale d'allarme, gli tennero dietro, in direzione della strada ferrata.

Ben presto rinvennero tracce di sangue che la pioggia non aveva ancora cancellato, e quelle li condussero fino al frassino, nella siepe a ponente della conigliera.

Parruccone, sbucato dal sottopassaggio, oltre la ferrovia, si drizzò e si guardò intorno. Nessun segno di Moscardo, neanche l'ombra di Kehaar. Per la prima volta, dall'inizio dell'azione, si sentì turbato e incerto. Forse Kehaar non aveva compreso il messaggio enigmatico rivoltogli quella mattina. O che fosse capitata qualche disgrazia a Moscardo e compagni? Che fossero morti?... sgominati?... dispersi? Senza di loro, lui e la sua squadra di femmine avrebbero vagato per la campagna finché le pattuglie non gli sarebbero state addosso.

No, non andrà a finire così, disse a se stesso Parruccone. Nella peggiore delle ipotesi, possiamo attraversare il fiume e nasconderci nella boscaglia. Accidenti a questa spalla! Dà più noia di quanto non pensassi lì per lì. Insomma, cercherò di condurle perlomeno al ponte di legno. Se non ci raggiungono presto, può darsi che la pioggia poi sgomenti gli inseguitori. Ne dubito, però.

Si rivolse alle coniglie in attesa sotto l'arcata. Quasi tutte erano in stato di sbigottimento. Kaisentlaia aveva promesso loro che sarebbero state difese da un grande uccello e che il nuovo ufficiale aveva escogitato uno stratagemma per eludere l'inseguimento, un'astuzia che avrebbe fatto fesso lo stesso Generale. Queste cose non erano accadute. Esse erano fradice di pioggia. Rivoli d'acqua scorrevano nel sottopassaggio dove la terra diventava fango. Di fronte a loro, nulla si vedeva, tranne un sentiero che, fra le ortiche, portava a un altro campo, vasto e deserto.

« Su, avanti » disse Parruccone. « Non è lontano, ormai. Poi saremo al sicuro. Da questa parte. »

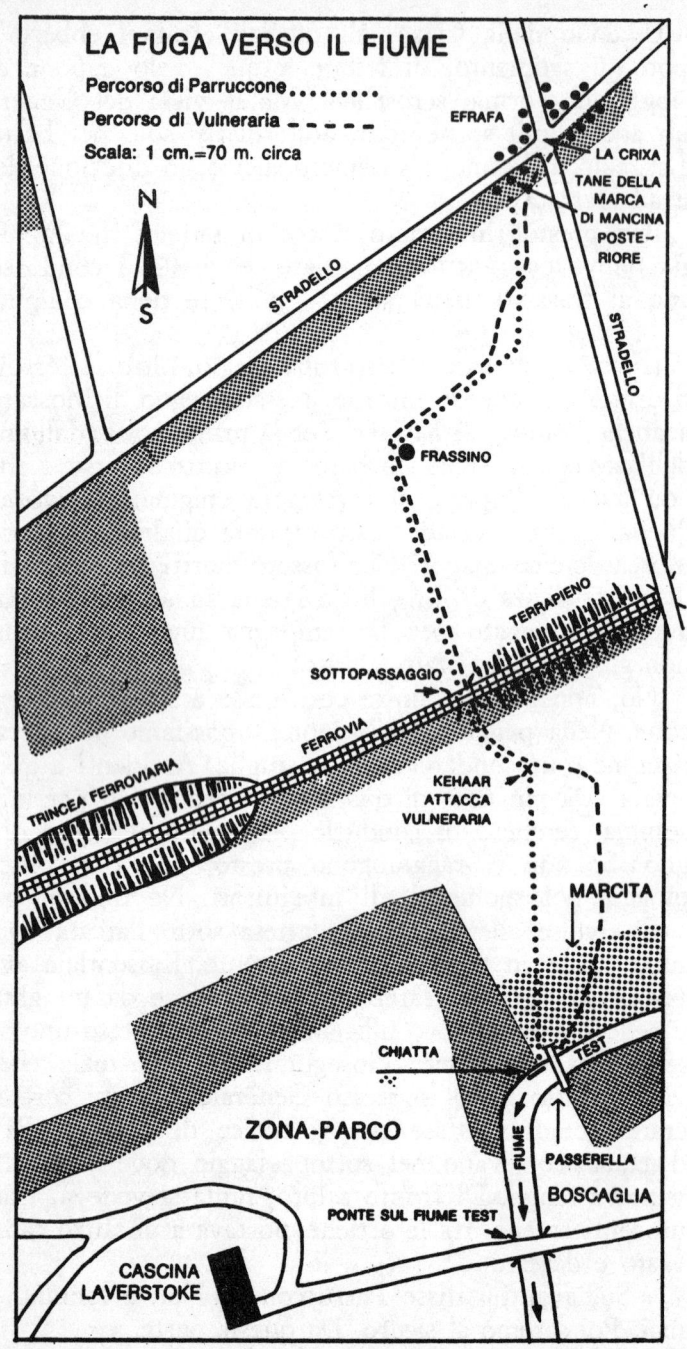

LA FUGA VERSO IL FIUME

Percorso di Parruccone . . . .
Percorso di Vulneraria _ _ _ _
Scala: 1 cm.=70 m. circa

N
S

STRADELLO

EFRAFA

LA CRIXA

TANE DELLA
MARCA
DI MANCINA
POSTE-
RIORE

STRADELLO

FRASSINO

TERRAPIENO

SOTTOPASSAGGIO

FERROVIA

TRINCEA FERROVIARIA

KEHAAR
ATTACCA
VULNERARIA

MARCITA

CHIATTA

TEST

ZONA-PARCO

FIUME

PASSERELLA

BOSCAGLIA

PONTE SUL FIUME TEST

CASCINA
LAVERSTOKE

370

Le coniglie l'ubbidirono all'istante. Disciplina pronta e assoluta, a Efrafa, pensò Parruccone, tetramente, mentre quelle, uscite di sotto l'arcata, venivano investite dalla pioggia.a torrenti.

Lungo il lato del campo, accanto a un filare di olmi, i trattori avevano battuto un ampio sentiero, in discesa, verso la marcita: lo stesso sentiero che lui aveva percorso in senso inverso tre sere avanti, dopo aver lasciato Moscardo presso la barca. Adesso si era fatto fangoso – poco piacevole per dei conigli – ma perlomeno conduceva dritto al fiume e, lì, Kehaar poteva avvistarli facilmente, se si faceva vivo.

Si era appena rimesso a correre, quando un coniglio gli fu alle calcagna.

« Fermati, Sglaili! Cosa fai qui? Dove stai andando? »

Parruccone s'aspettava d'incontrare Garofano, e aveva deciso di accopparlo, se necessario. Ma adesso che se lo vedeva al fianco, imperterrito sotto la pioggia e fra il fango, padrone di sé, alla testa della sua pattuglia – non più di quattro elementi – nel folto di una banda di fuggiaschi disperati, pronti a tutto, provò solo il rimpianto che essi fossero nemici. Gli sarebbe piaciuto, invece, di portare Garofano con sé, via da Efrafa.

« Vattene! » gli disse. « Non tentare di fermarci, Garofano! Non mi va d'accopparti. »

Poi, rivolto a Nerigno: « Fa' serrare le file! Se si sbandano, la pattuglia gli salta addosso ».

« Arrenditi » gli disse Garofano, seguitando a rincorrerlo. « Non ti perderò di vista, ovunque andrai. È in arrivo una pattuglia antifuggiaschi. Ho udito il segnale. Come arrivano, non avrete scampo. E tu sanguini già malamente. »

« Maledizione a te! » esclamò Parruccone, colpendolo. « Anche tu sanguinerai, e presto pure! »

« Lasciatelo a me, signore » gli disse Nerigno. « Non mi batterà una seconda volta. »

« No. » rispose Parruccone « sta solo cercando di farci rallentare. Correte, correte! »

« Sglaili! » chiamò d'un tratto Thethuthinnèa, alle sue spalle. « Arriva il Generale! Che si fa? »

371

Parruccone si volse a guardare. Era, invero, una vista da infondere terrore nel più prode dei cuori. Vulneraria era sbucato dal sottopassaggio in testa ai suoi seguaci e correva alla loro volta, solo, ringhiando di rabbia. Lo seguiva, distanziata, la pattuglia. Una rapida occhiata, e Parruccone riconobbe Cerfoglio, Gladiolo e Gramigna. Con loro, diversi altri, fra cui un grosso coniglio dall'aria feroce, che indovinò fosse Verbasco, il capo della polizia politica, l'Auslafà. Gli passò per la mente che − s'egli fosse scappato da solo − l'avrebbero lasciato perdere, contenti addirittura di liberarsi di lui a buon prezzo. L'alternativa era venir ucciso. In quella Nerigno disse:

« Non c'è scampo, signore. Avete fatto del vostro meglio, ma è andata male. Venderemo cara la pelle. Ne stenderemo un paio sul terreno, prima che sia finita. Alcune di queste femmine son capaci di battersi, alle strette. »

Parruccone strofinò, rapidamente, il naso sull'orecchio mutilato di Nerigno, poi si drizzò sui quarti posteriori, attendendo a piè fermo Vulneraria.

« Sporca bestiaccia » questi gli disse. « Hai aggredito un nostro poliziotto e gli hai spezzato una gamba. Faremo i conti qui. Non occorre riportarti a Efrafa. »

« Fatti sotto, allora, su, brutto schiavista fesso nel cervello, » rispose Parruccone « e provaci. »

« Basta così » disse Vulneraria. « Avanti, voi. Verbasco, Garofano... atterratelo. E gli altri, che radunino le femmine e le riportino alle tane. Il prigioniero, poi lasciatelo a me. »

« Frits ti vede! » gridò Parruccone. « Non sei degno di chiamarti coniglio! Possa Frits fulminarti, te e la tua Ausla di smargiassi! »

In quell'attimo un lampo abbagliante squarciò l'orizzonte. La siepe e gli alberi lontani parvero sussultare, balzar su, alla livida luce improvvisa. Subito dopo s'udì il tuono: uno schianto scrosciante, come se qualche grossa cosa si sfasciasse lassù, uno scoppio che si ripercosse e incupì rotolando, con enorme fragore distruttivo. Poi la pioggia venne giù a cateratte. In pochi secondi il terreno si ricoprì d'acqua, sul pelo della quale ribollivano a miriadi minuscoli zampilli. Stupefatti e costernati, incapaci di muoversi, i conigli restarono inerti, zuppi, rannicchiandosi, come inchiodati a terra dalla pioggia.

E Parruccone udì, nel suo cervello, una vocina: La tempesta è con te, Sglaili-rà. Approfittane!

Ansante, si tirò su e sospinse Nerigno con la zampa. « Muoviti » gli disse. « Tirati dietro Kaisentlaia e le altre. Presto! Si va. »

Scosse la testa, tentando di sgrullare via la pioggia che l'accecava. Ed ecco che non c'era più Nerigno, acquattato di fronte a lui, ma bensì Vulneraria, intriso d'acqua e di fango, che lo fissava con occhi di fuoco, raspando nella melma con i suoi potenti artigli.

« T'ammazzerò io stesso » disse Vulneraria.

I suoi lunghi denti davanti erano scoperti, come le zanne d'una pantegana. Parruccone lo guardava spaventato. Sapeva che Vulneraria stava per saltargli addosso e, sfruttando il vantaggio del peso, avrebbe scelto il corpo a corpo. Lui doveva evitare la stretta e giocare d'unghioli. Fece per indietreggiare e sentì la fanghiglia slittargli sotto i piedi. Perché mai Vulneraria non saltava? Poi s'accorse che l'altro aveva distolto lo sguardo da lui, per fissarlo su un punto più in alto, oltre lui, su qualcosa che lui non poteva vedere. Poi d'un tratto Vulneraria diede un balzo all'indietro e in quell'attimo, nello scroscio della pioggia che tutto avviluppava, si udì un rauco stridore.

« Yark! Yark! Yark! »

Un qualcosa di bianco e di grosso si abbatté su Vulneraria, che, tutto rattrappito, si proteggeva il capo come meglio potesse. Poi era sparito, per riprendere quota e virare, nella pioggia.

« Sighnor Parucone, arrifa i nostri! »

Tutto prese a turbinare intorno a Parruccone come in sogno. Le cose che si susseguivano erano, adesso, sconnesse. I suoi sensi, frastornati. Udì l'acuto strido di Kehaar che di nuovo si buttava in picchiata su Verbasco. Sentiva la pioggia penetrargli, gelida, nella ferita aperta. Attraverso la cortina d'acqua intravide Vulneraria indietreggiare, e incitare i suoi a ritirarsi, a cercar scampo nel fosso al margine del campo. Intravide Nerigno colpire Garofano e Garofano darsi alla fuga. Poi qualcuno accanto a lui diceva: « Ehilà Parruccone. Parruccone! Cosa vuoi che facciamo? » Era Argento.

« Dov'è Moscardo? » egli domandò.

« Ci aspetta alla barca. Ehi, ma tu sei ferito! Cosa... »

« Avanti, su, conduciamo là le femmine » disse Parruccone.

Tutto era confusione. A una, a due per volta, le coniglie – scombussolate, incapaci d'intendere e, quasi, di muoversi – vennero sospinte, incamminate giù per la discesa. Altri conigli comparvero in mezzo al diluvio: Ghianda, pieno di spavento ma deciso a non scappare; Dente di Leone che incoraggiava Nicchio; Lampo e Smerlotto che si dirigevano verso Kehaar: l'unico punto di riferimento, al di sopra del suolo sconvolto. Parruccone e Argento li radunarono alla meglio e fecero loro capire che bisognava, tutti, aiutare a portar via le femmine.

« Là, dove sta Mirtillo! Da quella parte, là, dov'è Mirtillo! » ripeteva Argento. « Ho lasciato tre o quattro conigli scaglionati, lungo il percorso, per ritrovar la strada » spiegò poi a Parruccone. « Prima Mirtillo, quindi Campanella, infine Quintilio... ch'è il più vicino al fiume. »

« Ah, eccolo qua, Mirtillo » disse Parruccone.

E Mirtillo scosso da brividi: « Ce l'hai fatta, Parruccone! È stata brutta, eh? Santo cielo, la tua spalla... »

« Non è ancora finita, però. Son passati tutti oltre? »

« Tu sei l'ultimo. Ora andiamo. Questa tempesta mi terrorizza. » Kehaar si posò accanto a loro. E disse:

« Sighnor Parucone, io attacca kvei tannati conighli, ma lori no fucce, lori nasconde in fosso. Io no achiappa lori in fosso. Lori afanza, fiene oltre dentro fosso. »

« Non desistono mai » disse Parruccone. Poi soggiunse: « Te l'assicuro io, Argento, ci assaliranno ancora. La marcita offre molti ripari, e ne approfitteranno. Ehi, Ghianda, vieni via di là vicino al fosso! ».

« Là, dove sta Campanulà! Là, raggiungete Campànula! » incitava Argento, correndo intorno al branco.

Ritrovarono Campànula presso la siepe in fondo al campo. Aveva gli occhi bianchi, era pronto a scappare.

« Argento, » disse « ho visto un branco di conigli...
efrafani, senz'altro... sbucar fuori dal fosso laggiù e dirigersi verso la marcita. Ce li abbiamo alle spalle, adesso. Uno era il più grosso coniglio che abbia mai visto. »

« Non restare lì, allora » disse Argento. « Ecco là Lampo. E chi è quell'altro? È Ghianda. Con due femmine. Siamo tutti. Vieni presto. »

Mancava poco, ormai, al fiume, ma, fra i giuncheti, fra i cespugli di càrici, fra le pozzanghere, era quasi impossibile orientarsi, per loro. Aspettandosi da un momento all'altro di venir attaccati, arrancavano e s'arrabattavano, nell'intrico della vegetazione, spronando i loro compagni, sospingendo le femmine. Senza Kehaar avrebbero probabilmente perso ogni contatto fra di loro e forse mai raggiunto il fiume. Il gabbiano seguitava a volare avanti e indietro, in linea retta, fino al greto, posandosi di tanto in tanto per guidare Parruccone verso qualche coniglia sbandata che rischiava di smarrirsi.

« Kehaar » disse Parruccone, mentre aspettavano che Thethuthinnèa li raggiungesse attraverso un cespuglio di ortiche semicoricate, « vedi un po' se riesci ad avvistare gli efrafani. Non devon esser distanti. Ma perché non attaccano? Siamo tanto sparpagliati che potrebbero infliggerci gravi perdite. Cosa staranno preparando? »

Kehaar fu di ritorno di lì a poco.

« Lori nascosti a ponto. Tutti sotto cespughli. Io fola passo passo, kvello crosso salta su per compattere. »

« Sul serio? » disse Parruccone. « Ne ha del fegato, quel bruto! Questo non si può negare. »

« Lori pensa foi trafersa fiumo là, o sinnò seque creppo. Lori no conosc' parca. Foi ficino parca adesso. »

Arrivò Quintilio, di corsa fra i cespugli.

« Già ne abbiamo fatta salire qualcuna sulla barca, Parruccone, » disse « ma le altre non si fidano. Chiedono dove sei tu. »

Parruccone lo seguì e sbucarono sul sentiero erboso lungo il greto. La superficie dell'acqua ammiccava e ribolliva sotto la pioggia. Il fiume non s'era molto ingrossato, ancora. La barca era al solito posto: un'estremità sul greto, l'altra nella corrente. Moscardo stava accovacciato sul bordo, da questa parte, con gli orecchi penzoloni e la pelliccia nera tant'era zuppa. Stringeva la corda tesa tra i denti. Ghianda, Kaisentlaia e altri due stavano accucciati presso di lui, ma gli altri erano sparsi sul greto qua e là. Mirtillo cercava invano di persuadere le femmine a salire sulla barca.

« Moscardo non si fida mi mollare la corda » disse a Parruccone. « L'ha già molto sfinata. Queste femmine son buone a dirmi solo che sei tu, il loro comandante. »

Parruccone si rivolse a Thethuthinnèa.

« È questo il trucco magico. Falle salire, su. Kaisentlaia è già là, non vedete? Presto, su, tutte quante! E alla svelta! »

Prima ch'essa potesse rispondere, un'altra femmina lanciò uno strillo di paura. Un po' più a valle, Garofano e la sua pattuglia eran sbucati dai cespugli e avanzavano per il sentiero. Dalla parte opposta stavano arrivando Verbasco, Cerfoglio e Gramigna. La coniglia scappò allora verso il folto di arbusti alle sue spalle. Prima che lo raggiungesse, Vulneraria le si parò davanti. S'impennò e le assestò una violenta percossa sul muso. La coniglia fece di nuvo dietrofront e corse, ciecamente, fino alla barca, vi saltò dentro.

Parruccone si rese conto che, dopo aver subìto l'attacco a sorpresa di Kehaar nel campo, Vulneraria non solo aveva mantenuto il controllo dei suoi subalterni ma aveva anche escogitato un piano, e l'aveva messo in pratica. Il temporale e l'arduo percorso avevano sconvolto e disorganizzato i fuggiaschi, ritardandone lo spostamento. Vulneraria, dal canto suo, aveva guidato i propri conigli nel fosso, servendosi di questo come di un camminamento per raggiungere la marcita, al riparo dagli attacchi di Kehaar. Di là, aveva raggiunto la passerella – della quale senz'altro conosceva l'esistenza – e predisposto un agguato. Ma, non appena intuito che i fuggiaschi, per chissà qual motivo, non erano diretti su quel ponte, aveva ordinato a Garofano di spostarsi a semicerchio nel sottobosco, riguadagnare il greto più a valle e tagliar loro la ritirata. Garofano aveva eseguito l'ordine senza errore né ritardo. Ora Vulneraria intendeva dar battaglia, lì sul greto. Sapeva che Kehaar non poteva esser dovunque, eppoi il sottobosco offriva ripari, per schivarlo, se alle strette. È vero: i suoi avversari erano in soprannumero, due volte tanti, ma gran parte di essi lo temevano e nessuno era all'altezza di un ufficiale degli auslani di Efrafa. Ora che li aveva messi con le spalle al fiume, li avrebbe divisi, per ucciderne il più possibile. Gli altri, volti in fuga, andassero pure alla malora loro.

Parruccone cominciava a capire come mai gli ufficiali di Vulneraria gli fossero tanto fedeli e combattessero con tanto ardimento per lui.

Non è mica un coniglio, costui, pensò. La fuga è l'ultima cosa che gli venga in mente. Se avessi saputo, tre giorni fa, quel che so adesso, mi sa tanto che non sarei andato a Efrafa. Non avrà mica anche intuito la faccenda della barca? Non mi sorprenderebbe.

Partì di scatto e saltò sul bordo della chiatta, accanto a Moscardo.

La comparsa di Vulneraria aveva ottenuto quel che a Mirtillo e Quintilio non era riuscito. Dalla prima all'ultima, le femmine balzarono sulla barca. Mirtillo e Quintilio, dietro. Vulneraria, inseguendoli, giunse fino sull'orlo del greto, e qui si trovò a muso a muso con Parruccone. Questi non si ritrasse. Alle sue spalle, udì Mirtillo sussurrare, concitato, a Moscardo:

« Dente di Leone non c'è. Manca solo lui. »

Moscardo parlò per la prima volta. « Ci toccherà lasciarlo a terra. È un peccato, ma costoro fra un momento ci saltano addosso e non possiamo fermarli. »

Parruccone parlò senza togliere gli occhi di dosso a Vulneraria: « Solo qualche minuto, Moscardo. Li tengo a bada io. Den' di Leone non l'abbandoniamo ».

Vulneraria ghignò. « Io mi sono fidato di te, Sglaili. E tu devi credere a me, adesso. O vi buttate a fiume, o sarete fatti a pezzi – qui – dal primo all'ultimo. Non potete trovar scampo nella fuga. »

Parruccone aveva adocchiato Dente di Leone che faceva capolino dal sottobosco di rimpetto. Era atterrito.

Vulneraria gridò: « Verbasco! Gramigna! Venite qui

accanto a me. Appena ve lo dico, li assaliremo. Quanto a quell'uccellaccio, non è pericoloso... »

« Eccolo là! » gridò Parruccone.

Vulneraria guardò su, fece un balzo all'indietro. Dente di Leone schizzò fuori dai cespugli, attraversò il sentiero e, fulmineo, saltò sulla barca accanto a Moscardo. In quell'attimo stesso la corda si spezzò e, immediatamente, la minuscola chiatta prese a muoversi lungo il greto, portata dalla corrente. Percorsi pochi metri, la poppa lentamente si rigirò, finché l'imbarcazione venne a trovarsi di traverso alla corrente. In quella posizione si portò alla deriva verso il centro del fiume e quindi imboccò l'ansa, verso sud.

Volgendosi a guardare, l'ultima cosa che Parruccone vide fu la faccia del Generale Vulneraria che, con gli occhi sgranati, si sporgeva dal varco, fra i falaschi della riva, dove prima posava la prua della barchetta. Gli ricordò lo sparviero che, sul Colle Watership, aveva mancato per un pelo quel topo, piombando sulla bocca della tana.

PARTE QUARTA

Moscardo-rà

39. I DUE PONTI

Balla, barcaiolo, canta,
D'ogni colore fanne, barcaiolo,
Barcaiolo, canta e balla.
Balla sotto le stelle, fino all'alba,
Rincasa con le belle, domattina.
Dai, oh, rema, barcaiolo, dai oh!
Navigando sul grande fiume Ohio.

Canzone folk americana.

Su un qualsiasi altro fiume, il piano di Mirtillo non avrebbe funzionato. La chiatta non si sarebbe staccata dalla riva o, sennò, si sarebbe arenata o incagliata fra le erbacce, fra le canne. Ma lì, sul fiume Test, non c'erano tralci sommersi, né banchi di ghiaia, né piante acquatiche affioranti. Da una sponda all'altra la corrente, regolare e invariata, fluiva a passo d'uomo o anche più rapida. La chiatta scivolava via liscia, a velocità costante una volta guadagnato il centro del fiume.

I conigli per lo più non avevano idea di cosa stesse succedendo. Le femmine efrafane non avevano mai visto un fiume, e sarebbe stato al di là delle capacità di un Nicchio, di uno Smerlotto, spiegar loro che erano a bordo d'una barca. Essi stessi – al pari della maggior parte dei loro compagni – si erano fidati di Moscardo e gli avevano obbedito. Ma tutti – maschi e femmine – si rendevano conto che Vulneraria e i suoi seguaci eran svaniti. Spossati, dopo tante fatiche e paure, zuppi di acqua, i conigli stavan lì rannicchiati in silenzio, incapaci di altro sentimento che un ottuso sollievo, privi perfino dell'energia di chiedersi come sarebbe andata a finire.

Che provassero sollievo (ottusamente o meno) era logico ma anche, date le circostanze, sorprendente: dimostrava come non si rendessero conto della loro situazione e quanto grande fosse la paura che ispirava Vulneraria, sicché essergli sfuggiti rappresentava la più gran fortuna. La pioggia cadeva ancora. Ma tanto erano bagnati che non la sentivano più. Tuttavia erano scossi da brividi di freddo e appesantiti dal pelame zuppo. La chiatta conteneva due o tre dita d'acqua. C'era un unico piccolo madiere ed era sommerso. Appena imbarcati, nella gran confusione, parecchi dei conigli si eran ritrovati fra quell'acqua, sul fondo del natante; però adesso se n'eran tirati fuori, sistemandosi o a poppa o a prua, mentre Thethuthinnèa e Lampo stavano accovacciati sullo stretto banco del rematore, al centro. A parte la scomodità, erano in balìa degli elementi. E non avevano, infine, alcun modo per governare il battello, né sapevano dove stessero andando. Ma questi ultimi eran guai al di là del comprendonio di tutti, tranne di Moscardo, Quintilio e Mirtillo.

Parruccone era crollato e giaceva su un fianco, esausto, accanto a Moscardo. Il febbrile coraggio che l'aveva portato da Efrafa al fiume era svanito e la spalla ferita aveva cominciato a dolergli atrocemente. Nonostante la pioggia e il dolore che gli pulsava lungo la zampa, era pronto ad addormentarsi lì dov'era, sdraiato sulle tavole. Aprì gli occhi, guardò Moscardo.

« Non lo rifarei, Moscardo-rà » gli disse.

« Mica occorre rifarlo » gli rispose Moscardo.

« È stato un azzardo. C'era una probabilità su mille. »

« I figli dei nostri figli udranno una bella storia » disse Moscardo, citando un proverbio dei conigli. « Chi t'ha fatto quella ferita? È brutta. »

« Mi sono battuto con uno dell'Auslafà. »

« Uno di che? » Quel termine era ignoto a Moscardo.

« Una sporca bestiaccia come Huffa » disse Parruccone.

« L'hai sconfitto? »

« Oh sì, sennò non sarei qui. Penso che quello smetterà di correre. Dico, Moscardo-rà, ci siam presi le femmine. Cosa accadrà, adesso? »

« Non lo so. Ce lo dovranno dire i nostri conigli sapienti. E Kehaar. Ma... dov'è finito? Lui se ne dovrebbe intendere, di quest'affare su cui galleggiamo. »

Dente di Leone, accovacciato presso Moscardo, si alzò, all'allusione ai « conigli sapienti », andò a chiamare Mirtillo e Quintilio e tornò con loro.

« Tutti quanti ci chiediamo cosa succede adesso » disse Moscardo.

« Be', » rispose Mirtillo « suppongo che prima o poi andremo a incagliarci su una riva, e potremmo sbarcare e cercarci un riparo. Non ci nuocerà, comunque, metter molta distanza fra noi e quegli amici di Parruccone. »

« Ci può nuocere, però, » disse Moscardo « star incastrati qui, ben in vista e senza poter scappare. Se ci vede un uomo, guai. »

« Agli uomini non piace la pioggia » disse Mirtillo. « E manco a me, s'è per questo. Ma, ora come ora, ci protegge. »

In quel momento Kaisentlaia, che gli stava proprio dietro, sobbalzò, guardò su.

« Scusate, signore, se v'interrompo, » disse, come se parlasse a un ufficiale di Efrafa, « ma l'uccello – l'uccello bianco – sta venendo verso di noi. »

Kehaar volava basso nella pioggia, da valle, e si posò sul bordo della chiatta. Le femmine più vicine si ritrassero, nervosamente.

« Sighnor Moscardo, ponto arrifa. No fede tu ponto? »

I conigli non s'erano accorti di star navigando accanto al sentiero che avevano percorso quella sera, prima del temporale. Dato che si trovavano dalla parte opposta della cortina di piante riparie, tutto il fiume gli sembrava differente. Ma ora videro, non molto avanti, il ponte che avevano attraversato quattro giorni prima, al loro arrivo nella zona. Quello lo riconobbero subito, perché aveva il medesimo aspetto che visto dalla riva.

« Forse passa sotto ponto, forse no » disse Kehaar. « Ma si foi sta cussì, kvai, spatte testa. »

Il ponte s'allungava da sponda a sponda, fra due basse spallette. Non formava un'arcata. Pòggiava su travate di ferro, diritte e parallele alla superficie dell'acqua, da cui distava circa venti centimetri. Appena in tempo Moscardo capì cosa intendeva Kehaar. Se la chiatta passava sotto il ponte, senza incagliarsi, ci passava pelo pelo. Chiunque si trovasse sopra il livello dei bordi, sarebbe stato urtato, forse scaraventato in acqua. Allora, guadò l'acqua caldiccia che riempiva la curvatura della carena e, facendosi largo fra i conigli accovacciati, gridò loro:

« Tutti sul fondo! Tutti giù, sul fondo della barca! Argento, Smerlotto... tutti quanti! Presto! Fregatevene, dell'acqua. E tu là... come ti chiami? Ah, Nerigno. Datti da fare, anche tu. Su, spingetele tutte sul fondo. Sbrigarsi! sbrigarsi! ».

I conigli efrafani gli obbedirono prontamente. Vide Kehaar levarsi in volo, scomparire oltre il parapetto di legno. Le spallette di cemento aggettavano da entrambe le sponde, quindi il fiume si restringeva e la corrente acquistava velocità sotto il ponte. La chiatta, che finora avanzava di traverso, girò su se stessa e si mise per dritto, sicché Moscardo perdette l'orientamento: non era più rivolto verso il ponte, adesso, bensì verso una sponda. Mentre esitava, il ponte parve venirgli addosso, come neve che slitta da un ramo, ma in una massa nera. Si appiattì contro la carena. S'udì uno strillo, e un coniglio gli cadde sopra. Poi un violento urto fece vibrare tutto il fasciame della chiatta, ne rallentò l'andatura. A ciò seguì un sordo grattìo. Si fece buio, apparve un soffitto, molto basso. Per un momento a Moscardo parve di trovarsi sottoterra. Poi il soffitto scomparve, la chiatta riprese a navigare come prima ed egli udì Kehaar chiamare. Eran di là dal ponte e procedevano ancora verso valle.

Il coniglio che gli era cascato addosso era Ghianda. Aveva sbattuto contro il ponte ed era andato a zampe all'aria. Ma, benché stordito e ammaccato, non aveva niente di rotto.

« Non sono stato abbastanza svelto Moscardo-rà » gli disse. « Dovrei andare a Efrafa, per un po'. »

« Saresti sprecato » gli disse Moscardo. « Ma mi pare che laggiù ci sia qualcuno che ha avuto meno fortuna di te. »

Una delle coniglie, infatti, non s'era buttata in tempo sul fondo della barca, e una trave del ponte l'aveva percossa sulla schiena. Era ferita, ma impossibile dir quanto gravemente. Moscardo vide che Kaisentlaia le stava accanto, e poiché non poteva esser d'aiuto, preferì lasciarle sole. Girò lo sguardo sui suoi compagni, trementi, arruffati, poi guardò Kehaar, lindo e arzillo sulla poppa.

« Qui bisogna approdare, Kehaar » gli disse. « Come si fa? I conigli non son nati per navigare, sai. »

« Tu non ferma parca, nix. Ma jè antro ponto ancora. Kvello foi ferma. »

Non c'era altro da fare che attendere. Seguitarono ad andar con la corrente e arrivarono a un'altra ansa. Il fiume piegava adesso a ovest. La corrente non diminuiva e il battellino compì la curva quasi al centro del fiume, girando su se stesso. I conigli, spaventati da quel ch'era successo a Ghianda e all'altra coniglia, restavano acquattati sul fondo, tutti avviliti, a guazzo. Moscardo si portò sulla prua e guardò innanzi a sé.

Il fiume si allargava, la corrente si faceva meno rapida. Si rese conto che la loro velocità era scemata. La sponda più prossima era alta, e gli alberi vi crescevano folti, ma la riva più lontana era pianeggiante e sgombra. Si stendeva erbosa e soffice, come i galoppatoi tosati sul Colle Watership. Moscardo sperava che la corrente, in qualche modo, li portasse da quella parte. Ma la chiatta seguitava tranquilla a procedere proprio al centro del fiume, assai largo in quel tratto. La riva erbosa terminò ben presto, e adesso c'eran alberi su entrambe le sponde. Più a valle il fiume un po' si restringeva e c'era il ponte di cui aveva parlato Kehaar.

Era vecchio, in muratura, rivestito di edera, di valeriana, di cimbalaria viola rampicante. Le sue quattro arcate, ben discoste dalle sponde, erano basse, e l'acqua arrivava a meno di trenta centimetri dal loro culmine. I piloni non facevano aggetto, ma addossato a ciascuno c'era un piccolo cumulo di detriti, dal quale di continuo si staccavano canne e sarmenti, per essere trascinati oltre, sotto il ponte.

Era chiaro che la chiatta si sarebbe arrestata contro quei piloni. Quando furono vicini, Moscardo si ributtò sul fondo della barca. Ma stavolta non ce n'era bisogno. Di fiancata, la chiatta andò a cozzare, pian piano, contro due dei piloni e s'arrestò, inchiodata saldamente di traverso al vano d'un'arcata centrale. Non poteva procedere oltre.

Avevano percorso meno di mezzo miglio, in poco più di quindici minuti.

Moscardo si sporse dalla bassa murata e guardò verso monte. Sotto di lui, la corrente s'increspava, ostacolata dal natante incagliato. Si era troppo lontani per poter saltare sulla riva, eppoi entrambe le sponde erano scoscese. Guardò in su. La muraglia saliva a perpendicolo e, fra lui e il parapetto, correva una sporgenza: impossibile arrampicarsi su.

« Cosa si fa, Mirtillo? » domandò, portandosi sulla prua, presso l'anello cui era annodato il mozzicone sfilacciato di cima d'ormeggio. « Tu ci hai imbarcati su 'st'affare. Come ne sbarchiamo? »

« Non lo so, Moscardo-rà. Potevamo arrestarci in vari modi, però questo non l'avevo previsto. Ci toccherà buttarci a nuoto. »

« A nuoto? » disse Argento. « Non mi sorride tanto, Moscardo-rà. Lo so, le rive non son tanto distanti. Ma guardate che razza di corrente. Ci trascinerà via, prima che approdiamo, giù per queste gallerie sotto il ponte. »

Moscardo cercò di guardare sotto l'arcata. C'era poco da vedere. Quella buia galleria non era lunga; più o meno quanto la chiatta. L'acqua era liscia, non pareva ci fossero ostacoli, ostruzioni, e di spazio ce n'era, fra il pelo dell'acqua e la volta, per la testa d'un animale che nuota. Ma il vano era così stretto che non si riusciva a vedere nulla di là dal ponte. La luce declinava. Acqua, foglie verdi, il mobile riflesso delle foglie, i minuscoli zampilli della pioggia, e un affare misterioso che pareva star ritto sull'acqua ed esser fatto di righe verticali, grigie: altro non si discerneva. La pioggia echeggiava cupamente sotto la volta. E il rumore che essa rimandava, così risonante, così diverso da qualsiasi rimbombo in un tunnel sotterraneo, era sconcertante. Moscardo guardò Mirtillo, poi Argento.

« Siamo in un bel pasticcio. Qui non possiamo restare, ma non vedo via d'uscita. »

Kehaar comparve sul parapetto, sopra le loro teste, si sgrullò la pioggia dalle ali, calò sulla chiatta.

« Jè finito con parca » disse. « Cosa spetta? »

« Ma come arriviamo alla riva, Kehaar? » disse Moscardo.

Il gabbiano si stupì. « Cane nota, topo nota. Foi no nota? »

« Sì, sappiamo nuotare, per brevi distanze. Ma le sponde qui sono troppo ripide per noi, Kehaar. La corrente ci trascinerà oltre queste gallerie e non sappiamo cosa c'è di là dal ponte. »

« Di là puono. Usce fôri molto bene. »

Moscardo era smarrito. Cosa arguire da ciò? Kehaar non era mica un coniglio. Capirai! lui era abituato alla Gran Acqua e questa, al confronto, era una bazzecola. Lui non parlava molto e quel poco che diceva era sempre limitato, il più semplice possibile, poiché non conosceva il lapino. Si prodigava per loro perché gli avevano salvato la vita ma – Moscardo lo sapeva – non poteva far a meno di sprezzarli in quanto creature timorose, inermi, sedentarie e incapaci di volare. Intendeva dire che il fiume di là era « puono » da un punto di vista conigliesco? che oltre il ponte la corrente era pigra, la sponda bassa, tale da offrire un facile approdo? Era troppo sperar tanto. Forse voleva dire, semplicemente, che si sbrigassero e si provassero un po' a fare ciò che a lui riusciva tanto facile. Questo era più probabile. Metti che uno di loro si buttasse, si facesse trascinar dalla corrente... in che modo poteva avvertire i compagni, se non poteva tornare indietro?

Il povero Moscardo si guardò intorno. Argento stava leccando la spalla ferita a Parruccone. Mirtillo, agitatissimo, non faceva che scendere e salire sul banco trasversale, coi nervi tesi, in preda alle stesse angustie di Moscardo. Questi esitava ancora. Kehaar emise un gracchio.

« Yark! Tannati conighli niente capisc'! Garda, como io fa. Garda! »

Goffamente si lasciò tonfare in acqua dalla bassa murata. La chiatta stava proprio sull'imbocco dell'arcata. Galleggiando come un'anatra, il gabbiano scivolò dentro il tunnel e scomparve. Moscardo aguzzò gli occhi, ma lì per lì non riuscì a veder nulla. Poi distinse la sagoma di Kehaar contro la luce dell'opposta uscita. Una volta di là, si volse e scomparve dal ristretto campo visivo.

« Questo cosa dimostra? » disse Mirtillo, battendo i denti. « Lui può sollevarsi a volo, lui dispone di lunghe zampe e piedi palmati. Mica è pieno di brividi, lui, e appesantito dal pelame zuppo. »

Kehaar ricomparve sul parapetto.

« Fai, adesso » disse, laconico.

Ma Moscardo non sapeva decidersi. La zampa aveva ripreso a dolergli. E a veder Parruccone seminconscio, al limite della sopportazione, indifferente ed estraneo – Parruccone, nientemeno – il coraggio gli diminuì anche di più. Sapeva di non averne abbastanza per tuffarsi. Era più forte di lui. Scivolò sulle tavole lisce e, mentre si raddrizzava, si trovò Quintilio accanto.

« Vado io » questi gli disse, calmo. « Non c'è niente da temere. »

Appoggiò gli zampetti davanti sul bordo della prua. In quell'istante, i conigli s'irrigidirono, tutti quanti. Una delle femmine scalpitò contro la carena, fra l'acqua che vi stagnava. Da su in alto s'udì un rumore di passi... voci d'uomini... l'odore di bastoncini bianchi che bruciano.

Kehaar spiccò il volo. Non un coniglio si muoveva. I passi si fecero più vicini, le voci più distinte. Ora erano sul ponte, distavano non più dell'altezza d'una fratta. Dal primo all'ultimo, i conigli furon presi dall'istinto di scappare, di rimpiattarsi sotterra. Moscardo incontrò lo sguardo di Kaisentlaia, con tutta la sua forza di volontà le ordinò di star ferma. Le voci, l'odore degli uomini, del loro sudore, del cuoio, dei bastoncini bianchi, il dolore alla zampa, un tunnel gorgogliante.. aveva già conosciuto tutto ciò. Come potevano non vederlo? Per forza l'avrebbero visto. Era ai loro piedi. Era ferito. Stavano venendo a prenderlo.

Poi i rumori e gli odori s'allontanarono, l'eco dei passi si spense. Gli uomini avevano passato il ponte senza sporgersi dal parapetto. Erano svaniti, adesso.

Moscardo tornò in sé. « Ora è detta. Bisogna tutti buttarsi a nuoto » disse. « Avanti, Campanella, tu che sei un coniglio d'acqua. Seguimi. » Si portò presso il bordo, sul banco centrale.

Si trovò Nicchio alle costole.

« Presto, Moscardo-rà » questi gli disse, tutto tremante. « Vengo anch'io. Solo spicciamoci. »

Moscardo chiuse gli occhi e si lasciò cadere in acqua. Come nell'Enborne, provò subito una gelida trafitta. E, insieme, avvertì il traino della corrente. Si sentiva rapire da una forza simile a quella d'un gran vento, ma liscia e silenziosa. Veniva trascinato irresistibilmente per un freddo soffocante cunicolo, senza che i piedi potessero far presa. Pieno di paura, annaspò, pagaiò, sollevò la testa, respirò a fondo, raspò con gli unghioli contro ruvidi mattoni sommersi, li perdette di nuovo, sempre in balìa della corrente. Poi questa rallentò, il cunicolo scomparve, l'oscurità cedette alla luce e c'erano di nuovo foglie e cielo sopra il suo capo. Sempre annaspando, andò a cozzare contro qualcosa di resistente, ne rimbalzò, ci sbatté di nuovo, poi per un istante toccò terra sotto le zampe. Arrancò oltre e s'accorse che stava avanzando fra una densa fanghiglia. Si trovava su un viscido banco. Sostò, ansante, per qualche minuto poi si pulì il muso, aprì gli occhi. La prima cosa che vide fu Nicchio, impiastricciato di fango, che strisciava verso il greto, poco lontano da lui.

Pieno di gioia e fiducia, immemore dei trascorsi terrori, Moscardo strisciò vicino a Nicchio e insieme a lui s'infilò nel sottobosco. Non disse nulla, né Nicchio pareva aspettarsi che lui parlasse. Dal riparo di un ciuffo d'erba quattrina, guardarono il fiume di nuovo.

L'acqua, di qua dal ponte, formava un'ampia insenatura calma e profonda. Su entrambe le sponde, alberi e sottobosco crescevano folti. Lì c'era una specie di palude ed era difficile dire dove finisse l'acqua e cominciasse la boscaglia. Ciuffi di piante spuntavano nell'acquitrino e intorno alle secche. Il fondo era formato di fine mota, sulla quale erano ancora visibili i solchi lasciati dai due conigli nel risalire a riva. In senso diagonale, attraverso quell'ampio specchio d'acqua – dalla spalletta del ponte sull'opposta sponda fino a un punto un po' più in basso di dov'erano loro su questa riva – correva una grata di sottili sbarre di ferro piantate verticalmente. Quando le ripe del fiumé venivan potate, tralci e canne portate a valle dalla corrente in ammassi e grovigli, dai tratti rettilinei e pescosi superiori, venivan trattenuti da quello sbarramento e poi rastrellati, da uomini in stivali da padule, per farne concime. Sulla sponda sinistra sorgeva un'enorme catasta di erbacce marcescenti, fra gli alberi. Era un luogo lussureggiante di vegetazione, pieno d'odori putridi, umido e chiuso.

« E bravo il vecchio Kehaar! » disse Moscardo, osservando soddisfatto quella fetida solitudine. « Avrei dovuto dargli più fiducia. »

Mentre così diceva, un terzo coniglio sbucò nuotando di sotto il ponte. Alla vista di colui, che annaspava nella corrente come una mosca in una ragnatela, furono entrambi presi da paura. Sì: guardare qualcuno in pericolo equivale, quasi, a condividerlo. Il coniglio andò a cozzare anche lui contro la grata, si spostò lungo essa alla deriva, trovò piede e strisciò fuori dall'acqua torbida. Era Nerigno. Si sdraiò su un fianco, senza accorgersi di Moscardo e Nicchio finché questi non gli si accostarono. Dopo un po' cominciò a tossire, vomitò un po' d'acqua, si raddrizzò.

« Ti senti bene? » domandò Moscardo.

« Più o meno » rispose Nerigno. « Ma ne abbiamo ancora per molto, stasera, signore? Sono stanco morto. »

« No, puoi riposarti adesso. Ma perché ti sei arrischiato, così, da solo? Noi potevamo essere annegati e tutto, per quel che ne sapevi. »

« Credevo che aveste dato un ordine » replicò Nerigno.

« Capisco. Be'... a questa stregua qui, troverai che noialtri siamo un branco di lavativi. C'eran altri che parevan sul punto di tuffarsi? »

« Penso siano un po' innervositi » rispose Nerigno. « Non si può mica fargliene una colpa. »

« No, ma il guaio è che può succedere di tutto » disse Moscardo, in angustie. « Possono andare in tzarn, restando là. Posson tornare gli uomini. Se potessimo avvertirli che tutto va bene... »

« Io penso che si possa, signore » disse Nerigno. « Se non mi sbaglio, basterebbe risalire su quel greppo e poi scendere giù dall'altra parte. Volete che vada? »

Moscardo restò sbigottito. A quel che gli risultava, costui era un reietto, a Efrafa, un prigioniero, neppure membro dell'Ausla a quanto pare... e un attimo fa diceva di esser esausto. Lui doveva mostrarsi all'altezza.

« Andiamo tutt'e due » gli disse. « Tu, Hlao-rù, resta qui e sta' all'erta. Se tutto va bene, cominceranno ad affluire fra poco, gli altri. Dagli una zampa, se necessario. »

Moscardo e Nerigno s'inoltrarono nel sottobosco, che grondava acqua. In cima alla ripa, scoscesa, correva uno stradello erboso, che incrociava poi il ponte. S'inerpicarono in cima all'argine e s'affacciarono, cauti, dall'erba folta del bordo. Il sentiero era deserto, non si udiva o fiutava alcunché. Lo percorsero e raggiunsero il ponte. Oltre esso, l'argine scendeva quasi a perpendicolo fino al fiume sottostante, per circa due metri. Nerigno si buttò per la discesa senza esitazione. Moscardo lo seguì più lentamente. Proprio ai piedi del ponte, fra questo e un roveto più su, c'era un piccolo promontorio. L'estremità di esso distava un paio di metri dalla chiatta bloccata fra i due piloni irti d'erbacce recise.

« Argento! Quintilio! » chiamò Moscardo. « Avanti, tutti in acqua. Di là dal ponte c'è un buon approdo. Che si gettino in acqua le femmine, prima. Non c'è tempo da perdere. Posson tornare gli uomini. »

Non fu facile impresa ridestare le coniglie dal loro sbigottito torpore e far loro intendere quel che dovevan fare. Argento andava dall'una all'altra. Dente di Leone, appena visto Moscardo, già s'era tuffato. Lampo l'imitò. Quintilio stava per seguirlo ma Argento l'arrestò.

E rivolto a Moscardo gli disse: « Se i nostri vanno

avanti, queste femmine restano sole, e poi come se la cavano? ».

« Ubbidiranno subito a Sglaili, signore » disse Nerigno, prima che Moscardo potesse rispondere. « Gli dia l'ordine lui, di gettarsi. »

Parruccone stava ancora a mollo sul fondo della chiatta, dove s'era coricato quand'erano arrivati al primo ponte. Sembrava dormire. Quando Argento l'ammusò, sollevò la testa e si guardò intorno come abbacinato.

« Ehilà, Argento » disse. « Ho paura che 'sta spalla sarà una seccatura. E ci ho un freddo cane, pure. Dov'è Moscardo? »

Argento gli spiegò. Parruccone si tirò su, con sforzo, e videro che ancora sanguinava. Zoppicò fino al banco trasversale e vi si issò.

Disse: « Kaisentlaia, le tue compagne più di così non possono infradiciarsi. Bisogna che si gettino in acqua, subito. A una a una, un po' distanziate, così non si urteranno e graffieranno a vicenda, mentre nuotano ».

Nonostante quel che aveva detto Nerigno, ci volle parecchio tempo, prima che tutte si decidessero a lasciare la barca. In totale c'erano dieci femmine (benché i conigli non sapessero contarle) e, se un paio di loro ubbidirono subito, le altre, troppo esauste, non riuscivano neppure a muoversi o sennò s'arrestavano sul bordo, guardando l'acqua come ebeti. Ci volle del bello e del buono per indurle a tuffarsi. E ogni tanto Parruccone ordinava a uno dei maschi di dar loro l'esempio. In tal modo presero il via Smerlotto, Ghianda e·Campànula, intervallati fra le femmine. La coniglia ferita, Thraiollosa, era molto malconcia e l'accompagnarono Mirtillo e Thethuthinnèa, nuotando una avanti e l'altro dietro.

Al calar della notte la pioggia cessò. Moscardo e Nerigno tornarono di là dal ponte, ridiscesero dall'argine. Il cielo si andava rasserenando, il maltempo s'allontanava verso est, non c'era più quell'afa oppressiva. Ma era già fu-Inlé quando, finalmente, anche Parruccone passò a nuoto oltre il ponte, con Argento·e Quintilio. Riusciva a malapena a tenersi a galla e, quando cozzò contro lo sbarramento, si rovesciò sul ventre, come un pesce morto. La corrente lo sospinse nelle secche e Argento l'aiutò a tirarsi fuori dal fango. Moscardo e altri l'aspettavano, premurosi. Ma lui tagliò corto ai complimenti alla vecchia sua maniera da smargiasso.

« Largo, largo, toglietevi di mezzo. Ho voglia di dormire, adesso, Moscardo. E Frits l'aiuti, chi me l'impedisce. »

« Da noi usa così » disse Moscardo, allo sbigottito Nerigno. « Ti ci abituerai, dopo un po'. Ora cerchiamoci un posticino asciutto, e vediamo di fare una dormita pure noi. »

Ogni lembo di terreno asciutto, nel sottobosco, era già occupato, gremito di conigli che dormivano esausti. Dovettero cercare un bel pezzo, alla fine trovarono un tronco abbattuto. Era scortecciato nella parte inferiore. Strisciarono sotto i rametti e si rannicchiarono contro il legno liscio, ricurvo, nella cunetta, che ben presto riscaldarono coi loro corpi, e subito si addormentarono.

40. LA VIA DEL RITORNO

« Madama Cicoria, Madama Cicoria,
Qui sull'uscio c'è un lupo maligno!
Ha le zanne aguzze aguzze
E un famelico sogghigno! »

« Macché, fata bugiarda! Che cosa dici mai! »
Invece un lupo c'era, e affamato assai.

WALTER DE LA MARE,
Madonna Cicoria [1].

La prima cosa che Moscardo apprese, l'indomani, fu che Thraiollosa era morta durante la notte. Thethuthinnèa

---

[1] *Dame Hickory*. Veramente l'*hickory* è una varietà di noce americano ("Vecchio Hickory" era il nomignolo del Presidente Jackson). Si è tradotto per consonanza e non per significato.

era disperata. Thraiollosa era una delle più assennate e robuste delle sue compagne ed era stata lei a persuaderla alla fuga. Lei l'aveva aiutata a riprendere terra dopo la traversata del ponte, e le si era coricata accanto. Sperava che si potesse riprendere, dopo un buon sonno. Invece, al risveglio, s'accorse che Thraiollosa accanto a lei non c'era più. Dopo lunghe ricerche, l'aveva trovata stesa fra le gramigne, in un punto più a valle. Sentendosi morire, la povera creatura si era allontanata, secondo il costume di tanti animali.

Quella notizia depresse Moscardo. Sì, li aveva aiutati la fortuna a portar via tante femmine da Efrafa, e a sfuggire a Vulneraria senza combattere. Il piano di fuga era eccellente, ma il temporale l'aveva sconvolto e l'accanimento degli efrafani quasi fatto fallire. Nonostante il coraggio di Parruccone e Argento, senza Kehaar avrebbero perso la partita. Ora Kehaar li lasciava. Parruccone era ferito. A lui, la zampa dava noia. Con le femmine da sorvegliare, non potevano mica viaggiare veloci, allo scoperto, come all'andata. Gli sarebbe piaciuto accamparsi lì, dov'erano, per qualche giorno, per dar modo a Parruccone di guarire e alle coniglie efrafane di assuefarsi alla vita selvatica. Ma quel luogo era troppo inospitale. Di ripari ne offriva, però era eccessivamente umido per dei conigli. Inoltre, era molto vicino a una strada che – si sentiva – era più trafficata di quante altre ne avessero incontrate. Dalla mattina a buon'ora ci passavano hrududil, in continuazione. Quella strada distava di lì, pressappoco, l'ampiezza di un piccolo campo. Quei rumori e quegli odori disturbavano i conigli, specie le femmine. Ora, la morte di Thraiollosa peggiorava le cose. Spaventate, incapaci di nutrirsi, le coniglie vagavano qua e là, annusavano la compagna morta, bisbigliavano fra loro, in quell'ambiente così strano e ignoto.

Moscardo si consultò con Mirtillo. Questi gli fece notare che gli uomini non avrebbero tardato a trovare la barca. E allora diversi di loro si sarebbero aggirati per un pezzo nei paraggi. Questo convinse Moscardo che bisognava sloggiare al più presto, arrivare in qualche posto dove potessero riposarsi a miglior agio. L'udito e il fiuto gli dicevano che la palude si estendeva per un lungo tratto, sulla sponda del fiume. Poiché la strada si trovava a sud, l'unica era dirigersi a nord, di là dal ponte: ch'era poi la via di casa.

Portando con sé Parruccone, s'inerpicò sull'argine, fino al sentiero erboso. Qui giunti, videro Kehaar che beccava lumache in un cespuglio di cicuta, presso il ponte. Gli andarono accanto e, senza parlare, si misero a brucare fra l'erbetta.

Dopo un po' il gabbiano disse: « Foi adesso afete moghli, sighnor Moscardo. Tutto a posto, eh? »

« Sì. Non ce l'avremmo mai fatta senza di te, Kehaar. Tu sei intervenuto giusto in tempo per salvare Parruccone, ieri sera. »

« Kvesto prutto conighlio, crosso crosso, lui no fucce, lui attacca. Anche me. Molto prafo, jà. »

« Sì, ma s'è preso una strizza pure lui 'na volta tanto. »

« Jà jà. Presto vomi arriva, kvi. Cosa foi folete fare? »

« Intendiamo tornare a casa, Kehaar, se ci arriviamo. »

« Kvi finito per io. Io returna Crande Akvua. »

« Ci rivedremo ancora, Kehaar? »

« Foi returna collina? Resta là? »

« Sì, là è la nostra casa. Sarà dura la strada del ritorno. Siamo in tanti. E bisognerà anche evitare le pattuglie efrafane. »

« Foi là returna. Dopo fiene inferno, crande freddo, sempre crande purrasca, là a Crande Akvua. Allora io returna. Io fiene trofa foi dofe foi fife, jà. »

« Non mancare, di venirci a trovare, allora, intesi? Ti aspetteremo » disse Parruccone. « Scendi in picchiata come ieri sera. »

« Jà jà, spafenta tutte moghli e conighli picolini. Tutti picoli Paruconini fucce fucce. »

Inarcate le grandi ali, Kehaar si sollevò in aria. Volò oltre il parapetto del ponte, poi descrisse un'ampia virata a sinistra e tornò sopra il sentiero erboso, dove planò fino a sfiorare le teste dei due conigli. Emise uno dei suoi rauchi stridi, poi puntò verso sud. Lo seguirono con lo sguardo, finché fu scomparso di là dagli alberi.

« Vola! Vola, uccello bianco, via! » disse Parruccone.

« Sai? M'ha messo la voglia di volare, pure a me. La Gran Acqua! Mi piacerebbe vederla. »

Mentre seguitavano a guardare dalla parte donde era scomparso Kehaar, Moscardo notò per la prima volta una casetta rustica, al termine di quel sentiero, dove l'erba scendeva in pendio verso la strada. Un uomo, badando di non far rumore, si sporgeva dalla siepe e li guardava attentamente. Allora Moscardo scalpitò poi fuggì rapido fra i cespugli della palude, con Parruccone alle calcagna.

« Lo sai quello a cosa pensa? » disse Parruccone. « Pensa ai frutti del suo orto. »

« Lo so » disse Moscardo. « E non riusciremo a tenerne lontani i nostri, appena lo scoprono. Meglio andarcene al più presto. »

Di lì a poco i conigli si rimettevano in cammino, attraverso il parco, diretti a nord. Parruccone non tardò a rendersi conto che non avrebbe retto a un lungo viaggio. La ferita gli doleva e il muscolo della zampa non poteva fare sforzi prolungati. Moscardo zoppicava ancora. Le coniglie, nonostante la buona volontà e l'obbedienza, non eran certo abituate a far vita da hlessil.

Fu un periodo molto duro.

Nei giorni che seguirono – di sereno e bel tempo – Nerigno ebbe modo più volte di mostrare il suo valore. Moscardo arrivò a far assegnamento su di lui come sui propri veterani. Aveva più risorse di quanto non si potesse pensare. Quando Parruccone aveva deciso di liberarlo dalla prigionia, a Efrafa, era stato guidato soltanto da un senso di pietà, per quel disgraziato, vittima dei sistemi spietati di Vulneraria. Risultò invece che Nerigno – non più soggetto a umiliazioni e maltrattamenti – era un coniglio fuor dell'ordinario. Anche la sua storia era insolita.

Sua madre non era nativa di Efrafa. Vi era stata condotta prigioniera, insieme a tanti altri, quando Vulneraria aveva espugnato la conigliera del Bosco di Nutley. Lì era divenuta la compagna di un capitano dell'Ausla. Questi era stato ucciso, in missione di pattuglia. Orgoglioso di suo padre, Nerigno era cresciuto sognando di diventare anche lui un auslano. Ma insieme a questo sogno –

paradossalmente – nutriva anche, per via di sua madre, un certo risentimento verso Efrafa, e ciò gli impediva una piena sottomissione. Il Capitano Malvone, alla cui Marca – quella di Dritta Anteriore – era stato assegnato per prova, non mancò di lodare il suo coraggio e la sua resistenza, ma notò anche come fosse di indole orgogliosa e poco docile. Quando al Fianco Destro ci fu bisogno di un giovane ufficiale subalterno che aiutasse Cerfoglio, venne prescelto Gladiolo. Nerigno non la mandò giù. Conosceva il suo valore ed era convinto che l'origine forestiera di sua madre aveva influito sulla scelta del Gran Consiglio, sfavorevole a lui. A questo punto, pieno di rancore per i torti subiti, aveva conosciuto Kaisentlaia e si era fatto amico e consigliere delle femmine scontente del suo gruppo, nella Marca di Dritta Anteriore. Aveva cominciato a sollecitarle affinché si rivolgessero al Consiglio, per cercar di ottenere il permesso di andarsene da Efrafa. Pensava, in caso di riuscita, di chiedere a sua volta il consenso di seguirle.

Fallito quel tentativo, cominciò a meditare la fuga. Dapprima pensava di portare delle femmine con sé, ma poi i suoi nervi, tesi al limite – come anche era accaduto a Parruccone – di fronte ai rischi e alle incognite d'una congiura, avevano ceduto, e la cosa si era risolta in un colpo di testa: la fuga solitaria, bloccata da Garofano. Fiaccato dai castighi inflittigli, si era avvilito fino a divenire l'apatico relitto che tanta pietà aveva ispirato a Parruccone. Ma, non appena ricevuto da quest'ultimo, nel fosso della hraka, quel messaggio di speranza, aveva ritrovato l'antico coraggio – non era da tutti – e si era sentito subito disposto a correr l'alea di un nuovo tentativo di fuga.

Ora, libero fra quei liberi stranieri, metteva al loro servizio le sue notevoli capacità di ben addestrato efrafano. Pronto all'obbedienza, non esitava a dar suggerimenti, a mettere i compagni sull'avviso, abilissimo nelle perlustrazione e nel notare segni di pericolo. Moscardo, sempre disposto ad ascoltare quei consigli che gli sembrassero sensati, spesso gli dava retta e lasciava che Parruccone – verso il quale Nerigno, ovviamente, nutriva un enorme rispetto – lo dissuadesse lui, ogni qual volta si lasciasse troppo trascinare dal proprio zelo, generoso ma talvolta un po' ingenuo.

Dopo due o tre giorni di lento e prudente cammino, con frequenti soste in nascondigli improvvisati, giunsero in vista della Cintura di Cesare, ma in un punto assai più occidentale che all'andata: nei pressi di un macchione che sorgeva su una piccola altura. Era di pomeriggio, tutti erano stanchi, e, dopo aver pascolato (« Ogni giorno silflaia serale, come ci avevi promesso », diceva Kaisentlaia a Parruccone) Lampo e Campànula proposero di sostare in quella macchia un paio di giorni, scavandosi qualche tana sotto gli alberi, dove il suolo era adatto. Moscardo era propenso a dir di sì, ma Quintilio invece nicchiava.

« Lo so che abbiam bisogno di riposo, Moscardo-rà, ma questo posto mi sorride poco » disse. « Il perché non lo so, ma cercherò di capirlo. »

« Io ti prenderei in parola, per me » disse Moscardo. « Ma ho paura che, stavolta, non riuscirai a dissuadere gli altri. Un due o tre di quelle femmine sono, come direbbe Kehaar, "pronte per moghli". Ed è questa la vera ragione per cui Campanella e compagni han proposto di far tappa e di darsi la briga di scavare. Penso, comunque, che andrà tutto bene. Lo conosci anche tu, il detto, no? Sottoterra il coniglio non corre alcun periglio. »

« Be'... forse hai ragione tu » disse Quintilio. « C'è quella Vilturilla ch'è una bella coniglietta. Non mi dispiacerebbe, d'aver modo di conoscerla meglio. Dopo tutto, non è mica naturale, pei conigli, fare simili marce forzate, nevvero? »

Più tardi, tuttavia, al suo ritorno da una perlustrazione effettuata insieme a Dente di Leone di propria iniziativa, Nerigno avanzò dal canto suo più precise riserve.

« Non è un buon posto per far tappa, questo, Moscardo-rà » disse. « Nessuna Pattuglia a Largo Raggio bivaccherebbe qui. È terreno da volpi. Sarà meglio rimetterci in marcia prima di scuro. »

A Parruccone la spalla aveva dato molto fastidio quel

giorno e lui si sentiva di umor nero, irritabile. Gli parve che Nerigno volesse fare il bravo, a spese altrui. Se la spuntava, tutti dovevan rimettersi in marcia, stanchi com'erano, finché non fossero arrivati in un luogo « accettabile » in base ai criteri efrafani. Là non sarebbero stati più al sicuro di qui, ma Nerigno avrebbe fatto la figura del più bravo della classe, per averli salvati da una volpe che esisteva soltanto nella sua fantasia. I suoi sfoggi di abilità esplorativa cominciavano a essere uno strazio. Era ora che qualcuno lo sgonfiasse un tantino.

« Di volpi, posson essercene dovunque, sugli altipiani » disse, burbero. « Perché questa sarebbe più terra di volpi di altre zone qui intorno? »

Il tatto era una qualità che Nerigno non teneva in maggior pregio del suo interlocutore. E qui gli diede la risposta meno diplomatica possibile: « Perché, non saprei dirlo. È una mia impressione, ecco. Ma è difficile spiegare su che cosa si basi ».

« Ah! Un'impressione, eh? » sghignazzò Parruccone. « Hai visto della hraka? Fiutato qualche traccia? O te l'ha detto un sorcettino verde che cantava sotto un fungo velenoso? »

Nerigno ci restò mortificato. Parruccone era l'ultimo con cui volesse litigare.

« Mi pigliate pe' stupido allora » rispose, e il suo accento efrafano si era fatto più marcato. « No, non ho visto hraka né fiutato altre tracce. Eppure sono sempre più convinto che questo è un posto dove la volpe ci bazzica. Quando si andava di pattuglia, noi... »

« E tu, hai visto qualcosa? hai fiutato qualcosa? » domandò Parruccone a Dente di Leone.

« Hm... be', io... non saprei » questi rispose. « Voglio dire, Nerigno se n'intende di perlustrazioni... e m'ha chiesto, a un certo punto, se non mi pareva che... »

« Bah! possiamo andare avanti tutta notte, a questo modo » disse Parruccone. « Lo sapevi, Nerigno, che non molto tempo fa, prima che avessimo il prezioso ausilio della tua preziosissima esperienza, noi abbiamo camminato per giorni e giorni, attraverso ogni tipo di terreno – campi, brughiere, boschi, colline – senza perdere neanche un coniglio? »

« Non mi convince l'idea di metterci a scavare, ecco » disse Nerigno, in tono di scusa. « I cunicoli freschi si notano, eccome. E scavare si sente da molto lontano, da non credere. »

« Lascialo perdere » disse Moscardo a Parruccone, prima che questi replicasse ancora. « Non l'hai mica portato via da Efrafa per strapazzarlo. Senti Nerigno, credo che spetti a me, la decisione. Secondo me, hai ragione a dire che corriamo un certo rischio. Ma di rischi ne correremo ogni momento, finché non saremo di ritorno a casa. Poiché siamo tutti molto stanchi, ritengo che tanto valga fermarci qui un giorno o due. Dopo staremo meglio. »

All'ora del tramonto erano stati scavati abbastanza covi. L'indomani, tutti quanti si sentivano assai meglio, dopo una notte trascorsa sottoterra. Come Moscardo aveva previsto, si eran formate alcune coppie, c'era stata qualche baruffa, ma nessun ferito. Si instaurò un'atmosfera di festa. La zampa di Moscardo era già più forte. Parruccone non s'era mai sentito meglio, dopo Efrafa. Le femmine, spaurite e sparute due giorni fa, cominciavano a rimettersi in carne.

La seconda mattina, la silflaia cominciò parecchio dopo l'aurora. Una brezza leggera soffiava da nord, arrivava diritta sul greppo dove s'aprivano le gallerie. Appena uscì all'aperto, Campànula avrebbe giurato che quel vento portava odor di conigli.

« È il vecchio Pungitopo che ce l'invia, Moscardo-rà » disse. « D'un coniglio lo starnuto, con la brezza pervenuto, i nostalgici cuori scuote e squassa. »

« Nell'attesa si trastulla rosicchiando un po' di sulla e sogna una coniglia bella grassa » gli replicò Moscardo, per le rime.

« Non funziona mica, Moscardo-rà, così » disse Campànula. « Lui ce n'ha due, di femmine, lassù. »

« Coniglie di gabbia » rispose Moscardo. « A quest'ora, ci scommetto, si saranno fatte svelte e dure, ma non uguaglieranno mai le nostre. Cedrina, per esempio, non s'azzardava ad allontanarsi dalla tana, alla silflaia, perché non era capace di correre veloce come noi. Queste femmine efrafane, invece, son state sempre tenute a freno dalle sentinelle: eppure, una volta libere, si aggirano qua e là tutte felici. Guarda là, quelle due, sotto il greppo. Diresti che... Oh, gran Frits! »

Mentre parlava, una forma fulva era sbucata da un sovrastante cespuglio di avellani, silenziosa come la luce da dietro una nuvola. Atterrata in mezzo alle due coniglie, ne azzannò una pel collo e la trascinò via con sè, in un baleno, pel greppo. In quella girò il vento e pervenne alle loro narici fetore di volpe.

Fra scalpiti e lampi di code, ogni coniglio sul pendio fuggì a nascondersi.

Moscardo e Campànula si trovarono pigiati in un buco insieme a Nerigno. L'efrafano non aveva perso il suo sangue freddo.

« Povera bestiola » disse. « Vedete, i loro istinti si sono indeboliti, a far vita di Marca. Roba da matti, pascolare sul lato sopravvento d'un bosco, proprio sotto dei cespugli! Non importa, Moscardo-rà, sono cose che succedono. Ma sentite, ecco cosa vi dico. Ammenoché non ci siano due kombil – e allora sarebbe scalogna nera – abbiamo tempo fino a ni-Frits almeno, per svignarcela. Quel komba non si rimetterà in caccia, per adesso. Suggerisco che si riparta tutti, al più presto. »

Con un cenno di assenso, Moscardo uscì a radunare tutti i conigli. In ordine sparso, ma veloci, si misero in marcia verso nord-est, lungo un campo di frumento già bell'e maturo. Nessuno parlò della povera coniglia. Avevan già percorso tre quarti di miglio, quando Moscardo e Parruccone diedero l'alt, per riposarsi e controllare che nessuno si fosse sbandato. A Nerigno, che sopraggiungeva al fianco di Kaisentlaia, Parruccone disse:

« Tu l'avevi previsto, nevvero? E sono stato io, a non volerti dar retta ».

« Previsto? » fece quello. « Non capisco. »

« Che una volpe poteva attaccarci. »

« Non ricordo. Ma non vedo come si sarebbe potuta

prevedere una cosa del genere. Comunque, una femmina in meno, cosa volete che sia. »

Parruccone lo guardò stupefatto ma Nerigno, senza darsi la briga né di ribadire quel che aveva detto né di cambiar discorso, andò a pascolare un po' più in là, con Moscardo e Kaisentlaia.

« Ma che gli è preso? » fece, dopo un po'. « C'eravate anche voi quando quello, due sere fa, ci mise in guardia che poteva assalirci una volpe. Io gli ho risposto male. »

« In Efrafa, » gli disse Kaisentlaia « se un coniglio dà un consiglio che non viene accettato, lui se ne scorda immediatamente, e così pure se lo scordano gli altri. Nerigno ha fatta sua la decisione di Moscardo. Giusta o sbagliata che poi si sia rivelata, non importa. Lui consigli in contrario non ne ha dati. »

« Stento a crederci » disse Parruccone. « Efrafa! Formiche al comando di un cane! Ma adesso non siamo più in Efrafa. Sul serio ha dimenticato che ci aveva messi in guardia? »

« Probabilmente sì. Ma se anche se ne ricorda, non l'ammetterebbe mai. Proprio come non potrebbe fare hraka sottoterra. »

« Anche tu sei efrafana. La pensi così anche tu? »

« Sono una femmina, io » disse Kaisentlaia.

Nel primo pomeriggio arrivarono alla Cintura e Parruccone fu il primo a riconoscere il punto dove Dente di Leone aveva raccontato la novella del Nero Coniglio di Inlé.

« Era la stessa volpe dell'altra volta, sai? » disse a Moscardo. « È quasi certo. Avrei dovuto dar retta... »

« Senti, » l'interruppe Moscardo « sai benissimo quanto ti dobbiamo. Le femmine pensano che tu sia stato inviato da El-ahrairà per portarle via da Efrafa. Sono convinte che nessun altro ci sarebbe riuscito. Quanto a quello che è successo stamani, la colpa è tanto mia che tua. Ma non m'ero mai illuso di poter tornare a casa senza subire qualche perdita. Abbiam perso due coniglie, e finora è andata meglio del previsto. Entro stasera, se affrettiamo il passo, possiamo arrivare al Nido d'Api. Scordiamoci del komba, amico mio. Non si può mica cambiare quello che... Ehilà! Chi va là? »

Erano giunti presso una macchia di ginepri e rose canine, ai piedi delle quali crescevano ortiche e grovigli di brionia, sui cui tralci le bacche cominciavano appena a rosseggiare mature. S'erano arrestati per scegliere la direzione da seguire entro quel folto, quando ne sbucarono quattro grossi conigli, e ristettero a guardarli. Una delle femmine, che sopraggiungeva alle loro spalle, scalpitò e si volse per scappare. Udirono Nerigno redarguirla.

Uno dei quattro conigli disse: « Perché non glielo dici tu, Sglaili, chi sono io? ».

Una pausa. Poi parlò Moscardo:

« Vedo che sono efrafani, poiché sono marchiati. È Vulneraria, quello? ».

« No, » rispose Nerigno, alle sue spalle, « è il Capitano Garofano. »

« Ah sì » disse Moscardo. « Bene, ho sentito parlare di te, Garofano. Non so che intenzioni hai, ma ti consiglio di lasciarci in pace. Per quel che ci riguarda, il conto con Efrafa è chiuso. »

« Lo pensi tu, » rispose Garofano « ma le cose stanno diversamente. Quella femmina lì, dietro di te, deve venire con noi. E così pure le altre sue compagne. »

Intanto erano comparsi anche Argento e Ghianda, sul pendio, seguiti da Thethuthinnèa. Dopo aver lanciato un'occhiata agli efrafani, Argento disse qualcosa in fretta a Thethuthinnèa e questa arretrò fra le bardane. Poi Argento si appressò a Moscardo.

« Ho mandato a chiamare l'uccello bianco » gli disse, con calma.

Il bluff funzionò. Garofano guardò su nervosamente e un suo compagno fece per battere in ritirata.

Moscardo disse a Garofano: « Parli come uno sciocco. Siamo in molti e, ammenoché tu non abbia altri compagni nascosti, non potete tenerci testa ».

Garofano esitò. Fatto sta che, una volta tanto in vita sua, aveva agito avventatamente. Aveva visto arrivare

Moscardo e Parruccone, seguiti a breve distanza da Nerigno e una femmina. A testa calda, per la gioia di aver qualcosa di cui gloriarsi davanti al Gran Consiglio, aveva tratto la conclusione che fossero soli. Gli efrafani eran usi a marciare a ranghi piuttosto serrati, all'aperto, quindi Garofano non aveva pensato che ci fossero altri conigli, in ordine sparso. Aveva visto solo la grande occasione: attaccare, forse uccidere, gli aborriti Sglaili e Nerigno, insieme a quel loro compagno, mezz'azzoppato, e catturare quella femmina. A tanto, sarebbe riuscito. Quindi aveva preferito affrontarli, anziché tendere un agguato, nella speranza che s'arrendessero senza combattere. Ma ora, via via che altri conigli comparivano, si rendeva conto che aveva commesso un errore.

« Ho con me molti altri conigli » disse. « Le femmine restino qui, voi proseguite pure. O sennò, v'ammazziamo. »

« Molto bene » disse Moscardo. « Chiama tutti i tuoi a raccolta e fatevi sotto. »

A questo punto eran già sopraggiunti molti altri compagni di Sglaili. Garofano e i suoi auslani li guardavano in silenzio. Non si muovevano.

« È meglio che restiate dove siete » disse alfine Moscardo. « Se cercate di sbarrarci la strada, peggio per voi. Argento e Mirtillo, imbrancate le femmine e avanti. Noi vi staremo appresso. »

« Moscardo-rà, » bisbigliò Nerigno « bisogna ucciderli. L'intera pattuglia. Non devono tornare a riferire al Generale. »

Anche a Moscardo ciò pareva logico. Ma, al pensiero della tremenda zuffa e dei quattro efrafani fatti a pezzi – poiché questo era quanto – non gli bastò il cuore, di dar battaglia. Al pari di Parruccone, provava suo malgrado simpatia per Garofano. Eppoi, non era una bazzecola: probabilmente alcuni dei suoi sarebbero rimasti sul terreno, certamente avrebbe avuto dei feriti. Non sarebbero arrivati al Nido d'Api in serata e avrebbero lasciato dietro di sé una pista di sangue. A parte la sua scarsa propensione, c'eran quindi degli svantaggi che potevano essere fatali.

« No, li lasciamo perdere » rispose deciso a Nerigno.

Questi non rifiatò. Attesero, senza perder d'occhio Garofano, che il branco delle femmine fosse scomparso nel sottobosco.

Quindi Moscardo disse: « Ora, Garofano, tu e la tua pattuglia v'allontanate per la strada da cui noi siamo venuti. Non replicare... in marcia! ».

La pattuglia s'avviò giù pel pendio e Moscardo, lieto d'essersela cavata così facilmente, s'affrettò a raggiungere Argento, seguito dagli altri.

Superata la Cintura, procedettero rapidi. Le femmine erano in buon assetto, dopo un giorno e mezzo di riposo. La vicinanza della meta e il pensiero di essere sfuggite alla volpe e alla pattuglia, davano loro lena. Solo c'era Nerigno che, inquieto, indugiava alla retroguardia. Alfine Moscardo gli ordinò di andar in avanscoperta, per avvistare la faggeta, a levante. Era di tardo pomeriggio. Dopo non molto, Nerigno tornò di gran carriera.

« Moscardo-rà, sono arrivato in prossimità del bosco che m'hai detto. E ho visto due conigli, che giocavano su un prato lì vicino. »

« Vengo a vedere » disse Moscardo. « E vieni anche tu, Dente di Leone. »

Corsero giù per il pendio, a destra del sentiero. Moscardo a momenti non riconosceva la loro faggeta. Notò qualche foglia gialla e sfumature bronzee qua e là fra i rami verdi. Poi vide Ramolaccio e Ribes che correvano fra l'erba, alla loro volta.

« Moscardo-rà! » gridò Ramolaccio. « Den' di Leone! Che è successo? Dove sono gli altri? Avete portato qualche femmina? Tutto a posto? »

« Gli altri saranno qui a momenti » disse Moscardo. « Tutti quelli ch'eravamo alla partenza. E abbiamo un bel po' di femmine con noi. Questi è Nerigno, ch'è scappato via da Efrafa. »

« Buon per lui » disse Ribes. « Oh, Moscardo-rà, ogni giorno attendevamo qui il vostro ritorno. Pungitopo e Bosso stanno bene, ora sono alle tane. E volete saperne una? Cedrina sta per figliare. Non è magnifico? »

« Splendido » disse Moscardo. « Sarà la prima, lei. Mamma mia, quante ne abbiam passate. Vi racconteremo tutto – e sarà una lunga storia – ma dovete aver pazienza. Venite, andiamo a chiamare gli altri. »

Al tramonto tutto il drappello – venti conigli, in totale – costeggiata la faggeta, arrivarono alle tane. Si misero subito al pascolo. L'erba era rorida, le ombre erano lunghe, nel fondovalle già era il crepuscolo. Quindi scesero tutti nel Nido d'Api per ascoltar Moscardo e Parruccone far il racconto delle loro avventure a quelli che tanto ansiosamente avevano atteso di udirle.

Mentre essi scomparivano ignari sotterra, la Pattuglia a Largo Raggio – che li aveva seguiti fin lì dalla Cintura di Cesare, con abilità e disciplina superlative – faceva dietro-front e, descritto un ampio semicerchio a levante, riprendeva il cammino per Efrafa. Garofano era esperto, a trovare un buon rifugio di fortuna. Al calar delle tenebre si sarebbero accampati, fino all'alba, quindi avrebbero fatto ritorno alla base, distante tre miglia, prima di notte.

41. LA NOVELLA DI RAUSBI BAU E DELLA FATA GUAIACANA

Non aver misericordia di coloro che fanno il male per malvagità. Essi ringhiano tra' denti come un cane, e s'aggirano per la città. Ma tu, o Signore, ti riderai di loro. Le tue beffe metteran scorno a tutti i malfattori.

Salmo 59.

E venne la canicola. L'estate era al suo culmine e i giorni si susseguivano torridi, placidi. Per ore non si muoveva altro che la luce. Il cielo – coi suoi nuvoli,

il sole e la brezza — era sveglio sopra i colli sonnec-
chianti. Le foglie dei faggi si fecero più cupe e l'erbetta fresca ricresceva dov'era stata brucata a zero. La
conigliera prosperava, finalmente, e Moscardo, crogio-
landosi al sole beato, poteva compiacersene. Sia sopra
sia sotto terra, la vita dei conigli seguiva un ritmo calmo e indisturbato, fra pascoli, scavi e dormite. Furono
perforati nuovi cunicoli, nuovi covili. Alle femmine,
che mai avevan scavato in vita loro, il lavoro piaceva.
Kaisentlaia e Thethuthinnèa si rendevano ora conto che
gran parte della loro frustrazione, della loro infelicità
a Efrafa derivava dal fatto che non gli era consentito
scavare. Anche Cedrina e Sagginella se la cavavano abbastanza bene e menavan gran vanto perché sarebbero
state le prime a figliare in tane da loro stesse scavate.
Nerigno e Pungitopo divennero amiconi. A non finire
discutevano dei loro diversi sistemi di esplorazione; insieme andavano di pattuglia, più per loro piacere che
per vera necessità. Un mattino, persuaso Argento a seguirli, arrivarono fino alla periferia di Kingsclere, dove
fecero bisboccia in un orticello, i birbanti. A Nerigno
l'udito si era fatto più debole, dopo la mutilazione, ma
il suo acume e le sue capacità deduttive erano eccezionali e possedeva, a detta di Pungitopo, addirittura
arcane facoltà: quasi quasi era capace di rendersi invi-
sibile, volendo.

Sedici maschi e dieci femmine formavano una colonia
abbastanza felice. Scoppiavano baruffe, ogni tanto, ma
nulla di serio. Per dirla con Campànula: gli scontenti
potevan sempre tornarsene a Efrafa. E il ricordo di
quel che avevano passato insieme bastava a togliere a-
sprezza alle loro discussioni e non farle degenerare in
zuffe. La letizia delle femmine contagiò tutti. Tant'è
vero che una sera Moscardo ebbe a dire che, come
Gran Coniglio, la sua era una sinecura: mai problemi
da risolvere, mai liti da dirimere.

« All'inverno, non ci hai ancora pensato? » gli domandò Pungitopo.

Quattro o cinque conigli, insieme a Cedrina, Kaisentlaia e Vilturilla stavano pascolando lungo il versante

solatio della faggeta, a un'ora dal tramonto. Faceva ancora caldo e tanto era il silenzio che si udivano i cavalli frangere l'erba, nel loro recinto, alla fattoria di Cannon Heath, lontana mezzo miglio. Non pareva proprio il momento di pensare all'inverno.

« Probabilmente farà molto freddo, quassù, » disse Moscardo « ma il suolo è così leggero, qui, e le radici lo han tanto dissodato, che potremo spingerci assai in profondità, con gli scavi, prima della brutta stagione. Penso che riusciremo a portarci al di sotto del gelo. Quanto al vento, potremo tappare alcuni buchi e dormire al calduccio. Lo so, d'inverno l'erba scarseggia. Ma chi ha voglia di variare menù potrà sempre andarsene con Pungitopo, qui, a tentare la sorte in qualche orto o granaio. Bisognerà star molto attenti agli elil, tuttavia. Quanto a me, m'accontenterò di dormire sottoterra, giocare a sasso-spasso e ascoltare ogni tanto una novella. »

« Che ne direste d'una novella, adesso? » disse Campànula. « Avanti Den' di Leone! Raccontaci: *Come a momenti perdevo la barca. Ti va?* »

« Oh, vorrai dire: *Come lasciammo Vulneraria con un palmo di naso.* Ma questa deve raccontarcela Parruccone. Poco fa parlavamo dell'inverno... Ebbene, m'è venuta in mente una novella che ho sentito diverse volte ma che io non ho mai raccontato. Certi di voi la conosceranno già, altri invece no. È la storia di *Rausbi Bau e della Fata Guaiacana.* »

« Dai, attacca » disse Quintilio. « E metticela tutta. »

Dente di Leone prese subito a raccontare.

« Si era nel cuore dell'inverno e a El-ahrairà gli si gelavano i baffi: quei suoi bei baffi nuovi. La terra nei covili era così dura che ti ci potevi tagliare le zampe. E i pettirossi si davan la voce dai rami spogli, nei boschi scheletriti: "Qui è zona mia. Tu va' a crepar di fame altrove".

« Una sera, mentre Frits si coricava enorme e rosso in un cielo verdognolo, El-ahrairà e Ravascuttolo salticchiavano, tutti intirizziti, fra l'erba gelata, dando un morso qua, un morso là, tanto per tener occupato lo stomaco nella lunga e fredda notte che li attendeva nel covile. L'erba era secca e insipida come paglia e, benché avessero una fame nera, non riuscivano a mandarla giù senza sforzo e smorfie. Alla fine Ravascuttolo suggerì che, una volta tanto, potevan anche correre il rischio di arrivare alle porte del paese, dove c'era un grande orto.

« Era infatti il più grande di tutto il circondario. L'ortolano abitava in una casetta in fondo a esso, e ogni giorno coglieva gran quantità d'ortaggi e li portava via su un hrududù. Intorno all'orto aveva messo una rete metallica, per tenerne lontani i conigli. El-ahrairà, naturalmente, sapeva come entrarci, se voleva. Però era rischioso: l'ortolano ci aveva uno schioppo e tante volte sparava ai colombi e alle ghiandaie, e li appendeva.

« "Ma non è solo una schioppettata, che rischiamo" disse El-ahrairà, strada facendo. "Bisognerà tenere gli occhi aperti anche per quel dannato di Rausbi Bau."

« Questo Rausbi Bau era il cane dell'ortolano: ed era il più maligno, disgustoso, riprovevole bruto che avesse mai leccato la mano d'un cristiano. Era grosso, ispido, coi peli fin sugli occhi. L'ortolano lo teneva di guardia, specialmente di notte. Rausbi Bau non mangiava verdura, lui, e allora avresti detto che poteva anche chiudere un occhio se una povera bestiola affamata, una volta ogni tanto, andava là a farsi una carota, due foglie di lattuga. Invece no. Lo lasciavano sciolto dalla sera fino al mattino e Rausbi Bau mica s'accontentava di tenere lontani uomini e ragazzi, macché, dava la caccia a tutti gli animali che trovasse – topi, conigli, lepri, pantegane, talpe persino – uccidendoli, se ci riusciva. Non appena fiutava un qualche intruso si metteva ad abbaiare. E faceva un tal baccano, stupidamente, che metteva un coniglio sull'avviso e gli consentiva di fuggire in tempo.

« Rausbi Bau era considerato un grande sorcista, cioè un acchiappasorci di primo rango, e, a furia di sentirsi lodare e decantare dal suo padrone per questa qualità, aveva messo su una boria disgustosa. Nella sua presunzione, si riteneva il miglior sorcista del mondo. Mangiava un fracco di carne (non alla sera, però: la fame l'avrebbe reso più dinamico, di notte) e quindi lo si fiutava facilmente. Nondimeno, faceva di quell'orto un luogo pericoloso.

« "Bene, corriamo il rischio, per stavolta. Fra me e te," disse Ravascuttolo "dovremmo riuscire a far fesso Rausbi Bau."

« Arrivarono, così, attraverso i campi, ai confini dell'orto. Qui, videro l'ortolano che, con un bastoncino bianco acceso in bocca, stava cogliendo i cavoli, gelati, un filare dietro l'altro. Rausbi Bau era presso di lui, che scodinzolava e gli saltava intorno in modo assolutamente ridicolo. Quando l'uomo ebbe colto tanti cavoli da riempirne una carriola, li portò sotto casa. Poi tornò e fece diversi altri viaggi, finché non li ebbe raccolti quasi tutti. Dopodiché, cominciò a trasportarli dentro casa.

« "Cosa li porta dentro a fare?" domandò Ravascuttolo.

« "Credo, per levargli il gelo," rispose El-ahrairà "prima di portarli via col hrududù, domattina."

« "Eh sì, sono più buoni da mangiare, senza gelo, non è vero? Mi piacerebbe farne una scorpacciata, lì in casa. Pazienza! Ecco il momento buono, per noi, mentre lui è occupato dalla parte opposta dell'orto."

« Ma erano appena arrivati sui cavoli, quando Rausbi Bau li fiutò e si avventò, abbaiando scatenato. Gli andò bene che riuscirono a scappare.

« "Brutte sporche bestiacce!" latrò Rausbi Bau. "Come osate venir qui a rubacchiare! Fuori! fuori! fuori!"

« "Spregevole bruto!" ripeteva El-ahrairà, mentre tornavano alla conigliera, dopo quel viaggio a vuoto. "Mi ha veramente seccato, sai? In che modo non lo so, ma ti giuro su Frits e Inlé che, prima che quel gelo si sia sciolto, mangeremo i suoi cavoli in casa e gli faremo fare, per soprammercato, la figura del fesso."

« "Piano, piano, maestro" disse Ravascuttolo. "Non vale la pena di giocarsi la vita per un broccolo, dopo tutto quel che abbiamo fatto insieme."

« "E va bene, attenderò il momento propizio" disse El-ahrairà. "Attenderò l'occasione buona."

« Il pomeriggio seguente, Ravascuttolo andava bighelloni per un greppo, quando vide passare un hrududù. Aveva sportelli dietro e questi sportelli, chissà perché, s'erano aperti e sbatacchiavano. Dentro c'erano dei sacchetti, pieni di chissaché, e quando il hrududù passò accanto a Ravascuttolo uno di quei sacchetti cadde fuori. Scomparso il hrududù, Ravascuttolo, che sperava che dentro di fosse qualcosa buono da mangiare, saltò sulla strada imbrecciata e andò a dargli un'annusatina. Che delusione! dentro c'era della carne. Più tardi, lo raccontò a El-ahrairà.

« "Carne?" questi gli disse. "Ed è ancora là?"

« "Che ne so! Quella schifezza!"

« "Vieni con me. E spicciati pure."

« Quando arrivarono sulla stradetta, la carne era ancora là. El-ahrairà trascinò il sacchetto nel fosso e qui lo sotterrarono.

« "A che cosa può servirci, maestro?" disse Ravascuttolo.

« "Non lo so ancora" rispose El-ahrairà. "Ma a qualcosa ci sarà utile. Ora torniamo a casa, però, ché si fa scuro."

« Mentre rincasavano, s'imbatterono in un vecchio copertone, buttato via da qualche hrududù, che giaceva dentro un fosso. Non lo so se l'avete mai vista, una di queste robe. Sono fatti d'una materia liscia e molto resistente, pieghevole però. Hanno un odore sgradevole e non son buoni da mangiare.

« "Avanti, su" disse subito El-ahrairà. "Ne dobbiamo rodere via un pezzo. Mi serve."

« Ravascuttolo si domandava se al suo maestro avesse dato di volta il cervello, ma ubbidì. Quella roba era alquanto immarcita e non stettero tanto a staccarne un pezzo grande quanto una testa di coniglio. Di sapore era uno schifo, tuttavia El-ahrairà se lo portò con sé nella tana. Dedicò un sacco di tempo, quella notte, a rosicchiarlo e l'indomani, dopo la silflaia, si rimise all'opera. Verso ni-Frits svegliò Ravascuttolo, lo condusse fuori e gli mostrò quel tocco di roba.

« "Dimmi cosa ti sembra" gli disse. "Lascia perdere l'odore. Che aspetto ha?"

« Ravascuttolo lo guardò. "Sembra il muso d'un cane nero, maestro, tranne ch'è secco."

« "Splendido!" esclamò El-ahrairà, e tornò a dormire.

« Quella sera, col cielo sereno, ci fu un'altra gelata. Ma – mentre tutti i conigli se ne stavano rintanati al calduccio – El-ahrairà disse a Ravascuttolo di andare con lui. Si portò appresso quel muso di cane e, strada facendo, ogni cosa schifosa che incontrava, ce lo strofinava ben bene. Trovò una... »

« Non importa » disse Moscardo. « Vai avanti. »

« Alla fine » seguitò Dente di Leone « Ravascuttolo si dovette portare un po' distante da lui ma El-ahrairà, respirando il meno possibile, resisteva in qualche modo. Arrivarono al punto dove avevan sotterrato la carne.

« "Scava" disse El-ahrairà.

« La tirarono fuori. Il sacchetto di carta si ruppe. La carne era una sfilza di tocchetti, congiunti insieme, pressappoco come un tralcio di brionia. Al povero Ravascuttolo fu ordinato di portarla fino in fondo all'orto. Una faticaccia! Fu contento quando poté deporre lo sgradevole fardello.

« "Ora, disse El-ahrairà "giriamo intorno e andiamo dall'altra parte."

« Arrivati sul davanti, capirono subito che l'ortolano era uscito. A parte che la casa era tutta buia, sentiron dall'odore che l'uomo aveva varcato il cancelletto poco tempo prima. Sul davanti della casa c'era un giardinetto. Il giardino era separato dall'orto retrostante mediante una palizzata che terminava in un folto laureto. Di là da quel recinto c'era la porta di dietro che immetteva nella cucina.

« El-ahrairà e Ravascuttolo attraversarono pian piano il giardino e sbirciarono attraverso una fessura nella palizzata. Rausbi Bau se ne stava accucciato sullo stradello di ghiaia, ben sveglio e infreddolito. Era tanto vicino che vedevano i suoi occhi ammiccare al chiardiluna. La porta della cucina era chiusa ma, accanto a essa, sul muro, c'era un buco, essendo stato tolto un mattone. Attraverso quel buco scolava l'acqua quando lavavano, con una scopa di saggina, il pavimento della stanza. Il buco era stato tappato con uno straccio per non far entrare il freddo.

« Dopo un po' El-ahrairà disse, a voce bassa:

« "Rausbi Bau! Oh Rausbi Bau!"

« Rausbi Bau si drizzò, drizzò il pelo, si guardò intorno. "Chi è là? Chi sei che parli?"

« "Oh Rausbi Bau!" disse El-ahrairà, rannicchiato dall'altra parte del recinto. "Fortunato, beatissimo Rausbi Bau! Ben presto tu sarai ricompensato! Io ti porto la fausta novella!"

« "Che? Cosa?" disse Rausbi Bau. "Chi sei? Niente imbrogli!"

« "Imbrogli, Rausbi Bau? Imbrogli? Ah, ben vedo che tu non mi conosci. E come potresti? Ascolta, fedele, abile segugio. Io sono la Fata Guaiacana, messaggera del Supremo Canente dell'Est, la Regina Sbavicchiona. Lungi, assai lungi la sua reggia è. Ah, Rausbi Bau, se solo tu potessi mirare il suo splendore, le mille maraviglie del suo regno in Oriente! Ivi carogne innumerevoli giacciono all'intorno, Rausbi Bau, ivi il letame abbonda, ivi le fogne scorrono all'aperto! Ah che salti di gioia faresti, ah come annuseresti tutto quanto!"

« Rausbi Bau si guardò intorno in silenzio. Non riconosceva quella voce, però gli era sospetta.

« El-ahrairà soggiunse: "La tua fama di grande sorcista è arrivata alle orecchie della Regina. Noi ti conosciamo, e ti onoriamo, come il maggiore sorcista del mondo. È per questo ch'io son qui. Ma vedo, povera creatura sbigottita, che tu sei perplesso. E n'hai ben donde. Avvicinati, Rausbi Bau, fatti da presso al recinto e guardami".

« Rausbi Bau si appressò alla palizzata e El-ahrairà ficcò il muso di gomma nella fessura e lo mosse in qua e in là. Rausbi Bau annusava.

« "Nobile acchiappasorci" sussurrò El-ahrairà. "Son proprio io, la Fata Guaiacana, inviata quaggiù per renderti onore."

« "Oh, Fata Guaiacana!" esclamò Rausbi Bau, colando bava e pipì sulla ghiaia, da tutte le parti. "Ah, che eleganza! quanta distinzione aristocratica! È proprio di gatto putrefatto quest'odorino che fiuto? E che delicata fragranza di cammello andato a male! Ah, il favoloso Oriente!" »

« Che rob'è 'sto cammello? » domandò Parruccone.

« Non lo so, » rispose Dente di Leone « così dice la storia, come io l'ho sentita raccontare. Sarà un qualche animale, sarà. »

« "Cane beato!" disse El-ahrairà. "Ti comunico che la Regina Sbavicchiona ha graziosamente espresso il desiderio di conoscerti. Ma non ancora, Rausbi Bau, non ancora. Prima devi mostrartene degno. Io son stata qui inviata, appunto, per metterti alla prova. Ascolta, Rausbi Bau. Laggiù, in fondo a questo orto, giace una lunga treccia di carne. Oh sì sì, carne vera, Rausbi Bau, ché, quantunque noi si sia cani-di-fata, tuttavia portiamo doni commestibili ai nobili e prodi animali, qual tu sei. Vanne! trova la carne e mangiala. Fidati di me, starò io di guardia alla casa fino al tuo ritorno. Questa è la prova della tua fiducia."

« Rausbi Bau aveva una fame nera, il freddo gli era entrato nello stomaco, e tuttavia esitava. Doveva far buona guardia alla casa, questo da lui voleva il suo padrone.

« "Ebbene, non importa" disse El-ahrairà. "Io me ne vado. Nel vicino villaggio c'è un cane..."

« "No, no!" gridò Rausbi Bau. "No, non lasciarmi, Fata Guaiacana. Ho fiducia in te. Vado subito. Solo, sta' tu di guardia alla casa e non mettermi nei guai."

« "Non temere, nobil segugio. Fidati della parola della grande Regina."

« Rausbi Bau si allontanò a gran balzi nel chiardiluna e El-ahrairà lo vide scomparire.

« "Ora noi entriamo in casa, no, maestro?" domandò Ravascuttolo. "Sarà bene sbrigarsi."

« "Nient'affatto" disse El-ahrairà. "Come puoi suggerire una tale slealtà? Vergogna, Ravascuttolo. Noi sorvegliereremo la casa."

« Attesero in silenzio e dopo un po' Rausbi Bau ritornò, leccandosi i baffi e sogghignando. S'avvicinò al recinto.

« "Percepisco, onesto amico," disse El-ahrairà "che hai scovato quella carne così rapidamente come fosse stato un sorcio. Qui non è successo nulla. Ora ascolta. Tornerò dalla Regina e le riferirò ogni cosa puntualmente. È suo grazioso intento, ove tu avessi dato fiducia alla sua messaggera stasera, di venirti a render omaggio di persona. Domani passerà per queste terre, diretta alla Festa dei Lupi del Nord. Farà una tappa, nel suo viaggio, onde darti la maniera di comparirle dinanzi. Tienti pronto, Rausbi Bau."

« "Oh Fata Guaiacana," esclamò Rausbi Bau "che gioia sarà per me strisciare ai piedi della Regina. Con quanta umiltà mi rotolerò in terra davanti a lei! Con quale slanciò mi dirò suo schiavo! Come saran servili i miei ossequi! Mi mostrerò vero cane."

« "Non ne dubito" disse El-ahrairà. "E ora, addio. Sii paziente, e attendi il mio ritorno."

« Ritirò il muso finto e, quatti quatti, se la svignarono.

« La sera seguente faceva ancora più freddo. Perfino El-ahrairà dovette farsi forza, per uscire dalla tana. Avevano nascosto il muso di gomma nei pressi dell'orto e impiegarono un po' di tempo nei preparativi. Quando furono certi che l'ortolano era uscito, sgattaiolarono nel giardino e si portarono presso il recinto. Rausbi Bau camminava su e giù e il fiato gli fumava nell'aria gelida. Quando El-ahrairà parlò, egli mise il muso a terra fra le zampe anteriori e guaiolò di gioia.

« "La Regina è in arrivo, Rausbi Bau," disse El-ahrairà da dietro al muso finto" con le sue nobili dame di compagnia, Spiscianghina e Deretannusa. Ecco il suo desiderio. Tu conosci il crocevia del paese, nevvero?"

« "Sì, sì" guaì Rausbi Bau. "Sì, sì! Oh fa' che io le mostri quanto abietto so rendermi, cara Fata Guaiacana! Io so..."

« "Molto bene" disse El-ahrairà. "Adunque, oh cane fortunatissimo, tu andrai al crocevia e là attenderai la Regina. Ella arriva sull'ali della notte. È da lungi che viene, ma tu attendi paziente. Solo attendi. Non deluderla, e grandi saran le tue ricompense."

« "Deluderla? No, no!" disse Rausbi Bau. "Aspetterò buono buono, come un verme. Il suo accattone, sono, io, Fatina. Il suo lacchè, il suo leccapiedi, il suo..."

« "Molto bene, eccellentissimo" disse El-ahrairà. "Solo, affrettati."

« Non appena Rausbi Bau fu partito, El-ahrairà e Ravascuttolo s'infilarono lesti lesti nel laureto, si portarono di là dal recinto e lo costeggiarono fino alla porta della cucina. El-ahrairà tirò via, con i denti, lo straccio dal buco ed entrò in casa, seguito da Ravascuttolo.

« Nella cucina faceva un bel calduccio e in un canto c'era una gran catasta di ortaggi, pronti per il hrududù: cavoli, verze, broccoli, cavolini di Bruxelles. Si erano sgelati e mandavano un odore irresistibile. El-ahrairà e Ravascuttolo si diedero subito a risarcirsi dei giorni di magra, a base d'erba secca e corteccia d'albero.

« "Quel bravo e fido cane" disse El-ahrairà, a bocca piena, "sarà riconoscente alla Regina, perché lo fa aspettare tanto a lungo. Così, potrà meglio dimostrarle quanto è leale e costante. Non fare complimenti, Ravascuttolo, mangia, mangia."

« Frattanto, al crocevia, Rausbi Bau attendeva pieno di zelo, nel gelo, tendendo le orecchie, l'arrivo della Regina Sbavicchiona. Dopo un po' udì dei passi. Non di un cane, ma d'un uomo. Riconobbe i passi del suo padrone. Troppo stupido per andarsi a nascondere, restò dov'era e il padrone – che stava rincasando – lo vide.

« "Ehi, Rausbi Bau" gli disse. "Che ci fai qui?"

« Rausbi Bau fece lo scemo e fiutò l'aria. Il padrone era perplesso. Poi gli venne un'idea.

« "Ah, ma che bravo," disse "mi sei venuto incontro, eh? Bravo bravo. Ora torniamo a casa insieme."

« Rausbi Bau cercò di svignarsela, ma il padrone lo prese pel collare e, legatolo con un pezzo di spago che aveva in tasca lo rimorchiò a casa.

« Il loro arrivo colse El-ahrairà di sorpresa. Tanto era intento a ripinzarsi, che non udì nulla finché la porta d'ingresso non cigolò sui cardini. Lui e Ravascuttolo ebbero appena il tempo di andarsi a rimpiattare dietro una catasta di panieri, prima che l'uomo entrasse, insieme al cane. Rausbi Bau era tanto abbattuto che neanche sentì odore di conigli, che del resto era mischiato agli odori del fuoco e della dispensa. S'accucciò su una stuoia mentre l'uomo si versava qualcosa da bere.

« El-ahrairà attendeva il momento propizio per scattare verso il buco nel muro. Senonché l'ortolano, che sedeva a bere e mandar fumo dalla bocca, d'un tratto si alzò; aveva sentito il filo d'aria che veniva dal buco. E andò a tapparlo con uno straccio, calzandocelo dentro forte forte. Poi, finito di bere, attizzò il fuoco e uscì, per andare a letto, lasciando Rausbi Bau chiuso in cucina. Evidentemente pensava che fuori facesse troppo freddo.

« Lì per lì, Rausbi Bau si mise a guaire e raspare sull'uscio, ma poi tornò sulla stuoia accanto al fuoco e vi si sdraiò. Pian pianino, El-ahrairà strisciò lungo la parete e andò a nascondersi dietro una grossa scatola di latta, in un angolo, presso il lavandino. V'erano sacchi e vecchi giornali, sicché Rausbi Bau non poteva riuscire a sbirciare lì dietro. Non appena Ravascuttolo l'ebbe raggiunto, egli chiamò, in un bisbiglio:

« "Oh Rausbi Bau!".

« Rausbi Bau balzò subito su.

« "Fata Guaiacana! Sei tu che m'hai chiamato?"

« "Sì, io. Mi dispiace per la tua delusione, Rausbi Bau. Non hai incontrato la Regina, vero?"

« "Ahimè no." E raccontò com'era andata al crocevia.

« "Non fa nulla" disse El-ahrairà. "Non abbatterti, Rausbi Bau. Se la Regina non è venuta, è per gravi motivi. Essa ha avuto notizia di un pericolo – oh un pericolo gravissimo – e lo ha evitato in tempo. Io stessa sono qui, a grave rischio della mia vita, per avvertirti. Sei davvero fortunato, che io ti sia amica:

altrimenti, il tuo padrone sarebbe colpito da mortale pestilenza."

« "Pestilenza? E come? come, buon fata?"

« "Molte fate, molti spiriti ci sono, nei regni animali dell'Oriente" disse El-ahrairà. "Alcuni sono amici ma altri – la sventura li colga – sono nostri nemici giurati. Il peggiore di tutti è lo Spirito-Ratto, il gigante di Sumatra, il flagello di Hamelin. Egli non osa combattere apertamente la nostra Regina, ma opera di furto, di veleno e di morbo. Poco dopo che tu mi lasciasti, ho appreso ch'egli aveva inviato i suoi odiosi gnomi-ratti da queste parti, a spargere la peste. Ho avvertito la Regina. Ma poi sono rimasta qui, Rausbi Bau, per avvertire anche te. Se la peste prende campo – e quei gnomi son molto vicini – a te non farà danno, ma ucciderà il tuo padrone... e anche me, ho paura. Tu soltanto puoi salvarlo. Io non posso."

« "Oh, che orrore!" esclamò Rausbi Bau. "Non c'è tempo da perdere. Cosa debbo fare, Fata Guaiacana?"

« "La peste agisce per incantesimo. Ma se un vero cane, di carne e d'ossa, corresse quattro volte intorno alla casa, abbaiando a più non posso, l'incantesimo verrebbe rotto e la peste non avrebbe più potere. Ma ahimè! dimenticavo. Tu sei chiuso dentro, Rausbi Bau. Come si fa? Tutto è perduto, temo."

« "No, no!" disse Rausbi Bau. "Ti salverò, Fata Guaiacana, e salverò il mio caro padrone. Lascia fare a me."

« Rausbi Bau si mise allora ad abbaiare. Da risvegliare anche i morti. Le finestre tintinnavano. Il carbone ruzzolava nel caminetto. Insomma, un chiasso terribile. Si udì l'uomo di sopra, che imprecava e gridava. E Rausbi Bau, dai che abbaiava ancora. L'uomo scese da basso. Spalancò la finestra, guardò se c'eran ladri. Tese l'orecchio. Ma non udì nulla: un po' perché non c'era nulla da udire, un po' a causa di quei latrati assordanti. Allora agguantò il suo schioppo, aprì la porta e uscì fuori per vedere che fosse. E fuori schizzò anche Rausbi Bau, muggendo come un toro, e si mise a correre intorno alla casa. L'uomo lo seguì di corsa, lasciando aperta la porta.

« ''Svelto,'' disse El-ahrairà a Ravascuttolo ''più veloce d'una saetta! Vieni!''

« E, scattati in giardino, scomparvero fra gli allori. Guadagnata la campagna, si soffermarono un momento. Dalla casa si udivano sempre quei latrati furibondi e ogni tanto la voce dell'uomo che, adirato, gridava: ''Vieni qui, accidenti a te!''.

« ''Quel nobile animale,'' disse El-ahrairà ''ha salvato il suo padrone, Ravascuttolo. Ha salvato anche noi. Ora torniamo a casa e ci facciamo una bella dormita.''

« Per il resto della sua vita, Rausbi Bau non scordò mai la notte in cui aveva atteso la gran Regina dei Cani. L'attesa era andata delusa, purtroppo, ma ciò non era niente, in confronto al ricordo della sua eroica condotta, razie alla quale egli aveva salvato il suo padrone e la Fata Guaiacana dallo Spirito-Ratto maligno. »

42. ALLARME AL TRAMONTO

> « Sei sicuro di poter dimostrare che un tal atto è ingiusto e, quindi, detestato dagli dei? »
> « Sì, o Socrate. Perlomeno, se essi mi vorranno ascoltare. »
>
> PLATONE, *Eutifrone*.

Terminata la sua novella, Dente di Leone ricordò che doveva andar a dare il cambio a Ghianda, che stava di vedetta. La postazione era un po' lontana, presso l'angolo orientale del faggeto; e Moscardo – che voleva vedere come procedessero certi lavori di scavo intrapresi da Bosso e Smerlotto – andò con lui per un tratto. Stava per infilarsi nel nuovo cunicolo, quando notò un animaletto che trapestava lì vicino fra l'erba. Era il topo che aveva salvato dallo sparviero. Contento di vedere che era ancora vivo e vegeto, Moscardo gli si avvicinò per scambiare con lui due parole. Il topo lo riconobbe e si drizzò, stropicciandosi il muso con le zampette anteriori. E prese a dire, affabilmente:

« Bella giornata, eh, molto caldo, eh. Piace eh? Molto eh si mangia eh quando caldo eh sta bene. Giù alla valle eh miete eh. Io eh va a granturco eh ma eh lontano. Credo eh tu parte eh poco tempo eh tu torna eh. Eh? »

« Sì » gli rispose Moscardo. « Molti di noi, eravamo partiti. Abbiamo trovato quello che cercavamo e ora siamo tornati per restare sempre qui. »

« Bene eh. Molti conigli eh adesso eh erba resta eh bella curta. »

« Che differenza fa, per lui, se l'erba è corta? » disse Parruccone, che, insieme a Nerigno, stava salticchiando e brucando lì d'accanto. « Mica la mangia, lui. »

« È bene eh per va e vieni eh sai? » disse il topolino, in tono confidenziale, cosa che a Parruccone fece scuotere irritato le orecchie. « Erba curta eh corri meglio eh anche vedi eh. Qui adesso eh c'è conigliera eh oggi eh c'è conigli novi eh è arrivati eh presto eh qui altra conigliera eh. Novi conigli eh è amichi vostri è, eh? »

« Sì, sì, tutti amici » disse Parruccone, e gli volse le spalle. Poi: « A proposito, Moscardo. Ti volevo dire una cosa, riguardo a quei conigli nascituri... quando saranno abbastanza grandi per uscire sopraterra... ».

Moscardo, invece, seguitava a guardare il topolino, con estrema attenzione.

« Un momento, Parruccone » disse. Poi: « Cosa dicevi, topo, d'un'altra conigliera? Dov'è che ci sarà un'altra conigliera? ».

Il topo si stupì. « Tu non sa eh? Non amichi tui eh? »

« Non lo so, finché non me lo dici. Cosa intendevi, quando hai parlato di conigli nuovi e di un'altra conigliera nei paraggi? »

Il suo tono era pressante, inquisitorio. Il topolino divenne nervoso. E, secondo il costume dei topi, cominciò a dire quel che credeva che il suo interlocutore desiderasse sentire.

« Forse eh non c'è altra conigliera eh no eh. Tanti conigli eh qui eh tanti. È tutti amici di topo eh. Non c'è altri conigli eh. Non importa eh altri conigli. »

« Di quali altri conigli stai parlando? » insistette Moscardo.

« No, signore, no no, altri conigli no eh no, tutti sta qui eh amichi mii eh salva vita topo eh tutti amichi mii » seguitava a squittire il topolino.

Moscardo l'ascoltava, ma non riusciva a tirarci fuori un costrutto.

« Oh, dai Moscardo » gli disse Parruccone. « Lascia perdere quella povera bestia. Vieni qua, voglio parlarti. »

Moscardo non gli diede retta. Si fece più vicino al topo e, chino verso di lui, gli parlò con calma e fermezza.

« Tu hai sempre detto che sei nostro amico. Ebbene, se lo sei, devi dirmi, senza paura, quello che sai di questi altri conigli cui accennavi. »

Il topolino appariva confuso. Poi disse: « Io non visto altri conigli, eh, signore, ma fratello mio eh detto eh zigolo giallo detto c'è nuovi conigli eh tanti conigli eh arriva valle eh levante eh. Forse eh è gran fandonia eh. Topo dice eh bugia eh tu non più vol bene a topo eh topi non più amichi tui ».

« No, non preoccuparti » disse Moscardo. « Solo, dimmi di nuovo. Per bene. Dove ha detto, quell'uccello, che erano, quei conigli?

« Dice eh pena rivati eh levante eh. Io non visto. »

« Bravo, topo. Tu ci hai fatto un grosso favore » gli disse Moscardo. Poi, rivolto ai suoi compagni: « Tu che cosa ne deduci, Parruccone? ».

« Non molto » questi gli rispose. « Voci, dicerie. Questi animaletti ne raccontano tante, di balle. E cambiano versione quattro volte al giorno. Fagli la stessa domanda, fu-Inlé, e ti darà una diversa risposta. »

« Se hai ragione tu, ho torto io, e in tal caso potremmo lasciar perdere » disse Moscardo. « Ma io intendo arrivare fino in fondo. Qualcuno deve andare a vedere. Andrei io stesso, ma con questa gamba non posso correre tanto. »

« Be', lascia stare, almeno per stasera » disse Parruccone. « Possiamo... »

« Qualcuno deve andar a vedere » ripeté Moscardo, deciso. « E ci vuole uno bravo. Nerigno, vammi a chiamare Pungitopo, per favore. »

« Eccomi qua, guarda un po' » disse Pungitopo, che era sopraggiunto nel frattempo, in cima al greppo. « Cosa succede, Moscardo-rà? »

« Corre voce che ci siano forestieri qui intorno, sul versante orientale del colle. E desidero saperne di più. Dovresti andar tu, insieme a Nerigno, a far una capatina da quella parte – fin sul ciglio della valletta, diciamo – e vedere cosa c'è. »

« Vado subito, certo, Moscardo-rà. E se davvero ci sono dei conigli, nella valletta, li porto qui con me. Possono farci comodo, nuovi elementi. »

« Dipende da chi sono. È questo che voglio appurare. Vai e torna, Pungitopo. Sono un po' preoccupato. »

Pungitopo e Nerigno erano appena partiti, quand'ecco Lampo sbucare dalla tana. Era tutto eccitato, in euforia, e gli altri si voltarono a guardarlo. Lui, sedutosi davanti a Moscardo, volse lo sguardo in giro, per essere sicuro dell'effetto.

« Hai finito di scavare quella tana? » gli domandò Moscardo.

« Lascia perdere la tana » rispose Lampo. « Non son venuto per dirti questo. Cedrina ha figliato. I cuccioli sono in perfette condizioni. Tre maschi e tre femmine, mi ha detto lei. »

« Sali in cima a quel faggio e spargi la notizia ai quattro venti, va', vola, canta! » disse Moscardo. « Ma che adesso non si affollino tutti intorno a lei, sennò la disturbano. »

« Non c'è pericolo » disse Parruccone. « Chi vorrebbe tornar cucciolo? A chi gli va, di veder dei cuccioli?... ciechi e muti e senza pelliccia! »

« Alcune femmine li vorranno vedere » disse Moscardo. « Sono tutte eccitate, sai. Ma non voglio che Cedrina, disturbata, li divori, o commetta qualche altro misfatto snaturato. »

Più tardi, mentre passeggiavano brucando lungo il greppo, Parruccone gli disse: « Pare proprio che sia cominciata, finalmente, la nuova vita... naturale, tranquilla... dopo tante peripezie. Lo sai? non faccio che sognare di trovarmi ancora a Efrafa. Passerà, anche questo incubo.

Una cosa ho imparato, in quel luogo, tuttavia: l'importanza di tener ben nascoste le tane. Come ci ingrandiremo, Moscardo, toccherà provvedere anche a questo. Faremo le cose meglio che a Efrafa, però. Una volta abbastanza numerosi, i conigli verranno incoraggiati a migrare ».

« Basta che non migri tu! Altrimenti dirò a Kehaar di riportarti indietro per la collottola. Conto su di te, per organizzare un'Ausla come si deve, da noi. »

« Ah, non vedo l'ora! » disse Parruccone. « Guidare un branco di baldi giovani a dar la caccia ai gatti, alla fattoria, tanto per farsi le ossa!... Bene, verrà anche questo. Dico, però, quest'erba è secca come crini di cavallo su un filo spinato, non trovi? Che ne diresti, d'una corsa a valle, per i campi... soli io, te e Quintilio? Han mietuto il granturco, lo sai, e qualcosa di buono si rimedia senz'altro. Bruceranno le stoppie, fra poco, ma non l'hanno ancora fatto. »

« No, voglio prima aspettare che tornino Pungitopo e Nerigno. E sentire cosa dicono. »

« Non dovrai aspettar molto. Eccoli là, che tornano. Se non mi sbaglio. Là, pel sentiero aperto. Senza proprio nessuna cautela. E a perdifiato, corrono. »

Pungitopo e Nerigno raggiunsero l'ombra lunga degli alberi a tutta velocità, come se fossero inseguiti. I compagni s'aspettavano che rallentassero. Invece no. Avresti detto che stessero per andare a rintanarsi. All'ultimo momento Pungitopo si fermò, si guardò intorno, scalpitò due volte. Nerigno scomparve nel cunicolo più vicino. A quegli scalpiti, tutti i conigli sopraterra corsero a rimpiattarsi.

« Un momento! » gridò Moscardo, sorpassando Nicchio e Smerlotto. « Pungitopo, che c'è da dar l'allarme? Dicci qualcosa, almeno! Che cosa è successo? »

« Fai tappar le gallerie! » disse, ansante, Pungitopo. « Tutti sottoterra! Non c'è un minuto da perdere. » Gli occhi gli roteavano, bianchi, e la schiuma gli colava sul mento.

« Uomini? o che? Non si sente, non si vede, non si fiuta nessuno. Su, smettila di farfugliare e spiegati. »

« Alla svelta però. Quella valletta... pullula di conigli di Efrafa. »

« Efrafani? Fuggiaschi, vuoi dire? »

« No, » disse Pungitopo « non fuggiaschi. C'è Garofano, là. Ci siamo trovati a muso a muso, con lui e altri tre o quattro che Nerigno ha riconosciuti. Credo che con loro ci sia lo stesso Vulneraria. Son venuti per noi... questo è poco ma è sicuro. »

« Ne sei certo, che non sia una pattuglia soltanto? »

« Certo, sì. Li abbiamo fiutati. E anche uditi, li abbiamo. Sotto di noi, nella vallicella. Ci domandavamo cosa facessero lì, tanti conigli, e stavamo per scendere a vedere... quand'ecco, ci si para davanti Garofano. Noi lo guardiamo, lui ci guarda. Di colpo mi rendo conto di cosa si tratta. Allora, via di corsa. Non ci ha inseguiti. Probabilmente, non ne aveva l'ordine. Ma quanto staranno a venire? »

Nerigno era riemerso dalla tana, con Argento e Mirtillo.

« Dobbiamo andarcene di qui, immediatamente » disse a Moscardo. « Possiamo allontanarci di parecchio, prima che arrivino. »

Moscardo volse lo sguardo intorno. « Chiunque vuole, può andarsene » disse. « Io non scappo. Noi abbiamo costruito queste tane e lo sa Frits, quel che abbiamo passato e patito, per la nostra conigliera. Io non l'abbandonerò, adesso. »

« E neanch'io » disse Parruccone. « Se devo andare dal Coniglio Nero, mi porto appresso un paio di efrafani. »

Seguì un breve silenzio.

« Quanto a tappar le gallerie, ha ragione Pungitopo » disse Moscardo. « È la cosa migliore da fare. Tappiamole dunque, ben bene. Ci dovranno stanare scavando. La conigliera è profonda, sotto il greppo, con radici d'albero dappertutto, intorno e sopra. Quanto potranno stare, quei conigli, prima di attirar elil? A un certo punto, desisteranno. »

« Non conoscete gli efrafani, voi » disse Nerigno. « Mia madre mi raccontava quel che è successo al Bosco di Nutley. Credetemi, meglio scappare. »

« Va' pure, nessuno ti fermerà » gli rispose Moscardo. « Ma io la conigliera non la lascio. È la mia casa. » Guardò Kaisentlaia, gravida di prole, che, accucciata lì da presso, ascoltava quei discorsi. « Credi che *lei* potrebbe arrivare tanto lontano? E Cedrina?... che facciamo? la lasciamo qui, Cedrina? »

« No, dobbiamo restare » disse Ribes. « Sono certo che El-ahrairà ci salverà da Vulneraria. Caso contrario... io non ci torno, a Efrafa, ve l'assicuro. »

« Tappate le gallerie » disse Moscardo.

Mentre il sole calava, i conigli si diedero a raspare e grattare sui fianchi del greppo. Il terreno era sodo, dato il caldo. Intaccarlo non era facile. Poi, quando cominciava a cedere, si sfaceva in polvere. Troppo trito, per bloccare adeguatamente i passaggi.

Mirtillo ebbe un'idea: cominciare dall'interno, dal Nido d'Api, far crollare il soffitto dei cunicoli convergenti sul salone dei convegni, tappare le imboccature facendovi franare le pareti sotterranee.

Un cunicolo, che sbucava nel bosco, venne lasciato aperto, unica via di comunicazione con l'esterno. Era la galleria dove aveva alloggiato Kehaar, e la sua stanza, presso lo sbocco, era ancora cosparsa di guano. Moscardo – considerando che Vulneraria non sapeva che Kehaar era ripartito – raccolse un po' di quello sterco d'uccello, quanto più poté, e lo sparse d'intorno. Poi, mentre i lavori proseguivano febbrilmente sottoterra, s'accosciò sul greppo e guardò verso l'orizzonte che s'andava oscurando, a oriente.

I suoi pensieri erano molto tristi. Anzi, disperati. Benché avesse parlato risoluto, di fronte agli altri, in cuor suo sapeva bene quanto fossero scarse le speranze di salvare la conigliera dagli efrafani. Quelli sapevano il fatto loro. Senza dubbio, conoscevano un qualche sistema per penetrare in una conigliera chiusa. C'erano ben poche probabilità che degli elil venissero a disperderli. I Mille per lo più caccian conigli solo per cibarsene. Una faina, una volpe, quando han preso un coniglio, lasciano stare gli altri, finché non si rimettono alla caccia. Gli efrafani c'erano abituati, a subire qualche perdita ogni tanto. Ammenoché non venisse ucciso lo stesso Vulneraria, sarebbero rimasti lì fino a compimento dell'opera. Nulla li avrebbe fermati, tranne qualche catastrofe inattesa.

Ma... se lui stesso fosse andato a parlare con Vulneraria? Forse c'era la speranza, seppur remota, di farlo ragionare. Comunque fosse andata l'impresa al Bosco di Nutley, gli efrafani non potevano, qui, con avversari come Parruccone, Argento e Pungitopo, uscire indenni dal combattimento: alcuni di loro sarebbero rimasti sul terreno. Molti, forse. Vulneraria non poteva ignorarlo. Può darsi che non fosse troppo tardi, per persuaderlo ad accettare nuove proposte: un piano che tornasse a vantaggio dell'una come dell'altra colonia.

Chissà come la prenderà, pensò, cupo, Moscardo. Ma una speranza di riuscita c'è, e quindi il Coniglio Capo deve correre questo rischio. E, poiché non c'è tanto da fidarsi di quel bruto, sarà opportuno che il Capo Coniglio vada solo.

Tornò nel Nido d'Api, e disse a Parruccone:

« Vado a parlamentare col Generale Vulneraria, se ci arrivo. Sei tu il Coniglio Capo, fino al mio ritorno. Avanti, coi lavori. »

« Senti, Moscardo, aspetta un momento. Non è prudente... »

« Non starò molto » tagliò corto Moscardo. « Vado soltanto a sentire che intenzioni ha. »

Un momento dopo, disceso dal greppo, s'avviava claudicante pel sentiero. Di tanto in tanto si soffermava e, drizzandosi, si guardava all'intorno, se scorgesse una pattuglia di efrafani.

43. LA GRANDE PATTUGLIA

Che cos'è il mondo, o i miei soldati?
Sono io.
Io, questa neve, io
Questo plumbeo cielo.
Miei soldati, codesto
Sterminato deserto di gelo
Sono io.

WALTER DE LA MARE, *Napoleone*.

Don Desperado
Andando pel Prado
Il nemico incontrò.

CHARLES KINGSLEY, *Westward Ho*.

Quando la chiatta si staccò da riva e s'allontanò sul fiume, parte del prestigio del Generale Vulneraria se n'andò via con essa. Non avrebbe potuto mostrarsi più smarrito, più palesemente sbigottito, se Moscardo e i suoi compagni avessero spiccato il volo, sopra le cime degli alberi. Fino a quel momento, non si era mai perso d'animo – avversario formidabile – neanche quando l'inatteso attacco di Kehaar aveva demoralizzato i suoi subalterni. Non lui. Lui aveva, anzi, portato avanti l'inseguimento nonostante l'uccellaccio e aveva escogitato un piano per tagliare la ritirata ai fuggitivi. Astuto e testardo nell'avversità, era quasi riuscito a colpire il gabbiano, sbucando all'improvviso da un nascondiglio, presso il ponte di legno. Poi – quand'aveva circondato i nemici in un punto dove Kehaar poteva esser loro di scarso aiuto – ecco che quelli si rivelano più furbi di lui e lo lasciano, con un palmo di naso, sul greto del fiume. Sulla via del ritorno a Efrafa, sotto la pioggia, aveva udito distintamente uno dei suoi ufficiali pronunciare sottovoce l'inammissibile parola: tzarn! Sglaili e Negrino si erano dileguati, insieme alle femmine di Mancina Posteriore. Il suo tentativo di fermarli era miseramente fallito.

Vulneraria restò sveglio quasi tutta la notte, per riflettere sul da farsi. Il giorno dopo riunì il Gran Consiglio. Si disse contrario a una spedizione lungo il fiume, alla ricerca di Sglaili, ammenoché non fosse tanto numerosa da sgominare i nemici, se li avvistava. Ma ciò voleva dire distaccare numerosi ufficiali e moltissimi auslani. E c'era il rischio che scoppiassero disordini a Efrafa, durante la loro assenza: un nuovo tentativo di fuga, magari. Eppoi non era detto, che avrebbero rintracciato Sglaili, non avendo una traccia da seguire, non sapendo dove andare a cercarlo. E, a non trovarlo, si sarebbe fatta più che mai la figura dei fessi,

« E da fessi ci passiamo anche adesso, non fatevi illusioni » disse Vulneraria ai consiglieri. « Ve lo può riferire Verbasco, che cosa si mormora nelle tane: che Garofano è stato inseguito fin dentro al fosso dall'uccello bianco, che Sglaili ha chiamato il fulmine dal cielo... e Frits sa che cos'altro. »

« La cosa migliore, » disse il vecchio Bucaneve « sarà parlarne il meno possibile. Lasciare che si sgonfi. Hanno la memoria corta. »

« Una cosa val la pena di tentare » disse Vulneraria. « Ora sappiamo che c'è un luogo in cui noi, a suo tempo — senza però accorgercene — intercettammo Sglaili e la sua banda. Vale a dire, là dove Malvone venne ucciso dalla volpe. Qualche cosa mi dice che essi, come ci passarono una volta, passeranno per di là nuovamente, prima o poi. »

« Ma non possiamo dislocare là un numero di conigli sufficienti a dar loro battaglia, signore » disse Gramigna. « Eppoi si tratterebbe di restarvi accampati per molto tempo. »

« Son d'accordo con te » disse Vulneraria. « Ebbene, una pattuglia stazionerà là in permanenza, fino a nuovo ordine. Si scaveranno covi, e là staranno. Riceveranno il cambio ogni due giorni, per l'avvicendamento. Se si avvista Sglaili, lo si dovrà seguire di nascosto. Quando sapremo dove ha portato le femmine, studieremo il da farsi. E questo ve lo garantisco » concluse, girando su di loro lo sguardo truce dei suoi occhi pallidi. « Se scopriamo dove sta, non gli daremo pace. Ho detto a Sglaili che l'avrei ucciso io stesso. Lui se ne sarà scordato, ma io no. »

Vulneraria guidò personalmente la prima pattuglia, e Gramigna gli mostrò il punto dove Malvone aveva trovato le tracce dei conigli forestieri, in viaggio verso sud. Si scavarono covi fra gli sterpi, lungo il bordo della Cintura di Cesare, e attesero. Dopo due giorni, le speranze eran molto scemate. Verbasco venne a dare il cambio a Vulneraria. Due giorni dopo a lui si avvicendò Garofano. A questo punto v'erano, nell'Ausla, alcuni capitani che, fra loro, dicevano che il Generale era in preda a una vera e propria ossessione. Bisognava trovare la maniera che se ne liberasse, prima che ne fosse spinto troppo oltre. Alla riunione del Gran Consiglio, la sera dopo, fu avanzata la proposta di richiamare alla base la pattuglia, di lì a due giorni. Ringhiando, Vulneraria disse che bisognava aspettare ancora. Ne nacque un dibattito e il Generale s'accorse che l'opposizione non era mai stata così decisa. Ma mentre si discute ecco che – con un colpo di scena a gran effetto, che non poteva capitare in un momento più opportuno, per Vulneraria – arriva Garofano, a spron battuto, e annuncia che lui e la sua pattuglia hanno avvistato Sglaili e compagni, proprio là dove erano attesi; e che, non visti, li hanno seguiti fino alle loro tane. La conigliera, dice, benché alquanto distante, non è troppo lontana per essere assalita, specie a colpo sicuro. Grande non era, e si poteva coglier di sorpresa.

Quella notizia pose fine a qualsiasi opposizione e Vulneraria riacquistò il pieno, indiscusso controllo dell'Ausla e del Consiglio. Alcuni ufficiali erano propensi a partir subito all'offensiva, ma Vulneraria, ora che era sicuro – dei suoi e dei nemici – preferì prender tempo. Poiché Garofano si era trovato muso a muso con Sglaili e compagni, decise che era meglio aspettare: forse stavano in guardia. Inoltre, intendeva sia perlustrare il tragitto, sia organizzare bene il corpo di spedizione. Era dell'idea che bisognava compiere l'intero percorso in un sol giorno, per scongiurare l'eventualità che il loro arrivo fosse segnalato. Onde assicurarsi che ciò era fattibile, partì con Garofano e due altri e percorse in una sola tirata tre miglia e mezzo, raggiungendo il colle a est di Watership. Qui, capì subito qual era la via d'approccio migliore alla faggeta senza esser né visti né fiutati. Il vento soffiava in prevalenza da ponente, come a Efrafa. Sarebbero giunti a prima sera, si sarebbero attestati nella valletta a sud del colle Cannon Heath. Dopo un breve riposo, non appena, all'imbrunire, i conigli di Sglaili si fossero ritirati nelle tane, tranquilli, essi sarebbero sopraggiunti, lungo il crinale, per attaccare la conigliera. Se tutto andava per il giusto verso, li avrebbero colti nel sonno. Avrebbero trascorso la notte, al sicuro, nelle tane conquistate e, l'indomani, lui e Verbasco avrebbero fatto già ritorno a Efrafa. Gli altri, al comando di Garofano, si sarebbero riposati più a lungo; quindi in marcia, con le femmine ed eventuali prigionieri. L'impresa avrebbe richiesto, in tutto, tre giorni.

Meglio non andare in troppi. Chi non era robusto abbastanza per arrivare alla meta in grado di combattere, sarebbe stato solo un peso morto. La velocità era fattore essenziale. Più lenta la marcia, maggiori i pericoli. Gli sbandati avrebbero attirato elil e scoraggiato gli altri. Inoltre, la vicinanza fisica del comandante doveva essere, da tutti, costantemente sentita. E ognuno doveva sentirsi elemento di un corpo sceltissimo: allora avrebbe dato il meglio di sé.

I membri della spedizione furono accuratamente scelti. Ventisette, circa: per metà auslani, per il resto giovani che s'eran già messi in luce. Vulneraria credeva nello spirito d'emulazione, e fece intendere che v'era modo di guadagnarsi grandi ricompense. Garofano e Cerfoglio curarono l'addestramento dei prescelti, facendo loro compiere marce forzate, combattimenti simulati, a corpo a corpo e zuffe. I membri della spedizione furono dispensati dal servizio di guardia e fu loro concesso di far silflaia quando lo desiderassero.

Partirono prima dell'alba, un sereno mattino di agosto, diretti a nord, a scaglioni, lungo greppi e fratte. Prima di giungere alla Cintura, lo scaglione di Gramigna fu assalito da due ermellini: un maschio adulto e un pivello. Vulneraria, che era più avanti, udì gli strilli e accorse. Si gettò sul veterano, a morsi e grandi calci delle zampe posteriori, dagli unghioli acuminati. L'ermellino, con una delle zampe davanti lacerata fino alla spalla, fuggì via, seguito dal compagno più giovane.

« Dovresti essere in grado di sbrigarteli da te » disse Vulneraria a Gramigna. « Gli ermellini non sono pericolosi. Andiamo. »

Poco dopo ni-Frits fecero tappa e Vulneraria andò alla ricerca di sbándati. Tre, ne trovò. Di cui uno ferito da una scheggia di vetro. Gli stagnò il sangue, ricondusse i tre presso gli altri, a pascolare. Lui restò di vedetta. Faceva molto caldo e alcuni conigli davan segni di stanchezza. Li riunì in uno scaglione e ne assunse il comando.

A prima sera – suppergiù all'ora in cui Dente di Leone cominciava a raccontare la novella di Rausbi Bau – gli efrafani, dopo aver girato al largo di un porcile, presso la fattoria di Cannon Heath, giunsero alla vallicella prestabilita, a sud di Cannon Heath Down. Molti erano stanchi e – nonostante l'immenso rispetto per Vulneraria – serpeggiava una certa apprensione, data la grande lontananza da casa. Ricevettero l'ordine di rifocillarsi, tenersi al riparo e attendere il tramonto.

Il luogo era deserto, tranne per qualche zigolo giallo e qualche topolino che zampettava qua e là sotto il sole. Alcuni conigli s'addormentarono fra l'erba alta. Il pendio era già in ombra quando Garofano arrivò di corsa e disse che s'era imbattuto, a muso a muso, con Nerigno e Pungitopo, presso il ciglio della valletta.

Vulneraria ne fu molto seccato. « Perché mai saran venuti a sfrucugliare da 'ste parti? » disse. « Non potevi ammazzarli, già che c'eri? Addio sorpresa, ormai. »

« Mi dispiace, signore » disse Garofano. « Non ero molto all'erta, sul momento, e mi han colto alla sprovvista. Non li ho inseguiti, non sapendo se avrei fatto bene o male. »

« Be', può darsi che non faccia poi tanta differenza »

disse Vulneraria. « Non vedo cosa possono fare. Qualcosa però faranno, ora che sanno che siamo qui. »

Mentre passava in rassegna i suoi conigli, rivolgendo loro qualche incoraggiamento, Vulneraria esaminò la situazione. Una cosa era certa: non avrebbero più colto Sglaili e i suoi alla sprovvista. Poteva darsi che, per lo spavento, rinunciassero a battersi, però. E, consegnate le femmine, pensassero solo a salvare la pelle. O magari eran già in fuga. In tal caso, bisognava raggiungerli immediatamente: ché quelli erano freschi, mentre i suoi, dopo la lunga marcia, non avrebbero potuto reggere a un lungo inseguimento. Occorreva accertarsi al più presto. Si rivolse a un giovane coniglio, della Marca di Collo, che bruciava lì accanto e gli chiese:

« Ti chiami Cardo, tu, vero? ».

« Cardo, signorsì » quello gli rispose.

« Ho bisogno di te » disse Vulneraria. « Va' a cercare il Capitano Garofano e digli di raggiungermi là – lo vedi quel ginepro? – immediatamente. E vieni anche tu. Sbrigati, non c'è tempo da perdere. »

Non appena Garofano e Cardo l'ebbero raggiunto, tutti e tre s'avviarono lungo il crinale. Vulneraria voleva vedere cosa stesse accadendo alla faggeta. Se il nemico era già in fuga, egli avrebbe spedito Cardo a chiamare Gramigna e Verbasco e gli altri, senza indugio. Viceversa, avrebbe provato cosa si poteva ottenere con le minacce.

« Se son scappati non saranno arrivati lontano, a quest'ora » disse Vulneraria. Però non credo che stiano scappando. Secondo me, sono ancora nelle tane. »

In quel momento un coniglio, sbucato dall'erba, gli si parò davanti sul sentiero. Ristette, un attimo, poi avanzò verso di loro. Zoppicava leggermente, e aveva un'aria tesa, risoluta.

« Siete il Generale Vulneraria, vero? » disse quel coniglio. « Son venuto a parlarvi. »

« Ti manda Sglaili? » domandò Vulneraria.

« Sono amico di Sglaili » l'altro rispose. « Son venuto a domandarvi perché siete qui e cosa volete. »

« C'eri anche tu sulla riva del fiume, sotto la pioggia? » domandò Vulneraria.

« Sì, c'ero. »

« Ciò che allora è rimasto in sospeso verrà adesso finito » disse Vulneraria. « Siam venuti a distruggervi. »

« Non vi riuscirà facile. Non riporterete a casa tutti i conigli che ne sono partiti. Sarebbe meglio venire a patti. »

« Molto bene » disse Vulneraria. « Ecco le condizioni. Ci renderete tutte le femmine che avete portato via da Efrafa e ci consegnerete i disertori Sglaili e Nerigno. »

« Non possiamo accettare questi patti. Son venuto a proporvi qualcos'altro, di meglio per entrambi le parti. Un coniglio ha due orecchi; un coniglio ha due occhi, due narici. Le nostre conigliere dovrebbero essere come i due occhi di una stessa testa. Dobbiamo essere amici, non combatterci. E dovremmo creare altre conigliere, insieme: fonderne una fra qui e Efrafa, con conigli di entrambe le colonie. Non ci rimettereste, anzi ne avreste un guadagno. Entrambi ci avvantaggeremmo. Molti vostri conigli sono scontenti, e vi tocca tenerli a freno, ma se accettate il piano che vi propongo sarà diverso, vedrete. I conigli ne hanno già in abbondanza, di nemici. Non dovrebbero combattersi a vicenda. Un matrimonio fra libere conigliere indipendenti... che ne dite? »

In quel momento, all'ora del tramonto sul Colle Watership, veniva così offerta al Generale Vulneraria l'opportunità di dimostrare se era, veramente, il condottiero lungimirante e geniale che egli stesso si considerava, oppure un tiranno, e nient'altro, con l'astuzia e il coraggio di un pirata. Per un attimo, l'idea del coniglio zoppo brillò, chiara, di fronte a lui. L'afferrò, si rese conto di che cosa significasse. L'attimo dopo, l'aveva già scartata.

Il sole naufragò dietro le nubi basse all'orizzonte, e adesso egli poteva vedere, distintamente, il sentiero che, lungo il crinale, portava alla faggeta... e alla carneficina cui agognava, cui si era preparato con tenacia e con ingegno.

« Non ho tempo di star qui a parlare di stupidaggini » disse Vulneraria. « Non siete in condizioni di trattare. Non c'è più nulla da dire. Cardo, corri, va' a dire al

Capitano Verbasco di venir qui con tutte le nostre forze, subito. »

« E codesto coniglio, signore? L'ammazzo? » domandò Garofano.

« No » rispose Vulneraria. « Poiché l'hanno mandato a sentire i nostri patti, che torni a riferirli. Tu! va' a dire a Sglaili che se tutte le femmine non saranno ad attenderci all'esterno della conigliera, insieme a lui stesso e a Nerigno, per quando arriviamo, scannerò tutti i vostri compagni, dal primo all'ultimo, entro ni-Frits domani. »

Il coniglio zoppo parve sul punto di replicare, ma Vulneraria gli aveva già voltato le spalle e stava spiegando a Garofano quel che doveva fare. Nessuno dei due degnò d'uno sguardo il coniglio zoppo, quando questi riprese la strada per la quale era venuto.

44. UN MESSAGGIO DA EL-AHRAIRÀ

La forzata passività della loro difesa, l'attesa continua, divennero insopportabili. Giorno e notte essi udivano, attutiti, i colpi di piccone sopra le loro teste, e vivevano nell'incubo che la grotta crollasse, che le cose più orrende si verificassero.

ROBIN FEDDEN,
Castelli dei Crociati.

« Hanno smesso di scavare » disse Lampo. « Non mi pare che ci sia più nessuno nel cunicolo. »

Nella fitta oscurità del Nido d'Api, Moscardo passò oltre tre o quattro suoi compagni accovacciati fra le radici e raggiunse il ripiano dove Lampo stava in ascolto, tendendo gli orecchi ai rumori dall'esterno.

Gli efrafani eran giunti al crepuscolo alla faggeta e subito si eran dati a perlustrare la zona – lungo i greppi e fra gli alberi – per conoscere le dimensioni della conigliera e individuarne tutte le uscite. Eran rimasti stupiti, a trovar tanti buchi in una zona così ristretta, poiché quasi nessuno di loro aveva mai visto un'altra conigliera: e da loro, a Efrafa, bastavan poche gallerie per un bel po' di conigli. A tutta prima avevan sospettato che, lì, sotterra, vi fossero moltissimi conigli. Il silenzio di quel bosco di faggi, così solitario, li aveva intimoriti, e la più parte se ne tenne alla larga, paventando imboscate. Vulneraria dovette rassicurarli. Quegli stupidi dei loro nemici – spiegò – avevano scavato più gallerie di quante ne occorressero a una ben organizzata conigliera. Ben presto si sarebbero accorti del loro sbaglio. Con tanti sbocchi, le tane erano indifendibili. Quanto al guano del bianco uccello, sparso pel bosco, era chiaro ch'era vecchio. Dell'uccello non c'era traccia, nelle vicinanze. Ciononostante, molti conigli di truppa seguitavano a guardarsi intorno con diffidenza. All'improvviso strido d'una pavoncella, un paio di loro se la diedero a gambe, e gli ufficiali dovettero rincorrerli, riportarli indietro. La storia del bianco uccello che aveva combattuto per Sglaili aveva lasciato un'impressione indelebile, fra gli abitanti di Efrafa.

Vulneraria ordinò a Garofano di disporre alcune sentinelle – e una pattuglia andasse di ronda – mentre Verbasco e Gramigna si davan da fare coi cunicoli bloccati. Gramigna si mise all'opera sul greppo, Verbasco nella faggeta, dove i cunicoli sbucavano fra le radici. Trovò subito la galleria lasciata aperta. Tese gli orecchi, ma non udì nulla. Allora (poiché era più uso a trattare con prigionieri, che non con nemici) ordinò a due dei suoi di infilarsi in quel cunicolo. La scoperta di quella via d'acceso incustodita gli aveva infuso la speranza di poter conquistare la conigliera con un colpo di mano, penetrando nel cuore di essa. I due obbedirono prontamente e, disgraziati, furono accolti da Argento e Ramolaccio, in un punto dove il corridoio s'allargava, coi dovuti riguardi. Per poco non ci lasciavano la pelle. A vederli sortir fuori così malconci, i loro compagni di squadra, già riluttanti a scavare, non ne furono certo incoraggiati. E il lavoro in quel settore procedeva a rilento, nell'oscurità che precede il sorger della luna.

Gramigna, per dare il buon esempio alla sua squadra, si mise lui stesso a scavare, fra i frantumi di terra che occludevano uno dei cunicoli sul greppo. Arando con le zampe in quel suolo che non offriva quasi resistenza, si trovò a muso a muso con Nerigno. Questi, rapido, gli affondò i denti nella gola. Gramigna, che non poteva sfruttare il proprio peso, si diede a zigare e scalciare, puntando le zampe per tirarsi fuori. Nerigno non mollava e Gramigna – un coniglio assai robusto, come tutti gli ufficiali efrafani – se lo tirò appresso per un pezzo, prima di poterselo scrollare di dosso. Nerigno sputò un ciuffo di peli e balzò di lato, mettendosi in guardia. Ma Gramigna era già scappato. Gli era andata bene, che non fosse rimasto ferito più gravemente.

Vulneraria si rese conto, allora, che sarebbe stato molto arduo, se non impossibile, occupare la conigliera attaccando dai cunicoli difesi. Certo, se diversi cunicoli fossero stati aperti e attaccati simultaneamente, c'erano buone probabilità di successo. Ma dubitava che i suoi se la sentissero, di tentare, dopo quello che avevano visto. Si rammaricò di non aver pensato, in precedenza, a un piano di riserva, ove fosse venuto a mancare il fattore sorpresa. Meglio pensarci su, adesso. Allo spuntare della luna, chiamò a sé Garofano e ne discusse con lui.

La tesi di Garofano era di prenderli per fame. Il tempo era buono ed essi potevano, tranquillamente, restar lì due o tre giorni. Vulneraria respinse questo piano, senza esitare. Dentro di sé, non era mica tanto sicuro che, all'indomani, non sarebbe ricomparso l'uccello bianco. Dovevano invadere le tane prima dell'alba. Eppoi, a parte questo segreto timore, egli sapeva che la sua reputazione dipendeva da una vittoria sul campo. Era venuto lì con la sua Ausla per assalire e sgominare quei conigli. Un assedio equivaleva a un anticlimax. Inoltre, voleva esser di ritorno a Efrafa al più presto. Al pari di tanti signori della guerra, non si fidava affatto di chi si era lasciato alle spalle.

« Se ricordo bene, » disse « al Bosco di Nutley, quando gran parte della conigliera era stata già occupata, un nucleo di conigli si asserragliò in una piccola tana, dove era difficile snidarli. A questo punto io tornai a Efrafa, coi prigionieri, lasciando ad altri l'incarico di sbrigarli. Ricordi come furono sbrigati, e da chi? »

« Se n'occupò il Capitano Malvone » disse Garofano. « Lui è morto, va bene, ma dev'esserci, qui, qualcuno che era con lui in quell'impresa. Vado a sentire. »

Ritornò con un robusto e flemmatico auslano a nome Semprevivo, il quale lì per lì stentò a capire che cosa il Generale volesse da lui. Alla fine afferrò, e disse che, in quella occasione, più d'un anno addietro, il Capitano Malvone gli aveva ordinato di scavare una galleria a perpendicolo su quella tana. In tal modo erano penetrati, dall'alto, in mezzo a quei conigli resistenti e ne avevano avuto ragione.

« Bene, questa è l'unica maniera, mi sa » disse Vulneraria a Garofano. « E, se ci si dà dentro, lavorando a turno, riusciremo a penetrare in quelle tane prima dell'alba. Torna a disporre le sentinelle – non più di due o tre – e s'incominci subito a scavare. »

Di lì a poco, Moscardo e i suoi conigli, rintanati nel Nido d'Api, udirono raspare sopra le loro teste. Non stettero molto a rendersi conto che gli scavi procedevano in due diversi punti. Il primo corrispondeva al lato nord del Nido d'Api, dove le radici a fittone formavano una specie di chiostro: lì il soffitto, tralicciato di radici e barbe, era molto robusto. L'altro punto corrispondeva, più o meno, al centro del salone, un po' spostato però verso sud, dove il Nido d'Api si suddivideva in tanti vani (intercalati da pilastri di terra) dai quali si dipartivano altrettanti cunicoli, che portavano ai covili. In uno di questi, su un tappeto di peli, giaceva Cedrina, accanto alla lettiera di erba e foglie ricoperte di terriccio, sulla quale dormivano i suoi cuccioli neonati.

« Bene, si sono assunti un compito molto gravoso » disse Moscardo. « Se non altro, gli renderà gli unghioli meno aguzzi. Eppoi saranno alquanto spompati, prima di aver finito. Tu che ne pensi, Mirtillo? »

« Le prospettive non sono buone, purtroppo, Moscardo-rà. È vero che, laggiù in fondo, incontreranno molta resistenza, perché il terreno è pieno di radici. Ma qui sopra lo scavo è più facile. Non impiegheranno molto tempo. A un certo punto, la volta cederà. Non vedo proprio come possiamo fermarli. »

Moscardo lo sentiva tremare, mentre così parlava. Il lavoro di scavo procedeva inesorabile. La paura si stava diffondendo nella tana.

« Ci riporteranno a Efrafa » sussurrò Vilturilla a Thethuthinnèa. « E là, la polizia... »

« Zitta » disse Kaisentlaia. « I maschi mica parlano così. E perché noi dovremmo? Io per me non mi pento, neanche adesso, di esser venuta via da Efrafa. »

Erano parole coraggiose, ma Moscardo – e non lui soltanto – indovinava i suoi pensieri. Parruccone ricordò quella notte, a Efrafa, quando le aveva parlato per la prima volta della loro collina, per conquistarla al suo piano di fuga. Nell'oscurità, ammusando, trasse Moscardo in disparte, e gli disse:

« Ascolta, Moscardo. Non è ancora la fine. Nient'affatto. Quando il soffitto cederà, piomberanno qui nel Nido d'Api. Ma noi possiamo ritirarci nei covili più interni e bloccarne i corridoi d'accesso. Troveranno la strada sbarrata. »

« Sì, li fermeremo ancora per un po' » disse Moscardo. « Ma poi non tarderanno ad aprirsi un varco e invadere i covili, da qui. »

« Troveranno me, dietro quel varco » disse Parruccone. « Me e qualcun altro, pronti a batterci. Chissà che non preferiscano tornar a casa. »

Con un moto, suo malgrado, d'invidia, Moscardo si rese conto che Parruccone pregustava il momento dell'assalto e della lotta. Era un buon combattente e intendeva dimostrarlo. Ad altro non pensava. Non si curava dell'esiguità delle loro speranze. Ascoltando quei rumori di scavo avvicinarsi, lui studiava solo il modo migliore per vender più cara la pelle. Del resto, cos'altro restava da fare? Perlomeno i preparativi di resistenza li avrebbero tenuti occupati e avrebbero, forse, fugato la paura silenziosa che riempiva la tana.

« Hai ragione tu, Parruccone. Prepariamoci a riceverli. Chiama Argento e gli altri e mettili sotto. »

Mentre Parruccone spiegava il suo piano a Pungitopo e ad Argento, Moscardo ordinò a Lampo di mettersi in ascolto sul lato nord del Nido d'Api e venirgli a riferire periodicamente còme procedevano gli scavi. In fondo, importava poco dove la volta cedesse, se al centro o là, ma bisognava se non altro mostrare ai compagni che non aveva perso la testa.

« Non possiamo abbattere questi muri qui, Parruccone, per bloccare i corridoi » disse Pungitopo. « Sono loro che reggono il tetto, lo sai. »

« Sì, lo so. Scaveremo nelle pareti dei covili, qui dietro. Bisogna allargarli, in ogni caso, se vogliamo starci tutti. Quindi, spingeremo la terra smossa nei vani fra le colonne. E sbarriamo così tutte le uscite dal salone. »

Dopo i fatti di Efrafa, Parruccone era tenuto in altissima stima. A vederlo così animoso, gli altri misero da parte la loro paura e fecero come lui diceva: cominciarono ad allargare i covili situati oltre l'ala sud del Nido d'Api e ammucchiavano la terra, così ricavata, all'ingresso dei corridoi, finché quello che era un colonnato non fosse divenuto una muraglia.

Durante una pausa di questo lavoro, Lampo venne a riferire che gli scavi, dalla parte nord, erano cessati. Moscardo andò là, a sentire lui stesso. Non si udiva più nulla. Tornò presso Ramolaccio, che montava la guardia all'imbocco dell'unico cunicolo lasciato aperto: la galleria Kehaar, com'era chiamata.

« Lo sai cosa? Si sono accorti che ci son troppe radici, in quel punto, e ci hanno rinunciato. Ora insisteranno da questa parte. »

« Ho paura di sì, Moscardo-rà » disse Ramolaccio. Poi soggiunse: « Ti ricordi delle pantegane in quel granaio? Ce la siamo cavata, con loro. Ma ho paura che stavolta non ce la caviamo mica. Che peccato! dopo tutto quello che abbiamo passato insieme ».

« Invece sì, ce la caveremo » disse Moscardo, con più convinzione che poteva. Ma in cuor suo non ne era convinto. Ramolaccio – questo bravo coniglio, così franco e leale – dove sarà domani, per ni-Frits? Dove aveva guidato i suoi compagni? Possibile che questa fosse la fine di tutti? Possibile che avessero superato la brughiera, sventato l'insidia dei laccioli, che fossero passati attraverso il temporale, oltre il ponte del gran fiume, soltanto per morire sotto gli artigli di Vulneraria? Cosa, cosa poteva salvarli, a questo punto? Non era quella la morte che meritavano. Non era quella una fine adeguata, dopo tante peripezie. Ma che cosa poteva ormai fermare Vulneraria? Niente, nessuno. Ammenoché... qualche tremendo colpo non venisse inferto agli efrafani dall'esterno... Ma non c'era, di questo, nessuna speranza. Volse le spalle a Ramolaccio.

Gratta gratta gratta... Il rumore degli scavi proseguiva implacabile. Moscardo, avanzando nel buio della tana, venne a trovarsi accanto a un coniglio che se ne stava tutto rannicchiato presso la nuova muraglia difensiva. L'annusò. Era Quintilio.

« Tu non lavori? » gli domandò, svogliato.

« No » rispose Quintilio. « Sto in ascolto. »

« Li senti come scavano, eh? »

« No, non ascolto questo rumore. È qualcos'altro che sto cercando di udire... qualcosa che gli altri non odono. Solo, che non riesco a udirlo neanche io. Ma è vicino. Profondo. Un mucchio di foglie. Profondo. Me ne vado, Moscardo... me ne vado via. » La sua voce divenne sonnolenta. « Sto cadendo. Ma fa freddo. Tanto freddo. »

L'aria, in quella buia tana, era invece afosa. Moscardo si chinò su Quintilio. Il suo corpo era inerte. Lo spinse col muso.

« Freddo... » mormorò Quintilio. « Tanto... tanto freddo! »

Seguì un lungo silenzio.

« Quintilio! Quintilio, mi senti? »

D'un tratto, una voce terribile uscì dalla gola di Quintilio. Una voce che fece sobbalzare di paura tutti quanti i conigli nella tana. Una voce che mai nessun coniglio aveva emesso, che nessun coniglio aveva la facoltà di emettere. Una voce profonda, cavernosa, innaturale. I conigli al lavoro dall'altra parte della muraglia si rannicchiarono sgomenti. Una delle femmine si mise a zigare.

« Brutte sporche bestiacce! » abbaiava Quintilio. « Come osate venir qui? Fuori! fuori! fuori! »

Parruccone sbucò dalla terra ammucchiata, tutto ansante. « Fallo smettere, in nome di Frits! Ci farà uscire tutti di senno! »

Rabbrividendo, Moscardo scosse Quintilio. « Sveglia! Quintilio, svegliati! »

Ma Quintilio era immerso in un torpore profondo.

Nella mente di Moscardo, rami verdi s'agitavano al vento. Si squassavano, stormivano, si contorcevano. Intravedeva qualcosa fra quei rami. Cos'era? Avvertiva una sensazione d'acqua... e di paura. Poi tutt'a un tratto vide con chiarezza – per un attimo – un gruppetto di conigli sul greto d'un fiumicello all'alba, che ascoltavano un cane abbaiare nel bosco vicino e una ghiandaia cicalare.

« Se fossi in te, non aspetterei fino a ni-Frits. Me ne andrei subito. Anzi, credo che sia giocoforza. C'è un grosso cane che si aggira nel bosco. C'e un grosso cane che si aggira nel bosco! »

Il vento soffiava, le foglie stormivano. Il fiumicello non c'era più. Lui era nel Nido d'Api, al buio, davanti a Parruccone, accanto al corpo inerte di Quintilio. Il raspare si era fatto più vicino e distinto, sopra le loro teste.

« Sta' a sentire, Parruccone, e fa' come ti dico » gli disse. « Non c'è tempo da perdere. Va' a chiamare Mirtillo e Den' di Leone e conducili da me, all'imbocco della galleria Kehaar. »

All'imbocco di quella galleria, Ramolaccio era sempre al suo posto. Non s'era mosso, ai latrati di Quintilio, ma aveva il fiato corto e il polso affrettato. Lui e gli altri tre conigli si accostarono a Moscardo, in silenzio.

« Ho un'idea » disse Moscardo. « Se il mio piano funziona, è la fine per Vulneraria. Ma non ho tempo di spiegarvi, ora. Ogni istante è prezioso. Den' di Leone e Mirtillo, voi verrete con me. Uscirete da questo cunicolo e, via! tra gli alberi. Fuori del bosco piegherete a nord, oltre il ciglione e giù, verso la campagna. Non vi fermate per nessun motivo. Andrete più veloci di me, voi. Aspettatemi, a valle, presso l'albero di ferro. »

« Ma, Moscardo... » disse Mirtillo.

« Non appena saremo usciti noi, » disse Moscardo, a Parruccone, « tu bloccherai anche questo cunicolo qui e, tutti quanti, vi ritirerete di là dalla muraglia che state ereggendo. Se sfondano, tenete duro il più a lungo possibile. Non arrendetevi per nessun motivo. El-ahráirà mi ha mostrato quel che devo fare. »

« Ma dove vai, Moscardo, dove vai? » domandò Parruccone.

« Alla fattoria, » gli rispose Moscardo « a rosicchiare un'altra corda, vado. Ora, voi due! seguitemi su per questo cunicolo. E mi raccomando! non vi fermate per nessun motivo, finché non siete ai piedi della collina. Se ci sono conigli, qui fuori, non combattete... scappate! »

Senza aggiungere altro, s'imbucò nel tunnel, per uscire nel bosco, con Mirtillo e Dente di Leone alle calcagna.

45. DI NUOVO ALLA FATTORIA

> Si dia l'ordine di strage! E si scatenino i mastini della guerra.
>
> SHAKESPEARE, *Giulio Cesare*.

In quel momento il Generale Vulneraria si trovava ai piedi del greppo, insieme a Cardo e Semprevivo, sotto il tenue, giallino chiardiluna della tarda nottata.

Stava loro dicendo: « Eravate stati messi di guardia allo sbocco di quella galleria, non per curiosare, bensì per fermare chiunque tentasse di uscirne! ».

« Parola mia, signore, » disse Cardo, querulo, « c'è un animale che non è un coniglio, laggiù. L'abbiamo sentito bene, tutt'è due. »

« E l'avete anche fiutato? » domandò Vulneraria.

« Signornò. Nessun odore, né orme, né escrementi. Ma sentito l'abbiamo: è un animale, e non è un coniglio. »

Diversi scavatori, interrotto il lavoro, s'erano avvicinati, per sentire. Si misero a parlottare fra loro.

« Sì, ci avevano un komba, che ha ucciso il Capitano Malvone. Mio fratello l'ha visto. C'era anche lui. »

« E ci avevano un uccellaccio, che poi s'è trasformato in un fulmine. »

« E un altro animale li ha portati in groppa sul fiume. »

« Perché non torniamo a casa? »

« Basta! » gridò Vulneraria. E salì sul greppo. « Chi l'ha detto? Chi ha parlato così? Tu, eh? E va bene! vai a casa. Su, corri. Io ti sto a guardare. La strada, eccola là. »

Il coniglio non si mosse. Vulneraria volse lo sguardo in giro, lentamente.

« Bene » disse. « Chiunque voglia tornarsene a casa, è padrone di farlo. Sarà una bella lunga scarpinata. Senza ufficiali. Gli ufficiali restano qui, a scavare. Me compreso. Capitano Verbasco, Capitano Gramigna, volete seguirmi? Tu, là, Cardo, va' a chiamarmi Garofano. E tu, là, Semprevivo, torna subito all'imbocco di quel tunnel, da dove non t'avevi mai da muovere per niente. »

Ben presto gli scavi ripresero. La buca era adesso profonda – più profonda del previsto – e ancora il terreno non cedeva. Ma non mancava molto. Si sentiva che la sottostante cavità non era lontana.

« Dateci dentro » disse Vulneraria. « Ci siamo, quasi. »

Sopraggiunse Garofano e annunciò che aveva visto tre conigli scappar via, verso nord. Uno era lo zoppo, o così gli era parso. Lui stava per buttarsi all'inseguimento, quando Cardo era venuto a chiamarlo.

« Non importa » disse Vulneraria. « Scappino pure. Tre di meno, quando sfondiamo. Tu? di nuovo! » sbottò, vedendo comparire Semprevivo. « Che c'è, stavolta? »

« Il cunicolo aperto, signore » rispose quello. « Non è più aperto, adesso. L'hanno tappato, giù in fondo. »

« Allora mettiti anche tu a far qualcosa di più utile »

disse Vulneraria. « Svelli quella radice, tirala via. No, non quella, cretino. Quest'altra. »

Gli scavi proseguivano ancora quando apparvero, a oriente, le prime strie di luce.

Il grande campo ai piedi della balza era stato mietuto, ma le stoppie non ancora bruciate. C'era paglia sparsa sopra gli irsuti steli recisi e fra essi crescevano le erbacce del raccolto – gramigna e anagallide, persicaria e spannocchina, luiula e veronica – incolori e immote al chiarore dell'ultima luna. Fra i covoni, i campi di stoppie non offrivano alcun nascondiglio.

« Dunque, » disse Moscardo, mentre uscivano da una macchia di biancospini e cornioli, presso il traliccio, « avete ben capito quel che dovete fare? »

« Non è un'impresa facile, Moscardo-rà, no di certo » gli rispose Dente di Leone. « Ma bisogna tentare, questo è certo. Nient'altro può salvare la conigliera, ormai. »

« Avanti, allora, animo » disse Moscardo. « L'andata è facile, perlomeno, ora che hanno mietuto. Siamo allo scoperto, ma non fa niente. Non lasciatemi indietro, però. Correrò più veloce che posso. »

Attraversarono il campo, senza difficoltà, con Dente di Leone in testa. L'unico allarme fu quando stanarono quattro pernici, che si levarono con un frullo e, sorvolata la siepe, planarono nel campo contiguo. Ben presto raggiunsero la strada e Moscardo si soffermò presso la siepe di sempreverdi che la costeggiava.

« Dunque, Mirtillo, è qui che ti lasciamo » disse. « Sta' agguattato e non muoverti. Quand'è il momento, non scattare troppo presto. Hai il cervello migliore di tutti noialtri. Usalo. E non perdere la testa. Quando arrivi, va' a rimpiattarti nella galleria Kehaar e restaci finché tutto non torna tranquillo. Hai capito bene la tua parte? »

« Sì, Moscardo-rà, » rispose Mirtillo. « Ma a quanto pare, dovrò correre da qui all'albero di ferro senza riscuoter fiato. È terreno scoperto. »

« Lo so. Non ci si può far niente. Nella peggiore delle ipotesi, puoi virare sulla siepe quindi andrai a zig-zag,

dentro e fuori della fratta. Insomma, regolati tu, fa'
come ti pare. Non c'è tempo per discuterne insieme. Solo,
fa' che torni senz'altro lassù, alla conigliera. Tutto dipende da te. »

Mirtillo si rimpiattò fra il muschio e l'edera alla base
del biancospino. Gli altri due, attraversata la strada,
risalirono la pendice, dirigendosi verso le tettoie sul
lato del viottolo.

« Ottime rape ci tengono, qui » disse Moscardo, mentre vi passavano accanto. « Peccato che non abbiam tempo di fermarci adesso. Ma ci torneremo, a farne una
strippata. »

« Lo spero, Moscardo-rà, lo spero » disse Dente di
Leone. « Si va dritti pel viottolo? E quei gatti? »

« È il percorso più breve » disse Moscardo. « Questo
è quel che più conta, adesso. »

Erano le prime luci dell'alba e le allodole già si levavano. Quando furono al grande cerchio di olmi, udi-
ron nuovamente lo stormire profondo e sospiroso delle
loro folte chiome e una foglia giallina cadde volteggiando
sulla proda del fosso. Giunti in cima alla salita, videro
innanzi a loro i granai e l'aia. Gli uccelli canori cominciavano a cinguettare tutt'intorno e le cornacchie si ri-
mandavano il loro gracchio dalle cime degli olmi. Ma
nulla si muoveva sulla terra, neanche un passero vi si
posava. Proprio di fronte a loro, di là dall'aia, presso
la cascina, c'era il canile. Il cane non si vedeva ma
la corda, annodata a un occhiello sul tetto piatto, ricadeva oltre l'orlo e scompariva entro la soglia cosparsa
di paglia.

« Siamo in tempo » disse Moscardo. « Il bestione
dorme ancora. Ora, Den' di Leone, tu non devi commettere il minimo errore. Ti sdrai fra l'erba, là, dirimpetto al canile. Quando avrò rosicchiato la corda, la vedrai cader giù. Se quel cane non è sordo o malato, sarà
già all'erta, a questo punto. O magari anche prima,
purtroppo, ma in tal caso è affar mio. Tu dovrai attirare
la sua attenzione e farti inseguire fino alla strada. Tu
sei molto veloce. Bada di non distanziarlo troppo, non
deve perderti. Sfrutta le siepi, se vuoi. Ma non scordarti

che si trascina dietro la corda, lui. Conducilo fino da Mirtillo. Questo è l'essenziale. »

« Se mai ci rivedremo ancora, Moscardo-rà, » disse Dente di Leone mentre andava ad acquattarsi fra l'erba « avremo certo di che imbastire la più bella di tutte le storie. »

« E tu sei quello adatto a raccontarla » disse Moscardo.

Descritto un semicerchio verso levante, raggiunse la cascina. A cauti saltelli ne rasentò il muro, dentro e fuori un'aiola sottile. La sua testa era un tumulto di odori disparati: cenere, letame, floghi in fiore, gatto, cane, galline, acqua stagnante. Arrivò dietro al canile, che puzzava di creosoto e paglia marcia. Una mezza balla di strame stava appoggiata alla casetta (certo serviva per foderare la cuccia e, siccome era bel tempo, non era stata rimessa dentro). Ecco, finalmente, un pochino di fortuna. Altrimenti, sarebbe stato un grosso problema salire sul tetto. S'arrampicò sopra la paglia. Sul tetto giaceva una vecchia copertaccia, stracciata, umida di guazza. Moscardo, drizzatosi, annusando, v'appoggiò gli zampini anteriori. Non scivolava via. Vi si issò sopra.

Quanto rumore aveva fatto? Quanto forte era il suo odore, sopra quello del catrame e della paglia, e di tutti gli altri della fattoria? Attese, pronto a saltare, se ci fosse movimento. Ma niente. Fra i terribili miasmi di quell'odor di cane che lo rendeva folle di paura e ordinava « Fuggi! Scappa! » a ogni muscolo, ogni nervo, strisciò avanti fin dove era avvitato l'occhiello. Le sue unghie rasparono, s'irrigidì di nuovo. Ma niente si mosse. Si acquattò e cominciò a rodere la grossa fune.

Il lavoro risultò più facile del previsto. Assai più facile che rodere la corda della chiatta, benché di pari grossezza. Quella era intrisa di pioggia, viscida, fibrosa; questa, benché umida di rugiada all'esterno, era tenera e secca. In breve ne ebbe messo a nudo l'anima. I denti davanti, taglienti come ceselli, laceravano tenaci la stoppa ritorta.

Era circa a metà della fatica, quando udì la pesante mole del cane muoversi, sotto di lui. Si stiracchiava, sbadigliando. La corda oscillò, si udì trapestare fra la paglia. Il suo odore pestilente salì su, denso come una nuvola.

Non importa se anche mi sente, adesso, pensò Moscardo. Basta che mi sbrighi a roder questa corda completamente. Il cane si scaglierà su Den' di Leone. E bisogna che la corda sia abbastanza rosicata da spezzarsi, quando lui dà uno strattone.

Seguitò a rosicchiare alacremente, poi si drizzò per riprendere fiato e guardò oltre il sentiero dove Dente di Leone stava appostato. Si sentì agghiacciare. Alle spalle di Dente di Leone, fra l'erba, era in agguato il soriano, con gli occhi spiritati, la coda sferzante. Mentre lo guardava, paralizzato, il gatto avanzò ancora strisciando sul ventre. Aveva già adocchiato anche l'altro coniglio sulla cuccia. Dente di Leone teneva lo sguardo fisso sull'uscio del canile, immobile, come gli era stato detto. Il gatto si tese, per spiccare un salto.

Prima ancora di sapere che facesse, Moscardo scalpitò sul tetto risonante. Batté due colpi con la zampa, poi girò su se stesso per balzare a terra e darsi alla fuga. Dente di Leone, reagendo all'istante, scattò verso lo spiazzo ghiaiato. In quello stesso istante il gatto saltava, atterrando esattamente dove il coniglio stava accucciato un attimo prima. Il cane emise due brevi, acuti latrati e balzò fuori dalla cuccia. Vide subito Dente di Leone e si avventò. La corda si tese. Resistette un istante, poi si schiantò dov'era stata mezzo rosicata. Il canile traballò, s'inclinò e ricadde con un tonfo, uno squasso. Moscardo, già sbilanciato, artigliò la coperta, ma non riuscì a trattenersi e ruzzolò dal tetto. Cadde pesantemente sulla zampa offesa, giacque riverso, scalciando. Il cane era sparito.

In quell'attimo si sentì ribaltare sul fianco, quindi premere al suolo. Avvertì una puntura, lieve ma acuta, sotto il pelame sul dorso. Sferrò un calcio con le zampe posteriori, ma non incontrò nulla. Girò il capo. Il gatto era su di lui, accovacciato mezzo di traverso al suo corpo. I suoi baffi gli sfioravano un orecchio. Quei grandi occhi verdi, dalle pupille assottigliate a due fessure nere, verticali, nel riverbero del sole, lo guardavano fisso.

« Non sei buono a correre? » sibilò il gatto. « Mi sa di no. »

46. PARRUCCONE TIENE DURO

È picchiar sodo, questo, signori.
Staremo a vedere chi picchierà
più a lungo.

IL DUCA DI WELLINGTON,
a Waterloo.

Gramigna s'inerpicò su pel ripido fianco della buca e raggiunse Vulneraria alla superficie.

«Non c'è da scavar oltre, signore » gli disse. « Il diaframma crollerà, alla prima spinta. »

« Riesci a capire cosa c'è, di sotto? » domandò Vulneraria. « Una tana? Un cunicolo? »

« Una tana, ne son praticamente sicuro, signore. Anzi, direi, un locale di notevoli dimensioni. »

« Quanti conigli ci saran rinchiusi, secondo te? »

« Non ne ho uditi, veramente, neanche uno. Ma staranno quatti quatti, in attesa di attaccarci appena sfondiamo. »

« Non che abbiano fatto grandi attacchi, finora » disse Vulneraria. « Sono un branco di vigliacchi, questi qui. Se ne stanno rimpiattati... alcuni si danno addirittura alla fuga nella notte... No, non credo che ci daranno molto filo da torcere. »

« Ammenoché, signore... » disse Gramigna.

Vulneraria lo guardò e attese.

« Ammenoché la... la bestia non ci assalga, signore. L'animale, quale che sia. Non è da Semprevivo, immaginarsi le cose. Non ha immaginazione, Semprevivo. È una montagna di flemma. Sto facendo delle ipotesi » si affrettò a soggiungere, visto che Vulneraria seguitava a tacere.

Questi alla fine disse: « Ebbene, se lì dentro c'è un animale, s'accorgerà che anch'io lo sono, un animale ». E raggiunse, sul greppo, Garofano e Verbasco che attendevano con diversi altri conigli.

« Il lavoro più duro è bell'e fatto » disse. « Ora ce li sbrighiamo, quelli lì sotto, e poi si torna a casa con le femmine. Agiremo nel modo seguente. Io, sfondato il soffitto, mi calerò per primo nella tana sottostante. Solo tre di voialtri mi seguiranno, altrimenti, nella confusione, rischieremmo di azzuffarci fra di noi. Verrai tu, Verbasco, con me. E scegliti due bravi. Se c'è da menar le zampe, ce la vedremo noi. Gramigna, tu ci seguirai ma però resterai nel viadotto, hai capito? Non saltar giù nella tana, finché io non te lo dico. Quando la situazione sarà chiara, chiamerai dei rinforzi. Si tengano pronti. »

Tutti nell'Ausla avevano fiducia in Vulneraria. Quando udirono che lui si sarebbe calato per primo nel covo nemico, così, con estrema calma, come se si trattasse di andar a primule e verbene, i suoi ufficiali si sentirono rinfrancare lo spirito. Parve loro del tutto probabile che i nemici s'arrendessero senza combattere. Quando il Generale aveva guidato l'assalto finale al Bosco di Nutley, egli aveva fatto secchi tre conigli, subito, e nessun altro aveva osato opporglisi (il giorno prima, però, c'eran stati diversi duri scontri, nei cunicoli esterni).

« Molto bene » disse Vulneraria. « Dunque, non voglio che nessuno vada disperso. Garofano, provvedi tu. Non appena avremo riaperto, dal di dentro, qualche cunicolo, farai affluire altri rinforzi. Alla svelta, quando io darò l'ordine. »

« Buona fortuna, signore » disse Garofano.

Vulneraria saltò nella buca. Appiattì gli orecchi e si calò nel viadotto. Aveva deciso di non fermarsi ad ascoltare. Non serviva, poiché tanto intendeva sfondare il diaframma immediatamente. La cosa più importante era non dar segno di esitazione, affinché neanche Verbasco esitasse; eppoi bisognava che il nemico lo sentisse arrivare solo all'ultimo istante. Lì sotto, o c'era una tana o c'era un corridoio. Poteva darsi che dovesse ingaggiar subito il combattimento o che avesse, invece, la possibilità di orientarsi, prima. Non importava. Importava soltanto incontrare conigli e ammazzarli.

Arrivò in fondo a quella specie di camino. Come aveva detto Gramigna, il diaframma era fragile: come uno strato di ghiaccio su una pozzanghera: gesso, ciottoli e terra leggera. Vulneraria vi raspò con gli unghioli anteriori. Un po' umido, resistette un momento poi crollò, franando. E Vulneraria venne giù, con esso.

Cadde per un tratto pari alla lunghezza del proprio corpo. Da ciò capì che si trovava in una tana. Appena toccato terra, scalciò con le zampe posteriori e poi scattò in avanti, un po' per non trovarsi sotto Verbasco che lo seguiva, un po' per andarsi a mettere con il dorso al muro prima che l'attaccassero da dietro. Si trovò a ridosso d'un mucchio di terra smossa: evidentemente l'imbocco d'un cunicolo bloccato. Si rigirò. Un momento dopo Verbasco era al suo fianco. Il terzo coniglio, chiunque fosse, pareva invece in difficoltà. Lo udirono trapestare fra le macerie del soffitto crollato.

« Siamo qua » gli disse Vulneraria.

Il coniglio, un grosso, possente veterano a nome Tuono, li raggiunse, incespiconi.

« Che t'è preso? » chiese Vulneraria.

« Niente, signore, » Tuono rispose « tranne che c'è un coniglio morto, lì in terra, e lì per lì non m'ero reso conto. »

« Un coniglio morto? » fece Vulneraria. « Sei sicuro che è morto? Dov'è? »

« Là, signore, sotto la breccia nel soffitto. »

Vulneraria andò a controllare. Di là dal mucchio di macerie, giaceva il corpo inerte di un coniglio maschio. L'annusò, lo tastò col muso.

« Non è morto da molto » disse. « È quasi freddo ma non ancora rigido. Che te ne sembra, Verbasco? I conigli non muoiono sotterra. »

« È un maschio molto piccolo, signore » rispose Verbasco. « Non gli sorrideva l'idea di combatterci, si vede, e allora gli altri l'hanno fatto fuori. »

« No. Non ha neppure un graffio. Bah, lasciamolo

perdere, e avanti. Un coniglio di queste dimensioni non fa alcuna differenza, vivo o morto. »

Cominciò a spostarsi lungo la parete, annusando. Passò oltre gl'imbocchi di due cunicoli bloccati, si fermò presso un varco fra grosse radici d'albero. Il locale era evidentemente molto vasto: più della sala del Consiglio a Efrafa. Ebbene – visto che nessuno li attaccava – poteva volgere a suo vantaggio la vastità del luogo, facendo affluire subito dei rinforzi. Andò a porsi sotto il tetto sfondato. Drizzandosi sulle zampe posteriori, raggiungeva con quelle davanti l'orlo slabbrato della breccia.

« Gramigna! » chiamò.

« Signorsì » questi rispose, da sopra.

« Vieni, con altri quattro. Salta da questa parte, » e si spostò « c'è un morto lì per terra. Uno dei loro. »

S'attendeva sempre un attacco da un momento all'altro, ma il luogo rimaneva silenzioso. Seguitò a porgere ascolto, annusando l'aria afosa, mentre i cinque conigli di rincalzo saltavan dentro, a uno a uno. Con Gramigna, si portò accanto ai due cunicoli bloccati lungo la parete est.

« Falli aprire più presto che si può, » gli ordinò « e manda due conigli a vedere cosa c'è dietro quelle radici più avanti. Se vengono attaccati, corri subito a dar zampa forte. »

« C'è qualcosa di strano, signore, quanto all'altra parete di là » disse Verbasco, mentre Gramigna metteva il suo plotone al lavoro. « In parte è fatta di terra solida, mai scavata, ma in un paio di punti ci son mucchi di terra smossa. Direi che s'aprivano anche là dei passaggi che sono stati tappati. »

Vulneraria e Verbasco perlustrarono allora la parete meridionale del Nido d'Api, raspando e ascoltando.

« Hai ragione tu » disse Vulneraria. « Hai udito rumori, provenienti da dietro 'sto muro? »

« Sì, signore, qui, pressappoco » rispose Verbasco.

« Bene, abbattiamo questo mucchio di terra, presto » disse Vulneraria. « Metti un paio di conigli al lavoro. Mi sa che c'è Sglaili, di là, e in tal caso troveranno rogna fra non molto. Ma è questo che vogliamo: indurli ad attaccare. »

Mentre Tuono e Cardo cominciavano a scavare, Vulneraria si agguattò silenzioso alle loro spalle, aspettando.

Anche prima di udir crollare il soffitto nel Nido d'Api, Parruccone sapeva che gli efrafani invasori non avrebbero tardato a scoprire i punti deboli della parete sud, e lì avrebbero preso a scavare. Un lavoro breve. Dopo di che, gli toccava combattere: forse contro Vulneraria stesso. E con lui, nell'a corpo a corpo, aveva poche speranze, se quello sfruttava il suo peso. Bisognava quindi ferirlo subito, prima che se l'aspettasse. Ma come?

Espose il problema a Pungitopo.

« Il guaio » questi disse « è che questa conigliera non è stata predisposta alla difesa. In quella del Trearà, c'era invece il Cunicolo Morto, a questo scopo appunto. Serviva, insomma, in caso di aggressione, a portarsi alle spalle del nemico, e pigliarlo di sorpresa. »

« Ecco un'idea! » esclamò ·Parruccone. « Senti, adesso mi scavo una buca, qui, in questo corridoio, a poca distanza dall'ingresso che abbiamo bloccato. Quindi tu mi ricopri di terra. Non si noterà, fra tutti questi scavi e terra smossa. Lo so ch'è un rischio, ma sempre meglio che trovarsi subito a tu per tu con Vulneraria. »

« Ma metti che sfondano in un altro punto? » obiettò Pungitopo.

« Tu farai in modo che scavino qui, allora » replicò Parruccone. « Appena li senti, di là, tu fa' un po' di rumore — gratta o che — proprio sopra dove sto io nascosto. Insomma, tanto per attirarli. Avanti, dammi una zampa a scavare 'sta fossa. E tu, Argento, ritira tutti dal Nido d'Api e fa' chiudere questa parete completamente. »

« Parruccone, » disse Nicchio « non riesco a svegliare Quintilio. Giace ancora là in terra, in mezzo alla stanza. Che si fa? »

« Temo che non possiamo farci nulla » rispose Parruccone. « È un peccato ma dovremo lasciarlo dov'è. »

« Oh, Parruccone, » esclamò Nicchio « lasciami rimanere accanto a lui. Non sentirete la mia mancanza, e io intanto cercherò ancora... »

« Hlao-rù, » disse Pungitopo, più gentilmente che poteva, « se alla fine avremo perso solo Quintilio, vorrà dire che Frits nostro signore combatteva al nostro fianco. No, mi dispiace, amico, neanche un'altra parola. Tu ci servi, c'è bisogno di tutti quanti. Argomento, fa' che si ritiri anche lui con gli altri. »

E così, quando Vulneraria saltò dal tetto sfondato dentro il Nido d'Api, Parruccone giaceva già in una fossa, sotto un sottile strato di terra, oltre la parete sud, non lontano dal covile di Cedrina.

Tuono affondò i denti in un pezzo di radice divelta e lo tirò fuori. Ciò provocò una frana nel mucchio di terra, e si aprì un varco in cima a esso: ora non arrivava più fino al soffitto, ingombrava solo parte del cunicolo. Vulneraria, silenzioso, in attesa, poté fiutare un numero considerevole di conigli dall'altra parte. Sperava che venissero all'assalto, nella tana grande. Ma nessuno si muoveva.

Quando si trattava di combattere, Vulneraria non stava tanto a far calcoli. Gli uomini – e gli animali grossi, come i lupi – di solito hanno un'idea della propria e altrui forza numerica, e in base a ciò si regolano, se dar battaglia e come. Vulneraria non aveva mai avuto bisogno di pensare così. Dalle proprie esperienze di guerra aveva appreso che, quasi sempre, vi sono due categorie: quelli desiderosi di battersi e quelli che non vorrebbero, ma non possono evitarlo. Più d'una volta lui aveva affrontato da solo numerosi nemici, sgominandoli. Lui teneva soggiogata una grossa colonia con l'ausilio d'un pugno di ufficiali devoti. Non gli passava adesso per la mente – e, anche se ci avesse pensato, non gli avrebbe dato importanza – che gran parte dei suoi conigli erano ancora all'esterno; che quelli che aveva con sé eran meno numerosi degli avversari; e che, fintanto che Gramigna non avesse riaperto i cunicoli, non avrebbero potuto scappare neanche volendo. Cose di questo genere non contano, pei conigli combattenti. Aggressività e ferocia sono tutto. Vulneraria sapeva che quelli di là dal muro avevan paura di lui, e in questo consisteva il suo vantaggio.

« Gramigna, » disse « non appena riaperte quelle gallerie, di' a Garofano di far venire tutti quanti giù. E voialtri, seguitemi. Vedrete che li avremo già spacciati prima ancora che arrivino i rinforzi. »

Attese solo che Gramigna avesse richiamàto i due mandati a perlustrare fra le radici sul lato nord della tana, quindi – seguito da Verbasco – s'inerpicò sul mucchio di terra franata e imboccò lo stretto cunicolo. Nel buio udiva e fiutava i conigli – maschi e femmine – tramestare serrati innanzi a lui. Ce n'erano due, a distanza ravvicinata, nel corridoio, ma si ritrassero al suo apparire. Egli si spinse oltre e, d'un tratto, sentì il terreno ribaltarsi sotto i suoi piedi. Un attimo dopo un coniglio sbucava fuori dalla terra fra le sue zampe, e gli affondava i denti nell'ascella dello zampetto sinistro anteriore, proprio dove questo si congiunge al corpo.

Vulneraria aveva vinto quasi tutti i combattimenti, in vita sua, sfruttando il proprio peso. Gli avversari non potevano fermarlo e, una volta buttati giù, raramente si rialzavano. Ora, cercò di spingersi in avanti, ma le zampe posteriori non riuscivano a far presa nel terreno smosso, cedevole. Allora si impennò e, in quella, s'accorse che il suo avversario stava rannicchiato in una specie di trincea su misura. Vibrò un colpo e sentì i propri unghioli affondare e graffiargli la schiena, fino all'anca. Allora quello, senzà mollare la presa coi denti, si spinse in su con le zampe di dietro puntate contro il suolo della trincea. Vulneraria, con entrambe le zampe anteriori sollevate, venne rovesciato sul dorso sopra il mucchio di terra franosa. Sferrò calci, ma l'avversario si era disimpegnato e lui non poté raggiungerlo.

Vulneraria si rialzò. Sentiva il sangue scorrergli lungo la zampa. Il muscolo era leso. Non poteva appoggiarvisi. Ma anche i suoi artigli eran pieni di sangue, e quel sangue non era mica suo.

« Siete a posto, signore? » domandò Verbasco, alle sue spalle.

« Certo che sono a posto, imbecille » disse Vulneraria. « Seguimi da presso. »

Di fronte a lui, l'altro coniglio disse:

« Tu mi hai detto una volta, Generale, di cominciar da te, se volevo far impressione a qualcuno. Spero di esserci riuscito ».

« E t'ho detto anche che t'avrei accoppato io stesso » replicò Vulneraria. « Non c'è nessun uccello bianco, qui Sglaili. » E s'avanzò, per la seconda volta.

Aveva fatto apposta, Parruccone, a dileggiarlo. Sperava che Vulneraria, provocato, s'avventasse e gli offrisse l'occasione di morderlo di nuovo. Invece Vulneraria non ci cadde: lo sentì che s'avanzava cautamente, ben piantato al suolo. Era troppo astuto e, sempre pronto a valutare gli imprevisti, ora intendeva far uso degli artigli.

Rannicchiato su se stesso, spaventato, Parruccone lo sentiva avvicinarsi, sentiva che le zampe anteriori eran già quasi a tiro. Istintivamente si ritrasse, e in quel mentre pensò: Una zampa la trascina. La sinistra anteriore. Non può usarla appieno.

Offrendo all'avversario il fianco destro, Parruccone attaccò buttandosi sulla sinistra.

I suoi unghioli trovarono la zampa di Vulneraria, la lacerarono di sbieco. Ma prima che potesse ritirarsi, tutto il peso di Vulneraria gli piombò addosso e i suoi denti gli si serrarono sull'orecchio destro.

Parruccone zigò, premuto al suolo, dibattendosi di qua e di là. Vulneraria, sentendo l'avversario spaventato e in sua balia, staccò i denti dall'orecchio e si aderse, pronto ad azzannarlo alla nuca, lacerargliela. Per un istante incombette, così, sopra l'impotente avversario, toccando con le spalle la volta del cunicolo. Poi la zampa ferita lo tradì ed egli barcollò da una parte, appoggiandosi alla parete.

Parruccone lo colpì con due sventole sul muso, quindi sentì la terza sfiorargli i baffi, poiché l'altro balzava all'indietro. Lo sentì respirare affannato, sopra il mucchio di terra. Parruccone, con il sangue che gli colava dall'orecchio e dalla schiena, senza cedere un palmo di terreno, attese.

D'un tratto s'accorse che riusciva a distinguere, vagamente, la sagoma del Generale Vulneraria acquattato, sul rialzo, sopra di lui. Le prime luci del giorno filtravano attraverso il tetto sfondato del Nido d'Api, alle sue spalle.

47. IL CIELO SOSPESO

> E il vecchio toro mi s'avventò
> contro, a testa bassa. Carica! Ma
> io miça mi sgomentai... Anzi
> gli andai incontro. Fu lui a sgo-
> mentarsi.
>
> FLORA THOMPSON, *Lark Rise*.
>
> E fino al colle della sua disfatta
> Seguì il proprio cammino.
>
> A. E. HOUSMAN, *More Poems*.

Quando Moscardo scalpitò per dare l'allarme, Dente di Leone balzò istintivamente in fuga. Ci fosse stato un buco, sarebbe corso a rintanarvisi. Per un attimo guardò di qua e di là, sullo spiazzo ghiaiato. Poi s'accorse che il cane lo stava inseguendo e allora virò, in direzione del granaio rialzato da terra. Prima di giungervi, però, si rese conto che non doveva andar a rifugiarsi lì sotto. In tal caso il cane si sarebbe arrestato, eppoi un uomo poteva richiamarlo. Lui doveva invece guidarlo lontano dall'aia, fino alla strada. Mutò quindi direzione e corse su pel viottolo, verso gli olmi.

Non se l'era aspettato, che il cane gli arrivasse così vicino. Udiva il suo fiato e la ghiaia schizzare sotto le sue zampe.

Troppo veloce per me, pensò. M'acchiappa!

Fra un attimo gli sarebbe saltato addosso, l'avrebbe fatto ruzzolare e le sue mascelle gli avrebbero spezzato il filo della schiena. Lui sapeva che le lepri, quando stanno per essere raggiunte, schivano il cane inseguitore mediante un virata, brusca e netta, tornando indietro sulla loro pista.

Devo sterzare! pensò disperatamente. Ma se torniamo indietro, c'è caso che il padrone lo richiami, o sennò mi toccherà ficcarmi in una fratta e lui mi perde e tutto il piano va a monte.

Giunse lanciato in cima alla salita, si buttò per la discesa verso le tettoie del bestiame. Quando Moscardo gli aveva impartito le istruzioni, gli era parso che il suo compito consistesse solo nell'indurre quel cane a inseguirlo, mantenendo le debite distanze. Invece, ora stava scappando per salvarsi la vita, a una velocità mai raggiunta e che, lo sapeva, non avrebbe potuto mantenere a lungo.

In effetti Dente di Leone percorse i trecento metri fino alle tettoie in assai meno di mezzo minuto. Quando le raggiunse, gli pareva di stare scappando da un'eternità. Moscardo e la fattoria erano lontani, lontani nel tempo. Lui non aveva fatto mai altro in vita sua che correre giù per una china, atterrito, con il fiato del cane sulle natiche. Arrivato fra la paglia sparsa intorno alle tettoie, un topo gli attraversò la strada, e il cane rallentò un istante l'andatura. Dente di Leone guadagnò la tettoia più vicina e si scaraventò a capofitto fra due balle di strame, alla base di una catasta. Lo spazio era angusto e riuscì a malapena a rigirarsi su se stesso. Il cane era lì fuori, che raspava, anelante, guaiolando, sollevando festuche tutt'intorno mentre annusava lungo la base della catasta.

« Sta' cheto » gli disse un giovane topo, fra la paglia accanto a lui. « Fra un minuto se ne va. Mica sono testardi come i gatti. »

« Questo è il guaio » disse Dente di Leone, ansante, roteando gli occhi. « Non deve mollarmi. E il tempo stringe. »

« Cosa? » fece il topo, perplesso. « Com'hai detto? »

Senza rispondergli, Dente di Leone s'insinuò in un'altra intercapedine e, raccoltosi un momento, sfrecciò fuori allo scoperto, puntando sul capannone di fronte. Aperto a tettoia sul davanti, questo aveva sul fondo una parete d'assi. Trovò un buco fra le tavole e, attraverso di esso, sgattaiolò fuori, sul campo. Il cane inseguitore ficcò il muso in quel varco e spinse, spinse, abbaiando eccitato. Gradualmente un asse schiodato fece leva, si aprì come un portello, fino a lasciarlo passare.

Ora che aveva un maggior distacco, Dente di Leone si mantenne allo scoperto e corse fino alla siepe che bordava la strada. Sapeva di essere meno veloce, ma anche il cane lo era. Scelse un punto molto fitto per varcare la fratta, quindi attraversò la strada. Mirtillo gli venne incontro, giù pel greppo dirimpetto. Dente di Leone crollò esausto nel fosso. Il cane, di là dalla siepe, non riusciva a trovare un varco abbastanza grande.

« È più veloce di quanto pensassi, » ansò Dente di Leone « ma l'ho spompato, un po'. Io non ce la faccio più. Devo riposarmi. Sono sfinito. »

Era evidente che Mirtillo era spaventato. « Frits mi aiuti » bisbigliò. « Non ce la farò mai! »

« Dai, scarta, svelto, prima che gli passi la voglia » disse Dente di Leone. « Poi ti raggiungo, per aiutarti, se ci riesco. »

Mirtillo saltò deliberatamente sulla strada e si drizzò. A vederlo, il cane abbaiò e pigiava con tutto il suo peso contro la siepe. Mirtillo corse lentamente lungo la strada verso un paio di cancelli situati l'uno dirimpetto all'altro, più avanti. Il cane si tenne a livello con lui. Quando fu certo che aveva visto il cancello dalla sua parte e intendeva varcarlo, Mirtillo virò e risalì il greppo. Poi, fra le stoppie, attese che il cane riapparisse.

Stette molto a venire. Quando infine ebbe varcato il cancello e fu entrato nel campo neanche badò a lui. Si diede invece ad annusare lungo il greppo, fece levare una pernice, le corse appresso a balzi, poi cominciò a frugare in un cespuglio di ròmici.

Per un po' Mirtillo restò inchiodato al suo posto: aveva troppa paura. Poi si decise e, a piccoli saltelli, s'avvicinò al cane, fingendo di non aver notato ch'era lì. Il cane s'avventò. Poi parve di nuovo perdere ogni interesse e si rimise a frugare, a fiutare il terreno.

Finalmente, quando Mirtillo non sapeva più che fare,

il cane si buttò a correre, per conto suo, lungo un filare di covoni, ad andatura sostenuta, trascinandosi dietro la corda e zig-zagando a ogni schiocco, a ogni frullo. Mirtillo – al riparo di un filare parallelo – corse su pel campo di conserva con lui. In tal modo arrivarono alla linea di tralicci, a metà strada fra la cascina e il colle. Fu lì che Dente di Leone lo raggiunse.

« Questo traccheggia troppo, sai, Mirtillo. Bisogna sbrigarsi. Parruccone potrebbe essere morto. »

« Lo so, ma perlomeno va nella direzione giusta. Non c'è stato più verso di aizzarlo. Potremmo... »

« Bisogna che arrivi su in cima di gran carriera, sennò addio sorpresa. Vieni, l'aizziamo insieme. Però bisogna che gli andiamo sotto. »

Corsero fra le stoppie, fino agli alberi. Poi virarono e tagliarono la strada al cane, ben in vista. Stavolta quello si buttò subito all'inseguimento. I due conigli raggiunsero i cespugli appiè della balza con appena dieci metri di vantaggio. Cominciarono la salita e sentirono il cane farsi largo fra i sambuchi, con schianto di rametti. Emise un unico, secco latrato poi prese a rincorrerli, muto, su per l'erta del colle.

Il sangue colava a Parruccone dal collo e lungo la zampa anteriore. Non distoglieva un attimo lo sguardo da Vulneraria – acquattato sul mucchio di terra – aspettando che saltasse. Udì un coniglio muoversi alle sue spalle, ma il corridoio era tanto stretto che non avrebbe potuto rigirarsi, neanche se non fosse stato imprudente farlo.

« Tutti a posto? » domandò.

« Sì » rispose Pungitopo. « Ora lascia che prenda il tuo posto, però. Hai bisogno di riposarti. »

« Non si può » disse Parruccone, ansando. « Non hai spazio per passarmi avanti. Se indietreggio quel bruto mi segue, e fa una strage nelle tane. No, lascialo a me. So quel che faccio. »

Si era reso conto che, in un passaggio così angusto, anche da morto avrebbe costituito un notevole ostacolo. Gli efrafani avrebbero dovuto trascinarlo via o scavarsi una strada intorno. E ciò avrebbe loro fatto perder altro tempo. Alle sue spalle, nella tana interna, udiva la voce di Campànula. A quanto pare, stava raccontando una novella alle femmine. Buona idea, pensò, per distrarle. A me non sarebbe mica venuto in mente.

« Allora El-ahrairà disse alla volpe: "Volpe sarai, da volpe puzzerai, ma io nell'acqua vedo il tuo destino". »

D'un tratto parlò Vulneraria.

« Sglaili, » disse « perché vuoi buttar via la tua vita? Posso farti assalire, se voglio, da un coniglio fresco dietro l'altro. Sei troppo in gamba, per lasciarti ammazzare. Torna a Efrafa. Ti prometto il comando di una Marca a tua scelta. Hai la mia parola d'onore. »

« *Silflai hraka, u embliri rà* » Questa fu la risposta di Parruccone.

« E la volpe allora disse: "Ah, ah! vuoi predirmi la sorte, eh? Cosa vedi nell'acqua? Ci vedi tanti conigliucci grassi, nevvero?". »

« Molto bene, » disse Vulneraria « ma ricorda, Sglaili, che dipende da te, salvarti, se la pianti con queste sciocchezze. »

« Ed El-ahrairà le rispose: "No no, non ci vedo conigliucci grassi, nell'acqua. Ci vedo velocissimi segugi che seguono una pista e il mio nemico che scappa a rompicollo". »

Parruccone capì che anche Vulneraria si rendeva conto dell'ostacolo che lui, morto e tutto, avrebbe costituito. Vuole che me ne vada da qui coi miei piedi, pensò. Ma piuttosto che a Efrafa, io da qui vado su Inlé.

D'un tratto Vulneraria spiccò un salto e piombò netto a ridosso di Parruccone, come un ramo che si schianta da un albero. Non tentò neppure di usare gli unghioli. Il suo enorme peso premeva, a petto a petto, su Parruccone. Con le teste affiancate si mordevano a vicenda sulla spalla. Parruccone sentì che cominciava, lentamente, a slittare all'indietro. Non poteva resistere alla tremenda pressione. Gli unghioli delle zampe posteriori tracciavano solchi sul terreno del cunicolo, via via che lo cedeva.

Fra poco sarebbe stato sospinto, di peso, nella tana. Radunando tutte le forze residue per restare dov'era, Parruccone lasciò la presa dei denti e incurvò la cervice, come un cavallo da tiro sottoposto al massimo sforzo. Tuttavia seguitava a slittare.

Poi, molto gradualmente, la tremenda pressione cominciò ad attenuarsi. Piantò gli unghioli nel terreno. Vulneraria – con i denti affondati sul suo groppone – sbuffava, soffocava. Benché Parruccone non lo sapesse, i suoi colpi di prima avevano graffiato Vulneraria sul naso. Così aveva le narici piene del proprio sangue e, con le mascelle serrate sul pelame dell'avversario, non riusciva a tirare il fiato. Un momento ancora, poi mollò la presa.

Parruccone, letteralmente esausto, crollò dov'era. Di lì a poco cercò di sollevarsi ma un languore l'invase, e gli parve di rotolare in una buca piena di foglie. Chiuse gli occhi. Tutto era silenzio. Poi, distintamente, udì Quintilio che fra l'erba alta diceva: « Sei più vicino tu di me alla morte. Sei più vicino tu di me alla morte. Sei più vicino tu di me alla morte ».

« Il lacciolo! » zigò Parruccone. Si riscosse, si drizzò, riaprì gli occhi. Il cunicolo era vuoto. Il Generale Vulneraria era scomparso.

Indietreggiando dal cunicolo, Vulneraria sbucò nel Nido d'Api che adesso era fiocamente illuminato, attraverso la breccia nel tetto, dalle prime luci del giorno. Non si era mai sentito tanto spossato. Vide Verbasco e Tuono che lo guardavano incerti. Si drizzò, cercò di pulirsi il muso con gli zampetti.

« Sglaili non è in grado di dare più noie » disse: « Va' tu a finirlo, Verbasco, visto che non vuol arrendersi. »

« Chiedete *a me* di lottare con lui, signore? » fece Verbasco.

« Insomma, dammi il cambio per qualche minuto » rispose Vulneraria. « Intanto che do ordine di abbattere questo muro anche in altri punti. Poi riprendo io. »

Verbasco capì che l'impossibile era accaduto. Il Generale aveva avuto la peggio. Quel che intendeva dire era: Coprimi tu. Che gli altri non s'accorgano di niente.

Cosa stava succedendo, in nome di Frits? pensò Verbasco. La realtà è che Sglaili ha sempre avuto la meglio su di lui, fin dalla prima volta che si sono incontrati, a Efrafa. E noi là, prima ci torniamo, meglio è.

Incontrò lo sguardo pallido di Vulneraria, esitò un momento, quindi s'inerpicò sul mucchio di terra.

Zoppicando Vulneraria si diresse verso i cunicoli sul lato est, che aveva ordinato a Gramigna di riaprire. L'imboccatura di entrambi era già sgombra e gli scavatori lavoravano all'interno dei tunnel. Da quello più lontano sbucò fuori Gramigna, rinculando, e cominciò a nettarsi gli unghioli su uno spunzone di radice.

« Come va? » gli chiese Vulneraria.

« Questa galleria è riaperta, signore, » rispose Gramigna « ma per l'altra ci vorrà un po' di più. È tappata ben bene. »

« Una basta, » disse Vulneraria « per adesso. Se ci si passa. Chiameremo tutti gli altri, che aiutino ad abbattere quel muro laggiù in fondo. »

Stava per infilarsi lui stesso nel cunicolo, quando vide Verbasco accanto a sé. Lì per lì pensò che fosse venuto a dirgli che aveva ucciso Sglaili. Ma una seconda occhiata lo convinse che non era così.

« Ci ho... hm... qualcosa nell'occhio, signore. Un bruscolo o che. Lo tiro fuori, poi ci riprovo. »

Senza una parola, Vulneraria tornò in fondo al Nido d'Api. Verbasco lo seguì.

« Vigliacco » gli disse Vulneraria all'orecchio. « Se la mia autorità va a farsi friggere, che ne sarà di te dopo nemmeno un giorno? Sei o non sei l'ufficiale più odiato in tutta Efrafa? Quel coniglio dev'essere ucciso! »

Ancora una volta s'inerpicò sul mucchio di terra. E di botto s'arrestò. Verbasco e Cardo, sollevando la testa per sbirciare oltre lui, videro perché. Sglaili si era avanzato lungo il cunicolo e ora stava agguattato proprio sotto il monticello. Il sangue aveva intriso e scarmigliato il suo ciuffo di peli. Un orecchio, quasi staccato, gli pendeva di traverso al muso. Aveva il respiro pesante, rasposo.

« Troverai più difficile spingermi indietro, da qui, Generale » disse.

Con una sorta di opaco, stracco stupore, Vulneraria si accorse che aveva paura. Non aveva alcuna voglia di attaccare Sglaili di nuovo. Sapeva, con certezza e sgomento, di non potercela fare. E chi poteva? Chi? No, pensò, bisognava entrare da un'altra parte. E tutti avrebbero capito perché.

« Sglaili, » disse « abbiamo sbloccato una galleria, là in fondo. Ora dispongo di tanti conigli da buttar giù questo muro in quattro punti. Perché non vieni fuori? »

La risposta di Sglaili, quando venne, benché rauca, fu perfettamente chiara.

« Il mio Capo Coniglio m'ha ordinato di difendere questo passaggio e, fino a nuovo ordine, io resto qui. »

« Il "tuo" Capo Coniglio? » fece Verbasco, sbarrando gli occhi.

Non era mai passato per la testa, a Vulneraria o ai suoi, che Sglaili non fosse il Capo della sua conigliera. Eppure, le sue parole non lasciavano dubbi. Era chiaro che diceva la verità. E, se lui non era il Capo, c'era un altro coniglio che lo era, lì dentro, un coniglio anche più forte. Un coniglio più forte di Sglaili. E chi mai? E che cosa faceva in quel momento?

Vulneraria s'accorse che Cardo non era più alle sue spalle.

« Dov'è andato, quel giovane? » domandò a Verbasco.

« Si sarà allontanato, signore » questi gli rispose.

« Dovevi fermarlo. Va' e riportalo qui. »

Ma di lì a poco tornò invece Gramigna.

« Mi dispiace, signore » gli disse. « Cardo è uscito pel cunicolo riaperto. Pensavo che l'avevate mandato voi da qualche parte e così non gli ho detto niente. Poi, un paio dei miei gli sono andati dietro... Non lo so perché, signore. »

« Glielo do io il perché » disse Vulneraria. « Seguimi. »

Ora sapeva quel che bisognava fare. Ogni coniglio del corpo di spedizione doveva venir immediatamente impiegato per abbattere quel muro. Quanto a Sglaili, lo si poteva lasciare dov'era. E meno si parlava di lui, meglio era. Non vi sarebbero state più singolar tenzoni in angusti cunicoli. E a quel terribile Coniglio Capo, appena fosse comparso, sarebbero saltati addosso in tanti, da ogni parte.

Si volse, fece per avviarsi, ma ristette, sgranò gli occhi. Nella tenue luce che pioveva dal tetto sfondato, c'era un coniglio ignoto. Non era un efrafano. Vulneraria non l'aveva mai visto. Era piccolo e gracile, si guardava intorno, sbigottito, come un cucciolo che per la prima volta è uscito dalla tana natia, sottoterra. Non pareva che sapesse dove fosse.

Mentre Vulneraria lo guardava, quellò alzò una zampino tremante e se lo passò sul muso. Per un attimo guizzò nella memoria di Vulneraria una strana sensazione, come un vecchio e fuggevole ricordo: l'odore di foglie di cavolo bagnate in un orto, la vaga idea di un luogo molto bello, ospitale, da tanto dimenticato e perduto.

« Chi diavolo è costui? » domandò il Generale Vulneraria.

« Deve... dev'essere il coniglio che giaceva là morto, signore » rispose Gramigna. « Che credevamo morto. »

« Ah sì? » disse Vulneraria. « Ebbene, pare proprio che sia della taglia adatta per te, Verbasco. Con uno così ce la puoi, in ogni caso. Va', va', » disse, ghignando, poiché l'altro esitava, non sapendo se il Generale dicesse sul serio, « e raggiungici fuori, non appena l'ha spacciato. »

Verbasco si avanzò lentamente. Perfino a lui non sorrideva molto, la prospettiva di uccidere un coniglio tzarn, due volte più piccolo di lui, tanto per obbedire a un ordine beffardo. Il piccolo coniglio non si mosse, né accennò a difendersi, e solo lo guardava fisso, con quegli occhi che – per quanto turbati – non eran certo quelli di un nemico sconfitto, di una vittima. Di fronte a quello sguardo, Verbasco ristette, incerto, e per un lungo momento i due si fronteggiarono, nel tenue chiarore. Poi, con estrema calma, senz'ombra di paura, lo strano coniglio disse:

« Mi dispiace per voi, di tutto cuore. Ma non potete dar la colpa a noi, ché eravate venuti per ucciderci ».

« Dar la colpa a voi di che? » disse Verbasco. « Di che cosa? »

« Della vostra morte. Sul serio, mi dispiace che dobbiate morire. »

A Verbasco era spesso capitato che un prigioniero, prima di esser messo a morte, gli scagliasse maledizioni o minacce di vendetta soprannaturale (come Parruccone aveva maledetto Vulneraria nella tempesta). E se invettive siffatte gli avessero fatto la minima impressione, non sarebbe stato certo il capo dell'Auslafà. Anzi, per ogni tipo di ingiuria che gli venisse lanciata in tali terribili circostanze, Verbasco aveva pronto, senza starci su a pensare, un repertorio di risposte sarcastiche. Ora, mentre seguitava a sostenere lo sguardo di quell'enigmatico coniglio – l'unico nemico da lui incontrato a tu per tu, finora, in quella notte votata alla strage – un senso di orrore l'invase, uno spavento senza nome, per quelle parole che eran cadute su di lui, lievi e inesorabili, come neve che fiocca senza tregua in una terra priva di rifugi. I recessi tenebrosi di quella strana tana gli parevano popolati di fantasmi maligni, sussurranti, e riconobbe le voci di conigli messi a morte tanto tempo fa, nei fossi di Efrafa.

« Lasciami andare! » gridò Verbasco. « Lasciami andare! »

Alla cieca, incespicando, imbucò il cunicolo riaperto e si trascinò fino all'uscita. Lì, trovò Vulneraria che ascoltava uno dei gregari di Gramigna, il quale tremava e aveva gli occhi bianchi.

« Oh, signore, » diceva « dicono che c'è un Coniglio Capo più grosso di una lepre. E hanno udito uno strano animale... »

« Zitto! » disse Vulneraria. « Vieni con me. »

Uscì sul greppo, ammiccando controsole. I conigli sparsi sul prato lo guardarono, atterriti. Alcuni addirittura si chiedevano se fosse proprio il Generale, quello. Aveva il naso e una palpebra graffiati, tutto il muso era una maschera di sangue. Trascinava la zampa sinistra davanti e la sua andatura era barcollante. Scese dal greppo e, sull'erba del prato, girò intorno lo sguardo.

« Dunque, » disse Vulneraria « resta solo una cosa da fare, e non richiederà parecchio tempo. Giù, di sotto, c'è una specie di muro. » S'interruppe, avvertendo intorno a sé riluttanza e paura. Guardò Semprevivo, questi distolse gli occhi. Due altri coniglí se la stavano svignando, piano piano. Li richiamò.

« Cosa avete intenzione di fare? » domandò.

« Nulla, signore » rispose il primo. « Solo pensavamo che... »

D'un tratto, ecco arrivare Garofano di corsa, dall'angolo del bosco. Alle sue spalle, dall'aperto altopiano, venne un grido acutissimo. In quello stesso istante, due conigli stranieri, correndo appaiati, balzarono sul greppo, entrarono nel bosco e scomparvero in una delle gallerie bloccate.

« Scappate! » gridava Garofano, scalpitando. « Si salvi chi può! »

Quindi passò di corsa in mezzo a loro e si dileguò dalla parte opposta. Non sapendo cosa fosse successo né dove scappare, tutti si sparpagliarono, chi qua, chi là. Quattro o cinque s'infilarono nel cunicolo riaperto, qualche altro fuggì verso il bosco. Ma, quasi prima che avessero cominciato a disperdersi, in mezzo a loro era balzato un grosso cane nero, con le fauci spalancate, che azzannava, inseguiva questo e quello, come una volpe in un pollaio.

Il solo Vulneraria l'attese a pié fermo. Mentre tutti se la davano a gambe intorno a lui, lui rimase dov'era, drizzando il pelo e ringhiando, mostrando le zanne e gli unghioli. Il cane, che gli arriva addosso, a muso a muso, fra le ispide zolle, ristette un istante, rinculò, stupito e confuso. Poi spiccò un balzo.

Pur mentre scappavano, i suoi auslani udirono il Generale che, con rabbia feroce, con voce stridula, gridava: « Tornate indietro, imbecilli! I cani non sono pericolosi! Tornate qui a combattere! »

48. DEA EX MACHINA

E siccome ero verde e spensierato, famoso tra i granai
E intorno all'aia allegra, io cantavo, ché la campagna era casa
[mia,]
Sotto il sole ch'è giovane solo una volta...

DYLAN THOMAS, *Fern Hill.*

Quando Lucy si svegliò, c'era già luce nella stanza. Le tendine non erano tese, le persiane aperte, e i vetri riflettevano una lama di sole, ch'ella poteva eludere o ritrovare muovendo la testa sul cuscino. Un colombo selvatico lanciava il suo richiamo dagli olmi. Ma a svegliarla era stato qualcos'altro... un grido, un suono aspro, che era entrato a far parte del sogno mentre questo svaniva, come l'acqua defluisce da un acquaio che si svuota. Forse il cane aveva abbaiato. Ma ora tutto era silenzio e c'eran solo il barbaglio del sole sul vetro e il tubare di quel colombo, simili ai primi sbaffi di pennello su un foglio di carta, quando ancora non hai neppur deciso che cosa dipingere. Era una bella mattina. Saran già spuntati i funghi? Varrà la pena di alzarsi così presto e andar a vedere? Faceva ancora troppo caldo, e non era il tempo adatto per i funghi. I funghi sono come le more, quanto a questo: vogliono qualche goccia d'acqua prima d'essere buoni. Ma ben presto le mattine saranno umide di guazza e verran fuori, sulle siepi, quei grossi ragni con la croce bianca sul dorso...

Ora il riflesso del sole non le feriva più gli occhi. Il sole si era spostato. Ci sarà, oggi, qualche novità? Giovedì... giorno di mercato a Newbury. Il babbo ci andava. E doveva venire il dottor Adams, a visitare la mamma. Il dottore portava occhiali buffi, senza stanghette. Gli lasciavano il segno sul naso. Se non andava di fretta, si sarebbe trattenuto a parlare con lei. Era un tipo un po' buffo, quando non lo conoscevi, ma poi trovavi ch'era simpatico.

D'un tratto ci fu un grido. Lacerò l'aria tranquilla del primo mattino, come qualcosa che si versa e imbratta un pavimento pulito. Era uno strido acuto... di spavento... di disperazione. Lucy balzò giù del letto e corse alla finestra. Doveva essere proprio lì sotto, chiunque fosse. Si sporse più che poteva, dal davanzale, con i piedi sollevati da terra, mezza fuori penzoloni. C'era Tab lì di sotto, vicino alla cuccia. Aveva acchiappato qualcosa. Forse una pantegana, per squittire così.

« Tab! » chiamò Lucy. « Cos'hai pigliato, Tab? »

Udendo la sua voce, il gatto guardò su, per un istante, quindi tornò a chinarsi sulla preda. Non era una pantegana, però: era un coniglio, coricato su un fianco ai piedi del canile. Pareva bell'e condito. Scalciava come un matto. Poi di nuovo zigò.

Lucy corse giù per le scale, in camicia da notte, e uscì fuori. La ghiaia le pungeva sotto i piedi scalzi, allora salì sull'aiola. Quando giunse presso il campanile, il gatto alzò la testa e le soffiò, tenendo una zampa premuta sul collo del coniglio.

« Làssalo, Tab! » disse Lucy. « Crudelaccio! Làssalo stare! »

Menò una botta al gatto e questo tentò di graffiarla, a orecchi appiattiti. Lei alzò di nuovo la mano e quello, soffiando minaccioso, corse via di qualche passo e si fermò, guardandola torvo di rabbia. Lucy raccolse il coniglio. Questi si dibatté un momento, poi s'irrigidì, nella salda presa della piccola mano.

« Sta' bono » disse Lucy. « N'n ti fo male. »

Tornò in casa, portando con sé il coniglio.

« Ma 'ndò sei stata? » le gridò suo padre. Le sue scarpe chiodate raspavano sul pavimento di mattoni. « Guarda in che stato i piedi... Ma che ci hai? »

« 'N coniglio » disse Lucy, sulla difensiva.

« Fôri, in camigia da notte. Vôi buscatti un malanno? E poi cosa ci fai, eh? »

« Me lo tengo. »

« Eh, no, eh! »

« Dài, babbo. È carino, pôrino. »

« N'n ci fai 'n cavolo di gnente. 'L metti in gabbia, ci môre. I cunigli salvattici n'n ci campa. E si esci fôra, fa 'n macello di danni. »

« Ma è ferito, pôrino. L'aveva pìato 'l gatto. »

« 'L gatto ha fatto 'l mestiere suo. Gli 'l dovevi lassallo finire. »

« Voio fallo vedere al dottore. »

« 'L dottore ci ha antro da fare, che badare ai cunigli. Dàllo qua e zitta. »

Lucy si mise a piangere. Oh, sapeva benissimo – non per nulla era sempre vissuta in campagna – che quello che le aveva detto il babbo era vero. Ma l'idea che il coniglio venisse ammazzato a sangue freddo la sconvolgeva. Sì, non avrebbe saputo che farne, a lungo andare. Ma, per adesso, voleva mostrarlo al dottore. Il dottore, lo sapeva, la teneva in considerazione. Quando lei gli mostrava le cose che aveva trovato – un uovo di fringuello, una vanessa del cardo, di quelle che chiamano Dame Dipinte, oppure un lichene che pareva proprio una buccia d'arancia – il dottore la pigliava sul serio e le parlava come a una persona adulta. Chieder il suo consiglio riguardo a un coniglietto ferito, discorrerne con lui, era roba da grandi. Ma chissà se ora il babbo cedeva oppure no.

Insistette: « Volevo solo fallo vedere al dottore, babbo. Ci sto attenti che n'n fa nissun danno, te'l giuro. Tanto per discorrere un po' con lui ».

Benché mai non lo dicesse, suo padre era fiero della simpatia del dottore per Lucy. Questa era 'na ragazzina sveglia, e tutti gli dicevan che bisognava mandalla a scola, falle seguitare i studi. E il dottore poi gli aveva detto, 'na volta o due, ch'era propio intelligente, per via di tutte chelle robe che i faceva vedere, per come discorsava. Ma un cuniglio, orco boia! Bah, lassamola fare, n'n c'è gnente di male, basta 'n lo lassa libero pell'orto.

Allora le disse: « N'n sai far gnente di meio che star lì a badare a piagner e a strillare, che mi pari 'na tatina? Prima vatt' a vestire, po' pôi méttelo in quella vecchia gabbia, che sta drent'a la rimessa, indove ci tenevi ai sverzellini ».

Lucy smise di piangere e andò di sopra, portandosi dietro il coniglio. Lo rinchiuse in uno stipo, si vestì quindi uscì per andar a pigliare la gabbietta. Tornando dalla rimessa, andò a prendere un po' di paglia vicino al c ile. Suo padre stava uscendo dal granaio.

« Hai vist'a Bobi? »

« Macché » disse Lucy. « Indov'è che sarà annato? »

« È fuggito, chel boia. 'L sapevo che la corda era vecchia, ma mai mi credeva che riussiva a schiantalla. A gnimodo, ho da andare al mercato, io, adesso. Si ariturna, legalo bene. »

« Dopo vo a cercallo, babbo. Prima porto su 'l caffelatte a mamma. »

« Brava brava. Oh vedrai che per dimani già è guarita, vispa com'una quaia. »

Il dottor Adams arrivò poco dopo le dieci. Lucy che stava (più tardi del consueto) rassettando la sua stanza udì la macchina fermarsi sotto gli olmi, in cima allo stradello, e gli andò incontro. Chissà perché non era arrivato fin sotto casa come le altre volte. Il dottore, sceso a terra, stava guardando qualcosa, con le mani dietro la schiena, ma appena la scorse la chiamò, alla sua maniera brusca e timida insieme.

« Ehi, Lucy. »

Essa corse. Lui si tolse il *pince-nez* e lo infilò nel taschino del panciotto.

« È il vostro cane, quello? »

Il labrador stava venendo su per lo stradello, tutto stracco, trascinando la sua corda. Lucy l'afferrò per il collare.

« Era fuggito, dottore. Stavamo, anzi, in pensiero. »

Il labrador si diede ad annusare le scarpe del medico.

« Dev'essersi azzuffato con qualche bestia » questi disse. « Ha dei graffi sul muso. E poi, guarda, ha rimediato un morso sulla zampa. »

« Con chi pensa ch'avrà fatto a cagnara, dottore? »

« Mah, direi un grosso topo, o sennò una faina. Una bestia che lui ha assalito e s'è difesa. »

« Ah, lo sa, dottore, ho trovato un coniglio. Salvattico, ma è vivo. L'ho salvato dai grinfi del gatto. Ma mi sa che è ferito. Lei gli va di vedello? »

« Be', sarà meglio che prima io vada a vedere la signora Benson, ti sa? » (Non « la tua mamma », pensò

Lucy.) « Poi, se avrò tempo, darò un'occhiata anche al tuo amico. »

Una ventina di minuti dopo, Lucy teneva il coniglio più fermo che poteva mentre il dottor Adams lo tastava delicatamente qua e là.

« Mah, non mi sembra che abbia nulla di grave » disse infine. « Niente di rotto. Ha una zampa di dietro non in perfette condizioni, ma è una lesione vecchia e pressoché guarita... fin dove può guarire. Il gatto l'ha graffiato qui e qui... vedi?... ma si tratta di roba da poco. Direi ch'é più o meno a posto. »

«A tenerlo, non si può, vero, dottore? Voglio dire, in gabbia. »

« Oh no, non vivrebbe, rinchiuso. A non poter uscire, dopo un po' morirebbe. No, io lo lascerei andare, poverino... ammenoché tu non voglia farlo in salmì. »

Lucy rise. « Però babbo diventa lui salvattico, se lo lascio andar libero qui nei dintorni. Dice sempre che un coniglio porta cent'e un conigli. »

« E va bene, sta' a sentire, » disse il dottor Adams, e sbirciò l'orologio da panciotto, tenendolo a distanza ché era presbite, « io devo andare a qualche miglio da qui, a visitare una vecchia signora a Cole Henley. Se ti va di venire con me in macchina, quando siamo sui colli lo liberi, poi ti riporto a casa per l'ora di pranzo. »

Lucy fece un saltello. « Vado a chiederlo a mamma. »

Più tardi, il dottor Adams fermava l'auto sul ciglio della strada che passa fra il Colle Hare Warren e il Colle Watership.

« Direi che questo è un posto buono come un altro » disse « Danni qui non ne può fare, mi sa tanto. »

Si allontanarono di qualche passo dalla strada, e Lucy depose in terra il coniglio. Questo restò stupefatto per un mezzo minuto poi scattò a correre sull'erba.

« Sì, ha qualcosa a quella zampa, vedi, zoppica un tantino » disse il dottor Adams. « Ma lostesso può campare cent'anni, come suol dirsi. La macchia è la sua casa, fra pruneti e rovai. »

49. MOSCARDO TORNA A CASA

Siam vecchi diavolacci di ventura,
non c'è bisogno di promesse e giura-
menti per vincolare un'amicizia
da un legame più forte
stretta fino alla morte.

ROBERT GRAVES, *Due fucilieri.*

Sebbene Vulneraria si fosse rivelato, da ultimo, per una creatura in preda a follia, nondimeno quel suo gesto non riuscì del tutto inutile. Non v'è dubbio che – se non l'avesse compiuto – un numero maggiore di conigli sarebbe stato ucciso, quel mattino, sul Colle Watership. Così rapido e così silenzioso era arrivato il cane, sulla scia di Dente di Leone e Mirtillo, che una delle sentinelle di Garofano, mezz'addormentata sotto un cespuglio dopo la lunga notte, era stata azzannata e uccisa nell'istante in cui si dava alla fuga. In seguito – dopo aver lasciato Vulneraria – il cane seguitò per un certo tempo a correre su e giù pel greppo e il prato, abbaiando a ogni cespuglio e frugando in ogni ciuffo di gramigne. Ma ormai gli efrafani avevano avuto tutto il tempo di correre a nascondersi, chi qua chi là. Inoltre il cane, inaspettatamente accolto a graffi e morsi, non era più tanto propenso a dar battaglia. Alla fine però riuscì a stanare e uccidere il coniglio che, il giorno innanzi, si era ferito con una scheggia di vetro. Dopo di che s'allontanò, per la strada donde era venuto, scomparendo oltre il ciglio della balza.

Era escluso oramai che gli efrafani rinnovassero il loro assalto alla conigliera. Nessuno di loro pensava più ad altro che a salvar la pelle. Il loro capo era scomparso. Il cane era stato aizzato su di loro dai conigli che eran venuti a uccidere: di questo erano certi. Era successo come con la volpe misteriosa e con l'uccello bianco. Infatti Semprevivo – il meno fantasioso dei conigli – l'aveva udito, laggiù sottoterra. Garofano, rannicchiato fra le ortiche, insieme a Verbasco e quattro o cinque altri, li trovò tutti d'accordo, i suoi spauriti camerati, quando propose di lasciare immediatamente quel luogo così pericoloso, dove eran rimasti anche troppo.

Senza Garofano, non uno dei superstiti sarebbe, probabilmente, tornato a Efrafa. E lui stesso, pur con tutta la sua abilità di esploratore, non riuscì a riportarne a casa neanche la metà di quelli che ne erano partiti. Erano una quindicina i conigli che, agli occhi di Garofano, si rimisero in marcia, prima di ni-Frits, per rifare la lunghissima strada che avevano percorso solo il giorno prima. Non erano in grado di compiere tutto il tragitto prima di notte; ma la loro stanchezza non era niente, in confronto a tutto il resto. Le cattive notizie viaggiano veloci. E ben presto si sparse la voce, fin oltre la Cintura, che il terribile Generale Vulneraria e la sua Ausla erano stati fatti a pezzi sul Colle Watership e che i superstiti stavano rientrando in cattivo arnese, troppo demoralizzati per stare all'erta. Sicché i Mille ne approfittarono: ermellini, una volpe, perfino un grosso gatto di cascina. A ogni tappa qualche altro coniglio mancava all'appello, e nessuno sapeva cosa gli fosse capitato. Anche Verbasco restò per strada. Era chiaro del resto che ormai era un coniglio finito e, anzi, non c'era alcun motivo, per lui, di tornare a Efrafa senza il Generale.

In mezzo a tutte le difficoltà e gli spaventi, Garofano si serbò vigile e risoluto, riuscì a tenere insieme gli scampati, cercava di prevedere le insidie e incoraggiava i compagni esausti a tener duro. Era il pomeriggio del giorno seguente, e la Marca di Mancina Anteriore era fuori alla silflaia, quando lo videro arrivare zoppicante alla testa di un drappello di sei o sette conigli, alla spicciolata. Era lui stesso prossimo al collasso, a malapena in grado di fare un resoconto del disastro, al Gran Consiglio.

Solo Gramigna, Cardo e tre altri avevan avuto la presenza di spirito – all'arrivo del cane – di infilarsi nel cunicolo riaperto. Nel Nido d'Api, Gramigna si era arreso, insieme ai compagni, a Quintilio – ancora intontito dopo la lunga catalessi – e questi aveva stentato ad afferrare di cosa si trattasse. Solo dopo un pezzo – mentre i cinque efrafani se ne stavan rannicchiati nella tana, ascoltando le scorribande del cane là fuori – Quintilio si riprese, si portò all'imbocco del passaggio dove ancora Parruccone giaceva seminconscio, e riuscì a far capire a Pungitopo e Argento che l'assedio era finito. Con gran lena si diedero tutti a riaprire gli accessi alla tana principale. E qui per primo sbucò fuori dal muro Campànula. Il quale, nei giorni seguenti, rifarà di continuo, migliorandola ogni volta, l'imitazione di Capitan Quintilio alla testa dei suoi prigionieri efrafani: « Pareva uno scricciolo che avesse fatto una retata di cornacchie di muda ».

Nessuno badava tanto a loro, tuttavia, pel momento, dato che tutti i pensieri andavano a Moscardo e Parruccone. Questi pareva moribondo. Sanguinava da una mezza dozzina di squarci, giaceva a occhi chiusi nel cunicolo da lui difeso e non rispondeva nulla a Kaisentlaia che gli diceva che gli efrafani erano stati sgominati e la conigliera era salva. Dopo un po' si diedero, pian piano, a scavare intorno per fargli più spazio e le femmine, a turno, gli leccavano le ferite, ascoltando il suo respiro roco, irregolare.

Intanto, Mirtillo e Dente di Leone erano rientrati dalla galleria Kehaar (non ci volle molto a sbloccarla) e avevan raccontato la loro storia. Non sapevano però cosa fosse successo a Moscardo, dopo sguinzagliato il cane. Ormai era passato mezzogiorno, e ognuno temeva il peggio.

Infine Nicchio, pieno d'angoscia e afflizione, disse che intendeva andare al Noceto, a ogni costo. Quintilio si unì a lui, e partirono insieme, diretti a nord, per l'altopiano. Non erano arrivati lontano quando Quintilio, salito sopra un formicaio per guardarsi intorno, vide un coniglio arrivare dall'altura a ponente. Gli andarono incontro e riconobbero Moscardo. Nicchio allora corse avanti a portare la notizia al Nido d'Api.

Appena messo al corrente su quanto era accaduto – e udito anche il racconto di Gramigna – Moscardo ordinò a Pungitopo di prendere con sé due o tre conigli e andare ad accertarsi che gli efrafani se ne fossero effettivamente andati. Poi si recò a trovare Parruccone. C'era Kaisentlaia presso di lui, e gli disse:

« Poco fa si è svegliato, Moscardo-rà. Ha chiesto dov'eri tu. Poi ha detto che l'orecchio gli doleva molto. »

Moscardo ammusò il ciuffo di peli che il sangue, a grumi, aveva trasformato in una specie di riccio, i cui aculei gli punsero il naso.

« Ce l'hai fatta, Parruccone » gli disse. « Son scappati via tutti. »

Lì per lì Parruccone non si mosse. Dopo un bel pezzo aprì gli occhi e sollevò la testa, sborsando le guance e annusando i due conigli accanto a lui. Non disse nulla però e Moscardo non sapeva se avesse o no capito. Alla fine, tutto rauco, mormorò: « Ghenerale Fulneraria kaputt, jà? ».

« Jà » gli rispose Moscardo. « Adesso ti accompagno alla silflaia. Ti farà bene un po' d'aria fresca e potremo pulirti meglio, fuori. Vieni, è un pomeriggio magnifico, tutto sole e foglie. »

Parruccone si alzò e avanzò vacillando nel Nido d'Api devastato. Dopo un po' si accasciò ma, riposatosi, si rialzò e giunse all'imbocco della galleria Kehaar.

« Pensavo proprio di rimetterci la buccia » disse. « Basta per me combattere... ne ho avuto abbastanza. E tu... il tuo piano ha funzionato, eh, Moscardo-rà? Molto bene. Raccontami tutto. Come sei ritornato, dalla fattoria? »

« Un uomo mi ha portato in hrududù... fin quasi sotto casa » disse Moscardo.

« E per il resto sei venuto a volo, nevvero? con un bastoncino bianco acceso in bocca, niente niente? Eh dai, lascia perdere 'ste balle, e racconta. Ma che c'è, Kaisentlaia? »

« Oh! » diceva Kaisentlaia, a occhi sgranati. « Oh! »

« Che cosa c'è? »

« Proprio così! »

« Così, cosa? »

« È venuto in hrududù, sissignore. E io l'ho visto

arrivare... tanto tempo fa... quella sera a Efrafa, quando ero con te nella tana. Ti ricordi, Parruccone? »

« Mi ricordo » questi disse. « E mi ricordo anche cosa ti dissi. Ti dissi che dovevi parlarne a Quintilio. Ecco una buona idea. Andiamo a raccontarglielo. E se ci crede lui, Moscardo-rà, ci credo anch'io. »

50. LA VITA CONTINUA

Nel professarmi da parte mia convinto che l'inedita intromissione del Generale, lungi dall'arrecar danno alla loro felicità, diede fors'anco un contributo a essa, migliorando la loro conoscenza reciproca e rafforzando il loro attaccamento, lascerò che, chiunque lo desideri, giudichi a modo suo.

JANE AUSTEN,
Northanger Abbey.

Sono trascorse circa sei settimane. È una bella serata di metà ottobre. Benché i faggi abbiano ancora foglie e il sole sia tiepido, aleggia un senso di vuoto crescente sulla distesa dell'altopiano. I fiori si son fatti più rari. Qua e là una gialla tormentilla fa capolino fra l'erba, spicca qualche convolvolo azzurro tardivo, e fra i ciuffi di brunella mezza vizza ce n'è ancora qualcuno poveramente fiorito. Ma perlopiù le piante si vanno spogliando. Sul limitare del bosco la vitalba selvatica si leva come un fumo, con tutti i suoi fiori tramutati in barbe canute. Meno numerosi sono i versi degli insetti, e intermittenti. Vaste zone d'erba alta, giungla d'estate, sono adesso quasi deserte: vi scorrazza sì e no uno scarabeo, vi indugia torpido un ragno, delle miriadi che ce n'erano in agosto. I moscerini danzano ancora a nugoli nell'aria serena, ma i rondoni che calavano a papparseli se ne sono ormai andati, e in luogo dei loro stridi alti nel cielo si ode solo il cinguettare d'un pettirosso dalla cima d'un fusano. I campi ai piedi del colle sono tutti falciati. Uno è stato già arato e gli spigoli lisci delle zolle rimosse lungo i solchi rimandano un opaco luccichio, ben visibile dal sommo del crinale. Anche il cielo è deserto, e ha una chiarità come di acqua limpida. A luglio, il suo azzurro denso come panna pareva toccare le vette degli alberi, ora invece è lontano e rarefatto. Il sole arriva più presto all'occaso e, qui giunto, preannuncia una brinata, coricandosi enorme, lento e sonnolento, scarlatto come le bacche delle rose canine.

Come il vento dal sud rinfrescò, le foglie rossicce e gialline dei faggi strepitarono, con un fremito frollo, più aspro e più secco del fluido stormire di giorni andati. Era tempo di addii, di partenze, per chi non fosse adatto a sostenere i rigori dell'inverno.

Molti uomini dicono di godersi l'inverno, ma ciò che in realtà si godono è il sentirsi al riparo da esso. Per loro non c'è mancanza di cibo, d'inverno, hanno case riscaldate e indumenti caldi. L'inverno non può nuocere, quindi accresce il loro senso di sicurezza, di ingegnosità. Per gli uccelli e gli animali – come per la gente povera – l'inverno è altra cosa. I conigli, al pari di quasi tutti gli animali selvatici, patiscono il freddo e gli stenti. È vero, sono più fortunati di altri poiché il cibo non viene quasi mai a mancare del tutto. Ma quando c'è la neve gli tocca restare sotterra per giorni di fila, ruminando palline per nutrirsi. Sono più soggetti a malattie, d'inverno, e il freddo riduce la loro vivacità. Nondimeno, le tane posson essere calducce e accoglienti, specie se affollate. L'inverno è inoltre stagione d'amori, per loro, più che la tarda estate e l'autunno; e l'epoca della maggior fertilità, nelle coniglie, comincia verso febbraio. Vi son belle giornate, in cui fare silflaia è un godimento. Per i più avventurosi, le razzie in orti e giardini hanno un fascino particolare. E sóttoterra ci si racconta novelle, si gioca a sasso-spasso, ci son altri passatempi. Per i conigli, l'inverno è quel che era per gli uomini del medio evo: duro ma sopportabile, e non del tutto privo di consolazioni.

Sul lato occidentale della faggeta, al sole della sera,

Moscardo e Quintilio sedevano insieme a Pungitopo, Argento e Gramigna. Ai superstiti efrafani era stato concesso di aggregarsi alla colonia e – dopo un inizio incerto, guardati con sospetto e antipatia – cominciavano a familiarizzare, ormai, soprattutto perché Moscardo voleva decisamente che così avvenisse.

Dalla notte dell'assedio in qua, Quintilio si mostrava spesso scontroso e taciturno, come preoccupato, e se ne stava volentieri in disparte, anche nel Nido d'Api, anche alla silflaia. Nessuno se ne risentiva (« Ti guarda come se tu non ci fossi, è vero, » diceva Campànula « però con tanta simpatia e cordialità ») poiché ognuno a suo modo si rendeva conto come Quintilio fosse – volente o nolente – sempre più governato dai ritmi di quel mondo misterioso di cui aveva parlato una volta a Moscardo, durante il periodo trascorso insieme, a fine giugno, ai piedi della collina. E Parruccone ebbe a dire, una sera, ma non in sua presenza, che Quintilio era quello che aveva pagato a più caro prezzo (più ancora di lui stesso) la vittoria sull'invasore efrafano. Eppure, verso la sua compagna, Vilturilla, Quintilio era affettuoso e pieno di premure; ed essa dal canto suo aveva per lui una comprensione pari a quella di Moscardo.

Presso il margine della faggeta, i quattro cuccioli di Kaisentlaia ruzzavano fra l'erba. Eran stati portati all'aperto, a brucare sul prato per la prima volta, solo sette giorni avanti. Ma se la loro madre avesse avuto una seconda cucciolata, già li avrebbe lasciati badar a se stessi, i più grandicelli. Non avendo che questi, essa stava a pascolare lì d'accanto, e ogni tanto andava là a dar una sberla al più robusto, ché la smettesse di far il prepotente coi fratelli.

« Sono in gamba, sai, Moscardo » gli disse Pungitopo. « Spero che ne nascano altri, come questi. »

« Non possiamo aspettarne mica tanti, prima che volga al termine l'inverno, » disse Moscardo « ma qualcuno sì, però, direi. »

« Di tutto possiamo aspettarci, di tutto » ribatté Pungitopo. « Tre cucciolate in autunno... quando mai s'era sentito dire, prima? Frits non ha dato ai conigli di accoppiarsi nel pieno dell'estate. »

« Ecco, vedi, Cedrina è una coniglia di gabbia, » disse Moscardo « e, chissà, per lei forse è naturale figliare in ogni epoca dell'anno. Ma quanto a Kaisentlaia e Vilturilla, se son rimaste gravide in piena estate, è perché a Efrafa non conducevano una vita secondo natura. Nondimeno, solo loro due, delle efrafane, han figliato finora. »

« Frits non ci ha neanche creati per combatterci a vicenda in piena estate, quanto a questo » disse Argento. « Tutto ciò che è avvenuto è contro natura – gli accoppiamenti e i combattimenti – e tutto per via di Vulneraria. Se non era contro natura lui, chi altri? »

« Aveva ragione Parruccone, quand'ha detto che non era un coniglio, quello, affatto » disse Pungitopo. « Un animale da combattimento, era: feroce come un cane, come una pantegana. Si batteva perché, effettivamente, riteneva più sicuro opporsi che scappare. Era un valoroso, senza dubbio. Ma contro natura. Ecco perché il suo eroismo l'avrebbe perduto, alla fine. Lui tentava di fare qualcosa che Frits non ha mai concesso ai conigli di fare, qualcosa al di fuori del loro destino. Credo che sarebbe andato volentieri a caccia come gli elil, se avesse potuto. »

« Non è morto, sapete » disse Gramigna.

Gli altri tacevano.

« Non ha smesso di correre » seguitò Gramigna, con passione. « Avete visto il suo corpo? No. Nessuno l'ha visto morto. Niente poteva ucciderlo. Lui rendeva i conigli superiori a se stessi: più coraggiosi, più abili, più astuti. Lo so, abbiamo pagato per questo. Alcuni di noi con la vita. Ma valeva la pena, per sentirci efrafani. Per la prima, primissima volta, i conigli non scappavano a nascondersi. E gli elil ci temevano. Tutto per merito di Vulneraria, di non altri che lui. Non eravamo abbastanza in gamba, pel Generale. Credete a me, lui è andato a fondare un'altra conigliera da qualche altra parte. Ma nessun ufficiale efrafano potrà mai dimenticarlo. »

« Bene, adesso vi dico una cosa » cominciò Argento.
Ma Moscardo l'interruppe.

« Non dirlo, Gramigna, che non eravate abbastanza
in gamba. Voi avete fatto per lui più di quanto poteva
fare qualsiasi coniglio, molto di più. Un monte di cose
abbiamo appreso, da voi! Quanto a Efrafa, sento dire
che prospera, adesso, sotto Garofano. Ci sono stati molti
cambiamenti. E sentite: a primavera qui saremo in troppi, per starci comodi. Intendo incoraggiare alcuni dei
giovani a fondare un'altra coniglieria, fra qui e Efrafa.
E penso che Garofano sarà disposto a inviare alcuni
suoi conigli, a popolarla. Tu, Gramigna, saresti il più
adatto a essere il loro capo. »

« Ma non sarà difficile, organizzare la cosa? » domandò Pungitopo.

« No, quando sarà qui Kehaar » disse Moscardo, mentre cominciavano ad avviarsi per rientrare nelle tane.
« E vedrete sarà qui, uno di questi giorni, non appena
le burrasche diverranno frequenti alla Gran Acqua. Lui
porterà un messaggio a Garofano, in meno tempo che
noi impiegheremmo ad arrivare da qui all'albero di ferro. »

« Frits fra le foglie! io conosco qualcuno che sarà
felicissimo di vederlo » disse Argento. « Qualcuno non
tanto lontano da qui. »

Erano giunti nei pressi del margine orientale del
bosco e lì, sul prato, tre coniglietti – appena un po' più
grandi dei figli di Kaisentlaia – stavan accosciati fra
l'erba alta ad ascoltare un veterano, grande e grosso,
dagli orecchi penduli, coperto di cicatrici per tutto il
corpo: non altri che Parruccone, il comandante d'un'Ausla assai poco ortodossa. Erano i figli di Cedrina, quelli,
e avevan un'aria molto sveglia.

« Oh, no no no no » stava dicendo Parruccone. « Oh,
no, perdincibecco, così non va! Tu... come ti chiami?...
Tu, Viburno, ascolta. Io sono un gatto e ti vedo, in
fondo al mio orto, che mi sgraffigni la lattuga. Allora,
cosa faccio? Vengo verso di te lungo il sentiero, agitando la coda bel bello, eh? Di' su! »

« Abbiate, pazienza, Capitano, non ho mai visto un gatto » disse il coniglio giovinetto.

« No, non l'hai ancora visto » ammise il comandante. « Ebbene, un gatto è un'orrenda bestia con la coda lunga lunga. È coperto di pelo liscio, ha baffi setolosi e, quando combatte, emette un gnaulo barbaro, malvagio. È molto astuto, sapete. »

« Oh sì, signore » rispose il piccolo coniglio. Dopo un po' chiese, educatamente: « Voi... l'avete persa la coda? ».

E un altro: « Ci raccontate di quella battaglia sotto il temporale? e del tunnel di acqua? ».

« Sì, più tardi » disse l'implacabile maestro. « Ma adesso io sono un gatto. Chiaro? E sto dormendo al sole. Chiaro? Voi cercate di passare accanto a me. Chiaro? Dunque... »

« Lo pigliano in giro, » disse Argento « ma farebbero qualsiasi cosa per lui. »

Gramigna e Pungitopo erano rientrati in tana, Moscardo e Argento indugiavano ancora all'aperto.

« E lostesso tutti noi » rispose Moscardo. « Se non fosse stato per lui, quel giorno, il cane sarebbe arrivato troppo tardi. Vulneraria e i suoi non si sarebbero trovati sopraterra, bensì giù nelle tane, a completare l'opera nefanda. »

« Lui ha battuto Vulneraria, sai » disse Argento. « L'aveva battuto, prima che arrivasse il cane. Era questo che stavo per dire, poco fa, ma forse è meglio che non l'abbia detto. »

« Mi domando come procedono i lavori, per la tana invernale ai piedi della collina » disse Moscardo. « Ne avremo bisogno, quando il tempo si farà brutto. Quel buco nel tetto del Nido d'Api non ci voleva. Si chiuderà da sé naturalmente, un giorno, ma intanto è una bella scocciatura. »

« Ah, ecco che tornano gli scavatori » disse Argento.

Nicchio e Campànula erano apparsi sul ciglio della balza, seguiti da tre o quattro femmine.

« Olà olà, Moscardo-rà! » salutò Campànula. « Scavata è già la tana, bella pulita e sana, e a prova di piova e di frana. Quando nevicherà, andremo a stare là... »

« E a voi grato ognun sarà » concluse Moscardo. « Dico sul serio però. Le gallerie son ben celate, dall'esterno? »

« Proprio come a Efrafa, direi » rispose Campànula. « Anzi, ne ho portata su una, per fartela vedere. Non riesci a vederla, non è vero? Appunto: non si vedono, da fuori. Ehi, ragazzi! Guardate là, il vecchio Parruccone con quei conigli di primo pelo. Dico, se tornasse a Efrafa non saprebbero mica a che Marca assegnarlo. Lui ce l'ha tutti, i marchii. »

Nicchio disse: « Vieni con noi, Moscardo-rà, dall'altra parte del bosco? Siam tornati su un po' prima apposta, per goderci l'ultimo sole della giornata ».

« D'accordo » disse Moscardo, di buon umore. « Siam venuti appena adesso di là, Argento e io, ma non mi rincresce mica, di tornarci. »

« Arriviamo fino alla buca dove abbiamo trovato Kehaar, quella volta » disse Argento. « Lì stiamo al riparo dal vento. Ti ricordi, come c'ingiuriava e cercava di darci beccate? »

« E quanti lombrichi gli abbiamo portato! » disse Campànula. « Non scordateveli, quelli. »

Giunti vicino a quella piccola cavità nel terreno, s'accorsero che non era vuota. Qualche altro coniglio aveva avuto la loro stessa idea.

« Vediamo quanto vicino riusciamo ad andargli prima che ci scoprano » disse Argento. « Alla Garofano, dai. »

S'avvicinarono quatti quatti, controvento, da nord. Fecero capolino dal ciglio della minuscola conca e videro Vilturilla, con i suoi quattro piccoli, che si crogiolavano al sole. Virturilla stava narrando una fiaba ai suoi figli.

« E allora, dopo ch'ebbero passato il fiume a nuoto, El-ahrairà guidò il suo popolo attraverso una landa deserta, selvaggia, sterminata. Molti di loro avevano paura, però lui conosceva la strada e, al mattino, giunsero sani e salvi in una valle verde, bellissima, dove l'erba era dolce e molto buona. Lì trovarono una conigliera. Ma era una conigliera stregata. Tutti i conigli di quella colonia erano vittime di un maligno incanto. Portavano collari luccicanti intorno al collo e cantavano come usignoli e certuni di loro sapevano volare. Ma per quanto belli fossero, e pasciuti, i loro cuori erano cupi e tzarn. E allora i seguaci di El-ahrairà dissero: "Ah, sì, questi sono i magnifici conigli del Principe Arcobaleno. E sembran loro stessi tanti principi. Noi vivremo con loro e diventeremo principi noi pure". »

Vilturilla alzò gli occhi e vide i nuovi venuti. Dopo una breve pausa riprese a narrare:

« Ma Frits apparve in sogno a Ravascuttolo e l'avvertì che quella conigliera era incantata. E lui si mise a scavare nel terreno, per trovar dove fosse sepolto l'incanto. Scava e scava, durò tanta fatica, ma alla fine trovò quel maligno incantesimo e lo tirò fuori. Tutti allora scapparono via, ma quello si trasformò in una pantegana gigantesca e si gettò su El-ahrairà. Allora El-ahrairà si mise a combattere contro la pantegana, e lotta che ti lotta, alla fine l'inchiodò a terra sotto i suoi unghioli, e quella allora si tramutò in un grande uccello bianco che gli parlò e lo benedisse. »

« Mi sa che la conosco, questa favola, » bisbigliò Moscardo « ma non ricordo dove l'ho già sentita. »

Campànula si drizzò e si grattò il collo con la zampa di dietro. I coniglietti si volsero, a quell'interruzione, e, un momento dopo, eccoli tutti a correre intorno a Moscardo e a saltargli addosso da ogni parte gridando: « Moscardo-rà! Moscardo-rà! ».

« Ehi, un momento » disse Moscardo, allontanandoli a scappellotti. « Non son mica venuto qui per far baruffa con un branco di bravacci come voi. Fatemi sentire il resto della novella. »

« Ma c'è un uomo che arriva a cavallo, Moscardo-rà » disse uno dei conigli giovinetti. « Non è meglio che corriamo nel bosco? »

« Come lo sai? » disse Moscardo. « Io non sento nulla. »

« E neanch'io » disse Argento, drizzando gli orecchi.

Il coniglietto parve perplesso.

« Non lo so, Moscardo-rà, » disse « ma sono certo che non mi sbaglio. »

Attesero un pochino, mentre il sole rosso calava all'orizzonte. Alla fine, quando Vilturilla stava per riprendere la fiaba, udirono uno scalpito di zoccoli sul tappeto erboso e poi un cavaliere apparve, da ponente, a piccolo trotto, in direzione di Cannon Heath.

« Quello non ci darà noie » disse Argento. « Non occorre scappare, passa e va. Ma sei stato molto bravo, sai, piccolo Treàr, a sentirlo da tanto lontano. »

« Lui è fatto così » disse Vilturilla. « L'altro giorno mi ha descritto com'è fatto un fiume e m'ha detto che l'aveva visto in sogno. È il sangue di Quintilio, sapete. C'era solo da aspettarselo. »

« Il sangue di Quintilio! » esclamò Moscardo. « Bene, finché ne scorrerà nelle nostre vene, oso dire che saremo a posto. Ma, sapete, si sta facendo fresco, qui fuori. Su, rientriamo, e il resto della novella l'ascolteremo al calduccio, nella tana. Guardate! c'è Quintilio là, sul greppo. Facciamo a chi arriva prima da lui? »

Di lì a poco non c'era più nessun coniglio, all'aperto, sulla collina. Il sole tramontò dietro Ladle Hill e le stelle autunnali cominciarono a brillare, nel cielo che incupiva: Perseo e le Pleiadi, Cassiopea, i Pesci fiochi fiochi e la vivida luce di Pegaso. Il vento si fe' teso e di lì a poco, a mille a mille, le foglie dei faggi riempivano i fossi, le cavità del terreno, e facevano giostre e mulinelli per le erbose deserte distese. Sottoterra, la storia seguitava.

EPILOGO

Egli lungi mirava
Nell'arcano tempo, ed i più arditi
Lo ebbero maestro. Durò a lungo.
Ma la turpe vecchiezza ci raggiunse,
Furtiva, entrambi, e logori in disparte
Ci mise.

SHAKESPEARE, *Tutto è bene quel che finisce bene.*

Egli faceva parte del mio sogno.
d'accordo... Ma anch'io facevo
in fondo parte del suo sogno.

LEWIS CARROLL,
Attraverso lo specchio.

« E poi come andò a finire? » domanderà il lettore, che
ha seguito Moscardo e i suoi compagni, attraverso tante
avventure e peripezie, per tornare con loro nelle tane
sulla collina dove Quintilio li aveva condotti, esuli dalle
campagne di Sandleford. Il signor Lockley che se n'intende, ci dice che i conigli selvatici vivono due o tre
anni. Lui sa tutto sui conigli: e tuttavia Moscardo visse
più a lungo di così. Egli giunse a tarda età e imparò
a conoscer bene la vicenda delle stagioni, sulle sue colline, il trapasso incessante dall'estate all'autunno, dal-
l'inverno alla primavera. Egli vide più giovani conigli di
quanti ne potesse ricordare. E talvolta, quando udiva,
nelle sere di sole appiè dei faggi, narrare vecchie storie
non riusciva, distintamente, a ricordare se narrassero di
lui o di qualche altro eroico coniglio dei tempi passati.
La conigliera prosperò e così pure, con l'andar dei mesi, la nuova colonia fondata presso la Cintura, per metà
di Watership e per metà efrafani: la conigliera che Moscardo aveva primamente vagheggiato quella terribile sera quando, da solo, egli era andato incontro a Vulneraria,
per cercar di salvare i suoi amici, con ben poche speranze
di riuscirci. Gramigna ne fu il primo Coniglio Capo, ma
al suo fianco erano, a consigliarlo, Ribes e Ramolaccio, e
lui si guardò bene dal marchiare i suoi conigli e dall'or-

ganizzare più che qualche Pattuglia a Largo Raggio ogni tanto. Garofano aveva aderito prontamente alla proposta di inviare dei conigli da Efrafa e il primo contingente fu guidato da Gladiolo, il quale diede prova di molto senno nelle nuove mansioni.

Il Generale Vulneraria non si rivide mai più. Era peraltro vero, come aveva detto Gramigna, che il suo corpo non fu mai ritrovato da nessuno, sicché può anche darsi che, dopo tutto, quello straordinario coniglio fosse riuscito a salvar la pellaccia, e fosse andato a condurre, altrove, una vita selvaggia e vagabonda, sfidando gli elil, con la durezza e la sagacia di sempre. Kehaar – quando una volta gli chiesero di andarne alla ricerca, sorvolando gli altipiani – si limitò a rispondere: « Kvel dannato conighlio!... Io non fuol più federe ».

Prima che fossero trascorsi molti mesi, nessuno a Watership sapeva più o si curava di sapere se lui o la sua compagna discendessero da padre o madre efrafani. Moscardo era contento che così fosse.

Correva la leggenda, tuttavia, che da qualche parte, fra quelle colline, viveva un grande coniglio solitario, un gigante che metteva in fuga gli elil come fossero sorci, e che talvolta andava alla silflaia su nel cielo. In caso di grave pericolo, egli accorreva a combattere per quelli che onoravano il suo nome. E le madri dicevano ai loro cuccioli, se facevano i disubbidienti, che sarebbe venuto il Generale a portarli via: il Generale ch'era cugino di primo grado del Coniglio Nero. Questo era il monumento a Vulneraria: e, forse, non sarebbe dispiaciuto a lui stesso.

Una fredda mattina di vento – era di marzo, ma non so dirvi esattamente quante primavere dopo – Moscardo sonnecchiava nella sua tana. Usciva di rado, ormai, poiché era freddoloso e non riusciva più a fiutare e correre bene come una volta. Nel dormiveglia faceva un sogno molto confuso – in cui c'erano la pioggia e l'odore dei fior di sambuco – quando, destatosi, s'accorse che c'era un coniglio, acquattato accanto a lui, silenzioso: certo, un giovane venuto a chiedergli consiglio. Veramente, la sentinella non avrebbe dovuto lasciarlo passare senza chiedere prima. Non importa, pensò Moscardo. Alzò la testa e disse: « Desideri parlarmi? ».

« Sì, è per questo che sono venuto » l'altro rispose. « Mi conosci, non è vero? »

« Ma sì, certo » rispose Moscardo, sperando di riuscire a ricordare, di lì a poco, il suo nome. Poi vide che, nell'oscurità della tana, gli orecchi dello sconosciuto scintillavano d'una tenue luce argentea. « Sì, mio signore » disse allora. « Sì, ti conosco. »

« Tu sei stanco, » gli disse lo straniero « ma io posso farci qualcosa. Son venuto a chiederti se vuoi entrare a far parte della mia Ausla. Saremmo lieti di averti con noi e, a te, piacerà, vedrai. Se sei pronto, possiamo andare adesso. »

Uscirono e passarono davanti alla giovane sentinella che non fece nessun caso allo straniero. Splendeva il sole e, nonostante il freddo, c'eran diversi conigli alla silflaia, maschi e femmine, che raccolti nei punti più riparati brucavano i germogli della prim'erba di primavera.

Parve, a Moscardo, che non avrebbe avuto più bisogno del proprio corpo, e così lo lasciò sulla proda del fosso. Poi si fermò un momento, per guardare i suoi conigli, e per abituarsi alla straordinaria sensazione che la sua forza e velocità fluissero, inesauribilmente, da lui ai loro sani, agili corpi e istinti e sensi.

« Non ti dare pensiero per loro » gli disse il suo compagno. « Se la caveranno... e mille e mille altri come loro. Seguimi, e ti farò vedere cosa intendo. »

E saltò in cima al greppo, d'un sol balzo. Moscardo lo seguì. E insieme s'allontanarono, correndo lievi fra gli alberi del bosco, dove già cominciavano a fiorire le primissime primule.

SOMMARIO

PARTE TERZA
EFRAFA

PARTE QUARTA
MOSCARDO-RÀ

BUR
Periodico settimanale: 20 dicembre 2002
Direttore responsabile: Evaldo Violo
Registr. Trib. di Milano n. 68 del 1°-3-74
Spedizione in abbonamento postale TR edit.
Aut. N. 51804 del 30-7-46 della Direzione PP.TT. di Milano
Finito di stampare nel novembre 2002 presso
Legatoria del Sud - via Cancelliera,40 - Ariccia RM
Printed in Italy

ISBN 88-17-11330-1